Der Osten des römischen Reichs

Aelia Capitolina	Jerusalem
Aquincum	Budapest
Asia	westliche Türkei
Byzantium/ (Konstantinopel)	Istanbul
Cäsarea	Hafenstadt bei Haifa
Chalcedon	Kadikoy
Dacia	Rumänien
Heracleia Pontica	Eregli
Hierosolyma	Jerusalem
Naissus	Niš
Nicäa	Iznik
Nicomedia	Izmit
Pannonia	Ungarn
Sirmium	Mitrowitz
Danuvius	*die Donau*
Navissus	*die Nišava*
Savus	*die Save*

W0335621

Marion Zimmer Bradley
Die Priesterin von Avalon

Marion Zimmer Bradley
und Diana L. Paxson

DIE PRIESTERIN VON AVALON

Roman

Aus dem Amerikanischen
von Marion Balkenhol

Krüger Verlag
Frankfurt am Main

2. Auflage August 2001
Die Originalausgabe erschien 2000 unter dem Titel
»Priestess of Avalon« im Verlag HarperCollins, London
© 2000 by Marion Zimmer Bradley & Diana Paxsor.
Deutsche Ausgabe:
© Wolfgang Krüger Verlag, Frankfurt am Main 2001
Gestaltung der Karten: www.KartenGrafik.de
Satz Pinkuin Satz und Datentechnik, Berlin
Druck und Bindung: Clausen & Bosse, Leck
Printed in Germany 2001
ISBN 3-8105-2618-5

Für unsere Enkel

Aquae Sulis	Bath
Avalon/Inis Witrin	Glastonbury
Calleva	Silchester
Camulodunum	Colchester
Cantium	Kent
Clausentum	Southampton
Corinium	Cirencester
Dubris	Dover
Eburacum	York
Isurium Brigantum	Aldborough,Yorkshire
Lindinis	Ilchester
Lindum	Lincoln
Londinium	London
Rutupiae	Richborough
Thanatus	Isle of Thanet
Trinovante	Essex
Sabrina	der *Severn*
Thamesis	die *Themse*

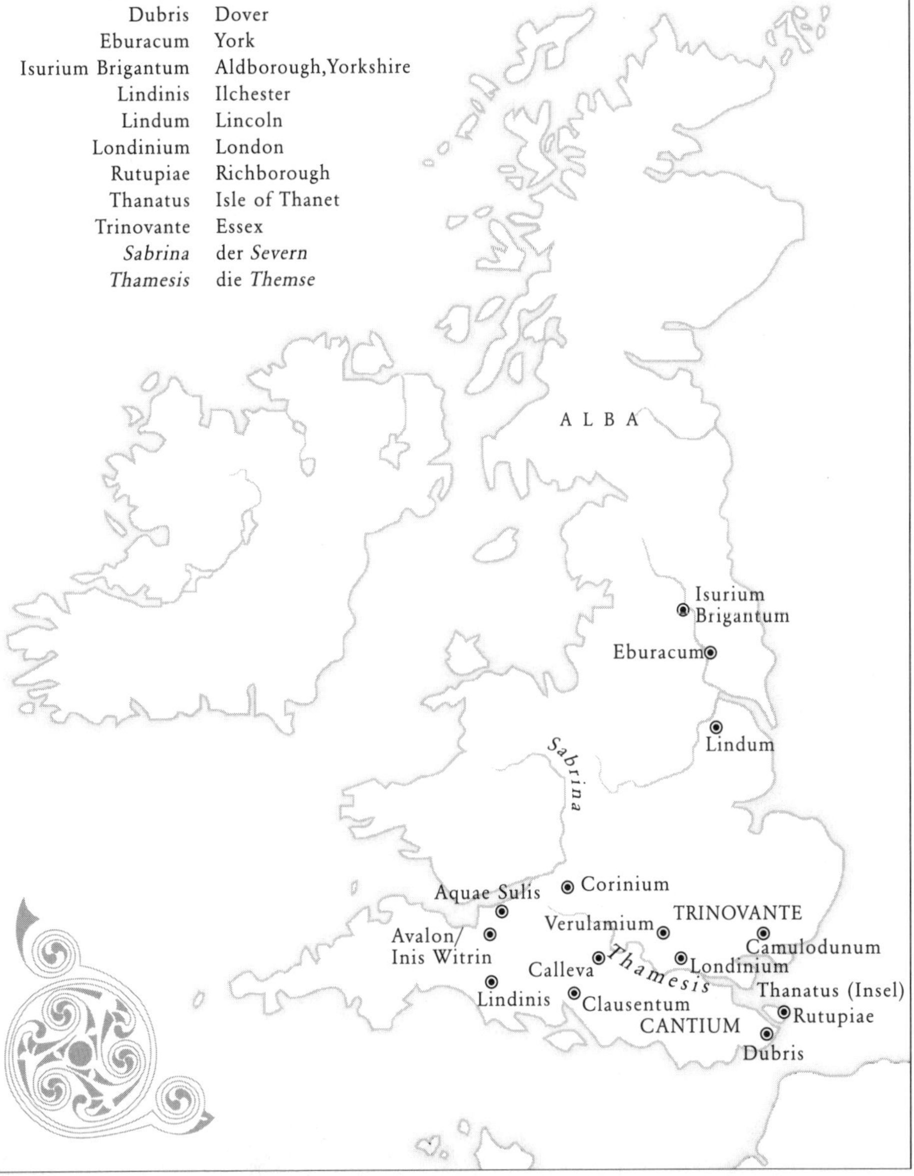

DANKSAGUNG

Dies ist die Geschichte einer Legende.
Im Vergleich zu der Fülle von Erzählungen, die sich um Helena ranken, existieren nur wenig nachweisbare Fakten über ihre Person. Wir wissen, dass sie die Gemahlin von Konstantius und die hochgeschätzte Mutter Konstantins des Großen war und dass sie mit dem Ort Drepanum in Kleinasien in Verbindung gebracht wird. Uns ist bekannt, dass sie Eigentum in Rom besaß und dass sie eine Reise nach Palästina unternommen hat. Das ist alles.
Doch wo immer sie gewesen war, entstanden Mythen um ihre Person. Sie wird in Deutschland, Israel und Rom verehrt, wo man sie als Heilige in den Kirchen anbetet, die ihren Namen tragen. Die mittelalterliche Hagiographie schreibt ihr die Entdeckung von Reliquien zu; angeblich hat sie die Häupter der Heiligen Drei Könige nach Köln gebracht, das Gewand Jesu nach Trier und das Heilige Kreuz nach Rom.
In den Legenden Britanniens jedoch hat sie eine besondere Stellung inne. Dort heißt es, sie sei eine britannische Prinzessin gewesen, die einen Kaiser geheiratet habe. Man glaubt, sie habe in York und London gelebt und Straßen in Wales anlegen lassen. Manche halten sie sogar für identisch mit der Göttin Nehalennia. Sind diese Geschichten entstanden, weil Konstantius und Konstantin eine so starke Verbindung zu Britannien hatten, oder könnte sie tatsächlich von dieser Insel stammen? Wenn ja, dann ist es kein großer Schritt, sie mit den Mythen von Avalon zu verbinden und den vielen Legenden noch eine weitere hinzuzufügen.

Marion Zimmer Bradley und ich haben an diesem Werk gemeinsam gearbeitet, wie wir auch schon zuvor zusammen gearbeitet hatten, doch zusammenfügen musste ich es allein. Am Ende ihres Lebens besuchte Marion den christlichen Gottesdienst, dennoch war sie für mich die erste Hohepriesterin aus den alten Mythen. Mit der Geschichte von Helena, die ebenfalls zwischen christlicher und heidnischer Vorstellungswelt wandelte, habe ich versucht, Marions Lehren treu zu bleiben.
Bei der Entstehung des vorliegenden Buches hatte Marion die Eingebung und schuf die Geschichte. Die historische Kleinarbeit war meine Sache.
Von den vielen nützlichen Quellen möchte ich folgende angeben: Plantagenet Somerset Fry, *Roman Britain*; Gibbons Klassiker *Verfall und Untergang des Römischen Reiches*, der alle Klatschgeschichten enthält; *Das späte Römische Reich* von A. H. M. Jones; Robin Lane Fox' faszinierendes Werk *Heiden und Christen*; *The Aquarian Guide to Legendary London*, herausgegeben von John Matthews und Chesca Potter, hier vor allem das Kapitel über Londons Göttinnen von Caroline Wise vom Atlantis Bookstore. Ganz besonders habe ich mich auf *Konstantin der Große* von Michael Grant gestützt und den Klassiker von Jan Willem Drijvers, *Helena Augusta*, und auf *Holy City*, wo es um Helenas Reise und die Neuentdeckung des Heiligen Landes geht.

Diana L. Paxson,
am Feiertag der Heiligen Brigitta, 2000

PROLOG
A. D. 249

Bei Sonnenuntergang hatte vom Meer her der Wind aufgefrischt. Zu dieser Jahreszeit flämmten die Bauern ihre Stoppelfelder ab, doch die Brise hatte den Qualm, der den Himmel verschleierte, fortgeweht. Nun zog die Milchstraße ihre leuchtend weiße Spur über den Himmel. Der Merlin von Britannien saß auf dem Wächterstein hoch oben auf dem heiligen Hügel, dem Tor, den Blick fest auf die Sterne gerichtet. Obwohl ihn die Himmelspracht gefangen nahm, schenkte er ihr nicht seine ungeteilte Aufmerksamkeit. Er horchte angespannt, um auch noch das leiseste Geräusch aus der Hütte am Berghang unter sich zu erhaschen.

Seit Tagesanbruch lag dort die Hohepriesterin in den Wehen. Es war Rians fünftes Kind, und die Geburt der anderen Kinder war leicht gewesen. Eigentlich durfte es also nicht so lange dauern. Die Hebammen hüteten ihre Geheimnisse, doch als er sich bei Sonnenuntergang auf seine Nachtwache vorbereitete, hatte er die Sorge in ihren Augen gelesen. König Coelius von Camulodunum, der wegen seiner überfluteten Felder mit Rian das Große Ritual vollzogen hatte, war ein stattlicher Mann mit hellem Haar und dem für die Belgen-Stämme im Osten Britanniens typischen stämmigen Körperbau. Rian war eine kleine, dunkelhaarige Frau aus dem Volk der Feen, der ersten Bewohner dieser Hügel.

Es wäre nicht verwunderlich, wenn das von Coelius gezeugte Kind zu groß für eine leichte Geburt wäre. Als Rian feststellte, dass sie von Coelius schwanger war, hatten einige der älteren Priesterinnen ihr dringend geraten, das Kind nicht auszutra-

gen. Doch damit wäre der Zauber für das Land unwirksam geworden, und Rian sagte, sie habe der Göttin nun schon so lange gedient und glaube an IHRE Absichten.
Welchen Sinn mochte die Geburt dieses Kindes haben? Der Merlin ließ seinen Blick über den Himmel schweifen und versuchte, die in den Sternen stehenden Geheimnisse zu ergründen. Die Sonne stand gerade im Zeichen der Jungfrau, und der abnehmende Mond, der auf sie zulief, war an diesem Morgen am Himmel sichtbar gewesen. Jetzt verbarg er sein Gesicht und überließ die Nacht der Sternenpracht.
Der alte Mann duckte sich in die dicken Falten seines grauen Mantels und spürte die Kälte der Herbstnacht in den Knochen. Er hatte immer geglaubt, Rian sei dazu ausersehen, ihm die Augen zu schließen und die Lieder bei seinem Begräbnis zu singen. Doch während er dem Lauf des Großen Wagens über den Himmel folgte und nichts hörte, wusste er, dass er nicht vor Kälte zitterte, sondern vor Furcht.

Langsam wie grasende Schafe zogen die Sterne über das Himmelszelt. Im Südwesten leuchtete Saturn im Zeichen der Waage. Stunden vergingen, und die Willenskraft der Gebärenden ließ allmählich nach. Jetzt drang hin und wieder ein Schmerzenslaut aus der Hütte. Doch erst in der stillen Stunde, während die Sterne verblassten, ließ ein neues Geräusch den Merlin mit pochendem Herzen auffahren – das zarte, aufbegehrende Wimmern eines Neugeborenen.
Im Osten färbte der heraufziehende Tag den Himmel bereits hell, doch direkt über dem alten Mann funkelten noch die Sterne. Einer alten Gewohnheit folgend, richtete er den Blick nach oben. Mars, Jupiter und Venus standen in günstiger Konjunktion. Da er seit seiner Kindheit in den Lehren der Druiden unterwiesen worden war, prägte er sich die Stellung der Sterne ein. Dann stand er auf, verzog das Gesicht, als die steifen Gelenke protestierten, und ging langsam den Berg hinab.

Das Kind hatte zu schreien aufgehört, doch als der Merlin sich der Geburtshütte näherte, beschlich ihn ein ungutes Gefühl, denn er hörte jemanden weinen. Frauen traten zur Seite, als er den schweren Vorhang zurückschob, der im Eingang hing. Er war der einzige Mann, der das Recht hatte, hier einzutreten.
Cigfolla, eine der jüngeren Priesterinnen, saß mit einem gewickelten Bündel auf den Armen in der Ecke und summte leise. Der Blick des Merlin glitt an ihr vorbei zu der Frau auf dem Bett und blieb dort haften, denn Rian, deren Schönheit stets in ihren anmutigen Bewegungen zum Ausdruck gekommen war, regte sich nicht. Die dunklen Haare lagen in Strähnen auf dem Kissen; die eckigen Gesichtszüge nahmen bereits die unverwechselbare Leere an, die den Tod vom Schlaf unterscheidet.
»Wie ...« Er machte eine kleine, hilflose Geste und bemühte sich, die Tränen zu unterdrücken. Er wusste nicht, ob Rian sein leibliches Kind war, doch sie war ihm wie eine Tochter gewesen.
»Es war ihr Herz«, sagte Ganeda. Ihre Ähnlichkeit mit der Frau auf dem Bett trat beinahe schmerzhaft deutlich hervor, wenngleich Rians Ausdruck meist so sanft gewesen war, dass es stets leicht fiel, die beiden Schwestern zu unterscheiden. »Sie hat zu lange in den Wehen gelegen. Das Kind war groß, und ihr Herz versagte bei der letzten Anstrengung, es schließlich aus dem Leib zu stoßen.«
Der Merlin trat ans Bett und schaute auf die Tote. Dann beugte er sich vor und drückte das Segenszeichen auf die kalte Stirn.
Ich habe zu lange gelebt, dachte er wie betäubt. *Rian hätte die Sterberiten für mich vollziehen müssen.*
Er hörte, wie Ganeda hinter ihm Luft holte. »Sag an, Druide, welches Schicksal prophezeien die Sterne dem Mädchen, das in dieser Stunde geboren wurde?«

Der alte Mann drehte sich um. Ganeda schaute ihn an, mit Augen, die vor Wut und unvergossenen Tränen glänzten. *Sie hat das Recht, danach zu fragen*, dachte er bitter. Ganeda war zugunsten ihrer jüngeren Schwester übergangen worden, als die vorherige Hohepriesterin starb. Er nahm an, dass die Wahl jetzt auf sie fallen würde.

Dann spürte er, wie sich sein Geist erhob, und anwortete auf ihre Herausforderung.

»Also sprechen die Sterne …« Seine Stimme zitterte nur wenig. »Das Kind, das zur Herbstwende geboren wurde, zu dem Zeitpunkt, da die Nacht der Morgendämmerung wich, wird an der Wende des Jahrhunderts stehen, an dem Tor zwischen zwei Welten. Die Zeit des Widders ist vorüber, jetzt sollen die Fische herrschen. Der Mond verbirgt sein Gesicht – diese Jungfrau soll den Mond verbergen, den sie auf der Stirn trägt, und erst in hohem Alter wird sie ihre wahre Macht erlangen. Hinter ihr liegt der Weg, der in die Dunkelheit und deren Geheimnisse führt, vor ihr leuchtet das grelle Licht des Tages.

Mars ist im Zeichen des Löwen, aber Krieg wird sie nicht erschüttern, steht er doch unter dem Stern des Königtums. Für dieses Kind wird Liebe mit Herrschertum einhergehen, denn Jupiter drängt zur Venus. Ihr gemeinsames Strahlen wird die Welt erleuchten. In dieser Nacht kommen alle auf die Jungfrau zu, die ihre wahre Königin sein wird. Viele werden sich vor ihr verneigen, doch ihre eigentliche Hoheit wird verborgen bleiben. Alle werden sie preisen, doch nur wenige werden ihren wahren Namen kennen. Saturn steht jetzt in der Waage – ihre schwierigsten Aufgaben werden darin bestehen, das Gleichgewicht zu halten zwischen der alten Weisheit und der neuen. Mercurius indes ist verborgen. Ich sehe für dieses Mädchen viele Wanderungen und viele Missverständnisse voraus, doch führen am Ende alle Wege hin zur Freude und zu ihrem wahren Zuhause.«

Die Priesterinnen um ihn herum murmelten: »Er prophezeit Größe – sie wird die Herrin vom See, wie ihre Mutter vor ihr!«
Der Merlin runzelte die Stirn. Die Sterne hatten ihm ein Leben voller Zauber und Macht gezeigt, aber er hatte schon oft die Sterne für Priesterinnen gelesen, und die Konstellationen, die ihr Leben voraussagten, passten nicht zu denen, die er jetzt sah. Ihm schien, dass diesem Kind bestimmt war, einen Weg zu gehen, den noch keine Priesterin von Avalon je zuvor beschritten hatte.
»Ist das Kind gesund und wohlgestaltet?«
»Es ist vollkommen, Herr.« Cigfolla erhob sich und drückte das gewickelte Kind fest an die Brust.
»Wirst du ihr eine Amme suchen?« Er wusste, dass im Augenblick keine der Frauen auf Avalon ein Kind nährte.
»Wir können sie ins Dorf zu den Bewohnern am See geben«, antwortete Ganeda. »Dort ist immer eine Frau mit einem Neugeborenen. Wenn sie entwöhnt ist, werde ich sie zu ihrem Vater schicken.«
Cigfolla legte beschützend die Arme um ihr Bündel, doch die Aura der Macht, welche die Hohepriesterin umgab, senkte sich bereits auf Ganeda, und wenn die jüngere Frau Einwände hatte, so äußerte sie diese nicht.
»Bist du sicher, dass es weise ist?« Dank seines Amtes konnte sich der Merlin die Frage erlauben. »Muss sie nicht in Avalon ausgebildet werden, um sie auf ihre Bestimmung vorzubereiten?«
»Was die Götter verfügt haben, werden sie geschehen lassen, was immer wir auch tun«, antwortete Ganeda. »Aber es wird lange dauern, bis ich ihr ins Gesicht schauen kann, ohne meine tote Schwester vor mir zu sehen.«
Der Merlin runzelte die Stirn, denn für ihn hatte es immer den Anschein gehabt, dass zwischen Ganeda und Rian nur wenig Zuneigung herrschte. Doch vielleicht ergab es einen

Sinn – wenn Ganeda sich schuldig fühlte, ihre Schwester beneidet zu haben, wäre das Kind stets eine schmerzvolle Mahnung.

»Sollte das Mädchen Begabung zeigen, wenn es zur Frau heranreift, kann es vielleicht zurückkehren«, fuhr Ganeda unwillig fort.

Wäre er jünger gewesen, hätte der Merlin versucht, sie zu beeinflussen, doch er hatte die Stunde seines Todes in den Sternen gelesen, und er wusste, dass er nicht mehr hier weilen würde, um das kleine Mädchen zu beschützen, sollte Ganeda ihm übel wollen. Vielleicht war es besser, wenn es bei seinem Vater lebte, solange es noch klein war.

»Zeig mir das Kind.«

Cigfolla erhob sich, trat vor und schlug einen Zipfel der Decke zurück.

Der Merlin betrachtete das Gesicht des Kindes, das, einer Rosenknospe gleich, noch in sich geschlossen war. Für ein Neugeborenes war das Kind groß und stämmig gebaut wie sein Vater. Kein Wunder, dass seine Mutter so erbittert hatte kämpfen müssen, um es zur Welt zu bringen.

»Wer bist du, Kleine?«, murmelte er. »Bist du ein so großes Opfer wert?«

»Ehe sie starb ... sagte ... die Herrin, es sollte Eilan heißen«, bemerkte Cigfolla.

»Eilan ...«, wiederholte der Merlin, und als hätte das Kind ihn verstanden, schlug es die Augen auf. Sie waren noch vom verschleierten Grau aller Neugeborenen überzogen, hatten jedoch einen ernsten Ausdruck, der viel älter war. »Aha ... es ist nicht das erste Mal für dich«, sagte er und grüßte sie wie ein Reisender, der unterwegs einen alten Freund trifft und für ein kurzes Kopfnicken innehält, ehe beide ihre getrennten Wege fortsetzen. Schlagartig wurde er sich bewusst, wie sehr er es bedauerte, nicht miterleben zu können, wie dieses Kind aufwuchs.

»Willkommen in der Heimat, meine Kleine. Willkommen auf der Welt.«

Die Augenbrauen der Neugeborenen zogen sich kurz zusammen. Dann huschte ein Lächeln über die winzigen Lippen.

Erster Teil

DER WEG ZUR LIEBE

1. KAPITEL
A. D. 259

»Oh! Ich sehe Wasser in der Sonne glitzern! Ist das der See?« Ich grub die Fersen in den runden Bauch des Ponys, um es neben Korinthius' großes Pferd zu treiben. Das Tier fiel in einen holprigen Trab, und ich krallte mich in seine Mähne.

»Ah, Helena, deine jungen Augen sehen mehr als meine«, antwortete der alte Mann. Er war der Lehrer meiner Halbbrüder gewesen, ehe man ihm die Aufgabe übertrug, die Tochter zu unterrichten, die Prinz Coelius versehentlich mit einer Priesterin von Avalon gezeugt hatte. »Ich sehe nur loderndes Licht. Aber ich glaube, vor uns müssen die Ebenen des Sommerlandes liegen, die von den Regenfällen im Frühjahr überflutet sind.«

Ich strich mir eine Haarsträhne aus dem Gesicht und betrachtete die Landschaft. Aus der Wasserfläche ragten Hügel wie kleine Inseln heraus, dazwischen wand sich hin und wieder eine Baumreihe. Im Hintergrund erstreckte sich eine Bergkette, die in hellem Dunst endete, wo die Mündung des Severn sein musste. Korinthius erklärte mir, in diesen Bergen gebe es Bleiminen.

»Dann sind wir fast da?« Das Pony warf unwillig den Kopf hoch, nachdem ich es zuerst angetrieben hatte und dann zügelte.

»Ja, wenn der Regen den Damm nicht unterspült hat und wir das Dorf der Menschen vom See finden, wie mein Herr es mir aufgetragen hat.«

Als ich rasch zu ihm hinübersah, stieg Mitleid in mir auf. Die Erschöpfung hatte tiefe Furchen in das schmale Gesicht unter dem breiten Strohhut gegraben, und er saß vornübergebeugt im Sattel. Es war ungerecht von meinem Vater, den alten Mann auf eine so lange Reise zu schicken. Aber danach wäre Korinthius, ein Grieche, der sich als junger Mann in die Sklaverei verkauft hatte, um seine Schwestern mit Mitgift auszustatten, ein freier Mann. Er hatte sich im Laufe der Jahre einen hübschen Spargroschen beiseite gelegt und beabsichtigte, in Londinium eine Schule einzurichten.

»Heute Nachmittag erreichen wir das Dorf am See«, teilte uns der Führer mit, der sich meiner Eskorte in Lindinis angeschlossen hatte.

»Wenn wir dort ankommen, legen wir eine Rast ein«, bestimmte ich energisch.

»Ich dachte, du könntest es kaum erwarten, den Tor zu besteigen«, sagte Korinthius freundlich. Vielleicht tat es ihm Leid, mich zu verlieren, dachte ich und lächelte zu ihm auf. Nach meinen beiden Brüdern, die außer der Jagd nichts im Kopf hatten, sei es, wie er sagte, eine Freude für ihn gewesen, jemanden zu unterrichten, der wirklich etwas lernen wollte.

»Ich kann Avalon noch ein ganzes Leben lang genießen«, antwortete ich. »Da kommt es auf den einen Tag früher oder später auch nicht an.«

»Und von Neuem mit dem Unterricht beginnen!« Korinthius lachte. »Es heißt, dass die Priesterinnen von Avalon das überlieferte Wissen der Druiden bewahrt haben. Die Aussicht, dass du nicht dein Leben lang einem fetten Magistrat den Haushalt führen und seine Kinder bekommen wirst, tröstet mich ein wenig darüber hinweg, dich zu verlieren.«

Ich lächelte. Die Frau meines Vaters hatte mich davon zu überzeugen versucht, ein solches Leben sei die höchste Erfüllung für eine Frau, doch ich hatte schon immer gewusst, dass ich früher oder später nach Avalon gehen würde. Dass dies nun früher der Fall war, verdankte ich dem kriegerischen Aufstand des römischen Generals Postumus, durch den Britannien vom

Römischen Reich abgeschnitten war. Solchermaßen ihres Schutzes beraubt, sahen sich die südöstlichen Küsten Überfällen ausgesetzt, und Prinz Coelius hatte es für das Beste gehalten, seine kleine Tochter in die Sicherheit von Avalon zu schicken, während er sich mit seinen Söhnen auf die Verteidigung von Camulodunum vorbereitete.

Einen Augenblick lang schwand mein Lächeln, denn ich war der Augapfel meines Vaters gewesen, und der Gedanke, dass er in Gefahr sein könnte, behagte mir gar nicht. Doch ich wusste nur zu gut, dass mein Leben zu Hause während seiner Abwesenheit nicht glücklich gewesen wäre. Für die Römer war ich ein Kind der Liebe meines Vaters und hatte keine mütterlichen Verwandten, denn über Avalon durfte man nicht sprechen. In Wirklichkeit waren Korinthius und die alte Huctia, meine frühere Amme, meine Familie gewesen, und Huctia war im Winter zuvor gestorben. Es war für mich an der Zeit, in die Welt meiner Mutter zurückzukehren.

Der Weg führte jetzt in sanften Windungen den Berghang hinab. Als wir aus dem Schutz der Bäume kamen, beschattete ich meine Augen mit der Hand. Das Wasser unter uns lag wie ein goldenes Tuch auf dem Land.

»Wenn du ein Feenpferd wärst«, raunte ich meinem Pony zu, »könnten wir auf dem schimmernden Pfad bis nach Avalon galoppieren.«

Doch das Pony schüttelte nur den Kopf und reckte den Hals nach einem Grasbüschel. Dann klapperten wir weiter Schritt für Schritt den Weg hinab, bis wir an die glitschigen Baumstämme des Dammes kamen. Jetzt sah ich die grauen Grashalme vom letzten Sommer, die sich im Wasser wiegten, und dahinter das Schilf, das die Wasserarme und Teiche säumte. Das tiefere Wasser war dunkel und geheimnisvoll. Welche Geister herrschten hier über die Marsch, wo die Elemente derart ineinander übergingen, dass man nicht genau zu bestimmen wusste, wo das Land zu Ende war und das Wasser begann?

Ein leichtes Schaudern überlief mich, und ich richtete mein Augenmerk auf den hellen Tag.
Gegen Abend stieg Nebel über dem Wasser auf. Wir ritten nur langsam voran, damit unsere Pferde sich selbst einen Halt auf den glitschigen Baumstämmen suchten. Seit ich laufen konnte, war ich auf Pferden geritten, doch waren die Tagesreisen bisher nur kurz gewesen, der Kraft eines Kindes angemessen. Der heutige Ritt, die letzte Etappe unserer Reise, war länger. Ich spürte den dumpfen Schmerz in den Beinen und im Rücken und freute mich bereits darauf, am Ende des Tages aus dem Sattel steigen zu können.
Der Führer zügelte sein Pferd. Er zeigte auf einen spitz zulaufenden Hügel, der sich hinter dem Gewirr aus Marsch und Wald erhob. Man hatte mich von hier fortgebracht, als ich kaum ein Jahr alt war, dennoch wusste ich mit einer Sicherheit, die keiner realen Erinnerung entsprang, dass ich den heiligen Tor vor mir sah. Im Licht der letzten Sonnenstrahlen schien er von innen heraus zu glühen.
»Die Insel Glass ...«, murmelte Korinthius und riss staunend die Augen auf.
Aber nicht Avalon ..., dachte ich und erinnerte mich an die Geschichten, die ich gehört hatte. Die Ansammlung von Hütten, die sich wie Bienenkörbe am Fuß des Tor zusammendrängten, gehörte zu der kleinen Christengemeinde, die dort lebte. Das Avalon der Druiden lag in den Nebeln zwischen dieser Welt und dem Feenland.
»Und da ist das Dorf der Menschen vom See ...«, sagte unser Führer und deutete auf die Rauchfahnen, die hinter den Weiden emporstiegen. Er klatschte die Zügel an den Hals seines Ponys, und alle Pferde setzten sich eifrig in Bewegung, da sie das Ende der Reise spürten.

»Wir haben Barke, aber Überfahrt nach Avalon geht nur mit Priesterin. Sie sagt, ob ihr willkommen. Ist wichtig, jetzt hinzu-

gehen? Wollt ihr, dass ich rufe?« Der Häuptling wählte respektvolle Worte, doch seine Haltung zeugte von wenig Ehrerbietung. Dieses Volk war seit nahezu dreihundert Jahren Torhüter von Avalon.
»Heute Abend nicht«, antwortete Korinthius. »Die Jungfrau hat eine lange, beschwerliche Reise hinter sich. Wir wollen sie noch eine Nacht schlafen lassen, ehe sie die vielen neuen Menschen in ihrem neuen Zuhause kennen lernt.«
Dankbar drückte ich ihm die Hand. Ich konnte es kaum erwarten, nach Avalon zu kommen, doch jetzt, da unsere Reise zu Ende war, kam mir die schmerzliche Erkenntnis, dass ich Korinthius nie wiedersehen würde, und mir wurde erst jetzt bewusst, wie sehr mir der alte Mann ans Herz gewachsen war. Ich hatte geweint, als meine Amme starb, und ich wusste, dass ich auch weinen würde, weil ich Korinthius verlor.
Die Menschen vom See brachten uns in einer der Strohhütten unter, die auf Pfählen über dem Sumpfland standen. An der Seite war ein langes Flachboot festgebunden, und eine knarrende Brücke verband sie mit dem höher liegenden Gelände. Die Dorfbewohner waren klein und von zarter Gestalt, hatten dunkles Haar und dunkle Augen. Mit meinen zehn Jahren war ich bereits so groß wie ihre Erwachsenen, doch die dunkelbraune Haarfarbe hatte ich von ihnen. Ich betrachtete sie neugierig, denn ich hatte gehört, dass meine Mutter von ähnlicher Statur gewesen sei wie sie, vielleicht aber waren meine Mutter und die Menschen vom See auch wie das Feenvolk.
Die Dorfbewohner bewirteten uns mit Dünnbier, einem Fischgericht, mit Knoblauch gewürzter Hirse und flachen, im Steinofen gebackenen Weizenfladen. Nachdem wir dieses einfache Mahl zu uns genommen hatten, saßen wir noch am Feuer. Wir waren zu erschöpft, um uns zu regen, aber in Gedanken noch zu aufgewühlt, um zu schlafen. So sahen wir zu, wie das Feuer bis auf die Glut herabbrannte, die wie die untergehende Sonne leuchtete.

»Korinthius, wirst du noch an mich denken, wenn du deine Schule in Londinium hast?«
»Wie könnte ich meine kleine Jungfrau vergessen, hell wie ein Sonnenstrahl von Apollos, wenn ich versuche, lateinische Hexameter in die Dickschädel von einem Dutzend Jungen einzuhämmern?« Seine faltigen Gesichtszüge verzogen sich zu einem Lächeln.
»Hier im Norden musst du die Sonne Belenus nennen«, sagte ich.
»Ich meinte Apollo von den Hyboreanern, mein Kind, aber es ist ohnehin dasselbe ...«
»Glaubst du das wirklich?«
Korinthius hob eine Augenbraue. »Hier und in dem Land, in dem ich geboren wurde, scheint ein und dieselbe Sonne, wenn wir ihr auch verschiedene Namen geben. Im Reiche von Idea sind die Prinzipien hinter den Formen, die wir sehen, alle gleich.«
Mit gerunzelter Stirn versuchte ich, seinen Worten einen Sinn abzugewinnen. Er hatte versucht, mir die Lehren des Philosophen Plato zu erklären, doch es fiel mir schwer, sie zu verstehen. Jedem Ort, an den ich kam, wohnte der ihm eigene Geist inne, und sie waren so unterschiedlich wie menschliche Seelen. Das Land hier, das Sommerland, überall nur Hügel und Wald und versteckte Teiche, war Welten entfernt von den weiten, flachen Feldern und niedrigen Wäldchen um Camulodunum. Und wenn die Geschichten stimmten, die ich von Avalon gehört hatte, war es dort noch seltsamer. Wie konnten ihre Götter dieselben sein?
»Ich glaube eher, dass du, meine Kleine, die das ganze Leben noch vor sich hat, mich vergisst«, sagte der alte Mann. »Was ist, mein Kind?«, fügte er hinzu, beugte sich vor und hob eine Locke an, die meine Augen verbarg. »Hast du Angst?«
»Was ist, wenn ... wenn sie mich nicht mögen?«
Korinthius strich mir kurz über das Haar, dann lehnte er sich

mit einem Seufzer zurück. »Ich sollte dir sagen, dass es für den wahren Philosophen ohne Belang ist, dass ein tugendhafter Mensch keine Anerkennung braucht. Aber ist das ein Trost für ein Kind? Gleichwohl ist es wahr. Es wird Menschen geben, die dich nicht mögen, ganz gleich, was du auch tust, und wenn das geschieht, kannst du nur versuchen, der Wahrheit zu dienen, wie du sie siehst. Aber ebenso, wie du mein Herz gewonnen hast, wird es gewiss andere geben, die dich genauso lieben. Halte nach denen Ausschau, die deine Liebe brauchen, und du wirst reichlich belohnt werden.«

Seine Worte schenkten mir neuen Mut. Ich schluckte und brachte ein Lächeln zustande. Ich war Prinzessin und würde eines Tages auch Priesterin sein. Man durfte mich nicht weinen sehen.

Am Eingang bewegte sich etwas. Die Rindslederklappe wurde beiseite geschoben, und ich erblickte ein Kind, das einen zappelnden Welpen auf dem Arm trug. Die Frau des Häuptlings sah den Kleinen und schimpfte im Dialekt der Menschen vom See. Ich schnappte das Wort für Hund auf und erkannte, dass er den Hund fortbringen sollte.

»O nein – ich mag Welpen!«, rief ich aus. »Bitte, ich möchte ihn mir ansehen!«

Die Frau zögerte noch, doch Korinthius nickte. Der Junge kam grinsend zu mir und ließ das Tier in meine ausgestreckten Arme fallen. Als ich das zappelnde Fellbündel zu packen bekam, musste ich auch lächeln. Ich sah bereits, dass es sich hierbei nicht um einen der anmutigen Vorzeigehündchen handelte, die sich in vornehmer Würde in der Halle meines Vaters zu rekeln pflegten. Der Welpe war zu klein, sein beigefarbenes Fell schon zu dick, und sein Schwanz zu stark eingerollt. Doch die braunen Augen glänzten vor Interesse, und die Zunge, die unter der feuchten schwarzen Knopfnase hervorschoss, um mir die Hand zu lecken, war rosa und warm.

»Na, na, komm schon, bist du nicht ein süßer kleiner Kerl?«

Ich drückte den kleinen Hund an meine Brust und lachte wieder, als er versuchte, auch mein Gesicht abzuschlecken.
»Ein Geschöpf ohne Erziehung und Manieren«, sagte Korinthius, der Tiere nicht mochte. »Und wahrscheinlich hat er Flöhe …«
»Nein, Herr«, antwortete der Junge, »es ist ein Feenhund.«
Korinthius hob vielsagend eine Augenbraue, und der Junge blickte ihn finster an.
»Ich sage die Wahrheit!«, rief er. »Es ist gerade passiert. Seine Mama hat sich verlaufen, zwei, drei Tage. Hat nur den einen Welpen, weiß wie der hier. Feenhund lebt lange, und wenn er nicht stirbt, verschwindet er, wenn alt. Hund sieht Geister und kennt Weg in die jenseitige Welt!«
Ich spürte die lebendige Wärme des Tieres auf meinen Armen und versteckte das Gesicht im weichen Fell, um mein Lächeln zu verbergen, denn die anderen Menschen vom See nickten feierlich, und ich wollte sie nicht kränken.
»Sie ist Geschenk, soll dich beschützen …«, sagte der Junge.
Ich unterdrückte einen Lachreiz bei der Vorstellung, dass dieser wuschelige Ball irgendetwas beschützen könnte, dann richtete ich mich auf und schenkte dem Jungen ein Lächeln.
»Hat er einen Namen?«
Der Junge zuckte mit den Schultern. »Das Feenvolk weiß es. Vielleicht sagt dir eines Tages.«
»Ich werde ihn Eldri nennen, bis sie es mir sagen, denn er ist so weiß und zart wie eine Holunderblüte.« Ich betrachtete den Hund, während ich es sagte, dann schaute ich den Jungen wieder an. »Und du – hast du einen Namen?«
Leichte Röte überzog sein blasses Gesicht. »Er heißt ›Otter‹ in eurer Sprache«, sagte er, und die anderen lachten.
Ein Rufname, dachte ich. Zu seiner Initiation würde er einen anderen bekommen, der nur innerhalb des Stammes benutzt wurde. Wie sollte ich ihm antworten? In der Welt meines Va-

ters war ich Julia Helena gewesen, doch das schien hier ohne Bedeutung.
»Ich danke dir«, sagte ich. »Du darfst Eilan zu mir sagen.«

Ich wachte aus einem Traum von einer großen Wasserfläche auf, die im Morgenlicht glitzerte. Ich hatte in einem langen Flachboot gesessen, das still durch wogende Nebelschwaden glitt, bis diese sich schließlich teilten und eine herrliche grüne Insel vor mir lag. Doch dann hatte sich die Szene gewandelt, und ich war an Bord einer Galeere, die sich einem endlosen, flachen Marschland näherte und einem breiten, sich in unzählige Kanäle verzweigenden Fluss, der schließlich im Meer mündete. Noch einmal hatte sich das Bild verändert, und ich sah ein Land aus goldenen Steinen und Sand vor mir, das von einem strahlend blauen Meer umspült war. Die grüne Insel war die schönste Vorstellung gewesen. Ich hatte schon ein paar Mal Dinge geträumt, die wahr wurden, und ich fragte mich, ob dies wieder so ein Traum gewesen sei. Aber die Erinnerung daran verblasste bereits. Ich seufzte, schob die Felldecken zur Seite, in die ich mich zusammen mit Eldri eingerollt hatte, und rieb mir den Schlaf aus den Augen. Neben der Feuerstelle des Häuptlings saß eine Person, die ich noch nicht gesehen hatte, und trank Tee aus einer schlichten Tontasse. Zuerst fielen mir der lange braune Zopf und der blaue Umhang auf, dann, als sie sich umwandte, das tätowierte Zeichen einer Priesterin zwischen ihren Brauen. Der blaue Halbmond war noch hell, und das glatte Gesicht war das eines Mädchens. Sie war noch nicht lange zur Priesterin geweiht. Dann wandte sie sich mir zu, als habe sie gespürt, wie ich sie betrachtete. Vor ihrem entrückten, alterslosen Blick schlug ich die Augen nieder.
»Das ist Suona«, sagte Korinthius und klopfte mir auf die Schulter. »Sie ist im Morgengrauen eingetroffen.«
Ich fragte mich, wie der Häuptling sie wohl gerufen haben

mochte. Hatte das Feenvolk die Botschaft weitergeleitet, oder gab es einen geheimen Zauber?
»Ist das die Jungfrau?«, fragte Suona.
»Die Tochter des Prinzen Coelius von Camulodunum«, antwortete Corinthius. »Ihre Mutter indessen kam von Avalon.«
»Für eine Jungfrau, die hier ihre Ausbildung beginnen will, sieht sie schon alt aus.«
Korinthius schüttelte den Kopf. »Sie ist groß für ihr Alter, aber sie hat erst zehn Winter erlebt. Des Weiteren ist Helena nicht ohne Bildung. Sie wurde im Gebrauch ihres Verstandes ebenso geschult wie in allen Frauenarbeiten. Sie kann Latein lesen und schreiben und mit Griechisch kennt sie sich auch ein wenig aus. Auch Rechnen hat sie gelernt.«
Suona schien das alles nicht sehr zu beeindrucken. Ich schob das Kinn vor und begegnete gelassen ihrem dunklen Blick. Einen Augenblick lang spürte ich ein merkwürdiges Prickeln im Kopf, als sei mein Geist gestreift worden. Dann nickte die Priesterin unmerklich, und es hörte auf. Zum ersten Mal sprach sie mich dann direkt an.
»Ist es dein Wunsch oder der deines Vaters, nach Avalon zu gehen?«
Das Herz schlug mir bis zum Hals, doch ich war erleichtert, als meine Stimme nicht schwankte. »Ich möchte nach Avalon gehen.«
»Das Kind soll noch das nächtliche Fasten brechen, dann sind wir bereit«, sagte Korinthius, doch die Priesterin schüttelte den Kopf.
»Nein, du nicht, nur die Jungfrau. Einem Fremden ist es verboten, einen Blick auf Avalon zu werfen, es sei denn, die Götter rufen ihn.«
Im ersten Moment wirkte der alte Mann bestürzt, doch dann neigte er das Haupt.
»Korinthius!« Tränen brannten mir in den Augen.
»Mach dir nichts daraus«, er tätschelte mir den Arm. »Für ei-

nen Philosophen ist jegliche Zuneigung vergänglich. Ich muss mich um mehr Gelassenheit bemühen, das ist alles.«
»Aber wirst du mich denn nicht vermissen?« Ich klammerte mich an seine Hand.
Einen Augenblick lang saß er mit geschlossenen Augen da. Dann stieß er mit einem langen Seufzer den Atem aus.
»Du wirst mir fehlen, Herzenstochter«, antwortete er leise. »Auch wenn das meiner Philosophie widerspricht. Aber du wirst neue Freunde finden und Neues lernen, keine Bange.«
Ich spürte, wie sich Eldri auf meinem Schoß rührte, und der qualvolle Augenblick schwand dahin.
»Ich werde dich nicht vergessen ...«, sagte ich beherzt und wurde mit seinem Lächeln belohnt.

Gespannt hielt ich mich fest, als die Bootsleute zu staken begannen und die Barke sich still vom Ufer löste. Über Nacht hatte sich neuer Nebel über dem Wasser gebildet, und die Welt jenseits des Dorfes war eher zu spüren denn zu sehen. Ich war erst einmal auf einem Boot gewesen, damals, als wir die Themse bei Londinium überquert hatten. Mich hatte der ungeheure reißende Strom des Flusses völlig aufgewühlt, und ich war den Tränen nahe, als wir das andere Ufer erreichten, denn man hatte mir nicht erlaubt, dem Fluss bis zum Meer zu folgen.
Auf dem See spürte ich vor allem Tiefe, was merkwürdig war, denn die Bootsleute kamen mit ihren Stangen noch immer auf den Grund, und ich konnte die schwankenden Stiele des Röhrichts unter der Wasserlinie sehen.
Doch das, was ich vor Augen sah, erschien mir wie ein Trugbild. Ich fühlte Wasser, das unter dem Boden des Sees entlangfloss, und mir wurde bewusst, dass ich es schon gespürt hatte, sobald wir uns aufmachten, die Ebenen zu durchdringen, auch zu dem Zeitpunkt schon, als wir uns noch an der Stelle befanden, die hier als trockenes Land gilt. Zwischen Erde und

Wasser herrschte nur ein geringer Unterschied, ebenso wie es kaum eine Trennung zwischen der Welt der Menschen und der Anderen Welt gab.
Neugierig betrachtete ich die Frau, die am Bug saß, verhüllt in ihrem blauen Kapuzenmantel. War es für eine Priesterin unumgänglich, sich derart von menschlichen Gefühlen loszulösen? Auch Korinthius hatte inneren Abstand gepredigt, aber ich wusste, dass unter der Robe des Philosophen ein Herz schlug. *Wenn ich Priesterin werde, will ich nicht vergessen, was Liebe ist!*, schwor ich mir damals.
Ich wünschte mir, man hätte meinem alten Lehrer gestattet, das letzte Stück des Weges mit mir zusammen zurückzulegen. Er winkte mir noch vom Ufer her zu, und obwohl er sich mit wahrer stoischer Zurückhaltung von mir verabschiedet hatte, waren seine Augen so hell, als stünden Tränen darin. Ich rieb mir die Augen und winkte noch heftiger zurück, um mich dann auf die Bank zu setzen, als der erste Nebelschleier zwischen uns wehte.
Wenigstens besaß ich Eldri noch, den ich sicher unter meine Tunika gesteckt hatte, die sich jetzt über dem Gürtel bauschte. Ich spürte die Wärme des Welpen an meiner Brust und tätschelte ihn besänftigend durch den Stoff. Bisher hatte der kleine Hund weder gebellt noch gezappelt, als begriffe er, dass er ruhig bleiben musste. Solange der Welpe verborgen blieb, konnte mir niemand verbieten, ihn mit nach Avalon zu nehmen.
Ich blickte in den lockeren Kragen meiner Tunika und lächelte die beiden strahlenden Augen an, die zu mir aufleuchteten. Dann hüllte ich mich wieder in meinen Mantel ein.
Der Nebel wurde dichter und lag in dicken Schwaden über dem Wasser, als löste sich nicht nur die Erde, sondern auch die Luft wieder im ursprünglichen wässrigen Schoß auf. Damit blieb von den pythagoreischen Elementen, von denen mir Korinthius erzählt hatte, nur das Feuer übrig. Ich holte tief Luft,

beunruhigt und beruhigt zugleich, als wäre etwas in mir, das diese vielgestaltige Mischung freudig wieder erkannte.
Inzwischen waren wir weit draußen auf dem See, und die Bootsleute ruderten. Während die Barke dahinglitt, entschwand das Pfahldorf im Nebel. Auch der Tor war bald nicht mehr zu sehen. Zum ersten Mal schauderte ich vor Angst.
Doch Eldri wärmte mir das Herz, und am Bug saß die junge Priesterin ruhig und mit gelassener Miene. Suona war ein einfaches Mädchen, doch zum ersten Mal verstand ich, was meine Kinderfrau immer gemeint hatte, wenn sie mir sagte, ich solle wie eine Königin sitzen.
Obwohl ich kein Signal sah, holten die Bootsleute abrupt die Ruder ein und legten sie auf dem Schoß ab. Die Barke schwamm ruhig dahin, die letzten Wellen, die sie während der Fahrt aufgeworfen hatte, verebbten zu beiden Seiten. Ich spürte einen Druck auf den Ohren und schüttelte den Kopf, um ihn loszuwerden.
Schließlich rührte sich die Priesterin, warf die Kapuze zurück und erhob sich. Sie stand auf sicheren Beinen und schien größer zu werden, als sie die Arme zur Anrufung emporhob. Sie atmete ein, und ihre einfachen Gesichtszüge erstrahlten in Schönheit. *So sehen die Götter aus,* dachte ich, als Suona eine Reihe melodischer Silben in einer Sprache anstimmte, die ich noch nie zuvor vernommen hatte.
Dann war auch das vergessen, und die Nebel fingen an zu wallen. Die Bootsleute hielten die Augen bedeckt, doch ich betrachtete staunend die grauen Wolken, die in allen Regenbogenfarben zu schillern begannen. Das Licht drehte sich mit der Sonne um sie, die Farben blendeten und rissen die Realität aus der Zeit heraus. Eine Ewigkeit lang hingen wir zwischen den Welten. Dann verwandelten sich die Nebel nach dem letzten Aufblitzen der Strahlen in lichten Dunst.
Die Priesterin sank wieder auf ihren Sitz, Schweißperlen auf der Stirn. Die Bootsleute nahmen ihre Ruder zur Hand und

begannen zu rudern, als hätten sie nur eine Pause eingelegt, um die Arme auszuruhen. Ich atmete aus und merkte erst jetzt, dass ich die Luft angehalten hatte. *Sie müssen dieses ... Phänomen ... gewohnt sein,* dachte ich wie betäubt. *Wie kann man sich nur an ein solches Wunder gewöhnen!*
Eine Zeit lang hatte es den Anschein, als kämen wir nicht weiter, obwohl die Ruder eintauchten. Plötzlich war der helle Nebel wie weggewischt, und der Tor kam rasend schnell auf uns zu. Ich klatschte in die Hände, denn ich erkannte die schöne grüne Insel.
Es war jedoch noch mehr zu sehen als in meinem Traum. Ich hatte schon beinahe mit der Ansammlung von Holzhütten gerechnet, die ich vom Dorf am See kurz gesehen hatte, aber das war Inis Witrin, die Insel der Mönche. Wo sie gestanden hatten, befanden sich auf der anderen Insel, auf Avalon, Steingebäude. Ich hatte schon römische Gebäude gesehen, die größer waren, doch keine, die derart massiv und anmutig zugleich waren, versehen mit pfeilgeraden Steinsäulen, die oben spitz zuliefen. Im segensreichen Licht der Frühlingssonne schienen sie von innen her zu leuchten.
Wäre ich der Sprache mächtig gewesen, hätte ich darum gebeten, das Boot anzuhalten und mir zu sagen, was jedes Haus darstellte, um ihre Harmonie zu begreifen. Doch das Land kam zu rasch auf uns zu. Im nächsten Augenblick knirschte das Boot mit dem Kiel über Sand und glitt ans Ufer.
Zum ersten Mal lächelte die junge Priesterin. Sie erhob sich und reichte mir die Hand.
»Willkommen auf Avalon.«

»Sieh nur, Rians Tochter«, lief ein Flüstern durch die Halle. Ich konnte es deutlich hören, als ich eintrat.
»Das kann nicht sein. Sie ist zu groß, und Rian ist doch erst vor zehn Jahren gestorben.«
»Sie schlägt wohl ihrem Vater nach ...«

»Das wird ihr bei der Herrin keine Sympathien einbringen«, lautete die lachende Antwort.
Ich schluckte. Es fiel mir schwer genug, so zu tun, als hörte ich es nicht, umso schwerer war es, mit der stolzen Haltung einer Tochter aus edlem Stande einherzuschreiten, wie es mir meine Kinderfrau beigebracht hatte, hätte ich doch am liebsten die Halle der Priesterinnen wie eine Bäuerin angegafft, die zum ersten Mal unter dem großen Torbogen von Camulodunum steht.
Ganz unwillkürlich drängten sich ein paar Eindrücke von meiner Umgebung ins Bewusstsein. Die Halle war rund, ähnlich der Häuser, welche die Britannier zu bauen pflegten, ehe die Römer kamen, doch dieses Gebäude war aus Stein. Die äußere Mauer war nur mannshoch, und das schräge Dach wurde gestützt von einem Kreis aus Steinsäulen, verziert mit Spiralen und dreifachen Blüten, Zickzackleisten und umwunden mit verschlungenen Farbstreifen. Die Dachbalken trafen nicht aufeinander, und durch die kreisrunde Öffnung in der Mitte flutete Licht herein.
Die runde Galerie lag im Schatten, doch die Priesterinnen, die dort standen, strahlten. Als Suona das Boot durch die Nebel steuerte, hatte sie eine Tunika aus Hirschleder getragen. Hier war ich umgeben von einem Meer aus dem Blau der Priesterinnen. Einige Frauen trugen wie Suona einen langen Zopf, der über ihren Rücken herabfiel, andere hatten die Haare hochgesteckt oder ließen sie offen. Das Sonnenlicht fiel auf ihre unbedeckten Köpfe, die hell, dunkel, silbern und bronzefarben glänzten.
Alle Altersstufen und Körpergrößen waren vertreten, nur der blaue Halbmond zwischen den Augenbrauen war bei allen gleich – das und etwas Undefinierbares in ihren Augen. Ich kam zu dem Schluss, dass es eine heitere Gelassenheit war. Derartiges wünschte ich mir selbst sehnlichst, denn mein Magen schlug Purzelbäume vor Beklemmung.

Achte nicht auf sie, sagte ich mir streng. *Du wirst dein Leben lang mit diesen Frauen zusammenleben. Du wirst diese Halle noch so oft zu sehen bekommen, dass sie dir gar nicht mehr auffällt. Du musst jetzt nicht herumgaffen und brauchst keine Angst zu haben.*
Gerade jetzt, gingen meine Gedanken weiter, während die Frauen vor mir zur Seite traten und ich die Hohepriesterin erblickte, die auf mich wartete. Doch meine Unsicherheit kehrte zurück, als sich der Feenhund an meiner Brust zu rühren begann. Jetzt wusste ich, dass ich den Welpen lieber im Haus der Jungfrauen hätte lassen sollen, doch Eldri hatte geschlafen, und ich hatte das Gefühl gehabt, wenn er in einer fremden Umgebung aufwachte, würde er erschrecken und davonlaufen. Darüber, was geschehen mochte, wenn der Hund während meiner formellen Begrüßung in Avalon aufwachte, hatte ich nicht nachgedacht.
Ich verschränkte die Arme, drückte das warme Fellknäuel an meine Brust und versuchte, den Hund auf diese Weise zu beruhigen. Eldri war ein Zauberhund – vielleicht hörte er meine stumme Bitte, sich ruhig zu verhalten.
Das Raunen der Frauen verebbte, und es wurde still, als die Hohepriesterin die Hand erhob. Die Frauen stellten sich im Kreis auf, wobei die älteren Priesterinnen ihrer Herrin am nächsten standen, und die Jungfrauen, die unterdrückt kicherten, am Ende. Ich glaubte fünf gezählt zu haben, wagte aber nicht, länger hinzusehen, um mich zu vergewissern.
Alle Augen ruhten auf mir. Ich musste mich zwingen, weiterzugehen.
Jetzt konnte ich die Herrin deutlich sehen. Ganeda war damals gerade in mittleren Jahren und nach den Kindern, die sie zur Welt gebracht hatte, rundlich geworden. Ihre Haare, die einmal rot gewesen waren, hatten, verlöschender Kohle gleich, einen grauen Schimmer angenommen. Ich blieb vor ihr stehen und fragte mich, welche Verbeugung der Herrin von Avalon wohl angemessen wäre. Meine Kinderfrau hatte mir

beigebracht, wie man allen Ständen bis hinauf zur Kaiserin seine Ehrerbietung erweist, obwohl es wenig wahrscheinlich war, dass ein Cäsar noch einmal den weiten Weg nach Britannien fände.

Es kann nicht falsch sein, wenn ich sie wie eine Kaiserliche Hoheit begrüße, dachte ich. *Denn in ihrem Reich ist sie ja Kaiserin.*

Als ich mich aufrichtete, begegnete ich kurz ihrem Blick, und einen Augenblick lang hatte ich das Gefühl, Ganedas finstere Miene hellte sich belustigt auf, aber vielleicht hatte ich es mir auch nur eingebildet, denn im nächsten Moment stand die Hohepriesterin wieder mit versteinertem Gesicht vor mir.

»Also …«, ergriff Ganeda endlich das Wort. »Du bist nach Avalon gekommen. Warum?« Sie schoss die Frage wie einen Speer aus dem Dunkel ab.

Ich starrte sie an, und plötzlich fehlten mir die Worte.

»Ihr habt das arme Kind erschreckt«, sagte eine der Priesterinnen, eine mütterlich aussehende Frau mit hellen Haaren, die gerade zu ergrauen begannen.

»Die Frage war einfach, Cigfolla«, versetzte die Hohepriesterin barsch. »Ich muss sie allen stellen, welche die Schwesternschaft von Avalon aufsuchen.«

»Sie möchte wissen«, erklärte Cigfolla, »ob du aus freien Stücken hierher gekommen bist und von niemandem dazu gezwungen wurdest. Willst du zur Priesterin ausgebildet oder nur eine Zeit lang unterrichtet werden, ehe du wieder in die Welt zurückkehrst?« Sie lächelte mir aufmunternd zu.

Ich dachte mit gerunzelter Stirn nach und hielt die Frage schließlich für berechtigt.

»Es war der Wille meines Vaters, dass ich jetzt, da die Sachsen uns überfallen, hierher komme«, erwiderte ich bedächtig und erblickte so etwas wie ein zufriedenes Flackern in Ganedas Augen. »Aber es war schon immer meine Bestimmung, nach Avalon zurückzukehren«, fuhr ich fort.

Wenn es einen Zweifel gegeben hätte, die Fahrt durch die Nebel hätte ihn zerstreut. Das war der Zauber im Herzen aller Dinge, den ich schon immer dahinter vermutet hatte. In diesem Augenblick hatte ich mein Erbe erkannt.

»Den Weg einer Priesterin zu gehen ist mein ureigenster Wunsch …«

Ganeda seufzte. »Bedenke wohl, was du dir wünschst, denn es kann dir widerfahren. Dennoch hast du die Worte ausgesprochen, und am Ende ist es die Göttin, die darüber zu befinden hat, ob sie dich annimmt, nicht ich. Deshalb heiße ich dich hier willkommen.«

Unter den anderen Priesterinnen war ein Raunen zu hören nach dieser widerwilligen Begrüßung. Ich blinzelte, um meine Tränen zu unterdrücken, und begriff, dass meine Tante mich hier nicht haben wollte und ohne Zweifel die Hoffnung nährte, ich möge versagen.

Aber ich werde nicht versagen!, schwor ich mir. *Ich werde eifriger lernen als alle anderen und eine große Priesterin werden – so berühmt, dass man sich noch in tausend Jahren an meinen Namen erinnern wird!*

Ganeda seufzte. »Komm.«

Mein Herz schlug wie wild, als ich auf sie zutrat, und ich fürchtete schon, Eldri könnte davon wach werden. Ganeda breitete die Arme aus. *Sie ist ja kaum größer als ich!*, dachte ich verwundert, als ich mich in die zögerliche Umarmung der alten Frau beugte. Die Hohepriesterin hatte zuvor so groß und stattlich gewirkt.

Dann packte mich Ganeda an den Schultern und zog mich fest an ihre Brust. Eldri, derart zwischen uns zerdrückt, wachte mit plötzlichem Zucken auf und jaulte überrascht. Die Priesterin ließ mich los, als wäre ich ein Stück heißer Kohle, und ich spürte, wie mir verräterische Röte ins Gesicht stieg, als der kleine Hund den Kopf durch meinen Halsausschnitt steckte.

Ich vernahm unterdrücktes Kichern, doch mir verging das Lachen unter Ganedas finsterem Blick.
»Was soll das? Willst du dich hier über uns lustig machen?« In der Stimme der Priesterin schwang ein Unterton mit, der wie fernes Donnergrollen klang.
»Es ist ein Feenhund!«, rief ich, und mir traten Tränen in die Augen. »Die Leute vom See haben ihn mir geschenkt!«
»Ein seltenes und wunderbares Geschöpf«, mischte sich Cigfolla ein, noch ehe Ganeda Worte fand. »Solche Geschenke werden nicht leichtfertig gewährt.«
Die anderen Priesterinnen murmelten zustimmend. Einen Moment lang hing das geistige Donnergrollen noch in der Luft. Dann, als klar wurde, dass die meisten Priesterinnen mir Zuneigung entgegenbrachten, bezwang Ganeda ihren Zorn und brachte ein mühsames Lächeln zustande.
»In der Tat ein schönes Geschenk«, sagte sie dünnlippig. »Aber die Halle der Priesterinnen ist nicht der richtige Ort dafür.«
»Tut mir Leid, Herrin«, stammelte ich, »ich wusste nicht, wohin …«
»Das spielt keine Rolle«, fiel Ganeda mir ins Wort. »Die Gemeinschaft wartet. Geh und begrüße jetzt deine anderen Schwestern.«
Obwohl der Welpe noch aus meiner Tunika lugte, ließ ich mich dankbar von Cigfolla umarmen und atmete den Lavendelduft ein, den ihr Gewand ausströmte. Die Frau, die neben ihr stand, sah aus wie eine blassere Kopie von Ganeda. Auf den Armen trug sie eine kleine Tochter, deren Haare wie Feuer leuchteten.
»Ich habe dein Gesicht in einer Vision gesehen, Kleine, und ich bin froh, dich begrüßen zu können! Ich bin deine Kusine Sian, und das hier ist Dierna«, sagte sie leise. Das kleine Mädchen grinste und entblößte seine ersten Zähnchen. Sie war so hübsch und pummelig, wie man es sich nur wünschen konn-

te. Neben ihrem flammenden Haar schien die Mutter noch blasser, als hätte sie ihre ganze Kraft an ihren Abkömmling weitergegeben. *Oder vielleicht,* dachte ich, *war es das Aufwachsen in Ganedas Schatten, das die Kraft von ihr genommen hatte.*

»Hallo, Dierna.« Ich drückte die Patschhand.

»Ich bin zwei!«, verkündete das kleine Mädchen.

»Aber gewiss doch!«, antwortete ich nach anfänglicher Verwirrung. Offenbar war es die richtige Antwort, denn auch Sian lächelte.

»Herzlich willkommen in Avalon«, sagte sie dann und beugte sich vor, um mich auf die Stirn zu küssen.

Wenigstens ein Mitglied der Familie meiner Mutter war froh, mich zu sehen, dachte ich, und wandte mich der nächsten Frau zu.

Während ich den Kreis abschritt, hatten einige der Frauen auch ein Tätscheln für den Welpen übrig, andere ein Wort des Lobes für meine verstorbene Mutter. Die Mädchen, die sich gerade zur Ausbildung auf der heiligen Insel befanden, empfingen mich mit entzückter Ehrfurcht, als hätte ich die ganze Zeit vorgehabt, die Hohepriesterin an der Nase herumzuführen. Roud und Gwenna hatten die rötlich blonde Haarfarbe der Keltenkönige, und Heron die dunkle, schmale Gestalt der Menschen vom See. Aelia war fast so groß wie ich, ihr Haar jedoch von hellerem Braun. Tuli, die mit der Würde ihrer bevorstehenden Weihe über sie wachte, und ihre jüngere Schwester Wren hatten helles Haar, kurz geschnitten wie das der anderen, und graue Augen. Es war nicht gerade die Art, wie ich ihnen hatte imponieren wollen, doch ob gut oder schlecht, der kleine Hund schien ein mächtiger Talisman zu sein.

Dann war die förmliche Begrüßung beendet, und die feierliche Reihe löste sich in eine Gruppe schwatzender Frauen auf. Doch als die Mädchen mich mit sich nahmen und ins Haus der Jungfrauen führten, sah ich, wie Ganeda mich beobachtete. Mir wurde bewusst, dass meine Tante, wenn sie mich zuvor schon nicht leiden konnte, mich jetzt wahrscheinlich hasste. Ich war am Hof eines Prinzen aufgewachsen, und ich wusste, dass keine Herrscherin sich damit abfinden konnte, in ihren eigenen Hallen zum Gespött zu werden.

2. KAPITEL
A. D. 262-263

»Aber wohin gehen die Menschen, wenn sie das Feenland besuchen? Ist dann nur der Geist auf Reisen, wie in einem Traum, oder geht der Körper wirklich zwischen den Welten hin und her?«

Ich lag auf dem Bauch, die Sonne wärmte mir den Rücken, und Wrens Worte schienen tatsächlich aus einer anderen Welt zu kommen. Teilweise war ich mir bewusst, dass ich auf der heiligen Insel mit den anderen Jungfrauen auf der Erde lag und Suonas Lehren lauschte, doch mein Geist befand sich in einem merkwürdigen Zwischenstadium, in dem es sehr leicht fiel, gänzlich abzuschweifen.

»Du bist doch hier, oder nicht?«, fragte Suona scharf.

»Nicht so ganz ...«, flüsterte Aelia und kicherte. Sie hatte wie gewöhnlich den Platz neben mir eingenommen.

»Du hast die Nebel durchquert, um hierher zu kommen, sonst wärest du auf Inis Witrin gelandet«, fuhr die Priesterin fort. »Es ist leichter, nur im Geist zu reisen, doch auch der Körper kann von jemandem, der im überlieferten Wissen geschult ist, tatsächlich übertragen werden ...«

Ich rollte mich herum und setzte mich auf. Es war ungewöhnlich warm für einen Frühlingstag, und Suona hatte ihre Schützlinge in den Obstgarten geführt. Das Licht drang schillernd durch die jungen Blätter der Apfelbäume und sprenkelte die ungefärbten Leinengewänder der Mädchen mit goldenen Tupfern. Wren dachte über die Frage nach und neigte den Kopf zur Seite wie der Zaunkönig, nach dem sie benannt war. Stets war sie es, die feststellte, was ohnehin auf der Hand lag, und als die Jüngste unter den Mädchen, die auf Avalon ausgebildet wurden, musste sie sich viel Neckereien gefallen lassen. Ich hatte schon miterlebt, wie es war, wenn ein neues Mitglied in ein Rudel Jagdhunde eingeführt wurde, und war davon ausgegangen, dass die anderen sich gegen mich verbündeten. Doch auch wenn Ganeda mir kein Wohlwollen entgegenbrachte, so war ich doch mit der Herrin von Avalon verwandt. Vielleicht lag es aber auch an meiner Körpergröße, denn Aelia und ich waren mit dreizehn so groß wie manche erwachsene Priesterin; oder Wren gab ein leichtes Ziel ab – immer war es die Jüngere, die gehänselt wurde, und ich bemühte mich nach Kräften, sie in Schutz zu nehmen.

»Bei den Christen gibt es die Geschichte von einem Propheten Eliah, der in einem feurigen Streitwagen gen Himmel fuhr«, sagte ich munter. Zu unserer Erziehung gehörte auch, dass man uns in einen Gottesdienst auf der anderen Insel führte. »War er auch ein Eingeweihter?«

Suona reagierte ein wenig mißmutig, und die anderen Mädchen lachten. Sie hatten sich angewöhnt, die Christen auf Inis Witrin für dumme, wenn auch im allgemeinen freundliche alte Männer zu halten, die Gebete vor sich hin brabbelten und das überlieferte Wissen vergessen hatten. Trotzdem, wenn das stimmte, was ich über den heiligen Joseph von Arimathia gehört hatte, der ihre Gemeinde gegründet hatte, dann hatten sie früher auch einmal etwas über die Mysterien gewusst.

»Vielleicht ...«, sagte Suona widerwillig. »Ich vermute, dass die Gesetze der Geistigen Welt ähnlich sind wie die Gesetze der Natürlichen Welt und dass sie in anderen Ländern auch nicht anders funktionieren als hier. Aber in Avalon leben wir nach den alten Überlieferungen und erinnern uns dessen, was wahr ist. Für die meisten Menschen ist dieser Ort ein Traum und ein Gerücht über Zauberei. Ihr habt großes Glück, hier zu leben!«

Das Kichern legte sich. Die Mädchen merkten, dass die Geduld ihrer Lehrerin erschöpft war, breiteten ihre Röcke schicklich um sich aus und setzten sich wieder aufrecht hin.

»Ich weiß noch, wie es war, als ich das erste Mal durch die Nebel ging«, sagte ich, »denn ich kam erst vor drei Jahren hierher. Es war, als wäre mein Verstand umgestülpt worden, und dann veränderte sich die Welt.«

Erst drei Jahre – und doch war es die Außenwelt, die mir inzwischen wie ein Traum erschien. Selbst die Trauer um meinen Vater, der im Kampf gegen die sächsischen Eindringlinge gefallen war, hatte sich gelegt. Meine feindselige Tante war jetzt meine nächste Verwandte, doch die anderen Priesterinnen behandelten mich wohlwollend, und unter den Jungfrauen war Aelia meine beste Freundin.

Suona lächelte schwach. »Ich glaube, diese Beschreibung können wir gelten lassen. Aber das ist nicht die einzige Art und Weise, von einer Welt in die andere zu gelangen. Aus dem Leben der Stämme nach Londinium zu gehen ist für den Geist eine ebenso große Reise, und so manche, die es versuchen, werden krank und trauern wie Bäume, die in einen unwirtlichen Boden verpflanzt werden, weil ihr Geist die Veränderung nicht erträgt.«

Ich nickte. In meiner Kindheit war ich mehrfach in Londinium gewesen, und obwohl Prinz Julius Coelius dem Namen nach Römer war und seinen Kindern beigebracht hatte, Latein ebenso gut wie ihre Muttersprache zu sprechen, erinnerte ich mich noch gut daran, wie ich erschrak, als wir durch das Stadttor fuhren und der Lärm der Hauptstadt um uns herum aufbrandete. Es war wie ein Sprung ins Meer.

»Aber gehen wir denn nun körperlich ins Feenreich?«, fragte Wren, die sich an einem Thema verbiss wie ein Terrier, wenn ihr Interesse einmal geweckt war.

Als ich sah, dass Suona die Stirn runzelte, schaltete ich mich noch einmal ein. »Wir wissen, dass unsere festen Körper hier im Obsthain unterhalb des Tor sitzen, aber bis auf die Tatsache, dass das Wetter sich zuweilen anders verhält, ist Avalon der Außenwelt nicht so unähnlich.«

»Es gibt andere Unterschiede«, sagte die Priesterin, »über die ihr etwas lernen werdet, wenn ihr in eurer Ausbildung etwas weitergediehen seid. Bestimmte Arten der Magie fallen hier leichter, weil wir uns auf einer Kreuzung der Kraftlinien befinden und aufgrund der Struktur des Tor … Aber das, was du sagst, ist zum größten Teil richtig.«

»Aber das Feenreich ist nicht dasselbe«, warf Tuli ein. »Die Zeit vergeht langsamer, und seine Bewohner sind Zauberwesen.«

»Das ist richtig, aber selbst dort kann ein Sterblicher wohnen, wenn er bereit ist, den Preis dafür zu zahlen.«

»Was für einen Preis?«, fragte ich.

»Er verliert den wunderbaren Wechsel der Jahreszeiten und die langsam erworbene Weisheit der Sterblichkeit.«

»Ist das denn so schlimm?«, fragte Roud, deren rote Haare glitzerten, als ihr Zopf nach vorn fiel. »Wenn man schon in jungen Jahren scheidet?«

»Wärst du gern für immer neun Jahre alt geblieben?«, fragte Suona.

»Als ich neun war, war ich noch ein Baby!«, sagte Roud mit der Würde ihrer vierzehn Jahre.

»Jedes Alter hat seine Freude und seine Erfüllung«, fuhr die Priesterin fort, »und die fehlen dir, wenn du dorthin gehst, wo Zeit ohne Bedeutung ist, jenseits der Kreise der Welt.«

»Natürlich will ich erwachsen werden«, murmelte Roud. »Aber wer will denn schon *alt* sein?«

Alle, dachte ich, wenn man Suona Glauben schenken wollte. Es fiel schwer, ihr das abzunehmen, wenn man mit jungen Augen durch die Bäume das Spiel der Sonnenstrahlen auf dem Wasser betrachtete, wenn man mit jungen Ohren dem Lied der Lerche lauschte, die sich in die Lüfte erhob, und wenn ein junger Körper vor Ungeduld zuckte, weil er es nicht erwarten konnte, mit Eldri durch das hohe Gras zu streifen, zu tanzen und frei zu sein.

»Deshalb unternehmen wir unsere Reisen meist nur im Geiste«, fügte Suona hinzu. »Und im Augenblick hüpfen eure herum wie Lämmer auf der Weide. Wenn ihr bitte so freundlich sein wolltet, euch noch ein wenig zu konzentrieren. Wir haben noch zu tun.«

Schade, dachte ich, nichts war so aufregend wie eine Reise ins Feenreich. Die Bewohner von Avalon, Priesterinnen und Priester gleichermaßen, waren nicht unablässig mit Ritualen beschäftigt. Wolle und Flachs mussten gesponnen, die Gärten gepflegt, Gebäude repariert werden. Ein Teil der Arbeiten indes erforderte das Herz ebenso wie die Hände. Jetzt, da die Früchte ansetzten, war die Zeit, mit den Geistern der Bäume zu arbeiten.

»Nun setzt euch still hin und ruht auf der Erde ...« Während die Priesterin redete, nahmen wir gehorsam die Meditationshaltung ein und setzten uns in den Schneidersitz wie der Gehörnte, wenn er die Tiere segnet.

Ich schloss die Augen, und mein Atem ging wie von selbst in den langsamen, regelmäßigen Rhythmus der Trance über.

»Seht diesen Obsthain vor eurem geistigen Auge – das Rauhe und Glatte der Rinde an den Apfelbäumen, das Glänzen der Blätter, wenn der Wind hindurchstreicht. Und jetzt fangt an, mit anderen Sinnen wahrzunehmen. Öffnet euch und berührt den Geist des Baumes vor euch. Spürt die Kraft, die ihn wie ein goldenes Strahlen umgibt.«

Während sie mit gleichmäßiger Stimme weitersprach, verfiel ich in jenen passiven Zustand, in dem ein Wort Gestalt annahm, sobald ich es hörte. Ob ich es spürte oder mir nur vorstellte, vermochte ich nicht zu sagen, aber ich wusste, dass ich den Geist des Baumes berührte.

»Lasst eure eigene Kraft nach außen fließen – dankt dem Baum für die Früchte, die er gegeben hat, und bietet ihm einen Teil eurer Energie an, um ihm dabei zu helfen, noch mehr Früchte zu tragen ...«

Mit einem Seufzer atmete ich aus und spürte, wie ich immer tiefer sank, während der Baum einen noch helleren Glanz annahm. Bald erkannte ich, dass ich nicht mehr die lodernde Form eines Baumes vor mir sah, sondern den leuchtenden Umriss einer Frauengestalt, die mir lächelnd die Arme entgegenstreckte. Einen Augenblick lang sah ich ein anderes Land vor mir, das noch schöner war als Avalon. Daraufhin strömte Freude wie eine Woge durch mich hindurch, die alle Vorsicht mit sich fortspülte.

Als ich wieder zu mir kam, lag ich auf dem Rücken im Gras. Suona beugte sich über mich. Hinter der Priesterin sah ich Aelia, die mit blassem Gesicht und besorgtem Blick auf mich herabschaute.

»Du solltest nur einen Teil deiner Energie einsetzen ...«, sagte Suona streng und richtete sich auf. Schweißperlen glitzerten auf ihrer Stirn, und ich fragte mich, wie schwierig es wohl gewesen sein mochte, meinen Geist wieder zurückzuholen. »Eine Priesterin muss lernen, ihre Kraft nicht nur zu geben, sondern auch zu beherrschen!«

»Es tut mir Leid«, flüsterte ich. Ich fühlte mich weniger schwach als vielmehr durchsichtig. Vielleicht war aber auch das Wesen der Welt selbst durchlässiger geworden, denn durch den Stamm des Apfelbaums nahm ich noch immer einen Glanz wahr.

Der Frühling ging in den Sommer über, doch Sian, die Tochter der Herrin, kränkelte noch immer. An jenen langen, hellen Tagen übertrug man häufig mir die Aufsicht über ihre beiden Töchter. In meinem Bemühen, sie zu unterhalten, war ich inzwischen eine gute Erzählerin geworden. Zuweilen gesellte sich einer der Jungen zu uns, die von den Druiden unterrichtet wurden, wie der kleine Haggaia.

»Vor Urzeiten, noch ehe die Römer kamen, gab es in den Westlanden einen König, dessen Volk murrte, weil die Königin dem Herrscher keinen Sohn geschenkt hatte«, begann ich.
»Hatte sie eine Tochter?«, fragte Dierna. Ihr heller Schopf leuchtete hell in der Nachmittagssonne, die durch die Bäume um den heiligen Brunnen fiel. Jetzt, da der Sommer sich neigte, war es kühl hier, und wir lauschten dem ewigen Lied des kalten Wassers, das der geheiligten Quelle entsprang.
Diernas kleine Schwester Becca schlief auf einem Stapel Decken nicht weit von uns; Eldri hatte sich neben ihr zusammengerollt. Der kleine Hund war zu groß geworden, als dass ich ihn noch im Gewand hätte tragen können, aber er war noch immer nicht größer als eine Katze. Wie er dort schlief, sah er bis auf die schwarze Nase wie ein weißes Wollknäuel aus. Haggaia lag auf dem Bauch und hatte sich auf einen Ellenbogen gestützt. Sein braunes Haar glitzerte in der Sonne.
»Nicht, dass ich wüsste«, antwortete ich.
»Deshalb haben sie sich also beklagt«, sagte Dierna mit Nachdruck. »Es wäre in Ordnung gewesen, wenn sie ein Mädchen gehabt hätte.«
Sian ruhte sich an diesem Nachmittag aus. Nach Beccas Geburt vor anderthalb Jahren war sie nie wieder richtig zu Kräften gekommen. Auch Cigfollas Arzneien schienen ihr nicht zu helfen. Ich wusste, dass die älteren Priesterinnen sich Sorgen machten, obwohl sie nicht darüber redeten. Ich spürte es an der Dankbarkeit, mit der sie mein Angebot annahmen, mich um die beiden Mädchen zu kümmern. Mir machte es wahrhaftig nichts aus, denn Becca war fröhlich und ausgelassen wie ein Welpe und Dierna wie die kleine Schwester, die ich mir immer gewünscht hatte.
»Willst du jetzt hören, was passiert ist, oder nicht?«, fragte ich sie und konnte nicht umhin, zu lächeln.
Haggaia verzog das Gesicht, aber es war nicht verwunderlich, dass Dierna eine Tochter für wichtiger hielt, da sie auf

der heiligen Insel lebte, auf der die Druiden dem Willen der Herrin von Avalon unterworfen waren. Hätte es einen Merlin gegeben, wäre die Autorität vielleicht ausgeglichener verteilt gewesen, doch der letzte war gestorben, kurz nachdem ich zur Welt gekommen war, und niemand hatte seine Kräfte geerbt.

»Was ist denn nun passiert?«, fragte der Junge.

»Der König liebte seine Königin, und er bat seine Berater, ihm und seiner Frau für ein Kind noch ein Jahr Zeit zu lassen. Und tatsächlich, noch ehe das Jahr zu Ende war, bekamen sie eine kleine Tochter …«

So hatte der Sänger in der Halle meines Vaters die Geschichte nicht vorgetragen, aber er war kein Druide und erinnerte sich daher nicht genau an die alte Sage. Er hatte oft gesagt, ein Barde müsse seinen Stoff dem Geschmack seines Publikums anpassen. Ermutigt durch Diernas Lächeln, erzählte ich munter weiter.

»Die Königin war von Frauen umgeben, die ihr aufwarteten, doch diese schliefen ein, und während alles im Schlaf lag, verschwand die kleine Prinzessin! Als die Frauen wach wurden, fürchteten sie sich sehr vor dem Zorn des Königs. In derselben Nacht nun hatte die Jagdhündin der Königin Welpen zur Welt gebracht, und die Frauen nahmen zwei Welpen, töteten sie, strichen der Königin Blut um den Mund und legten die Knochen neben sie. Als der König kam, schworen sie, die Königin habe ihr eigenes Kind aufgegessen!«

Jetzt runzelten nicht nur die Kinder die Stirn, auch Eldri war aufgewacht und starrte mich mit seinen braunen Augen vorwurfsvoll an, als habe er jedes Wort verstanden.

»Muss ich dich auch noch zufrieden stellen?«, murmelte ich und überlegte fieberhaft, wie ich die Geschichte retten konnte. »Weine nicht, Dierna – es wird schon wieder gut, das verspreche ich dir!«

»Ist die Königin gestorben?«, flüsterte der Junge.

»Nein, denn der König liebte sie und glaubte die Anschuldigungen nicht, obwohl er nicht beweisen konnte, dass sie falsch waren. Aber sie ist bestraft worden.«

»Wenn sie auf Avalon gewesen wäre, hätten sie gewusst, dass das Welpenknochen waren«, verkündete Dierna. »Aber die Hündin tut mit so Leid, die ihre Kinder verloren hat«, fügte sie tröstend an Eldri gewandt hinzu.

»Sie war nicht die Einzige!«, sagte ich und erzählte rasch weiter, ohne mir um die traditionelle Form der Geschichte Gedanken zu machen. »Im selben Land gab es einen Bauern, dessen Jagdhündin jedes Jahr einen Welpen warf, der verschwand, genauso wie das Kind der Königin. Deshalb blieb der Bauer eines Nachts wach, um zu sehen, was passierte ...« Ich hielt inne, um die Spannung zu erhöhen.

»Ein Ungeheuer?«, fragte Dierna mit weit aufgerissenen Augen.

»Ja. Der Bauer holte mit seiner Axt aus, schlug die Klaue ab, mit der es den Welpen festhielt, und machte sich dann auf, das Untier zu verfolgen, das er fortlaufen hörte. Er konnte es nicht fangen, aber als er wieder zur Scheune zurückkehrte, was meint ihr, was er dort fand?«

»Die anderen Welpen?«, rief Haggaia aus.

Eldri jaulte zustimmend, und ich gab der Geschichte noch einmal eine Wendung. »Nicht nur die Welpen waren da, sondern neben ihnen lag ein kleines Mädchen, eingewickelt in ein besticktes Tuch, und es sah genau aus wie die Königin!«

»Und dann haben sie es zu seiner Mutter zurückgebracht, und sie waren alle glücklich ...« Dierna hüpfte vor Vergnügen, als sie ihr eigenes Ende der Geschichte erfand. »Und auch die Welpen, und sie wuchsen alle zusammen auf, genauso wie du und Eldri!«

Ich nickte und lachte, als der kleine Hund munter zu Dierna lief, an ihr hochsprang und ihr begeistert das Gesicht abschleckte. Das kleine Mädchen fiel hintenüber, und Kind und

Hund tollten im Gras herum. Bei dem Lärm begann Becca sich zu rühren. Ich ging zu ihr und nahm sie auf den Arm.
»Kommst du so deinen Pflichten nach?«
Erschrocken schaute ich auf den dunklen Schatten, der zwischen mir und der Sonne stand. Ich rappelte mich auf, drückte den Säugling fest an mich und erkannte Ganeda, die mich vorwurfsvoll anblickte. Aber das war nichts Neues. Die Hohepriesterin zog die Stirn stets kraus, wenn sie das Kind ihrer Schwester ansah.
»Sieh sie dir an – eine Schande ist das! Dierna! Lass sofort von dem schmutzigen Tier ab!«
Ich reagierte darauf mit einem verständnislosen Blick, denn Eldris lockiges Fell leuchtete wie gewaschene Wolle in der Sonne. Der Hund hörte zuerst auf, dann das kleine Mädchen, dem das Lachen verging, als es zur Großmutter aufschaute.
»Steh auf! Du bist die Erbin von Avalon. Und du, mein Junge – du gehst zurück auf die Seite der Männer. Du hast hier nichts verloren!«
Verwundert hob ich eine Augenbraue. Dierna stammte zwar in direkter Linie von den Priesterinnen ab, aber das galt auch für mich. Und die Hohepriesterinnen wurden, ähnlich wie die römischen Kaiser, von ihren Anhängern nach ihren Verdiensten, nicht nach Abstammung gewählt. *Sie will auch noch nach ihrem Tod über Avalon herrschen*, dachte ich, *und wenn ihre Tochter stirbt, will sie diesem Kind die Last aufbürden …*
»Ja, Großmutter«, sagte Dierna, stand auf und klopfte sich die Blätter vom Gewand. Haggaia machte sich bereits aus dem Staub in der Hoffnung, davonzukommen, ehe ihm Schlimmeres widerführe.
Einen Augenblick lang funkelte Eldri die Hohepriesterin wütend an. Dann trabte er über die Wiese und urinierte mit großer Pose an einen Baum. Ich biss mir auf die Lippen, um nicht lachen zu müssen, als Ganeda sich zu ihm umdrehte.

»Es wird Zeit, dass Sian die Kleine stillt. Ich nehme die Kinder jetzt mit.«
Mühsam gelang es mir, Beccas winzige Finger von meinem Halsausschnitt zu lösen und die Kleine der alten Frau zu übergeben. Ganeda schritt den Berg hinauf, und Dierna folgte ihr, nachdem sie noch einen traurigen Blick über die Schulter zurückgeworfen hatte. Während ich ihnen nachschaute, stieß eine kalte Nase an mein Bein. Ich nahm den kleinen Hund auf den Arm und liebkoste ihn.
»Tut mir Leid, wenn du deine Spielgefährtin verloren hast«, sagte ich leise, aber in Wirklichkeit tat mir Dierna am meisten Leid, und für das Kind konnte ich nichts tun.

Von Zeit zu Zeit brachte ein Pilger Neuigkeiten aus der Welt jenseits der Nebel nach Avalon. Das gallische Imperium, das Postumus in dem Jahr errichtet hatte, als ich nach Avalon kam, umfasste inzwischen Hispania ebenso wie Gallien und Britannien. Offenbar war Kaiser Gallienus, bedrängt von einer Reihe Usurpatoren in anderen Gebieten des Reiches, nicht imstande, seine Autorität wieder herzustellen. Und so war es Postumus, nicht der römische Kaiser, der Octavius Sabinus als Statthalter in Britannia minor einsetzte. Gerüchten zufolge erneuerte dieser einige Kastelle, die verfallen waren, nachdem die dort stationierten Truppen auf den Kontinent verlegt worden waren. Die schwindende römische Macht sollte wieder gestärkt werden. Doch die Sache war nicht dringlich, da der Norden eine ganze Weile ruhig gewesen war.
Obgleich Gallien offenbar in jedem Jahr unter dem Einfall eines neuen Barbarenstammes zu leiden hatte, lag Britannien in zauberhaften Frieden eingebettet, als wären die Nebel nach außen gedrungen, um das Land von der Welt abzuscheiden. Die Ernten waren gut, und die Stämme im Norden blieben friedlich auf ihrer Seite des Walls. Wenn die westlichen Regionen des Römischen Reiches denn für immer vom Rest ge-

trennt sein sollten, so schien zumindest in Britannien niemand geneigt, diesen Zustand zu beklagen.

Von diesen Ereignissen drangen nur Gerüchte nach Avalon. Hier war der Lauf der Zeit gekennzeichnet durch die großen Feste, mit denen der Wechsel der Jahreszeiten geehrt wurde, und die Jahr für Jahr in ewiger, gleich bleibender Symmetrie begangen wurden. Doch Ganeda wurde von Winter zu Winter grauhaariger und gebeugter, und die Mädchen, die im Haus der Jungfrauen schliefen, erblühten in jedem Frühjahr noch leuchtender, je näher ihre frauliche Reife heranrückte.

Eines Morgens kurz nach der Tagundnachtgleiche wachte ich mit dumpfen Leibschmerzen auf. Als ich aufstand und mich auszog, entdeckte ich die hellroten Flecken meiner ersten Monatsblutung an meinem Nachtgewand.

Meine erste Reaktion waren große Erleichterung und Zufriedenheit, denn Heron und Roud hatten den Übergang zur Reife bereits hinter sich, obwohl sie jünger waren als ich. Aber sie waren klein, geschmeidig und rundlich, während ich hauptsächlich in die Länge gewachsen war. Cigfolla hatte mir gesagt, ich solle mich nicht grämen, mollige Mädchen würden zuerst reif und setzten dann in mittleren Jahren eben noch mehr Fett an.

»Wenn du erst die dreißig überschritten und noch immer eine schmale Taille hast, bist du dankbar für deinen hageren Körperbau«, hatte mir die ältere Frau gesagt. »Du wirst schon sehen.«

Aber jetzt war ich das größte Mädchen im Haus der Jungfrauen, und wenn meine Brüste nicht gewachsen wären, hätte ich mich ernsthaft gefragt, ob ich nicht lieber bei den Jungen gewohnt hätte, die von den Druiden auf der anderen Seite des Berges erzogen wurden, statt bei den Priesterinnen. Selbst Aelia, die mir im Körperbau sehr ähnlich war, hatte vor einem Jahr schon ihre Monatsblutung bekommen.

Ich wusste, was getan werden musste – Heron und die anderen hatten es mir in ihrem Eifer nur zu gern erklärt. Ich wusste, dass ich rot wurde, doch es gelang mir, einen beiläufigen Ton anzuschlagen, als ich die alte Ciela um saugfähiges Moos und weich gewaschene Leinenstreifen bat, in die ich es einschlagen musste.

Äußerlich ruhig nahm ich die Glückwünsche der anderen Frauen entgegen und fragte mich die ganze Zeit, wie lange Ganeda mich wohl noch auf mein Ritual warten lassen wollte. Die körperliche Reife war nur ein äußeres Kennzeichen. Die innere Wandlung vom Kind in eine junge Frau würde durch mein Übergangsritual bestätigt werden.

Sie holten mich in der stillen Stunde gleich nach Mitternacht, in der nur diejenigen noch nicht schliefen, die bei der Göttin Nachtwache hielten. Ich hatte von fließendem Wasser geträumt. Als sich die Kapuze über meinen Kopf legte, wurde daraus ein Albtraum des Ertrinkens. Im ersten Moment der Panik wehrte ich mich gegen die Hand, die sich auf meinen Mund gelegt hatte. Dann erkannte ich mit wiederkehrendem Bewusstsein den Lavendelgeruch, der in den Gewändern der Priesterinnen hing, und ich begriff, was geschah.

Im Jahr zuvor hatte Aelia einmal nicht in ihrem Bett gelegen, als der Hornruf uns weckte, um die aufgehende Sonne zu begrüßen, dann war es Heron gewesen. Sie waren zurückgekehrt, blass vor Müdigkeit und ein wenig aufgeblasen von den Geheimnissen der Feier am Abend, doch alles Bohren und Drängen hatte nicht geholfen, sie dazu zu bewegen, den Ungeweihten zu berichten, wie es war.

Was auch geschehen sein mochte, es hatte ihnen nicht geschadet, sondern sie nur in ihrem Überlegenheitsgefühl bestärkt, das ich ohnehin für übertrieben gehalten hatte. Mit Mühe entspannte ich mich. Ich spürte, dass Eldri, der immer in meiner Armbeuge schlief, knurren wollte. Ich drückte den kleinen

Hund wieder auf das Bettlaken, streichelte das seidige Fell, bis die Anspannung aus seinem kleinen Körper wich.
Ich wünschte, du könntest auch mitkommen, dachte ich, *aber das muss ich allein machen …* Dann richtete ich mich auf und gestattete meinen unsichtbaren Entführerinnen, mir aus dem Bett zu helfen, mich in einen warmen Mantel zu hüllen und fortzuführen.
Kies knirschte unter meinen Füßen, und ich wusste, dass sie den Weg am See entlang gewählt hatten. Ich atmete den feuchten Geruch des Morasts ein und hörte das Wispern des Windes im Röhricht. Im ersten Augenblick fragte ich mich, ob sie mich wohl über den See auf eine andere Insel bringen wollten. Ein paar Mal änderte meine Eskorte die Richtung und drehte mich herum, bis mir der Kopf schwirrte und nur ein fester Griff an meinem Ellbogen mich auffing. Instinktiv führte ich eine Hand an die Kapuze, doch jemand hielt mich davon ab, sie anzuheben.
»Versuche nicht, etwas zu sehen«, zischte es in mein Ohr. »Du hast deinen Fuß auf den Pfad in eine Zukunft gesetzt, die du nicht kennen kannst. Du musst diesen Weg gehen, ohne in deine Kindheit zurückzuschauen, und auf die Weisheit derer vertrauen, die ihn vor dir gegangen sind und dir den Weg zeigen wollen. Hast du verstanden?«
Ich nickte und fügte mich in die Notwendigkeit des Rituals, doch ich hatte schon immer einen ausgeprägten Orientierungssinn besessen, und als meine Benommenheit nachließ, spürte ich die vom Tor ausgehende Kraft zu meiner Rechten wie eine Feuersäule.
Dann stiegen wir höher hinauf, und als kühle, feuchte Luft über mich hinwegstrich, erschauderte ich. Ich vernahm das melodische Gurgeln von Wasser, und unsere kleine Prozession blieb stehen, als jemand ein Tor öffnete. Ich hörte demzufolge das Wasser, das aus der Blutquelle am Fuße des Tor strömte. Zu wissen, wo ich mich befand, machte mich weni-

ger verletzlich. Ich versuchte mir einzureden, dass ich wegen der Kälte zitterte.
Plötzlich sah ich durch das grobe Gewebe meiner Haube den Schein von Fackeln. Die Kapuze wurde mir vom Kopf gezogen, und ich erkannte, dass ich richtig vermutet hatte, denn wir standen vor der Pforte der Brunneneinfriedung. Aber alles sah ganz anders aus. Ringsum standen verschleierte Frauen, die ich im flackernden Licht nicht erkannte. Die kleinste unter ihnen hielt mich am Arm fest. Dann nahmen sie mir den Mantel ab, anschließend das Nachtgewand. Nackt stand ich vor ihnen und zitterte in der kühlen Luft.
»Nackt bist du auf die Welt gekommen«, sagte dieselbe barsche Stimme, die ich zuvor auch gehört hatte. »Nackt musst du den Übergang in deine neue Lebensphase vollziehen.«
Diejenige, die mich festhielt, zog mich zurück. An ihrer Größe glaubte ich Heron zu erkennen. Wahrscheinlich oblag es der zuletzt Geweihten, die Nächste zu führen. Die anderen Frauen stellten sich mit gespreizten Beinen in einer Reihe zwischen mir und der Pforte auf.
»Diesen Durchgang hast du genommen, als du zur Welt kamst. Geh durch den Geburtskanal, auf dass du neu geboren werdest ...«
»Du musst zwischen ihren Beinen hindurch zur Pforte kriechen«, zischte Heron und drückte mich zu Boden.
»Durch diesen Tunnel wirst du in den Kreis der Frauen hineingeboren. Mit diesem Durchgang wirst du eine neue Welt betreten.«
Ich biss mir auf die Lippen, als der Kies sich in meine Kniescheiben bohrte, und kroch vorwärts. Das rauhe Gewebe von Wollmänteln und weiche Leinengewänder strichen mir über den Rücken. Als ich zwischen den Oberschenkeln der Priesterinnen hindurchkroch, streifte ich weiche Haut und roch ihre Weiblichkeit, betäubend wie Weihrauch. Aus der Wärme die-

ser Körper in die kalte Luft des dahinter liegenden Gartens aufzutauchen war wie ein Schock.
Die Pforte stand offen. Meine Führerin geleitete mich hindurch, die anderen Frauen folgten uns und stellten sich zu beiden Seiten des Brunnens auf. Die letzte schloss die Pforte hinter sich. Auf dem ruhigen Wasser des Teiches glitzerte roter Fackelschein.
Eine hohe Gestalt trat vor und versperrte mir den Blick auf die anderen. Es war Cigfolla, doch erschien sie mir größer, und ihre Stimme hatte den überirdischen, rituellen Klang.
»Du hast den Tempel der Großen Göttin betreten. Bedenke, dass SIE ebenso viele Gesichter hat, wie es Frauen gibt, und doch ist SIE einzigartig und überlegen. SIE ist ewig und unveränderlich, und doch zeigt SIE sich uns je nach Lebensphase in einem anderen Kleid. SIE ist Jungfrau, ewig unberührt und rein. SIE ist Mutter, Quelle allen Lebens. Und SIE ist uraltes Wissen, das den Tod überdauert. Eilan, Tochter von Rian, bist du bereit, SIE in all IHREN Gestalten anzunehmen?«
Ich fuhr mir mit der Zunge über die Lippen, die plötzlich trocken waren, doch ich war erleichtert, als meine Antwort ruhig und klar herauskam.
»Ja …«
Die Priesterin hob die Arme zur Anrufung.
»Herrin, wir sind hierher gekommen, um Rians Tochter Eilan in unseren Kreis aufzunehmen und sie in die Mysterien der Frau einzuweihen. Heilige, erhöre uns! Mögen unsere Worte DEINEN Willen zum Ausdruck bringen, so wie unser Körper die Form Deiner Göttlichkeit zeigt, denn wir essen und trinken und atmen und lieben in DIR …«
»So sei es …«, erklang zustimmendes Raunen aus dem Kreis, und allmählich wich die Anspannung von mir.
Heron legte mir wieder den Umhang um die Schultern und schob mich vor sich her. Auf der anderen Seite des Brunnens waren drei Stühle aufgestellt worden. Die anderen Priesterin-

nen hatten ihren Schleier fallen lassen, doch die drei, die dort wie auf einem Thron saßen, waren noch immer in faltenreiches, hauchdünnes Leinen gehüllt: weiß und schwarz außen, rot in der Mitte. Aelia saß dem Kreis gegenüber, und als sie meinen Blick auffing, lächelte sie.

»Tochter der Göttin, du hast die Kindheit hinter dir gelassen«, sagte Heron. Man merkte ihr an, dass sie die Worte mit der Vorsicht des neu Erlernten vortrug. »Erfahre nun, wie deine Lebensphasen aussehen werden.«

Ich kniete vor der Priesterin nieder, die den weißen Schleier trug. Stille trat ein. Dann zitterte der reine Stoff, als seine Trägerin lachte. Die Stimme klang lieblich und silberhell wie Schellengeläut, und ich bebte, als mir bewusst wurde, dass mehr als eine menschliche Priesterin vor mir saß.

»Ich bin die Blüte am Zweig des Baumes«, sagte die Jungfrau.

Die Stimme war leicht, voller Verheißung und mir so vertraut wie meine eigene, obwohl ich mir sicher war, dass ich sie noch nie gehört hatte. Sie zu vernehmen war, als lauschte ich dem Gesang meiner Seele, und ich wusste, dass dies die Göttin selbst war.

»Ich bin die Mondsichel, die den Himmel krönt.
Ich bin der Sonnenstrahl, der auf der Welle glitzert,
der Windhauch, der über das frische Gras weht.
Kein Mann hat mich je besessen,
und doch bin ich Ziel allen Verlangens.
Bin Jägerin und Heilige Weisheit,
Geist der Inspiration und die Herrin der Blumen.
Schaue ins Wasser und erkennne in dir,
du siehst dort mein Spiegelbild, denn du gehörst zu Mir …«

Ich schloss die Augen, überwältigt vom Bild des Sees, der von silbernem Regendunst halb verschleiert war. Dann teilten sich die Wolken. Am Ufer stand ein junger Mann, dessen Haare wie

Sonnenstrahlen leuchteten. Daneben sah ich mich mit langen Haaren, und mir wurde klar, dass dies ein paar Jahre in der Zukunft lag. Ich ging auf ihn zu, doch als ich meine Hand nach ihm ausstreckte, wandelte sich das Bild. Jetzt sah ich den Schein eines Feldfeuers über einem Beltane-Baum, der mit Blumen geschmückt war. Männer und Frauen tanzten ekstatisch um ihn herum. Unter ihnen sah ich den jungen Mann wieder, die Augen verzückt glitzernd, als eine verschleierte Gestalt, von der ich wusste, dass ich es war, von blütenbekränzten Priesterinnen zu ihm geführt wurde. Dann schloss er mich stürmisch in die Arme.

Jetzt waren wir im heiligen Gemach. Er zog mir den Jungfrauenschleier vom Gesicht, und ich strahlte vor Freude. Durch frische Blätter hindurch sah ich den Halbmond, dann löste sich die Szene in einem Sternenschauer auf. Ich war wieder bei mir und schaute zu dem Mysterium auf, das hinter dem weißen Schleier verborgen war.

»Ich höre dich«, flüsterte ich mit unsicherer Stimme. »Ich werde dir dienen.«

»Willst du jetzt schwören, deine Jungfernschaft nur dem Manne hinzugeben, den ich für dich aussuche, in den heiligen Riten von Avalon?«

Verwirrt fragte ich mich, ob dies eine Prüfung war, denn gewiss hatte die Herrin mir doch gerade den Mann gezeigt, den ich einmal lieben sollte. Aber die Stimme hatte ihren überirdischen Liebreiz verloren, und mir schien, als habe die Göttin uns bereits verlassen. Dennoch war mir bewusst, dass dieses Gelübde allen abverlangt wurde, die als Priesterinnen in Avalon dienten.

»Ich schwöre«, sagte ich froh, denn selbst in dieser kurzen Erscheinung hatte meine Seele begonnen, sich nach dem jungen Mann zu sehnen, den ich erblickt hatte.

»Es ist gut«, sagte die Jungfrau, »doch es gibt noch eine Andere, die du anhören musst …« Ich lehnte mich zurück und

wandte mich der zweiten Gestalt zu, deren roter Schleier im Schein der Fackeln leuchtete.
»Ich bin die anschwellende Frucht an den Ästen. Ich bin der Vollmond, der den Himmel beherrscht …« Diese Stimme war volltönend wie das Schnurren einer großen Katze, honigsüß und tröstlich wie frisch gebackenes Brot.

»Ich bin die Sonne in all ihrer Pracht,
der warme Wind, der das Korn reifen lässt.
Ich gebe mich in meiner Zeit des Jahres
Und schaffe Überfluss.
Ich bin Gemahlin und Mutter, ich gebäre und verschlinge.
Ich liebe und werde geliebt,
und eines Tages wirst du Mir gehören …«

Während ich dieser Stimme lauschte, wusste ich, dass auch das die Göttin war. Ich neigte mein Haupt in Ehrfurcht. Und in dieser Geste des Einverständnisses wurde mir erneut eine Vision zuteil.
Ich befand mich an Bord eines römischen Handelsschiffes, das unter vollen Segeln dahinrauschte. Das Meer hinter mir glitzerte silbern, und das Schiff glitt in die Mündung eines mächtigen Flusses, der zahlreiche Seitenarme durch die Küstenebene gezogen hatte. Neben mir stand der Mann, der mir den Hof gemacht hatte, und blickte starr geradeaus auf den Horizont. Das Bild veränderte sich: Ich war hoch schwanger, dann hielt ich das Kind an meiner Brust, einen großen, gesunden Jungen mit hellem Haarschopf. Der Schreck, der mich durchfuhr, als ich spürte, wie das Kind in meine Brustwarze biss, brachte mich wieder in die Wirklichkeit zurück.
»Ich höre dich«, flüsterte ich, »und wenn meine Zeit kommt, will ich dir dienen.«
»Das wirst du«, erwiderte die Herrin, »aber hier ist noch eine Andere, die du anhören musst …«

Mich überlief ein Schaudern, als die dunklen Falten, in welche die dritte Gestalt gehüllt war, sich bewegten.
»Ich bin die Nuss, die am nackten Zweig hängt«, flüsterte es rauh wie der Wind, der im Winter durch die kahlen Äste fegt.

»Ich bin der abnehmende Mond, dessen Sichel die Sterne erntet.
Ich bin die untergehende Sonne
Und der kalte Wind, der die Dunkelheit verkündet.
Ich bin reif an Jahren und an Weisheit;
Ich sehe alle Geheimnisse hinter dem Schleier.
Ich bin die Alte und Erntekönigin, die Hexe und die Weise,
und eines Tages wirst du Mir gehören …«

Das Flüstern war wie ein Wind, der mein Bewusstsein erneut mit sich forttrug. Ich sah mich gealtert, die Kleider zerrissen, die Wangen tränenüberströmt, während ich einem Bestattungsfeuer beiwohnte. Einen Augenblick lang sah ich den hellhaarigen Mann in den Flammen. Bei dieser schmerzhaften Erkenntnis veränderte sich das Bild. Vor mir erschien eine Halle in Marmor und Gold, in der ich mit Diadem und purpurnen Gewändern stand.
Noch ehe ich mich fragen konnte, was ich dort machte, befand ich mich in einer anderen Szene. Schwarz gekleidet schritt ich am sandigen Ufer eines strahlend blauen Meeres entlang. Ich wandte mich vom unbarmherzigen Glitzern der Sonne auf dem Wasser ab und einer Landschaft aus blankem Fels zu, welche die herbe Schönheit eines bloßen Schädels ausstrahlte. Sie flößte mir Furcht ein, und doch wusste ich, dass mein Weg mich unweigerlich dorthin führen würde.
Bei diesem Anblick erfüllte mich die Sehnsucht nach den kühlen Nebeln und den grünen Hügeln meiner Heimat; ich kam wieder zu mir und saß auf der Wiese am heiligen Brunnen.
»Du bist die Göttin«, hauchte ich, »und ich will dir dienen. Lass mich nur mein Leben hier in Avalon beschließen …«

»Du bittest um Mitgefühl?«, fragte die schwarz verschleierte Gestalt. »Ich habe keins – ich zeige dir nur die Notwendigkeit. Du kannst mir nicht entkommen, denn ich bin deine Bestimmung.«
Zitternd schrak ich zurück, doch zum Glück sprach die weise Frau nicht weiter.
Ich war mir nicht bewusst, wie viel Zeit vergangen war, doch als ich aufblickte, wurde der Himmel über uns hell, und ich spürte die feuchte Kühle, mit der sich die Morgendämmerung ankündigt.
»Du hast der Göttin gegenübergestanden«, sagte Cigfolla, »und SIE hat deine Gelübde angenommen. Gereinigt wirst du deine Nachtwache antreten, und wenn der Tag vorüber ist, kehre in die Gemeinschaft zurück, um in einer Feier geehrt zu werden. Dein neues Leben beginnt bei Sonnenaufgang.«
Heron half mir auf die Beine, und alle Frauen schritten auf den Teich unterhalb der heiligen Quelle zu. Während der Himmel immer heller wurde, bildeten sie einen schützenden Kreis. Heron zog mir den Umhang aus, und als ich noch zitternd dastand, entkleidete sie sich ebenfalls. Die anderen Jungfrauen und die jüngeren Priesterinnen taten es ihr nach, und zufrieden stellte ich fest, dass ich nicht die einzige war, deren Haut sich rauhte.
Jetzt erst fiel mir auf, dass die Vögel schon seit geraumer Zeit zwitscherten und mit ihrem triumphierenden Chor auf den Apfelbäumen die Sonne herbeiriefen. Über der Erde und in den Zweigen hingen noch Nebelschwaden, doch über uns wurden sie dünner, und die erlöschenden Fackeln verbreiteten im heraufziehenden Morgenlicht nur noch einen blassen Glanz. Mit jedem Augenblick wurde die Welt sichtbarer, als würde sie erst jetzt offenbar. Allmählich tauchte der glatte Berghang des Tor aus den von rosa Licht durchdrungenen Nebeln auf.
Es wurde heller. Heron nahm mich am Arm und zog mich in

den Teich hinab. Die anderen jungen Frauen folgten uns mit Muscheln in den Händen. Ich schnappte nach Luft, als ich in das kalte Wasser eintauchte, dann noch einmal, als der feurige Sonnenball plötzlich über dem Horizont auftauchte und seine Strahlen sich in jedem Nebeltropfen und jeder kleinen Welle im Wasser brachen. Bewundernd hob ich die Arme und sah zu, wie meine bleiche Haut im roten Licht erstrahlte.
Heron schöpfte Wasser und schüttete es über mich, doch das Feuer in mir begrüßte die eisige Flamme.
»Mit dem Wasser, welches das Blut der Herrin ist, seist du geläutert«, raunten die Jungfrauen und taten es Heron nach. »Möge das Wasser den Schmutz und die Flecken davontragen. Möge all das, was dein wahres Selbst verborgen hat, aufgelöst werden. Werde still und lass dich vom Wasser umschmeicheln, denn aus dem Wasser, welches der Leib der Göttin ist, wirst du neu geboren.«
Ich ließ mich ins Wasser gleiten, mein offenes Haar schwamm auf der Oberfläche, und die dunklen Locken glänzten in der Sonne. Ein Teil meiner selbst wusste, dass das Wasser kalt war, doch mein ganzer Körper prickelte, als badete ich im Licht; ich spürte, wie jedes Teilchen meiner selbst sich verwandelte.
Einen zeitlosen Augenblick lang schwebte ich im Wasser. Dann zogen mich weiche Hände nach oben, und ich tauchte ins volle Tageslicht.
»Erhebe dich jetzt, Eilan, rein und glänzend, enthüllt in all deiner Schönheit. Erhebe dich und nimm deinen Platz unter uns ein, Jungfrau von Avalon!«

3. KAPITEL

A. D. 265

Der Sommer war zu Ende, und ich schnitt gerade die Haselnusshecke, als mich etwas in die Wade piekte. Erschrocken fuhr ich zusammen und holte instinktiv mit dem Zweig aus, den ich gerade abgeschnitten hatte.

»A-ha!« Dierna tänzelte rückwärts und wedelte mit den Zweigen, die sie aus dem auf dem Weg liegenden Haufen stibitzt hatte. »Erwischt!«

Dierna war inzwischen acht Jahre alt, und ihr rotes Haar leuchtete wie eine Fackel. Die zweijährige Becca wackelte hinter ihr her. Ich streckte die Hand aus, um die Kleine aufzufangen, während Dierna erneut davonschoss. Ich lief ihr nach und drohte mit meinem Zweig, obwohl mein Lachen die Wirkung eher zunichte machte.

»Passt du heute auf Becca auf?«, fragte ich, nachdem wir uns alle außer Atem auf die Wiese gesetzt hatten.

»Sieht so aus«, antwortete das kleine Mädchen. »Sie läuft mir überallhin nach …«

Ich nickte. Ich hatte die älteren Priesterinnen untereinander reden gehört und wusste, dass Sian noch immer schnell ermüdete. Und so musste Dierna unweigerlich die meiste Verantwortung für ihre kleine Schwester tragen.

Offenbar litt Sian keine Schmerzen, doch ihre Kraft schwand Monat für Monat dahin, und selbst bei Vollmond wurde sie nicht wieder kräftiger. Ganeda sagte nichts, aber in ihrem Gesicht zeichneten sich neue Furchen ab. Ich empfand Mitleid für die ältere Frau, wusste indes, dass ich die Letzte war, deren Mitgefühl meine Tante annähme.

Ehe ich bereit war, wieder aufzustehen, hüpfte Dierna längst hinter Becca her, die auf ihren stämmigen Beinchen schon wieder den Pfad hinunterstrebte.
»Im Schilf sind junge Entchen!«, rief Dierna. »Komm mit und schau sie dir an!«
»Das würde ich ja gern«, sagte ich, »aber ich habe versprochen, die Hecke hier vor dem Abendessen fertig zu schneiden.«
»Andauernd musst du arbeiten!«, klagte Dierna. Sie drehte sich um, sah Becca hinter einer Ecke verschwinden und schoss hinter ihr her.
Einen Augenblick lang schaute ich zu, wie der Rotschopf den braunen einholte und die beiden den Weg zum See hinuntergingen, der in der Nachmittagssonne funkelte. Dann seufzte ich und widmete mich wieder meiner Arbeit.
Als ich noch klein war, hatte ich meine älteren Halbbrüder um ihre Ausbildung zu Kriegern beneidet. Damals gehörte es zu meinen Lieblingsspielen, mit einem abgebrochenen Zweig einem lachenden Wächter einen Schlag zu versetzen. Sie hatten mir Geschichten von Boudicca erzählt, deren Armeen einst die Römer das Fürchten gelehrt hatten, und nannten mich ihre Kriegsprinzessin. Doch meine Brüder hatten mit männlicher Überheblichkeit gelächelt und mir versichert, die Übungen, denen sie unterzogen würden, seien viel zu schwer für ein Mädchen.
Zuweilen, wenn ich mich an die damalige Zeit erinnerte, fragte ich mich, ob meine Brüder wohl die Erziehung ertragen hätten, die ich jetzt erhielt. In den drei Jahren nach der Zeremonie, mit der ich in den Kreis der Frauen aufgenommen worden war, hatte die Ausbildung zur Priesterin meine Tage beherrscht. Ich wurde zwar noch immer gemeinsam mit den jüngeren Mädchen und den Jungfrauen unterrichtet, die man nach Avalon geschickt hatte, um sie überliefertes Wissen zu lehren, ehe sie wieder nach Hause gingen, um verheiratet

zu werden, und ich arbeitete auch mit ihnen. Doch jetzt musste ich noch andere Dinge lernen, und hatte mehr Pflichten.

Die Mädchen, die Priesterinnen werden sollten, saßen bei den Jungen, die von den Druiden ausgebildet wurden, um endlose Listen von Namen auswendig zu lernen und sich komplizierte Symbole und Entsprechungen anzueignen, mit denen man Deutungen anreichern oder verschleiern konnte. Wir liefen in Wettkämpfen um die heilige Insel, denn es hieß, nur ein kraftvoller Körper könne einen gesunden Geist erhalten. Wir wurden im richtigen Gebrauch der Stimme geschult und übten den Chorgesang für die Rituale. Außerdem wechselten wir Jungfrauen uns mit den geweihten Priesterinnen ab, das Feuer auf dem Altar zu schüren, der Feuerstelle von Avalon.

Im Tempel Wache zu halten und das kleine Feuer in Gang zu halten war keine körperliche Anstrengung. Doch obwohl Meditation in dieser Zeit willkommen war, durften wir nicht einschlafen. Ich saß gern in der runden Strohhütte auf der Insel der Jungfrauen und sah der flackernden Flamme zu, doch jetzt, in der trägen Wärme des Nachmittags, holte mich der fehlende Schlaf ein. Ich schwankte und stellte fest, dass ich ohne Sinn und Verstand auf den Haselnusszweig in meiner Hand starrte.

Ich höre lieber auf, bevor ich mir am Ende noch einen Finger abschneide!, dachte ich blinzelnd. Ich bückte mich, um das Gartenmesser auf die Erde zu legen. Die Hecke war alt, und direkt vor mir bildeten die dicht ineinander verwachsenen Zweige eine natürliche Rückenstütze. Sie lud dazu ein, sich behaglich anzulehnen, und im nächsten Augenblick waren mir die Augen zugefallen.

Meine Lippen bewegten sich in stummer Fürbitte. *Behüte mich eine Weile, Haselschwester, und dann schneide ich dir das Haar fertig …*

Ich wusste nicht, ob das Geräusch, das mich weckte, aus dem Boden drang oder ob es ein Flüstern aus der Hecke war. Im ersten Moment war ich noch schlaftrunken und konnte mir nicht vorstellen, warum mein Herz aufgeschreckt pochte.
Die Schatten waren nicht viel länger, und der Nachmittag war warm und ruhig. Mit einem kurzen Blick erhaschte ich Diernas roten Haarschopf nicht weit von mir am Schilf – wahrscheinlich beobachteten die Mädchen die kleinen Enten. Dann wurde meine Aufmerksamkeit von einer Bewegung weiter vorn angezogen. Becca krabbelte über den Stamm der alten Eiche, die beim letzten Sturm halb ins Wasser gefallen war.
Ich sprang auf. »Becca! Halt!«
Einen Augenblick lang dachte ich, das kleine Mädchen habe mich gehört, doch Becca hatte nur innegehalten, um etwas aus dem See zu fischen. Dann krabbelte sie weiter.
»Halt, Becca! Bleib, wo du bist!«, schrie ich, während ich den Hügel hinunterlief. Dierna stand auf, doch das Ufer machte hier eine leichte Biegung, und sie war zu weit entfernt. Ich hob mir den Atem zum Laufen auf. Becca stellte sich auf die unsicheren Beinchen, reichte aufjuchzend mit einer Hand ins Wasser – und fiel hinein.
Blitzartig durchfuhr mich die Frage, warum die Zeit, die sich noch kurz zuvor so endlos dahinzuziehen schien, jetzt auf einmal in Windeseile verging. Becca war unter der Wasseroberfläche verschwunden. Gras und Sträucher strichen an mir vorbei, und dann schoss ich durch das seichte Wasser, streckte die Hand aus, als das kleine Mädchen wild rudernd auftauchte, und zog sie in meine Arme.
Becca stieß einmal auf, hustete, spuckte Wasser und fing an zu schreien.
Im Nu, so schien es, waren Priesterinnen herbeigeeilt. Ich gab das Kind der kleinen dunklen Frau vom See, die man als Amme für die Kleine nach Avalon geholt hatte, und seufzte

vor Erleichterung, als Beccas Geschrei nachließ. Doch dann fiel mir auf, dass noch immer jemand schrie.

Dierna hockte jammernd auf dem Boden. Ganeda schalt sie mit einer Brutalität, die umso erschreckender wirkte, da ihr Körper wie versteinert war. Nur ihre Haare, die sich aus den zusammengerollten Zöpfen gelöst hatten, bebten. Sprachlos sah ich zu und erwartete beinahe, dass sie in Flammen aufgehen würden.

»Hast du mich verstanden? Deine Schwester hätte ertrinken können! Und das, obwohl deine arme Mutter doch krank daniederliegt – willst du sie auch umbringen, indem du ihr Kind tötest?«

Sie macht sich Sorgen um Sian, sagte ich mir, aber auch die anderen Priesterinnen erschreckte das Gift in Ganedas Worten. Dierna schüttelte den Kopf und scheuerte sich dabei die Wange am Boden auf. Die Haut unter ihren Sommersprossen war kreidebleich.

So wie mich Furcht dazu bewegt hatte, Becca zu retten, zwang mich jetzt Mitleid, etwas zu unternehmen. Mit einem raschen Schritt war ich an Diernas Seite. Ich bückte mich, nahm das Mädchen in die Arme, als wäre der Angriff, vor dem ich sie schützen wollte, körperlicher Art.

»Sie hat es doch nicht absichtlich getan! Sie hat gespielt – das war zu viel der Verantwortung für ein so kleines Kind!« Ich schaute zu Ganeda auf und begann selbst zu zittern, als der wütende Blick nun mich traf. Ich fragte mich damals oft, ob meine verstorbene Mutter ihrer Schwester wohl ähnlich gewesen war – ich hoffte, dass Rian niemals so ausgesehen hatte wie Ganeda in jenem Augenblick.

»Sie muss lernen, sich zu disziplinieren! Sie entstammt dem heiligen Geschlecht von Avalon!«, rief Ganeda.

Ich auch, Tante – ich auch!, dachte ich, doch mein Mund war vor Angst ausgetrocknet. *Ich habe einmal gehofft, du würdest mich lieben, aber ich glaube nicht, dass du überhaupt weißt, wie das geht!*

»Scher dich hier fort, bevor ich vergesse, dir dankbar zu sein, weil du die Kleine gerettet hast. Du kannst dich nicht zwischen Dierna und ihre Strafe stellen!«

Dierna hielt die Luft an und klammerte sich an meine Hüfte. Ich nahm sie noch fester in den Arm und schaute entschlossen zu der älteren Frau auf.

»Sie ist erst acht! Wenn du sie zu Tode erschreckst, wie soll sie dann etwas verstehen können?«

»Und du bist sechzehn!«, fauchte Ganeda. »Glaubst du vielleicht, das verleiht dir die Weisheit der Herrin von Avalon? Du hättest bei deinem Vater im Land der Römer bleiben sollen!«

Ich schüttelte den Kopf. Ich gehörte *hierher*! Doch Ganeda entschied sich dafür, es als Unterwürfigkeit auszulegen.

»Gwenlis, nimm das Kind mit!«

Eine jüngere Priesterin trat vor und warf der Hohepriesterin einen unsicheren Blick zu. Im ersten Augenblick weigerte ich mich, doch dann kam mir der Gedanke, dass es besser wäre, wenn Dierna so schnell wie möglich außer Hörweite ihrer aufgebrachten Großmutter käme. Ich liebkoste das Mädchen noch einmal kurz und drückte es dann Gwenlis in die Arme.

»Sperr sie in den Lagerschuppen!«, fuhr Ganeda fort.

»Nein!«, rief ich und erhob mich wieder. »Dort wird sie sich fürchten!«

»Du solltest dich fürchten! Missachte nicht meinen Willen, sonst sperre ich dich auch noch ein!«

Ich lächelte, denn ich hatte in meiner Ausbildung schon schlimmere Torturen durchgemacht.

Ganeda trat zornig auf mich zu. »Glaube nur nicht, mir wäre nicht aufgefallen, wie du die Kleine verwöhnt hast, wie du versucht hast, hinterhältig meine Disziplin zunichte zu machen, um dir ihre Zuneigung zu erschleichen!«

»Das brauche ich wohl kaum! Du wirst ihren Hass von selbst auf dich ziehen, wenn du sie so behandelst!«

»In Zukunft hast du nichts mehr mit Dierna zu schaffen, verstanden? Und mit Becca auch nicht!« Ganedas Wut war plötzlich erkaltet, und zum ersten Mal empfand ich Angst vor ihr. »Hört alle zu und bezeugt ...« Die Hohepriesterin wandte sich den anderen mit diesem eisigen Blick zu. »Das ist der Wille der Herrin von Avalon!«

Ganeda hatte den Satz noch nicht zu Ende gebracht, da hatte ich schon beschlossen, ihr die Stirn zu bieten. Doch mit dem strengen Befehl, die Hecke fertig zu schneiden, schickte sie mich den Berg hinauf, und erst in der stillen Stunde gleich nach Sonnenuntergang, als die Bewohner von Avalon sich zum Abendessen versammelten, gelang es mir, unbeobachtet die Tür des Lagerschuppens zu öffnen.

Rasch schlüpfte ich hinein und umarmte das zitternde Kind.

»Eilan?« Die Kleine klammerte sich an mich und schnüffelte. »Es ist so kalt und dunkel, und ich glaube, hier gibt es auch Ratten ...«

»Dann musst du mit dem Rattengeist sprechen und ihn bitten, die Tiere von dir fern zu halten«, sagte ich aufmunternd.

Dierna schauderte und schüttelte den Kopf.

»Weißt du nicht, wie es geht? Na komm, dann machen wir es zusammen und versprechen ihm Futter für die Sippe ...«

»Keiner hat mir was zu essen gebracht«, flüsterte das Mädchen. »Ich habe Hunger.«

Ich war froh, dass die Dunkelheit die Sorgenfalten auf meiner Stirn verbarg. »Hunger? Ja, vielleicht kann ich dir etwas von meinem Abendessen bringen und eine Opfergabe für den Rattengeist obendrein. Wir werden sie draußen ablegen und ihn bitten, sein Volk dorthin zu führen ...«

Erleichtert spürte ich, wie sich die Verkrampfung des Mädchens in meinen Armen löste. Ich begann mit ihr in der inzwischen gewohnten Weise zu zählen und tief zu atmen, um uns in die Andere Welt zu flüchten.

Ich hatte vergessen, dass nach dem Abendessen Geschichten erzählt wurden. Brot und Käse bauschten mein Umhängetuch verräterisch auf, und als ich zum Abtritt hinausging, waren noch immer zu viele Priesterinnen in meiner Nähe, sodass ich nicht unbemerkt entwischen konnte. Wenn ich jetzt versuchte, zu Dierna zu gehen, würde man mich sicher vermissen, und meine Abwesenheit würde genau die Aufmerksamkeit erregen, die ich zu vermeiden wünschte.

Die lange Halle wurde von Fackeln erhellt, und im Kamin prasselte ein Feuer, denn auch im Frühherbst waren die Abende schon kühl. Fortwährend musste ich daran denken, wie es Dierna wohl ergehen mochte, so allein in Kälte und Dunkelheit.

Am ersten Tag der Woche handelten die Geschichten, die in der Halle von Avalon erzählt wurden, von den Göttern. Die meisten kannte ich inzwischen, doch als ich meine Aufmerksamkeit wieder auf den Druiden richtete, der gerade erzählte, merkte ich, dass ich diese noch nie gehört hatte.

»Die alten Überlieferungen lehren, dass ›alle Götter ein Gott, alle Göttinnen eine Göttin sind und es einen gibt, der der Urgrund ist‹. Aber was bedeutet das? Die Römer sagen, alle Götter seien dasselbe, nur hätten die verschiedenen Völker ihnen unterschiedliche Namen gegeben. So behaupten sie, dass Cocidius und Belatucadros dasselbe seien wie ihr Mars, und sie geben Brigantia und Sulis den Namen ihrer Göttin Minerva.

Es stimmt, dass diese Gottheiten sich oft um dieselben Dinge kümmern. Doch wir lehren, dass sie wie römische Glasscherben sind, die hintereinander aufgestellt werden. An dem Ort, an dem alle Götter eins sind, gehen alle Farben im reinen Licht des Himmels auf. Doch wenn dieses weiße Licht durch ein Glasstück dringt, zeigt es die eine Farbe, eine zweite, wenn es durch ein anderes fällt, und nur wenn sich die Gläser überlagern, sehen wir einen dritten Farbton, in dem die beiden anderen enthalten sind.

Genauso ist es auf dieser Welt, wo die Götter der Menschheit eine Vielzahl von Gesichtern zeigen. Dem ungeübten Auge mögen diese Farben alle gleich erscheinen, doch die jeweilige Sichtweise hängt häufig damit zusammen, wie man etwas zu sehen gelernt hat …«

Ich blinzelte erstaunt und fragte mich, was mit dieser Philosophie wohl noch erklärt wurde. Ich hatte lernen müssen, wie man die Aura erkennt, die ein jedes Lebewesen umgibt, wie man von den Wolken auf das bevorstehende Wetter schließt. Gesichter hingegen konnte ich noch nicht so gut lesen, obwohl die finstere Miene meiner Tante kaum der Auslegung bedurfte. Verstohlen vergewisserte ich mich, dass das Essen nicht aus meinem Umhängetuch gerutscht war, und wünschte, ich könnte Dierna beibringen, im Dunkeln zu sehen. Heute Abend war jedoch fast Vollmond, und das Weidengeflecht der Wände im Schuppen dürfte ein wenig Licht durchlassen.

»Außerdem gibt es einige Götter, für die es bei den Römern keine Entsprechung gibt. Die Römer behaupten, der Götterbote Merkur beschütze die Reisenden. Aber wir haben eine Göttin, die alle Straßen der Welt bewacht, und nach unserem Glauben war sie hier, noch ehe die Britannier ins Land kamen. Wir nennen sie Elen von den Wegen.«

Ich richtete mich auf, denn das kam dem Namen sehr nahe, den ich hier erhalten hatte – Eilan …

»Körperlich ist sie groß und stark«, fuhr der Priesterbarde fort, »und es heißt, sie habe eine Vorliebe für gute Hunde und Holunder. Alle Straßen, auf denen die Menschen reisen, stehen unter ihrem Schutz, sowohl die Wege zu Land als auch die Wasserstraßen. Händler erflehen ihren Schutz, und wo sie wandelt, gedeiht das Getreide.

Vielleicht war sie die Erste, die unseren Vorfahren den Weg über das Meer zu dieser Insel gezeigt hat, und gewiss ist sie es, die uns lehrt, wie man sicher die Marschen um Avalon durchquert, denn die Stellen, an denen Wasser und Land zu-

sammentreffen, sind ihr die liebsten. Wir rufen sie auch an, wenn wir zwischen den Welten wandeln wollen, denn sie ist auch die Herrin der Verborgenen Wege …«
Ich musste daran denken, wie sich die Wirklichkeit verschoben hatte, als wir die Nebel durchquerten, um nach Avalon zu kommen. Bestimmt war das einer der Wege, die Elen beherrschte. Noch ganz in der Erinnerung gefangen, hatte ich fast den Eindruck, zu begreifen, wie es vor sich gegangen war. Dieser Moment indes ging schnell vorüber, und ich merkte, dass der Druide inzwischen seine kleine Harfe gestimmt hatte und zu singen begann.

»O Herrin des Mondpfads so rein,
der Wasserwege, von der Sonne gewiesen,
der Drachenpfade von Hain zu Hain,
der Verborgenen Wege, du seist gepriesen,
O Elen, Herrin der Wege …«

Ich blinzelte, als die Flamme der Fackel vor mir sich plötzlich teilte und wie Radspeichen aus reinem Licht zu strahlen begann. Einen Augenblick lang war ich mir zugleich ihrer unendlichen inneren Kraft und des ewigen Gleichgewichts ihres strahlenden Mittelpunkts bewusst. Offenbar gab es einen Ort, an dem alle Straßen eins waren. Doch der Barde sang noch weiter …

»Von Heide und Hügel bis zum Marschenland
lass deine Hunde uns leiten, tagaus, tagein;
über krumme Pfade von Menschenhand
führ uns, o Herrin, über Stock und Stein,
o Elen, Herrin vom Wege …«

Ich dachte an Eldri und lächelte, als ich mir vorstellte, wie der wuschelige weiße Hund eine arme verwirrte Seele einen Berg hinaufführen wollte. Doch ich wusste, wie oft die bedingungslose Hingabe des kleinen Hundes mir Kraft gegeben hatte, wenn die Hohepriesterin Ganeda wieder einmal schwor, ich wäre wohl nie würdig, Priesterin von Avalon zu werden. Ob diese neue Göttin mir den Weg zu meiner Bestimmung weisen könnte?

»Schwindet die Sicht und wir wollen verzagen,
möge dein Licht aus dem Sumpf uns geleiten,
wenn weder Kraft noch Sinne uns tragen,
sollst du dem Herzen den Weg bereiten,
o Elen, Herrin der Wege …«

Die letzten Töne der Harfe schwangen noch in der Luft und verklangen allmählich. Die Zuhörer erwachten aus ihrer Trance, in die sie aufgrund der Musik oder des guten Essen gesunken waren. Ich nutzte das Durcheinander des allgemeinen Aufbruchs und brachte Dierna das Essen.

Vorsichtig umging ich die Abtritte und zog das andere Ende meines Umhängetuchs hoch, um mein bleiches Gesicht vor dem Mondlicht zu verbergen. Der Mond stand noch nicht hoch am Himmel, und der Lagerschuppen lag in tiefem Schatten. Mit einem Seufzer der Erleichterung ließ ich das Tuch sinken, doch als ich die Tür berührte, fuhr mir ein heiliger Schreck in die Glieder, denn sie war nicht mehr verriegelt.

Ich habe doch ganz sicher den Riegel vorgelegt, als ich vorhin wegschlich!, dachte ich verzweifelt. Ich schlüpfte hinein und rief leise, doch außer einem schwachen Scharren hinter den Körben mit den Nüssen war nichts zu hören, keine Spur von Dierna außer ihrer Schärpe. *Dierna hatte Recht,* meldete sich eine Stimme in mir. *Hier gibt es tatsächlich Ratten …*

Mein Verstand arbeitete fieberhaft. Vielleicht hatte Ganeda Mitleid mit dem Kind gehabt und es freigelassen, oder eine der anderen Priesterinnen war eingeschritten. Doch ich wusste, dass die Hohepriesterin ihre Entscheidungen nie umstieß, und von den anderen hatte niemand den Mut, ihr zu widersprechen. *Wenn ich erwachsen bin*, dachte ich finster, *werde ich …*

Diesmal achtete ich sorgfältig darauf, dass ich die Tür hinter mir verriegelte. Mit Mühe zwang ich mich, nicht zu laufen, als ich das geborgene kleine Haus aufsuchte, in dem die kleineren Kinder schliefen. Als Vorwand diente mir die Frage, ob sie dort mit Eldri spielten. Doch weder der Hund noch Dierna waren zu sehen, und die Kinder verhielten sich ungewöhnlich ruhig, als laste der Gedanke an Diernas Strafe auf ihnen.

Ich wünschte ihnen hastig eine gute Nacht und kehrte ins Haus der Jungfrauen zurück. Ich müsste jetzt Alarm schlagen, doch ich zitterte bei der Vorstellung an die Schläge, die Dierna erwarteten, weil sie fortgelaufen war. Eldri sprang auf und jaulte, als er meine Angst spürte, und ich gebot ihm, still zu sein. Dann überkam mich tiefe Ruhe. Eldri war kein Spürhund, aber er hatte bewiesen, dass er klug war. Vielleicht gab es eine andere Möglichkeit.

Es dauerte quälend lange, bis die anderen Mädchen ihre Nachtgewänder angezogen und sich das Haar ausgebürstet hatten, ein letztes Mal auf den Abtritt gegangen waren, die Lampen gelöscht, sich auf die Seite gedreht hatten und bis das letzte Husten verklungen und sie eingeschlafen waren. Nach einer Ewigkeit war alles still. Dennoch wartete ich, bis mir selbst die Augen zufielen. Dann schlüpfte ich aus dem Bett, steckte meine Schuhe unter das Umhängetuch und schlich auf Zehenspitzen zur Tür.

»Was ist?«

Ich unterdrückte einen Schreckenslaut. Aelia hatte, schon halb im Schlaf, die Frage gestellt.

»Eldri muss noch einmal raus«, flüsterte ich und zeigte auf

den kleinen Hund, der immer einen halben Schritt hinter mir war, wenn man ihm nicht befohlen hatte, sitzen zu bleiben. »Schlaf ruhig weiter.«
Stattdessen setzte Aelia sich auf, rieb sich die Augen und sah mich prüfend an. »Warum trägst du deine Schuhe?«, flüsterte sie. »Und dein schweres Umhängetuch? Hast du etwas vor, das dir Ärger einbringt?«
Im ersten Augenblick fiel mir nichts ein. Dann kam mir der Gedanke, dass ich vielleicht jemandem sagen sollte, wohin ich ging, und dass Aelia mich nicht verraten würde, darauf konnte ich vertrauen.
»Dierna steckt in Schwierigkeiten ...« Rasch erklärte ich ihr flüsternd, was geschehen war. »Ich glaube, Eldri kann sie finden. Wenigstens muss ich es versuchen!«
»O Eilan, sei vorsichtig!«, hauchte Aelia daraufhin. »Ich werde nicht eher zur Ruhe kommen, bis du wieder da bist!« Sie streckte eine Hand aus, und ich bückte mich, um sie kurz zu umarmen. Dann seufzte sie und ließ sich wieder ins Kissen fallen. Als ich die Tür öffnete, schlug mein Herz so laut, dass ich dachte, es würde alle wecken.
Inzwischen stand der Mond so hoch, dass sich die Halle und die Außengebäude in scharfen Konturen abhoben. Ich musste mich beeilen, denn es gab wenig Deckung. Ich huschte von Schatten zu Schatten, Eldri dicht auf den Fersen, bis ich wieder beim Lagerschuppen ankam.
Schwer atmend hob ich die Schärpe auf und hielt sie Eldri unter die Nase.
»Das gehört Dierna – Dierna – weißt du! Such Dierna, Eldri, such sie!«
Der Hund schnüffelte an dem Tuch. Dann winselte er und lief zur Tür. Ich hielt sie ihm auf, schlüpfte hinter ihm hinaus und lehnte sie wieder an, während Eldri zielstrebig über den Hof trottete.
Die Gewissheit des Hundes verlieh mir Zuversicht. Als wir

an dem letzten Gebäude vorbeiliefen, atmete ich aus. Ich hatte nicht gemerkt, dass ich die Luft angehalten hatte, und als ich wieder einatmete, spürte ich ein leichtes Prickeln auf der Haut, das ich zuweilen empfand, wenn die Priesterinnen mit übersinnlichen Kräften arbeiteten. Ich zögerte und suchte meine nächste Umgebung ab. Die Zeit war weder reif für das Vollmondritual noch für ein großes Fest. Vielleicht waren die Druiden mit Vorbereitungen beschäftigt; ich kannte ihre Feierlichkeiten nicht. Aber irgendetwas ging vor, denn die Nacht war voller Magie. Wenn ich Glück hatte, würde niemand die Zeit haben, festzustellen, dass ich fortgegangen war.

Die Nase dicht am Boden, lief Eldri am Fuß des Tor entlang. Dierna musste nach Osten auf höher gelegenes Gelände gelaufen sein – zu dieser Jahreszeit gab es dort genügend trockene Stellen, über die man das dahinter liegende Weideland erreichen konnte. Obwohl der Himmel über dem Tor klar war, lagen das Land und das Wasser dahinter unter einer dicken Nebeldecke, sodass Avalon sich aus einem Wolkenmeer zu erheben schien.

In dichtem Nebel konnte man leicht den Halt verlieren, und selbst wenn Dierna den See mied, gab es jede Menge Sumpflöcher, die noch verhängnisvoller sein konnten. Hätte ich den Hund nicht gehabt, der mich führte, dann hätte ich mich nie in der Dunkelheit auf diesen Pfad gewagt. Trotzdem achtete ich genau darauf, wohin ich meine Füße setzte, denn der Hund konnte leicht über Stellen tänzeln, die unter meinem Gewicht nachgegeben hätten.

Die ersten Nebelfetzen strichen über den Weg. *War es denn möglich, sie ohne den Zauber zu durchqueren?*, fragte ich mich. *Wenn ja, wäre ich dann für immer in die Außenwelt verbannt?*

»Elen der Wege«, flüsterte ich, »zeige mir meinen Pfad!« Ich trat noch einen Schritt vor, und ein leiser Wind tat sich auf, der die Nebel ringsum ins Wogen brachte, sodass sie das

Licht des Mondes einfingen, das mich mit seinem Glanz umhüllte.
Ich rief den Hund, denn ich sah nichts außer dem nebligen Licht. Zitternd wartete ich ab, bis Eldris helle Gestalt wie aus dem Nichts vor mir auftauchte. Ich band das eine Ende von Diernas Schärpe um den Hals des Hundes, doch in diesem eigenartigen Zustand, in dem sich Luft mit Wasser, Licht mit Dunkelheit verband, so wie sich alle Elemente den Worten der Druiden zufolge am Anfang der Welt vermischt hatten, war an ein Fortkommen nicht zu denken. Nur die prickelnde Berührung überirdischer Kräfte war da, die stärker wurden, je weiter wir gingen.
Der Nebel wurde immer heller und lichtete sich plötzlich. Ich blieb wie angewurzelt stehen. Ein blasses Licht vor mir, das weder von der Sonne noch vom Mond herrührte, zeigte mir Bäume, deren Blätter hell umrandet waren, und üppig blühende Wiesen. Da, wo ich stand, teilte sich der Weg in drei Pfade. Der linke führte in einem Bogen wieder zurück in die Dunkelheit. Der schmale Pfad rechts verlief in Windungen über einen kleinen Hügel, und mir schien, dass ich zartes Glockengeläut hörte, wenn ich in diese Richtung schaute.
Der mittlere hingegen war breit, hell und schön, und auf diesen Pfad zog Eldri mich.
Meine Angst wich großer Verwunderung. Vor mir stand eine ehrwürdige Eiche. Als ich in ihre kräftigen Äste hinaufschaute, wusste ich, dass ich über die Grenzen von Avalon und aller von Menschen bewohnten Gebiete hinausgegangen war, denn die Druiden hätten gewiss um einen solchen Baum eine Einfriedung errichtet und Opfergaben an die Äste gehängt. Ich berührte den Stamm, der so dick war, dass drei Menschen ihn kaum hätten umfassen können, und spürte ein Pochen im Holz, als pulsierte das Leben des Baumes unter meiner Hand.
»Ich grüße dich, Mutter Eiche. Würdest du mich bitte unter deinen Schutz nehmen, während ich durch dieses Reich

gehe?«, flüsterte ich, verneigte mich und zitterte, als die Blätter wispernd antworteten. Langsam atmete ich ein und konzentrierte meine Sinne, wie ich es gelernt hatte. In meiner ersten Zeit in Avalon war mir alles viel *belebter* erschienen als in der Außenwelt. Inzwischen war diese Empfindung noch um ein Vielfaches verstärkt, und ich begriff, dass der Mond für die Sonne war, was die Magie von Avalon für dieses Reich darstellte, das seine Quelle und sein Ursprung war.

Die Schärpe hatte sich von Eldris Halsband gelöst, doch es spielte keine Rolle mehr. Der kleine Hund war eine leuchtende Gestalt, die vor mir her sprang. Kleine weiße Blumen zogen eine Sternenspur hinter ihm. Sah ich den Hund auf diese Weise, weil wir im Feenreich waren, fragte ich mich, oder wurde nur im Feenland seine wahre Natur enthüllt?

Der Pfad führte auf eine Haselnusshecke zu, ähnlich der, die ich – am Morgen noch – geschnitten hatte, als Becca beinahe ertrunken wäre. Schlagartig wurde mir bewusst, dass ich beinahe vergessen hatte, warum ich hier war. Die Zeit im Feenreich ging anders, hatte ich gehört, und man verlor sein Gedächtnis ebenso leicht wie den Weg.

Dieses Haselnussgestrüpp war sicher noch nie mit einer Schere in Berührung gekommen. Dennoch, so unbeschnitten es auch sein mochte, offenbar hatte ein Naturgeist den üppigen Wuchs in gewisser Weise gebändigt und dieses Geflecht aus geschmeidigen Zweigen entstehen lassen, das eine Öffnung bildete. Dort war Eldri verschwunden. Ich zögerte einen Augenblick, doch wenn ich Dierna schon nicht fand, konnte ich mich ebenso gut im Feenreich verirren, denn ich würde gewiss nie wagen, nach Avalon zurückzukehren. Nur der Gedanke an die ängstlich wartende Aelia ließ mich weitergehen.

Als ich durch die Öffnung schritt, ertönte plötzlich Gesang, als versteckte sich eine Vogelschar in den Zweigen, und doch wusste ich – und ich hatte gelernt, solche Dinge zu bemerken –, dass es keine Vögel waren, die ich jemals auf Avalon gehört hatte.

Entzückt schaute ich nach oben und hoffte, dort die geheimen Sänger zu entdecken. Als ich den Blick wieder senkte, stand eine Fremde vor mir.
Ich blinzelte, denn ich hatte Schwierigkeiten, sie genau ins Auge zu fassen. Der Mantel der Frau bestand aus den mannigfachen blassen Goldtönen herbstlicher Weidenblätter. Rote Beeren wanden sich wie ein Diadem durch ihr dunkles Haar und über die Stirn.
Sie sieht aus wie Heron, dachte ich verwundert, *oder als gehöre sie dem kleinen dunklen Volk aus dem Dorf am See an!* Doch keine Frau aus dem Volk vom See hatte je dagestanden, als wäre ihre Umgebung nur für sie geschaffen worden, stattlich wie eine Priesterin, edel wie eine Königin. Eldri war auf sie zugelaufen und sprang an ihrem Rock hoch, wie er es immer bei mir machte, wenn ich fort gewesen war.
Ich unterdrückte einen Anflug von Eifersucht, denn Eldri hatte noch nie jemandem solche Zuneigung gezeigt. Ich sank in Ehrerbietung wie vor einer Kaiserin nieder.
»Du verbeugst dich vor mir, und das ist gut, aber andere werden sich eines Tages vor dir verneigen.«
»Wenn ich Hohepriesterin werde?«
»Wenn du deine Bestimmung erfüllst«, lautete die Antwort. Die Stimme der edlen Frau war lieblich wie Bienengesumm an einem Sommertag, doch ich wusste, wie schnell diese Musik in wütendes Surren umschlagen konnte, wenn der Stock sich in Gefahr wähnte, und ich wusste nicht, was diese Königin wütend machte.
»Was ist mir bestimmt?«, wagte ich schließlich mit klopfendem Herzen zu fragen.
»Das hängt davon ab, wie du dich entscheidest …«
»Wie meint Ihr das?«
»Du hast doch drei Wege gesehen, als du hierher kamst?«
Die Stimme der edlen Frau blieb reizend und leise, doch es lag eine Macht darin, die mein Gedächtnis zu der Szene hinführ-

te, und dann sah ich es wieder vor mir – den Pfad, der durch die Nebel zurückführte, den steinigen Weg und den mittleren, der breit und schön war, gesäumt von blassen Lilien.

»Die Entscheidung, die du zu treffen hast, liegt in der Zukunft – entweder die Welt der Römer zu suchen, das Verborgene Land oder Avalon«, fuhr die Feenkönigin fort, als hätte ich ihr geantwortet.

»Aber ich habe mich bereits entschieden«, antwortete ich überrascht. »Ich werde Priesterin von Avalon.«

»Das sagt dir dein Verstand, aber was sagt dein Herz?« Die Frau lachte leise. Prickelnde Hitze strich über meine Haut.

»Wenn ich alt genug bin, um an solche Dinge zu denken, werde ich es wahrscheinlich wissen«, entgegnete ich trotzig. »Aber ich habe geschworen, mich keinem Mann hinzugeben, es sei denn, die Göttin will es, und ich werde meinen Eid nicht brechen!«

»Ach, Tochter ...« Die Frau lachte erneut. »Sei dir nicht so sicher, dass du verstehst, was deine Gelübde bedeuten und wohin sie dich führen werden! Das eine will ich dir sagen: Erst wenn du begreifst, wer du wirklich bist, wirst du deinen Weg kennen ...«

Von irgendwoher drangen Worte an mein Ohr. »Eilan bin ich, und Elen wird mich führen ...«

Die Feenkönigin schaute mich an und lächelte plötzlich.

»So ist es. Und wenn du das weißt, dann hast du dich bereits auf den Weg begeben. Doch genug der ernsthaften Dinge – denn jetzt bist du hier, und das wird nicht vielen Sterblichen zuteil. Komm, meine Kleine, und feiere mit uns in meiner Halle!« Sie schaute mich mit einem Liebreiz an, der das Herz schmerzlich berührte, und reichte mir die Hand.

»Wenn ich mit dir gehe ... kann ich dann wieder nach Avalon zurückkehren?«, fragte ich zögernd.

»Wenn du es willst«, lautete die Antwort.

»Und werde ich Dierna finden?«

»Willst du das wirklich?«, fragte die Frau.
»Von ganzem Herzen!«, rief ich.
Die Feenkönigin seufzte. »Wieder das Herz! Ich sage dir, wenn du sie findest, wirst du sie verlieren, aber das wirst du wahrscheinlich nicht verstehen. Komm und sei für kurze Zeit glücklich, wenn es das einzige Geschenk ist, das du von mir annimmst …«
Dann nahm die Feenkönigin mich an die Hand und führte mich über gewundene, unbekannte Wege. Alsbald kamen wir zu einer Halle aus Holz, das weder geschlagen noch behauen war, wie ich es im Land der Menschen gesehen hatte, sondern verwoben und verwachsen, und die Balken bestanden aus lebendem Holz, das Dach aus Ästen mit frischem Grün. An dicken Zweigen, die aus den Wänden wuchsen, waren Fackeln angebracht, deren heller, flackernder Schein in den strahlenden Augen der Menschen tanzte, die dort an dem hohen Tisch saßen.
Sie reichten mir ein süßes, schäumendes Getränk in einem Becher, der weder aus Silber noch aus Gold bestand, und als ich trank, fiel meine Müdigkeit von mir ab. Körbe voll fremdartiger Früchte standen dort, Pasteten mit Wurzeln und Pilzen in reichhaltiger Soße und Brot mit Honig.
Das Essen erfrischte meinen Körper, obwohl ich mich fragte, ob alles nur Einbildung war, wie ich es aus Geschichten über das Feenreich kannte. Das Harfenspiel indessen nährte etwas in meiner Seele, von dem ich nicht einmal geahnt hatte, dass es Hunger litt. Ein junger Mann mit fröhlichen Augen und einem goldenen Reif auf den dunklen Locken nahm mich an die Hand und führte mich zum Tanz. Zu Anfang stolperte ich, denn das war etwas anderes als die würdevollen Schritte, die wir als angemessen für die Jungfrauen von Avalon ansahen. Der Rhythmus ähnelte den Trommelschlägen, die vom Tor dröhnten, wenn die geweihten Priesterinnen mit den Druiden um die Beltanefeuer tanzten und die Mädchen im Haus der

Jungfrauen lagen und lauschten, wobei ihr Blut in einem Rhythmus pulsierte, den sie noch nicht begriffen.
Ich lachte und ließ mich von der Musik davontragen, doch als mein Partner mich vom Tanz fort in eine Laube ziehen wollte, erkannte ich darin eine andere Versuchung, entzog mich seiner Umarmung und trat wieder an die Festtafel.
»Hat der junge Mann dir nicht zugesagt?«, fragte die Königin.
»Ich mochte ihn schon«, sagte ich und spürte, wie verräterische Röte in meine Wangen stieg, denn wenn seine Schönheit auch keine Saite in meinem Herzen zum Klingen gebracht hatte, waren meine Sinne durch seine Berührung in einer Art aufgewühlt worden, die ich nicht recht begriff. »Aber ich bin schon zu lange hier. Ich darf dich an dein Versprechen erinnern, Herrin, mich zu Dierna zu führen und dann zurück nach Hause.«
»Dazu ist noch genug Zeit. Warte noch ein wenig: unser größter Barde wird jetzt gleich singen …«
Doch ich schüttelte den Kopf. »Ich muss gehen. Ich will gehen – Eldri! Eldri, komm her!« Ich schaute mich in plötzlich aufsteigendem Entsetzen um. Hatte der kleine Hund, der mich schließlich hierher gebracht hatte, mich am Ende verlassen? Doch im nächsten Augenblick spürte ich, wie er an meinem Rock scharrte. Ich bückte mich, um ihn auf den Arm zu nehmen und fest an mich zu drücken.
»Ja … dein Wille ist sehr stark«, sagte die Feenkönigin nachdenklich. »Und wenn ich dir nun sagen müsste, dass du, wenn du nach Avalon zurückkehrst, die ersten Schritte auf dem Weg gehst, der von dort fortführt? Dass du damit Ereignisse in Gang setzen wirst, die es am Ende auf ewig von der Menschenwelt abschneiden werden?«
»Das werde ich niemals tun!«, rief ich verärgert.
»Der Lufthauch, den ein Schmetterlingsflügel bewirkt, mag am anderen Ende der Welt ein Unwetter auslösen … im Verborgenen Land denken wir nicht an die Vergänglichkeit, da-

her vergeht die Zeit für uns langsam oder gar nicht. Doch wenn ich die Menschenwelt betrachte, kann ich die Folgen von Handlungen beobachten, die ihr rasch lebenden Sterblichen nie zu sehen bekommt. Lerne von meiner Weisheit, Tochter, und bleibe!«

Ich schüttelte den Kopf. »Ich gehöre nach Avalon!«

»So sei es«, sagte die Feenkönigin daraufhin. »Das eine kann ich dir zum Trost sagen: wohin und wie weit du auch gehen magst, solange du deine Hunde hast, wirst du wieder nach Hause finden ... Geh nun mit dem Segen des Alten Volkes, und vielleicht wirst du dich von Zeit zu Zeit meiner erinnern ...«

»Ich werde an Euch denken ...«, sagte ich. Tränen brannten mir in den Augen. Ich setzte Eldri wieder ab, und der Hund trottete zur Tür, nachdem er sich vergewissert hatte, dass ich ihm folgte.

Wir schritten in das durch die Blätter gefilterte Licht des Feenwaldes und dann, von einem Schritt zum nächsten, in eine Dunkelheit, in der ich außer der leuchtenden weißen Gestalt des Hundes vor mir nichts sehen konnte. Dann spürte ich den kühlen Nebel auf der Haut und ging langsamer. Zitternd prüfte ich jeden Schritt, ehe ich mein Gewicht dem Untergrund anvertraute, um mich zu vergewissern, dass ich den Pfad nicht verlassen hatte.

Ich war mir nicht sicher, wie lange es dauerte, doch allmählich wurde mir bewusst, dass der Nebel dünner wurde. Dann lichtete er sich, und nachdem ich die letzten Schwaden durchschritten hatte, stand ich auf der Wiese des Tor. Der Mond stand noch hoch am Himmel – noch fast so hoch, wie zu dem Zeitpunkt, als ich aufbrach. Ich schaute ihn verwundert an, denn das Fest und der Tanz im Feenland hatten bestimmt stundenlang gedauert. Aber jetzt war ich wieder zurückgekehrt, und der Zeitpunkt war derselbe wie bei meinem Aufbruch. *Aber war es dieselbe Nacht?*, fragte ich mich mit plötzlich

aufsteigender Furcht. *Oder derselbe Monat und dasselbe Jahr? Wartete Aelia noch auf mich?*
Ich ging weiter und schaute mich ängstlich um, ob sich etwas verändert hatte. Erleichtert seufzte ich auf, als ich die Haselnusshecke vor mir sah, die noch immer halb beschnitten war, so, wie ich sie verlassen hatte. Etwas Bleiches rührte sich in ihrem Schatten – Eldri saß neben einem zusammengerollten Kleiderhaufen, der sich bei näherem Hinsehen als das schlafende Kind entpuppte.
Mit wild klopfendem Herzen sank ich neben ihr auf die Knie. »Der Göttin sei Dank!«, brachte ich atemlos hervor. »Nie wieder will ich an dir zweifeln!« Dann, als mein Pulsschlag fast wieder normal war, nahm ich das Kind in die Arme.
»Dierna, wach auf, Kleines! Du bist jetzt so ein großes Mädchen, dass ich dich nicht tragen kann!«
Das Kind bewegte sich und verkroch sich schläfrig an meiner Brust. »Ich kann da nicht wieder hingehen – ich habe Angst ...«
»Ich bleibe bei dir«, sagte ich, »und Eldri auch.«
»Aber er ist so klein«, kicherte Dierna und streckte die Hand aus, um das lockige Fell des Hundes zu kraulen.
»Unterschätze ihn nicht. Er ist ein Zauberhund«, antwortete ich ihr. Im Schatten hatte ich den Eindruck, dass ein wenig vom Glanz des Feenreichs noch an dem hellen Fell hing. »Komm jetzt ...« Ich stand auf, und nach anfänglichem Zögern folgte Dierna mir.
Ich sagte mir, ich könnte ins Haus der Jungfrauen zurückschleichen, noch ehe man mich am Morgen vermissen würde, aber auch wenn Ganeda erfahren sollte, dass ich ungehorsam war, kümmerte es mich nur wenig. Es gab genug Stroh im Schuppen, um ein Bett herzurichten, und als ich Dierna überredet hatte, sich hinzulegen, erzählte ich dem Kind Geschichten von meinen Abenteuern im Feenreich, bis es eingeschlafen war.

Dabei legte sich die Müdigkeit nach meinen Abenteuern schwer auf mich, und so kam es, dass Suona, als sie das Kind in der Morgendämmerung freilassen wollte, uns zusammen vorfand. Eldri lag als Türhüter neben uns.

4. KAPITEL

A. D. 268-70

In dem Jahr, in dem ich achtzehn wurde, zog ich aus dem Haus der Jungfrauen aus und lebte zusammen mit Heron, Aelia und Roud in einem eigenen Gebäude, denn die Zeit der Weihe zur Priesterin stand kurz bevor, und die Disziplinen, die uns auf die Mysterien vorbereiteten, erforderten strenge Klausur. Wenn wir vier Novizinnen auch von der Gemeinschaft abgesondert waren, so konnte man die Gerüchte, die auf die Insel drangen, nicht völlig von uns fern halten.

Auf Avalon war ebenso wie überall eine Zeit des Sterbens und der Omen angebrochen. Ein ganzes Netzwerk aus Verbindungen sorgte dafür, dass die Hohepriesterin Kenntnis davon erhielt, was im Imperium vor sich ging. Von Zeit zu Zeit brachte einer der Bootsleute aus dem Dorf am See eine lederne Schatulle mit einer Botschaft oder den Boten persönlich herüber, der mit verbundenen Augen vor die Herrin geführt wurde, um ihr das Neueste zu berichten. Ich hatte die Hohepriesterin immer in Verdacht, dass sie vieles erfuhr, was sie nie an die Gemeinschaft weitergab.

Die Nachricht indes, dass der selbst ernannte Kaiser Postumus von seinen eigenen Truppen ermordet worden war, als er sich weigerte, das Beutegut einer eingenommenen Stadt unter den Soldaten zu verteilen, hielt man für wichtig, hatte er doch den Westen einschließlich Britannien vom übrigen Imperium abgetrennt. Ein gewisser Victorinus hatte den Kaisertitel angenommen, doch Gerüchten zufolge war er eher ein Krieger im Bett, und seine Ausschweifungen führten bereits dazu, dass seine Machtstellung abbröckelte. Seine Mutter Victorina, so hieß es, sei jetzt die eigentliche Herrscherin des Imperium Galliarum.

Wir aber, die wir auf der heiligen Insel lebten, schenkten diesen Berichten wenig Beachtung. Als der Winter zu Ende ging, verlor Sian, Ganedas Tochter und mögliche Erbin, ihren Kampf gegen die Krankheit, die sie nach der Geburt ihres zweiten Kindes befallen hatte, und die Gemeinschaft von Avalon versank in Trauer.

Das darauf folgende Jahr versprach kaum besser zu werden. Wir erfuhren, dass die Menschen im Mittelmeerraum von Pest und Hunger dahingerafft wurden und ihre Not dem Kaiser zur Last legten, dass Gallienus ebenso wie sein westlicher Rivale der Klinge eines Mörders zum Opfer fiel. Von Claudius, seinem Nachfolger, war wenig bekannt, nur dass er irgendwo an der Donau aufgewachsen war und ein guter Truppenführer sein sollte. Größere Sorgen bereiteten uns die sächsischen Piraten, welche die Südküste Britanniens in immer größerer Zahl heimsuchten.

Dennoch lag die sächsische Küste in weiter Ferne. Als die Erntezeit nahte, rückte auch die Zeit meiner Prüfung immer näher, und dieser Umstand flößte mir größere Furcht ein. Unsere letzten Lektionen oblagen der Hohepriesterin, und jetzt, da Ganeda erneut gezwungen war, meine Existenz wahrzunehmen, wurde deutlich, dass sie mir nicht mehr Zuneigung entgegenbrachte als zuvor.

Zuweilen hatte ich das Gefühl, als werfe sie mir meine Gesundheit und mein Leben vor, nachdem ihre eigene Tochter kalt unter der Erde lag. Sie hoffte, ich würde bei den Prüfungen versagen, in denen bestimmt wurde, wer des Titels einer Priesterin von Avalon würdig war. Aber würde sie so weit gehen und ihre Gelübde brechen, würde sie ihre übersinnlichen Kräfte einsetzen, um sich abzusichern?

Tag für Tag wachte ich morgens mit einem Druck im Magen auf und näherte mich dem Garten neben dem Haus der Hohepriesterin, in dem unser Unterricht stattfand, wie einem Schlachtfeld.

»Bald werdet ihr in die Außenwelt jenseits der Nebel gesandt, um Zeit und Raum zu überwinden, und, wenn ihr könnt, nach Avalon zurückzukehren.«

Es war ein schöner Tag kurz nach der Sommersonnenwende, und durch die Blätter des Hagedorns sah ich das blaue Glitzern des Sees. Heute waren die Nebel nur ein dünner Schleier am Horizont. Es fiel schwer, zu glauben, dass dahinter eine andere Welt liegen sollte.

Ich hatte den Eindruck, der Blick der Hohepriesterin ruhte länger auf mir als auf den anderen. Trotzig hielt ich ihrem Blick stand. Ich erinnerte mich noch gut daran, wie es war, als ich das erste Mal durch die Nebel kam, als Suona die Pforte zwischen der Insel der Priesterinnen und der Welt der Menschen geöffnet hatte. Damals hatte ich ohne jegliche Ausbildung das undeutliche Gefühl gehabt, zu verstehen, was vor sich ging. Wenn bei der Prüfung alles mit rechten Dingen zuging, glaubte ich sie bei der guten Ausbildung, die ich genossen hatte, auch bestehen zu können.

»Aber ihr müsst wissen«, fuhr Ganeda fort, »dass man euch nicht nur vor eine Herausforderung, sondern auch vor eine Wahl stellt. Ihr werdet in der Kleidung einer Frau aus jener Welt fortgehen und mit genügend Mitteln ausgestattet sein, dass ihr Avalon für immer den Rücken kehren könnt. Wenn ihr dort seid, werdet ihr eine Mitgift zur Verfügung haben. Kein Gelübde wird euch binden, außer dem absoluten Tabu, die Geheimnisse von Avalon zu enthüllen. Ihr seid noch jung für das, was ihr alles schon gelernt habt, und habt doch von den Freuden des Lebens kaum gekostet. Geist und Körper zu disziplinieren, ohne Essen oder Schlaf auszukommen, mit einem Mann nur dann zu schlafen, wenn es dem Willen der Herrin entspricht, niemals eurem eigenen, heißt, auf das ver-

zichten zu müssen, was die Göttin einer jeden Frau bietet. Ihr müsst überlegen, ob ihr wirklich zurückkehren wollt.«
Ein langes Schweigen trat ein. Dann räusperte sich Aelia.
»Hier ist mein Zuhause, und ich will kein anderes, aber warum muss es so schwer sein? Wenn die Leute da draußen nichts über Avalon wissen, was tun wir dann für sie, und warum?«
»Den Königsfamilien ist es bekannt«, wagte ich zu antworten. »Bei einer Missernte im Land schicken sie nach einer von uns, um das Große Ritual zu vollziehen – so geschah es, dass ich gezeugt wurde. Und sie schicken ihre Töchter zu uns, damit sie in den überlieferten Weisen unseres Volkes ausgebildet werden.«
»Aber die Römer haben Tempel und ziehen vom Volk Steuern ein, um die Gebäude zu unterhalten. Sollen sie doch mit ihren Opfergaben die Gunst der Götter gewinnen. Warum müssen wir so vieles aufgeben, obwohl wir so wenig Gegenleistung bekommen?«
Die Hohepriesterin lächelte säuerlich, doch sie schien nicht böse zu sein. Daher wagte ich erneut, Aelia zu antworten.
»Weil die Römer vergessen haben, was die Rituale bedeuten, wenn sie es überhaupt je wussten! Mein Vater sagte immer, wenn eine Zeremonie in Wort und Tat nur richtig ausgeführt werde, müsse die Gottheit tun, worum man sie bäte. Auch der unerschütterlichste Glaube helfe nicht, wenn eine Silbe falsch ausgesprochen werde.«
Mein freundlicher, netter Lehrer Korinthius hatte geglaubt, Rituale seien nur ein Mittel, die Gesellschaft zusammenzuhalten, und die Götter seinen eine Art philosophisches Ideal.
»Die Menschen in meinem Dorf wussten es besser!«, rief Heron. »Unsere Feste bringen uns in Einklang mit den Zyklen und Jahreszeiten der Welt.«
»Und die Rituale von Avalon können sie verändern«, warf Ganeda schließlich ein. »Wir befinden uns schon auf halbem Wege zur Anderen Welt, und was wir hier tun, hallt auf allen

Daseinsebenen wider. Es hat Zeiten gegeben, da wir offener in der Welt aufgetreten sind, und Zeiten, in denen wir unsichtbar hinter unseren Nebeln blieben, doch wir arbeiten mit den Energien des Kosmos, entsprechend den Lehren, die uns aus dem Land Atlantis überliefert wurden, das jetzt im Meer versunken ist. Es ist eine übersinnliche Kraft, die den Geist und den Körper eines jeden vernichten würde, der versuchte, sie unvorbereitet oder ohne entsprechende Ausbildung zu beherrschen ...«

Aelia schlug vor der Glut in Ganedas Blick die Augen nieder, dann schauten Heron und Roud zur Seite. Ganeda richtete den Blick auf mich, und mir war, als schaute ich nicht auf die Tante, die mich hasste, sondern auf die Herrin von Avalon. Ihr huldigte ich und neigte den Kopf.

»Deshalb opfern wir uns der Göttin und verrichten IHR Werk in der Welt, nicht aus Stolz, sondern weil SIE uns mit einer Stimme gerufen hat, die zu einer Antwort zwingt«, sagte sie leise. »Unser Leben ist das Opfer.«

Nach diesem Tag schien die Spannung zwischen Ganeda und mir etwas nachzulassen. Vielleicht lag es aber auch nur daran, dass ich sie allmählich zu verstehen begann. Tatsächlich brachte jeder Tag neue Erkenntnisse, während wir Fähigkeiten, die wir zu beherrschen geglaubt hatten, weiter verfeinerten.

Die Eingebung verschwand. Widerwillig löste ich mich vom Bild des im Licht strahlenden Tor und zwang mich, den Weg um ihn herum wieder in den Garten zurückzuverfolgen. Meine Führerin setzte mit gleichmäßiger Stimme ihre Anweisung fort und verhinderte, dass ich mich verirrte, bis die strahlende Erinnerung an meine innere Reise sich in die vertraute Szene verwandelte, die ich jeden Tag vor mir sah.

Ich schlug die Augen auf, blinzelte in die Sonne und legte meine Hände auf die Erde, um mich noch einmal in ihrer Kraft zu verankern. Der Hagedorn und die sorgfältig gehegten Kräuter waren noch wunderschön, obwohl sie die glänzenden Ränder verloren hatten, die ich in der Anderwelt gesehen hatte. Roud und Heron saßen neben mir. Tief atmete ich die würzige Luft ein und dankte der Göttin, dass sie mich sicher zurückgeführt hatte.

»Haben nur diejenigen die Sehergabe, die nach den alten Überlieferungen ausgebildet wurden, wie ihr sie uns hier lehrt?«, fragte Roud.

Die Hohepriesterin schüttelte den Kopf. Seit dem Tod ihrer Tochter war sie alt geworden, und das Morgenlicht, das durch die Blätter des Apfelbaums drang, zeigte jede Falte und Runzel in ihrem Gesicht mit gnadenloser Deutlichkeit. Hätte Ganeda nicht so klar zum Ausdruck gebracht, dass sie mich nur deshalb mit den anderen zusammen unterrichtete, weil es ihre Pflicht war, hätte sie mir beinahe Leid tun können.

»In unserem Volk gibt es viele, die über eine ausgeprägte Sehergabe verfügen«, antwortete sie, »aber sie bringt ihnen nichts Gutes ein, denn sie kommt unvorhergesehen über sie. Diese Menschen können sie weder steuern noch beherrschen. Da sie nicht gelernt haben, damit umzugehen, vermögen sie eine unerwünschte Eingebung weder zu verhindern noch sich auf eine willkommene zu konzentrieren und deren Macht zu steuern, weshalb die Sehergabe für sie eher ein Fluch denn ein Segen ist.«

Nachdenklich zog Heron die Stirn kraus. »Deshalb geht Ihr so vorsichtig damit um, wann und wo Ihr sie zulasst?«

Ganeda nickte. Ich fragte mich, ob sie um die Sicherheit der Hellseherin fürchtete oder ob sie Angst hatte, die Vision könnte ihrer Kontrolle entgleiten? Ich fand es anmaßend zu glauben, man könne der Sprache der Götter solche Grenzen ziehen.

Seit einer Woche redete sie nun schon über die zahlreichen Möglichkeiten, die Zukunft vorherzusagen. Die Druiden beherrschten die Kunst, Omen zu lesen, die Trance des Barden und die Traumbilder, die dem Priester erscheinen, wenn er unter dem Fell des geheiligten Bullen schläft. Diese Fähigkeiten wurden auch von den Druiden in Hibernia ausgeübt. Das Volk vom See verwendete die kleinen Pilze, die auch Ungeübten zu Visionen verhalfen, und tauschte sie gegen unsere Heilmittel ein.

Aber es gab noch andere Praktiken, die nur von den Priesterinnen ausgeübt wurden. Die eine war das Hellsehen im Heiligen Teich, eine andere das Ritual, bei dem eine Priesterin zur Zeit der großen Feste auf einem Hohen Sitz nach Eingebungen suchen sollte. Letzteres kannte ich nur vom Hörensagen, und wenn das Ritual stattgefunden hatte, nachdem ich bereits in Avalon war, so wussten nur die Priesterinnen der höheren Weihen davon.

»Geht jetzt und ruht euch aus«, sagte Ganeda. »Ihr glaubt, ihr seid schon Seherinnen, nur weil ihr im Geist reisen könnt, doch das ist nur der erste Schritt. Roud hat ihre Monatsblutung und muss auf die nächste Gelegenheit warten, doch die anderen drei werden heute Abend versuchen, mit Hilfe von Feuer und Wasser wahrzusagen. Wir wollen sehen, ob eine unter euch die Orakelgabe besitzt.«

Ihre Stimme klang barsch, und wir wagten ihr nicht in die Augen zu schauen. Ihre Tochter Sian war mit dem Zweiten Gesicht gesegnet gewesen, und seit ihrem Tod besaß Avalon keine Seherin mehr. Es musste schmerzvoll für meine Tante sein, an den Verlust erinnert zu werden, obwohl ihre Pflicht sie dazu anhielt, einen Ersatz zu suchen. Der Rückzug in die innere Welt war mir immer leicht gefallen, und ich fragte mich, ob ich wohl auch eine Begabung für das Hellsehen hätte. Angeblich wurden diese Gaben in einer Familie vererbt, demnach war es durchaus möglich. Ich hatte jedoch das unbestimmte Gefühl, dass es Ganeda nicht gefiele, wenn ich in die Fußstapfen ihrer Tochter träte.

An jenem Nachmittag schrubbten wir die Steine des Prozessionsweges, denn Ganeda glaubte fest daran, dass körperliche Arbeit den Menschen ermüde und auf vordergründige Gedanken lenke. Ich vermute, die Plackerei sollte auch dazu dienen, dass wir uns nicht allzu viel auf unsere Ausbildung zu Seherinnen einbildeten.

Trotz der Ablenkung spürte ich, wie ich mich innerlich verkrampfte, je länger die Schatten wurden. Als die Glocke die anderen zum Abendessen rief, gingen wir drei stattdessen zum See, um zu baden, denn die Arbeit, die uns bevorstand, gelang am besten, wenn man sich gereinigt und gefastet hatte.

Als man uns zum Heiligtum am heiligen Brunnen führte, war es bereits dunkel. Wir trugen alle die gleichen weißen Kleider ohne Gürtel, die von den Schultern bis auf die bloßen Füße fielen, und Umhänge aus ungefärbter Wolle. Unser Haar lag lose auf den Schultern. Fackeln säumten den Pfad; ihr flackerndes Licht glänzte auf Herons dunklen Locken und legte einen feurigen Schein auf Aelias Haupt. Meine feinen Haare, die sich nicht bändigen ließen, seitdem ich sie zuletzt gewaschen hatte, wehten mir ins Gesicht, umrahmt von Licht.

Durch diesen goldenen Schleier betrachtet, erschien mir der vertraute Weg mysteriös und fremd. Vielleicht lag es aber auch daran, dass sich der Fastentag und die gespannte Erwartung vor der Trance allmählich bei mir bemerkbar machten. Ich hatte das Gefühl, dass es nicht so schwer fallen dürfte, sich vom normalen Bewusstsein zu lösen und zwischen den Welten zu wandeln. Ich fragte mich, ob die Regel, man müsse während des Fastens Eingebungen suchen, immer so klug wäre. Das Beherrschen des Traumbildes könnte in diesem Zustand vielleicht zu einem Problem werden.

Auf der Steinterrasse stand ein Hocker, davor ein glühendes Kohlebecken. Neben dem Hocker befand sich ein kleiner, geschnitzter Tisch mit einem silbernen Krug und einem zusammengelegten Tuch. Schweigend nahmen wir unsere Plätze

auf der Bank dahinter ein und warteten, die Hände auf den Knien. Tief atmeten wir die kühle Nachtluft ein.
Mit einem anderen Sinn als meinem Gehör nahm ich etwas wahr. Ich drehte mich um. Zwei Priesterinnen näherten sich mit dem stillen, gleitenden Schritt, den ich so mühsam hatte erlernen müssen. Ich erkannte Ganeda an ihren straffen Schultern, noch ehe sie ins Licht trat. Hinter ihr folgte Suona. Sie hielt etwas in den Händen, das mit einem weißen Leinentuch bedeckt war.
»Ist das der Gral?«, flüsterte Aelia mir zu.
»Das kann nicht sein – die einzige Novizin, die ihn sehen darf, ist die Jungfrau, die ihn bewacht«, murmelte ich, während Suona ihre Last auf dem Tisch absetzte. »Das muss etwas anderes sein, aber es ist sicher sehr alt.« *Alt und heilig,* dachte ich, denn mir schien, als spürte ich bereits die Macht, die davon ausging.
Suona zog das Leinentuch ab und hob den Gegenstand so hoch, dass sich das Licht der Fackeln darin fing. Es war eine silberne Schale, ein wenig verbeult, aber liebevoll poliert. Der Rand war mit einem Muster ziseliert.
»Es heißt, diese Schale sei in Vernemeton zum Hellsehen verwendet worden, in dem Haus im Wald, aus dem die ersten Priesterinnen kamen, um auf unserer heiligen Insel zu wohnen. Vielleicht hat die Muttergöttin Caillech selbst hineingeschaut. Betet zur Göttin, dass ihr Geist euch nun berühre …«
Sie stellte die Schale neben den Krug auf dem kleinen Tisch.
Ich blinzelte, denn ein anderes Bild überlagerte die Schale plötzlich; es war dasselbe Gefäß, nur hell und neu. War es Einbildung oder Erkenntnis?
Ich hatte indes nicht viel Zeit, mich zu wundern, stand doch die Hohepriesterin vor uns und hüllte sich sogleich in den Glanz ihrer Stellung. Die kleine, gebeugte, immer finster dreinschauende Frau wurde mit einem Mal groß, stattlich und schön. Ich hatte diese Verwandlung inzwischen schon oft er-

lebt, doch sie erstaunte mich immer wieder und rief mir ins Gedächtnis, dass ich die Macht dieser Frau nicht unterschätzen dürfte, ganz gleich, wie sie mich behandelte.

»Glaubt nicht«, sagte die Hohepriesterin, »dass das, was ihr im Begriff seid zu tun, nur deshalb weniger wirklich ist, weil ihr noch zu Priesterinnen ausgebildet werdet. Das Antlitz des Schicksals ist immer herrlich und erschreckend zugleich – nehmt euch in Acht, wenn ihr IHREN Schleier lüftet. Nur wenigen wird eine gewisse Kenntnis dessen zuteil, was kommen wird. Die meisten, selbst eine heilige Seherin, sehen nur in Bruchstücken voraus, die wiederum von der Auffassung derer, die sehen, und derer, welche die Prophezeiung hören, verzerrt sind.« Sie hielt inne und schaute uns der Reihe nach mit einem Blick an, der sich bis in die Seele bohrte.

Als sie wieder sprach, hatte ihre Stimme einen tranceähnlichen Klang. »Seid daher still und reinigt eure Herzen. Löst euch vom geschäftigen Verstand. Verwandelt euch in ein leeres Gefäß, das darauf wartet, gefüllt zu werden, in eine offene Pforte, durch die Erleuchtung strömen kann.«

Rauch wirbelte aus dem Kohlebecken empor, als Suona die heiligen Kräuter über die Kohlen streute. Ich schloss die Augen, denn die bewusste Wahrnehmung der Außenwelt entglitt mir bereits.

»Heron, Tochter der Ouzel«, sagte die Priesterin, »willst du in die heiligen Wasser schauen und dort Weisheit suchen?«

»Ja, ich will«, kam die Antwort. Kleider raschelten, als man ihr auf den Hocker half.

Ich brauchte meine Augen nicht, um zu sehen, wann sie hineinschaute, noch musste ich die leisen Anweisungen hören, mit denen die Herrin sie tiefer in den Trancezustand zog. Als Heron sprach, sah auch ich die Bilder, gebrochen und chaotisch – Stürme und Armeen, Tänzer am heiligen Ring der Steine.

Alsbald waren sie verschwunden. Vage wurde mir bewusst, dass man Heron wieder an ihren Platz geführt hatte und Aelia

jetzt an der Reihe war, in die Schale zu schauen. Auch ihre Erscheinungen wurden mir zuteil. Die Stimme der Herrin war strenger geworden und lenkte Aelias Blick auf eine Zeit, die näher an der Gegenwart lag, auf Ereignisse, die für Avalon wichtig waren. Eine Zeit lang sah ich nur wirbelnde Schatten, doch dann tauchten verschwommen die Marschen am Rande des Sees vor mir auf. Gestalten mit Fackeln liefen am Ufer entlang und riefen. Dann verschwand das Bild. Es platschte, als die Schüssel geleert wurde, und Aelia setzte sich wieder neben mich. Ich spürte, wie sie zitterte, und fragte mich, welchen Anblick ihr Verstand nicht zugelassen hatte.
Doch jetzt stand die Hohepriesterin wie eine Flamme vor mir.
»Eilan, Tochter der Rian, bist du bereit, in die Zukunft zu sehen?«, kam die Stimme aus dem Dunkeln.
Ich flüsterte meine Zustimmung und wurde zum Hocker geführt. Abermals verschob sich mein Bewusstsein, und ich schlug die Augen auf. Suona schüttete frisches Wasser in die Schale und stellte sie vor mich hin.
»Beuge dich vor und sieh hinein«, erklang die ruhige Stimme neben mir. »Atme ein … und aus … warte, bis die Wasseroberfläche glatt ist. Versetze dich im Geist darunter und sag uns, was du siehst.«
Suona hatte noch mehr Kräuter auf die Kohlen gestreut. Als ich den schweren, süßen Rauch einatmete, ergriff mich ein Schwindel. Ich kniff die Augen zusammen und versuchte, mich auf die Schale zu konzentrieren. Jetzt sah ich sie – ein silberner Rand, der eine schwebende Dunkelheit umschloss, blitzte im leuchtenden Fackelschein auf.
»Es macht nichts, wenn du nichts siehst«, fuhr die Priesterin fort. »Entspanne dich …«
Und ob es etwas ausmacht, dachte ich leicht verärgert. *Will sie, dass es mir misslingt?*
Vielleicht wäre es einfacher, wenn man nicht von äußeren Bildern abgelenkt würde. Ich wagte nicht, die Augen zu schlie-

ßen und starrte ins Leere, sodass ich nur einen vagen Schleier vor mir sah, umgeben von einem Lichtkreis. Suche nach dem Marschland, sagte ich mir; was hatte Aelia beinahe gesehen? Bei diesem Gedanken tauchte das Bild vor mir auf, flimmernd und undeutlich zunächst, doch dann vollständig. Es dämmerte, der Abend brach an. Der See leuchtete schwach im letzten Tageslicht. Die Stelle aber, an der sich Marsch und Insel im Südosten vermischen, lag im Schatten. Fackeln zogen über höheres Gelände, doch mein Blick wurde von einem dunklen Teich im Schatten einer knorrigen Eiche angezogen.
Dort bewegte sich etwas. Ich erschrak, als ich Diernas hellen Schopf sah. Mit einem Arm umklammerte sie einen umgestürzten Stamm. Den anderen hatte sie nach unten gestreckt, als halte sie etwas unter der Wasseroberfläche fest. Ich strengte mich an, um die Szene deutlicher zu erkennen, doch sie veränderte sich.
Die Suchenden hatten sie gefunden. Im Schein der Fackeln sah ich, wie Dierna schluchzte, obwohl ich keinen Laut hörte. Zwei Druiden standen neben ihr im Wasser. Einer hob sie in Cigfollas wartende Arme. Der andere band ein Seil um etwas, das unter Wasser war. Die Männer zogen, eine blasse Gestalt stieg nach oben …
»Becca! Ertrunken!« Abgehackt kamen die Worte aus meiner Kehle. »Bitte, lass es mich nicht sehen – lass es nicht wahr sein!« Ich zuckte so heftig zurück, dass Schale und Krug in hohem Bogen vom Tisch flogen. Ich fiel zu Boden, krümmte mich vor Schmerz und presste die Hände vor die Augen, als wollte ich auslöschen, was ich gesehen hatte.
Sogleich packte Suona mich an den Handgelenken, nahm mich in den Arm und raunte mir beruhigende Worte ins Ohr.
»Bestimmt wird sie sich wieder erholen«, ertönte Ganedas Stimme hinter mir. »Mit dieser Hysterie will sie sich nur wichtig tun.«
Mit einem Ruck richtete ich mich auf, obwohl mir nach der ra-

schen Bewegung schwindelig wurde. »Aber ich habe es gesehen! Richtig gesehen! Ihr müsst Becca beaufsichtigen, sonst ertrinkt sie!«
»Das würde dir gefallen, nicht wahr?«, knurrte Ganeda. »Wieder eine weniger von meinem Blut, mit der du um meinen Platz streiten müsstest, wenn ich einmal nicht mehr bin!«
Die massive Ungerechtigkeit ihrer Worte verschlug mir die Sprache, doch ich spürte, wie Suona versteinerte, als sie es mit anhörte.

Sich in Trance zu versetzen war leicht gewesen. Sich zu erholen, zumal ich diesem Zustand so plötzlich entrissen wurde, war schwieriger. Noch Wochen danach war ich verstört und litt unter Weinkrämpfen. An den Tagen unmittelbar nach dem Blick in die Zukunft war mein Gleichgewichtssinn derart gestört, dass ich kaum gehen konnte; bei jedem Schritt brummte mir der Schädel. Als deutlich wurde, dass der Schlaf nur einer Nacht mir nicht die nötige Erholung brachte, kam ich ins Haus der Kranken. Als Grund wurde angegeben, die anderen Mädchen ermüdeten mich, heute jedoch glaube ich, Ganeda wollte verhindern, dass ich mit den anderen, vor allem mit Dierna, darüber redete, was ich gesehen hatte.
Und so kam es, dass ich noch im Haus der Kranken lag – von Cigfolla verhätschelt, sobald ich aus meinen unangenehmen Träumen aufwachte –, als ich draußen vor dem Haus Rufe hörte. Ich richtete mich auf und sah durch die offene Tür das Flackern von Kerzen in der Dunkelheit.
»Was ist los?«, schrie ich. »Was geht da vor?« Ein vertrautes Angstgefühl machte sich bereits in meinem Bauch breit. Ich versuchte, aufzustehen, doch die Schmerzen im Kopf warfen mich wieder auf mein Lager, und ich stöhnte.
Ich saß noch auf dem Bett und versuchte, die Qualen durch behutsame Atemübungen in den Griff zu bekommen, als die Tür aufgerissen wurde und Heron hereinschoss.

»Eilan – wir können Dierna und Becca nicht finden!«, flüsterte sie und warf einen Blick über die Schulter, um sich zu vergewissern, dass niemand sie gesehen hatte. Daraus schloss ich, dass Ganeda ihnen verboten hatte, mich zu besuchen. »Wo hast du sie in deiner Vision gesehen? Sag es mir, rasch!«

Ich packte sie am Arm und beschrieb ihr so gut ich konnte, wo der Weidenteich, den ich gesehen hatte, vom Pfad aus gesehen ungefähr lag. Dann ging sie fort, und ich legte mich zurück. Aus meinen geschlossenen Augen drangen Tränen.

Eine Ewigkeit hatte ich dort in meinem Elend gelegen, als ich schließlich die Suchenden zurückkehren hörte, Stimmen, klanglos vor Kummer oder heiser vom Weinen. Ich drehte mich mit dem Gesicht zur Wand. Der Gedanke, dass Dierna ohne meine Eingebung vielleicht mit ihrer Schwester gestorben wäre, tröstete mich nicht. Ich hatte Ganeda verzweifelt zu beweisen versucht, dass meine Prophezeiung echt war, doch jetzt hätte ich alles darum gegeben, wenn ihre Anschuldigungen sich als richtig erwiesen hätten und die kleine Becca wieder sicher zu Hause gewesen wäre.

Mein Gesundheitszustand besserte sich allmählich, und man erlaubte mir, ins Haus der Jungfrauen zurückzukehren. Heron berichtete, Dierna sei auf Kräutersuche in der Marsch gewesen und habe ihre Schwester zu Hause gelassen. Doch Becca, die seit dem Tode der Mutter ihrer Schwester wie ein Schatten folgte, war ihr nachgegangen und ins Wasser gefallen, und als Dierna zu der Stelle kam, hatte der Sumpf sie bereits in die Tiefe gezogen. Auch wenn niemand ihr einen Vorwurf machte, mussten Dierna inzwischen unweigerlich Schuldgefühle quälen.

Es überraschte mich nicht zu hören, dass die Erkältung, die sie vom kalten Wasser davongetragen hatte, sich zu einer Lungenentzündung ausgewachsen hatte. Jetzt war sie diejenige, die im Haus der Kranken gepflegt wurde. Ich bat, sie besuchen zu dürfen, doch Ganeda verbot es mir. Mir fiel eine Geschichte ein, die mein Lehrer Korinthius mir einmal über einen orientalischen König erzählt hatte, der auf eine schlechte Nachricht mit der Hinrichtung des Überbringers reagierte. Es hatte keinen Sinn, mir die Schuld für den Vorfall zu geben, zumal Ganeda meiner Prophezeiung keinen Glauben geschenkt hatte, doch mir war längst klar geworden, dass die Hohepriesterin selten überlegt handelte, sobald ich betroffen war.

Unsere Ausbildung lief weiter, doch wir erhielten keinen Unterricht mehr im Hellsehen. Ich für meinen Teil war es zufrieden. Ich hatte das erste Paradoxon des Prophezeiens gelernt, nämlich die Erkenntnis, dass man die Zukunft, die man erblickt, nicht unbedingt verstehen, geschweige denn ändern kann.

Mit der Zeit verließ auch Dierna das Krankenlager. Sie schlurfte umher, und ihre Augen wirkten wie Löcher in einer Decke, ihr Gesicht hob sich von ihrem feurigen Haar bleich wie Molke ab. Es war gerade so, als wäre sie mit Becca gestorben und als wäre nur ihr Geist bei uns in Avalon geblieben.

Und so neigte sich dieser furchtbare Sommer schließlich dem Ende entgegen. Die Rohrkolben in den Marschen waren dick und braun geworden und schwankten im Wind, der durch die flatternden Weidenblätter strich, und die Nebel, die Avalon umgaben, schienen golddurchtränkt. Eines Abends, als der Neumond gerade aufging, kam ich vom Abtritt und erhaschte mit einem Seitenblick eine bleiche Gestalt, die den Pfad zum See hinunterging. Es war Dierna. Ich erschrak, und mein Puls ging schneller, doch ich unterdrückte den Schrei, der in mir aufstieg, und pfiff stattdessen nach Eldri, der ihr nachgehen sollte.

Als ich sie einholte, saß Dierna unter einem Holunderbusch, hatte die Arme um Eldri gelegt und weinte in sein seidiges Fell. Als sie meine Schritte vernahm, schaute sie auf und runzelte die Stirn.

»Es ist schon alles in Ordnung. Du hättest Eldri nicht hinter mir her schicken müssen!«, versetzte sie mürrisch, doch sie ließ den Hund nicht los. »Aber vielleicht denkst du ja, ich sollte in den See steigen und immer weiter gehen, als Strafe dafür, dass ich meine Schwester habe ertrinken lassen!«

Ich schluckte. Das war schlimmer, als ich erwartet hatte. Ich setzte mich und hütete mich, das Mädchen in diesem Augenblick anzurühren.

»Alle sagen, es sei nicht meine Schuld gewesen, aber ich weiß, was sie denken ...«, schniefte sie und wischte sich die Nase am Ärmel ab.

»Du sollst wissen, dass ich in der Wasserschale vorhergesehen habe, was geschehen ist«, sagte ich schließlich. »Aber niemand hat mir geglaubt. Mir will der Gedanke nicht aus dem Kopf, wenn ich doch nur stärker versucht hätte, sie zu überzeugen ...«

»Das ist doch dumm! Du konntest nicht wissen, wann ...«, rief Dierna, hielt dann inne und beäugte mich misstrauisch.

»Wir fühlen uns beide schuldig«, sagte ich daraufhin. »Sehr wahrscheinlich wird das immer so sein. Aber ich will versuchen, damit zu leben, wenn du es auch versuchst. Vielleicht können wir einander verzeihen, auch wenn wir uns selbst nicht vergeben können ...«

Sie sah mich noch eine Weile an, und ihre blauen Augen füllten sich mit Tränen. Dann warf sie sich schluchzend in meine Arme.

Weinend verharrten wir in dieser Haltung, während die weiße Mondsichel über den Himmel zog. Erst als Eldri sich knurrend zwischen uns hervorzwängte, merkte ich, wie viel Zeit vergangen war und dass wir nicht allein waren. Einen Augenblick lang hatte ich Frieden empfunden, während ich das Kind in den Armen hielt, doch jetzt verkrampfte sich mein Magen erneut. Die verhüllte Gestalt, die vor uns stand, war die Herrin von Avalon.

»Dierna ...«, sagte ich leise. »Es ist spät, und du musst ins

Bett.« Sie versteifte sich, als sie ihre Großmutter sah, aber ich stellte sie bereits auf die Füße. »Lauf jetzt, und möge die Göttin deine Träume segnen.«

Zuerst dachte ich, sie wollte unbedingt bleiben, um mich zu verteidigen. Vielleicht erkannte Dierna aber auch, dass sie Ganeda damit nur noch mehr erzürnen würde, denn sie verließ uns, ohne zu widersprechen, wenn sie sich auch mehrmals umschaute. Ich gestehe, dass ich versucht war, sie wieder zurückzurufen, als ich die Drohung im Schweigen der Herrin spürte, aber diese Auseinandersetzung hatte sich schon lange angebahnt, und ich wusste, ich musste mich ihr allein stellen.

Ich stand auf. »Wenn du mir etwas zu sagen hast, dann lass uns am Ufer entlanggehen, wo wir niemanden stören werden.« Ich war erstaunt, dass meine Stimme so gelassen klang, denn ich zitterte unter meinem Umhängetuch. Ich ging den Weg zu dem Pfad hinunter, der am See entlangführte, Eldri auf den Fersen.

»Warum bist du zornig?«, fragte ich, als das Schweigen unerträglich wurde, ähnlich der Stille vor dem Sturm. »Missgönnst du deiner Enkelin das bisschen Trost, nur weil er von mir kommt?«

»Du hast meine Schwester umgebracht, als du geboren wurdest …«, zischte Ganeda, »du hast Becca verwünscht, und jetzt versuchst du, das letzte Kind meines Blutes zu stehlen.«

Ich starrte sie an. Wut verdrängte meine Furcht. »Du bist verrückt, alte Frau! Ich habe das kleine Mädchen geliebt, und der Tod meiner Mutter war für mich gewiss ein größerer Verlust als für dich. Aber ist es nicht so, dass unsere Entscheidungen dabei überhaupt keine Rolle spielen, oder waren all die Lehren von Avalon eine Lüge? Meine Mutter entschied sich, als Priesterin am Großen Ritual teilzunehmen, und als sie erfuhr, dass sie schwanger war, wollte sie das Kind behalten, obwohl sie sich des Risikos bewusst war. Und Becca hatte man gesagt, sie solle ihrer Schwester nicht nachgehen, doch sie hat sich anders entschieden.«

»Sie war zu jung, um zu wissen …«

»Und du, du hast entschieden, mich von den beiden Mädchen fern zu halten!«, wütete ich weiter. »Weißt du denn nicht, dass ich sie behütet hätte wie eine Bärin ihre zwei Jungen, nur um das Unglück zu verhindern, das ich vorausgesehen hatte? Vom ersten Augenblick an, da ich meinen Fuß auf Avalon setzte, hast du mich gehasst! Womit habe ich das nur verdient? Kannst du mir das sagen?«

Ganeda packte mich am Arm, und als sie mich herumriss, damit ich sie anschaute, spürte ich, wie sich ihre Energie ausdehnte, und vor dem Zorn der Herrin von Avalon wirkte meine Wut plötzlich wie kindische Gereiztheit.

»Du wagst es, so mit mir zu reden? Mit einem einzigen Wort könnte ich dich an Ort und Stelle auslöschen!« Schwungvoll hob sie den Arm, und die dunklen Falten ihres Gewandes rauschten wie die Flügel der Herrin der Raben. Ich duckte mich. Einen Augenblick lang war das Plätschern der Wellen am Ufer das einzige Geräusch.

Dann stieg aus dem würzigen Geruch feuchter Erde und aus dem Rauschen des Wassers eine andere Form der Macht in mir auf, eine stetige, ausdauernde Kraft, fähig, alle Blitze abzufangen, die Ganedas mächtiger Zorn herabbeschwören mochte. Einen Augenblick lang wurde ich einer fundamentalen Kraft in mir gewahr, obwohl ich nicht wusste, ob es die Göttin selbst oder meine ewige Seele war. Langsam richtete ich mich auf, und als Ganeda meinem Blick begegnete, floss die Macht aus ihrem Körper, bis die Hohepriesterin nur noch eine alte, gebeugte Frau war, kleiner als ich.

»Du bist die Herrin von Avalon«, sagte ich seufzend, »aber wir sind Töchter der Herrin, die über uns alle herrscht. Bei allem, was das Gute von Avalon betrifft, werde ich dir gehorchen, aber das tue ich, weil ich diese Wahl treffe.«

Sie schaute zu mir auf. Der Mond zeichnete ihre gerunzelten Gesichtszüge in hellen und dunklen Linien nach.
»Du bist jung«, sagte sie mit leiser Stimme, »jung und stolz. Weigere dich, mich zu fürchten, wenn du willst – das Leben selbst wird dich noch das Fürchten lehren, ja, und die Bedeutung von Kompromissen!« Sie ging am Ufer entlang wieder zurück.
»Dierna ist auch mit mir verwandt«, rief ich ihr nach, »und ich werde nicht zulassen, dass du sie von mir fern hältst!«
Daraufhin drehte sich Ganeda noch einmal um. »Wie du willst«, sagte sie müde, »aber als ich jünger war, habe auch ich die Zukunft gesehen. Ich habe in den heiligen Brunnen geschaut und gesehen, dass Dierna meine Erbin sein wird. Du tust gut daran, wenn du dich gut mit ihr stellst, denn ich sage dir jetzt, dass sie die nächste Herrin von Avalon sein wird, nicht du!«

Allmählich verblasste der schreckliche Sommer, in dem Becca umgekommen war, in meiner Erinnerung. Ich wusste, was diese Tragödie ihrer Schwester angetan hatte, doch im Laufe der Zeit wurde deutlich, dass auch Ganeda gelitten hatte, mehr noch als wir – und vielleicht auch sie selbst – ahnten. Körperlich war sie noch voller Kraft. Niemand, der nicht über erhöhtes Stehvermögen verfügte, vermochte die Arbeit der Herrin von Avalon zu leisten. Die Schärfe aber, mit der sie Freund und Feind schneiden konnte, war dahin.
Mir fiel es schwer, Mitleid zu empfinden. Ich war jung und begriff nicht, wie stark die Schläge, die das Leben austeilt, die Seele beeinträchtigen können. Es war mir wiederum auch nicht so wichtig, dass ich es versucht hätte. Ich erfreute mich eines gesunden Körpers und heranreifender Kräfte und strebte eifrig meinen Prüfungen entgegen. Da ich mir meines Entschlusses sicher war, schenkte ich den Beutel voll goldener Aurei, mit denen man mich ausgestattet hatte, der Fami-

lie des Jungen, der mir zehn Jahre zuvor Eldri geschenkt hatte.
So geschah es, dass ich in die Nebel trat und aus den Tiefen meiner selbst das Wort der Macht zog, das den Weg öffnete. Ich musste lachen, denn am Ende war es so leicht, als wäre mir nur etwas eingefallen, das ich vor langer Zeit bereits gelernt hatte. Heron und Aelia erging es ähnlich, als sie an der Reihe waren, und auch sie wurden ebenso wie ich jubelnd in Empfang genommen. Roud hingegen kehrte nie wieder zu uns zurück.
In dem darauf folgenden Jahr des Schweigens war ich gezwungen, innere Einkehr zu halten, was mir die unzähligen Anforderungen meiner Ausbildung zuvor nicht erlaubt hatten. Aus heutiger Sicht muss ich sagen, dass darin die wahre Weihe bestand, denn nicht die Widersacher von außen, denen man entgegentreten und trotzen kann, sind am gefährlichsten, sondern die raffinierteren Gegner, die im eigenen Wesen hausen.
Über das Gelübde, mit dem das Jahr abgeschlossen wurde, muss ich auch Stillschweigen bewahren, abgesehen davon, dass es, wie Ganeda versprochen hatte, eine heilige Handlung, ein Opfer war. Doch obwohl ich mich der Herrin opferte, um nach IHREM Willen von IHR eingesetzt zu werden, begriff ich damals nicht die Mahnung, dass niemand vorauszusagen oder zu steuern vermag, was die Göttin mit ihm vorhat, wenn diese Bindung erst einmal eingegangen ist. Dennoch, als ich meinen Eid geleistet hatte, durchlief ich das Mysterium des Kessels und erhielt den blauen Halbmond einer Priesterin auf der Stirn.

Da ich mich hauptsächlich mit mir selbst beschäftigte, fiel mir zunächst nicht auf, dass es in Avalon nicht zum Besten stand. Während unseres Schweigejahrs waren Aelia und ich uns näher gekommen. Ich war überrascht, dass ich ohne Worte mehr von dem verstand, was in ihr vorging, als zu der Zeit, da wir uns unsere Gedanken noch im Gespräch offenbart hatten. Ich wusste, dass es ihr mit mir ebenso erging. Wir setzten unsere Stimmen nur ein, um für die Göttin zu singen, weshalb Worte eine neue, geheiligte Bedeutung annahmen.

Somit erhielten die Beratungen bei der ersten Versammlung der geweihten Priester und Priesterinnen, zu der ich nach meinem Schweigejahr zugelassen war, für mich eine ungewöhnliche Bedeutung. Die Lage war tatsächlich sehr ernst. Seit einigen Jahren waren keine neuen Jungen oder Mädchen nach Avalon gekommen, um sich ausbilden zu lassen, und Roud war nicht die einzige, die in ihrer Prüfung fortgegangen war, um nie wieder zurückzukehren. Darüber hinaus waren die Fürsten, die mit ihren Beiträgen die Gemeinschaft auf der Insel aufrechterhielten, immer weniger bereit, ihrer Zahlungspflicht nachzukommen.

»Nicht, dass wir kein Geld hätten«, sagte Arganax, der im Jahr zuvor Oberhaupt der Druiden geworden war. »Britannien war nie wohlhabender. Aber Kaiser Claudius in Rom scheint uns vergessen zu haben, und nach dem Tod von Victorinus hat das Imperium Galliarum größere Sorgen, als hier Steuern einzusammeln.«

Cigfolla lachte. »Seine Mutter Victorina herrscht jetzt hier, trotz der jungen Vettern, die sie auf den Thron gesetzt hat, um ihn warm zu halten, und soweit ich gehört habe, ist sie doppelt so gut, wie er es einmal war. Vielleicht würde sie sich über die Hilfe aus Avalon freuen!«

»Die Fürsten haben uns freudig unterstützt, als Rom seinen Fuß in ihren Nacken gesetzt hatte«, sagte Suona. »Es ist beinahe so, als hätten sie das Gefühl, uns nicht länger zu brauchen – als könnten sie die alten Überlieferungen Britanniens vergessen, jetzt, da sie frei von direkter Kontrolle durch Rom sind.«

Einen Augenblick lang schauten wir sie amüsiert lächelnd an. Dann räusperte sich Ganeda.

»Schlägst du vor, dass wir die Kaiser durch Zauber wieder herbringen sollen?«
Suona errötete und verstummte, während die anderen halblaut miteinander redeten.
»Wir können nichts entscheiden, ohne zu wissen, was uns erwartet«, sagte Ganeda schließlich. »Und wir haben das verfügbare Wissen auf allen normalen Wegen ausgeschöpft …«
»Was schlägst du vor?«, fragte Arganax.
Ganeda schaute sich mit dem empörten Stirnrunzeln im Kreis um, an das ich mich so gut aus der Zeit erinnern konnte, als ich ihre Schülerin war.
»Sind wir Griechen, dass wir unser Leben damit vertun, über die Grenzen unserer Philosophie zu diskutieren? Wenn unsere Fähigkeiten es wert sind, erhalten zu werden, lasst sie uns nutzen! Die Wende des Frühjahrs steht kurz bevor – lasst uns diesen Gleichgewichtspunkt zwischen den beiden Jahreshälften nutzen, das Orakel anzurufen!«

5. KAPITEL
A. D. 270

»Suchende auf altem Pfade,
Sucher auf dem Weg zum Licht,
Heute weicht die Nacht dem Tage,
wenn des Jahres Tag anbricht ...«

Singend schritten die Priesterinnen in dunklen Roben hintereinander im Kreis herum, die Druiden, dementsprechend in weiße Gewänder gekleidet, gingen in entgegengesetzter Richtung. Hell und Dunkel vollendeten in vollkommenem Gleichgewicht den Kreis und blieben stehen. Arganax trat vor und erhob die Hände zum Segen. Ein zweiter Priester hinter ihm wartete mit dem Gong.

Der Höchste Druide war ein kräftiger Mann in mittlerem Alter, Ganeda indes, die ihm gegenübergetreten war, schien alterslos; das Ritual verlieh ihr Kraft. Ihr Gewand, dessen Blau im Schein der Fackeln beinahe schwarz schien, fiel in strengen Falten auf den blanken Steinboden, und die Mondsteine im Silberschmuck der Hohepriesterin schimmerten ruhig an ihrer Brust und Stirn.

»Siehe, die Sonne herrscht im Hause des Widders, und der Mond ruht in den Armen der Zwillinge«, verkündete der Druide. »Der Winter ist vergangen, und die Kräuter strecken sich dem Sonnenlicht entgegen, Vögel kehren zurück und verkünden lauthals ihre Bereitschaft zur Paarung, Tiere tauchen aus ihrem langen Schlaf auf. Überall erwacht das Leben, und wir mit ihm, bewegt von denselben Gezeiten, angeregt von denselben Energien ... Bewahret Schweigen und schauet die

Wiedergeburt der Welt, und da wir alle eins sind, erblicket denselben großen inneren Wandel …«

Gemeinsam mit den anderen schloss ich die Augen und erbebte bei den tiefen Klängen des Gongs, die von den Säulen der Großen Halle der Druiden widerhallten. Jedes kleinste Teilchen meines Wesens vibrierte. Der Schönheit des Augenblicks vollkommen hingegeben, vergaß ich, neidisch zu sein, dass Heron und nicht ich auf dem dreibeinigen Schemel sitzen und zum Brunnen der Prophezeiung hinabsteigen würde.

»Gefährten im Kosmischen Lichte,
der verborgene Glanz taucht wieder auf!
Grüßet ihn laut und still im Herzen,
werft ab alle Furcht, lasst dem Leben den Lauf!«

Ich schlug die Augen auf. Vier junge Männer standen jetzt in einer Ecke der Halle. Sie trugen Fackeln. Jemand hatte die erste Handvoll Kräuter ins Kohlebecken geworfen, und im Schein der Fackeln glühte der Rauch, als hätte er die Luft entzündet. Jetzt sah ich die Wandgemälde – eine Insel, die einen Hafen umschloss, große Tempel, ein kegelförmiger, feuerspeiender Berg und andere Szenen aus dem legendären Land, das an einem verhängnisvollen Tag im Meer versunken war. Auch diese Geschichten gehörten ebenso wie unser Ritual zu einer Weisheit, welche die Druiden nur geerbt hatten.

Die Zeremonie ging mit Frage und Antwort weiter, wobei der heilige Moment festgelegt wurde, an dem Tag und Nacht gleich sind, wenn sich eine Pforte zwischen Vergangenheit und Zukunft auftut und ein Eingeweihter vielleicht zwischen die Welten schauen kann.

Der Kreis öffnete sich. Unser Blick fiel auf eine verschleierte, von Wren und Aelia gestützte Gestalt, die sie sorgsam zu dem dreibeinigen Schemel führten und ihr halfen, bis sie dort ihr Gleichgewicht gefunden hatte. *Der heilige Trank hat rasch ge-*

wirkt, dachte ich, als ich sie so sah. *Möge die Göttin geben, dass er nicht zu stark ist …*

Früher, so hatte ich gelernt, war die Göttin selbst angerufen worden, damit sie durch den Mund IHRER Priesterin spreche. Obwohl die Götter zuweilen herabkamen, um an ihren Festen mit uns zu tanzen, hielt man es jetzt für nützlicher, wenn die Seherin sich öffnete und alle Persönlichkeiten, einschließlich ihrer eigenen, ablegte und nur die Bilder zu beschreiben trachtete, die sie vor sich sah.

Die Hohepriesterin trat vor und stellte sich neben sie. Der kleine Tisch mit der Silberschale stand bereits vor der Seherin. Neben anderen Kräutern schwammen Mistelbeeren darin. Von meinem Platz aus sah ich das Glitzern der Fackeln auf dem dunklen Wasser. Ich spürte, wie ich zu schwanken begann, und blinzelte, um den Zauber zu brechen. Dann wandte ich den Blick ab in der Hoffnung, dass niemand meine vorübergehende Verstörtheit bemerkt hatte.

»Sinke herab, sinke tief … immer tiefer, versenke dich …«

Ganedas Stimme kam wie ein Raunen, das die Seherin auf ihrer Reise nach innen geleitete, weit hinab, bis die Schale schimmernden Wassers eins mit dem heiligen Brunnen neben der weißen Zypresse wurde. Dann richtete die Hohepriesterin sich auf und trat zurück.

»Was geht jetzt bei den Römern vor? Was macht Kaiser Claudius jetzt?«, fragte Arganax.

Ein langes Schweigen trat ein.

»Sag uns, Seherin, was siehst du?«, forderte Ganeda sie auf.

Ein Schaudern durchlief die dünnen Falten des Schleiers. »Ich sehe … Zypressen vor einem Abendhimmel … nein, es ist Feuerschein. Sie verbrennen Leichen … einer der Zuschauer stolpert und fällt …« Heron sprach leise und mit ruhiger Stimme, als sähe sie von einem Aussichtspunkt zu, der nicht auf dieser Welt war. »Das Bild verändert sich … ein alter Mann liegt in einem Zimmer, das von Reichtum zeugt. Sein Bett ist mit Pur-

pur verkleidet, aber er ist allein … er ist tot … Wollt ihr noch mehr wissen?«
»Die Pest …«, flüsterte jemand. »Mögen die Götter geben, dass sie nicht hierher kommt …«
»Ist die römische Macht am Ende? Werden sie wieder nach Britannien kommen?«, fragte der Druide, und diesmal antwortete Heron ohne nochmalige Aufforderung.
»Ich sehe Armeen und Schiffe – Britannier kämpft gegen Britannier … Blut, Blut und Feuer …« Verwirrt schüttelte sie den Kopf, als seien die Bilder zu viel für sie.
»Versenke dich wieder an die Stelle, an der nur das glitzernde Wasser ist«, sagte Ganeda leise. »Sag mir, wer wird uns zu Hilfe kommen?«
Heron erstarrte. »Die Sonne! Die Sonne strahlt in aller Pracht! Sie blendet mich!« Einen Augenblick lang verharrte sie wie gelähmt, dann stieß sie mit einem langen Seufzer den Atem aus. »Ah – Er kommt … seine Rüstung ist römisch, aber seine Augen sind die eines Menschen, der die Mysterien kennt. Da ist eine Stadt … Ich glaube, es ist Londinium. Die Menschen auf den Straßen jubeln – ›Redditor lucis … redditor!‹«
Sie stolperte über das ungewohnte Latein, doch ich konnte es übersetzen: *Erneuerer des Lichts!*
Auch Arganax verstand die Worte. Er tauschte einen Blick mit Ganeda. »Wenn dieser Mann ein Eingeweihter ist, könnte er uns von großer Hilfe sein«, sagte er mit leiser Stimme. Dann beugte er sich wieder vor.
»Wer ist es – nein, wo befindet er sich in diesem Augenblick?« Erneut schwankte Heron über der Seherschale. »Ich sehe ihn … aber er ist jünger. Haare wie Löwenzahn …«, fügte sie als Antwort auf weitere Fragen hinzu. »Er reitet auf einem kastanienbraunen Maultier über eine römische Straße … aber es ist in Britannien … die Straße zu den Bleiminen in den Bergen …«
»Hier!«, rief Arganax aus. »Bestimmt ist es der Wille der Götter, dass er zu uns kommt.«

Die Seherin murmelte noch vor sich hin, doch bei den Worten des Druiden richtete sie sich auf und zitterte wie eine Bogensehne, von der ein Pfeil abgeschossen wurde. »Schicksal!«, wiederholte sie und rief dann plötzlich mit dröhnender Stimme, die nicht ihre eigene zu sein schien: »Der Sohn der Sonne, größer noch als sein Vater! Ein Lichtkreuz brennt am Himmel! Alles verändert sich! Das Schicksal ist in der Waage, der Sohn wird seinen Glanz über die ganze Welt verbreiten!« Mit einem letzten glockenhellen Aufschrei warf die Seherin die Arme hoch. Dabei fiel die Seherschale vom Tisch und schlitterte über den Boden. Heron schwankte heftig, und ich sprang mit Aelia gerade rechtzeitig hinzu, um sie aufzufangen.

Neben dem edlen Steinwerk von Avalon erschienen die aus Lehm und Flechtwerk bestehenden Hütten der Mönche auf Inis Witrin ungeschlacht und schäbig. Ich zog mir den Schleier tief in die Stirn, um den Halbmond zu verbergen, als wir den Abhang hinaufgingen, und Con, der junge Druide, der mich begleiten sollte, reichte mir seinen Arm. Fast sechs Wochen waren seit dem Orakel vergangen, und Beltane stand kurz bevor. Nach der üblichen Debatte über die Bedeutung der Prophezeiungen hatte Arganax einige seiner jungen Männer in die Mendip-Berge geschickt, um nachzuprüfen, ob sie einen Römer fänden, auf den Herons Beschreibung zutraf. Die Antwort hatte auf sich warten lassen.

»Du musst mich mit ihnen reden lassen. Diese heiligen Männer dürfen nicht mit einer Frau sprechen«, sagte mein Begleiter leise. Die Mönche erlaubten uns, die wenigen Pferde, die zu Avalon gehörten, auf ihren Weiden grasen zu lassen. Als Gegenleistung lieferten wir ihnen Heilkräuter. Ich fragte mich, was sie wohl glaubten, woher wir kämen.

»Was, die glauben doch nicht etwa, ich wollte sie zur Unkeuschheit verführen?«, schnaubte ich verächtlich. »Ich werde mich als alte Frau verkleiden müssen, wenn wir den Römer treffen. Das kann ich ebenso gut jetzt schon ausprobieren.« Mein Vater hatte dafür gesorgt, dass seine Kinder gut Latein lernten – das war einer der Gründe, warum man mich ausgewählt hatte, den Römer nach Avalon zu führen.

An einer Wegbiegung erblickte ich die runde Kirche, den niedrigeren Wandelgang, der einen zentralen Turm stützte, dessen Strohdach golden in der Sonne schimmerte. Con zeigte mir eine Bank neben dem Allerheiligsten, wo ich warten konnte, während er fortging, um die Pferde zu holen. Es war erstaunlich friedlich hier. Ich lauschte den sanften Klängen des eintönigen Gesangs, der aus dem Innern drang, und sah dem unsteten Flug eines Schmetterlings über dem Rasen zu.

Der Gesang in der Kirche schwoll plötzlich an, und ich wandte mich um. Als ich wieder zurückschaute, hatte sich der Schmetterling auf der ausgestreckten Hand eines alten Mannes niedergelassen. Ich blinzelte verwundert und fragte mich, wie er hierher gekommen war, ohne dass ich es bemerkt hatte, denn die Kirche war ringsum gut einzusehen. Die anderen Brüder, die ich gesehen hatte, trugen grobe, aus ungefärbter Schafwolle gewebte Tuniken, die Kleidung des Alten indes leuchtete schneeweiß, und der Bart, der seine Brust bedeckte, war so weiß wie Wolle.

»Der Segen des Allerhöchsten sei mit dir, meine Schwester«, sagte er leise. »Und ich danke IHM dafür, dass ich noch einmal mit dir reden darf.«

»Wie meinst du das?«, stammelte ich. »Ich habe dich noch nie gesehen!«

»Ah …« Er seufzte. »Du erinnerst dich nicht …«

»Woran?« Trotzig schlug ich den Schleier zurück. »Du bist Anhänger von Christos, und ich bin Priesterin von Avalon!«

Er nickte. »Das stimmt – heute. Aber in vergangenen Zeiten gehörten wir beide demselben Orden an in dem Land, das jetzt im Meer versunken ist. Leben und Länder vergehen, aber das Licht des Geistes strahlt immerdar.«

Erschrocken öffnete ich den Mund. Wie konnte dieser Mönch etwas über die Mysterien wissen? »Was …«, stotterte ich, um Fassung bemüht. »Wer bist du?«
»Hier an dieser Stelle heiße ich Joseph. Aber du solltest nicht nach meinem Namen fragen, sondern nach deinem.«
»Ich heiße Eilan«, antwortete ich rasch, »und Helena …«
»Oder Domaris …«, erwiderte er, und ich blinzelte, denn dieser Name kam mir merkwürdig vertraut vor. »Wenn du nicht weißt, wer du bist, wie kannst du dann deinen Weg finden?«
»Ich weiß, wohin ich gehe …« Es fiel mir schwer, meinen Auftrag nicht herauszuposaunen, doch es schien, als kenne der alte Mann ihn ohnehin.
Er schüttelte den Kopf und seufzte. »Dein Geist weiß es, doch ich fürchte, der Körper, in dem du jetzt steckst, muss einen steinigen Weg gehen, ehe du verstehst. Bedenke: Das Symbol bedeutet nichts. Die Wirklichkeit hinter allen Symbolen ist alles.«
Ich war weit davon entfernt zu begreifen, wer oder was dieser alte Mann sein könnte, doch aufgrund meiner guten Ausbildung wusste ich, dass das, was er sagte, richtig war.
»Guter Vater, was muss ich tun?«
»Suche stets nach dem Licht …«, antwortete er, und während er diese Worte aussprach, wurde das Sonnenlicht auf seinem weißen Gewand gleißend hell.
Ich blinzelte, und als ich aufschaute, stand Con vor mir und sprach über die Pferde. Der alte Mann war nicht mehr da.
»Die Pferde warten unten am Tor«, wiederholte der junge Druide, »und es ist nicht mehr lange hell.«
Noch immer verblüfft, ließ ich mir von ihm aufhelfen. Ich hütete mich, über mein Erlebnis zu reden, aber ich wusste, dass ich noch lange daran denken würde.

Die Abenddämmerung zog ihren Schleier über das Tal von Avalon und hüllte Marsch und Weiden gleichermaßen in trübes Rotgrau. Von meinem Beobachtungsposten neben der Straße nach Mendip konnte ich vom höher gelegenen Gelände im Osten beinahe alles überblicken bis zur Mündung des Sabrina-Flusses, wo die Sonne im Meer unterging. Außer dem Tor lag alles im Schatten, nur das Wasser schimmerte noch hell. Zehn Jahre lang hatte ich mich dort oben von der Sonne verabschiedet; es war faszinierend, wenn man es von außerhalb beobachtete. Es war in jeder Hinsicht eigenartig, schrecklich und seltsam erregend zugleich, wieder in der Welt der Menschen zu sein, wenn auch nur für kurze Zeit.

Con berührte meinen Ellenbogen. »Es ist beinahe dunkel. Der Römer dürfte bald kommen.«

»Danke.« Ich nickte und warf einen kurzen Blick auf die Wolken, die sich im Norden zusammenbrauten. Selbst die Bewohner Avalons konnten von einem klaren Himmel keinen Regen herabbeschwören. Daher mussten wir auf geeignetes Wetter warten, das meinem Ziel diente. Den ganzen Nachmittag lang hatte ich die Wolken in Schach gehalten. Jetzt ließ ich einen Teil der Energie frei, die sie festhielt, und spürte den kühlen, feuchten Odem des Sturms auf meinen Wangen.

Wir hatten erfahren, dass Herons Prophezeiung vom Tode des Kaisers eingetreten war, und das gab uns Auftrieb. Die Männer, die in der Schänke bei den Bleiminen tranken, wussten viele Gerüchte zu erzählen. Es hieß, Claudius habe testamentarisch das Reich Aurelian vermacht, ebenfalls einem Truppenführer, und dabei seinen Bruder Quintillus übergangen, der nach einem missglückten Staatsstreich Selbstmord begangen hatte.

»Er wird kommen, keine Bange«, sagte der Druide, der auf uns gewartet hatte. »Diese Römer sind Gewohnheitsmenschen, und er ist in der vergangenen Woche jeden Abend hier entlanggeritten.«

»Hat er helle Haare?«, fragte ich noch einmal.

»Hell wie gebleichter Flachs, und zwischen den Augenbrauen trägt er das Mithraszeichen.«

Ich fuhr mit einer Hand unter meinen Schleier und berührte den blauen Halbmond, der mir auf die Stirn tätowiert war. *Er ist ein Eingeweihter,* ermahnte ich mich, *und kann vielleicht mehr sehen als ein gewöhnlicher Mann. Ich muss vorsichtig sein.*
Hinter der Wegbiegung rief ein Brachvogel, ungewöhnlich für die Hochmoore, doch der Römer, dessen Ankunft er ankündigte, würde es nicht wissen. Ich atmete tief ein, hob die Arme gen Himmel und ließ die Wolken frei.
Im Nu spürte ich die ersten Tropfen. Als die Gestalt auf dem rotbraunen Maultier in Sicht kam, regnete es in Strömen, und mehrere Wolkenfronten, die nacheinander hätten kommen sollen, ließen den angespeicherten Regen gleichzeitig ab.
Unsere Beute hatte sich in den dürftigen Schutz eines Holunderstrauchs zurückgezogen und hielt sich den Kriegsmantel halb über den Kopf bei dem vergeblichen Versuch, sich zu schützen. Ich beobachtete ihn noch eine Weile.
»Bleibt außer Sichtweite«, trug ich den beiden Druiden auf und wickelte mich noch fester in meinen Mantel, »aber wenn ich aufbreche, folgt mir.« Ich spornte mein Pferd an und führte es über die Böschung unterhalb der Straße.
»Hilfe – bitte, so helft mir!«, rief ich in römischer Sprache und mit hoher Stimme, damit sie über dem Heulen des Sturms zu hören war. Ich zerrte an den Zügeln des Ponys, das im Begriff war zu stürzen, als sollte ich tatsächlich in eine Notlage geraten. Zunächst passierte nichts, und ich trieb das Pferd weiter an. Ich klammerte mich an seine Mähne. »Hört mich denn niemand?«, schrie ich noch einmal und erblickte das rotbraune Maultier am Rand des Hügels.
Ich trug einen weißen Mantel, und der Römer sollte in der Lage sein, ihn trotz des Sturms zu sehen. Ich schrie, versetzte dem Pony einen ordentlichen Tritt und hing verzweifelt auf dem Tier, als es den Abhang hinabgaloppierte. Ich hörte einen römischen Fluch und den ausschlagenden Schweif des Maultiers, als es hinter mir hersetzte, doch wir waren alle bereits

am Fuß des Hügels und weit in das Gewirr von Eichen und Erlen vorgedrungen, als der Römer mich schließlich eingeholt hatte.

»Bist du verletzt?« Er hatte eine tiefe Stimme und war, soweit ich es unter seinem Kriegsmantel erkennen konnte, kräftig gebaut, obwohl er groß war. Er griff in die Zügel, die ich kunstvoll hatte fallen lassen, als er näher kam.

Mein Pony hörte auf, sich zu wehren, als es die Hand eines Herrn und Meisters spürte, und da ich nunmehr von der Notwendigkeit befreit war, meine Kraft zwischen Pferd und Sturm aufzuteilen, zog ich den nächsten heulenden Windstoß auf uns hernieder.

»Danke! Habe Dank! Das Pony ging durch, und ich hatte Angst, zu stürzen!«

Er lenkte sein Maultier näher an meine Seite und legte mir einen Arm um die Schultern. Dankbar lehnte ich mich an ihn und war mir jetzt erst bewusst, wie lange ich keine größere Strecke zu Pferd zurückgelegt hatte. Seine Wärme durchdrang mich rascher, als ich erwartet hatte. Vielleicht hatte Heron recht, dachte ich matt, und er war wirklich die Sonne.

»Ich muss dich in einen Unterschlupf bringen«, sagte er mir ins Haar, und ein Schaudern durchlief mich, als ich seinen warmen Atem spürte. »Da entlang …«, sagte ich und deutete nach Süden. »Da steht ein alter Ziegelschuppen.« Die Ziegelbrenner hatten mit ihrer Sommerarbeit noch nicht begonnen; auf unserer Reise hierher hatten wir dort übernachtet.

Als wir den Schuppen erreichten, musste ich meine Erschöpfung nicht vortäuschen. Meine Knie gaben nach, sobald ich mich vom Pferd gleiten ließ, und nur die schnelle Reaktion des Römers rettete mich davor, zu stürzen. Einen Augenblick lang hielt er mich in den Armen, und ich merkte, dass wir gleich groß waren. *Worin sind wir uns wohl noch gleich?*, fragte ich mich und spürte die Kraft in seinen Armen.

Ich würde es wahrscheinlich nicht herausfinden. In seiner

Weisheit hatte der Rat beschlossen, den Römer an unsere Sache zu binden und ihm beim Großen Ritual an Beltane eine der unseren zu geben; aber das Los war auf Aelia gefallen, nicht auf mich.

Zitternd sah ich zu, wie der Römer rasch und geschickt ein Feuer anzündete. Zumindest hatten die Ziegelbrenner genug Brennstoff dagelassen. Die kleine Flamme züngelte empor und beleuchtete einen sehnigen Arm, kräftige Wangenknochen und kurzes Haar, das vom Regen platt am Kopf anlag und den Farbton alten Goldes angenommen hatte. Als das Feuer die größeren Äste erfasste, stand er auf, um seinen Kriegsmantel auszuziehen und ihn tropfnass über einen der niedrigeren Balken zu hängen. Er trug eine graue, rot eingefasste Wolltunika. An seiner Hüfte hing ein kurzes Schwert in einer abgenutzten Lederscheide.

»Gib mir deinen Mantel«, sagte er und drehte sich um. »Das Feuer wird die Luft hier drinnen bald erwärmen, und vielleicht trocknet er …«

Plötzlich loderte das Feuer auf und beleuchtete ihn zum ersten Mal in voller Größe. Meine Welt stand still. Wache graue Augen schauten mich an. Sie belebten ein ansonsten unauffälliges, dauerhaft von Sonne und Wind gebräuntes Gesicht, das von der Kälte noch röter war als sonst. Dermaßen erschöpft und nass zeigte er sich kaum von seiner besten Seite, doch würde er ohnehin nie aufgrund seiner Schönheit berühmt werden. Seine Hautfarbe wies ihn als Angehörigen der römischen Kultur, nicht als ihren Abkömmling aus; er war kaum der Stoff für Prophezeiungen.

Dennoch kannte ich ihn.

Bei der Zeremonie, in der ich in den Kreis der Frauen aufgenommen wurde, hatte die Göttin ihn mir gezeigt. Er war der Liebhaber, der mich an den Beltanefeuern nehmen würde, und ich war die Frau, die sein Kind austragen würde …

Die Druiden haben den Falschen gefunden, dachte ich verzwei-

felt. *Das ist nicht der Held aus Herons Weissagung, sondern aus meiner …*
Ich weiß nicht, was in jenem Augenblick auf meinem Gesicht geschrieben stand, aber der Römer trat einen Schritt zurück und hob entschuldigend beide Hände.
»Bitte, Herrin, hab keine Angst. Ich bin Flavius Konstantius Chlorus, zu deinen Diensten.«
Ich spürte, wie mir die Röte ins Gesicht schoss, als ich merkte, dass auch ich nicht gerade vorteilhaft aussah. Aber so sollte es sein. Er musste mich als hässlich, ja sogar alt ansehen, bis ich wusste … bis ich wusste, ob er mein Schicksal war …
»Julia Helena dankt dir«, murmelte ich und nannte ihm meinen römischen Namen, der mir ebenso fremd über die Lippen kam wie die lateinische Sprache. Das Mädchen mit diesem Namen hatte in einem anderen Leben gelebt, zehn Jahre zuvor. Doch plötzlich kam mir der Gedanke, ob sie vielleicht dazu bestimmt wäre, wieder aufzuleben.
An seiner Hüfte baumelte eine Lederflasche. Er zog den Riemen über den Kopf und bot sie mir an. »Es ist nur Wein, aber er wärmt dich vielleicht auf …«
Ich brachte ein Lächeln zustande, drehte mich um und durchwühlte meine Satteltaschen. »Und ich habe hier etwas Brot und Käse und getrocknete Früchte, die meine Schwestern mir eingepackt haben.«
»Das wird ja ein Festessen.« Konstantius ließ sich auf der anderen Seite des Feuers nieder und lächelte.
Es verwandelte sein Gesicht, und eine Hitzewelle versengte meinen Körper wie Feuer. Wortlos reichte ich ihm das Brot, und er nahm es entgegen. Ich hatte einmal gehört, dass man im Lande der Berge schon verheiratet sei, wenn man eine Mahlzeit, das Bett und ein Feuer geteilt habe. Ersteres und Letzteres traf auf uns bereits zu, und zum ersten Mal im Leben fühlte ich mich versucht, mein Gelübde zu brechen.
Als meine Finger seine Hand streiften, hatte er gezittert. Mei-

ne angespannten Sinne sagten mir, dass er unbewusst auf meine Vertrautheit reagierte. Meine Druideneskorte war draußen irgendwo. Sie würden uns nicht stören, es sei denn, ich würde schreien. Es fehlte nicht viel, ein Schritt auf den Römer zu, ein Schaudern, als wäre mir kalt und brauchte seine Umarmung, die mich wärmte. Ein Mann und eine Frau, allein zusammen – den Rest würden unsere Körper ohne Anleitung tun.

Doch was wäre mit unseren Seelen?

Sich ihm unehrenhaft hinzugeben würde das andere zerstören, das noch süßer war als das Verlangen, er möge meinen Körper erhitzen: die Kraft, die ich zwischen uns spürte. So kam es, dass ich zurückwich, obwohl ich mir vorkam wie eine ausgehungerte Frau, die das Essen verschmähte. Wie einen zerrissenen Mantel zog ich Hässlichkeit um mich, das Gegenteil des Glanzes, den nur eine Priesterin zu tragen weiß.

Konstantius schüttelte irritiert den Kopf, warf mir einen verwunderten Blick zu und schaute zur Seite. »Lebst du hier in der Gegend?«, fragte er höflich.

»Ich wohne mit meinen Schwestern am Rande der Marsch«, antwortete ich wahrheitsgemäß, »bei der Insel, auf der die christlichen Mönche ihr Heiligtum haben.«

»Auf Inis Witrin? Ich habe davon gehört …«

»Wir können es morgen erreichen, noch ehe die Sonne ihren Höchststand erreicht hat«, sagte ich. »Ich wäre dir dankbar, wenn du mich begleiten könntest.«

»Gewiss. Den Männern, die den Besitz meiner Familie beaufsichtigen, wäre es ohnehin lieber, ich wäre nie hierher gekommen – es wird sie nicht kümmern, wenn ich einen Tag oder länger fort bin«, fügte er verbittert hinzu.

»Wie kam es, dass du über die entlegenen Straßen Britanniens rittest? Du scheinst ein Mann mit beachtlichen Fähigkeiten zu sein«, fragte ich mit echter Neugier.

»Ganz zu schweigen von meinen Familienbanden.« In seine Verbitterung hatte sich Schärfe gemischt. »Meine Großmutter war eine Schwester des Kaisers Claudius. Ich wollte etwas erreichen aufgrund meiner Fähigkeiten, nicht durch Gönnerschaft. Doch da mein Großonkel versucht hat, das Imperium an sich zu reißen, und gescheitert ist, werde ich mich damit zufrieden geben, einfach nur am Leben zu bleiben. Der neue Kaiser hat allen Grund, Männern aus meiner Familie zu misstrauen.«

Er zuckte mit den Schultern und nahm einen Schluck aus dem Weinschlauch. »Die Familie meiner Mutter hat Liegenschaften hier in Britannien – ein Einfuhrunternehmen in Eburacum und eine Beteiligung an den Bleiminen, und der Zeitpunkt war günstig, einen Agenten zu schicken, der sie überprüfen soll. Im Augenblick ist das gallische Reich für mich sicherer als Rom.«

»Aber werden Tetricus und … wie heißt er noch, Marius, dich für eine Gefahr halten?«

Konstantius schüttelte den Kopf und lachte. »Victorina Augusta ist die eigentliche Herrscherin. Man nennt sie die Mutter der Heerlager, aber sie schenkt Britannien nur wenig Aufmerksamkeit. Solange sie ihren Anteil an den Gewinnen erhält, werden sie mich in Ruhe lassen. Kaiser kommen und gehen, aber die Geschäfte halten die Welt in Gang!«

»Das hört sich nicht so an, als wärst du glücklich damit«, stellte ich fest. »Ich hätte dich nicht für einen Kaufmann gehalten.«

Einen Augenblick lang hielten seine grauen Augen meinen Blick fest. »Und was hast du geglaubt?«

»Ein Mann der Waffe«, antwortete ich, denn so hatte ich ihn in meinem Traumbild gesehen.

»Bis vor wenigen Monaten war das auch so.« Sein Gesicht wurde dunkler. »Ich wurde in einer Garnison in Dakien geboren. Mehr als die Armee kenne ich nicht, mehr wollte ich nie sein.«

»Bist du so erpicht auf eine Schlacht?«, fragte ich neugierig. Er wirkte nicht blutrünstig, doch woher sollte ich es wissen?

»Besser gesagt, ich ziehe in jede Schlacht, die Erfolg verspricht«, stellte er richtig. »Gerechtigkeit. Ordnung. Sicherheit für das Volk jenseits der Grenze, sodass der Friede gefestigt wird …« Er verstummte, seine rötliche Haut wurde noch dunkler. Er war offenbar nicht der Mann, der oft seine Gefühle zeigte.
»Dein Schicksal wird sich wenden«, versicherte ich ihm. Einen Augenblick lang betrachtete er mich unsicher, und ich verstärkte die Illusion, die mich verkleidete. »Doch jetzt sollten wir schlafen«, fuhr ich fort. »Die Reise morgen wird beschwerlich nach einem solchen Sturm.« In Wirklichkeit war es jedoch nicht der Ritt, der mich erschöpft hatte, sondern die Mühe, die es mich kostete, mein Wesen zu verbergen, wollte ich mich ihm doch eigentlich mit Leib und Seele opfern.
Gegen Morgen hatte der Regen aufgehört, aber wie erwartet setzte der durchnässte Boden mit zunehmender Wärme seine Feuchtigkeit in Nebelschwaden frei. Während unseres Ritts wurden sie dichter, bis Bäume und Weiden verschwanden und nur noch der Pfad zu sehen war.
»Herrin«, sagte Konstantius, »wir müssen anhalten, ehe wir von der Straße abkommen und im Sumpf landen.«
»Hab keine Angst. Ich kenne den Weg«, antwortete ich ihm. Tatsächlich spürte ich, wie die Kraft von Avalon mich anzog. Wir hatten das höhere Gelände im Nordosten erreicht, von dem eine schmale Landzunge zur Insel hinausführte.
»Ich habe keine Angst, aber ich bin auch nicht dumm!«, fuhr er mich an. »Wir reiten zum Unterstand zurück und warten, bis das Wetter aufklart.« Er streckte die Hand nach meinen Zügeln aus.
Ich trieb das Pony an und riss es an den Zügeln herum. »Flavius Konstantius Chlorus, sieh mich an!« Ich ließ die Illusion der Hässlichkeit verschwinden und beschwor die Macht der Priesterin auf mich herab. Ich hatte Erfolg, denn seine Miene veränderte sich.

»Herrin …«, hauchte er, »jetzt sehe ich dich wie zuvor …«
Ich fragte mich, was er damit meinte, denn ich setzte den Glanz zum ersten Mal ein, und die Kraft baute sich noch weiter um mich herum auf.
»Ich wurde gesandt, um dich zur heiligen Insel von Avalon zu bringen. Willst du aus freien Stücken und auf eigenen Wunsch mit mir kommen?«
»Was werde ich dort vorfinden?« Er starrte mich unverwandt an.
»Deine Bestimmung …« Und Aelia, dachte ich. Einen Moment lang wollte ich ihm zurufen, er solle kehrtmachen und fliehen.
»Werde ich in die Welt der Menschen zurückkehren?«
»So will es dein Schicksal.« Jetzt sprachen zehn Jahre Ausbildung aus mir.
»Wirst du mit mir gehen? Versprich es mir!«
»Ja. Ich schwöre es bei meiner unsterblichen Seele.« Später redete ich mir ein, ich hätte ihn so verstanden, als habe er gefragt, ob ich mit ihm nach Avalon ginge, doch heute glaube ich, dass eine tiefere Weisheit diesen Schwur geleistet hat.
»Dann komme ich jetzt mit dir.«
Ich drehte mich um, hob die Arme, um die Macht zu beschwören, und als ich den Zauber aussprach, veränderte sich die Welt ringsum. Beim nächsten Schritt verzog sich der Nebel zu beiden Seiten, und wir betraten Avalon.

Seit der Morgendämmerung war das Dröhnen der Trommeln im Erdreich der heiligen Insel zu spüren wie der Herzschlag von Avalon, erfüllt mit der Erregung vor dem Fest. Die Hagedornhecken standen in voller Blüte, und unter den Bäumen leuchteten cremefarbene Schlüsselblumen und Glockenblumen. Es war der Vorabend von Beltane, und die ganze Welt bebte vor Erwartung. Alle, außer Aelia, die vor Angst zitterte.
»Warum hat die Göttin mir das auferlegt?«, flüsterte sie, zusammengerollt auf dem Bett, in dem sie bereits gelegen hatte,

als wir auf unsere Weihe warteten. Es wurden gerade keine Priesterinnen ausgebildet, sodass man uns das Haus überlassen hatte, um die Beltanebraut auf das Fest vorzubereiten.

»Ich weiß nicht«, antwortete ich. »Aber man hat uns gelehrt, dass die Gründe, warum SIE uns auf einen bestimmten Pfad lenkt, oft erst dann erkennbar sind, wenn wir sein Ende erreicht haben …« Ich richtete die Worte ebenso an mich wie an Aelia. In den drei Tagen, seitdem Konstantius auf der Insel weilte, hatte ich ihn nicht gesehen, doch er spukte in meinen Träumen herum.

Aelia schüttelte den Kopf. »Ich wollte nie zu den Beltanefeuern! Als Jungfrau wäre ich glücklich bis an mein Lebensende gewesen!«

Ich nahm sie in die Arme und wiegte sie sanft. Unser offenes Haar vermischte sich auf dem Kissen, dunkles und helles Gold. »Konstantius wird dir nicht wehtun, Liebes. Ich bin zwei Tage lang mit ihm geritten – er ist sehr rücksichtsvoll …«

»Aber er ist ein Mann!«

»Warum hast du deine Ängste nicht erwähnt, als du auserwählt wurdest?« Ich strich ihr über das Haar. Und warum, fragte ich mich, war das Los nicht auf mich gefallen?

»Bei unserer Weihe haben wir dem Rat Gehorsam gelobt. Ich dachte, sie wüssten am besten …«

Ich seufzte, und mir wurde klar, wie es gewesen sein musste. Aelia war von uns allen stets die Fügsamste gewesen. Zum ersten Mal fragte ich mich, ob das Los wirklich nur durch Zufall auf sie gefallen war.

»Sie haben gesagt, die Göttin würde mir die Kraft dazu geben, aber ich habe Angst … Hilf mir, Eilan! Hilf mir, dass ich darum herumkomme! Sonst ertränke ich mich im heiligen Teich!«

Ich wurde still. Blitzartig kam mir der Gedanke, wie ich sowohl ihren als auch meinen Wunsch erfüllen könnte. Vielleicht hatte ich mir den Plan bereits in einem verborgenen Winkel meiner Seele zurechtgelegt, und jetzt trat er zutage wie ein sich häutendes Insekt, das im Boden versteckt war. Rechtfertigungen gab es zuhauf – Aelia war nicht die Wahl der Göttin, sondern Ganedas. Erforderlich war nur eine jungfräuliche Priesterin. Es spielte keine Rolle, wer sie war, solange sie freiwillig zum Feuer kam. Und der Austausch wäre ja so einfach! Obwohl sie blasser und auch dünner war als ich, ähnelten Aelia und ich uns derart, dass Neulinge uns zuweilen verwechselten. Die jüngeren Mädchen gaben uns die Spitznamen Sonne und Mond.

Der einzige Grund, den ich mir gegenüber nicht einräumte, war der, der wirklich zählte: Konstantius Chlorus gehörte mir, und ich wäre gestorben, wenn ich hätte zusehen müssen, wie er eine andere Frau ins Brautgemach führte.

»Sch … beruhige dich …« Ich küsste Aelias weiches Haar. »Die Braut und ihre Dienerinnen gehen verschleiert zur Zeremonie. Wir tauschen die Kleider, und ich nehme deinen Platz beim Ritual ein.«

Aelia setzte sich auf und starrte mich mit weit aufgerissenen Augen an. »Aber wenn du ungehorsam bist, wird Ganeda dich bestrafen!«

»Das macht nichts …«, antwortete ich. *Nicht, wenn ich erst einmal die Nacht in Konstantius' Armen verbracht habe!*

Der Feuerschein, den ich durch meinen hauchdünnen Leinenschleier und das Geflecht aus Zweigen sah, umhüllte den Kreis mit goldenem Dunst. Vielleicht war es aber auch die Aura der Macht, welche die Tanzenden heraufbeschworen, denn mit jeder Umkreisung des Freudenfeuers wurde sie stärker. Alle Bewohner von Avalon hatten sich hier auf der Weide am Fuß des Tor versammelt, und auch aus dem Dorf am See waren die meisten Bewohner gekommen. Mein ganzer Körper vibrierte, als die Erde unter ihren Schritten bebte, womöglich lag es aber auch am Pochen meines Herzens. Ich spürte, wie der Tanz seinem Höhepunkt entgegenging. *Bald* … dachte ich und fuhr mir mit der Zunge über die trockenen Lippen. *Bald werde ich …*

Die anderen Jungfrauen, Heron, Aelia und Wren, rutschten auf der Bank neben mir unruhig hin und her. Wir trugen die gleichen grünen Gewänder, dazu Schleier und aus Frühlingsblumen gewundene Girlanden. Doch nur ich hatte die Hagedornkrone. Meine Haut prickelte vom Wasser des heiligen Teiches, denn wir hatten Aelia beim Bad geholfen und dabei uns selbst gereinigt. Ich hatte mit ihr gefastet und Nachtwache gehalten; all die Dinge, die für das Ritual erforderlich waren, hatten wir gemeinsam vollbracht. Der Austausch mochte ungehörig sein, wäre aber zumindest kein Sakrileg.

»Auch der Römer ist gebadet und vorbereitet«, sagte Ganeda, die mit uns wartete. »Wenn er kommt, werdet ihr zu ihm gebracht. Gemeinsam werdet ihr das heilige Mahl zu euch nehmen, und gemeinsam werdet ihr das Gemach auf der anderen Seite der Tanzfläche betreten. Ihr seid das jungfräuliche Feld, in das er die Saat säen wird, die das Kind der Prophezeiung hervorbringen wird.«

»Und was werde ich ihm geben?«, flüsterte ich.

»In der Außenwelt ist das Weibliche passiv, während das Männliche in Aktion tritt. Auf den inneren Ebenen ist es anders. Ich habe mit dem jungen Mann gesprochen, und zur Zeit meint es das Schicksal nicht gut mit ihm. An dir ist es, seinen Geist zu wecken, die höhere Seele in ihm aufzurütteln und in Gang zu setzen, damit er seine Bestimmung erfüllt und zum Erneuerer des Lichts in Britannien wird.«

Ich wagte nicht, weitere Fragen zu stellen, damit die Hohepriesterin meine Stimme nicht erkannte. Dann veränderte sich der Trommelschlag, und meine Kehle schnürte sich so schmerzhaft zu, dass ich gar nicht hätte sprechen können, auch wenn ich gewollt hätte.

Die Druiden kamen. Sie trugen Kränze aus Eichenlaub auf dem Haupt, und ihre weißen Gewänder schimmerten golden im Feuerschein. Ich erhaschte einen kurzen Blick auf ein Gewand, das noch heller glänzte. Der Jubel der Menschen brandete wie in Wogen heran. Benommen schloss ich die Augen, und als ich sie wieder aufschlug, blinzelte ich verwirrt beim Anblick der goldenen Gestalt vor dem Feuer.

Bei näherem Hinschauen erkannte ich, dass es nur eine safranfarbene Tunika war, die durch den Feuerschein einen tieferen Goldton erhalten hatte, doch der Kranz, den Konstantius trug, bestand aus purem Gold, wie die Krone eines Kaisers. Als ich ihn zuletzt gesehen hatte, bespritzt mit Morast und erschöpft nach unserem Kampf gegen den Sturm, hatte Konstantius nicht gerade beeindruckend ausgesehen. Jetzt glühte seine Haut, und das blonde Haar strahlte hell wie der goldene Kranz.

»Er ist Lug, der zu uns gekommen ist«, hauchte Heron.

»Und Apollon«, flüsterte Aelia.

»Und Mithras, der Gott der Soldaten«, fügte Wren hinzu.

Wie der Sonnengott stand er mitten zwischen den Eichen der Druiden. Hätte ich ihn nicht schon geliebt, dann hätte ich ihn in diesem Augenblick bewundert, denn aus dem Körper des Mannes war ein klares Gefäß geworden, durch das der Gott in ihm nach außen strahlte.

Hätte ich noch länger hingeschaut, wäre ich vielleicht in einen Zustand der Verzückung geraten, der es mir unmöglich gemacht hätte, mich in Bewegung zu setzen, doch in diesem Augenblick wurden die Trommeln von den Klängen der Glocken und Harfen abgelöst. Die Jungfrauen an meiner Seite halfen mir auf, als das Geflecht aus Zweigen entfernt wurde. Die Menge verstummte in ehrfürchtiger Andacht; nur die Musik war zu hören.

Konstantius drehte sich um, als wir vortraten, und sein hochgestimmter Blick richtete sich plötzlich auf mich, als sähe er durch den Schleier hindurch die Frau, oder die Göttin in ihr. Wren streute Blumen vor mir aus, Aelia und Heron gingen zunächst neben mir her, dann fielen sie zurück, und ich ging allein weiter. Konstantius und ich standen uns gegenüber, der Priester vor der Priesterin, zwischen uns ein kleiner Tisch, gedeckt mit einem Laib Brot, einem Teller Salz, einem Becher und einem Krug mit Wasser aus der heiligen Quelle.

»Mein Herr, ich biete dir die Geschenke der Erde. Iss und stärke dich.« Ich brach ein Stück Brot ab, tunkte es ins Salz und reichte es ihm.

»Du bist die fruchtbare Erde. Ich nehme deine Spende an«, erwiderte Konstantius. Er aß das Brot, riss ein neues Stück ab und hielt es mir hin. »Und ich werde meine Kraft darauf verwenden, mich um die heilige Erde zu kümmern.«

Als ich gegessen hatte, nahm er den Krug, goss ein wenig Wasser in den Becher, den er mir dann reichte. »Ich werde für dich ausgegossen wie Wasser. Trink, und sei erneuert.«

»Du bist der Regen, der vom Himmel fällt. Ich empfange deinen Segen.« Ich trank einen Schluck aus dem Becher und gab ihn zurück. »Doch alle Wasser werden am Ende aus dem Meer wiedergeboren.«

Er nahm mir den Becher aus der Hand und trank.

Wieder begann die Trommel zu schlagen. Ich trat einen Schritt zurück und winkte ihm, mir zu folgen. Die Musik wurde schneller, und ich begann zu tanzen.

Meine Füße schienen mir nicht mehr zu gehören; mein Körper war zu einem Instrument geworden, um der Musik Ausdruck zu verleihen, während ich mich in den schlängelnden Bewegungen des heiligen Tanzes hin und her wiegte. Mein Gewand, dessen Leinen beinahe ebenso zart war wie die Schleier, die mein Gesicht verhüllten, schmiegten sich an meinen Körper und flatterten, wenn ich herumwirbelte. Aber Konstantius war die ganze Zeit, während ich im Kreis tanzte, mein Zentrum, dem ich mich zuwandte wie eine Blume der Sonne.

Anfangs schwankte er, dann, als die Musik auch den letzten Rest seiner römischen Erziehung durchbrochen hatte, setzte er sich in Bewegung. Es war ein stampfender, kräftiger Tanz, als marschierte er zu den Klängen der Musik. Wir kamen uns immer näher, spiegelten mit unseren Bewegungen die des Gegenübers wider, bis er mich in den Armen hielt. Einen Augenblick lang standen wir Brust an Brust. Ich spürte seinen Herzschlag, als wäre es mein eigener.

Dann hob er mich so leicht empor, als wöge ich nicht mehr als Heron, und trug mich zum Brautgemach.

Es war eine runde Hütte in alter Bauweise aus locker verflochtenen Zweigen. Man hatte Blüten hineingewunden, und durch die Lücken drang Feuerschein, warf Tupfer auf das schwere Tuch auf dem Bett und tauchte die Wände und unsere Körper in goldenes Licht. Konstantius setzte mich wieder ab, und wir sahen einander schweigend an, bis die goldenen Blätter seines Kranzes nicht mehr im schnellen Rhythmus seines Atems zitterten.

»Ich bin alles, was ist, war und sein wird«, sagte ich leise, »kein Mann hat je meinen Schleier gelüftet. Läutere dein Herz, o du, der du das Mysterium schauen willst.«

»Ich bin nach dem Gesetz geläutert«, antwortete er und fügte dann hinzu: »Ich habe von der Trommel gegessen; ich habe aus der Zimbel getrunken. Ich habe das Licht gesehen, das im Dunkeln leuchtet. Ich werde deinen Schleier lüften.«

Das waren nicht die Worte, die ihm die Priester beigebracht hatten. Offenbar war er nicht nur ein Geweihter des Gottes der Soldaten, sondern auch der Mutter und der Tochter, wie man sie in den südlichen Ländern kennt. Er streckte die Hände aus und hob ruhig den Kranz von meiner Stirn. Dann zog er den Schleier herab. Im ersten Moment schaute er mich nur unverwandt an. Dann kniete er vor mir nieder.

»Du bist es! Selbst im Sturm habe ich dich erkannt. Du bist wahrlich die Göttin! Hast du dich mir zuerst in der Verkleidung einer alten Frau gezeigt, um mich zu prüfen, und das hier ist meine Belohnung?«

Ich schluckte, schaute auf sein geneigtes Haupt hinab und bückte mich, entfernte seine goldene Krone und legte sie neben meinen Blumenkranz.
»Mit dieser Krone oder ohne, du bist für mich der Gott …«, brachte ich mühsam hervor. »Ich war es, das stimmt, aber auch da habe ich dich schon geliebt.«
Mit leerem Blick schaute er zu mir auf, die Augen noch weit aufgerissen. Er legte mir die Hände auf die Hüften und zog mich zu sich, bis sein Kopf zwischen meinen Schenkeln ruhte. Ich spürte, wie sich von dort ein süßes Feuer ausbreitete. Plötzlich trugen mich meine Beine nicht mehr, und ich glitt hinab zwischen seine Hände, bis wir voreinander knieten, Brust an Brust und Stirn an Stirn.
Konstantius stöhnte leise, und seine Lippen fanden die meinen. Als hätte sich damit ein Kreislauf der Macht geschlossen, loderte das Feuer plötzlich überall auf. Ich klammerte mich an seine Schultern, und seine Arme schlossen sich fest um mich. So sanken wir auf das Bett, das für uns bereitet war.
An unseren Gewändern mussten nur ein paar Spangen entfernt werden, dann fielen sie zu Boden. Bald war kein Kleidungsstück mehr zwischen uns. Er hatte straffe Muskeln am ganzen Körper, doch seine Haut war glatt. Er glitt über mich, und seine Hände waren zärtlich, als er mich Verzückungen lehrte, die in meiner Ausbildung nie erwähnt worden waren. Dann vereinigten wir uns. Ich legte meine Arme um ihn, als die Macht des Gottes herabkam, und schüttelte ihn, bis er auf dem Höhepunkt aufschrie. Als er seine Seele in meine Obhut legte, trug die Macht der Göttin mich fort, um ihn zu treffen, und dort war nur Licht.
Als die Zeit aus der Ewigkeit wieder zurückgekehrt war und wir einander ruhig in den Armen lagen, merkte ich, dass die Menschen vor der Hütte jubelten. Konstantius lauschte.
»Jubeln sie unseretwegen?«
»Sie haben das Freudenfeuer auf dem Tor angezündet«, sagte

ich leise. »In dieser Nacht gibt es keine Trennung zwischen deiner Welt und Avalon. Die Priester werden sich in ihre Zellen verziehen aus Angst vor den Mächten der Dunkelheit, aber das Feuer, das hier entzündet wurde, wird im ganzen Tal sichtbar sein. Auf anderen Bergkuppen warten die Menschen darauf, es zu sehen. Sie werden dann ihre eigenen Feuer anzünden, und so wird sich das Licht von Hügel zu Hügel über ganz Britannien ausbreiten.«

»Und was ist mit diesem Feuer hier?« Er berührte mich, und ich hielt die Luft an, als eine Flamme emporzüngelte.

»Oh, mein Geliebter, ich glaube, das Feuer, das wir zwischen uns angezündet haben, wird die ganze Welt erhellen!«

6. KAPITEL
A. D. 270

Als ich aufwachte, schien bleiches Morgenlicht durch die Blätter des Brautgemachs. Die Luft fühlte sich auf meiner nackten Haut feucht und kühl an. Ich kroch wieder unter die Decken, und der Mann neben mir grunzte wohlig, drehte sich um, streckte besitzergreifend einen Arm aus und zog mich zu sich heran. Im ersten Augenblick erstarrte ich verwirrt, dann drang eine Flut von Erinnerungen in meine erwachenden Sinne. Ich drehte mich um, schmiegte mich noch enger an ihn und wunderte mich, wie richtig es sich anfühlte, so zu liegen, trotz der ungewohnten Wundheit in meinem Körper.

Ich vernahm keine menschlichen Laute, aber die Vögel begrüßten den neuen Tag mit triumphalem Gezwitscher. Ich stützte mich auf einen Ellbogen und schaute auf das schlafende Antlitz meines – Geliebten? Das Wort erschien mir zu leicht für unsere Vereinigung, und doch war das, was zwischen uns geschehen war, gewiss persönlicher gewesen als die übersinnliche Vereinigung von Priester und Priesterin, wenn sie der Welt die Macht des Göttlichen offenbaren.

Obwohl dies gewiss eine Rolle gespielt hat. Bei der Erinnerung strömte nachträglich noch bebende Energie durch mein Inneres. Als wir zusammenkamen, war die erwachende Erde mit der strahlenden Macht der Sonne erfüllt worden. Wenn ich mit meinen Sinnen die Erde erspürte, konnte ich die Nachwirkungen dieser Vereinigung wie Wellen erkennen, die sich auf einem stillen Teich ausbreiten.

Was hatte das Ritual sonst noch bewirkt? Ich konzentrierte mich auf meinen Körper: die Lippen waren vom Küssen ange-

schwollen, die Brüste zu äußerster Empfindlichkeit erwacht, die Muskeln an den Innenseiten meiner Oberschenkel waren von ungewohnter Dehnung beansprucht, und die verborgene Stelle dazwischen begann wieder zu pochen, als die Erinnerung erneutes Verlangen hervorbrachte. Ich versetzte mich tiefer in den Leib hinein, der Konstantius' Samen empfangen hatte. War ich schwanger? Selbst die geschulten Sinne der Priesterin in mir vermochten es nicht zu sagen. Ich lächelte. Wenn beim Liebesspiel in der vergangenen Nacht kein Kind gezeugt worden war, dann müssten wir es noch einmal versuchen …
Konstantius zeigte im entspannten Zustand des Schlafs eine heitere Gelassenheit, die ich an ihm nicht vermutet hätte. Dort, wo keine Sonne hinfiel, schimmerte sein Körper wie Elfenbein. Mit wachsendem Entzücken schaute ich auf sein Gesicht und prägte mir die kräftigen Konturen der Wangen und der Kinnpartie ein, die hohe Nase, den edlen Schwung der Stirn. Im blassen Licht war das Mithraszeichen kaum zu erkennen, doch ich spürte mit meinen Sinnen, wie es glühte und das Strahlen der Seele bündelte.
Als hätte ich ihn mit meiner Aufmerksamkeit körperlich berührt, wachte Konstantius auf, seufzend zunächst, dann flatterten die Augenlider, und zuletzt strafften sich die Gesichtsmuskeln, um die natürlichen Züge anzunehmen. Er schlug die Augen auf. Anscheinend gehörte er zu den Glücklichen, die aus dem tiefsten Schlaf zu vollem Bewusstsein erwachen. Er schaute mit weit aufgerissenen Augen zu mir auf, nicht schlaftrunken, sondern verwundert.
»Sanctissima dea …«, flüsterte er.
Lächelnd schüttelte ich den Kopf, unsicher, ob das ein Titel oder ein Ausruf sein sollte. »Jetzt nicht«, antwortete ich. »Es ist Morgen, und ich bin nur Helena.«
»Ja – jetzt«, berichtigte er. »Und als du gestern Abend zu mir kamst, und als du als hässliches altes Weib an meinem Feuer gesessen hast, und als du mich nach Avalon gerufen hast. Die

Griechen sagen, Anchises habe vor Angst gezittert, weil er, ohne es zu wissen, bei einer Göttin gelegen hatte. Aber ich wusste ...« Er streckte den Arm aus und strich mir zärtlich eine Locke aus der Stirn. »Und wenn die Götter mich ob meiner Anmaßung verfluchten, nähme ich es zu dem Preis gern in Kauf.«

Die Götter verfluchten uns nicht, obwohl wir uns durchaus auch der Verzückung hingegeben hatten. *Aber Ganeda würde mich verfluchen,* dachte ich plötzlich, *wenn sie merkte, dass ich Aelias Platz beim Ritual eingenommen hatte.*

»Was ist?«, fragte er. »Was beschäftigt dich?«

»Nichts – nichts, was mit dir zu tun hätte«, sagte ich rasch und beugte mich vor, um ihn zu küssen. Seine Ehrfurcht hatte ihn offenbar nicht überwältigt, denn er reagierte prompt. Er zog mich zu sich, und in der Woge der Empfindungen, die mich überrollte, als er mich liebte, gingen alle Gedanken zunächst unter.

Als ich wieder zusammenhängender Überlegungen fähig war, schien das Licht inzwischen hell und golden durch die Blätter des Brautgemachs, und ich vernahm leise Stimmen von draußen.

»Wir sollten uns anziehen«, raunte ich ihm ins Ohr. »Bald kommen die Priesterinnen.«

Sein Griff wurde plötzlich fester. »Werde ich dich wiedersehen?«

»Ich ... weiß nicht ...« Gestern hatte ich mir noch keine Gedanken darüber gemacht, was nach dem Ritual käme. Ich hatte gewusst, dass ich Konstantius wollte, doch ich hatte nicht überlegt, wie schwierig es sein würde, ihn gehen zu lassen, nachdem ich einmal mit ihm geschlafen hatte.

»Komm mit mir ...«

Ich schüttelte den Kopf, nicht verneinend, sondern vielmehr verwirrt. Ich hatte es für mein gutes Recht erachtet, den Platz der Beltanebraut einzunehmen, weil Konstantius der Liebhaber war, der mir in meiner Eingebung versprochen worden war. Wenn dem so war, was hatte es dann mit den Bildern fremder Länder auf sich, die ich gesehen hatte? So sehr ich ihn auch liebte, ich wollte Avalon nicht verlassen.

»Was bedeutet dir das?« Zärtlich fuhr ich über das Mithraszeichen auf seiner Stirn.

Einen Moment lang schaute er mich verblüfft an. Ich wartete, während er um eine Antwort rang, denn ich begriff, wie tief seine Hemmung war, über Mysterien zu sprechen.

»Es ist ein Zeichen … meiner Hingabe zu dem Gott des Lichts …«, sagte er schließlich.

»So wie dieses Mal meine Weihe im Glauben an die Göttin kennzeichnet …« Ich deutete auf den blauen Halbmond zwischen meinen Augenbrauen. »Ich bin eine Priesterin von Avalon und durch mein Gelübde gebunden.«

»Hast du nur deinem Schwur gehorcht, als du gestern Abend zu mir kamst?«, fragte er stirnrunzelnd.

»Glaubst du das wirklich, nach dem, was heute Morgen war?« Ich versuchte zu lächeln.

»Helena, ich flehe dich an, lass uns einander immer die Wahrheit sagen!« Seine Miene hatte sich verfinstert.

Lange schaute ich ihm in die Augen und fragte mich, wie viel ich preisgeben sollte. Doch er würde es ohnehin erfahren, sobald ich aus dem Brautgemach trat und die anderen sahen, dass es nicht Aelia war.

»Ich habe die Stelle der Priesterin eingenommen, die dir als Braut bestimmt war. Ich besitze die Sehergabe, und sie zeigte mir schon vor langer Zeit dein Gesicht. Dann schickte man mich aus, dich hierher zu führen, und … und ich habe mein Herz verloren …«

»Du hast deinen Gehorsam verweigert?« Sein Mienenspiel verriet, dass er zwischen Beklemmung und Zufriedenheit schwankte. »Wird man dich bestrafen?«

»Auch die Herrin von Avalon kann nicht ändern, was zwischen uns geschehen ist«, sagte ich mit tapferem Lächeln.

Doch wir wussten beide, dass ich seine Fragen eigentlich nicht beantwortet hatte.
Draußen hörten wir ein Geräusch. Ich fuhr zusammen. Vorsichtig klopfte es an den Türpfosten.
»Eilan, kannst du mich hören? Schläft der Römer noch?«
Es war Aelia. Plötzlich fiel mir ein, sie hätte dafür Sorge tragen müssen, dass Konstantius den Inhalt der silbernen Flasche in der Ecke trank, nachdem sie mit ihm geschlafen hatte. Er sollte schlafen, wenn sie hinausschlüpfte.
»Eilan, komm schnell, dann wird niemand …« Mit einem Schreckenslaut verstummte sie. Schritte näherten sich, und plötzlich beschlich mich ein ungutes Gefühl. Bleiern legte sich die Gewissheit auf mich, dass es Ganeda war, noch ehe ich ihre Stimme vernahm.
»Schläft sie noch? Allem Anschein nach hat sie sich doch nicht so sehr vor der Berührung eines Mannes gefürchtet. Du musst hineingehen und sie wecken …« Das Lachen erstarb. »Aelia!«
Ein kurzes, angespanntes Schweigen trat ein. Als ich das Laken um mich schlang, packte Konstantius meinen Arm.
»Du sollst ihnen nicht allein gegenübertreten …«
Nach kurzer Überlegung nickte ich und wartete, bis er sich meinen Schleier um die Lenden gewickelt hatte. Er erinnerte mich an die Statuen, die ich in Londinium gesehen hatte. Beschützend legte er einen Arm um mich. Mit dem anderen schob er den gewebten Vorhang zur Seite, mit dem der Eingang verhängt war. Gemeinsam tauchten wir in die kompromißsslose Helligkeit des neuen Tages.
Es war schlimmer, als ich erwartet hatte. Nicht nur Ganeda und die Priesterinnen, sondern auch Arganax und seine Druiden standen dort. Aelia hockte noch immer neben dem Eingang und weinte leise. Ich beugte mich vor, um ihre Schulter zu berühren, und sie klammerte sich an mich.
»Ich … verstehe …«, sagte die Hohepriesterin mit einer Stimme, die Steine zermahlen konnte. Sie schaute sich um, und ihr

Blick fiel auf die Tanzfläche. Ich sah, dass die Menschen, die sich dort zu zweit oder allein zum Schlafen hingelegt hatten, allmählich aufwachten und neugierig auf das Brautgemach schauten. Es fiel ihr offenkundig schwer, die Worte zu zügeln, die ihr auf der Zunge lagen.

»Aelia … und Eilan …«, brachte sie mühsam hervor, »… kommen mit mir.« Sie wandte sich Konstantius zu. »Edler Herr, die Druiden warten darauf, dir aufzuwarten.«

Er hielt mich noch fester. »Ihr dürft ihr nichts antun!«

Ganeda wurde zornesrot, als sie erkannte, wie viel ich ihm erzählt haben musste.

»Hältst du uns für Barbaren?«, fuhr sie ihn an. Er reagierte auf den Kommandoton und ließ mich los, obwohl das alles andere als eine Antwort war.

»Ist schon gut«, sagte ich leise, doch mein Magen verkrampfte sich noch immer in banger Erwartung.

»Ich werde dich nicht verlieren!«, erwiderte Konstantius. Anscheinend hatte ich nicht nur unterschätzt, wie sehr mich diese Nacht an ihn binden würde, ich hatte mir nicht einmal vorgestellt, wie stark seine Gefühle für mich sein könnten.

Ich half Aelia, aufzustehen, legte ihr einen Arm um die Schultern und machte mich auf, Rechenschaft abzulegen.

»Warum spielt es eine Rolle?«, rief ich aufgebracht. »Deine beiden Ziele sind erfüllt worden. Du wolltest einen Mann, der für das Große Ritual bestimmt war, und du wolltest seine Freundschaft für Avalon gewinnen.«

Die Sonne näherte sich ihrem Höchststand, und wir stritten uns noch immer. Inzwischen verkrampfte sich mein Magen vor Hunger, nicht vor Angst.

»Du vergisst den dritten Grund, und das war der wichtigste von allen«, sagte Ganeda finster. »Konstantius sollte das Kind der Prophezeiung zeugen!«

»Das soll er auch, mit mir! Als ich in den Kreis der Frauen aufgenommen wurde, hatte ich ein Gesicht, das mich mit seinem Kind zeigte!«

»Aber nicht mit dem Kind aus dem Großen Ritual ...«, versetzte die Hohepriesterin. »Warum glaubst du wohl, Aelia sei bei diesem Ritual zu seiner Braut bestimmt worden?«

»Weil du sie deinem Willen unterwerfen konntest!«

»Du dummes Kind – sie wurde auserwählt, das stimmt, aber nicht aus diesem Grund. In deinem Hochmut dachtest du, du wüsstest es besser als der Rat von Avalon, aber du warst eine unerprobte Jungfrau ohne eine Vorstellung von den Mysterien der Mutter. Gestern Abend war Aelia mitten in ihren fruchtbaren Tagen. Wenn der Römer mit ihr geschlafen hätte, wäre sie schwanger geworden, und das Kind wäre hier in Avalon geboren.«

»Woher willst du wissen, dass es bei mir nicht so ist?«

»Deine Blutung ist knapp drei Tage vorbei«, antwortete sie, »und ich habe dich geprüft. Es ist kein Funke neuen Lebens in deinem Leib.«

»Es wird so sein. Die Bestimmung kann nicht geleugnet werden ...«, antwortete ich, doch der erste Hauch eines Zweifels nahm meinen Worten die Schärfe. »Konstantius hat mir die Treue geschworen – eine Priesterin wird seinen Sohn gebären!«

»Aber wann? Begreifst du es denn immer noch nicht? Mit einem in der vergangenen Nacht gezeugten Kind wären die Mysterien für tausend Jahre gesichert. Selbst wenn deine Traumvorstellungen wahr wären, welche Sterne werden das Schicksal des Kindes beherrschen, das du irgendwann einmal unter dem Herzen trägst?«

»Es wird mein Sohn sein«, murmelte ich. »Ich werde ihn dazu erziehen, den Göttern zu dienen.«

Ganeda schüttelte verächtlich den Kopf. »Ich hätte dich schon vor langer Zeit wieder zu deinem Vater zurückschicken sollen. Seit dem Tag deiner Ankunft hast du nur Unruhe gestiftet!«

»Du hast deine Chance verpasst!«, fauchte ich und berührte den Halbmond auf meiner Stirn. »Er ist tot, und ich bin jetzt Priesterin.«
»Und ich bin die Herrin von Avalon!«, fuhr sie mich an, »und dein Leben liegt in meiner Hand!«
»Deine Wut, Ganeda, ändert nichts an dem, was geschehen ist«, sagte ich matt. »Wenigstens habe ich Konstantius' Freundschaft für Avalon gewonnen.«
»Und was ist mit dem, was nicht geschehen ist? Glaubst du, der Mann kommt an jedem Beltanefest wie ein Zuchthengst zurück, bis er mit dir ein Kind gezeugt hat?«
Meine innere Anspannung ließ ein wenig nach. Ich hatte befürchtet, sie würde mir verbieten, ihn jemals wiederzusehen. Gewiss würde er zurückkehren, sagte ich mir, und irgendwie würde ich es bis zu jenem Tag aushalten.
»Worin besteht nun meine Strafe?«
»Strafe?« In ihrem Lächeln war Gift. »Habe ich dem Römer nicht versprochen, dir nichts zuleide zu tun? Du hast deine Verdammung selbst gewählt, *Helena*. Wenn Konstantius fortgeht, wirst du mit ihm gehen …«
»Fort … von Avalon?«, flüsterte ich.
»Das ist es, was er fordert – sei dankbar, dass du nicht wie eine Bettlerin in die Welt hinausgejagt wirst!«
»Und was ist mit meinem Gelübde?«
»Du hättest dir gestern Abend Gedanken über dein Gelübde machen sollen, bevor du es gebrochen hast! Früher hätte man dich für ein solches Verbrechen verbrannt!« Bittere Befriedigung trat anstelle der Wut auf ihr runzliges Gesicht.
Fassungslos starrte ich sie an. Ich hatte ihren Befehl missachtet, gewiss, aber ich hatte mich Konstantius doch nach dem Willen der Göttin hingegeben.
»Du hast Zeit bis zum Sonnenuntergang, deine Vorbereitungen zu treffen«, sagte Ganeda. »Wenn die Sonne untergeht und das Fest vorüber ist, wirst du aus Avalon verbannt.«

Bei den Christen, so hatte ich gehört, gab es eine Legende von den ersten Eltern der Menschheit, die aus dem Paradies vertrieben wurden. Als sich die Nebel von Avalon hinter mir schlossen, wurde mir klar, wie sie sich gefühlt haben mussten. Hatte es Eva getröstet, dass Adam noch bei ihr war? Zu wissen, dass mein eigener Entschluss mir dieses Schicksal aufgebürdet hatte, war wenig tröstlich.
Ich sagte mir, dass ich bitterlich geweint hätte, wäre Konstantius ohne mich fortgegangen, doch der Kummer, der mich betäubte und schweigsam machte, während die Barke uns durch die Nebel trug, reichte viel tiefer.
Als wir unterhalb des Dorfes am See ans Ufer glitten, verlor ich einen Moment lang die Orientierung, als wäre einer meiner Sinne verschwunden. Ich taumelte, und Konstantius hob mich auf seine Arme und trug mich den Damm hinauf. Als er mich wieder absetzte, schmiegte ich mich an ihn und versuchte zu begreifen, was mit mir geschehen war.
»Ist schon gut«, flüsterte er und drückte mich an sich. »Wir haben jetzt alles überstanden.«
Ich schaute zurück über den See und merkte, dass das übersinnliche Gespür, das mir stets gesagt hatte, wo Avalon lag, entschwunden war. Mit den Augen sah ich die Marsch, das Wasser des Sees und die Hütten, die wie Bienenkörbe auf der christlichen Insel standen. Früher jedoch hatte ich, wenn ich fortgegangen war, nur die Augen schließen müssen, um in einem eigenartigen Winkel zur sterblichen Welt den Weg nach Avalon zu spüren. Ich hatte die Verbindung als gegeben hingenommen. Auf diese Weise war die Hohepriesterin in der Lage, das Befinden ihrer abwesenden Töchter zu erkennen, denn auch bei Priesterinnen, die nur zu Besorgungen von der heiligen Insel geschickt wurden, blieb ein Verbindungsfaden bestehen.
Doch den hatte Ganeda jetzt durchtrennt, und ich war wie ein Schößling, den die Flut entwurzelt und hinwegschwemmt.

Als ich aufhörte zu weinen, zog ein neuer kalter, grauer Morgen herauf.
Ich weiß nicht, ob es an Konstantius' Edelmut oder an seiner Liebe lag, dass er mich in den nächsten Wochen ertrug. Dem Wirt der Poststation, in der wir die nächste Nacht verbrachten, teilte er mit, ich sei krank, und das stimmte auch, obwohl meine Krankheit nicht körperlicher, sondern seelischer Natur war. Tagsüber war Eldris Zuneigung mein einziger Trost, und in der Nacht waren es Konstantius' starke Arme. Als ihm bewusst wurde, wie sehr es mich quälte, an einem Ort zu leben, an dem ich an jedem klaren Tag das Tal von Avalon vor Augen hatte, beendete er seine Tätigkeit in den Minen, und wir brachen nach Eburacum auf, wo in den Werkstätten, die seiner Familie gehörten, ein Teil des Bleis in Zinnwaren verarbeitet wurde.

Konstantius mietete einen Händler, der uns über Landstraßen und Seitenwege quer durch das Land zur großen römischen Straße brachte, die von Lindinis nach Lindum führte. In den ersten Tagen ritt ich in bedrücktem Schweigen neben Konstantius her, zu sehr mit meinem Kummer beschäftigt, um Notiz von meiner Umgebung zu nehmen. Doch wenn es überhaupt eine Jahreszeit gibt, die über den Verlust von Avalon hinwegtrösten kann, dann ist es die fröhliche Zeit nach Beltane.
So kalt der Wind zuweilen auch blies, die durchdringende Winterkälte war vorüber. Triumphierend legte die Sonne ihren goldenen Segen über das Land, und die Erde hieß sie in freudigem Überschwang willkommen. Zwischen den leuchtend grünen, frischen Blättern erklangen die Lieder zurückkehrender Vögel, Hecken und Waldstücke waren mit Blüten verziert. Während ein prachtvoller Tag dem anderen folgte, reagierte mein Körper wie die Erde auf das strahlende Licht.
Lange Zeit – zu lange – hatte ich Kräuter nur aufgrund ihrer Nützlichkeit gesammelt. Jetzt pflückte ich die cremefarbenen

Schlüsselblumen und die nickenden Glockenblumen, das helle Schöllkraut, die verborgenen Veilchen und die wie Splitter eines herabgefallenen Himmels anmutenden Vergißmeinnicht nur, weil sie wunderschön waren. Die Ausbildung in Avalon sollte den Geist schulen, und alle Reichtümer des Körpers und der Seele wurden in ihren Dienst gestellt, unter Anleitung eines disziplinierten Willens. Den fleischlichen Bedürfnissen wurde nur bei den Festen widerwillig Rechnung getragen, denen des Herzens schenkte man keine Beachtung. Konstantius aber hatte meine erwachenden Sinne erobert, und mein Herz ließ sich von ihrem Triumph davontragen, ein williger Gefangener. Ich unternahm keinen Versuch, zu widerstehen. Jetzt, da ich aus dem Reich des Geistes verbannt war, blieben mir nur noch die Welt und ihre Freuden.
Wir ließen uns Zeit auf unserer Reise, hielten uns zuweilen in Villen und Gehöften auf, manchmal schliefen wir in einem Dickicht oder auf einem Feld an der Straße unter den Sternen. Die erste bedeutende Stadt auf unserer Strecke war Aquae Sulis, versteckt in den Hügeln, wo die Abona auf ihrem Weg zur Mündung in die Sabrina eine Biegung macht. Heute weiß ich, dass es ein kleiner Ort war, doch damals beeindruckte mich seine großzügige Eleganz. Von alters her galten die Heilquellen als heilig, doch die Römer, für die das Baden eine gesellschaftliche Notwendigkeit war, hatten den Ort in ein Heilbad verwandelt, das es mit jedem anderen im Imperium aufnehmen konnte.
Als wir in den Ort ritten, bestaunte ich die Gebäude, die aus warm leuchtendem, goldenem Stein errichtet waren. Die Menschen, die sich auf den Straßen drängten, waren gut gekleidet, und ich wurde mir mit einem Mal bewusst, was eine Woche Reisen meinem Gewand angetan hatte. Und meinen Haaren – hastig zog ich den Schleier vor und trieb mein Pony näher an Konstantius' Maultier.
»Mein Herr ...«

Lächelnd wandte er sich zu mir um, und ich war erstaunt, wie selbstverständlich er sich in diese zivilisierte Umgebung einfügte.
»Konstantius, wir können hier nicht bleiben. Ich habe nichts anzuziehen.«
»Aus diesem Grund wollte ich hier Station machen, meine Liebe«, erwiderte er grinsend. »Es ist wenig genug, was ich dir bieten kann als Gegenleistung für alles, was du für mich aufgegeben hast, aber in Aquae Sulis bekommt man das Beste aus dem ganzen Imperium. Ich habe genug Mittel, um ein paar Tage in einer anständigen Herberge zu wohnen, die Bäder zu genießen und Kleidung zu kaufen, die deiner Schönheit gerecht wird.«
Ich wollte schon protestieren, doch er schüttelte den Kopf. »Wenn wir in Eburacum eintreffen, werde ich dich meinen Geschäftspartnern vorstellen, und du musst mir alle Ehre machen. Betrachte den Einkauf als etwas, was du für mich tun kannst.«
Hochrot lehnte ich mich im Sattel zurück. Mir kam es noch immer wie ein Wunder vor, dass er mich für schön hielt. Ich wusste nicht, ob es stimmte – auf Avalon gab es keine Spiegel –, doch es spielte keine Rolle, solange seine Augen mir Wohlgefallen signalisierten.
Der Einkauf in Aquae Sulis war recht überwältigend für mich, war ich doch mit einem Gewand für alle Tage und einem für Rituale aufgewachsen. Auch Konstantius gingen angesichts der Preise allerdings die Augen über. Ich erstand eine terrakottafarbene Tunika, am Saum in Grün und Gold eingefasst, eine Palla aus grüner Wolle, die man darüber trug, und ein weiteres Ensemble in den rosigen Farben der Dämmerung. Bereitwillig stimmte ich allem zu, was Konstantius für mich angemessen fand, solange es nicht das Blau der Priesterinnen war.
Wir ließen Eldri zur Bewachung unserer Habseligkeiten in der

Herberge, während wir im Garten einer Taverne an der Hauptstraße zu Abend aßen. Dann suchten wir den Tempel auf, in dem sich auch die Bäder befanden. Es war deutlich, dass Aquae Sulis keine gewöhnliche römische Stadt war. Beherrscht von den religiösen Gebäuden, die um die heilige Quelle herum entstanden waren, wirkte es auf seine Weise ebenso geweiht wie Avalon. Ich war den Anblick schöner Steinmetzarbeiten gewohnt, wenn der Schmuck dieser Gebäude neben der auf der Insel üblichen Schlichtheit auch überladen wirkte. Mein Volk hatte zwar Ebenbilder seiner Gottheiten in Stein gemeißelt, doch lehrten die Druiden von Avalon, man bete die Götter am besten unter freiem Himmel an.

So sagte ich mir, dass das Bildnis der Sulis Minerva, das in dem runden *Tholos* auf dem Platz vor den Bädern stand, nur eine Statue war, wenn ich auch den ruhigen Blick des Bronzekopfs unter dem vergoldeten Helm mied und rasch vorüberging. Ich hielt mich im Hintergrund, während Konstantius einen Beutel Weihrauch kaufte, den er ins Feuer auf dem Altar im Hof warf. Seine unbefangene Frömmigkeit ärgerte mich ebenso, wie ich sie bewunderte. Doch was hatten derartige Beobachtungen mit mir zu tun, die ich die Mysterien von Avalon gekannt hatte? *Gekannt und verloren …*, mahnte mich eine innere Stimme. Na schön, sagte ich mir, ich würde lernen, ganz ohne Götter zu leben.

Im Säulengang des Tempels schaute ein wütendes Gorgonenhaupt auf uns herab, dessen Haare und Bart sich in verschlungenen Strahlen wanden. Ein weiterer Sonnengott beherrschte den Torbogen, der in die Bäder führte. Konstantius zuliebe, dachte ich, könnte ich vielleicht bei diesem eine Ausnahme machen.

Er zahlte die Eintrittsgebühr, und wir schritten unter dem Torbogen hindurch. Bei der feuchten, heißen Luft, die uns entgegenschlug, musste ich husten. Es roch entfernt nach faulen Eiern – nicht so stark, dass es unangenehm gewesen wäre, aber eindeutig medizinisch. Vor uns lag der heilige Tümpel schwach glitzernd im Licht, das durch das hohe Bogenfenster fiel.

»Hier kommt das Wasser aus der Erde und wird über Rohrleitungen in die anderen Becken geleitet«, erklärte Konstantius. »Dieser Ort war schon lange heilig, bevor der Göttliche Julius seine Legionen auf diese Insel führte. Es ist üblich, ein Opfer zu bringen …«

Er öffnete seinen Geldbeutel und entnahm zwei Silberdenare. Auf dem Beckengrund schimmerten noch mehr Münzen neben blauen Votivtafeln und anderen Opfergaben. Er zog sich die Kapuze seines Mantels über den Kopf, betete still und warf seinen Denar ins Wasser. Ich folgte seinem Beispiel, obwohl ich kein Gebet, sondern nur eine stumme Bitte anzubieten hatte.

»Du hast Glück, der Aufseher sagte mir, die heißen Becken seien in dieser Stunde den Frauen reserviert. Ich gehe in den Dampfraum am anderen Ende der Bäder und treffe dich bei Sonnenuntergang draußen am Altar.« Konstantius drückte mir die Hand und wandte sich ab.

Einem ersten Impuls folgend, wollte ich ihn schon zurückrufen. Doch nach einer Woche auf der Straße wurden alle anderen Überlegungen von dem Wunsch verdrängt, wieder einmal richtig sauber zu werden. Ich drehte mich um und gelangte durch den ersten Raum in den Säulengang, der an das große Becken anschloss. Den Gesprächen im Wirtshaus war zu entnehmen gewesen, dass der Strom der Badenden, für den die Bäder gebaut waren, in diesem Jahr noch nicht eingesetzt hatte. Das warme Becken war fast leer. An den Stellen, an denen die Sonnenstrahlen von oben hereinfielen, leuchtete das Wasser grün, die Beckenränder lagen durch den Säulengang in mysteriösem Schatten. Ich umrundete das große Becken und hielt nach kleineren Ausschau. Man hatte mir gesagt, sie lägen dahinter.

Das Becken, das ich auswählte, enthielt warmes Wasser, das unter einer Steinplatte hervorschoss. Die in der Quelle enthaltenen Mineralien hatten die Kacheln mit einer Schicht überzogen. Mir fiel der heilige Brunnen auf Avalon ein, doch das Wasser hier war warm wie Blut. Sich hineingleiten zu lassen war wie die Rückkehr in den Mutterleib.
Ich lehnte den Kopf an die glatte Rundung des Beckenrandes und ließ mich vom Wasser tragen. Muskeln, die ich nicht als angespannt empfunden hatte, lösten sich schließlich. Die beiden Frauen, die herumgepaddelt waren, als ich ankam, stiegen aus dem Becken und gingen fort, vertieft in ein Gespräch über eine neue Köchin. Ein Sklavenmädchen kam mit einem Stapel Handtücher herein, sah, dass ich keine Hilfe brauchte, und ging wieder. Das Wasser wurde still. Ich war allein.
Zeitlos ließ ich mich treiben, ohne Bedürfnis oder Wunsch. In diesem Augenblick, da mich weder körperliche noch seelische Anforderungen in Anspruch nahmen, merkte ich nicht, dass sich die Abwehr verflüchtigte, die ich um meine Seele herum errichtet hatte. Das sanfte Plätschern der Wellen gegen die Steine wurde leiser, bis das Murmeln des Wassers, das in das Becken floss, das einzige Geräusch war.
Kurz darauf verwandelte sich dieses feine Murmeln in ein Lied …

»Ewig sprießend, ewig fließend
aus der Erde in die Flut,
ewig sprudelnd, ewig trudelnd
neu entstehend immerzu …«

Bei der Musik entspannte ich mich. Unwillkürlich regte sich meine Seele und öffnete sich dem Geist der Wasser. Der Gesang ging weiter. Ich musste lächeln, denn ich war mir nicht sicher, ob meine eigene Phantasie die Worte zu der Musik lieferte oder ob ich tatsächlich die Stimme der Quelle vernahm. Jetzt drangen neue Worte wispernd durch das stille Tröpfeln …

»Ewig lebend, ewig gebend,
all meine Kinder sind frei;
ewig dehnend, ewig sehnend
kommen sie wieder herbei …«

Ich aber war von diesem ewigen Quell abgeschnitten und durfte nicht zurückkehren. Bei diesem Gedanken stieg großer Kummer in mir auf, Tränen liefen mir über die Wangen und vermischten sich mit den Wassern der Göttin im Becken.

Eine Ewigkeit schien vergangen, als das Sklavenmädchen wieder in den Raum trat, doch ich vermute, in Wirklichkeit hatte es nicht so lange gedauert. Ich fühlte mich ausgelaugt, und als ich aus dem Wasser stieg und das Blut an den Innenseiten meiner Oberschenkel hinabrinnen sah, merkte ich, dass ich tatsächlich leer war. Ganeda hatte mit ihren Berechnungen Recht gehabt, und trotz unseres verzückten Liebeserlebnisses hatte Konstantius mir kein Kind gezeugt.

Nachdem das Mädchen mich mit Lappen und Einlagen versorgt hatte, setzte ich mich lange in den feuchten Schatten, starrte auf das wirbelnde Wasser und wartete auf weitere Tränen. Doch vorerst war ich keiner Empfindungen mehr fähig. Vor mir lag ein Leben ohne jegliche Magie. Aber nicht ohne Liebe, ermahnte ich mich. Konstantius würde bereits auf mich warten. Er hatte mein Herz nicht gebrochen – das hatte ich ganz allein getan.

Konstantius war getäuscht worden: Man hatte ihn aus seiner gewohnten Welt nach Avalon gelockt und ihm, als er wieder aufbrach, eine in Ungnade gefallene, weinende Priesterin aufgebürdet. Dennoch hatte er sich nicht beklagt. Zumindest hatte er eine fröhliche Begleiterin verdient. Inzwischen waren meine Haare getrocknet, und die kürzeren Strähnen hingen mir kraus in die Stirn. Ich rief noch einmal das Sklavenmädchen, das mir das Haar mit Nadeln hochstecken und mir dabei behilflich sein sollte, die verquollenen Augen mit Kohle und die bleichen Wangen mit Rouge abzudecken. Ich warf einen Blick in den Bronzespiegel und sah eine modisch gekleidete Fremde vor mir.

Als ich aus den Bädern trat, ging die Sonne gerade hinter den Hügeln unter, in deren Schutz die Stadt lag. Ich wandte mich von dem blendenden Licht ab und blieb wie angewurzelt vor einem Giebel stehen, einem Ebenbild des Eingangs zur heiligen Quelle. Hier jedoch war eine Göttin die beherrschende Gestalt, deren Haar auf beiden Seiten nach oben gedreht und in der Mitte von einem Ring zusammengehalten wurde. Hinter ihr ragte ein Halbmond wie ein Heiligenschein auf.

Im ersten Augenblick stand ich nur da und starrte die Statue ungläubig an, wie ein Reisender, der stehen bleibt, weil er plötzlich jemanden aus der Heimat getroffen hat. Dann fiel mir ein, wie ich hierher gekommen war.

»Es wird dir nicht viel nützen, Herrin, mir aufzulauern«, sagte ich leise. »Du hast mich schließlich verbannt – ich schulde dir keine Treue!«

Von Aquae Sulis aus führte die Militärstraße nach Nordosten quer durch Britannien. Hinter Corinium stieg sie allmählich an und verlief kurz vor Ratae durch wildes Bergland. Dennoch fanden wir überall im Abstand von einer Tagesreise Herbergen und Poststationen an der Straße, und von Zeit zu Zeit leuchtete durch die Bäume das rote Ziegeldach einer Villa auf. Konstantius versicherte mir, dies sei noch eine freundliche Gegend im Vergleich zu den Bergen bei Eburacum, doch ich, die ich an die Marsch des Sommerlands gewöhnt war, schaute staunend in die blaue Ferne.

Als wir uns Lindum näherten, gelangten wir in eine grüne Ebene ähnlich des Gebietes, in dem die Stämme der Trinobantes lebten, wo ich meine Kindheit verbracht hatte. Ich rettete mich in diese Erinnerungen und begann, Konstantius von meinem Vater und meinen Brüdern zu erzählen, wobei ich meine Erinnerung wie ein römisches Mosaik über das Leben eines britannischen Fürsten zusammenfügte, der die Lebensweise der Römer größtenteils übernommen hatte.

»Meine Familie ist nicht viel anders«, sagte Konstantius. »Sie stammt aus Dakien, das im Norden von Griechenland liegt. Dort umschließen die Carpatus-Berge eine große Ebene. Ich wurde in einer Villa in den Danuvius-Auen geboren. Dakien ist noch immer Grenzprovinz – wir wurden sogar erst nach euch Britanniern römisch –, und die Goten versuchen, wieder Barbaren aus uns zu machen …«

»Wir haben gehört, dass Kaiser Claudius sie bei Nissa geschlagen hat«, sagte ich, als das Schweigen schon zu lange anhielt. Die letzte Villa hatten wir schon vor längerer Zeit passiert, und obwohl die Straße höher lag, rückte auf beiden Seiten dichter Wald näher. Das Klappern der Pferdehufe klang laut in diesem unbewohnten Land.

»Ja … ich war dabei«, antwortete Konstantius und rieb sich die Stelle am Oberschenkel, an der ich eine Narbe entdeckt hatte. »Aber es hätte ins Auge gehen können. Sie kamen von Osten, über das Euxinische Meer. Unsere Garnison in Marcianopolis schlug sie in die Flucht, doch sie segelten nach Süden, und es gelang ihnen, in die Ägäis vorzudringen, wo sie sich in drei Armeen aufteilten. Gallienus löschte die Herulianer in Thrakien aus, aber die Goten wüteten noch immer in Makedonien.

Wir holten sie schließlich bei Nissa ein. Es ist schwer, sich gegen nomadisierende Banden zu verteidigen, die einen Ort überfallen und sich dann wieder zurückziehen, aber barbarische Truppen können gegen unsere schwere Reiterei nichts ausrichten …« Sein Blick war weit in die Vergangenheit gerichtet. »Es war ein einziges Gemetzel. Danach war der Widerstand gebrochen. Hunger und schlechtes Wetter forderten ebenso viele Opfer unter den Versprengten wie unsere Waffen. Und die Pest.« Er verstummte, und mir fiel ein, dass die Pest auch die Römer dahingerafft hatte, auch seinen Großonkel, den Kaiser.

»War dein Heimatort außer Gefahr?«, fragte ich in dem Versuch, ihn vom Gedanken an Schlachten abzulenken.

Er blinzelte und brachte ein Lächeln zustande. »Ja – die Goten hatten es auf ältere und reichere Städte abgesehen. Dieses eine Mal war es von Vorteil, an der Grenze zu leben. Meine Familie ist dort ansässig, seitdem Trajan das Land erobert hat.«

»Die Familie meines Vater beherrschte das Land nördlich der Thamesis, bevor die Römer kamen«, stellte ich ein wenig selbstgefällig fest. Die Sonne brach durch die Wolken; ich löste meinen breitrandigen Hut vom Sattel und setzte ihn auf. »Aber mein Ahne hat sich mit dem Göttlichen Julius verbündet und dessen Familiennamen angenommen.«

»Aha …«, antwortete Konstantius, »meine Vorfahren sind weniger erlaucht. Einer meiner Ahnen war ein Klient des Flavius Vespasianus, des großen Kaisers, daher der Familienname. Doch der Erste meines Geschlechts, der sich in Dakien niedergelassen hat, war ein Zenturio, der eine Einheimische heiratete. Dessen muss ich mich jedoch nicht schämen. Manche behaupten, Vespasianus selbst stamme von einem der Begründer Roms ab, doch ich habe gehört, dass der Kaiser darüber lachte und zugab, sein Großvater sei ein einfacher Soldat in den Legionen gewesen. Es spielt keine Rolle. Jetzt sind wir alle Römer …«

»Vermutlich«, erwiderte ich. »Ich weiß, Coelius hielt die römischen Festtage ein. Ich kann mich noch daran erinnern, dass ich mit ihm im großen Tempel von Claudius in Camulodunum war, um Weihrauch für den Kaiser zu verbrennen. Was öffentliche Belange anging, war er Römer, aber er hielt sich an die alten Überlieferungen, wenn es die Gesundheit oder das Land betraf. Auf diese Weise wurde ich gezeugt«, fügte ich widerstrebend hinzu. »In dem Jahr der großen Überflutungen wandte er sich an Avalon, und meine Mutter, die damals Hohepriesterin war, reiste nach Camulodunum, um mit ihm das Große Ritual zu begehen.«

»Also hast du von beiden Seiten königliches Blut.« Konstantius lächelte mich an. Dann wurde er nachdenklich. »Hat dein Vater dich je formal adoptiert?«

Ich schüttelte den Kopf. »Wozu?«, sagte ich verbittert. »Ich sollte schon immer nach Avalon ... Ist das wichtig für dich?«, fügte ich hinzu, nachdem ich sah, wie er die Stirn runzelte.

»Nicht für mich ...«, sagte er rasch. »Kann sein, dass es rechtliche Komplikationen gibt ... für unsere Hochzeit.«

»Du willst mich heiraten?« Ich hatte tatsächlich nicht darüber nachgedacht, da ich in Avalon zur Frau herangewachsen war, wo die Priesterinnen sich nicht an einen Mann banden.

»Aber gewiss! Oder«, fügte er hinzu, »wenigstens eine rechtliche Vereinbarung treffen, die dich schützt – war nicht die Zeremonie, die wir bei eurem Fest abgehalten haben, eine Vermählung?«

Ich schaute ihn verwundert an. »Es war die Vereinigung von Erde und Sonne, dazu bestimmt, dem Land Leben zu schenken – der Gott und die Göttin wurden vermählt, so wie es bei meinen Eltern der Fall war, nicht der Priester und die Priesterin, die das Ritual vollzogen.«

Abrupt zügelte er sein Pferd, stellte sich vor mein Pony und schaute mich an. Ein Grasmückenpaar erhob sich lärmend aus dem Hagedorn. »Wenn du dich nicht als meine Frau betrachtest, warum bist du dann mitgekommen?«

Tränen traten mir in die Augen. »Weil ich dich liebe ...«

»Ich bin ein Eingeweihter, aber kein Anhänger der Mysterien«, sagte Konstantius, nachdem er lange geschwiegen hatte. »Erst als erwachsener Mann habe ich erfahren, wie man solche Eide leistet. Und du warst meine Frau – das erste Mal, als ich dich sah, wusste ich, dass du die Frau warst, deren Seele mit meiner verbunden war.«

Plötzlich kam mir der Gedanke, dass Ganedas Plan nie hätte gelingen können, selbst wenn ich mich nicht eingeschaltet hätte. Wäre Aelia die Priesterin gewesen, hätte Konstantius sich geweigert, mit dem Ritual fortzufahren. Er ergriff meine Hand.

»Du gehörst zu mir, Helena, und ich werde dich nie verlassen. Das schwöre ich dir bei Juno und allen Göttern. Du wirst de facto meine Frau sein, ob du meinen Namen trägst oder nicht. Verstehst du mich?«

»Volo …« *Ich will,* flüsterte ich trotz der Enge in meinem Hals. Ich hatte immerhin eine Vision gehabt. Aber nur Ehrenhaftigkeit und sein edles Herz hielten den Mann an meiner Seite.

Ich glaube, in diesem Augenblick auf einer Straße irgendwo mitten in Britannien fing meine Ehe mit Konstantius wirklich an.

7. KAPITEL

A.D. 271

Die Rückenlehne meines runden Rohrstuhls knirschte, als ich mich anlehnte. Die lässige Haltung war nur vorgetäuscht: Von hier aus konnte ich vorbei an den Früchte und Blumen darstellenden Fresken am Eingang in die Küche schauen, wo Drusilla den nächsten Gang zubereiten sollte. Unsere Gäste, zwei der erfolgreichsten in Eburacum ansässigen Kaufleute, hatten gerade die eingelegten Eier und die Austern, roh in der Schale mit einer scharfen Soße angerichtet, verzehrt. Es war eins der wenigen Abendessen in kleinem Rahmen, zu denen Konstantius in dem Jahr seit unserem Eintreffen geladen hatte. Er war dabei, freundliche und enge Beziehungen zu den Kaufleuten in der Stadt aufzubauen.

Offenbar hatte er damit Erfolg. Das Zinngeschäft blühte. Viel lieber wäre Konstantius allerdings bei den Männern der Sechsten Victrix im großen Kastell am gegenüberliegenden Flussufer gewesen, obwohl die Legion nicht ihre volle Gefechtsstärke besaß, nachdem die wilden Stämme hinter dem Wall eine Zeit lang friedlich gewesen waren. Es gab dort nicht viel zu tun. Die eigentliche Macht lag jetzt bei der geschäftigen Stadt, die seit Severus die Hauptstadt von Britannia Inferior war, und Konstantius gehörte offenbar zu den Männern, denen alles gelang, was sie anpackten.

Ich sah, dass Philipp, ein griechischer Junge, den wir vor kurzem in den Haushalt aufgenommen hatten, unschlüssig im Durchgang stand, und bedeutete ihm mit einem Wink, die Teller abzuräumen. Konstantius, der noch immer aufmerksam dem älteren der beiden Kaufleute zuhörte, einem Angehöri-

gen der großen Familie Sylvanus, die mit Leinen aus Eburacum und Töpferwaren aus Treveri handelte, schenkte mir ein aufmunterndes Lächeln.
Ich erwiderte es, obwohl mir die Rolle einer römischen Hausherrin noch immer ein wenig unwirklich vorkam. Avalon hatte mich für vieles ausgebildet, doch die Planung eines offiziellen Banketts und eine belanglose Unterhaltung über Wein hatten nicht dazu gehört. Darauf wäre ich besser vorbereitet gewesen, wenn ich mit den anderen einfältig lächelnden Mädchen im Hause meines Vaters aufgewachsen wäre. Konstantius indes brauchte eine Gastgeberin, und ich tat mein Bestes, so zu tun, als bereite es mir keine Schwierigkeiten.
Ich hatte gelernt, mir das Gesicht zu schminken und meine Haare zu einem komplizierten Knoten mit griechischem Stirnband zu binden, um den Halbmond auf meiner Stirn zu verbergen. Konstantius' Geschäft blühte, und er fand Gefallen daran, mir Geschenke zu machen. Ich besaß inzwischen eine ganze Truhe voller Leinenhemden und Tuniken aus fein gewobener, gefärbter Wolle, Ohrringe und einen Anhänger aus der Pechkohle, die hier bearbeitet wurde, das Medaillon, in das unser beider Konterfei geschnitzt war.
Das Spinnen war bei den Römern eine traditionell weibliche Beschäftigung, und es war eine Kunst, die ich gut beherrschte. Als wir jedoch in Eburacum eintrafen, wusste ich ebenso wenig, einen Haushalt zu führen wie eine Schlacht zu schlagen. Ich hatte keine Zeit, mich nach Avalon zu sehnen – es gab vieles zu lernen. Zum Glück hatten wir mit Drusilla eine ausgezeichnete Köchin. Konstantius war in diesem vergangenen Jahr sichtbar kräftiger geworden. Drusilla hätte sich jedem Versuch meinerseits widersetzt, ihr Anweisungen zu erteilen, selbst wenn ich eine Ahnung vom Kochen gehabt hätte. Sie verlangte jedoch, dass ich mir die Zutaten einprägte, sodass ich ihre Kunst zu würdigen wüsste, falls einmal ein Gast nach der Zubereitung fragte.

Philipp trug den nächsten Gang herein, winzige Kohlköpfe, *cauliculi* genannt, gekocht mit süßem grünem Pfeffer und Senfkraut. Sie waren mit Thymian gewürzt und über püriertem Hasen in Aspik angerichtet. Würdevoll, als vollzöge er ein heiliges Ritual, legte er die Portionen auf die Teller, gute rote Tonware aus Samos, wahrscheinlich von Lucius Viducius eingekauft, dessen Liege neben meinem Stuhl stand. Seine Familie war ebenso führend im Handel mit Tonwaren zwischen Eburacum und Rothomagus in Gallien wie Konstantius' Verwandte in der Herstellung von Zinnwaren.
Ich nahm einen Bissen und legte den Löffel dann wieder zur Seite. Es schmeckte recht gut, aber mein Magen rebellierte. Die Austern hatte ich nicht einmal probiert.
»Du isst nicht, Herrin – geht es dir nicht gut?«, fragte Viducius. Er war ein großer Mann mit leicht ergrauendem, blondem Haar, der eher ein Germane als ein Gallier hätte sein können.
»Ein vorübergehendes Unwohlsein«, antwortete ich. »Kein Grund zur Sorge … Bitte, iss, sonst wird mir meine Köchin nie verzeihen. Konstantius sagte mir, dass du zweimal im Jahr nach Gallien reist. Wirst du in nächster Zeit wieder übersetzen?«
»Sehr bald schon.« Er nickte. »Dein Mann hofft, uns überreden zu können, seine Waren auf dem Schiff nach Germanien mitzunehmen, das unsere Waren hierher bringt. Möge Nehalennia uns vor Stürmen bewahren!«
»Nehalennia?«, wiederholte ich höflich. Von dieser Göttin hatte ich noch nie gehört.
»Sie ist eine Göttin, die von Händlern sehr verehrt wird. Man hat ihr auf einer Insel in der Rhenusmündung einen Schrein errichtet. Mein Vater Placidus hat ihr einen Altar gebaut, als ich noch ein Kind war.«
»Ist sie denn eine germanische Göttin?«
Ich warf rasch einen Blick in die Runde. Konstantius hatte den zweiten Mann, einen Schiffseigner, ins Gespräch gezogen. Auf dem Tisch standen jetzt weitere Gerichte: in Olivenöl, Pfeffer

und Wein gebratene Meeräschen und Linsen mit Pastinaken in Kräutersoße. Ich nahm von jedem etwas, obwohl ich gar nicht erst versuchte, es zu essen. Mit einem Lächeln wandte ich mich wieder an Viducius.

»Schon möglich«, antwortete er, »mein Vater stammt ursprünglich aus Treveri. Aber ich glaube, der Göttin gefällt das Tiefland an der Nordsee am besten. Dort treffen Seewege und Landstraßen aufeinander; von dort aus kann sie alle Wege überwachen ...«

Er muss es mir angesehen haben, dass mich etwas beschäftigte, denn er hielt inne und fragte, ob etwas nicht in Ordnung sei.

»Nein, nein, ich erinnerte mich nur gerade an eine britannische Göttin, die wir Elen von den Wegen nannten. Ich frage mich, ob es ein und dieselbe sein könnte?«

»Unsere Nehalennia wird immer sitzend dargestellt mit einem Hund zu ihren Füßen und einem Korb voller Äpfel im Arm«, erwiderte der Händler.

Ich lächelte und beugte mich vor, um Eldri zu tätscheln, der wie üblich zu meinen Füßen lag in der Hoffnung, ein Happen könnte für ihn vom Tisch fallen. Er setzte sich auf und schnüffelte, denn Philipp brachte den gegrillten Eber herein. Ich sah ihm mit gemischten Gefühlen entgegen – der würzige Duft brachte meinen Magen noch mehr in Aufruhr, doch sein Erscheinen bedeutete auch, dass das Mahl fast beendet war. Vorsichtig nahm ich einen Schluck verdünnten Wein.

»Auch Elen mag angeblich Hunde, denn sie zeigen den Weg«, sagte ich höflich. »Hat dein Vater der Göttin hier in Eburacum auch etwas geweiht?«

Viducius schüttelte den Kopf. »Nur Jupiter Dolichenus, dem Herrn der Sonne, und dem Geist dieses Ortes – wohin man auch kommt, es ist immer klug, die Geister eines Landes gütig zu stimmen.«

Ich nickte, denn ich kannte inzwischen den Zwang der Römer, nicht nur den *genius loci* zu ehren, sondern jeden Gedankengang oder jeden abstrakten Begriff der Philosophie, auf den ihr Augenmerk fiel. Alle Straßenkreuzungen und öffentlichen Brunnen hatten ihre kleinen Schreine, auf denen der Name des Spenders an auffallender Stelle prangte, als wüssten die Götter ohne ein solches Schild nicht, wer es gewesen war. Selbst Konstantius bestand darauf, den Laren und Penaten seiner Ahnen, die das Lager des Hauses bewachten, zu opfern. Dabei hatte er doch die Philosophie der Griechen studiert, die der Theologie von Avalon so nahe stand.

»Dein Mann hat ein gutes Gespür für das Geschäft, aber er war nie dazu bestimmt, ein Leben als Händler zu führen«, fuhr Viducius fort. »Eines Tages wird ihn der Kaiser wieder in seine Dienste rufen. Vielleicht überquerst auch du dann einmal das Meer und machst Nehalennia deine Aufwartung.«

Ich versuchte, etwas Höfliches zu sagen, doch der Duft des gebratenen Fleisches war zu viel für meinen rebellierenden Magen. Ich entschuldigte mich, schoss ins Atrium hinaus und übergab mich in den Blumentopf, in dem der Rosenbaum stand.

Als es überstanden war, entnahm ich den lauter werdenden Stimmen, dass unsere Gäste sich verabschiedeten. Ich setzte mich auf eine Steinbank und atmete tief die kühle, nach Kräutern duftende Luft ein. Der Mai näherte sich seinem Ende, und der Abend war mild. Es war noch so hell, dass ich entzückt die anmutigen Konturen der zweigeschossigen Flügel des Hauses betrachten konnte, die das langgestreckte Atrium einrahmten. Auf der Innenseite öffnete sich ein Säulenumgang. Das Haus war von demselben Architekten erbaut worden, der den Palast des Kaisers Severus ganz in unserer Nähe entworfen hatte. Obwohl es wie die meisten Häuser in diesem Stadtteil eine schmale Front hatte und sich nach hinten erstreckte, war es von klassischer Eleganz.

Jetzt, da mein Magen leer war, ging es mir viel besser. Unseren Gästen zuliebe hoffte ich, dass es nicht am Essen gelegen hatte. Ich spülte mir den Mund am Springbrunnen aus, lehnte

mich an eine Säule, und schaute zum offenen Himmel über dem Atrium auf, an dem der Neumond bereits hoch stand.
Beim Betrachten des Mondes fiel mir ein, dass meine Monatsblutung schon hätte einsetzen sollen. Auch meine Brüste waren ungewöhnlich fest. Ich berührte sie und wurde mir sogleich ihres neuen Gewichts und ihrer Empfindsamkeit bewusst. Ich lächelte, denn endlich dämmerte mir, was mit mir nicht in Ordnung war.
Ein Schatten bewegte sich zwischen den Topfpflanzen. Ich erkannte Konstantius, erhob mich und ging ihm entgegen.
»Helena, geht es dir gut?«
»O ja …« Mein Lächeln wurde noch strahlender. »Waren deine Verhandlungen erfolgreich, Liebster?« Ich legte ihm die Arme um den Hals, und er murmelte etwas in mein Haar, während auch er mich in die Arme schloss. Einen Augenblick lang standen wir still beisammen. Er roch nach gutem Essen und Wein und dem würzigen Öl, mit dem sein Sklave ihn in den Bädern massierte.
»Du kannst mir auch gratulieren …«, flüsterte ich ihm ins Ohr. »Ich bringe noch größeren Gewinn als alle Händler zusammen. Oh, Konstantius, ich bekomme ein Kind von dir!«

Während der Frühling in den Sommer überging und mein Körper mit fortschreitender Schwangerschaft aufblühte, empfand ich zum ersten Mal in meinem Leben wahres Glück. Mir war bewusst, dass dieses Geschenk nicht jedem Sterblichen bestimmt ist. Ich hatte, wenn auch nicht die Götter, so doch die Priesterinnen von Avalon getäuscht und trug jetzt das vom Orakel vorhergesagte Kind unter dem Herzen! Erst v=iele Jahre später sollte ich diese Prophezeiung in Frage stellen und begreifen, dass man nur auf die richtige Frage die richtige Antwort bekommt.
Es war eine schöne Jahreszeit, und nach Eburacum, der Königin des Nordens, lieferten Händler aus dem gesamten Imperi-

um ihre Waren. Kaufleute kamen zu Wohlstand und teilten ihr Glück mit den Göttern, von Herkules bis Serapicus. Der Platz vor dem Gerichtshof war übersät mit Altären, mit denen Gelübde eingelöst worden waren. Ich blieb zuweilen stehen, um den *matronae* meine Ehrerbietung zu erweisen, den dreifachen Müttern, die über die Fruchtbarkeit wachten, aber sonst hatte ich den Göttern nur wenig zu sagen.

Tag für Tag folgte Eldri mir dicht auf den Fersen, wenn ich aus dem Brückentor trat und über den Pfad am Abus-Fluss bis zu den Kais an der Mündung in die Fossa spazierte, wo sich die Boote, die von der Küste kamen, das Wegerecht mit den Schwänen streitig machten. Am Abend spiegelten sich die weißen Wände des Kastells im Wasser, und die untergehende Sonne überzog die schimmernde Oberfläche mit milchigem, perlmuttfarbenem Schein. Im Laufe des vergangenen Jahres war mein kleiner Hund langsamer geworden, als wäre er plötzlich gealtert, doch diese Ausflüge, auf denen er in den zahlreichen faszinierenden Abfällen am Ufer herumschnüffeln konnte, waren der Höhepunkt seines Tages. Ich hoffte, das tröstete ihn ein wenig über den Verlust der Freiheit von Avalon hinweg.

Doch diese Schiffe brachten mehr als nur Waren ins Land, denn obwohl westlicher und östlicher Teil des Imperiums politisch voneinander getrennt waren, drangen die Neuigkeiten ungehindert von einem in den anderen. Kurz nach der Sommersonnenwende erreichten uns zwei Dinge, die unser Leben verändern sollten: ein Bote mit einem Brief vom Kaiser und der erste Pestfall.

Wir saßen im Atrium. Ich hatte Drusilla gebeten, uns das Abendessen dort zu servieren. Das Essen schmeckte mir gerade wieder, und unserer Köchin machte es Spaß, herauszufinden, womit sie meinen Appetit anregen könnte. Ich war mir nicht sicher, ob es meine Schüchternheit oder die hochmütige

Verachtung eines alten Familienfaktotums gegenüber einer einheimischen Konkubine war, die anfangs eine Distanz zwischen uns gelegt hatte. Doch mit beginnender Schwangerschaft hatte sich mein Stand in ihren Augen erheblich verbessert.

Ich hatte verschiedene Vorspeisen probiert, als mir auffiel, dass Konstantius nichts aß. Nachdem ich ein Jahr bei ihm war, sah ich den Mann in ihm ebenso wie den Helden. Ich wusste zum Beispiel, dass er morgens am besten aufgelegt war und nach Sonnenuntergang immer reizbarer wurde; dass er bis zur Taktlosigkeit ehrlich sein konnte und dass er mehr im Kopf als im Körper lebte, außer wenn er bei mir im Bett lag. Was manche Menschen als Reserviertheit wahrnahmen, hätte ich als Konzentration ausgelegt. Schellfisch konnte er nicht ausstehen, und sobald sein Interesse an einem Vorhaben geweckt war, hätte er das Essen gänzlich vergessen können.

»Du hast nichts angerührt«, sagte ich. »Es schmeckt sehr gut, und Drusilla wird sich aufregen, wenn du ihre Kochkunst nicht zu schätzen weißt.«

Er lächelte und spießte ein Stück Lauch mit Wurst auf, lehnte sich aber zurück und hielt es in der Hand, ohne zu essen. »Heute Morgen habe ich einen Brief erhalten.«

Plötzlich wurde mir kalt. »Aus Rom?«, fragte ich und bemühte mich, meiner Stimme einen ruhigen Klang zu verleihen.

»Nicht direkt. Als er ihn schrieb, war er in Nicomedia, obwohl er inzwischen zweifellos schon woanders ist.«

Ich schaute ihn an und dachte nach. Keine Frage, wer *er* sein könnte. Doch wenn der Kaiser Konstantius' Kopf wollte, hätte er gewiss mit der Botschaft einen Offizier geschickt, der ihn festgenommen hätte.

»Demnach verstehe ich es richtig, dass es kein Befehl war, dich festzusetzen?«

Er schüttelte den Kopf. »Helena, er hat mir eine Stelle in seinem Stab angeboten! Jetzt kann ich dir und unserem Kind ein ordentliches Leben ermöglichen!«

Ich starrte ihn sprachlos an und unterdrückte meine erste erschrockene Vermutung, er wolle mich verlassen. Konstantius hatte sich stets bemüht, glücklich zu wirken, aber ich wusste, wie sehr ihm seine militärische Laufbahn gefehlt hatte.
»Kannst du ihm trauen?«
»Ich denke schon«, sagte er mit ernster Miene. »Aurelian hat immer den Ruf gehabt, ehrlich zu sein – ein wenig zu offen sogar. Gerade weil er seine Wut nicht verbergen konnte, erschien es mir das Beste, ins Exil zu gehen. Er ist mich bereits los – mich zurückzulocken, nur um mich ermorden zu lassen, erforderte unnötige Raffinesse.«
Zu offen? Ich unterdrückte ein Lächeln, denn ich verstand, warum Konstantius ins Exil geschickt worden war und warum der Kaiser ihn wieder zurückhaben wollte.
Konstantius ging sichtbar in sich, berechnete, plante, und ich erkannte mit Schrecken, dass seine Aufmerksamkeit unausweichlich von mir abgezogen würde, wenn er das Schicksal erfüllen sollte, das ich für ihn vorausgesehen hatte. In jenem Augenblick wünschte ich mir nichts sehnlicher, als dass wir normale, einfache Menschen wären, die ein gewöhnliches, zufriedenes Leben miteinander führten, hier am Rande des Imperiums. Doch selbst im schwindenden Licht hatte er etwas Strahlendes an sich, das den Blick auf sich zog. Als normaler Erdenbürger wäre Konstantius nie nach Avalon gelangt.
»Da Tetricus im Westen noch immer an der Macht ist, wäre ich nicht imstande, die Poststationen zu benutzen«, sagte er schließlich. »Das ist aber recht so, da wir einen ganzen Haushalt zu transportieren haben. Wir können einen Teil der Reise zu Wasser zurücklegen – über die Nordsee, und dann mit einem Flussschiff rhenusaufwärts. Das wird leichter für dich sein ...« Plötzlich schaute er zu mir auf. »Du kommst doch mit, oder?«
Einen Vorteil hatte es ja, nicht richtig verheiratet zu sein, überlegte ich nüchtern, Konstantius hatte von Rechts wegen keine

Handhabe, mich zu zwingen. Aber das Kind in meinem Leib band mich an ihn – das Kind und die Erinnerung an eine Prophezeiung.

Konstantius mochte als Junggeselle in der Lage gewesen sein, auf der Stelle aufzubrechen, jetzt aber musste ein ganzer Haushalt umziehen, und er musste die Aufsicht über sein Geschäft in kundige Hände übergeben. Die Zinngießereien waren in dem Jahr, in dem er die Verantwortung getragen hatte, vergrößert worden. Die Sklaven, welche die eigentliche Arbeit verrichteten, waren alle sehr geschickt, doch der Produktionsumfang überstieg die Fähigkeiten des vorherigen Bevollmächtigten bei weitem. Es erforderte Zeit, einen geeigneten Mann zu finden und ihn einzuweisen.

In dieser Zeit nahmen die Pestfälle zu. Falls die Krankheit den Stab des Kaisers ebenso dahingerafft hatte wie die Bevölkerung von Eburacum, zeugte Aurelians Einladung vielleicht weniger von Edelmut als vielmehr von Verzweiflung. Dieser Gedanke ließ mich nicht los.

Der Sklavenjunge Philipp wurde krank, und ich pflegte ihn, obwohl Drusilla protestierte. Die Krankheit machte sich durch quälenden Husten und lang andauerndes, hohes Fieber bemerkbar. Ich wickelte Philipp in kalte, feuchte Tücher und verabreichte ihm Tee aus weißer Weide und Birke, deren Verwendung ich in Avalon gelernt hatte, und es gelang mir, Philipp so lange am Leben zu halten, bis das Fieber schließlich sank.

Niemand in unserem Haus steckte sich an, doch die langen, anstrengenden Stunden hatten mir Kraft geraubt. Ich begann zu bluten, und nach einigen Stunden entsetzlicher Krämpfe verlor ich mein Kind.

Der Sommer und mit ihm die Vorbereitungen für unsere Abreise aus Britannien gingen zu Ende, als Philipp in mein Gemach trat, um mir einen Besucher anzukündigen. Ich lag, in ein Umhängetuch gewickelt, auf einer Liege, Eldri zu meinen Füßen. Es war Sommer, doch in der Nacht zuvor waren vom Meer her Wolken aufgezogen, und eine kühle Feuchtigkeit lag schwer in der Luft. Konstantius war zu einer Versammlung im Mithraeum gegangen – kein Ritual, denn die wurden immer nachts abgehalten, vielmehr zu einer geschäftlichen Angelegenheit, die den Tempel betraf. Ich wusste nicht, welchen Rang er in den Mysterien bekleidete, aber seine Verantwortung innerhalb der Verwaltung ließen eine hohe Stellung vermuten.

Ich hatte so getan, als wollte ich mir den Liebesroman von Longus ansehen, den Konstantius mit nach Hause gebracht hatte, damit ich mein Griechisch auffrischen konnte. Der Titel lautete »Hirtengeschichten von Daphnis und Chloe«, und die exotischen Abenteuer hätten eine gute Ablenkung sein sollen. In Wirklichkeit hatte ich geschlafen. Ich schlief viel – damit fiel es leichter, zu vergessen, dass es die Helligkeit, die für kurze Zeit in meinen Leib eingezogen war, nicht mehr gab. Als Philipp etwas sagte, entrollte ich das Pergament.

»Ich werde sie wieder fortschicken …«, sagte Philipp fürsorglich. Seit seiner Genesung und meiner Erkrankung folgte er mir wie mein Schatten, als wären wir durch unseren Schmerz einander verbunden.

»Nein – wer ist es?«, fragte ich und warf rasch einen Blick durch das Zimmer, um sicherzustellen, ob man sich damit sehen lassen konnte.

Die Wände waren in warmen Goldtönen gestrichen und mit Girlanden aus Akanthusblättern verziert. Ein paar gestreifte Läufer, die hier vor Ort gewebt wurden, nahmen dem gefliesten Boden die Kälte. Ein Korb mit Wolle und eine Spindel lagen auf einem Tisch, ein paar Buchrollen auf einem anderen, aber der Raum war sauber. Wenn die Gemahlin eines von Konstantius' Geschäftspartnern mich sehen wollte, dann sollte ich mir Mühe geben, ihr höflich zu begegnen.

»Ich glaube, sie verkauft Kräuter. Sie hat einen zugedeckten Korb bei sich … Sie behauptet, sie habe ein Mittel für deinen Schmerz«, fügte er unglücklich hinzu. »Ich habe ihr nichts gesagt, Herrin, ich schwöre …«
»Ist schon gut, Philipp. Die Leute reden untereinander – bestimmt hat ihr jemand aus der Stadt von meinen Schwierigkeiten erzählt. Vielleicht hat sie etwas Brauchbares.« Ich seufzte. »Du kannst sie ruhig hereinbitten.«
Eigentlich war ich nicht sehr zuversichtlich, doch es war schlimm genug, dass Konstantius eine Frau durch das halbe Reich schleppen musste; da sollte er es nicht mit einer Invalidin zu tun haben. Tief im Innern wusste ich jedoch, dass ich bei allen Geheimmitteln, mit denen mir wohlmeinende Menschen zusetzten, tatsächlich auch den Willen aufbringen musste, gesund zu werden.
Kurz darauf kam Philipp zurück und trat zur Seite, um einer alten Frau Platz zu machen. Noch ehe ich ihr Gesicht sah, lösten Sinne, die ich lange nicht gebraucht hatte, ein Prickeln des Erschreckens auf meiner Haut aus. Als die Frau begann, ihren Korb zu öffnen, merkte ich, dass es *ein Erkennen* gewesen war. Gerade noch war sie eine alte, gebeugte Frau in zerschlissenem Umhängetuch, wie sie zu Hunderten in die Stadt kamen, um ihre Waren zu verkaufen. Im nächsten Augenblick hatte sie sich mit der Pracht umgeben, richtete sich in ihrer ganzen Majestät vor mir auf und schien beinahe zu groß für den Raum. Philipp riss die Augen weit auf.
»Herrin …« Ohne nachzudenken war ich aufgestanden und neigte das Haupt zur Begrüßung. Dann überkam mich die Wut, und ich richtete mich auf. »Was machst du hier?«
Der gute Philipp trat schützend einen Schritt vor. Ich schluckte die nächsten Worte hinunter, die mir auf der Zunge lagen.
»Dasselbe könnte ich dich fragen«, sagte Ganeda, »schließt sich hier hinter den Wänden ein! Wir müssen miteinander reden. Komm hinaus ins Licht und an die Luft.«

»Ich war krank …«, begann ich und ging unwillkürlich in die Defensive.
»Unsinn – du wirst nie wieder gesund, wenn du dich wie ein Schoßhündchen einrollst! Komm!« Da sie Gehorsam voraussetzte, schritt sie zur Tür hinaus.
Eldri sprang von der Liege, knurrte leise, und mein Mund verzog sich andeutungsweise zu einem Lächeln. Wenigstens wären wir im Atrium ungestörter. Ich bedeutete Philipp, im Haus zu bleiben, nahm mein Umhängetuch und folgte ihr.
»Und, womit habe ich diese Ehre verdient?«, fragte ich knapp und setzte mich auf eine Steinbank. Ich lud Ganeda ein, neben mir Platz zu nehmen.
»Du hast überlebt …«, antwortete die Hohepriesterin streng. »Die Pest ist nach Avalon gekommen.«
Entsetzt starrte ich sie an. Wie war das möglich? Die heilige Insel war von der Welt abgeschnitten.
»Ein Mädchen aus Londinium wurde uns zur Ausbildung geschickt. Sie war schon krank, als sie ankam. Wir erkannten die Krankheit nicht, und als Gerüchte über die Pest uns erreichten, war es schon zu spät, um die Ansteckung zu verhindern. Vier Jungfrauen und sechs ältere Priesterinnen sind gestorben.«
Ich fuhr mir mit der Zunge über die trockenen Lippen. »Dierna aber nicht?«
Unmerklich hellte sich Ganedas grimmige Miene auf. »Nein. Meiner Enkelin geht es gut.« Stumm hörte ich zu, als sie mir die Namen der Frauen nannte, die der Krankheit erlegen waren, Frauen, mit denen ich die einzigartige Vertrautheit des Rituals geteilt hatte, einige, die sich um mich gekümmert und mich unterrichtet hatten, andere, die ich wiederum unterwiesen hatte … und Aelia.
Ich schloss die Augen. Tränen drangen nun unter meinen Augenlidern hervor und zogen heiße Spuren über meine Wangen. Hätte ich Avalon nicht verlassen, dann hätte ich sie pflegen können, dachte ich benommen. Ich hatte Philipp gerettet,

für den ich nicht mehr als Güte empfand. Meine Liebe zu Aelia hätte sie sicher am Leben gehalten. Oder die Pest hätte mich vielleicht auch dahingerafft. In diesem Moment erschienen mir beide Schicksale gleich wünschenswert.
»Ich danke dir, dass du gekommen bist, um es mir zu sagen …«, brachte ich schließlich hervor.
»Ja, ich weiß, du hast sie geliebt«, antwortete die Priesterin knapp, »aber deshalb bin ich nicht gekommen. Avalon braucht dich.«
Bei diesen Worten riss ich die Augen auf. »Wie … großzügig …« Die Worte kamen mir nur schwer über die Lippen. »Du bist verzweifelt, also nimmst du mich wieder an!« Ich stand auf, das Umhängetuch rutschte mir von den Schultern, und ich begann, auf dem Pfad auf und ab zu schreiten. »Nein.« Ich wandte mich ihr zu. »Du hast meine Verbindung zu Avalon durchtrennt. Damals, in dem ersten Monat, als die Wunde noch blutete, hättest du mich vielleicht zurückrufen können. Jetzt ist da nur noch eine Narbe.«
Ganeda zuckte ungehalten mit den Schultern. »Die Verbindung kann wiederhergestellt werden. Es ist deine Pflicht, zurückzukehren.«
»Pflicht!«, rief ich aus. »Was ist mit meiner Pflicht gegenüber Konstantius?«
»Er hat rechtlich keine Macht über dich, und du bist nicht im Fleische mit ihm verbunden, jetzt, da du das Kind verloren hast …«
»Ist das alles, was du begreifen kannst?«, schrie ich sie an, die Hände schützend vor meinem leeren Leib gekreuzt. »Was ist mit den Bindungen zwischen Herz und Seele? Was ist mit der Prophezeiung?«
»Meinst du, das rechtfertigt deine Rebellion?«, schnaubte Ganeda verächtlich. »Ein einfacher Anflug von Lust wäre verzeihlicher gewesen, meine Liebe …«
»Ich brauche deine Vergebung nicht! Ich will sie nicht!« Ich

merkte, wie ich lauter wurde, und rang um Fassung. »Du hattest das Recht, mich zu verbannen, aber nicht, mich hin- und herzuzerren wie eine Marionette! Du warst es, nicht ich, die meine Gelübde gegenüber Avalon für ungültig erklärt hat. Und das, was ich Konstantius geschworen habe, werde ich auch nicht brechen. Ich habe dieses Kind verloren, ja, aber ich werde ein anderes haben. Ich habe das Kind in meinen Armen gesehen!«

Ganeda betrachtete mich mit missbilligender Miene. »Als wir das Ritual planten, berechnete Arganax die Bahn der Sterne. Wir wissen, was sie für ein Kind bestimmt hätten, das bei dem damaligen Beltanefest gezeugt worden wäre. Wer weiß, was das Kind anstellt, das du Konstantius schenkst? Ich sage dir jetzt, dass der Tag kommen wird, an dem du dir wünschst, er wäre nie geboren worden!«

Ich hob eine Augenbraue und schaute auf sie herab. »Aha, ich verstehe. Es ist falsch, dass ich meinen Willen über deinen erhebe, aber du hast alles Recht, deinen über den der Götter zu setzen! Hast du uns nicht selbst gelehrt, dass die Schicksalsgötter unser Leben nach ihrem Willen weben und nicht, wie du oder ich es gerne hätten? Mein Sohn wird kein Werkzeug in den Händen von Avalon!«

»Dann solltest du lieber beten, dass er wenigstens weiß, wie man den Göttern dient!«

»Wie kannst du daran zweifeln?«, rief ich in meinem Stolz. »Er wird der Sohn, den der Erneuerer des Lichts mit einer Priesterin von Avalon zeugt!«

»Ich zweifle nicht an den Göttern«, antwortete Ganeda rasch, »aber ein langes Leben hat mich gelehrt, den Menschen nicht zu trauen. Ich wünsche dir alles Gute, Tochter meiner Schwester.« Sie stützte sich schwer auf ihren Stock, als sie sich erhob. Jetzt sah sie wirklich gealtert aus.

»Warte«, sagte ich unwillkürlich. »Du hast eine lange Reise hinter dir, und ich habe dir keine Erfrischung angeboten …«

Doch Ganeda schüttelte nur den Kopf. »Du sollst nicht mehr belästigt werden, weder von mir noch von Avalon ...«
Ich verstand ihre Worte, doch als ich ihr nachsah, schien mir, die Erinnerung an diese Unterhaltung würde mich in Zukunft noch lange heimsuchen.

Ich weiß nicht, woran es lag, ob ich wieder vollständig genesen war oder ob Ganedas Herausforderung mich angeregt hatte, aber nach ihrem Besuch kehrte meine Energie zurück. Ich nahm aktiver an den Vorbereitungen für den Umzug teil, und als Konstantius ein paar Tage bevor wir planmäßig mit dem Schiff zum Kontinent ablegen sollten, erwähnte, er müsse auf das Land reiten, um sich von einem Vetter seines Vaters zu verabschieden, fragte ich ihn, ob ich ihn begleiten dürfe.
Unsere Schiffsreise rückte immer näher, und ich begann, Eburacum mit anderen Augen zu sehen. Ich hatte nicht lange genug dort gelebt, um es als Heimat zu betrachten, aber es gehörte zu Britannien, das ich so bald schon verlieren sollte. Die Stadt selbst indes war römisch, nicht britannisch, sodass ich die Geister des Landes nur am Fluss zu spüren vermochte. Außerhalb der Stadt würde ich gewiss leichter mit ihnen in Verbindung treten und mich verabschieden können.
Konstantius hatte für die Fahrt einen zweirädrigen Karren gemietet, den das treue rote Maultier zog. Niedrige Hügel bestimmten die Landschaft, die nach Westen hin allmählich anstieg und am Horizont in Berge überging, die im Dunst eher zu ahnen denn zu sehen waren. Am zweiten Tag erreichten wir Isurium, die alte Hauptstadt der Brigantes, die jetzt ein geschäftiger Marktflecken war. Isurium lag in einer Flussbiegung des Abus, kurz vor der Stelle, an der die Straße den Fluss noch einmal überquerte.
Flavius Pollio hatte sich nach einer erfolgreichen Laufbahn in Eburacum hierher zurückgezogen und war jetzt Beamter.

Stolz führte er uns sein neu errichtetes Stadthaus vor, besonders das Mosaik von Romulus und Remus mit der Wölfin, das den Boden seines Speisezimmers zierte.
»Wie ich sehe, schätzt dein kleiner Hund feines Kunsthandwerk«, sagte Pollio und schnipste Eldri ein Stück Hammelfleisch zu. Mein Hund hatte sich neben dem Mosaikbild der Wölfin niedergelassen, als wollte er sich zum Saugen an ihren Zitzen zu den Zwillingen gesellen. Ich wurde rot.
»Tut mir Leid – wenn wir zu Hause essen, sitzt er immer zu meinen Füßen. Er muss aus unserem Schlafzimmer geschlüpft sein …«
»Nein, nein – lass ihn ruhig hier. Wir sind hier nicht so förmlich.« Pollio lächelte mir zu. »Wir leben hier in einem Land von Göttinnen und Königinnen, und Damen haben ihre Privilegien … Cartimandua, weißt du«, fügte er hinzu, als ich ihn fragend anschaute. »Sie hat das Land der Brigantes unter römischer Herrschaft gehalten, selbst als ihr Mann rebellierte.« Er drohte Konstantius mit dem Finger. »Lass dir das eine Warnung sein, mein Junge. Ein Mann ist nur stark, wenn seine Frau hinter ihm steht!«
Jetzt war es an Konstantius, zu erröten, was bei seiner hellen Haut stets ein bemerkenswerter Anblick war. »Dann muss ich Herkules sein«, antwortete er, doch ich schüttelte den Kopf.
»Nein, mein Lieber, du bist Apollon.«
Er errötete noch stärker, und ich lachte.
Als das Mahl beendet war, zogen sich die beiden Männer in Pollios Arbeitszimmer zurück, um die Papiere durchzugehen, die Konstantius sich hatte ansehen wollen, und ich nahm Eldri mit auf einen Spaziergang durch die Stadt. Nach anderthalb Tagen auf dem holprigen Wagen und dem schweren Essen brauchte ich Bewegung, und schon bald schritt ich durch das Tor ins offene Land hinaus.
Hier im Norden blieb es länger hell, als ich es gewohnt war. Aus den Feldern erhob sich Bodennebel und fing das Sonnen-

licht ein, sodass es aussah, als wären goldene Flachsstränge über das Land gelegt worden. Kurz nachdem ich die Brücke überquert hatte, sah ich einen Kuhpfad, der nach Westen führte, und bog von der Straße ab. Da Eldri mich führte, hatte ich keine Angst, mich zu verirren, auch wenn der Nebel bei Anbruch der Dunkelheit dichter würde.

Ich verlangsamte meine Schritte, hatte ich doch endlich die Einsamkeit gefunden, die ich gesucht hatte. Die Luft war eigenartig still, wie immer in der Abenddämmerung und bei Sonnenuntergang. Nur drei Krähen krächzten, die zu ihrem Schlafplatz flogen, und in der Ferne muhte eine Viehherde auf dem Weg zu ihrem heimatlichen Melkschuppen.

Ich blieb stehen und hob instinktiv die Hände zur Anrufung.

»Brigantia, Erhabene, Quell der Heiligkeit! Herrin dieses Landes, bald werde ich über das Meer reisen. Gewähre mir deinen Segen, Göttin, wohin mich meine Wege auch führen mögen ...«

Es wurde noch stiller, als hielte das Land den Atem an und lauschte. Obwohl die Luft sich rasch abkühlte, spürte ich einen warmen Hauch auf der Wange, als strahlte die Erde die letzte Hitze des Tages ab. Eldri trollte sich auf der Straße davon, schwungvoller, als ich es bei ihm in letzter Zeit erlebt hatte. Sein weißer, buschiger Schwanz wedelte wie sonst, wenn er eine interessante Duftspur verfolgte, und ich musste mich sputen, um mitzuhalten.

Gerade rechtzeitig erreichte ich die Anhöhe, um zu sehen, wie seine weiße Gestalt im Holundergebüsch verschwand, das am rechten Straßenrand wuchs.

»Eldri! Komm hierher!«

Der Hund kam nicht, und ich begann zu laufen. Ich rief noch einmal nach ihm. Jetzt sah ich, dass ein Pfad durch das Dickicht führte, so schmal, dass ich kaum hindurchpasste.

Über der dahinter liegenden Weide lag goldener Dunst. Durch den schimmernden Bodennebel sah ich Eldri, der auf eine

schwarze Steinsäule zutrottete. Ich blieb wie angewurzelt stehen. Drei solcher Säulen standen dort auf der Weide im Abstand von ungefähr der Länge eines Forums. Ich hatte schon Megalithen gesehen, doch noch nie in dieser Größe, beinahe so hoch wie die Säulen im Tempel von Serapis.
»Eldri, gib Acht«, flüsterte ich, doch ich hätte wissen müssen, dass er ein Feenhund und an Wunder gewöhnt war, denn er setzte sich hechelnd neben den ersten Stein und wartete auf mich.
»Nun, mein Kleiner, was hast du gefunden?«
Der Hund legte den Kopf schief und drehte sich wieder erwartungsvoll zur Säule um. Ich umschritt diese langsam, wie gewohnt in Sonnenrichtung. Der Stein war sehr dunkel und seine Oberfläche glatter als sonst bei den Arbeiten des Alten Volkes üblich. Nach oben verjüngte er sich, was von mehreren Furchen gekennzeichnet war. Orangefarbene und weiße Flechten bildeten ein filigranes Muster auf dem dunklen Untergrund. Ich begriff die Bedeutung von Kreisen wie jenem auf dem Tor, doch ich konnte mir keinen Reim daraus machen, warum diese drei Säulen hier in einer Reihe aufgestellt worden waren.
Auf leisen Sohlen trat ich näher und legte beide Handflächen auf den Stein. Er war kalt, und ich ließ meine Sinne durch meine Hände in den Felsblock dringen und nach dem Energiefluss suchen, der ihn in der Erde verwurzelte.
Es gab keinen. Stattdessen hatte ich das Gefühl, als hielte ich einen harten Gegenstand fest, während ich schwebte, aber das Ding in meinen Händen schwebte auch, als wäre ich mit dem Boot mitten auf den See hinausgefahren, um dort schwimmen zu gehen. Die Empfindung war angenehm, wie ein Trancezustand, und viel zu verführerisch für mich, die solche Gefühle ein Jahr lang schmerzlich vermisst hatte. Mit einem langen Seufzer stieß ich den Atem aus und versetzte mich noch tiefer in den Stein hinein.
Einen zeitlosen Augenblick lang gab ich mich den Empfindun-

gen vollkommen hin. Dann erkannte ich, dass mein Schwindelgefühl nachließ. Die Säule unter meinen Händen fühlte sich wieder fester an, doch als ich mich aufrichtete und mich umschaute, erkannte ich, dass sich die Welt verändert hatte.

Die Säulen standen jetzt auf einer weiten Ebene. Der goldene Schein des Sonnenuntergangs hatte sich in silbernes Strahlen verwandelt, das weder Quelle noch Richtung hatte, aber ausreichte, die Lichtgestalten zu erleuchten, die in einer doppelten Spirale um die Steine tanzten. Eldri rannte neben ihnen her, schoss wie ein Welpe zwischen den Tanzenden hin und her und bellte vor Freude.

Ich trat von der Säule zurück, um ihm nachzugehen, und befand mich plötzlich mitten unter den Tanzenden. Starke Hände wirbelten mich herum, helle Gesichter luden mich ein, in ihr Lachen einzustimmen. Plötzlich waren meine Füße leicht, und die letzte, sich hinschleppende Erschöpfung nach meiner Fehlgeburt verschwand. Ich war fröhlich und fühlte mich frei, wie ich es seitdem nicht mehr erlebt hatte … Ich war ins Feenland gelangt.

In diesem Augenblick wurde mir klar, dass ich eine Pforte zwischen den Welten aufgestoßen hatte, als ich bei Sonnenuntergang zu den Steinen gekommen war. Vielleicht war es aber auch Eldri, der mich hierher geführt hatte. Er machte auf jeden Fall Luftsprünge, als hätte er sein Alter abgeworfen, begeistert wie jemand, der nach langem Exil endlich wieder nach Hause zurückkehrt.

Ich sah, wie er schließlich zu Füßen einer Feengestalt zur Ruhe kam, die vor dem mittleren Stein stand. Am Ende spülte mich der Tanz an dieselbe Stelle. Das Blut schoss mir von der schnellen Bewegung noch durch die Adern. Ich blieb stehen. Die Gestalt, die dort wartete, war die Feenkönigin.

Diesmal trug sie die Farben der Sommerernte, eine Krone aus geflochtenem Weizen und ein Gewand aus hellem Gold. Eldri kuschelte sich in ihre Arme.

»Herrin, wie kommst du hierher?«, stammelte ich und richtete mich aus meiner Verbeugung auf.
»Wo sollte ich sonst sein?« Ihre leise Stimme klang belustigt und honigsüß.
»Aber wir sind weit entfernt von Avalon …«
»Und als du damals in der Nacht davon geträumt hast, wie weit warst du da entfernt?«, fragte sie.
»Ich war dort … aber es war nur ein Traum.«
»Manche Träume sind wirklicher als das, was die Menschen unter Wirklichkeit verstehen«, sagte die Herrin knapp. »Pforten ins Feenland gibt es nicht so viele wie ins Traumland, und doch gibt es mehr, als die meisten Menschen glauben. Man muss nur die Zeit und die Jahreszeiten kennen, um den Weg zu finden.«
»Werde ich von den Ländern jenseits des Meeres den Weg finden?«, fragte ich.
»Selbst von dort, wenn du dessen bedarfst, obwohl du uns in jenen Ländern, in denen die Menschen uns unter anderen Namen kennen, in anderer Gestalt sehen wirst. Tatsächlich wirst du dort nicht gedeihen, wenn du nicht lernst, die Geister zu ehren, die in den anderen Ländern hausen.«
Sie begann, mir von den Wesen zu erzählen, denen ich begegnen sollte, Namen und Beschreibungen, die sich in meinem Bewusstsein auflösten und an die ich mich erst viele Monate oder sogar Jahre später erinnern sollte. In der zeitlosen Gegenwart des Feenlandes verspürte ich weder Hunger noch Müdigkeit, doch schließlich beendete die Herrin ihre Anweisungen, und mir schien, ich sollte in die menschliche Welt zurückkehren.
»Ich danke dir, Herrin. Ich werde bestrebt sein, das zu tun, was du gesagt hast. Jetzt gib mir bitte den Hund, damit er mir den Heimweg zeigen kann.«
Die Königin schüttelte den Kopf. »Eldri muss hier bleiben. Er ist alt, und sein Geist ist an dieses Land gebunden. Er würde

deine Reise nicht überstehen. Lass ihn hier – er wird bei mir glücklich sein.«
In dem Land, in dem man das Weinen nicht kennt, traten mir dennoch Tränen in die Augen. Doch der Blick der Feenkönigin war unerbittlich, und es stimmte, dass Eldri sehr glücklich aussah, geborgen in ihren Armen. Zum letzten Mal kraulte ich ihn hinter den seidigen Ohren. Dann ließ ich die Hand sinken.
»Wie komme ich ohne ihn wieder zurück?«, fragte ich.
»Du musst nur gegen den Sonnenlauf um den Stein gehen.«
Ich machte mich auf, und mit jedem Schritt ließ das Licht nach, bis ich plötzlich in der aufkommenden Dunkelheit allein auf der Weide stand.
Als ich die Brücke erreichte, sah ich Fackeln auf der Hauptstraße auf und ab hüpfen und stellte fest, dass Konstantius nach mir suchte. Ich sagte ihm nur, Eldri sei fortgelaufen und ich hätte ihn gesucht. Er wusste, wie sehr ich den Hund geliebt hatte, und daher brauchte ich meinen Kummer nicht weiter zu erläutern. In dieser Nacht fand ich Trost im Schutz seiner Arme.
Eine Woche später waren wir auf einem von Viducius' Schiffen mit Kurs auf die Mündung des Rhenus und Germanien.

Zweiter Teil

DER WEG ZUR MACHT

8. KAPITEL
A. D. 271-272

Auf dem Meer zu segeln ist geradeso, als bewege man sich außerhalb der Zeit. Man sitzt da, hat weder Aufgaben noch Pflichten zu erfüllen und betrachtet nachdenklich das graue Band der Küstenlinie am Horizont und das stets wechselnde Spiel der Meereswogen. Das Kielwasser verändert sich so rasch wie die Bugwelle, und man kann nicht erkennen, wo man gerade ist. Nach einer Weile beginnt sich die Folge von Berg und Tal zu wiederholen, und man fragt sich, ob man überhaupt vorankommt.

Dennoch spürte ich nach einer Woche eine neue Wärme in der Luft, und der Landwind wehte einen Geruch heran, den ich aus meiner Kindheit kannte. Seit unserer Abreise von Eburacum hatten wir mit dem Wind im Rücken günstiges Wetter gehabt. Das große Handelsschiff stampfte unbeirrt nach Süden und musste nicht einmal bei Anbruch der Dunkelheit vor Anker gehen. Doch jetzt näherten wir uns der Küste. Ich lehnte mich weit über die Reling hinaus und hielt mich am Bug fest.

»Du siehst aus wie die Galionsfiguren, die ich an manchen griechischen Schiffen gesehen habe«, sagte Konstantius hinter mir. Er wirkte jünger und irgendwie kräftiger, und ich merkte zum ersten Mal, wie viel es ihm bedeutete, wieder in sein wahres Leben zurückkehren zu können. Nachdenklich ließ ich mich von ihm wieder zurück auf das Deck führen.

»Was ist das?« Ich zeigte auf die Landzunge, an der das graugrüne Wasser eines breiten Flusses gemächlich ins blaue Meer strömte.

»Das ist die Tamesis«, sagte Konstantius, der neben mir stand. Mit wachsendem Interesse schaute ich auf das niedrige, hügelige Land über der sandigen Landzunge.
»Als kleines Kind habe ich dort am Strand gespielt, während mein Vater den Wachturm an der Spitze inspizierte«, erwiderte ich. »Ich weiß noch, dass ich mich gefragt habe, wohin die vorbeiziehenden Schiffe wohl fahren.«
»Und jetzt bist du selbst an Bord eines solchen«, sagte Konstantius lächelnd.
Ich nickte und lehnte mich an seinen festen, starken Körper. Es war unnötig, ihn mit meinem plötzlichen Heimweh zu belasten. Eine Rückkehr wäre ohnehin unmöglich. Ich hatte erfahren, dass mein Vater tot war, einer meiner Brüder ebenfalls. Der andere diente unter dem falschen Kaiser Tetricus in Gallien. Im Palast in Camulodunum herrschte jetzt ein entfernter Vetter. Das Zuhause meiner Kindheit gab es nicht mehr, ebenso wenig wie das kleine Mädchen, das einst an diesem sandigen Ufer Muscheln gesammelt hatte.
Ich klammerte mich an die Reling, als das Schiff sich in den Wind legte, der vom Fluss her wehte, und durch die Mündung auf die schmale Durchfahrt zwischen der Insel Tanatus und Cantium zu kreuzte. Wir verbrachten zwei Nächte in einem Wirtshaus, während Viducius das Beladen mit zusätzlicher Fracht beaufsichtigte, doch noch ehe ich wieder Landbeine hatte, waren wir schon wieder auf See.
Jetzt war nicht einmal eine Andeutung von Küstenlinie zu sehen, die uns die Richtung weisen könnte, nur Sonne und Sterne, wenn die Wolken aufrissen und wir sie sehen konnten. Ich begann mich indes zu fragen, ob die Sinne, die Ganeda mir genommen hatte, wieder zurückkehrten, denn mir war, als spürte ich Britannien hinter uns, auch wenn uns Nebel umgab, und mit der Zeit nahm ich von vorn eine neue Energie wahr. Am dritten Tag, als sich der Nebel über dem Meer in der Morgensonne auflöste, lagen vor uns am Horizont zahlreiche

Inseln wie Tupfer in den verzweigten Armen des Rhenus-Deltas, die den Weg nach Germania Inferior bewachten.

Unser Ziel war Ganueta, wo die Scaldis in das Delta des Rhenus mündete, ein wichtiger Umschlagplatz für die Fracht, die vom Kontinent nach Britannien verschifft wurde. Während Konstantius sich um den Weitertransport rhenusaufwärts kümmerte, konnte ich mit dem treuen Philipp an meiner Seite über den Marktplatz schlendern, der an den Hafen angrenzte. Wie in allen Grenzgebieten waren auch hier unterschiedliche Kulturen vertreten. Die Kehllaute der germanischen Sprachen vermischten sich mit wohlklingendem Latein. Seit der vernichtenden Niederlage, die Varus mit seinen Legionen gegen Arminius hatte einstecken müssen, war der Rhenus die Grenze zwischen dem freien Germanien und dem römischen Imperium, die jedoch seit mehr als einem Jahrhundert eine friedliche Grenze war. Die Menschen, die ihre Felle, ihr Vieh und ihren Käse über den Fluss zum Markt trugen, unterschieden sich nicht sehr von den Stämmen auf römischer Seite.
Ich schaute mir gerade an einem Marktstand Schnitzereien an, als mich jemand beim Namen rief. Ich drehte mich um und erkannte Viducius, in eine Toga gehüllt und mit einem Korb voller Äpfel unter dem Arm.
»Gehst du zu einem Fest?«, fragte ich und deutete auf das Obst.
»Nein, obwohl ich unterwegs zu einer edlen Dame bin – ich gehe zum Tempel der Nehalennia, um meinen Dank für die sichere Überfahrt abzustatten. Ich würde mich freuen, wenn du mitkämst.«
»Gern. Philipp, du musst Konstantius suchen und ihm sagen, wohin ich gegangen bin. Viducius wird mich nach Hause begleiten.«
Philipp beäugte den Händler ein wenig misstrauisch, aber immerhin hatten wir gerade eine Seereise in seiner Gesellschaft

hinter uns gebracht. Als der Junge sich aufmachte, bot Viducius mir seinen Arm.

Der Tempel stand auf einer leichten Anhöhe am nördlichen Ende einer Insel. Ein quadratischer Säulengang umgab den Schrein in der Mitte, dessen Turm knapp darüber hinausragte. Zwischen den Votivaltären am Wegesrand hatten Verkäufer ihre Stände aufgestellt, an denen sie Kupfermünzen mit Bildern von Hunden oder der Gestalt der Göttin anboten, Äpfel als Opfergabe, Wein, gebackenes Brot und Würste für hungrige Gläubige. Das Obst, das Viducius mitgebracht hatte, war weitaus besser als alles, was hier verkauft wurde. Verächtlich schritten wir rasch vorüber und traten durch den Eingang in den gepflasterten Innenhof.

Ich hatte schon schönere Tempel gesehen, doch dieser hatte mit seinem roten Ziegeldach und den hellen Wänden etwas angenehm Zwangloses. Hier standen weitere Altäre, und Viducius blieb stehen, um mir den zu zeigen, den sein Vater Placidus vor langer Zeit gestiftet hatte. Dann überreichte er der Priesterin einen Golddenar und zog das Ende seiner Toga über den Kopf, als wir das Heiligtum betraten, das von Bogenfenstern hoch oben im Turm beleuchtet war. Vor einer Säulenplatte in der Mitte des Raumes erhob sich das Bildnis der Göttin, aus warmem rötlichem Stein gemeißelt. Sie hielt ein Schiff in den Händen, aber zu ihren Füßen war ein Korb mit Äpfeln dargestellt, daneben ein Hund, der Eldri so sehr ähnelte, dass mir die Tränen kamen.

Als ich wieder klar sehen konnte, stellte der Händler seine Äpfel vor der Säulenplatte nieder. Das Bildnis der Göttin schaute heiter und gelassen an ihm vorbei, die Haare waren hinten zu einem einfachen Knoten gebunden, die Gewänder fielen in anmutigen Falten herab. Als ich diesem gemeißelten Blick begegnete, überkam mich ein Schauder des Erkennens. Ich schlug meinen Schleier zurück und entblößte den Halbmond auf meiner Stirn.

Nehalennia ... Elen ... Elen von den Wegen ... Herrin, in einem fremden Land finde ich dich! Behüte und beschütze mich auf dem Weg, den ich jetzt gehen muss ...

Einen Augenblick lang beherrschte meine innere Stille alle Geräusche, die von außen zu mir drangen. In dieser Lautlosigkeit vernahm ich keine Stimme, sondern Wasser, das in einen Teich plätscherte. Es klang wie die Blutquelle auf Avalon, und mir kam der Gedanke, dass alle Wasser der Welt miteinander verbunden waren, und wo es Wasser gab, floss die Macht der Göttin.

Jemand berührte mich am Arm. Ich blinzelte. Viducius stand vor mir, denn er hatte seine Gebete beendet. Die Priesterin des Schreins wartete darauf, uns hinauszugeleiten. Unbeabsichtigt kam mir die Frage über die Lippen: »Wo ist die Quelle?«

Sie schaute mich überrascht an. Dann erfaßte ihr Blick den Halbmond auf meiner Stirn, und sie nickte mir mit kollegialer Achtung zu.

Sie bedeutete Viducius, stehen zu bleiben, und führte mich um das Bildnis herum an eine Öffnung im Boden. Vorsichtig folgte ich der Frau über eine Holztreppe hinab in die Krypta unter dem Heiligtum. Die Wände bestanden aus rohem Stein, und die Luft war feucht. Das flackernde Licht von Öllampen glitzerte auf den Plaketten und Bildern, die an den Wänden befestigt waren, und spiegelte sich in den trägen Wirbeln auf der dunklen Oberfläche des Teiches.

»Das Wasser des Rhenus ist brackig, wo es sich mit dem Meer vermischt«, sagte sie leise, »aber diese Quelle ist immer rein und gut. Welcher Göttin dienst du?«

»Elen von den Wegen«, antwortete ich ihr, »die vielleicht das Antlitz ist, das deine Herrin in Britannien trägt. Sie hat mich hierher geführt. Ich habe kein Gold, aber ich opfere dieses Armband aus britannischer Pechkohle, wenn ich darf.« Ich streifte den Armreif über die Hand und ließ ihn in die verborgenen Tiefen der Quelle fallen. Die Spiegelungen zersprangen

wie Flitterplättchen, als er auf dem Wasser auftraf, und fügten sich dann wieder in einem hellen Wirbel zusammen.
»Nehalennia nimmt dein Opfer an …«, sagte die Priesterin leise. »Möge deine Reise gesegnet sein.«

Das Transportmittel, das Konstantius für uns gefunden hatte, war eine mit gesalzenem Fisch und Fellen beladene Barke, die von zwanzig Sklaven mühsam flussaufwärts gerudert wurde. Sie legte häufig an, um noch mehr Frachtgut aufzunehmen, doch die Verzögerungen erlaubten mir, allmählich eine Vorstellung von diesem neuen Land zu entwickeln, durch das ich reiste. In Ulpia Traiana, wo sich der Fluss durch eine sanfte Hügellandschaft wand, waren wir beim Befehlshaber des Kastells zum Abendessen geladen. Theoretisch diente er Tetricus, aber auch aus dem Oströmischen Reich sickerten Informationen flussabwärts, und Konstantius war begierig, Neues zu hören.
So erfuhren wir von dem bitteren Sieg am Mons Gessax in Thrakien, wo die Römer die letzten fliehenden Goten umzingelt hatten. Doch die Unfähigkeit des Befehlshabers, dessen Verstand nicht ausreichte, seine schwere Reiterei einzusetzen, um seinen Vorteil wirksam auszunutzen, hatte viele Menschenleben gekostet. Aurelian führte jetzt in Dakien seine Operationen gegen die Vandalen fort. Zumindest hatte es den Anschein, als sei die Bedrohung durch die Barbaren fürs Erste beigelegt.
Als wir wieder an Bord kamen, hatte sich uns ein neuer Passagier angeschlossen. Er hieß Pater Clemens, ein rundlicher kleiner Priester des christlichen Kultes, der vom Bischof von Rom zu den Gemeinden in den westlichen Ländern ausgesandt worden war. Ich betrachtete ihn neugierig, denn außer den Mönchen auf Inis Witrin war er der erste Priester seines Glaubens, den ich kennen lernte.
»O ja, in Eburacum gibt es auch Christen«, versicherte er uns, als Konstantius den Ort unserer Abreise nannte. »Eine kleine

Gemeinde, gewiss, die sich in der Hauskirche einer tugendhaften Witwe trifft, aber sie sind stark im Glauben.« Pater Clemens nahm uns hoffnungsfroh in Augenschein und erinnerte mich dabei schmerzhaft an Eldri, wenn er auf einen Leckerbissen aus war.
Konstantius schüttelte lächelnd den Kopf. »Nein, ich diene dem Gott der Soldaten und dem ewigen Licht der Sonne, aber in eurem Glauben liegt viel Gutes. Eure Kirchen nehmen sich der Unglücklichen und Bedürftigen an, habe ich gehört.«
»So hat Gott es uns befohlen«, antwortete der Pater schlicht. »Und was ist mit dir, Herrin? Hast du das heilige Wort vernommen?«
»In der Nähe des Ortes, an dem ich aufwuchs, gab es eine Christengemeinde«, äußerte ich vorsichtig. »Aber ich folge Elen von den Wegen.«
Pater Clemens schüttelte den Kopf. »Christus ist der Weg, die Wahrheit und das Leben«, sagte er freundlich. »Alle anderen führen in die Verdammnis. Ich werde für euch beten.«
Ich erstarrte, doch Konstantius lächelte. »Die Gebete eines Mannes, der guten Willens ist, sind immer willkommen.« Er nahm mich am Arm und führte mich fort.
»Ich bin Priesterin der Göttin!«, fauchte ich ihn an, als wir am Bug standen. »Warum sollte er für mich beten?«
»Er meint es doch nur gut«, antwortete Konstantius. »Einige seiner Glaubensbrüder würden uns beide verdammen, ohne auf die Hilfe ihres Gottes zu warten.«
Ich schüttelte den Kopf. Der Mönch, wer immer er auch gewesen sein mochte, der mir auf Inis Witrin begegnet war, hatte anders gesprochen. Dennoch hatte ich in Eburacum viele Heiden kennen gelernt, die nur in den Formen und Zeremonien ihrer Religion lebten. Ich fragte mich, ob es unter den Christen auch einen Unterschied zwischen dem gemeinen Volk und jenen gab, welche die Mysterien verstanden.
Konstantius legte den Arm um mich, und ich lehnte mich an

ihn. Gemeinsam beobachteten wir die vorbeiziehenden Ebenen und Wälder, die von Sumpfland, Morast oder Sandstrand gesäumt waren. Die eine Seite war römisch, die andere germanisch, aber ich sah keinen großen Unterschied. Ich hatte auf die Karten geschaut, welche die Römer anfertigten in dem Versuch, ihr Gebiet festzulegen, aber das Land kannte solche Einteilungen nicht. Einen Augenblick lang schwebte ich am Rande einer grundlegenden Erkenntnis. Dann wandte Konstantius sich mir zu und küsste mich, und in der Flut der nachfolgenden Empfindungen ging dieser Moment unter.

Unsere Reise wurde erneut in Colonia Agrippinensis unterbrochen, einer blühenden Stadt, die auf einer Anhöhe über dem Rhenus erbaut war. Hier erfuhren wir wieder Neuigkeiten – der Kaiser hatte die Goten bis über den Danuvius verfolgt und in einer weiteren großen Schlacht vernichtet, ihren König und fünftausend Krieger getötet. Der Senat hatte ihm den Titel Gothicus Maximus verliehen und einen Triumphzug für ihn veranstaltet. Doch trotz seines Sieges hatte Aurelian offenbar entschieden, dass Dakien nördlich des Flusses nicht zu verteidigen war, und zog die Grenzen des Imperiums wieder an den Danuvius zurück.

»Und ich kann nur sagen, er hat auch allen Grund dazu«, sagte der Zenturio, mit dem wir sprachen. »Genauso war es, als er das Dekumatland südlich von hier zwischen Rhenus und Danuvius aufgab und alle Truppen hinter den Rhenus zurückzog. Flüsse sind schöne, klare Grenzen. Vielleicht glaubt Aurelian, dass die Barbaren in Zukunft zu sehr damit beschäftigt sind, sich untereinander zu bekriegen, und uns in Ruhe lassen. Aber trotzdem ärgert es mich, wenn ich an all das Blut denke, das wir vergossen haben, nur um das Land zu halten.«

Konstantius war sehr schweigsam geworden. »Ich wurde in Dakien in den Danuvius-Auen geboren. Der Gedanke, dass der Fluss die Grenze werden soll, ist merkwürdig. Ich vermu-

te, die Goten werden dafür jetzt gegen den Rest der Carpen, der Bastarnen und der Vandalen kämpfen.«
»Nicht gegen die Vandalen«, stellte der Zenturio richtig. »Aurelian hat sich mit ihnen verbündet und sie als Hilfstruppen eingetragen.«
Konstantius legte nachdenklich die Stirn in Falten. »Das mag gut sein; die Götter wissen wohl, dass die Germanen gute Kämpfer hervorbringen.«

Die Barke nahm uns bis Borbetomagus mit. Dort schlossen wir uns einer Gruppe von Händlern an, die ihre Packesel am Nicer entlang durch die Berge an den Danuvius brachten. Je weiter wir vordrangen, umso stärker kam mir die Dichte des Landes ringsum zu Bewusstsein. Mein Leben lang hatte ich noch nie weiter als eine Tagesreise vom Meer entfernt gelebt, aber jetzt umgab mich festes Erdreich, und selbst die mächtigen Flüsse waren nur das Blut, das durch seine Venen fließt.
Diese Länder mochten zwar von den Legionen aufgegeben sein, aber sie waren noch nicht wieder unter barbarische Herrschaft gefallen. Die Villen und Gehöfte, welche die Römer aus dem Holz der Wälder gebaut hatten, florierten noch immer, und wir waren froh über ihre Gastfreundschaft. Mir brachte diese gemächliche Reise durch Germanien den unerwarteten Vorteil der ungeteilten Aufmerksamkeit meines Mannes. Als er dem Heer beigetreten war, hatte man Konstantius am Limes in Germanien stationiert, und er kannte das Gebiet gut. Anhand seiner Geschichten über Garnisonsleben und Kriegerhandwerk konnte ich mir ein Bild davon machen, wer er wirklich war, und das sollte mir gut zustatten kommen.
Mit jeder Wegstunde, die wir zurücklegten, fiel meine Vergangenheit weiter hinter mir zurück. Ich wurde ausschließlich Julia Helena, und Erinnerungen an jene Eilan, die einst Priesterin auf Avalon gewesen war, schwanden dahin, bis sie nicht mehr Substanz als ein Traum hatten.

Nachdem wir einen Monat unterwegs gewesen waren, gelangten wir an den Oberlauf des Danuvius, wo wir wieder ein Boot fanden, das uns flussabwärts tragen würde. Hier floss der große Strom zwischen den Bergen Sueviens und den Niederungen Rhaetiens entlang. Als sich der Herbstdunst lichtete, konnten wir die schneebedeckten Alpen am südlichen Horizont glitzern sehen. Sie rückten allmählich näher und wurden niedriger, bis der Fluss durch einen Bergeinschnitt trat und sogleich eine scharfe Biegung nach Süden machte und die weite Ebene von Pannonien durchquerte.
Dieser Strom war viel länger als der Rhenus, aber da wir mit der Strömung fuhren, kamen wir viel schneller voran. Bald darauf wandten wir uns wieder gen Osten und steuerten, wie Konstantius mir sagte, auf das Schwarze Meer zu. Im Süden lag Griechenland, über das Konstantius mir so viele Geschichten erzählt hatte, im Norden Scythien und unerforschtes Gebiet. Das Land selbst sagte mir, dass wir in der Tat weit gereist waren. Als der Winter heranrückte, fegten kalte Winde von den Höhen herab, aber die Tage wurden nicht merklich kürzer, und Bäume und Pflanzen waren anders, als die, die ich kannte.
Ich war der Ansicht gewesen, wir würden bis zum Schwarzen Meer an Bord bleiben, doch als wir in Singidunum anlegten, meldete sich Konstantius beim Befehlshaber des Kastells und fand dort Befehle vor, die ihn erreichen sollten, falls er auf diesem Wege käme. Der Kaiser, der die Barbaren befriedet hatte, bereitete sich auf einen Marsch nach Palmyra vor, wo Zenobia versucht hatte, ihr Wüstenkönigreich der römischen Herrschaft zu entreißen.
Aurelian wollte Konstantius, und er wollte ihn sofort. Eine Genehmigung für die Nutzung von Postpferden war daher beigefügt, und Empfehlungsschreiben für die amtlichen Herbergen unterwegs. Konstantius und ich überließen es Drusilla und Philipp, mit unserem Hausrat nachzukommen, und bra-

chen zu Pferd auf. Wir ritten über die gut ausgebaute Militärstraße, die durch Moesien und Thrakien nach Byzantium führte. Von dort aus trug uns eine Fähre über die Meerenge von Marmara, und wir gelangten in die Provinz Bithynien und die Stadt Nicomedia, in der Kaiser und Hofstaat derzeit gerade residierten.

»Warte nur, bis der Sommer kommt – das hier kann ein wunderschönes Land sein«, versicherte Konstantius mir. Er versuchte mich aufzuheitern, als wäre ich ein heimwehkranker Rekrut. *Ganz so Unrecht hat er nicht*, dachte ich und zog mein schweres Umhängetuch fester um die Schultern. In den gut vier Monaten, in denen wir nun hier lebten, war Konstantius größtenteils zwischen Drepanum und Nicomedia, wo der Kaiser sich auf den Heereszug nach Palmyra vorbereitete, hin- und hergeritten. Zenobia, die sich selbst Königin des Ostens nannte, hatte nicht nur auf ihr Geburtsland Syria, sondern auch auf Ägypten und auf Teile Kleinasiens Anspruch erhoben. Noch einen Monat später, und das Heer, das ausgeschickt wurde, sie zu strafen, wäre nicht mehr da.
»Wir haben erst Februar«, erinnerte ich ihn. Bedingt durch die Nähe zur Meerenge fiel kein Schnee, doch die Kälte zog mir in die Knochen. Die Villa, die Konstantius für mich gemietet hatte, war feucht und zugig – ein Haus, erbaut von Menschen, die einfach nicht glauben wollten, es könnte jemals kalt werden. Kein Wunder, dachte ich verdrießlich, denn die Stadt Drepanum, direkt an der Küste vor Nicomedia und gegenüber von Byzantium gelegen, war ein beliebter Ferienort, an den sich der Hofstaat in der Sommerhitze zurückzog. Im Winter hatte er nur mit den heißen Quellen aufzuwarten.
»Britannien ist kälter«, hob Konstantius an, und die Platten seines Brustpanzers quietschten, als er sich bewegte. Ich hatte mich noch nicht daran gewöhnt, ihn in Uniform zu sehen, aber es war mir klar, dass der Kaufmann, den er in Eburacum ge-

spielt hatte, nur ein Teil des Mannes war, der Konstantius ausmachte.
»In Britannien«, gab ich zurück, »baut man die Häuser so, dass sie die Kälte abhalten!«
»Stimmt, es war Sommer, als ich schon einmal hier war«, kapitulierte er und schaute durch die geöffneten Fensterläden hinaus in den Regen, der das Wasser des Lilienteichs im Atrium kräuselte. In den vergangenen beiden Monaten hatte es unablässig geregnet. Er wandte sich wieder mir zu, plötzlich ernst geworden.
»Helena, war es falsch von mir, dich aus deiner Heimat zu holen und den ganzen Weg hierher zu schleppen? Weißt du, ich war so sehr an das Heer gewöhnt und an all die Offiziersfrauen, die mit ihren Männern von einer Garnison zur nächsten quer durch das Imperium gereist sind, da habe ich nicht daran gedacht, dass du auf dieses Leben nicht vorbereitet bist, und vielleicht … nicht …« Hilflos hob er die Schultern, den Blick fest auf mein Gesicht gerichtet.
Ich schluckte und suchte nach Worten. »Mein Liebster, du musst dir aus meinen Klagen nichts machen. Verstehst du denn nicht? Du bist jetzt mein Zuhause.«
Seine Augen strahlten wie die Sonne, die durch die Wolken bricht. Mir blieb nur ein kurzer Augenblick, ihn zu bewundern, dann nahm er mich vorsichtig in die Arme, denn wir hatten bereits erfahren, dass sein Brustpanzer blaue Flecke hinterließ, und fürs Erste war mir nicht mehr kalt.
»Ich muss gehen«, murmelte er schließlich in mein Haar.
»Ich weiß …« Zögernd löste ich mich aus seiner warmen Umarmung und versuchte, nicht daran zu denken, wie bald er schon weit fort auf dem Feldzug nach Palmyra wäre. Die sich überlappenden Platten seines Brustpanzers kratzten leicht, als er sich bückte, um seinen schweren Mantel aufzuheben. Mit Genugtuung stellte ich fest, dass es ein zotteliger Byrrus mit Kapuze war, die Art, die wir in Britannien herstellten.

»Wenn du in der Stadt ankommst, bist du durchnässt«, sagte ich nicht gerade mitfühlend.
»Ich bin daran gewöhnt.« Er lächelte, und mir war klar, dass er sich wirklich gern Wind und Wetter aussetzte.
Ich begleitete ihn zum Eingang und öffnete die Tür. Unser Haus stand auf halber Höhe des Hügels, der den größten Teil der Stadt überblickte. Ziegeldächer und die Marmorsäulen des Forums waren trotz des strömenden Regens zu erkennen. Philipp hielt Konstantius' Pferd. Er hatte sich einen alten Wollmantel als Schutz vor dem Regen über den Kopf gezogen.
»Tut mir Leid, mein Junge – ich wollte dich nicht warten lassen!« Konstantius ergriff die Zügel. Als er aufstieg, quiekte etwas, und das Pferd, ein ungebärdiger, rotbrauner Wallach, warf den Kopf hoch und wich zur Seite aus. Konstantius brachte ihn unter Kontrolle, und Philipp bildete mit verschränkten Fingern eine Stufe, sodass sein Herr ein Bein über den Rücken des Tieres schwingen und sich zwischen die Hörner des Militärsattels setzen konnte.
Aber ich sah schon nicht mehr hin. Ich hatte erneut dieses merkwürdige Quieken – vielleicht auch Jaulen – gehört. Mein suchender Blick blieb an einem Abfallhaufen hängen, der vom überlaufenden Wasser aus dem Rinnstein an die Ecke der Hauswand gespült worden war. Hatte er sich bewegt, oder war es nur der Wind? Ich hob einen Zweig auf, der vom Sturm herabgeweht worden war, und bückte mich, um in dem Haufen herumzustochern. Er bebte, und plötzlich schaute ich auf ein Paar leuchtend schwarze Augen herab.
»Helena, gib Acht! Er könnte gefährlich sein!« Konstantius kam mit dem Pferd näher heran. Aus dem Abfall kam ein schwaches, aber unmissverständliches Knurren. Bei näherem Hinsehen erwies sich der Schutt als ein durchnässtes Fellknäuel, als hätte jemand im Regen eine Pelzkappe verloren.
»Es ist ein Welpe!«, rief ich, als unter den Augen eine schwarze Knopfnase auftauchte. »Das arme Ding!«

»Sieht aus wie eine ertrunkene Ratte«, murmelte Philipp, aber er zog bereits seinen Wollmantel aus und warf ihn mir zu, damit ich mein Umhängetuch nicht benutzte.
Vorsichtig schabte ich Blätter und Schmutz zur Seite, in denen der Welpe sich verfangen hatte, und hob ihn heraus. In meinen Händen war keine Spur von Wärme: Ich hätte ihn für tot gehalten, wenn er mich nicht mit seinen leuchtenden Augen so verzweifelt angeschaut hätte. Ich sprach leise auf ihn ein, barg ihn an meiner Brust, und unmerklich begann sich die Leere, die seit dem Verlust von Eldri in mir geherrscht hatte, wieder zu füllen.
»Sei vorsichtig«, sagte Konstantius. »Vielleicht ist er krank, und Flöhe hat er allemal.«
»O ja«, antwortete ich, obwohl ich mich tatsächlich fragte, ob ein Floh an dem Häufchen Haut und Knochen in meinen Händen überhaupt interessiert wäre. Aber ich spürte einen flatternden Herzschlag. »Ich werde mich um dieses arme Geschöpf kümmern.«
»Ich breche dann auf«, sagte Konstantius, als das Pferd nervös seitwärts tänzelte.
»Ja, gewiss.« Ich schaute zu ihm auf, und seine angespannte Miene hellte sich auf. Sein Lächeln war wie eine zärtliche Liebkosung. Dann lenkte er das Pferd herum und ließ es platschend die Straße hinuntertraben.
Als er fort war, trug ich den Welpen im Schutz meiner Umarmung ins Haus. Nach einem Bad und einer ordentlichen Mahlzeit sah er schon besser aus, obwohl sein Stammbaum wahrscheinlich so gemischt wie die Bevölkerung des Imperiums war. Er hatte Schlappohren, sein Fell war schwarz und weiß gescheckt, und sein Schwanz erschien fast buschig. Die Größe seiner Tatzen ließ vermuten, dass er tatsächlich ein großer Hund werden könnte, wenn der Hunger in seiner frühen Jugend nicht das Wachstum gehemmt hatte.
Der Eifer, mit dem er die Schüssel Brühe leer schlürfte, die

Drusilla ihm zubereitet hatte, zeigte einen bemerkenswerten Überlebenswillen.

»Wie soll er denn heißen?«, fragte Philipp, der seine Zweifel hinsichtlich der Sauberkeit des Hundes weitgehend abgelegt hatte.

»Ich dachte an ›Hylas‹, nach dem Geliebten von Herakles, welchen die Nymphen im Teich ertränkt haben. Hierzulande ist das eine beliebte Geschichte.« Tatsächlich war Hylas vermutlich auf Chios verloren gegangen, als die Argonauten dort auf ihrem Weg, das Goldene Vlies zu stehlen, Halt machten. Es lag nur wenige Tagesreisen von uns entfernt an der Küste im Osten.

»Er sieht wirklich so aus, als hätte jemand versucht, ihn zu ersäufen«, stimmte der Junge mir zu, und so erhielt der Hund seinen Namen.

In dieser Nacht schlief Hylas in meinem Gemach. Damals und in den einsamen Monaten, als Konstantius dem Kaiser nach Syrien gefolgt war, tröstete mich das Trappeln von Hundepfoten hinter mir, auch wenn das Bett neben mir leer war.

Konstantius hatte Recht gehabt mit dem Wetter. Sobald der Sommer anbrach, triumphierte die Sonne an einem wolkenlosen Himmel und briet das Gras auf den Hängen zu Gold. Die Fenster, die im Februar so viel Zugluft durchgelassen hatten, wurden aufgesperrt, um morgens die Meeresbrise und abends den Wind vom See hereinzulassen. Die Menschen, die hier lebten, meinten, das sei der Jahreszeit angemessen, aber nach dem Nebel in Britannien fand ich die Hitze in Wirklichkeit erdrückend.

Tagsüber zog ich hauchdünne Gazestoffe an und legte mich am Springbrunnen im Atrium unter ein Sonnensegel. Hylas hechelte neben mir. Abends ging ich zuweilen am See spazieren. Dann hüpfte der Hund vor mir her, und Philipp, der sich mit einer Keule bewaffnet hatte und misstrauisch nach links und rechts schaute, lief einen Schritt hinter mir. Hin und wieder erhielt ich einen Brief von Konstantius. In voller Rüstung marschierte er durch ein Land, dem gegenüber Drepanum kühl wie Britannien war. Als wir von dem Sieg bei Ancyra hörten, hatte der Magistrat ein großes Freudenfeuer auf dem Forum anzünden lassen. Das wiederholte sich nach den guten Meldungen aus Antiochia.

Zu Sommerbeginn hatten zahlreiche Familien aus Nicomedia ihren Haushalt nach Drepanum verlegt. Die Männer etlicher Frauen waren ebenfalls mit dem Kaiser ausgezogen, doch wir hatten wenig gemeinsam. Drusilla, die auf dem Markt alle möglichen Gerüchte aufpickte, erzählte mir, es hieße, ich sei nicht Konstantius' Frau, sondern ein Mädchen, das er in einem Wirtshaus aufgelesen und zu seiner Konkubine gemacht habe. Jetzt war mir klar, warum die Frauen so distanziert gewesen waren. Drusilla war empört, doch ich konnte kaum einer Meinung widersprechen, die vom rechtlichen Standpunkt aus betrachtet richtig war. Es gab keinen Heiratsvertrag, weder einen Austausch von Geschenken noch ein Bündnis von Verwandten, mit dem unsere Vereinigung feierlich besiegelt worden wäre; wir hatten nur den Segen der Götter.

Eigentlich war ich froh, gesellschaftlicher Verpflichtungen ledig zu sein, denn mit den Patriziern waren einige Philosophen des Kaisers eingetroffen. Einer von ihnen hatte einen schmächtigen Schüler namens Sopater, der für den Betrag, den ich vom Haushaltsgeld sparen konnte, und eine Geschmacksprobe von Drusillas Kochkünsten bereit war, mich zu unterrichten.

Das Griechisch, das ich als Kind gelernt hatte, war eingerostet, und in diesem Land brauchte ich die Umgangssprache, um mit Händlern reden zu können, und die verfeinerte Sprache der Philosophen, um die Werke von Porphyrius und anderen zu lesen, die so viel Aufsehen erregten.

Sopater war jung und auch ernst, doch nachdem er sich so

weit entspannt hatte, dass er mir während des Unterrichts in die Augen sehen konnte, kamen wir gut miteinander aus. Wenn mir an den langen Sommertagen zu heiß war, um mich zu bewegen, so war wenigstens mein Geist rege. Ich brauchte die Ablenkung; denn nach der großen Schlacht bei Emesa hatte ich nichts von Konstantius oder über ihn gehört.

Doch eines Abends bei Anbruch der Dunkelheit kurz nach der Sommersonnenwende, als ich mein Bad beendet hatte und gerade überlegte, ob ich nicht am See spazieren gehen sollte, vernahm ich draußen Unruhe, und über Hylas' wütendem Gebell eine Stimme, bei der mir der Atem stockte. Ich zog mir das nächstbeste Kleidungsstück über den Kopf und lief mit aufgelöstem Haar und der dünnen Tunika ohne Gürtel hinaus.

Im Schein der Hängelampe stand Konstantius, nach dem Feldzug abgemagert bis auf die Knochen, die Haare zu hellem Gold gebleicht und die Haut ziegelrot von der Sonne. Er lebte! Erst in diesem Augenblick gestand ich mir ein, wie sehr ich seinen Tod in jenen Wüstengegenden befürchtet hatte. Seiner Miene war zu entnehmen, dass ich mit dem Licht im Rücken ebenso gut hätte nackt sein können. Doch was ich in seinem Blick sah, war mehr als nur Verlangen, es war Ehrfurcht.

»*Domina et dea* …«, flüsterte er, ein Titel, den selbst die Kaiserin nicht in Anspruch nahm, und doch verstand ich ihn, denn in dem Augenblick betrachtete ich ihn, wie ich ihn beim Beltanefest auf Avalon gesehen hatte, als einen Gott.

Ich bedeutete den Sklaven, uns allein zu lassen, dann streckte ich eine Hand aus und zog ihn hinter mir her in unser Schlafzimmer. Hylas hatte sich nach anfänglicher Aufregung wieder beruhigt; vielleicht hatte er gemerkt, dass Konstantius' Geruch zu diesem Raum gehörte. Als wir zum Bett gingen, ließ er sich vor die Tür fallen.

Danach hörte ich auf, an den Hund oder etwas anderes außer meinem Verlangen nach dem Mann in meinen Armen zu denken.

In dieser ersten wilden Begegnung kamen wir wie zwei Wanderer in der Wüste zusammen, die verzweifelt ihren Durst stillten, nachdem sie eine Oase gefunden hatten. Während wir noch heftig an den Kleidern des anderen zogen, sanken wir auf das Bett. Später fand ich meine Tunika entzweigerissen in einer Ecke. Bebend, voller Hingabe kamen wir zum Höhepunkt. Danach hielt ich Konstantius in den Armen und wartete, bis sein rasender Herzschlag sich beruhigte.

»War es ein harter Kampf?«, fragte ich ihn, als ich ihm half, seine restliche Kleidung abzulegen.

Konstantius seufzte. »Die Araber haben uns auf dem ganzen Weg durch Syrien das Leben schwer gemacht. Sie haben Einzelne mit Pfeilen erschossen und versucht, den Tross zu plündern. Als wir in Palmyra ankamen, wartete Zenobia schon auf uns. Wir konnten den Ort nicht überrennen – der Kaiser selbst war verwundet –, also mussten wir uns auf eine Belagerung einstellen. Aurelian bot Verhandlungen an, doch sie dachte, die Perser würden sie retten. Nur starb deren König Sapor, und sie waren zu sehr damit beschäftigt, sich gegenseitig zu bekriegen, als sich um Rom zu kümmern. Dann war Probus mit Ägypten fertig und kam zu unserer Verstärkung. Es war vorbei, und Zenobia wusste es. Sie versuchte zu fliehen, aber wir haben sie eingefangen und in Ketten zurückgebracht.«

»Also habt ihr gewonnen – ihr solltet triumphieren«, stellte ich fest. Boudicca war mir in den Sinn gekommen, und ich unterdrückte mein instinktives Mitgefühl.

Er schüttelte den Kopf, streckte sich und drückte meinen Kopf auf seinen Arm. »Zenobia hatte geschworen, sich umzubringen, wenn sie gefangen genommen würde, aber sie geriet in Panik, schob alle Schuld auf Longinus und die anderen Männer, die ihr gedient hatten. Aurelian ließ diese hinrichten. Deshalb wird Zenobia schließlich in seinem Triumphzug mitlaufen … Ich verstehe, warum die Männer sterben mussten«, fügte er nach einer Weile hinzu, »aber es hat trotzdem einen bitteren Nachgeschmack hinterlassen. Wenigstens hat der Kaiser … es offenbar auch nicht genossen.«

Mein armer Geliebter, dachte ich und drehte mich auf die Seite, um seinen Kopf an meine Brust zu betten, *du bist zu sensibel für diese Schlachterei.*

»Als wir die Stadt erobert hatten … nahmen die Offiziere sich Frauen«, fuhr er flüsternd fort. »Ich konnte das nicht, mit all den Leichen ringsum.«

Hocherfreut drückte ich ihn an mich, ganz gleich aus welchem Grund er mir treu geblieben war. Ich hatte kein Recht, es zu fordern, aber es erklärte sicher die Intensität seines Verlangens, dachte ich insgeheim belustigt.

»Du bist das Leben …«, murmelte Konstantius.

Seine Lippen fuhren sanft über eine Brustwarze. Ich spürte, wie beide unter seiner Berührung hart wurden und wie sich das Feuer zwischen meinen Schenkeln neu entzündete.

»Ich habe so viel Morden gesehen … lass mich Leben in dir erzeugen …«

Seine Hände strichen noch behutsamer und mit noch stärkerem Verlangen als zuvor über meinen Körper, und ich öffnete mich seiner Berührung weiter als je zuvor. Auf dem Gipfel erhob er sich über mir, und ich sah seine verzückten Gesichtszüge im Feuerschein.

»Die Sonne!«, keuchte er. »Die Sonne scheint um Mitternacht!«

In diesem Augenblick kam auch ich zum Höhepunkt und konnte ihm nicht sagen, dass es nur das Freudenfeuer war, das zur Feier des Sieges hell aufloderte.

In der stillen Stunde vor Morgengrauen, in der es zu dieser Jahreszeit wirklich kühl war, stand ich auf, um Wasser zu lassen. Als ich vom Abtritt kam, stellte ich mich eine Zeit lang ans Fenster und schaute hinaus. Ich genoss die frische Luft auf der nackten Haut. Das Feuer auf dem Forum war heruntergebrannt, und der Schlaf, neben dem Tod der größte Eroberer,

hatte die Feiernden übermannt. Selbst Hylas, der mit mir aufgestanden war, hatte sich wieder zusammengerollt.
Ich vernahm ein Geräusch im Bett und drehte mich um. Konstantius klammerte sich an die Bettlaken und stöhnte. Unter den fest geschlossenen Augenlidern drangen Tränen hervor und liefen über seine Wangen. Rasch legte ich mich wieder neben ihn und nahm ihn in die Arme. Einst war ich diejenige, die Albträume hatte, doch seitdem ich Avalon verlassen hatte, träumte ich nicht mehr.
»Ist schon gut«, murmelte ich und wusste, dass der Ton ihn erreichte, nicht die Worte. »Es ist alles in Ordnung, ich bin bei dir …«
»Die Sonne scheint um Mitternacht …«, stöhnte er. »Der Tempel brennt! Apollon! Apollon weint!«
Ich besänftigte ihn und fragte mich, ob er das während des Feldzugs erlebt hatte. Der Sonnengott war die persönliche Gottheit des Kaisers – ich konnte nicht glauben, dass er bereitwillig ein Heiligtum vernichten würde, aber ich hatte gehört, dass die Zerstörung im Krieg zuweilen außer Kontrolle gerät.
»Schsch, mein Geliebter, mach die Augen auf – der Morgen ist angebrochen, siehst du? Apollon fährt seinen Triumphwagen über den Rand der Welt …«
Mit Mund und Händen machte ich mich daran, ihn zu wecken, und wurde sogleich belohnt, als er unter meiner Berührung erneut reagierte. Diesmal waren wir langsam und zärtlich. Am Ende war Konstantius wieder wach und lächelte.
»Ah, meine Königin, ich habe dir Geschenke mitgebracht …«
Nackt tapste er zu dem Beutel, den jemand hereingebracht und gleich neben der Tür abgestellt hatte, während wir schliefen. »Ich wollte dich für unsere erste gemeinsame Nacht nach meiner Rückkehr darin einkleiden, aber dein nachtschwarzes Haar steht dir am besten …«
Er kramte in dem Beutel und zog einen Gegenstand heraus, der in ungebleichtes Leinen eingeschlagen war. Als das grobe

Tuch zu Boden fiel, wurde das Auge von leuchtenden Farben geblendet. Konstantius schüttelte einen seidenen Chiton aus, im echten, kaiserlichen Purpur gefärbt, und hielt ihn mir hin.
»Liebster, das ist zu prächtig!«, rief ich, nahm aber das Kleidungsstück entgegen und bestaunte das feine Gewebe. Ich zog es mir über den Kopf und schauderte, als die Seide sich zärtlich an meine Haut schmiegte, und wiegte mich, da ich die weichen Falten an meinem Körper spürte.
»Bei den Göttern, Purpur steht dir!«, rief er begeistert mit blitzenden Augen.
»Aber ich kann es nie anziehen«, mahnte ich ihn.
»Draußen nicht«, stimmte er zu, »aber in unserem Schlafzimmer bist du meine Kaiserin und meine Königin!«
Ob im Bett oder draußen, bist du mein Geliebter, mein Kaiser!, dachte ich und bewunderte das Ebenmaß seines kräftigen, nackten Körpers, doch selbst hier wagte ich diese Worte nicht laut auszusprechen.
Konstantius legte einen Arm um mich und zog mich ans Fenster, das nach Osten ging. Ich seufzte hingebungsvoll und im Gefühl einer Erfüllung, wie ich es noch nie erlebt hatte. *Bestimmt*, so dachte ich, *habe ich nach einer solchen Nacht ein Kind empfangen.*
Gemeinsam sahen wir zu, wie die Sonne sich wie ein siegreicher Herrscher über den Horizont erhob und die Mysterien der Nacht aus der Welt verbannte.

9. KAPITEL

A.D. 272

In Britannien war der September stets ein Monat mit verhangenem Sonnenschein gewesen, doch das Forum in Naissus leuchtete zu dieser Jahreszeit gleißend hell unter strahlend blauem Himmel. Im Schatten des Sonnensegels, das zum Schutz der Offiziersfamilien errichtet worden war, spürte ich, wie die Hitze von den Pflastersteinen auf dem Platz in Wogen aufstieg. Als Konstantius mir von seiner Versetzung erzählt hatte, war ich der Hoffnung gewesen, die Ebenen, die in Dakien an den Danuvius grenzten, wären kühler als Bithynien, da sie weiter im Norden lagen, doch im Sommer war diese Stadt im Landesinnern anscheinend noch heißer als Drepanum, wo man zumindest zeitweise eine Brise vom Meer gespürt hatte. Schweiß bildete sich unter meinem Stirnband, das ich trug, um den Halbmond auf meiner Stirn zu verbergen. Ich holte tief Luft und hoffte, nicht ohnmächtig zu werden. Nach drei Monaten Schwangerschaft wurde mir morgens und in Abständen auch tagsüber noch immer schlecht.

Vielleicht war es Hunger, der das Schwindelgefühl verursachte, denn ich hatte nicht gewagt, vor den Feierlichkeiten etwas zu essen. Vielleicht lag es aber auch an dem schweren Weihrauchduft. Zwei Priester schwenkten neben dem Altar ihre Gefäße; mit jedem Schwung kräuselte neuer Rauch empor. Der Dunst zog wie ein hauchdünner Vorhang vor die Säulen, die den Platz im Westen säumten, wo das Gelände zum Narvissus-Fluss hin abfiel. Jenseits der Ziegeldächer schillerten glitzerndes Wasser, goldene Stoppelfelder und niedrige blaue Hügel in der Hitze, wesenlos wie ein Traum.

»Ist dir schlecht?«, fragte jemand neben mir.
Blinzelnd nahm ich das kantige, dunkle Gesicht der Frau neben mir in Augenschein. Sie hieß Vitellia, fiel mir ein, die Frau eines Protektors, eines Kollegen von Konstantius.
»Nein, aber bald«, antwortete ich errötend. »Ich bin nicht krank, es ist nur …« Wieder stieg mir die Röte ins Gesicht.
»Ach so. Ich habe vier Kinder zur Welt gebracht, und bei dreien war mir schlecht wie einer Hündin – dabei klagen Hunde in der Regel nicht über morgendliche Übelkeit …«, fügte sie hinzu und entblößte große Zähne, als sie lächelte. »Das erste bekam ich, als wir in Argentoratum stationiert waren, das zweite und dritte in Alexandria, und das letzte wurde in Londinium geboren.«
Ich schaute sie voller Hochachtung an. Sie war dem Adler quer durch das ganze Imperium gefolgt. »Ich komme aus Britannien …«, sagte ich.
»Mir gefielt es dort«, konstatierte Vitellia energisch nickend, wobei ihre Ohrringe ins Schwingen gerieten. An einer zarten Kette blinkte ein kleiner goldener Fisch auf ihrer Brust. »Wir haben noch immer ein Haus dort, und vielleicht gehen wir dorthin zurück, wenn mein Gemahl sich zurückzieht.«
Die Prozession war fast zu Ende. Die Flötenspieler hatten sich neben dem Altar verteilt, und die sechs jungen Frauen, die Blumen gestreut hatten, reihten sich auf der anderen Seite auf. Die Priesterin, die ihnen folgte, blieb vor dem Altar stehen, warf eine Handvoll Gerste in das Feuer und rief Vesta an, die in der Flamme lebte.
»Ich habe gehört, dass du von der Insel stammst«, sagte Vitellia. »Dein Mann ist von dort aus dem Exil zurückgekommen und hat sich beim Feldzug in Syrien so bewährt, dass er Tribun geworden ist.«
Ich nickte und war ihr dankbar ob ihrer beiläufigen Anerkennung meiner etwas unklaren Beziehung zu Konstantius. Seit seiner Beförderung brachten mir einige Frauen, die mich zu-

vor geflissentlich übersehen hatten, überbordende Liebenswürdigkeit entgegen, doch Vitellia fiel mir als eine Frau auf, die sich einer Fischhändlerin gegenüber nicht anders verhalten würde als einer Kaiserin. Bei dem Gedanken richtete ich meinen Blick wieder auf das Forum.

Der Kaiser thronte auf einem überschatteten Podium hinter dem Altar im Kreise seiner hochrangigen Offiziere. Aurelian sah aus wie eine Götterstatue, doch als Konstantius mich ihm vorstellte, war ich überrascht, dass er so klein war, schütteres Haar und müde Augen hatte.

Wie von selbst wanderte mein Blick an das Ende der Reihe, wo Konstantius stand, direkt am Rande des Schattens. Wenn er sich bewegte, fing sein Brustpanzer das Sonnenlicht ein. Ich kniff die Augen zusammen – einen Moment lang hatte es so ausgesehen, als stünde er in einer Aureole von Licht. *Aber natürlich*, dachte ich lächelnd, *für mich sieht er immer wie ein Gott aus*. Die Rüstung blitzte erneut auf, dann richtete er sich auf, als die Priester mit dem Opferstier durch den Torbogen traten. Das Tier war weiß, Hörner und Hals mit Girlanden geschmückt. Es ging langsam; ohne Zweifel war es betäubt worden, um einem unheilvollen Kampf vorzubeugen, der die Feierlichkeit verdorben hätte. Die Prozession hielt vor dem Altar an, und der Priester begann, die Gebete anzustimmen. Der Stier verhielt sich ruhig und ließ den Kopf hängen, als wäre die volltönende Beschwörung ein Schlafzauber.

Ein zweiter Priester trat vor und hob das Schlächterbeil. An seinen Armen traten harte Muskeln hervor. Sekundenlang hing das Beil unbeweglich in der Luft und schwirrte dann mit voller Wucht nach unten. Der dumpfe Aufprall auf dem Schädel des Tieres hallte von den Säulen wider. Doch das Tier sank bereits in die Knie. Dabei hielt der eine Priester es an den Hörnern fest, damit der zweite dem Tier das Messer in die Kehle stechen und diese kreuzweise aufreißen konnte.

Einer roten Flutwelle gleich ergoss sich Blut über die Steine.

Einige Männer wandten den Blick ab und bekreuzigten sich mit dem christlichen Zeichen gegen das Böse. *Böse ist es nur für den Stier,* dachte ich wehmütig, *oder vielleicht nicht einmal für ihn, wenn er damit einverstanden war, Opfer zu sein.* Sicher wussten die Christen, die einen geopferten Gott verehrten, dass der Tod heilig sein konnte. Es erschien mir ziemlich kleinmütig von ihnen, diese heiligen Ideale allen anderen Religionen außer ihrer eigenen streitig zu machen.

So heilig es auch sein mochte – als der süßliche Geruch des Blutes den Weihrauchduft zu überlagern begann, spürte ich, wie mir übel wurde. Ich zog mir den Schleier vor das Gesicht, saß ganz ruhig da und atmete langsam und vorsichtig ein und aus. Es wäre undiplomatisch und unheilvoll zugleich, wenn ich mich bei der Feier blamierte. Ein durchdringender Kräuterduft klärte mir die Sinne. Ich schlug die Augen auf. Vitellia hielt mir einen kleinen Strauß Lavendel und Rosmarin unter die Nase. Ich atmete noch einmal tief durch und bedankte mich bei ihr.

»Ist es dein erstes Kind?«

»Das erste, das ich so lange bei mir behalte«, antwortete ich.

»Möge die Heilige Mutter Gottes dich segnen und dich das Kind sicher austragen lassen«, sagte Vitellia. Stirnrunzelnd schaute sie zurück auf das Forum.

Es war wahrhaft keine erbauliche Szene, doch ich verstand ihr Missfallen nicht ganz. Ich versuchte mich zu erinnern, ob ihr Mann zu denen gehört hatte, die sich bekreuzigten, als der Stier getötet wurde.

Inzwischen war das Tier fast ausgeblutet, und die niedrigeren Priesterränge spülten das Blut in die Rinnsteine. Die anderen hatten den Kadaver geöffnet und die Leber in eine Silberschale gelegt, damit der Eingeweidedeuter sie untersuchen konnte. Selbst der Kaiser beugte sich vor, um seinen gemurmelten Worten zu lauschen.

Mir, die ich in der Tradition der mündlichen Überlieferung

von Avalon ausgebildet war, erschien die Weissagung durch Eingeweide stets eine ungeschickte Methode des Wahrsagens. Für einen geschulten Geist konnte der Flug eines Vogels oder der Fall eines Blattes ein Omen sein, das Einsicht in eine Prophezeiung auslöste. Wenigstens hatte man den Stier sauber und mit Ehrerbietung getötet. Wenn wir an jenem Abend beim Festmahl sein Fleisch verspeisten, würden wir unseren Platz im Kreislauf von Leben und Tod annehmen und zugleich an seinem Segen teilhaben. Ich legte mir die Hand auf den Bauch, der gerade härter zu werden begann, während das Kind in mir wuchs.

Der Zeichendeuter wischte sich die Hände an einem Leinentuch ab und drehte sich zum Podium um.

»Alle Ehre dem Kaiser, dem Günstling der Götter …«, rief er. »Die Erleuchteten haben gesprochen. Der kommende Winter wird mild werden. Wenn du ins Feld ziehst, wirst du deine Feinde besiegen.«

Als ich das kommentierende Raunen der Menge vernahm, wurde mir erst bewusst, wie angespannt sie gewesen war. Ein paar starke Männer schleppten den Bullen fort, damit er für das Festmahl zubereitet wurde. Die jungen Frauen traten vor, hoben die Arme gen Himmel und begannen zu singen.

»Heil dir, strahlende, königliche Sonne,
lass uns bewundern den Glanz, o heilige Wonne!
Hilf uns und heil uns, bis einstmals wir
erhalten die Schönheit und Liebe von dir …«

Tränen stiegen mir in die Augen, als sich die reinen, hellen Stimmen vermischten, und ich dachte daran, wie ich mit den anderen jungen Frauen auf Avalon gesungen hatte. Es war lange her, seitdem ich die Göttin beschworen hatte, doch der Gesang weckte in mir ein Sehnen, das ich beinahe vergessen hatte. Das Lied war an Apollon gerichtet, oder wie der Sonnengott

in den Ländern am Danuvius auch hieß. Es war üblich, dass jeder Kaiser die Gottheit verherrlichte, die sein Schutzpatron war, doch angeblich wollte Aurelian noch weiter gehen und die Sonne als sichtbares Symbol eines einzigen, allmächtigen Wesens verkünden, das über allen Göttern stand.
Auf Avalon war mir ein solcher Gedanke auch schon begegnet, obwohl es bei uns die Große Göttin war, die wir als All-Mutter betrachteten. Doch man hatte mich auch gelehrt, dass ein ehrlicher Wille zur Verehrung die Quelle hinter allen Bildern findet, ganz gleich, wie man sie nennt, und deshalb legte ich mir die Hände auf den Leib, schloss die Augen und bat im Stillen darum, dieses Kind austragen und gesund zur Welt bringen zu können.
»Komm, Helena«, sagte Vitellia. »Die Feier ist vorbei, und du willst deinen Herrn nicht warten lassen. Es heißt, Konstantius sei ein Mann mit Zukunft. Du musst beim Festmahl einen guten Eindruck machen.«

Ich hatte gehofft, Vitellia und ich säßen beim Bankett vielleicht nebeneinander, doch Konstantius führte mich zu einer Liege direkt unterhalb des Podiums, während Vitellia mit ihrem Mann im hinteren Teil des Raumes blieb. *Sie hat Recht gehabt*, dachte ich, während ich mich ausstreckte, mein Gewand sittsam über die Fesseln breitete und zusah, wie Konstantius mit dem Kaiser redete. Es war offensichtlich, dass mein Gemahl Aurelians Gunst erworben hatte. Ich versuchte, das spekulative Getuschel der Frauen neben mir zu überhören. Konstantius hätte mich ohne den Segen Aurelians nicht hierher gebracht, und was der Kaiser guthieß, konnte keine Klatschbase von noch so hohem Stand in Abrede stellen.
Auf der nächsten Liege saß einer der hünenhaftesten Männer, die ich je gesehen hatte. Offenbar war er Germane, vom flachsfarbenen Haar bis hin zu den kreuzweise geschnürten Kniehosen und den muskulösen Armen, die unter den kurzen Är-

meln seiner Tunika hervortraten. Um den Hals trug er einen Torques, einen goldenen Halsring, und seine Armreifen waren ebenfalls aus Gold.

»Du bist Helena, nicht wahr, Herrin?«, fragte er. Ich errötete, denn anscheinend hatte er mich dabei erwischt, wie ich ihn musterte, doch er schien es nicht übel zu nehmen. Bei einem solchen Körperbau musste er daran gewöhnt sein, die Aufmerksamkeit auf sich zu ziehen. »Konstantius hat viel von dir erzählt.« Er hatte einen gutturalen Akzent, aber sein Latein war so gut, dass er schon lange in den Legionen gedient haben musste.

»Hast du auch an dem Feldzug teilgenommen?«

»In der Wüste ...« Er verzog das Gesicht und streckte einen dunkelroten Arm vor, dessen helle Haut von der Sonne verbrannt war.

Ich nickte verständnisvoll. Sehr bald hatte ich erfahren, dass es kein Gebot der Sittlichkeit, sondern Notwendigkeit war, welche die Frauen zwang, einen Schleier zu tragen, wenn sie in diesem Land nach draußen gingen.

»Ich bin der Anführer der Hilfstruppen – der alemannischen Speerträger. Ihr Römer könnt meinen Namen nicht aussprechen.« Er grinste. »Deshalb nennt man mich Crocus. Dein Mann hat mir in Ancyra das Leben gerettet, mehr, als seine Pflicht ihm auferlegte. Ich habe ihm den Treueid geschworen, der auch meine Familie bindet.«

Ich verstand ihn vielleicht besser als manche Römerin, denn mir war klar, dass sich diese Treue auch auf Konstantius' Familie erstreckte.

»Hab Dank. Mein Vater war ein britannischer Stammesfürst, und ich weiß, was es für dich bedeutet. Ich nehme deine Dienste an, für mich und mein Kind.« Dabei legte ich mir die Hand auf den Leib.

Crocus verneigte sich noch ehrerbietiger als zuvor. »Es stimmt also, was er von dir gesagt hat.« Er hielt inne, als ich eine Au-

genbraue hob, und fuhr dann fort: »In meinem Volk wissen wir, dass Frauen heilig sind, wenn er also sagt, dass du wie eine Göttin bist, weiß ich jetzt, dass es stimmt.«
Dass Konstantius so dachte, überraschte mich nicht, doch solche Worte gehörten in die Vertrautheit des Schlafzimmers. Unwillkürlich fragte ich mich, in welch außergewöhnlicher Gefahr er mit diesem Mann gesteckt haben mochte, dass er ihm sein Innerstes in dieser Weise offengelegt hatte. Doch ich hatte bereits erkannt, dass es Dinge gab, über die ein Soldat zu Hause nicht sprach, Dinge, die Konstantius in meinen Armen zu vergessen suchte, und die ich wahrscheinlich nie erfahren würde.
»Dir und deinem Kind«, wiederholte er meine Worte, »schwöre ich die Treue, euch gegen alle Feinde zu schützen und zu verteidigen.«
Der Lärm der allgemeinen Unterhaltung hatte nachgelassen, und Crocus und ich fielen in tiefes Schweigen. Mit tränenverschleierten Augen senkte ich den Kopf. Es war lange her, seitdem ich meine übersinnlichen Kräfte eingesetzt hatte, durch die der Geist wahrhaft sieht, doch ohne Altar, ohne Priester und Opfer, wusste ich, dass der Eid, den Crocus gerade geleistet hatte, von den Göttern bezeugt worden war.
»Wie ich sehe, habt ihr euch bereits bekannt gemacht«, sagte Konstantius, der neben mich getreten war. Ich schaute auf und unterdrückte blinzelnd die Tränen.
»Crocus hat mir erzählt, dass du ihm das Leben gerettet hast«, sagte ich rasch, damit er meine Rührung nicht missverstand. Ich rückte zur Seite, sodass er sich neben mich auf die Liege setzen konnte.
»Hat er dir auch gesagt, dass er mein Leben gerettet hat?« Er lächelte Crocus an, als Warnung, die Frauen nicht mit Soldatengeschichten zu erschrecken.
»Das muss man ihr nicht sagen.«
Konstantius' Augenbrauen zuckten in die Höhe, doch er ver-

zichtete wohlweislich auf weitere Fragen. Er lehnte sich auf einen Ellbogen und deutete auf das Podium.
»Aurelian ehrt alle Helden des Feldzugs – wie ich sehe, hat er Maximian oben bei sich.«
Ich folgte seinem Fingerzeig und erblickte einen gedrungenen Mann mit graubraun meliertem Haarschopf und von beachtlicher Statur, wie ein Bulle. Er sah aus wie ein Bauer, was seine Eltern in der Tat auch waren, aber er hatte eine kriegerische Begabung.
»Und Docles ist bei ihm«, fuhr Konstantius fort. Neben Maximian saß ein großer Mann mit schütterem rotem Haar über einer breiten Stirn. Tiefe Furchen kennzeichneten seine Gesichtszüge, die von strenger Selbstkontrolle zeugten.
»Er ist ein beachtenswerter Mann. Sein Vater war nur Schäfer in Dalmatien, wenn ihn nicht ein Gott gezeugt hat. Jedenfalls ist ihm anscheinend eine geniale Kriegsbegabung angeboren, aber er ist auch ein guter Verwalter, was bei einem General noch wertvoller ist.«
»Und auch seltener?«, fragte ich. Doch gerade in diesem Augenblick servierten die Sklaven den ersten Gang des Banketts, und Konstantius enthielt sich einer Antwort.

Konstantius war in die Kohorte Prima Aurelia Dardanorum versetzt worden, deren Garnison an dem Zusammenfluss von Navissus und Margus lag. Ich hatte gehofft, er werde daher zwischen dem Kastell und dem Haus, das er für mich in Naissus gemietet hatte, hin- und herpendeln. Doch Anfang November erhielten die Dardanier den Befehl, sich an der Verfolgung der zurückweichenden Goten zu beteiligen, und Konstantius marschierte mit Wollsachen im Gepäck gegen die plötzlich einsetzende kalte Witterung nach Norden und ließ mich allein.
Nur eine schmale Bergkette schützte Naissus vor den Winden, die über die offene Ebene am Danuvius fegten, Winde, die in den Steppen von Scythien entstanden und sich nur so weit er-

wärmten, dass sie über dem Schwarzen Meer etwas Feuchtigkeit aufnahmen. *Bald*, dachte ich, als ich mir ein Tuch um die Schultern legte, *wird es Schnee geben*. Doch in diesem Land wusste man, wie man Häuser gegen kalte Witterungen baut, und das Haus hatte nicht nur eine Fußbodenheizung, welche die Bodenfliesen wärmte, sondern in dem großen Raum, den Konstantius als Schlafzimmer ausgewählt hatte, gab es tatsächlich einen Kamin. Aus diesem Grund hatte Konstantius es gemietet, damit die Wärme eines offenen Feuers mich an meine Heimat erinnerte.

Im weiteren Verlauf meiner Schwangerschaft verbrachte ich viel Zeit in diesem Raum. Es war ungerecht, dass Konstantius, der mich in den ersten drei Monaten getröstet hatte, gerade dann fortgehen musste, als die Übelkeit nachließ und mein Leib sich zu wölben begann. Ich hatte die Phase, in der die meisten Fehlgeburten vorkommen, hinter mir und war mir sicher, dieses Kind auszutragen. Tatsächlich war es mir nie besser gegangen. Wenn das Wetter es erlaubte, ging ich mit Drusilla auf den Markt im Zentrum der Stadt; Philipp, der sehr fürsorglich geworden war, hielt sich einen halben Schritt hinter uns, und Hylas trottete vornweg.

Infolge guter Ernährung und Zuneigung war der kleine Hund wie umgewandelt. Er war jetzt so groß, dass er mir bis zum Knie reichte, hatte ein seidiges, schwarzweißes Fell und einen wild wedelnden, buschigen Schwanz. Für Hylas war der Markt ein Ort der unbegrenzten Möglichkeiten, voll faszinierender Düfte und interessanter, wohlriechender Objekte. Die Aufgabe des armen Philipp bestand darin, zu verhindern, dass der Hund alles mit nach Hause schleppte. Für die menschlichen Mitglieder des Haushalts war der Markt eine Gerüchtequelle, die uns Kunde über den Fortgang des Feldzugs zutrug. Die Goten waren die letzten Überlebenden des großen Raubzugs, der das Imperium zwei Jahre zuvor erschüttert hatte. Doch selbst zu der Zeit, als Rom noch Anspruch auf Dakien erhob, hatten sich die Berge im Norden dem Eindringen der Legionen widersetzt. Die Goten waren in der Wildnis verschwunden wie Schnee im Sommer. Aber jetzt war Winter, und aufgrund schwindender Nahrungsvorräte waren sie gegenüber den wohlgenährten Legionen im Nachteil.

Das zumindest konnten wir hoffen. Der Gedanke an Konstantius, der nass und ausgehungert auf dem Marsch war, während ich warm vor dem Feuer saß, tat mir in der Seele weh. Aber ich konnte ihm nicht helfen. Nur mein sehnsüchtiger Geist überbrückte die vielen Meilen, die uns trennten, als könnte ich ihm damit ein wenig Trost schicken.

Je weiter der Winter fortschritt, umso mehr schien mir, als könnte ich seinen Geist wirklich berühren. Ich hatte es bereits versucht, als Konstantius in Syrien war, jedoch ohne Erfolg. War jetzt, da ich sein Kind unter dem Herzen trug, die Bindung stärker geworden, oder hatte meine fortdauernde Schwangerschaft mein Selbstvertrauen wiederhergestellt, das ich verloren hatte, als ich aus Avalon verbannt wurde?

Ich wagte nicht, näher nachzufragen. Ich begnügte mich damit, an den langen Winterabenden vor dem Kaminfeuer zu sitzen, leise zu summen, während ich mir das Haar auskämmte, und eine Vision von Konstantius zuzulassen, die in den glühenden Kohlen entstand.

An einem solchen Abend – es war kurz vor der Sonnenwende, an der die Soldaten die Geburt des Mithras feiern – trat das Bild in der Glut mit ungewöhnlicher Schärfe hervor. Ein verkohltes Holzscheit verwandelte sich in ein Gebirge, die glosenden Äste darunter wurden zu Palisaden um ein rechtwinklig angelegtes römisches Heerlager mit fein säuberlich aufgereihten Zelten. Lächelnd ließ ich der Vorstellung freien Lauf. Vielleicht begab sich Konstantius gerade jetzt in einem solchen Lager zur Nachtruhe. Ich beugte mich vor und zwang mich, das Zelt zu finden, in dem er lag …

… und plötzlich war ich mitten in diesem Lager und blickte

auf einstürzende Zelte und umherlaufende Männer, die von den Flammen der brennenden Palisaden beleuchtet wurden. Die Goten hatten sie überfallen. Speerspitzen blitzten auf wie explodierende Funken, während die Römer sich aufstellten, Schwerter zuckten wie züngelnde Flammen hin und her. Völlig außer mir suchte ich nach Konstantius, bis ich ihn schließlich Rücken an Rücken mit Crocus sah. Er verteidigte sich mit einem für das römische Fußvolk typischen Pilum, während der große Germane mit einem längeren germanischen Speer focht, und ihre Tapferkeit zwang die Angreifer, vor ihnen zurückzuweichen.

Doch selbst in vereintem Bemühen konnten sie nicht das gesamte gotische Heer besiegen, und die restlichen Römer zogen bereits den Kürzeren. Die Goten waren in der Übermacht! Jetzt drang das nächste Kontingent auf Konstantius ein. Instinktiv sprang ich mit einem unartikulierten Laut vor. Ich weiß nicht, was die Goten sahen, aber sie prallten zurück.

Plötzlich fiel mir bruchstückhaft ein, was ich einst in Avalon als historische Besonderheit gelernt hatte, für die wir bestimmt keine Verwendung mehr finden würden. In alten Zeiten hatte man den Priesterinnen der Druiden Schlachtmagie beigebracht, einen Zauber, um ihre Krieger zu schützen. Der Schrei der Rabengöttin hatte die Macht besessen, den Feind seiner Kraft zu berauben.

Dieser Schrei stieg jetzt in meiner Kehle auf, ein Schrei des Zorns, der Verzweiflung, der äußersten Verneinung. Ich breitete die Arme aus, und sie wurden zu schwarzen Schwingen, die mich aufwärts trugen. Ungeheure Wut durchdrang mich an Leib und Seele.

Die Goten schauten mit offenen Mündern auf, kreuzten die Finger im Zeichen gegen das Böse, als ich auf sie zuschwebte. Sie waren keine Römer, die aus abstrakten Begriffen Gottheiten und aus ihren Göttern abstrakte Prinzipien machten. Für sie war die Welt der Geister Wirklichkeit.

»*Waelcyrige! Haliruna!*«, schrien sie, als ich drohend über ihnen aufragte. Dann öffnete ich den Mund, und der Schrei, der mir über die Lippen kam, raubte ihnen die Sinne und mir das Bewusstsein.

Als ich die Augen wieder aufschlug, beugten sich Drusilla und Philipp mit kreidebleichem Gesicht über mich.

»Herrin! Herrin! Was war los? Wir haben einen Schrei gehört …«

Ich schaute sie an. Ich wollte nicht, dass die Hingabe, mit der sie mir dienten, in Furcht umschlug.

»Ein Albtraum, glaube ich«, murmelte ich. »Ich muss vor dem Feuer eingeschlafen sein.«

»Geht es dir gut? Ist das Kind …«

Erschrocken legte ich mir die Hand auf den Leib, aber es war alles in Ordnung. »Er ist der Sohn eines Soldaten«, sagte ich und brachte ein Lächeln zustande. »So ein bisschen Lärm kann ihm keine Furcht einjagen.«

Aber die Goten hatten sich gefürchtet, dachte ich zufrieden, wenn das, woran ich mich erinnerte, wahr und kein Traum gewesen war.

Nach diesem Erlebnis schickte ich Philipp jeden Morgen zum Markt, um Neuigkeiten einzuholen, bis ein Brief von Konstantius kam, in dem er mir mitteilte, er sei gesund und ich müsse mir keine Sorgen machen, wenn ich von einer Schlacht hörte. Er sei nicht verwundet, und der gotische König Cannabaudes sei im Kampf getötet worden. Im Übrigen – hier konnte ich förmlich das unbehagliche Gelächter hören, mit dem Römer reagierten, wenn sie glaubten, die Mächte, die sie anbeteten, könnten wirklich vorhanden sein – behaupte Crocus, der Feind sei von einer Göttin mit meinem Gesicht vertrieben worden …

Als wir beim Großen Ritual zum ersten Mal zusammengekommen waren, hatte Konstantius mich als Göttin gesehen, ebenso in der Nacht, in der ich mein Kind empfing. Warum, so fragte ich mich, sollte ihn das überraschen?

Die Römer, überlegte ich mir, als ich das Umhängetuch fester um mich zog, neigten dazu, in Extreme zu verfallen – entweder hielten sie daran fest, dass die sichtbare Welt nur ein unvollkommenes Spiegelbild des Idealen sei, das der Philosoph zu durchdringen versuche, oder sie glaubten, in einer Welt unberechenbarer Kräfte zu leben, die man beständig versöhnen müsse. Der eine verachtete die Welt, während der andere sich vor ihr fürchtete, und die Christen, so hatte ich erfahren, machten beides, sie riefen ihren Gott an, sie vor seinem Urteil zu bewahren.

Doch alle glaubten an Omen. Hätte Konstantius nicht für mich gesorgt, dann hätte ich mir als Seherin meinen Lebensunterhalt verdienen und die Fähigkeiten einsetzen können, die ich auf Avalon gelernt hatte. Und welches Omen, so fragte ich mich, sollte ich in meiner Vision von der Schlacht finden? Ich legte eine Hand auf meinen Bauch und lächelte, als ich winzige Bewegungen darin spürte.

War es dein tapferer Geist, der mich inspiriert hat, mein Kleiner? Du wirst sicher ein großer General, wenn du schon hilfst, Schlachten zu gewinnen, noch ehe du geboren bist!

Woran glaubte ich? Ich fürchtete mich nicht vor der Welt, aber ich lehnte sie auch nicht ab. Wir auf Avalon hatten einen dritten Weg gelernt. Meine Ausbildung dort hatte mich gelehrt, in allem den Geist zu sehen und zu erkennen, dass die Welt im Großen und Ganzen ohne übermäßiges Interesse an der Menschheit ihren Lauf nahm. Der Rabe, der auf dem Dachfirst krächzte, wusste nicht, dass der Mensch, der ihn hörte, eine Botschaft vernahm – der Verstand des Menschen musste verändert werden, damit er dem Schrei eine Bedeutung beimaß, nicht der Vogel. Allen Dingen wohnte ein Geist inne; mit dieser Erkenntnis in Einklang zu leben war die Art der Weisen.

Das Kind regte sich erneut in meinem Bauch, und ich lachte, denn mir wurde wieder einmal klar, warum wir eine Göttin sahen, wenn wir versuchten, der Höchsten Macht ein Gesicht zu verleihen. Nachdem die ersten Monate der Gewöhnung an die Schwangerschaft vorüber waren, ging es mir so gut wie nie. Gefüllt und erfüllt, war ich mir in erhöhtem Maße meines Körpers bewusst und zugleich eins mit der Lebenskraft, die in allem floss.

Im Verlauf des Winters, während mein Leib anschwoll, wurde meine Euphorie von der Einsicht gedämpft, warum die Göttin zuweilen den Wunsch hegen mochte, ihre Schöpfung möge für sich selbst sorgen. Ich triumphierte in meiner Rolle als menschliches Füllhorn, aber es wäre hin und wieder auch eine Erleichterung gewesen, wenn ich meinen reifen Bauch einfach hätte absetzen können. Als Konstantius und die Dardanier schließlich zu Beginn des zweiten Monats des neuen Jahres von ihrem Feldzug heimkehrten, erschien es mir, als hätte ich für eine Statue von Taueret Modell stehen können, der nilpferdgestaltigen ägyptischen Göttin der Geburt.
Sobald sie von meinem Zustand erfahren hatten, waren die Frauen der Offiziere, die an der Seite von Konstantius dienten, schnell mit allen möglichen Geschichten über die Schrecken des Kindbetts bei der Hand, die offensichtlich einem reichhaltigen Märchenschatz entstammten, während sie mir fröhlich die Dienste ägyptischer Ärzte und griechischer Hebammen anboten. In Avalon hatten Geburten nie zu meinem Spezialgebiet gehört, doch zum Glück waren sie fester Bestandteil unserer Ausbildung zur Heilerin. Wenn ich in den stillen Stunden aufwachte, noch zitternd unter dem Eindruck eines Albtraums über eine verpfuschte Geburt, wusste ich noch genug, um meine schlimmsten Befürchtungen zu besänftigen.
Die Hebamme, für die ich mich schließlich entschied, war eine Frau, die Drusilla für mich gefunden hatte. Sie hieß Marcia und hatte bei den Frauen in der Stadt einen guten Ruf. Eine

robuste, nüchterne Seele mit kastanienbraunem Krauskopf und ausladendem Busen, die darauf bestand, eine werdende Mutter schon lange vor der Niederkunft zu beraten. Sie arbeitete nur für die Frauen, die sich an ihre Anweisungen im Hinblick auf Ernährung, Vorbereitung und Ruhe hielten.
Als sie meinen Bauchumfang gemessen und den Tag der Niederkunft errechnet hatte, empfahl Marcia Bewegung. Das Kind sei bereits groß, sagte sie mir, und die Geburt werde leichter verlaufen, wenn ich ihn früh zur Welt bringen könnte. Mir war klar, was sie verschwieg. War ein Kind zu groß, lief es am Ende auf die Entscheidung hinaus, die Mutter aufzuschneiden, so wie der große Caesar angeblich zur Welt gekommen war, oder das Kind zu verstümmeln, damit man es aus dem Bauch ziehen konnte. Da begann ich, Eilythia für eine sichere Geburt Opfer darzubringen. Ich war bereit, zugunsten des prophezeiten Kindes zu sterben, aber wenn es zu einer Wahl zwischen uns kommen sollte, wusste ich, dass Konstantius mich hätte retten wollen.
Daher begleitete ich den ganzen Februar hindurch morgens Drusilla auf den Markt, und nachmittags spazierte ich hinunter an den Fluss und wieder den Berg hinauf, obwohl Konstantius mir besorgte Blicke zuwarf. An den seltenen Tagen, an denen sich die wässrige Sonne zeigte, ging ich ins Freie, ohne auf das Zwicken zu achten, mit dem mein Leib sich auf seine Aufgabe vorbereitete, aber auch im Regen, ja, sogar wenn dieser sich in Graupeln und Schnee verwandelte.
»Du bildest deine Soldaten auch nicht für die Schlacht aus, indem du sie müßig im Lager herumlungern lässt«, sagte ich zu Konstantius. »Das hier ist meine Schlacht, und ich will so gut wie möglich darauf vorbereitet sein.«
Und am siebenundzwanzigsten Tag jenes Monats, als ich gerade den Berg zu unserem Haus hinaufkam, rutschte ich auf einem nassen Pflasterstein aus und landete hart auf dem Boden. Während Drusilla mir wieder auf die Beine half, spürte

ich, dass sich warmes Wasser aus meinem Leib mit dem kalten Wasser vermischte, das meinen Rock durchnässte. Dann kam das erste schmerzhafte Ziehen, als die Wehen einsetzten. Der Haushalt gluckte und wuselte in panischem Eifer um mich herum, aber ich hatte auf einen solchen Unfall gehofft. Während eine Dienstmagd davoneilte, um Marcia zu holen, und Philipp zum Lager ritt, um Konstantius Bescheid zu sagen, legte ich mich mit triumphierendem Lächeln auf das Bett, bis die nächste Kontraktion sich ankündigte.

Ich kam vor meiner Zeit nieder, doch mein Leib schien keine Eile zu haben, seinen Inhalt preiszugeben, nachdem die Wehen einmal eingesetzt hatten. Den ganzen Tag und in der darauf folgenden Nacht hörten die Kontraktionen nicht auf. Die gnädige Amnesie, die es einer Frau, die einmal ein Kind zur Welt gebracht hat, ermöglicht, sich der Aussicht auf ein weiteres Kind zu stellen, hat meine Erinnerungen an diese Stunden größtenteils ausgelöscht. Tatsächlich erinnern sich meist die Väter so lebhaft daran, dass sie späterhin fürchten, ihre Frauen noch einmal derart leiden zu lassen.

Ich bezweifle, dass ich überlebt hätte, wenn mein Gesundheitszustand nicht so gut gewesen wäre, und dennoch, als der zweite Tag verging und meine Wehen länger auf sich warten ließen, statt in kürzeren Abständen zu kommen, begannen die Frauen, die mir beistanden, ernste Mienen aufzusetzen, und ich weiß noch, dass ich Marcia sagte, wenn sie die Wahl habe, solle sie mich aufschneiden und das Kind retten. Es hatte aufgehört zu regnen, und das Licht der untergehenden Sonne, die durch das Fenster fiel, ließ ihre Haare flammend rot aufleuchten.

»Nein«, sagte sie. »Es stimmt zwar, dass die Geburt nicht allzu lange auf sich warten lassen darf, wenn das Fruchtwasser erst einmal abgegangen ist, aber hab keine Angst, deinem Körper ein wenig Ruhe zu gönnen. Ich habe noch den einen oder an-

deren Trick in meinem Beutel, mit dem ich die Sache wieder in Gang bekomme.«
In meinem erschöpften Zustand fiel es mir schwer, ihr Glauben zu schenken. Ich schloss die Augen und jammerte, als das Kind in mir um sich trat. Für ihn musste es ebenso schwer sein, gefangen in einem engen Beutel und in einen Durchgang gepresst, der zu schmal für seine Gestalt war. Doch er hatte jetzt keine andere Wahl mehr, ebenso wenig wie ich.
»Göttin, war es so schrecklich für dich, als du die Welt gebarst?«, schrie ich im Stillen auf. *»Ich habe die Leidenschaft gesehen, die deine Geschöpfe treibt, sich zu vermehren. Hilf mir, dieses Kind zur Welt zu bringen! Ich will dir alles geben, worum du mich bittest!«*
Aus den Tiefen meines Schmerzes schien eine Antwort zu kommen.
»Worum ich dich bitte? Auch wenn es bedeutet, dass du ihn verlieren musst?«
»Solange er am Leben bleibt!«, erwiderte ich.
»Du wirst ihn behalten, und du wirst ihn verlieren. Er wird dein Herz mit Füßen treten, um seiner Bestimmung zu folgen. Die Veränderungen, die er mit sich bringt, kannst du weder vorhersagen noch lenken. Aber du darfst nicht verzweifeln. Auch wenn sie schmerzhaft sind, so sind Wachstum, Wechsel und Änderung Teil meines Plans, und alles, was verloren ist, wird eines Tages wiederkehren …«
Ich lag bereits wieder in Schmerzen und vermochte mir keinen Reim darauf zu machen. Ich kannte nur die Notwendigkeit, mein Kind voranzubringen. Mit einer kaum merklichen Bewegung gab ich meine Zustimmung, und schon war ich wieder in meinem Körper. Marcia führte mir einen Becher Tee an die Lippen, dessen Bitterkeit ich trotz des beigemischten Honigs spürte. Ich versuchte, die Kräuter zu erkennen, schmeckte aber nur die durchdringende Schafgarbe und die rote Zeder heraus.
Was es auch war, als es in meinen leeren Magen kam, begann

es sofort zu wirken. Die Wehen kehrten mit unvermindertem Schmerz zurück, der meinen Entschluss, nicht zu schreien, zunichte machte. Immer wieder überwältigte mich der Schmerz, doch allmählich war ich in der Lage, einen gewissen Rhythmus zu erkennen. Marcia setzte mich auf den Geburtsschemel und reichte mir ein Tuch, auf das ich beißen konnte. Drusilla stellte sich hinter mich, und zwei Mägde nahmen jeweils einen Arm. Später erfuhr ich, dass ich ihre Handgelenke so fest gedrückt hatte, dass blaue Flecke zurückblieben, doch in dem Augenblick war ich mir dessen nicht bewusst.

Ich spürte das warme Blut in der Scheide und das heiße Öl, mit dem Marcia mich massierte. »Du machst es gut«, sagte sie. »Wenn der Drang kommt, presse, so fest du kannst!«

Dann drückte die riesige Hand wieder zu, und ich presste. Es war mir gleich, ob jemand meinen Schrei hörte. Immer wieder kam es, bis ich glaubte, zu zerreißen.

»Ich habe den Kopf«, sagte Marcia, dann packte mich eine letzte Wehe, und der Rest des Kindes glitt hinaus. Ich erblickte ein purpurrotes, strampelndes Bündel, als sie es in die Höhe hob, unverkennbar männlich, und dann hallte der Raum von Protestgeheul wider, das mindestens so laut wie meine Schreie war.

Vage nahm ich wahr, wie ich wieder ins Bett gehoben wurde. Frauen eilten geschäftig hin und her, verpackten mich in Tücher, um die Blutung zu stillen, wuschen mich, wechselten das Bettzeug. Ich schenkte ihrem Geschnatter keine Aufmerksamkeit. Was spielte es schon für eine Rolle, wenn ich zu tief gerissen war, um noch ein Kind gebären zu können – dieses Kind lebte! Ich hörte seine kräftigen Schreie noch aus dem Nebenzimmer.

Über mir tauchte ein Gesicht auf. Es war Sopater mit einem Mann im Gewand eines Chaldäerpriesters. Ich erinnerte mich, dass man mir gesagt hatte, er sei Astrologe.

»Dein Sohn wurde in der fünften Stunde nach Mittag geboren«, sagte Sopater. »Wir haben bereits ein vorläufiges Horoskop. Mars steht im Stier und Saturn steht im Löwen. Dieses Kind wird ein Krieger, widerspenstig in der Niederlage und unnachgiebig im Sieg. Aber Jupiter herrscht im Zeichen des Krebses, und da sitzt auch sein Mond – dein Sohn wird sich intensiv um die Familie kümmern. Aber über allem wird Wassermann herrschen, der gerade mit seiner Venus und seiner Sonne aufsteigt.«

Ich nickte, und er wandte sich ab, noch immer erregt. Ich hörte Gläser klirren und wurde mir bewusst, dass sie im Nebenraum auf das Wohl des Kindes anstießen. *Wie ungerecht*, dachte ich. Schließlich hatte ich die ganze Arbeit geleistet! Doch das war üblich so, wenn ein Mann seinen Sohn für sich in Anspruch nahm, und ich sollte froh darüber sein.

Nach römischen Maßstäben war es ein uneheliches Kind, und obwohl mein Vater mich nach britannischer Art anerkannt hatte, war es ihm nie in den Sinn gekommen, Papiere für eine formale Adoption ausstellen zu lassen, da er immer schon beabsichtigt hatte, mich nach Avalon zu schicken. Nach römischem Recht war ich Konstantius' Konkubine, eine Beziehung, die legal anerkannt, aber von niedrigerem Stand war als eine formale Eheschließung. Doch selbst wenn wir durch einen sakralen Akt verheiratet wären, nach ältester, formalster patrizischer Art, wäre es noch immer Sache meines Mannes gewesen, das Kind als sein eigenes anzunehmen und zu entscheiden, ob es großgezogen werden sollte.

Während ich zu erschöpft im Bett lag, um die Augen zu öffnen, aber noch angespannt vor Aufregung war, erschien es mir unrecht, dass der Mann diese Macht haben sollte. Er war es nicht, der das Kind aus seinem Fleisch und Blut geformt hatte, und er würde es auch nicht nähren. Avalon kam mir in den Sinn, als Cigfolla einmal mir und den anderen jungen Frauen die Künste einer Hebamme beigebracht hatte.

In alten Zeiten hatte die Frau eine Stärke besessen, die uns nicht mehr gegeben war. Wenn sie zu viele Kinder hatte oder nicht die Kraft, ein weiteres Kind großzuziehen, oder wenn dadurch dem Stamm zur falschen Jahreszeit zu viel Nahrung entzogen würde, hatte sie die Macht, ins Gesicht des Kindes zu schauen, ihre Hand fortzuziehen und das Kind ins Nichts zurückzuschicken, als wäre es nie geboren worden.

Während ich im Bett lag und der gedämpften Unterhaltung der Männer im Nebenraum lauschte, wurde mir klar, was Cigfolla gemeint hatte, wozu ich als Mädchen noch nicht in der Lage gewesen war. Eine Frau kann niemals ein Kind frei austragen, wenn sie nicht auch frei entscheiden kann, es abzutreiben. Ein Mann muss wissen, dass er atmet, weil seine Mutter sein Gesicht angesehen, es für gut befunden und sich frei entschieden hat, ihn zu nähren. Dieses Kind, das lebte, weil ich so viel aufgegeben hatte, um es zu empfangen und auszutragen, sollte nie vergessen, dass es mir sein Leben verdankte.

Dann kamen die Männer wieder ins Schlafzimmer, und mein kleiner Sohn wurde mir in die Arme gelegt. Konstantius schaute auf uns herab. Seine Miene trug Spuren von Qual, die wahrscheinlich meine Schmerzen widerspiegelten, doch seine Augen strahlten vor Freude.

»Ich habe dir einen Sohn geschenkt«, flüsterte ich.

»Er ist ein Prachtkerl«, antwortete Konstantius, »aber ich hätte ihn nicht gegen dich eintauschen wollen! Wir werden ihn Konstantin nennen.«

Ich sah den goldenen Flaum auf dem Kopf des Neugeborenen, dessen Rundung die Wölbung der Brust wiederholte, an der er bereits hungrig saugte. Von Rechts wegen mochte er seinem Vater gehören, doch ich war es, die durch meine Sorgfalt oder meine Vernachlässigung entscheiden würde, ob er überlebte.

Und er würde überleben! Diesem Kind zuliebe hatte ich die Leiden der Geburt auf mich genommen, hatte Avalon verlassen und alle dort, die ich liebte. Er musste es wert sein, gerettet zu werden, um meine Schmerzen zu rechtfertigen! Trotzdem, als ich ihn anlegte, dachte ich mit Genugtuung daran, dass jede Frau in sich diese enorme Macht hatte, Leben zu geben … oder zu nehmen.

10. KAPITEL

A. D. 282

In dem Jahr, in dem Konstantin zehn Jahre alt wurde, zogen wir in den alten Palast in Sirmium. Seit der Geburt des Kindes waren wir regelmäßig umgezogen, sobald Konstantius wieder einmal versetzt wurde, wobei wir es fertig brachten, nicht nur zu überleben, sondern trotz des Aufruhrs nach der Ermordung Aurelians, als Konstantin zwei Jahre alt war, im Rang noch aufzusteigen. Dieser erste Tod eines Kaisers hatte mich erschreckt, denn ich empfand inzwischen Achtung für diesen kleinen Mann, dessen Befehl uns aus Britannien in ein neues Leben gerissen hatte. Doch nach Aurelian kam Tacitus, dessen Nachfolge Florianus antrat, auf Florianus wiederum folgte Probus, und wir alle hatten gelernt, dem jeweiligen Träger des Purpurs nicht mehr als wachsame Höflichkeit entgegenzubringen.

Probus erwies sich als fähiger Kaiser. Er unterdrückte die barbarischen Überfälle in Gallien und warb die geschlagenen Burgunder und Vandalen als verbündete Truppen an. Er schickte sie dann nach Britannien, um einen Aufstand niederzuschlagen, der vom derzeitigen Statthalter angezettelt wurde. Vom Verstand her sah ich die militärische Notwendigkeit ein, doch bei dem Gedanken, dass ein Römer eine Horde Barbaren auf mein Land losließ, blutete mir das Herz. Als Probus Konstantius zu einem seiner Tribune wählte und uns nach Sirmium schickte, hatte ich Mühe, mich darüber zu freuen.

Konstantin war ziemlich aufgeregt, als er hörte, dass wir in einem Palast wohnen würden. Doch inzwischen hatte ich einige

Erfahrung in Haushaltsführung und wäre mit einer gemütlichen kleinen Villa am Rande der Stadt viel glücklicher gewesen. Einer neuen Villa. Der Palast, den Probus zu seinem Hauptqurtier ausersehen hatte, war ursprünglich vor hundert Jahren von Marc Aurel errichtet worden. Es war nicht abzuschätzen, wann er zuletzt instand gesetzt worden war. Die Fresken an der Wand waren dort, wo Feuchtigkeit eingedrungen war, von unheilvoll aussehenden Flecken entstellt, und die Wandbehänge hatten Löcher, wo Mäuse am Werk gewesen waren.

Aber der Kaiser hatte nun einmal befohlen, dass er mit seinem Stab hier einziehen würde, und da Konstantius der ranghöchste Offizier war, dessen Frau bei ihm lebte, war mir die Aufgabe zugefallen, den Palast für uns alle wohnlich herzurichten. Ich wischte mir den Schweiß von der Stirn, denn es war einer der heißesten Tage in einem außergewöhnlich warmen Sommer, und wies die Dienerinnen an, das Wasser zu wechseln, mit dem sie die Wände abschrubbten.

»Wenn ich einmal groß bin, werde ich neue Paläste bauen«, hatte Konstantin zu mir gesagt, als wir einzogen. Ich glaubte ihm. Als kleines Kind schon hatte er mit den Möbeln Festungsanlagen gebaut. Neuerdings scheuchte er die Kinder der anderen Offiziere, die ihm helfen sollten, im Garten Gebäude zu errichten – Pavillons und Spielhäuser, geschützt von Befestigungen, die mit militärischer Präzision geplant waren.

Ich vernahm ausgelassenes Kinderlachen und den Befehlston meines Sohnes, der sie alle übertönte. Atticus, der Grieche, den wir gekauft hatten, damit er Konstantin unterrichtete, hatte ihnen für den Nachmittag freigegeben, denn er sagte, es sei zu heiß, um drinnen zu lernen. Das Spiel war offenbar eine andere Sache. Die Jungen arbeiteten allem Anschein nach bereitwilliger als die Soldaten, die der Kaiser darangesetzt hatte, Gräben durch das Sumpfland unterhalb der Stadt zu ziehen.

»Vielleicht wird er einmal Konstrukteur bei den Legionen«, hatte Konstantius festgestellt, als er am Abend zuvor nach Hause gekommen war und die Anlage mit erfahrenem Blick begutachtete.

Aber ich glaubte nicht, dass unser Kind sich damit zufrieden gäbe, Wälle nach militärischen Vorschriften zu bauen oder Marschland trockenzulegen. Was Konstantin auch erschaffen mochte, es würde seine eigene Weltsicht widerspiegeln.

Die Türen des Speisezimmers, die zum Garten hinausgingen, waren weit aufgerissen, um ein wenig Luft hereinzulassen. Hier, im höher gelegenen Teil im Süden der Stadt konnten wir zumindest mit einer Brise rechnen. Jenseits der Gartenmauer fiel das Gelände zum Savus hin ab. Dort am Flussufer, wo mehrere hundert Legionäre in der Sonne schwitzten, musste es erstickend sein. Zum Glück brauchte Konstantius keine Schaufel mehr in die Hand zu nehmen, aber ich wusste, dass er erhitzt und durstig nach Hause kommen würde.

Selbst die Jungen waren vielleicht dankbar, ihr Spiel unterbrechen zu können, um etwas Kühles zu trinken. Ich sagte den Dienerinnen, sie könnten ein wenig ausruhen und trug einer von ihnen auf, den Tonkrug mit Gerstenwasser aus der Küche zu holen.

Konstantin stand an der rückwärtigen Gartenmauer und wies zwei andere Jungen an, ein Gestell aus Flechtwerk als Dach auf die Konstruktion zu legen, die sie gebaut hatten. Wie immer stockte mir beim plötzlichen Anblick meines Sohnes der Atem, und jetzt, da das starke Sonnenlicht seine hellen Haare aufleuchten ließ, war er wie ein junger Gott. Er würde groß werden, wie mein Vater, aber er hatte den stämmigen Knochenbau von Konstantius – er war bereits größer als die meisten Jungen in seinem Alter.

Er würde ein großartiger Mann, hatte Drusilla mich zu trösten versucht, als klar wurde, dass ich kein Kind mehr haben könnte. Doch mit der Zeit, als ich Frauen in meinem Alter sah,

die infolge zahlreicher Schwangerschaften rasch gealtert waren, erkannte ich, dass ich dankbar sein sollte. Und warum sollte ich mir bei einem solchen Sohn weitere Kinder wünschen?
»Nein, es ist noch nicht ganz richtig.« Konstantin hatte die Hände in die Seiten gestemmt und den Kopf schief gelegt. »Wir müssen es wieder abnehmen.«
»Aber Kon ...«, protestierte Pollio, der Jüngere der Helfer, der Sohn eines Zenturios, »wir haben es doch gerade oben!«
Ich lächelte, als ich den Spitznamen hörte. Es war offensichtlich die Abkürzung des lateinischen Namens, doch in meiner Sprache war »con« die Bezeichnung für »Hund«.
»Außerdem ist es heiß«, sagte der andere Junge, Marinus, der einer Kaufmannsfamilie in der Stadt entstammte. »Wir können uns im Schatten ausruhen, bis die Sonne untergegangen ist, und dann weitermachen.«
»Aber das ist nicht richtig.« Konstantin schaute sie verständnislos an. »Die Schräge muss im Winkel stehen, sonst ist sie nicht im Gleichgewicht ...«
Er tat mir Leid. Er hatte das gewünschte Ergebnis so deutlich vor Augen, und die Wirklichkeit wollte seinen Träumen einfach nicht entsprechen. Nun, das Leben würde ihn schon bald lehren, dass man die Welt nicht immer nach seinem Geschmack zurechtbiegen konnte, dachte ich, und mir fiel meine eigene Kindheit ein. Hoffentlich blieben ihm seine Illusionen noch möglichst lange erhalten.
Aber es war wirklich heiß. Selbst Hylas, der für gewöhnlich wie ein Welpe um mich herumtollte, wenn wir im Freien waren, hatte sich hechelnd im Schatten des Flechtwerks niedergelassen, um das es ging.
»Ich habe Gerstenwasser zum Abkühlen mitgebracht«, schaltete ich mich ein und zeigte Mitgefühl mit den beiden jüngeren Knaben. »Wenn ihr etwas getrunken habt, fällt euch die Aufgabe bestimmt leichter.«

Ich füllte aus dem schwitzenden Tonkrug ein paar Becher für die Jungen und nahm meinen mit an die Gartenmauer. Unterwegs blieb ich am Schrein der Gartennymphe stehen, um ihrem Bildnis ein paar Tropfen zu opfern. Es hatte eine Zeit lang gedauert, bis ich mich an die eifrige Beschäftigung der Römer mit Bildnissen gewöhnt hatte. Es war, als müssten sie alles, was heilig war, besonders kennzeichnen. Aber der Schrein diente als Mahnung, und manchmal trat ich abends in den Garten hinaus, um eine halbe Stunde dort zu verbringen.

Jenseits der Mauer fiel das Gelände in einem Gewirr von Buschwerk ab. Zwischen dem Abhang und der glitzernden Flussbiegung flimmerte das Sumpfland im heißen Dunst. Er verzerrte die Gestalten der Männer, die mühsam an den Gräben und dem großen Belagerungsturm arbeiteten, den der Kaiser hatte herbeischaffen lassen, damit er ihre Fortschritte beobachten konnte. Bei diesem Wetter konnte selbst der eisenbewehrte Turm nicht viel Bequemlichkeit bieten.

Ich konnte mir vorstellen, wie Probus dort stand, schmal und konzentriert und ebenso besessen von seinem Sumpfprojekt, wie mein Sohn von seiner Arbeit im Garten. Noch ein Idealist – jeder hatte vom Plan des Kaisers gehört, fremde Hilfstruppen für die Bewachung der Grenzen einzustellen. Wenn Probus damit durchkam, müsste das Reich seinen Bürgern keine Steuern mehr zur Finanzierung eines stehenden Heeres abverlangen. Sollte das geschehen, könnte ich Konstantius vielleicht überreden, sich nach Britannien zurückzuziehen, wohin meine Freundin Vitellia mit ihrem Mann gegangen war.

Im Schatten der Linde waren die Ziegel auf der Gartenmauer kühl genug, dass man sich anlehnen konnte, obwohl das Sonnenlicht, das durch die Blätter drang, mich unter meinem dünnen Gewand schwitzen ließ. Selbst Sklaven sollte man nicht in einer solchen Hitze arbeiten lassen, dachte ich und beschattete meine Augen mit der Hand. Ich fragte mich, wie Probus seine Männer dazu überredet hatte.

Doch die Männer im Sumpfland bewegten sich überraschend lebhaft – es war schwierig, alles deutlich zu erkennen, aber um den Turm herum schien eine gewisse Unruhe entstanden zu sein. Mein Herz schlug schneller, obwohl ich nichts Unrechtes sah. Noch während ich hinschaute, geriet der Turm immer stärker ins Schwanken, stand einen Augenblick lang schräg, dann stob eine dunkle Staubwolke auf, als er zu Boden fiel.
»Was ist da los?«, fragte Konstantin, der neben mir stand, als der Sinn, der uns schon vor seiner Geburt verbunden hatte, ihm mein Unbehagen mitteilte.
»Hör mal …« Das Klirren der Eisenplatten, mit denen der Turm verkleidet war, hallte noch in der schweren Luft wider. Doch nun erhob sich ein anderes Geräusch, ein Gebrüll aus vielen Kehlen, das ich einmal gehört hatte, als ich mit Konstantius zu Gladiatorenkämpfen ins Amphitheater in Naissus gegangen war – Lärm, in den eine Menge ausbricht, wenn ein Mann zu Boden geht.
Es hatte den Anschein, als bewegte sich der Pöbel der Männer auf die Straße zu. Mit einem Ruck drehte ich mich um.
»Pollio, Marinus, da unten im Sumpfgebiet gibt es Ärger. Ich wünsche, dass ihr auf der Stelle nach Hause geht!« Unwillkürlich hatte ich den Befehlston angelegt, den man mich auf Avalon gelehrt hatte. Mein Sohn starrte mich ebenso wie die Jungen mit weit aufgerissenen Augen an. Sie stellten ihre Becher ab und liefen los.
»Wir können hier nicht bleiben«, überlegte ich laut. »Sie wissen wahrscheinlich, wo der Kaiser die Truhe mit dem Sold aufhebt. Geh – pack ein paar Sachen zum Wechseln ein und alle Bücher, die du in einem Bündel tragen kannst.« Ich rief bereits nach Drusilla und den Mägden.
»Aber warum laufen wir denn weg?«, protestierte Kon, als ich meinen Haushalt wie eine Schafherde vor mir her über die Straße trieb. Die Dienerinnen weinten und klammerten sich

an die Bündel auf ihren Armen, doch Drusilla schaute finster drein. »Der Kaiser wird den Aufstand sicher beenden, noch ehe die Männer bis hierher vordringen können.«
»Ich vermute, der Kaiser ist tot, und darum randalieren die Soldaten«, entgegnete ich. Philipp bekreuzigte sich, und mir fiel ein, dass er die christliche Kirche in der Stadt besucht hatte. Konstantin blieb wie angewurzelt stehen, und ich griff nach ihm, um ihn weiterzuziehen. Er wusste theoretisch, dass die meisten Kaiser nicht lange regierten, doch Probus war der einzige Kaiser, an den er sich wirklich erinnerte, ein Mann, der in seinen wenigen Mußestunden Brettspiele mit dem Kind gespielt hatte.
»Und was ist mit Vater?«, fragte er. Jetzt war es an ihm, mich vorwärts zu drängen. Mein Sohn stand mir so nah wie mein Herzschlag, doch Konstantius war sein Idol.
Ich brachte ein Lächeln zustande, auch wenn das die Frage war, die mir Kopfzerbrechen bereitet hatte, seitdem ich gesehen hatte, was vor sich ging.
»Er hat ihnen nicht befohlen, bei dieser Hitze zu arbeiten. Ich bin sicher, sie werden ihm nichts antun«, sagte ich beherzt. »Komm jetzt. Die Basilika hat stabile Wände, und es ist in einem solchen Gerichtshof nicht viel da, das sich zu plündern lohnte. Da sind wir in Sicherheit.«

Beinahe hätten wir es geschafft. Aber der Aufruhr breitete sich mit vulkanartiger Geschwindigkeit aus, und als wir das Forum erreichten, wüteten die ersten Banden entfesselter Soldaten bereits in der Stadt. Einige waren vielleicht aus dem Kommando meines Gemahls – Männer, die ich gepflegt hatte, als die Grippe im vergangenen Winter das Lager befallen hatte. Doch sie waren bereits in mehrere Tavernen eingefallen, und der unverdünnte Wein in den Flaschen, die sie bei sich trugen, ertränkte auch das letzte bisschen Verstand, das ihnen der Blutrausch ließ.

Als meine kleine Gruppe aus dem Säulengang auftauchte, der den Platz umgab, stampfte eine Bande von vielleicht zwanzig Männern die Hauptstraße hinunter auf uns zu. Ihre genagelten Sandalen klapperten auf den Pflastersteinen. Im nächsten Augenblick waren wir umzingelt. Hylas begann wütend zu bellen und zappelte in Drusillas Armen.

Wir hätten im Palast bleiben sollen!, dachte ich verzweifelt. *Wir hätten uns in den Ställen verstecken können.* Dann sah ich, wie Kon ungeschickt nach dem parthischen Dolch griff, den sein Vater ihm erst an seinem letzten Geburtstag geschenkt hatte, und schob mich vor ihn.

»Keine Bewegung!«, fauchte ich, als einer der Soldaten nach mir griff und meine Tunika von der Fibel riss, die sie an der Schulter zusammenhielt, sodass sie zu Boden fiel und eine Brust entblößte.

Abrupt verstummten die Männer. Die Lust lähmte sie wie ein Blitz. Im nächsten Augenblick würden sie den Jungen umbringen und mich mit gespreizten Beinen zu Boden werfen. Eine Vergewaltigung konnte ich ertragen, nicht aber den Verlust des Kindes, für das ich Avalon aufgegeben hatte!

»Göttin!«, schrie ich in der Zunge meiner britannischen Heimat, »rette deinen Erwählten!« Als ich die Arme zur Anrufung hob, schien es, als fegte ein starker Wind herab und raubte mir das Bewusstsein.

Wie von ferne vernahm ich eine Stimme, mächtiger als eine menschliche, die Flüche ausstieß und von einer Gestalt kam, die um Längen größer war als die winzigen Geschöpfe, die sie umzingelten, eine Gestalt, die Licht ausstrahlte. Ein großer Hund stand neben ihr und knurrte wie Donner. Sie gestikulierte mit den Händen, und ihre kleinen Angreifer zogen sich zurück und fielen auf ihrer hastigen Flucht übereinander. Die Göttin winkte denen, die sie verteidigte, zu und führte sie zur Basilika. Vor der Tür wandte sie sich um und zog einen Kreis in der Luft, als nähme sie den Ort für sich in Anspruch.

Im nächsten Augenblick spürte ich, wie ich fiel, wie mich alle Kraft verließ, als ich wieder in meinen Körper zurückkehrte und zu Boden sank.
Unter lauten Rufen mussten meine Diener mich halb in die Basilika ziehen, halb tragen. Es dauerte eine Weile, bis ich wieder Atem geschöpft und sie so weit beruhigt hatte, dass ich mit Konstantin reden konnte.
»Sie hätten *meine* Mutter getötet!«, sagte er heiser und klammerte sich an mich, wie er es seit seiner frühesten Kindheit nicht mehr gemacht hatte.
Es schien nicht angebracht, dem Kind in diesem Moment zu erklären, dass Töten das Letzte war, was die Angreifer im Sinn gehabt hatten. »Ist schon gut«, besänftigte ich ihn. »Jetzt sind wir in Sicherheit …«
»Niemand ist sicher, wenn der Kaiser die Kontrolle verliert«, murmelte er. »Das hätte nicht passieren dürfen. Ich bin jung, und sie waren zu stark für mich, aber ich schwöre dir, Mutter, so etwas wird nicht erlaubt sein, wenn ich groß bin!«
Ich schüttelte den Kopf und dachte, wie viel er noch lernen musste. Dann legte ich einen Arm um ihn und drückte ihn an mich. »Wenn du groß bist, wirst du alles in Ordnung bringen!«, murmelte ich, um ihn zu trösten, und erst als ich es ausgesprochen hatte, fiel mir auf, dass für das Kind der Prophezeiung auch diese Bestimmung zutreffen könnte.

Die Nacht brach herein, und mit ihr kamen die restlichen Legionäre und versuchten, das, was sie getan hatten, in Wein und noch mehr Gewalt zu ertränken. Wenn die Offiziere überlebt hatten, so wie wir, dann hatten sie ein Schlupfloch gefunden, in dem sie sich verstecken konnten. Ich glaubte, dass Konstantius dazugehörte. Bestimmt hätte ich gewusst, wenn der Tod die Bindung zwischen uns durchtrennt hätte. Im Süden, wo die Wohlhabenden ihre Häuser um den Palast herum errichtet hatten, sahen wir Flammen, und ich dachte, dass es doch richtig gewesen war, die mir Anbefohlenen hierher gebracht zu haben. Ein paar Ladenbesitzer und die Beamten, die in der Basilika arbeiteten, waren hier gewesen, als wir ankamen. Insgesamt waren wir etwa dreißig an der Zahl.

Als der Lärm von Zerstörung und Aufruhr für eine Weile nachließ, vernahm ich Gesang aus der christlichen Kirche.

»Kyrie eleison, Christe eleison …«

»Herr, erbarme dich«, flüsterte Philipp hinter mir.

Sie hatten nicht mehr zu ihrer Verteidigung als die Schafe, die sie so oft besangen, aber selbst betrunkene Soldaten wussten, dass es dort nichts Lohnenswertes zu plündern gab. Mir taten alle armen Seelen Leid, die überhaupt keinen Zufluchtsort hatten, denn der römische Legionär, der mit Disziplin heldenhaft kämpfen konnte, wurde ohne sie mehr zum Tier als jeder Barbar.

Die ganze Nacht über hockten wir in der Basilika beisammen, mit dem Rücken an der Wand, und obwohl es zu dieser Jahreszeit nur wenige Stunden dunkel war, erschienen sie uns sehr lang. Schließlich musste ich doch eingeschlafen sein. Konstantins kräftiger Oberkörper lag auf meinem Schoß, als wäre er trotz seiner Länge wieder zum kleinen Kind geworden. Ich schlug die Augen auf und sah blasses Licht durch die hohen Fenster fallen. Draußen in der Stadt war es schließlich und endlich still geworden.

Kon regte sich in meinen Armen, setzte sich auf und rieb sich die Augen. »Ich habe Durst«, sagte er und schaute blinzelnd zu den anderen, die ebenfalls wach wurden.

»Ich gehe«, sagte Philipp, und als ich den Mund aufmachte, um ihn davon abzuhalten, schüttelte er den Kopf. »Die Truppen sind alle berauscht und wollen im Schlaf vergessen, wenn sie es können. Wer sollte sich um mich kümmern?«

Seufzend gab ich mit einem Kopfnicken mein Einverständnis. Philipp war mit den Jahren kräftiger geworden, doch die Unterernährung in seiner frühen Kindheit hatte seinen Wuchs behindert, und mit seiner Hakennase und dem wirren rötlichen Kraushaar wäre er wahrscheinlich kein lohnendes Angriffsziel.

»Hast du immer noch Angst vor den Soldaten, Mutter?«, fragte Kon. »Ich habe nachgedacht, und ich bin mir sicher, dass uns jetzt nichts mehr zustößt. Eine Göttin beschützt uns, wie ich gesehen habe, und ich weiß, dass ich nicht dazu ausersehen bin, hier zu sterben. Hast du mir nicht oft genug erzählt, ich sei das Kind der Prophezeiung?«

Ungläubig starrte ich meinen Sohn an und fragte mich, ob das so klug gewesen war. Als die Plünderer uns tags zuvor umzingelten, war mir plötzlich eingefallen, dass Visionen nur zeigten, was möglicherweise geschehen könnte. In meiner Verzweiflung hatte *ich* die Macht der Herrin beschworen, nicht das Schicksal. Ich glaubte noch immer, dass Konstantin mit der Aussicht geboren war, Größe zu erlangen, aber erst seine Taten mussten entscheiden, ob und wie diese Möglichkeit sich erfüllte.

Als Philipp zurückkehrte, waren die meisten anderen wach. Er hatte eine leere Amphore am Springbrunnen gefüllt und einen annehmbaren Becher gefunden. Das Wasser schmeckte leicht nach Wein.

»Ich bin überrascht, dass du etwas gefunden hast, das nicht zerbrochen ist«, sagte ich, als ich Drusilla den Becher reichte. »Wie sieht es denn da draußen aus?«

»Wie am Morgen nach der Schlacht, nur dass das Blut in diesem Fall Wein ist. Ein unerfahrener Tribun könnte sie jetzt befehligen, so beschämt sind sie. Ich habe einen Mann schluchzen gehört, wie gut Probus als General gewesen sei, und man solle ihm doch ein Monument errichten.« Angewidert schüttelte er den Kopf.

Am Vormittag wagten sich die Ladenbesitzer hinaus, um den Schutt fortzuräumen, und die Besitzer von Lebensmittelständen, deren Waren nicht zerbrechlich waren, gingen wieder ihren Geschäften nach. Viele Legionäre hatten ihren Aufstand auf dem Forum beendet und wachten jetzt auf. Im Laufe des Vormittags schlossen sich ihnen noch mehr an. Sie standen in Gruppen beisammen und diskutierten. Ich war jedoch noch nicht zu dem Versuch bereit, nach Hause zu gehen, obwohl ich annahm, dass der Palast noch stand. Daher saßen wir auf der Treppe der Basilika und aßen Würste in Fladenbrot, als das rhythmische Trampeln und Klirren in Formation marschierender Soldaten alle – Meuterer und Stadtbewohner gleichermaßen – aufhorchen ließ.

Es war kein jüngerer Offizier, der sie gesammelt hatte, sondern der Prätorianerpräfekt Carus. Als er auf das Forum ritt, schlug mein Herz schneller, denn hinter ihm erblickte ich Konstantius. Sein Gesicht schien wie aus Stein gemeißelt. Ich erhob mich mit meinem Sohn, und sein Blick, der über die Menge schweifte, erreichte das Portal der Basilika und erfasste mich. *Es geht dir gut*, einen Augenblick lang verzog sich sein Gesicht. *Ich kann wieder leben*. Es hätte mich nicht überraschen sollen – immerhin sorgte er sich um zwei Menschen. Ich hatte gewusst, dass zumindest unser Sohn in Sicherheit war. Dann hatte Konstantius seine Gesichtszüge wieder unter Kontrolle, doch sie wirkten nicht mehr wie versteinert.

Auf meinem Gesicht wäre zweifellos eine ähnliche Verwandlung zu sehen gewesen, wenn mich jemand beobachtet hätte, doch alle Augen waren auf Carus gerichtet, der so ruhig daherritt, als wäre er auf dem Weg zum Senat, dem er angehört hatte, bevor er seine militärische Laufbahn begann. Offenbar hatte er ein paar Versprengte auf seinem Weg durch die Stadt aufgegriffen, denn es drängten noch mehr Soldaten auf den Platz. In der Mitte des Forums befand sich ein Springbrunnen, zu dem drei Stufen hinaufführten. Carus glitt vom Pferd und stieg, während es fortgeführt wurde, auf den breiten Steinrand des Springbrunnens. Von dort konnte er den Platz überblicken und wurde selbst auch gesehen. Er

musste an die Sechzig sein, aber er war noch stark und gut in Form, hatte eine Glatze, die er mit einer formlosen Kappe schützte, und bevorzugte die einfache Kleidung der alten Republik.
»Soldaten von Rom …«, hob Carus an, »welcher Gott ist in euch gefahren? Ihr habt den Kaiser in den Tod getrieben, der euch wie ein Vater war, habt euch zu Waisen gemacht, das Andenken eurer gefallenen Brüder und die Zeichen, die ihr tragt, entehrt.«
Er fuhr noch eine Zeit lang in dieser Tonart fort und sprach mit maßvoller Eleganz, die auf eine ausgezeichnete Ausbildung hinwies. Die Männer, die zunächst in dumpfem Schweigen zugehört hatten, begannen zu weinen. Doch Kon hatte meinen schützenden Arm verlassen und war vorgetreten, um mit leuchtenden Augen zuzusehen.
»Zenturios! Tretet vor, und ihr anderen versammelt euch um eure Befehlshaber!«, schrie Carus, und die chaotische Szene löste sich langsam in eine Art militärischer Formation auf. »Ihr kehrt in eure Zelte zurück, säubert euch und eure Ausrüstung und stellt euch um zwei Uhr heute Mittag in Reih und Glied auf dem Exerzierplatz auf.«
Vermutlich war es allemal besser, in voller Ausrüstung unter der sengenden Sonne zu stehen, als im Morast zu graben, aber zum Glück tat sich eine Brise aus dem Norden auf, und die Temperatur sank.
Womöglich war in ihrem momentanen Zustand selbst das bisschen Disziplin zu viel für die Männer, denn ein Raunen lief durch ihre Reihen. Ich sah, wie Konstantius sein nervöses Pferd zügelte und Carus die Stirn runzelte.
Ein Zenturio trat vor. »Herr!« Er legte grüßend den Arm auf die Brust. »Wie du gesagt hast, sind wir Waisen, welche die starke Hand des Vaters brauchen. Wer wird jetzt unser Befehlshaber sein?«
»Der Senat in Rom …«, begann Carus, denn Probus hatte kei-

nen Nachfolger ernannt, doch er klang jetzt nicht mehr so sicher.

»Zum Hades mit dem Senat«, sagte jemand in den Reihen, was mit Gelächter quittiert wurde.

Kon schüttelte den Kopf, und ich beugte mich zu ihm, um zu verstehen, was er flüsterte. »Der Senat hat keine Macht, nur das Heer. Warum sieht er das nicht?«

Vielleicht sah Carus es doch, denn während er darauf wartete, dass sie still wurden, spannte er sich sichtlich an. War es Hoffnung oder Resignation? Ich war mir nicht sicher.

»Herr, wir brauchen einen Kaiser!« Der Zenturio hob seinen Arm zum Gruß. »Heil dir, Cäsar!«

»Heil dir, Cäsar!«, brüllten die Männer aus vollem Halse. »Carus soll Kaiser sein!« Plötzlich drängten sie vor und sangen seinen Namen, bis die Säulen der Basilika unter dem Lärm bebten. Es wurde klar, dass die Aufständischen den Palast geplündert hatten, ich etwas Purpurrotes aufblitzen sah und man Carus eine Toga des verstorbenen Kaisers über die Schultern warf. Einer der Männer hatte seinen Schild dabei, und der Pöbel, in dem Carus stand, hob ihn darauf.

»Wollt ihr mich wirklich zum Kaiser?« Carus mochte zwar den Gedanken an eine Republik bevorzugen, doch er musste wissen, dass sie ihn jetzt ebenso schnell stürzen konnten, wie sie Probus getötet hatten, wenn er sich ihnen widersetzte.

»Ave! Ave!«, schrien sie.

»Ich werde euch nicht milde behandeln – ich werde jene, die Probus ermordet haben, bestrafen, und dann greife ich den alten Krieg in Parthien wieder auf, der schon so lange wartet …«

Der Jubel verdoppelte sich.

Warum sind sie so froh?, fragte ich mich. *Er hat ihnen gerade versprochen, sie in ein Land zu führen, wo es noch viel heißer ist als in Dalmatien*. Doch die Länder im Osten besaßen Reichtümer, und wenn sie infolge der Hitze ums Leben kämen, stürben sie nicht als Sklaven, sondern als Soldaten.

Der Lärm, mit dem sie Carus in einer Prozession um das Forum trugen, betäubte den Verstand ebenso wie die Ohren. Die anderen Offiziere hatten sich in den Schutz des Säulengangs zurückgezogen. Carus gehörte jetzt den Legionären.
»Ave Carus!«, ertönte eine neuer Schrei neben mir. Konstantin hatte seinen Arm zum Gruß erhoben, und er schaute mit visionärem Blick auf die Gestalt des neuen Kaisers.
Der neue Kaiser, der den Senat in Rom nur in einer kurzen Mitteilung über seine Machtübernahme unterrichtete, machte sich daran, seine Autorität zu festigen. Die Römer stimmten ein Protestgeschrei an, aber solange das Heer ihn unterstützte, kümmerte es Carus anscheinend nicht. Probus hatte dessen Fähigkeiten so geschätzt, dass er den Senat gebeten hatte, Carus mit einem Marmorpalast und einem Reiterstandbild zu belohnen. Jetzt besaß er mit Ausnahme des Palasts in Sirmium, der in Schutt und Asche gelegt war, jede Menge Paläste, und zweifellos waren die Statuen bereits in Arbeit, ebenso wie die Lobeshymnen, die aus allen Winkeln des Imperiums eintrafen.
Carus hatte keine Zeit, sie zu lesen. Er hatte dem Heer Ruhm in Parthien versprochen, aber bevor man zu diesem Feldzug aufbrechen konnte, war noch viel zu tun. Wenn er den Legionären von Sirmium auch dankbar war, dass sie ihm den Purpur umgehängt hatten, so ließ er sich gleichwohl nicht davon abhalten, die Männer hinrichten zu lassen, die Probus als Erste angegriffen hatten, eine Maßnahme, die ihm in den Augen der Überlebenden offenbar nicht schadete, denn in jenem Herbst folgten sie ihm bereitwillig in die Schlacht gegen eine Horde Sarmatianer, die von Illyrien her gekommen waren, und trugen einen glorreichen Sieg davon.
Auch für die Nachfolge war gesorgt. Carus hatte zwei inzwischen erwachsene Söhne, die er in den Rang von Cäsaren befördert hatte. Carinus, der Ältere, wurde nach Gallien geschickt, um den neuesten Überfällen der Barbaren zu

begegnen und anschließend in Rom die Verantwortung zu übernehmen, während sein Bruder Numerian der stellvertretende Befehlshaber neben dem Kaiser auf dem Feldzug nach Parthien wurde.
Ich wagte nicht, meine Furcht zum Ausdruck zu bringen, der Kaiser könnte Konstantius mitnehmen, doch die Göttin muss meine Gebete erhört haben, denn kurz bevor das Heer aufbrechen sollte, kehrte mein Mann mit der Nachricht nach Sirmium zurück, Carus habe ihn zum Statthalter von Dalmatien ernannt.

Im Traum wandelte ich auf dem Prozessionsweg von Avalon. Ich wusste, es war ein Traum, denn ich sah alles von einer höheren Warte aus, mehrere Fuß über dem Boden, und wenn ich redete, bemerkte mich niemand. Doch in jeder anderen Hinsicht war ich dabei. Ich spürte die feuchte, kalte Nachtluft und roch das Harz der Fackeln. Ich bebte unter dem Nachhall des großen Gongs, der benutzt wurde, um die Eingeweihten zu größeren Ritualen zu rufen.
Ich merkte, dass er mich den langen Weg von Sirmium hierher gerufen hatte. Es handelte sich nicht um einen Traum, sondern um eine Geistreise. Aber um welche Feier ging es?
In Mantel und Kapuze, die Priesterinnen in Schwarz und die Priester in Weiß, gingen sie zwischen den letzten Säulen hindurch und begannen, den gewundenen Weg zum Tor hinaufzusteigen. Ich wurde mitgezogen und konnte weder zurückbleiben noch sie überholen. Alsbald erkannte ich Cigfolla und ein paar andere und merkte, dass ich den Platz in der Reihe innehatte, den ich auch eingenommen hätte, wenn ich körperlich dort gewesen wäre. Da wusste ich tief im Innern meines Bewusstseins, dass ich nie aufgehört hatte, Priesterin von Avalon zu sein, und deshalb diesem Ruf gefolgt war.
Endlich erreichten wir den Gipfel, und mitten im Kreis der Steine sah ich die kreuz und quer aufgeschichteten Holzschei-

te eines Scheiterhaufens. Die Leiche war verhüllt, doch schien sie klein für eine so große Zeremonie. Andererseits stand nur einer Hohepriesterin oder dem Höchsten Druiden ein solches Begräbnis zu.
Neben dem Scheiterhaufen erblickte ich Ceridachos mit einer Fackel. Er trug die Torques des Höchsten Druiden. Er hatte die Knaben in Musik unterrichtet, als ich auf Avalon war. Folglich lag nicht der Höchste Druide auf dem Scheiterhaufen, sondern die Herrin von Avalon.
Einen Moment lang gab ich mich meiner Verwunderung hin, dass Ganeda am Ende so klein sein sollte, obwohl ihr Geist stets in so überragender Form gegenwärtig gewesen war und uns alle beherrscht hatte. Jetzt war sie tot. Ich fragte mich, wer als ihre Nachfolgerin gewählt worden war.
Ich habe Recht behalten! Sieh nur, ich habe meinen Sohn ausgetragen, und mein Mann liebt mich noch immer!, wollte ich schreien, als lägen wir noch im Streit, doch ich würde nie mehr die Möglichkeit haben, es ihr zu sagen, es sei denn, ihre Seele könnte es hören.
Der Gong war verklungen. Ceridachos entfernte sich vom Scheiterhaufen und drehte sich dann um, damit er mit dem Gesicht zu ihm stand. Auf der gegenüberliegenden Seite erblickte ich eine weitere Fackel. Eine Priesterin hielt sie in der Hand – nein, es war die neue Herrin von Avalon, denn unter dem offenen Mantel schimmerte der Schmuck aus Mondstein und Flussperlen. Dann fiel die Kapuze nach hinten, und ich erkannte Diernas leuchtend rotes Haar.
Aber sie war doch noch ein Kind! Dann schaute ich noch einmal hin und überlegte, dass Dierna fünfundzwanzig Jahre alt sein musste. Als ich sie zuletzt gesehen hatte, war sie noch ein Kind gewesen, aber wenn wir uns jetzt begegneten, wären wir beide erwachsene Frauen. Sie hob anbetend die Arme.
»Heil dir, Dunkle Mutter, die du die Herrin der Seelen bist!

Heute Abend erinnern wir uns vor DIR an Ganeda, die in DEIN Königreich eingeht. Ihr Blut fließt in den Wassern, ihr Atem ist eins mit dem Wind. Der heilige Tor wird ihre Asche in Empfang nehmen, und ihr Lebensfunke wird in das Feuer zurückkehren, welches alles belebt.«

Die Krieger und Könige, die Avalons Hüter waren, wurden auf dem Wachhügel begraben, die Hohepriesterinnen und die großen Priester aber, deren aufsteigende Seelen womöglich durch zu große Verehrung beengt wären, sandte man den Göttern durch das Feuer.

Ceridachos hob die Fackel. »Möge das heilige Feuer verwandeln, was sterblich war, möge die Seele frei fliegen!« Ein glitzerndes Funkenband zog hinter ihm her, während er den Scheiterhaufen umkreiste und in Abständen die ölgetränkten Holzscheite mit der Fackel berührte. Das Holz fing rasch Feuer, und in wenigen Augenblicken war die verhüllte Gestalt hinter Flammen verborgen.

»Nichts wird vergeudet, nichts geht verloren von ihr«, sagte Dierna, während sie ihm um den Scheiterhaufen herum folgte. Ihre Stimme war ruhig, als hätte sie sich für die Zeremonie in einen Zustand versetzt, in dem kein Kummer ihre Gelassenheit trüben konnte. »Selbst ihre Seele, belehrt durch den Schmerz des Lebens, entfaltet sich noch zu ihrer wahren Identität.« Dem Beutel an ihrer Hüfte entnahm sie eine Hand voll Weihrauch, den sie auf die Holzscheite warf.

Ceridachos wandte sich zu den anderen um. »Aber wir, die wir uns an diese besondere Paarung von Körper und Seele erinnern, in der sie auf dieser Welt weilte, bitten dich, sie auf dem Weg, den sie jetzt verfolgt, zu leiten und zu behüten.« Seine Stimme klang heiser, als hätte er geweint, und ich erkannte, wie eng er im Laufe der Jahre als Höchster Druide mit der Herrin zusammengearbeitet hatte. Er räusperte sich und fuhr fort.

»Wir haben nicht vergessen – trage du unsere Liebe zu ihr und bitte sie, mit der Weisheit, die sie jetzt besitzt, für uns zu beten. Und wenn wir zu unserer Zeit auch zu dir kommen, nimm uns gnädig auf, o Dunkle Mutter, wie ein Kind, das in den Schlaf gesungen wird, und erwecke uns zum Licht.«

Alle im Kreis senkten den Kopf. Auch ich verneigte mich, obwohl mich niemand sehen konnte. Viele Jahre lang hatte ich mich vor meiner Tante gefürchtet, hatte sie bekämpft, und am Ende hatte ich versucht, sie zu vergessen. Dennoch hatte sie die Arbeit auf Avalon getan, und sie hatte es gut gemacht. Nachdem ich zwölf Jahre lang meinen eigenen Haushalt geführt hatte, konnte ich jetzt in gewisser Weise ihre Leistung anerkennen. Gab es doch etwas, das Ganeda mich lehren konnte?

Dierna reichte den Weihrauchbeutel an Ceridachos weiter, und er warf eine Hand voll auf den Scheiterhaufen, der jetzt lichterloh brannte.

»Der Tod ist ihre Erlösung und die Antwort auf alle Fragen«, sagte sie feierlich. »Diejenigen, die zurückbleiben, leiden nun am Verlust, an der Erinnerung, an der Reue für Dinge, die ungesagt oder unerledigt geblieben sind. Lasst uns nun für die Zurückbleibenden beten ...« Mit einer großen Geste schloss sie uns alle ein.

Betet für mich!, dachte ich verbittert. Ich war erstaunt, als ich feststellte, dass selbst mein Astralkörper Tränen vergießen konnte.

»O Herrin der Dunkelheit, hebe DU die Dunkelheit hinweg, die auf unseren Seelen liegt. So wie DU den Lebensfaden durchtrennt hast, durchbreche die Fesseln, die unsere Seelen einsperren, damit unsere Gefühle niemanden binden, den wir freigeben wollen.«

In diesem Augenblick kam mir der Gedanke, dass ich nicht die Einzige war, die der Herrin von Avalon mit gemischten Gefühlen begegnet war, und die Seele einer jeden Schülerin konnte einen gefährlichen Geist darstellen. Die Gemeinde

hatte allen Grund, sicherzustellen, dass nichts sie hier festhielt.
Jetzt wurde der Weihrauch im Kreise herumgereicht. Jeder, der ein wenig ins Feuer warf, sprach die Worte »Hiermit erlöse ich dich«, denen hier und da eine noch persönlichere Botschaft folgte. Rauch und Funken stoben auf, um sich mit den Sternen zu vereinen. Obwohl meine Hände den Weihrauch nicht greifen konnten, trat auch ich nahe an den Scheiterhaufen heran, vergab der Frau von ganzem Herzen, die mein Leben auf mannigfache Weise gestaltet hatte, und verabschiedete mich von ihr.
»Die Herrin verbindet das Leben mit dem Tod und erschafft aus dem Tod neues Leben«, sagte Dierna, als alle fertig waren. »Wir sind die Kinder der Erde und des Sternenhimmels. Lasst uns in unserer Antwort auf diesen Verlust über ihn hinauswachsen.« Sie holte tief Luft. »Ich trage jetzt den Schmuck der Hohepriesterin. Ich bete zur Göttin, mir die Kraft und die Weisheit zu schenken, Avalon führen zu können!«
Nacheinander leisteten auch die anderen ihre Gelübde, traten dann zur Seite, um Wache zu halten, während der Scheiterhaufen ein Flechtwerk aus glühenden Linien wurde, und der Kern, der mit leichter entzündlichem Brennstoff gefüllt war, zu Asche zerfiel. Genau in dem Augenblick, als sich am östlichen Himmel das erste Licht des Tages zeigte, zwang ich mich, nahe an den Haufen Kohle und Asche heranzutreten, der übrig geblieben war.
»Herrin, du hast mich verbannt, aber die Göttin hat mir meinen Weg gezeigt. Durch dein Beispiel und deine Gegnerschaft hast du mich vieles gelehrt. Obwohl ich nun in der Welt jenseits der Nebel lebe, werde ich es als Priesterin von Avalon tun!«
Ich zog mich zurück, denn plötzlich füllte sich die Welt mit Licht, als die neugeborene Sonne über den östlichen Hügeln aufging. Und in diesem Augenblick erhob sich der Morgenwind, blies die Asche gleich einer Rauchfahne in die Höhe und

fegte sie hinaus, wo sie wie ein Segen auf den grünen Abhang des Tor fiel.
Manchmal hatte ich schaudern müssen, als ich zu Anfang von dieser Tradition erfuhr. Allein der Gedanke, dass ich vielleicht auf die Überreste von Caillean oder Sianna oder einer der legendären Priesterinnen trat, die ihnen gefolgt waren! Aber in Wirklichkeit war die Erde des Tor ebenso heilig wie sie. Ihr Staub weihte und segnete ihn zugleich. Sie waren ein und dasselbe.
Die Priester und Priesterinnen erwachten aus der starren Haltung ihrer Nachtwache, als wären sie aus einem Bann erlöst. Als Dierna aufschaute, riss sie die Augen auf, und ich wusste, dass sie als Einzige im Kreis mich dort stehen sah.
»Hier solltest du stehen«, flüsterte sie und berührte ihren Schmuck. »Kehrst du jetzt zu uns zurück?«
Doch ich schüttelte lächelnd den Kopf und verneigte mich mit der einer Kaiserin würdigen Ehrerbietung vor ihr, mit der ich die Herrin von Avalon stets geehrt hatte.

Während des Frühstücks schwieg ich und dachte an die Visionen der Nacht. Der Palast, den der Pöbel während des Aufstands niedergebrannt hatte, war wieder neu errichtet worden, und meist nahmen wir unser erstes Mahl am Morgen in einem freundlichen Zimmer ein. Es blickte auf den überschatteten Weg, der um den Garten herumführte. Konstantius, der gerade mit seinem Haferschleim fertig war, erkundigte sich besorgt nach meinem Befinden.
Ich nickte. »Ist schon gut – ich hatte einen seltsamen Traum.«
»Nun, dann müsste ich etwas mit dir bereden. Ich hätte es schon längst ansprechen sollen.«
Ich zwang mich, meine Aufmerksamkeit von meinen eigenen Sorgen abzuwenden, und fragte mich, was um alles in der Welt es sein könnte. Über ein Jahr war vergangen, seitdem Carus die Macht übernommen hatte. Die Nachrichten aus dem

Osten waren glorreich – die Städte Seleucia und Ktesiphon hatten sich beinahe widerstandslos ergeben, und der Feind, der von Kämpfen an den eigenen östlichen Grenzen abgelenkt war, schien nicht in der Lage, dem römischen Vormarsch etwas entgegenzusetzen. Es konnte also sein, dass die Parther, die seit dem ersten Augustus eine ständige Bedrohung gewesen waren, endlich besiegt wurden. Aber was hatte das alles mit Konstantius und mir zu tun?

»Glaubt der Kaiser, du könntest Carinus irgendwie im Zaum halten?«

Während der vorangegangenen Monate war deutlich geworden, dass dem jungen Mann das Geschenk der imperialen Macht in der Stadt der Cäsaren zu Kopf gestiegen war. Er hatte die Berater, die sein Vater ihm an die Seite gestellt hatte, hinrichten lassen und durch seine Saufkumpane ersetzt. Innerhalb von wenigen Monaten hatte er neun Frauen geheiratet und sich von ihnen scheiden lassen; die meisten waren schwanger. Und man erzählte sich von weiteren Ausschweifungen. Wollte Konstantius versuchen, ihn zu beraten, würde es ihm wahrscheinlich nicht anders ergehen als den anderen. Kein noch so großes Pflichtgefühl vermochte ein derart sinnloses Opfer zu rechtfertigen.

»Nein – der Kaiser war schon immer eher ein Mann der Gerechtigkeit denn der Gnade, und ich fürchte, er hat die Hoffnung aufgegeben, dass sein älterer Sohn sich als wertvoll erweisen wird. Er sucht also einen Ersatz …« Er verstummte und rührte unablässig mit dem Löffel in der leeren Schüssel. »Er will mich adoptieren.«

Ich war sprachlos. Das war mein Konstantius, der Haaransatz etwas höher und die Gestalt untersetzter als die des jungen Mannes, der dreizehn Jahre zuvor mein Herz gestohlen hatte, aber die ehrlichen grauen Augen waren unverändert. Ich betrachtete die Gesichtszüge des Mannes, der zwölf Jahre lang mein Gefährte gewesen war; sie waren überlagert vom Glanz, der ihn umhüllt hatte, als er im Schein des Beltanefeuers zum ersten Mal zu mir gekommen war. Wenn er Cäsar würde, dann würde alles anders.

»Es ist eine Ehre, die man nicht einfach ausschlagen darf.«

Ich nickte, hatte ich doch von Anfang an gewusst, dass Konstantius für Größeres bestimmt war. War das die Bedeutung meines Gelübdes an Ganedas Seele? Ich würde nie Herrin von Avalon sein, aber vielleicht würde ich eines Tages sogar Kaiserin.

»Aber warum du?«, sprudelte es plötzlich aus mir hervor. »Niemand hätte es besser verdient, aber wann hatte er die Gelegenheit, dich so gut kennen zu lernen?«

»In der Nacht nach der Meuterei, als Probus tot war. Carus und ich hielten uns in einer Fischerhütte am Rande des Sumpfes versteckt, während die Männer plünderten, und wie Männer es nun einmal in einer verzweifelten Lage tun, haben wir uns gegenseitig das Herz ausgeschüttet. Carus wollte die alten Tugenden der Republik wieder aufleben lassen, ohne die Stärke des Imperiums zu verlieren. Und ich … habe ihm gesagt, was meiner Meinung nach bei uns falsch war und was Rom unter einer rechtschaffenen Regierung sein könnte.«

Ich ergriff seine Hand und spürte die warme Haut, die ich inzwischen so gut wie meine eigene kannte.

»O mein Liebster, ich verstehe!« Mit der Macht eines Cäsaren ausgestattet, könnte er so viel tun – vor einer solchen Gelegenheit mussten alle Überlegungen hinsichtlich dessen, was ihm oder mir vielleicht lieber wäre, in den Hintergrund treten.

»Bevor der Kaiser aus Parthien zurückkehrt, muss ich mich nicht entscheiden«, sagte Konstantius mit leisem Lächeln. Aber wir wussten beide, dass nur eine Entscheidung möglich war, wenn dieser Zeitpunkt gekommen wäre.

Auf den Fliesen des Gartenwegs hörte ich das Klappern von Sandalen. Dann flog die Tür auf. Einen Augenblick lang klammerte Kon sich keuchend daran fest.

»Vater, hast du es schon gehört?«, rief er, als er wieder Atem geschöpft hatte. »Es heißt, der Kaiser sei in Parthien ums Leben gekommen – im Gewitter vom Blitz erschlagen, und Numerian führt das Heer nach Hause!«

11. KAPITEL
A. D. 284-285

Ich trauerte ebenso um Carus wie das gesamte Imperium, obwohl mein Kummer eher Konstantius' verpasster Chance galt als dem Kaiser selbst, den ich nur kurze Zeit gekannt hatte. Wären mir die unvermeidlichen Folgen der Beförderung meines Gemahls klar gewesen, hätte ich mich freuen müssen. Aufgrund der Tatsache, dass Carus zu diesem Zeitpunkt starb, blieb Konstantius mir noch zehn weitere Jahre erhalten.

Der Kaiser war an der Ruhr gestorben, einem immer währenden Risiko auf Feldzügen. Der Tod war während eines Gewitters eingetreten, und als das Zelt des Kaisers Feuer fing, glaubten die Truppen, er sei vom Blitz erschlagen worden, dem schlimmsten Omen überhaupt. Unser Heer war auf dem besten Wege, Parthien endlich zu besiegen, doch es gab Prophezeiungen, denen zufolge der Tigris ein für alle Mal die östliche Grenze des römischen Imperiums markieren sollte. In der Tat tauchte eine Vielzahl von Zeichen, Omen und Wundern auf, mit denen man sich in jenen ersten schrecklichen Wochen nach Eintreffen der Nachricht ausgiebig beschäftigen konnte.

Das Heer rief Numerian zum Mitkaiser neben seinem Bruder Carinus aus, weigerte sich aber, den Krieg fortzusetzen. Und so zog das Heer aus dem Osten langsam wieder in die Heimat, während Carinus sich in Rom austobte. Wußte er, dass Carus ihn zugunsten von Konstantius hatte entmachten wollen? Plötzlich lag Dalmatien entschieden zu nah an Italien, und als Maximian, der Befehlshaber in Gallien, Konstantius aufforderte, sich seinem Stab anzuschließen, hielten wir es für

klüger, wenn er seinen Posten als Statthalter von Dalmatien aufgäbe und die Einladung annähme.
Unser neues Zuhause war eine Villa in den Hügeln über Treveri. Es war nicht Britannien, doch die Sprache der Landbevölkerung dieser Gegend klang dem Britannischen recht ähnlich, und auch zweihundert Jahre nach der Niederwerfung durch Julius Caesar erinnerte man sich noch der Druiden. Einer von den Dienern, die wir eingestellt hatten, um unsere Sklaven im Haushalt zu unterstützen, muss den verblassenden blauen Halbmond auf meiner Stirn gesehen haben, denn ich stellte bald fest, dass sie mir mit einer Achtung begegneten, die weit über die Pflicht hinausging. Wenn ich spazieren ging, verneigten sich die Menschen vor mir, und hin und wieder tauchten Opfergaben wie Obst oder Blumen vor der Tür auf.
Konstantius fand es lustig, Konstantin indes war es unangenehm. Immer wieder erwischte ich ihn dabei, wie er mich unter seinem hellen Haarschopf verstohlen mit besorgtem Blick musterte. Ich schob es auf sein Alter und täuschte Sorglosigkeit vor. Er war jetzt zwölf, hatte lange Beine wie ein Jagdhund, überaus große Knochen, und die vorzügliche Koordination seiner Gliedmaßen, die ihn durch seine Kindheit getragen hatte, drohte ihn dann und wann im Stich zu lassen. Wenn er über sich selbst hätte lachen können, wäre es leichter gewesen, doch Konstantin hatte noch nie viel Sinn für Humor gehabt. Im Jugendalter zog er sich zurück aus Angst, sich der Lächerlichkeit preiszugeben.
Das hatte jedoch nichts mit seinem Verstand zu tun, und Atticus hatte auf einmal einen willigen Schüler, der eifrig nach den Schätzen griechischer Philosophie und Literatur grub. Damals studierten sie gerade die Werke von Lukian. Während ich die Mädchen anwies, die das Mosaik des Dionysos mit den Delphinen auf dem Boden des Speisezimmers reinigten, hörte ich leise Stimmen aus dem Arbeitszimmer. Konstantin übersetzte

mit in allen Höhenlagen schwankender Stimme die Stelle, die sein Lehrer ihm genannt hatte.

Tags darauf begann der Monat, den die Römer nach Maia, der Mutter Merkurs, benannt hatten. In Britannien, dachte ich lächelnd, würde man sich auf das Beltanefest vorbereiten. Wenn ich die Anzeichen richtig deutete, feierte man hier auch. Nachdem es zunächst kühl und regnerisch gewesen war, wurde es plötzlich warm, und auf den Hängen blühten Wildblumen wie Sterne am Himmel.

Tief atmete ich die herrliche Luft ein, hielt aber inne, als die Mägde eine Tür öffneten und Kons Stimme plötzlich lauter wurde.

»Sie sahen, dass … das Ding, das sowohl die Ängstlichen als auch die Hoffnungsvollen brauchten, und, äh … wollten am liebsten von der Zukunft wissen. Das war der Grund, warum Delphi und Delos und Clarus und Didyma vor Jahrhunderten so reich und berühmt geworden sind …«

Ich lauschte, neugierig geworden, was sie lasen und wie mein Sohn es aufnehmen würde.

»Das verstehe ich nicht«, sagte Konstantin. »Lukian sagt, dieser Alexandros aus Abunoteichos sei ein Betrüger, ein Schwindler gewesen, aber es hört sich so an, als hielte er Delphi und die anderen Orakel für ebenso schlecht.«

»Du musst die Aussage im Kontext sehen«, sagte Atticus begütigend. »Lukian war zwar einer der führenden Sophisten des vergangenen Jahrhunderts und gründet seine Schlussfolgerungen natürlich lieber auf Vernunft denn auf Aberglauben, aber was in diesem Aufsatz seinen Zorn erregt hat, ist die Tatsache, dass Alexandros es darauf anlegte, die Menschen hereinzulegen unter dem Vorwand, die Schlange im Ei zu entdekken und durch eine andere, große zu ersetzen, deren Kopf hinter einer Maske verborgen ist. Dann erzählte er allen, es sei der wiedergeborene Asklepios, und behauptete, sie liefere ihm die Orakel, die er selbst aufgeschrieben hatte. Aber es stimmt,

dass er Kunden zu den großen Schreinen schickte, um sie davon abzuhalten, ihn zu denunzieren.«
Ich erinnerte mich daran, etwas über die Geschichte gehört zu haben. Alexandros war zu seiner Zeit ziemlich berühmt, und Lukian hatte nicht nur über ihn geschrieben, sondern auch aktiv versucht, ihn bloßzustellen.
»Willst du damit sagen, dass die Orakel alle nicht wahr sind?«, fragte Konstantin misstrauisch.
»Nein, nein – ich stehe auf dem Standpunkt, dass du kritisch denken lernen musst, damit du selbst beurteilen kannst, ob etwas vernünftig ist, und nicht blind glaubst, was man dir erzählt«, antwortete Atticus.
Ich nickte: Das war mehr oder weniger das, was man uns in Avalon gelehrt hatte. Anzunehmen, Orakel könne man nicht fälschen, war ebenso dumm wie blinder Glaube.
»Das ergibt doch keinen Sinn«, begehrte Konstantin auf. »Wer weise ist, sollte entscheiden, was stimmt, und damit basta.«
»Sollte es nicht jedem Menschen selbst überlassen sein, zu entscheiden?«, fragte Atticus vernünftig. »Denken lernen sollte zur Ausbildung eines jeden Menschen gehören, so wie jeder lernen muss, ein Pferd zu pflegen oder mit Zahlen umzugehen.«
»Bei einfachen Dingen ja«, antwortete Konstantin. »Aber wenn das Pferd krank wird, ruft man auch einen Heiler, und für kompliziertere Berechnungen stellt man einen Mathematiker ein. Dann sollte es doch im Bereich des Heiligen, der so viel wichtiger ist, genauso sein.«
»Sehr gut, Konstantin, aber überlege mal – das Fleisch ist gegenständlich, und seine Krankheiten können durch die Sinne wahrgenommen werden. Zahlen sind Symbole für Gegenstände, die richtig gezählt werden können, und sie sind immer und überall dieselben. Doch jeder Mensch erlebt die Welt anders. Seine Geburt steht unter unterschiedlichen Sternen, und er hat eine einzigartige Geschichte … Ist es so unvernünf-

tig, ihm seine eigene Wahrnehmung der Götter zu lassen? Unsere Welt ist so reichhaltig und mannigfach – da brauchen wir doch unzählige Möglichkeiten, sie zu verstehen. So gibt es die Sophisten, die alles in Zweifel ziehen, und die Anhänger von Plato, die glauben, dass nur Archetypen wirklich sind, die pythagoräischen Mystiker und die aristotelischen Logiker. Jede Philosophie gibt uns ein anderes Werkzeug an die Hand, um die Welt zu begreifen.«

»Aber die Welt bleibt, wie sie ist«, entgegnete Konstantin, »und die Götter auch!«

»Wirklich?« Atticus klang belustigt. Er war von seinem Onkel als Sklave verkauft worden, und vermutlich war es für ihn am angenehmsten, an keinen Gott zu glauben. »Wie können wir dann alle Geschichten über sie miteinander versöhnen, oder den Anspruch all der verschiedenen Kulte, die ihren Gott als den höchsten sehen wollen?«

»Wir finden heraus, welcher der Stärkste ist, und lehren alle, wie sie ihm zu dienen haben«, sagte Konstantin forsch.

Ich schüttelte den Kopf. Wie einfach doch alles für ein Kind war. Als ich in seinem Alter war, hatte es ausschließlich die Wahrheit von Avalon gegeben.

»Komm schon«, erwiderte Atticus, »selbst die Juden, deren Gott nicht zulässt, dass sie einen anderen anbeten, tun nicht so, als gäbe es keine anderen Götter.«

»Mein Vater wird vom höchsten aller Götter geliebt, dessen Gesicht die Sonne ist, und wenn ich mich dessen würdig erweise, wird ER diesen Segen auch mir zuteil werden lassen.«

Erstaunt hob ich eine Augenbraue. Ich wusste, dass der Sonnenkult in Dalmatien Konstantin beeindruckt hatte. Ihm gehörten die meisten Offiziere an, mit denen Konstantius gedient hatte. Doch ich hatte nicht gemerkt, wie weit sein Versuch, dem Vater nachzueifern, bereits gediehen war. Ich musste eine Möglichkeit finden, ihm auch etwas über die Göttin beizubringen.

Konstantin fuhr fort: »Auf der Erde gibt es einen Kaiser, und am Himmel eine Sonne. Mir scheint, das Imperium könnte viel friedlicher sein, wenn alle dem gleichen Glauben angehörten.«

»Nun, ich will dir deine Meinung nicht streitig machen, aber bedenke, der Wahrsager Alexandros hat seine Orakel im Namen Apollons verkündet. Nur weil einer im Namen eines Gottes spricht, bedeutet das nicht, dass er die Wahrheit sagt.«

»Dann sollte man ihm von Amts wegen Einhalt gebieten«, entgegnete Konstantin hartnäckig.

»Mein lieber Junge«, sagte Atticus. »Der Statthalter Rutilianus war einer der eifrigsten Anhänger Alexandros'. Er heiratete die Tochter des Propheten nur, weil Alexandros behauptet hatte, ihre Mutter sei die Göttin Selene gewesen!«

»Ich meine immer noch, dass man die Menschen vor falschen Orakeln schützen sollte.«

»Vielleicht, aber wie soll man das bewerkstelligen, ohne ihnen das Recht zu nehmen, sich frei dafür zu entscheiden, woran sie glauben? Lass uns mit der Übersetzung fortfahren, Konstantin, vielleicht wird die Sache dann deutlicher ...«

Zum ersten Mal fragte ich mich, ob es klug war, Konstantin Philosophie lernen zu lassen. Er neigte dazu, die Dinge zu wörtlich zu nehmen. Aber ich sagte mir, die Beweglichkeit des Verstandes, die für die griechische Kultur typisch war, wäre gut für ihn, und ich war erleichtert, dass Atticus und nicht mir die Aufgabe zufiel, ihm den Standpunkt näher zu bringen. Dennoch würde die Zeit kommen, da ich mit meinem Sohn über Avalon reden musste, überlegte ich, während ich die Tür öffnete, um die linde Frühlingsluft hereinzulassen.

Ich hatte ihn mit den lehrreichen Liedern in den Schlaf gesungen, die ich als kleines Mädchen gelernt hatte, und ihn mit Geschichten über Wunder zum Lachen gebracht. Er wusste, dass die Schwäne zu Beginn des Frühjahrs an den See zurückkehrten und dass die wilden Gänse am herbstlichen Himmel schrien. Aber von der tieferen Bedeutung der Geschichten und dem großen Muster, zu dem Schwäne und Gänse gehörten, hatte ich nichts erwähnt. Das wurde den in die Mysterien Eingeweihten beigebracht. Wäre Konstantin auf Avalon geboren, wie Ganeda es geplant hatte, hätte er diese Dinge in seiner Ausbildung gelernt. Ich aber hatte es anders gewollt, und daher war ich dafür verantwortlich, ihn zu lehren.

Konstantin war ein Kind, dachte ich, als ich den beiden Stimmen lauschte. Es war normal, dass er sein Augenmerk auf die Oberfläche der Dinge richtete. Doch gerade das äußere Erscheinungsbild der Welt war höchst unterschiedlich und widersprüchlich. Oberflächlich betrachtet hatten alle Kulte und Philosophien etwas Wahres an sich. Die einzige Wahrheit hinter ihnen war erst auf einer tieferen Ebene zu finden.

»Alle Götter sind ein Gott, und alle Göttinnen sind eine Göttin, und es gibt einen, der der Urgrund ist.« Diese Losung hatte ich auf Avalon unzählige Male gehört. Irgendwie musste ich Konstantin die Bedeutung begreiflich machen.

Die Brise, die durch die offenen Türen hereinwehte, brachte alle Düfte des Frühlings mit, und plötzlich ertrug ich es nicht länger, drinnen zu bleiben. Ich schlüpfte zur Tür hinaus und ging über den Weg, der zwischen zwei Buchenreihen hindurch zur höher gelegenen Straße führte. Ich sollte Atticus vorschlagen, seinem Schüler freizugeben – der Tag war viel zu schön, um sich mit Grübeleien und Diskussionen über Philosophie zu beschäftigen. Das war der Fehler, der einigen Pythagoräern trotz ihres Verständnisses der Mysterien unterlaufen war – sie hatten ihren Verstand ausschließlich auf die Ewigkeit gerichtet und verpassten dabei die Wahrheit, die von dieser grünen, herrlichen Welt verkündet wurde.

Von unserem Berg aus konnte ich Felder, Weinberge und das glänzende Band der Mosela sehen. Die Stadt schmiegte sich an den Fluss, durch Wälle geschützt. Treveri war wichtig, ein

Zentrum für Wollkleidung und Töpferwaren, mit guten Verbindungen sowohl nach Germanien als auch nach Gallien. Postumus hatte den Ort zur Hauptstadt seines gallischen Imperiums gemacht, und Maximian hatte ihn jetzt zur Basis seiner militärischen Operationen auserkoren. Die Brücke wurde wieder instand gesetzt; der für diese Gegend typische rötliche Stein leuchtete rosa im strahlenden Sonnenschein. Der Tempel der Diana weiter oben auf dem Hügel schimmerte indessen weiß unter dem Schutz der Bäume hervor.
Eine gute Straße führte bergauf an unserer Villa vorbei. Ein Reiter näherte sich in raschem Trab und überholte einen Bauernkarren. Mein Interesse erwachte, als er so nahe gekommen war, dass ich seine Uniform erkannte. Offenbar wollte er zu uns.
War ein Unglück geschehen? In der Stadt herrschte keine ungewöhnliche Geschäftigkeit. Stirnrunzelnd wartete ich, bis der Mann herangekommen war und sich das Halstuch wieder umgebunden hatte, mit dem er sich die Stirn abgewischt hatte. Es war ein junger Mann aus Konstantius' Stab. Ich erwiderte seinen Gruß.
»Warum hat mein Gemahl dich so eilig hierher geschickt? Ist es so dringend?«
»Ganz und gar nicht. Dokles ist eingetroffen, Herrin, und dein Gemahl bittet mich, dir auszurichten, dass sie heute Abend mit ihm hier speisen werden.«
»Wie, alle?« Ich schüttelte den Kopf. »Für mich ist das in der Tat eine dringliche Angelegenheit. Wir wollten den Tag mit Frühjahrsputz verbringen, nicht mit der Vorbereitung eines Banketts.«
Der junge Mann grinste. »Stimmt – Maximian kommt auch mit! Aber ich habe von deinen Abendessen gehört, Herrin, und ich bin sicher, du wirst den Sieg davontragen.«
Es war mir noch nicht in den Sinn gekommen, ein Abendessen als militärischen Einsatz zu betrachten. Lachend entließ

ich ihn. Dann eilte ich ins Haus, um mich mit Drusilla zu beraten.

Entgegen meiner Behauptung stellte eine Mahlzeit für drei Männer, die an das Essen in Militärlagern gewöhnt waren, keine ungewöhnlichen Anforderungen an meine Küche. Sie mochten vielleicht nicht so asketisch sein, wie Carus es gewesen war, aber ich wusste aus Erfahrung, dass alle drei ihrer Unterhaltung mehr Aufmerksamkeit schenken würden als dem Essen. Drusilla indes bestand darauf, dass sowohl die Zubereitung als auch die Bedienung wenn nicht kunstvoll, so doch zumindest mit maßvoller Perfektion auszuführen sei.
Zum Glück gab es in dieser Jahreszeit viel Frisches. Als Konstantius mit unseren Gästen schließlich den Berg hinaufritt, hatten wir für sie bereits einen Salat aus Frühlingsgemüsen mit Olivenöl, hart gekochte Eier und frisches Brot sowie gebackenes Lamm, garniert mit Kräutern auf Gerste, zubereitet.
Der Abend war mild, und wir öffneten die hohen Türen im Speisezimmer, damit unsere Gäste die Blumenbeete und den Springbrunnen im Atrium genießen konnten. Während ich zwischen den Speisenden und der Küche hin und her eilte, um die Bedienung zu überwachen, fiel mir auf, dass die tiefen Männerstimmen immer angeheiterter klangen, je mehr vom aromatischen Wein der Gegend aufgetischt wurde.
Es war deutlich, dass es bei dem Essen um Geschäftliches und nicht um gesellige Konversation ging, und ich hatte mich nicht zu ihnen gesetzt. Im Übrigen fastete ich aus alter Gewohnheit, obwohl es schon Jahre her war, dass ich den Abend von Beltane gefeiert hatte. Die Männer sprachen über Truppenstärke und die Loyalität von Städten. Ich aber spürte, wie die Energien, die durch das Land flossen, zunahmen, je später der Abend wurde. Drusilla beklagte sich, weil ein paar Küchenhilfen verschwanden, sobald der erste Gang aufgetragen

war. Ich ahnte, wohin sie gegangen waren, denn als ich durch den stillen Garten ging, spürte ich das Beben der Erde und vernahm den Trommelschlag, der es wiedergab. Auf einem Hügel über der Stadt loderte ein Beltanefeuer.
Beim Klang der Trommelschläge wurde mir warm ums Herz. Ich lächelte und dachte, wenn unsere Gäste nicht zu lange blieben, hätten Konstantius und ich noch Zeit, den Festtag auf traditionelle Weise zu begehen. Das Gelächter im Speisezimmer war lauter geworden. Vielleicht merkten die Männer nichts von der Energie des Abends, doch mir schien, dass sie gleichwohl darauf reagierten. Ich war allein vom betörenden Duft der Nacht halb trunken. Als Konstantius nach mir rief, legte ich mir eine Palla über die Schultern und ging zu ihnen ins Haus.
Mein Gemahl rückte auf seiner Liege zur Seite, sodass ich mich setzen konnte. Er bot mir von seinem Wein an.
»Nun, meine Herren, habt ihr über die Zukunft des Imperiums entschieden?«
Maximian grinste, aber Dokles zog die dicken Augenbrauen zusammen, die unter der hohen, kahlen Stirn stets verblüffend wirkten.
»Dafür, meine Liebe, brauchten wir eine Seherin wie Veleda, die uns unser Schicksal voraussagte.«
Ich hob eine Augenbraue. »War sie ein Orakel?«
»Sie war die heilige Frau aus den Stämmen in der Nähe der Rhenusmündung, als Claudius regierte«, erwiderte Konstantius. »Ein Prinz der Batavi namens Civilis, ein Offizier bei den Hilfstruppen, zettelte einen Aufstand an. Es heißt, die Stämme würden keinen Schritt ohne ihren Rat tun.«
»Was ist aus ihr geworden?«
»Am Ende haben wir Veleda mehr gefürchtet als Civilis.« Konstantius schüttelte bedauernd den Kopf. »Er war die Art Feind, die wir verstanden, aber sie hatte das Gehör der ewigen Mächte. Sie wurde schließlich gefangen genommen und

hat, soviel ich weiß, ihr Leben im Tempel der Vesta beschlossen.«
In dem nun eintretenden Schweigen erschien das Zirpen der Grillen plötzlich sehr laut. Dieser hörbare Rhythmus überlagerte den Herzschlag der Trommeln, den ich jetzt eher körperlich wahrnahm.
»Ich habe gehört«, sagte Dokles in die Stille hinein, »dass du selbst ein wenig Übung in der Kunst einer Seherin hast.«
Ich warf Konstantius einen kurzen Blick zu, der mir mit einem Schulterzucken zu verstehen gab, dass er dieses Gerücht nicht verbreitet hatte. Es hätte mich nicht weiter überraschen sollen, zu erfahren, dass Dokles über eigene Informationsquellen verfügte. Seine Eltern waren freigelassene Sklaven und Klienten des Senators Anulinus, ihres früheren Herrn. Dass Dokles aus solch bescheidenem Elternhaus zum Befehlshaber der Leibwache des jungen Kaisers aufgestiegen war, ließ darauf schließen, dass er ein Mann mit außergewöhnlichen Talenten war.
»Es stimmt, dass ich in Britannien zur Priesterin ausgebildet wurde«, antwortete ich und fragte mich, ob dies nur eine belanglose Unterhaltung war oder ob eine tiefere Bedeutung dahinter steckte.
Maximian stützte sich auf einen Ellbogen. Auch er war auf dem Lande aufgewachsen, und mir war aufgefallen, dass seine Finger im Rhythmus der Trommeln zuckten, obwohl ich nicht glaubte, dass er es merkte.
»Herrin, ich weiß, welche Kräfte heute Abend draußen freigesetzt werden«, sagte er feierlich. »Es ist eine Nacht, in der sich die Pforten zwischen den Welten auftun. Nutzt die Gunst der Stunde, Männer …« Er gestikulierte ein wenig beschwipst mit seinem Kelch, und ich sah, dass sie den Wein nicht mehr mit Wasser verdünnten. »Soll die Strega ihre Kräfte für uns einsetzen un' uns den Ausweg aus unserm Dilemma sseigen!«
Verblüfft über seine Ausdrucksweise zuckte ich zurück – in

meinem Land redete niemand derart abfällig über eine Priesterin von Avalon – und Konstantius legte schützend eine Hand auf meinen Arm.
»Sieh dich vor, Maximian – meine Gemahlin ist keine alte Hexe, die dir einen Zaubertrank braut.«
»Das hab ich auch gar nicht behauptet.« Er nickte mir um Vergebung bittend zu. »Soll ich sie etwa eine Druidenpriesterin nennen?«
Bei diesen Worten erschraken alle, wussten sie doch, wie Caesar mit den Druiden in Gallien umgesprungen war. Doch ich hatte mich schon wieder vom Schreck erholt: Schließlich war es nichts als die Wahrheit, und lieber sollten sie meine Kunst für ein Überbleibsel keltischer Weisheit halten, als Mutmaßungen über die Existenz von Avalon anstellen. Konstantius packte mich noch fester, doch meine plötzliche Furcht war verflogen. Vielleicht lag es an der Macht des Beltanefests, die sich wie Feuer im Blut bemerkbar machte. Schwindel ergriff mich, als zöge mir bereits der Rauch der heiligen Kräuter in die Nase. Es war so lange her, seitdem ich mit Trance gearbeitet hatte. Wie eine Frau, die nach vielen Jahren einen früheren Geliebten wieder trifft, zitterte ich vor wieder erwachtem Verlangen.
»Herrin«, fügte Dokles mit seiner üblichen Würde hinzu, »es wäre eine besondere Ehre für uns, wenn du dich bereit fändest, uns die Zukunft zu weissagen.«
Konstantius wirkte noch unentschlossen, und ich merkte, dass auch er sich daran gewöhnt hatte, mich als seine Gefährtin, als die Mutter seines Kindes zu sehen, und vergessen hatte, dass ich einmal mehr als das gewesen war. Doch die anderen beiden standen im Rang höher als er. Kurz darauf seufzte er. »Das muss meine Gemahlin entscheiden …«
Ich richtete mich auf und schaute sie nacheinander an. »Ich kann nichts versprechen – es ist schon Jahre her, seitdem ich diese Kunst ausgeübt habe. Außerdem werde ich euch nicht

anweisen, wie ihr das, was ihr vielleicht zu hören bekommt, auslegen sollt oder ob das, was ihr hört, meinem Delirium entspringt oder die Stimme eines Gottes ist. Ich kann nur versprechen, dass ich es versuchen werde.«

Nun starrten mich alle drei Männer an und fragten sich offenbar, ob sie jetzt, da sie bekommen würden, wonach sie verlangt hatten, es überhaupt noch wissen wollten. Doch mit jedem Atemzug lösten sich die Bindungen, die meinen Geist an die wirkliche Welt banden. Ich klingelte mit der kleinen Glocke nach Philipp und bat ihn, er möge die Silberschale holen, die in Konstantius' Arbeitszimmer stand, und mit Wasser füllen. Hylas, dem es gelungen war, aus meinem Schlafzimmer zu kommen, legte sich auf meine Füße, als verstünde er, dass ich einen Anker brauchte, wenn ich zwischen den Welten wandelte.

Nachdem Philipp die Schale gebracht hatte und die Lampen so ausgerichtet waren, dass sich ihr Licht wie flüssiges Glitzern auf der Wasseroberfläche spiegelte, wies ich ihn an, dafür zu sorgen, dass wir nicht gestört würden. Er schaute mich missbilligend an, und mir fiel ein, dass den Christen verboten war, heidnische Orakel zu befragen, obwohl mir zu Ohren gekommen war, dass junge Männer und Frauen bei ihren Zusammenkünften zuweilen Visionen hatten und Prophezeiungen ausstießen.

Als Philipp den Raum verlassen hatte, legte ich das Stirnband, das den Halbmond auf meiner Stirn verbarg, ab und löste den Knoten in meinem Haar, sodass es mir auf die Schultern fiel. Maximian schluckte und riss die Augen auf. *Der ist noch sehr der Erde verbunden*, dachte ich und senkte den Blick. *Seine Seele erinnert sich an die alten Überlieferungen.*

Dokles' Blick war verschlossen, seine Gesichtszüge unbewegt. Ich bewunderte seine Selbstbeherrschung. Doch Konstantius starrte mich an wie damals, als ich zum ersten Mal am Beltanefeuer zu ihm kam. *Sieh gut hin*, sagte ich im Stillen. *Nahezu fünfzehn Jahre habe ich jetzt deinen Haushalt geführt und mit dir das Bett geteilt. Hast du vergessen, wer und was ich bin?* Verlegen senkte er den Blick, und ich musste lächeln.

»Wohlan, meine Herren, ich bin bereit. Wenn ich das Wasser gesegnet habe, werde ich in seine Tiefen schauen, und wenn ich anfange zu schwanken, könnt ihr eure Fragen stellen.«

Ich warf eine Prise Salz ins Wasser und weihte es in der alten Sprache der Zauberer, die aus dem versunkenen Land über das Meer nach Avalon gekommen waren. Dann beugte ich mich vor, sodass mein Haar wie ein dunkler Vorhang um die Schale fiel, und richtete meinen Blick nach innen.

Als mein Atem über das Wasser strich, lief ein Lichtschein in kleinen Wellen über die dunkle Oberfläche. Mit einer Willensanstrengung beherrschte ich meine Atemzüge, ein und aus, immer langsamer, und versank in den Rhythmus der Trance. Jetzt flackerte das Licht auf dem Wasser im Gleichklang mit meinen Atemzügen. Mein Bewusstsein konzentrierte sich auf diesen Lichtkreis in der Dunkelheit, Wasser und Feuer. Vermutlich bewegte sich auch mein Körper inzwischen, denn aus weiter Ferne, wie mir schien, hörte ich jemanden nach mir rufen.

»Sag an, Seherin, was wird die Zukunft dem Imperium bringen? Werden Numerian und Carinus gut regieren?«

Das Licht auf dem Wasser blitzte auf. »Ich sehe Flammen …«, sagte ich. »Ich sehe Armeen, die das Land verwüsten. Bruder gegen Bruder, der Begräbnisscheiterhaufen eines Kaisers. Tod und Vernichtung wird aus ihrer Herrschaft resultieren.«

»Und was kommt danach?«, fragte eine andere Stimme, die ich vage als die von Dokles erkannte.

Doch das Bild vor mir veränderte sich bereits. Dort, wo ich zuvor Blutvergießen gesehen hatte, lagen jetzt friedliche Felder. Worte kamen mir über die Lippen.

»Heil dir, dem Kaiser, der vom Glück gesegnet ist. Aus einem werden vier, und doch ist der Erste der Größte. Zwanzig Jahre

wirst du ruhmreich herrschen, Jupiter mit Herkules an deiner Seite, Mars und Apollon in deinen Diensten.
Der Sohn Jupiters ist hier, aber du wirst einen anderen Namen tragen. Dein starker rechter Arm ist klug, und ein anderer, der wie die Sonne leuchtet. Nur Mars fehlt, aber wenn du ihn brauchst, wird er zur Stelle sein. Fürchte dich nicht davor, die Gelegenheit zu ergreifen, wenn sie sich bietet. Du wirst glanzvoll herrschen, Augustus, und in hohem Alter sterben, wenn du das Zepter längst in jüngere Hände übergeben hast …«
»Und was kommt danach?« Diese Stimme klang golden und strahlte in meinem Geist mit besonderem Licht.
»Der Sohn der Sonne herrscht in aller Pracht, geht aber zu schnell unter. Dennoch wird eine noch hellere Morgenröte folgen, eine neue Sonne wird aufgehen, deren Licht über die ganze Welt erstrahlen wird.«
Das Strahlen in meiner Vision formte sich zu einem Gesicht, das ich kannte. *Konstantius,* dachte ich zunächst, denn ein heller Bart umgab die starke Kinnpartie. Doch das Gesicht war insgesamt massiver, mit einer langen Nase und tief liegenden Augen unter der Wölbung der Stirn, ein Gesicht von solch bestimmender Kraft, dass es mir ein wenig Angst einjagte.
Dann verblasste auch diese Eingebung. Ich sank nach vorn, und meine Haare berührten das Wasser. Konstantius legte die Arme um mich und hielt mich fest, als ich infolge meines Gesichts zu zittern begann. Ich schlug die Augen auf, und als ich versuchte, mich zu konzentrieren, schob sich das Nachbild meiner Vision über eine Gestalt, die aus dem Dunkel des Eingangs trat.
Ich kniff die Augen zusammen und erkannte Konstantin. Wie lange hatte er schon dort gestanden? Und wie viel hatte er mitbekommen? Ich richtete mich auf, denn ich war mir plötzlich bewusst, wie ich mit meinen offenen Haaren und den von der Trance getrübten Augen auf ihn wirken musste. Ich streckte

ihm in einer unausgesprochenen Bitte die Hand entgegen. Er blieb noch eine Weile dort stehen, hingerissen und abgestoßen zugleich. Verglich er mich mit dem Propheten Alexandros? Tränen traten mir in die Augen, als er sich umdrehte und verschwand.

»Herrin«, sagte Dokles mit seiner tiefen Stimme, »ergeht es dir wohl? Deine Worte waren uns ein großer Segen.« Sein Gesicht war ruhig wie immer, doch seine Augen leuchteten. Auf Maximians Gesicht entdeckte ich so etwas wie Furcht. Ich schaute von einem zum anderen und wusste, dass sie alle drei eines Tages den Purpur tragen würden.

»Es kommt darauf an, was ihr daraus macht«, flüsterte ich und dachte daran, wie die beiden letzten Kaiser gestorben waren.

»Du hast mir gesagt, was ich wissen musste«, antwortete Dokles. »Konstantius, bring deine Gemahlin in ihr Zimmer. Sie hat uns heute Abend einen großen Dienst erwiesen und sollte ruhen.«

»Und was wirst du tun?«, fragte Maximian.

»Ich werde zu Numerian zurückkehren und warten. Jupiter lächelt mir zu und wird mir den Weg bereiten.«

In den darauf folgenden Monaten schien sich alles in heilloses Durcheinander aufzulösen. Im November jenes Jahres starb Numerian. Dokles nutzte die Gelegenheit, beschuldigte den Prätorianerpräfekten Arrius Aper, den Kaiser vergiftet zu haben, und ließ ihn auf der Stelle hinrichten. Als Nächstes hörten wir, das Heer habe Dokles zum Kaiser ausgerufen. Doch er hatte seinen Namen geändert und nannte sich jetzt Diokletian. Carinus, der ein guter Befehlshaber war, wenn er sich dieser Aufgabe widmete, entsagte seinen Ausschweifungen, um seinen Thron zu verteidigen, und wieder kämpfte Römer gegen Römer. Maximian und Konstantius stellten sich auf Diokletians Seite und bereiteten sich darauf vor, den Westen gegen

Carinus zu halten. Doch als mit dem darauf folgenden Frühjahr die Jahreszeit der Kämpfe begann, entschieden die Götter, vielleicht auch Nemesis, gegen einen erneuten längeren Bürgerkrieg. Im Schlachtgetümmel ergriff ein Tribun, dessen Gemahlin Carinus verführt hatte, die Gelegenheit, seinen Befehlshaber zu erschlagen und Rache zu üben.
Jetzt stand Diokletian an der Spitze. Seine erste Amtshandlung bestand darin, Maximian als seinen jüngeren Kollegen zu ernennen. Und in jenem Sommer, als sich der neue Cäsar, der Konstantius zu seinem Prätorianerpräfekten ernannt hatte, mit dem neuesten Überfall der Germanen auseinander zu setzen hatte, sandte Diokletian ein Schreiben, in dem er bat, mein Sohn Konstantin möge sich seinem Haushalt in Nikomedia anschließen.

Konstantins Schlafraum war übersät mit Ausrüstung und Kleidungsstücken. Ich blieb im Türrahmen stehen, die Arme voll Untertuniken aus Leinen frisch von der Wäscheleine. Angesichts dieses Durcheinanders schien es unmöglich, dass alles bis zum Morgengrauen des nächsten Tages gepackt sein sollte. Blitzartig ging mir die Vorstellung durch den Kopf, ihm bei einem mitternächtlichen Überfall das Gepäck zu stehlen. Doch alle Versuche, die Abreise meines Sohnes zu verzögern, würden nur zu vorübergehender Verwirrung führen, und Konstantin war in einem Alter, in dem selbst vernünftige Handlungsweisen der Eltern peinlich waren. Selbst Konstantius, wenn er denn zu Hause gewesen wäre, hätte sich einem kaiserlichen Befehl nicht widersetzen können.
»Hat dir dein Leibdiener die Wollhose eingepackt?«, fragte ich und reichte die Tuniken der Magd, damit sie diese auf den Stapel lege.
»Ach, Mutter, diese alten Dinger brauche ich nicht. Das tragen doch nur Bauern: Wie würde ich denn aussehen, wenn ich so durch Diokletians Marmorhallen marschiere?«

»Ich kann mich noch sehr gut daran erinnern, wie kalt es in Bithynien wurde, als wir das eine Jahr in Drepanum lebten, und kaiserliche Hallen sind wahrscheinlich zugig. Wenn es so kalt ist, dass du die Wollunterhosen anziehen kannst, wirst du bestimmt darüber genug andere Sachen tragen, die sie verbergen.«

Der junge Gallier, den wir Konstantin bei Erreichen seines dreizehnten Lebensjahres als Leibdiener gekauft hatten, schaute von mir zu meinem Sohn und verglich unser Stirnrunzeln. Dann drehte er sich zu der Kommode mit den Sachen um, die sein Herr nicht hatte mitnehmen wollen.

»Komm mit, Konstantin, lass die Sklaven ihre Arbeit tun. Hier sind wir doch nur im Weg.« Dabei hätte ich seine Sachen lieber eigenhändig verpackt und jedem Kleidungsstück einen Segen mit auf den Weg gegeben, doch das war etwas, das ich anderen überlassen konnte. Niemand indes konnte ihm sagen, was mir am Herzen lag.

Der Kies knirschte leise unter unseren Füßen, als ich mit ihm in den Garten hinausging. Wir setzten uns auf eine Steinbank. Der Sommer war so schön gewesen, als segneten die Götter Diokletians Herrschaft, und der Garten war die reine Blütenpracht.

Doch sie würde schon bald vergehen. Und am nächsten Morgen würde mein Sohn abreisen. Ich war davon ausgegangen, dass mir noch fünf weitere Jahre bleiben würden, bevor ich meinen Sohn an die Armee verlöre, Zeit genug für Atticus, seinen Verstand zu schulen, und für mich, seine Seele zu wecken. Kon war groß für sein Alter, seine Muskeln durch beständiges Training gut entwickelt. Er würde sich jeder körperlichen Anforderung stellen können.

Doch er sah die Welt noch immer mit der starren Überzeugung eines Kindes über Gut und Böse. Diokletian mochte zwar der tugendhafteste Kaiser seit Marc Aurel sein, doch sein Hof war bestimmt eine Brutstätte für Intrigen. Wie konnte ich meinen Sohn dagegen rüsten, ohne seine Unschuld zu gefährden?

»Sei nicht traurig, Mutter ...«

Ich hatte nicht gemerkt, dass mein Gesicht mich verriet. Ich brachte ein Lächeln zustande. »Wie sollte ich nicht traurig sein? Du weißt, wie sehr ich dich liebe. Du bist ein Mann, und ich wusste, dass du eines Tages fortgehen würdest, aber es erscheint mir doch sehr früh.« Ich wählte meine Worte sorgfältig aus, denn es wäre sinnlos, das Kind zu ängstigen, da diese Trennung sein musste.

»Als der Brief kam, hatte ich zuerst auch Angst, aber jetzt will ich gehen«, sagte Konstantin. »Aber ich werde dich nicht vergessen, Mutter. Ich werde dir jede Woche schreiben, so sicher wie die Sonne aufgeht!« Er hob eine Hand, als sollte Apollon sein Versprechen bezeugen.

Ich schaute ihn überrascht an, denn dieser Eid war mit dem Ernst eines Erwachsenen ausgesprochen worden.

»Es wird nicht leicht sein«, sagte ich. »Es wird viel Neues geben, und neue Menschen werden dir begegnen, und du wirst aufregende Dinge machen ...«

»Ich weiß ...« Er suchte nach Worten. »Aber Verwandte sind wichtig, und da du keine anderen Kinder hast, muss ich deine Familie sein.«

Tränen traten mir in die Augen. »Hättest du gern Geschwister gehabt?«

Konstantin nickte. »Wenn ich ein Mann bin, möchte ich gern eine große Familie haben.«

»Tut mir Leid, dass ich sie dir nicht bieten konnte«, brachte ich mühsam hervor. »Aber ich habe immer gedacht, die Götter hätten mich zu dem Zweck in die Welt gesetzt, dir das Leben zu schenken.«

Er sah mich mit großen runden Augen an, denn ich hatte noch nie so deutlich darüber gesprochen. »Glaubst du, die Sterne haben mir ein großes Schicksal bestimmt?«

Ich nickte. »Ja. Deshalb habe ich so viel Wert auf deine Bildung gelegt.«
»Vielleicht gehört das Leben am Hof Diokletians dazu«, stellte Konstantin nüchtern fest.
»Oh, dessen bin ich mir sicher.« Ich versuchte, keinen bitteren Ton anzuschlagen. »Aber ist es das, was du brauchst? Ich hatte gehofft, dir etwas von den Mysterien beizubringen, in denen ich selbst unterrichtet wurde, als ich jung war.«
Konstantin schüttelte den Kopf. »Ich glaube nicht, dass ich dazu ausersehen bin, Priester zu werden. Wenn ich erwachsen bin, trete ich der Armee bei und werde Befehlshaber, vielleicht sogar im Laufe der Zeit Statthalter einer Provinz. Ich glaube, das würde mir liegen, du nicht?«
Ich unterdrückte ein Lächeln. An Selbstvertrauen mangelte es ihm gewiss nicht. Ich fragte mich, ob auch er sich vorstellte, eines Tages den Purpur zu tragen. Carinus war ein abschreckendes Beispiel für die Gefahr gewesen, in die ein Mann geriet, der unvorbereitet mit kaiserlicher Macht beschenkt wurde. Mein Sohn könnte Recht haben, wenn er meinte, er könnte viel vom Kaiser lernen, wenn das seine Bestimmung wäre.
»Solltest du in der Hierarchie weit nach oben kommen, darfst du nie vergessen, dass über dir immer noch die Götter stehen, und Theos Hypsistos, die Macht, die hinter den Göttern steht. Du musst bestrebt sein, ihren Willen für die Menschen zu erfüllen, die du beherrschen willst.«
»Ich verstehe«, sagte er zuversichtlich. »Der Kaiser herrscht über sein Volk wie der Vater über die Familie.«
Ich hob eine Augenbraue. Offensichtlich hatte der Junge darüber nachgedacht, und vielleicht hatte er seine Gründe. Immerhin war sein Vater beinahe Erbe des Imperiums geworden. Da könnte Konstantin sich ebenso gut eine Kaiserkrone erträumen.
»Der Gott der Sonne passt auf mich auf, so wie ER über mei-

nen Vater wacht.« Konstantin klopfte mir auf die Schulter. »Hab keine Angst um mich.«
Ich nahm seine Hand und drückte sie an meine Wange. Mein Sohn hatte genug Selbstvertrauen, um seinen Weg zu gehen. Erst später wünschte ich mir, er hätte mehr Demut an den Tag gelegt.

12. KAPITEL

A. D. 293-296

»Der Hof ist immer prächtiger geworden.« Konstantins große Schrift bedeckte die Seite. In den acht Jahren, seitdem er dem Haushalt des Kaisers beigetreten war, hatte er ohne Zweifel viel gelernt, aber eine elegante Handschrift gehörte nicht dazu. Ich hielt die Seite so, dass ich trotz des flackernden Lichts der Lampe etwas erkennen konnte. Das Haus, das Konstantius in Colonia Agrippinensis für mich gemietet hatte, war vornehm, hatte aber den germanischen Frühlingswinden nichts entgegenzusetzen.

»Eine einfache Begrüßung reicht nicht mehr, wenn man sich dem Kaiser nähert. Unser deus et dominus *Diokletian verlangt neuerdings die volle Demutsgebärde, als wäre er der große König von Parthien und nicht der Augustus von Rom. Aber ich muss zugeben, es ist alles sehr imposant, und die ausländischen Botschafter sind dementsprechend beeindruckt.«*

Maximian blieb, den Göttern sei Dank, derselbe rauhe, aber herzliche Soldat, der er immer gewesen war, auch wenn er nun Mitkaiser neben Diokletian war. Aber niemand konnte daran zweifeln, wer von den beiden der Wichtigere war. Diokletians Münzen trugen das Bild des Jupiter, während Maximians mit der muskulösen Gestalt des Herkules verziert waren.

Doch auch wenn Maximian eine Neigung zu Zeremonien gehabt hätte, wäre er dafür viel zu beschäftigt gewesen. In dem Jahr, als er Augustus wurde, hatte man Karausius, einen Admiral keltischer Abstammung, der Britannien gegen die sächsischen Übergriffe verteidigen sollte, der Unterschlagung von

Beute beschuldigt. Statt in Rom vor Gericht zu erscheinen, hatte er rebelliert und sich zum Herrscher über Britannien ausgerufen. Der Mann war ein ausgezeichneter Seefahrer, der nicht nur die sächsischen Piraten geschlagen hatte, sondern auch die Flotte, die Maximian ihm entgegengeschickt hatte. Danach wurden unsere Streitkräfte gegen Überfälle der Franken und Alemannen im Osten und Sklavenaufstände im Westen Galliens eingesetzt und hatten keine Zeit, sich um Britannien zu kümmern.

Mir fehlte mein Garten in Treveri, doch Colonia Agrippinensis am Ufer des Rhenus lag so nahe an den Kampfhandlungen, dass Konstantius mich zwischen den Feldzügen besuchen konnte. Unser Haus stand in der Nähe der östlichen Stadtmauer zwischen dem Amtssitz des Provinzstatthalters und dem Tempel des Merkurius Augustus und war vor uns von den Familien zahlreicher Befehlshaber bewohnt worden.

Wenigstens musste ich mir im Augenblick keine Sorgen um die Sicherheit meines Gemahls machen, denn er war nach Mediolanum berufen worden, dem Ort, den Maximian zu seiner Hauptstadt bestimmt hatte. Dort sollte eine Besprechung mit Maximian und Diokletian stattfinden. Manchmal fragte ich mich, ob Konstantius mir in den Monaten, in denen er fort war, treu blieb, doch wenn ich eine Rivalin hatte, dann war es nicht eine andere Frau, sondern das Imperium. Als wir uns kennen lernten, hatte ich ihn wegen seiner Träume geliebt. Ich konnte schwerlich klagen, hatte er doch jetzt die Gelegenheit, einige von ihnen wahr zu machen. Dennoch hatte ich nun, da mein Gemahl unterwegs war, um Krieg zu führen, und mein Sohn beim Kaiser war, nicht viel zu tun, und ich stellte fest, dass mir die Pflichten fehlten, die ich auf Avalon übernommen hätte.

Vorläufig hatten Diokletian und Maximian Karausius als einen kaiserlichen Bruder akzeptiert. Ich fragte mich, wie lange das wohl dauern würde. Als mir Gerüchte zu Ohren kamen,

Karausius habe eine britannische Fürstentochter geheiratet, die auf Avalon ausgebildet worden war, wunderte ich mich. Ganeda hatte immer den Kontakt zwischen Avalon und der Außenwelt gefürchtet und davon abgeraten. Diese Politik der Isolation war einer der Gründe gewesen, warum ich fortgegangen war. Unweigerlich musste ich daran denken, dass ich, wäre ich Hohepriesterin geworden und nicht Dierna, jetzt entscheiden würde, welche Rolle Avalon in der sich rasch verändernden Welt spielen sollte. Zuweilen wünschte ich mir, ich könnte nach Britannien zurückkehren und herausfinden, was dort vor sich ging, aber eine solche Reise war unwahrscheinlich, solange Karausius die Nordsee beherrschte.

An einem strahlenden Tag Mitte März, als der Wind die kleinen Wolken über den Himmel jagte, hurtig wie ein Wolf die Schafe, kehrte Konstantius aus Italien zurück. Sein Gesicht war versteinert wie einst nach einer verlorenen Schlacht, und ich dachte schon, der Kaiser müsse ihm eine Rüge erteilt haben, obwohl mir nicht in den Sinn wollte, warum Diokletian unzufrieden sein könnte. Wenn überhaupt jemand die Schuld dafür trug, Karausius nicht erledigt zu haben, dann war es Maximian. *Wenn Diokletian unglücklich ist*, dachte ich wütend, während ich das Auspacken beaufsichtigte, *soll er doch nach Gallien kommen und selbst sein Glück mit der hiesigen Lage versuchen.*

Die Germanen aber, angeführt von Crocus, der Konstantius' ständiger Leibwächter geworden war, waren guter Dinge und erfüllten den Innenhof mit fröhlichem Gelächter. Sie wären bestimmt betrübter gewesen, wenn etwas nicht in Ordnung gewesen wäre. Die meisten hatten natürlich in den Baracken des Prätoriums Quartier bezogen, aber es war immer ein gutes Dutzend in der Nähe des Hauses, wenn Konstantius da war.

Ich hatte mich an ihre Größe und ihren zuweilen finsteren

Humor gewöhnt. Zugegeben, ich war ein wenig überrascht, dass Crocus nicht zu mir gekommen war, um mich zu grüßen. Er hatte mich seit unserer ersten Begegnung mit der Ehrfurcht behandelt, die er seinen Seherinnen erweisen würde. War ihm etwas zugestoßen? Das würde die Laune meines Gemahls vielleicht erklären.

Ich war in unserem Schlafgemach und sortierte die Tuniken aus Konstantius' Gepäck, um nachzusehen, welche der Ausbesserung bedurften, als mein Gemahl in der Tür erschien. Ich schaute lächelnd auf und sah, dass er zusammenfuhr. Seine Miene wurde noch abweisender, als er sich im Zimmer umschaute.

»Konstantius«, sagte ich sanft, »was ist los?«

»Komm mit, wir gehen spazieren«, sagte er barsch. »Wir müssen miteinander sprechen, und das kann ich hier nicht.«

Ich hätte ihm versichern können, dass keiner unserer Diener uns belauschen würde, doch es erschien mir günstiger, meine leichten Schuhe gegen festere Sandalen zu tauschen und einen warmen Schal umzulegen, ohne zu widersprechen. In Wahrheit würde es mir nicht Leid tun, an einem so strahlenden, unruhigen Tag aus dem Haus zu kommen.

Seit dem ersten Aufstand unter Civilis zur Zeit der ersten Agrippina, nach der die Stadt benannt wurde, war Colonia eine Grenzstadt gewesen. Andere Städte mochten ihre Verteidigungsanlagen vernachlässigen, doch Colonias Schutzmauern waren immer wieder erneuert worden, bis sie sich hoch und mächtig mit Wachtürmen in regelmäßigen Abständen erhoben. In Friedenszeiten konnten die Bürger die Treppen am Nordtor hinaufsteigen und bis zum Amtssitz des Statthalters an der Ostseite gehen. Hier waren die Ufer des Flusses bereits hoch, und von den Mauern herab hatte man einen phantastischen Blick auf die Brücke über den Rhenus und das freie Germanien auf der anderen Flussseite.

Ich ging hinter Konstantius die Steintreppe hinauf und stellte beruhigt fest, dass nicht seine Gesundheit das Problem war, denn er stieg hinauf, ohne eine Pause zum Luftholen einzulegen. Die festen Muskeln seiner Waden spannten sich bei jedem Schritt. Ich hingegen wünschte mir, ich hätte mich regelmäßiger bewegt, denn als wir oben ankamen, keuchte ich und musste stehen bleiben, um Atem zu schöpfen. Konstantius streckte eine Hand aus, um mich zu stützen. Dann trat er an die Mauer zurück, legte die Arme auf die Zinnen, schaute nach Norden, wo die Barken ruhig den Fluss hinabglitten, und wartete, bis ich neben ihn trat.

Inzwischen hatte ich ein beklemmendes Gefühl in der Magengegend. Nach so vielen Jahren kannte ich Konstantius' Launen so gut wie meine eigenen, und in diesem Augenblick strahlte er eine Mischung aus Verärgerung und Verwirrung aus, dass er überschattet schien, obwohl er in der Sonne stand. Als ich zu reden begann, ging er weiter, und ich folgte ihm. Ich musste abwarten, bis er den richtigen Zeitpunkt und Ort gefunden hatte.

Die Mauern der Befestigungsanlage am anderen Ende der Brücke leuchteten, und das Sonnenlicht glitzerte und funkelte auf dem blauen Wasser des Flusses, der an dieser Stelle schon breit und mächtig zum Meer hin strömte. Am Vorabend von Festen pflegte ich ein wenig Wein in den Fluss zu schütten und die Wassergötter zu bitten, ihn nach Britannien zu tragen. Als wir am Wachturm auf einem Eckpunkt vorbei auf das Prätorium zugingen, kam uns der Wind vom Fluss entgegen, und ich zog den Schal fester um mich.

Konstantius' Schritte wurden langsamer, und ich merkte, hier, auf halbem Weg zwischen dem Turm und dem Tor, an dem die Pflasterstraße zwischen der Stadtmauer und dem Säulengang des Prätoriums am breitesten war, musste die beste Stelle in Colonia sein, wo man reden konnte, ohne belauscht zu werden.

»Sicher«, sagte ich, »hast du mich nicht hierher gebracht, um

über einen Verrat am Kaiser mit mir zu reden!« Ich blieb wie angewurzelt stehen, überrascht, dass die Angst meiner Stimme einen so scharfen Ton verliehen hatte.
»Sei dir nicht so sicher!«, antwortete Konstantius knapp. »Er hat mich in eine Lage gebracht, in der ich jemanden verraten muss. Mir bleibt nur zu entscheiden, wen …«
»Was soll das heißen?« Ich legte ihm die Hand auf den Arm, und er legte die seine darüber. Sein Griff war so fest, dass ich vor Schmerz zuckte. »Was hat er dir gesagt?«
»Diokletian hat eine Idee … eine Möglichkeit, wie er die kaiserliche Macht auf das gesamte Imperium ausweiten und eine friedliche Nachfolge sicherstellen kann. Er schwört, dass er und Maximian nach zwanzig Jahren Herrschaft zugunsten ihrer Cäsaren abdanken werden, die dann den Titel Augustus annehmen und zwei weitere benennen.«
Der Gedanke, dass ein Mann freiwillig die höchste Macht aufgeben würde, wunderte mich. Aber vielleicht mochte es gehen, wenn alle vier Kaiser einander in Loyalität verbunden blieben. Die Vorstellung von einem Imperium, das nicht von Bürgerkriegen über die Nachfolge zerrissen wäre, erschien mir wie eine Utopie.
»Also will er zwei Cäsaren ernennen …«, drängte ich, als das Schweigen zu lange anhielt.
Konstantius nickte. »Für den Osten soll es Galerius sein. Auch er ist ein Mann aus Dalmatien, ein harter Kämpfer. Man nennt ihn den ›Schäfer‹, weil sein Vater Kühe hielt …« Er merkte, dass er ins Schwafeln geriet, und verstummte. »Für den Westen … will er mich.«
Mir schien, als hätte ich es gewusst, noch ehe er es ausgesprochen hatte. Es war ein Lebenstraum, dieses Geschenk des Kaisers. Womöglich war es kein Geschenk, denn warum war Konstantius so unglücklich darüber? Ich schaute in sein liebes Gesicht, das ständig gerötet war, weil es Wind und Wetter trotzen musste. Das flachsblonde Haar wurde damals silbergrau

und lichtete sich über der breiten Stirn. Aber für mich war er noch immer der schöne Mann, den ich in Britannien kennen gelernt hatte.
»Aber das hat seinen Preis«, beantwortete er die Frage, die ich nicht stellen konnte. »Er will, dass Gaius und ich in die kaiserliche Familie einheiraten.«
Ich spürte, wie ich blass wurde, und stützte mich an der Mauer ab, um nicht zu stürzen. Konstantius' Blick war starr auf den Horizont gerichtet, als hätte er Angst, mich anzusehen. Ich hatte gehört, dass ein ernsthaft verwundeter Mann zunächst den Schreck spürt, dann erst den Schmerz. In dieser Zeitspanne zwischen dem Schlag und meiner einsetzenden Qual fand ich einen Moment, in dem ich Mitleid mit Konstantius empfand, der dieses Wissen den ganzen Weg von Mediolanum hierher getragen hatte. Jetzt wurde mir auch klar, warum Crocus nicht zu mir gekommen war. Er war ein Mann, dessen Gedanken deutlich im Gesicht geschrieben standen, und ich hätte die Wahrheit dieser Katastrophe in seinen Augen gelesen.
»Galerius wird Diokletians Tochter Valeria heiraten«, sagte er tonlos. »Ich soll Maximians Stieftochter Theodora nehmen.«
»Ich wusste nicht einmal, dass er eine Stieftochter bestitzt«, flüsterte ich. »Du *sollst* sie nehmen? Soll das heißen, du hast noch nicht zugestimmt?«
Er schüttelte heftig den Kopf. »Nicht, ohne vorher mit dir zu sprechen! Selbst der Kaiser konnte das nicht von mir verlangen. Und Maximian erinnert sich gern an dich – er hat mir so viel Aufschub gegeben, dass ich es dir persönlich mitteilen kann, ehe alles in die Wege geleitet wird …« Er schluchzte. »Ich habe mich mit meinem Herzblut der Sache Roms verschrieben, aber nicht mit dem Herzen selbst! Dich wollte ich nicht opfern!« Endlich wandte er sich mir zu und packte mich so fest an den Schultern, dass ich am nächsten Tag blaue Flecken haben sollte.

Ich lehnte den Kopf an seine Brust, und lange standen wir still beieinander. Mehr als zwanzig Jahre hatte sich mein Leben um diesen Mann gedreht; manchmal hatte ich mich gefragt, ob ich keine anderen Gefühle zuließ, weil ich so viel für ihn aufgegeben hatte. Und er, der so viel anderes im Kopf hatte, wäre gewiss weniger abhängig von mir. Doch jetzt merkte ich, dass dem nicht so war. Vielleicht hatte er mir sein ganzes Herz geschenkt, weil seine Laufbahn ihm abverlangte, ein Geschöpf des Verstandes und des Willens zu sein.

»Am Ende dieses Flusses liegt das Meer«, murmelte er in meine Haare, »und jenseits des Meeres liegt Britannien. Ich könnte dich dorthin mitnehmen, meine Dienste Karausius anbieten – und zum Hades mit dem restlichen Imperium! Ich habe daran gedacht, als ich versuchte, auf dem Weg nach Hause in den Poststationen zu schlafen …«

»Konstantius«, flüsterte ich. »Dies ist die Gelegenheit, von der du geträumt hast. Dein ganzes Leben hast du dich darauf vorbereitet, Kaiser zu werden …«

»Mit dir an meiner Seite, Helena, aber nicht allein!«

Ich schloss die Arme noch fester um ihn, und dann traf mich die Erkenntnis wie ein Speer mitten ins Herz.

»Du wirst es tun müssen, mein Geliebter. Du kannst dich Diokletian nicht widersetzen …« Mir versagte die Stimme. »Er hat Konstantin.« Mit diesen Worten brach mein Eispanzer, und ich weinte in seinen Armen.

Es wurde schon dunkel, als wir wieder nach Hause gingen, die Augen vom Weinen geschwollen, doch vorläufig tränenleer. Ich wandte das Gesicht ab, als ich meiner Dienerin auftrug, uns etwas zu essen ins Schlafgemach zu bringen. Drusilla hätte sofort gewusst, dass etwas nicht stimmte, aber Hrondlind war neu, ein germanisches Mädchen, das noch Latein lernte.

Konstantius und ich legten uns auf unser Bett. Das Essen rührten wir nicht an. Ich hatte nicht einmal meine Palla ausgezogen, denn mir war kalt bis in die Seele. Wenn ich mich selbst umbrächte, dachte ich wie betäubt, wäre es für Konstantius auch nicht besser, aber wenigstens würde ich mir den Schmerz ersparen. Ich sagte nichts, doch Konstantius war zu lange die andere Hälfte meiner Seele gewesen, um nicht zu spüren, was ich fühlte; vielleicht sagte es ihm aber auch seine eigene Erfahrung.

»Helena, du musst weiterleben«, sagte er mit leiser Stimme. »Bei jedem Feldzug, wenn Gefahr drohte, war es das Wissen, dass du sicher zu Hause warst, das mir den Mut verlieh, durchzuhalten. Ich kann die Pflicht, die mir jetzt auferlegt wird, nur erfüllen, wenn ich weiß, dass du noch lebst, irgendwo.«

»Du bist ungerecht. Du wirst von Menschen umgeben sein, permanent abgelenkt von Verantwortung. Wer braucht mich denn schon, wenn du fort bist?«

»Konstantin ...« Der Name hing in der Dunkelheit zwischen uns, meine Hoffnung und mein Verderben. Ihm zuliebe hatte ich mein Zuhause verlassen und war Konstantius gefolgt, und ihm zuliebe mussten wir uns jetzt trennen.

Lange lagen wir schweigend nebeneinander, während Konstantius mir über das Haar strich. Ich hätte nicht gedacht, dass unsere Körper ihr Recht fordern würden, da unser Geist so verausgabt war, doch nach einer Weile entspannte ich mich in seiner vertrauten Wärme trotz meiner Verzweiflung. Ich drehte mich in seinen Armen um, und er strich mir die Haare aus dem Gesicht. Beinahe zögernd küsste er mich.

Meine Lippen waren noch steif vor Kummer, doch unter der zarten Berührung wurden sie weicher, und schon wärmte sich mein ganzer Körper und öffnete sich sehnsüchtig ein letztes Mal, um ihn in mich aufzunehmen.

Als ich am nächsten Morgen aufwachte, war Konstantius gegangen. Auf dem Tisch lag ein Brief von ihm.

»Geliebte,
nenn mich einen Feigling, wenn du willst, aber ich kann dich nur so verlassen, wenn deine wunderschönen Augen im Schlaf geschlossen sind. Ich werde den Haushalt von der bevorstehenden Veränderung unserer Situation in Kenntnis setzen, um dir zu ersparen, ihnen erklären zu müssen, was selbst mir wie ein böser Traum erscheint.
Ich werde für kurze Zeit im Prätorium sein, aber ich halte es für das Beste, wenn wir uns um meines und deines Friedens willen nicht mehr sehen. Ich übertrage das Eigentum an diesem Haus auf dich, einschließlich aller Sklaven. Außerdem habe ich meine Bankiers darüber informiert, dass du auch weiterhin für alles, was du benötigst, Geld von meinem Konto abheben kannst, und wenn du deinen Wohnort wechseln willst, kannst du in deinem Namen Geldsummen beziehen.
Ich werde natürlich mit unserem Sohn in Verbindung bleiben, aber ich hoffe, dass auch du ihm schreiben kannst. Deinetwegen wird er zutiefst bekümmert sein, wenn ich auch annehme, dass die Loyalität mir gegenüber ihn zwingen wird, mir zu gratulieren. Aber eigentlich sollte er auch um mich traurig sein.
Ich hoffe, dass du, wenn die Großzügigkeit deines Herzens es erlaubt, einen Weg findest, mich wissen zu lassen, wohin du gehst und ob es dir gut geht. Was auch immer uns widerfahren mag, glaube mir, mein Herz gehört dir, solange es schlägt …«
Seine sonst so sorgfältige Unterschrift verlor sich im Ungewissen, als habe ihn zuletzt die Entschlossenheit verlassen. Ich ließ die Schriftrolle fallen und starrte auf das leere Bett, den leeren Raum und eine endlose Folge leerer Tage, an denen ich irgendwie lernen musste, allein zu leben.

Nahezu eine Woche lang verließ ich kaum das Bett, ebenso am Boden zerstört wie nach dem Verlust meines ersten Kindes. Von Konstantius hörte ich nichts mehr, obwohl eine gekritzelte Notiz von Crocus eintraf, der mich auch weiterhin seiner Treue versicherte. Ich aß etwas, wenn Drusilla mir Essen aufzwang,

aber ich ließ mir weder von Hrodlind das Haar richten noch das Bettzeug wechseln, das noch den Eindruck von Konstantius' Körper und den Duft seiner Haut enthielt.
Hylas' stillschweigende Hingabe war das einzige Mitgefühl, das ich ertragen konnte, und heute glaube ich, die Wärme des Hundes, der sich an mich kuschelte, und das Stupsen seiner kalten Nase, wenn er gestreichelt werden wollte, sorgten dafür, dass ich den Kontakt zur Außenwelt nicht gänzlich verlor. Seine Schnauze war inzwischen weiß geworden, und bei kühler Witterung lief er steifbeinig umher, doch sein Herz war noch warm. Es wäre so einfach gewesen, mich im ersten Schreck über den Verlust dem Wahnsinn zu überlassen. Doch solange ein Geschöpf mich brauchte, solange Hylas mir noch immer seine unbedingte Liebe entgegenbrachte, war ich nicht ganz allein.
Ich war mir keiner Logik meiner Trauer bewusst, doch als Philipp eines Nachmittags zu mir kam, um mir zu berichten, dass Konstantius nach Mediolanum abgereist sei, um dort zu heiraten, erkannte ich, dass ich auf diese Meldung gewartet hatte. Jetzt war ich wirklich allein. Wie leicht es doch war, unsere Verbindung zu lösen. Keine Verhandlungen über die Rückgabe einer Mitgift waren erforderlich, denn alles, was ich mitgebracht hatte, waren meine Gaben als Priesterin und meine Liebe, die unbezahlbar war, oder über das Sorgerecht für Kinder, da unser einziger Sohn in der Obhut des Kaisers war. In Rom waren wir nie wirklich verheiratet gewesen, nur in Avalon.
Mein Verstand reagierte nur sehr langsam, doch schließlich ließ ich mich von Hrodlind baden und ankleiden und das Schlafgemach von den Dienern reinigen. Aber ich ging nicht aus dem Haus. Wie hätte ich es ertragen sollen, mich in der Öffentlichkeit zu zeigen, wo jeder Vorübergehende lachend mit dem Finger auf die abgelegte Konkubine des neuen Cäsaren zeigen würde?

»Herrin«, sagte Drusilla und stellte einen Teller mit Frühlingssalat, angemacht mit ein wenig Olivenöl, warme Gerstenbrötchen und etwas frischen Käse vor mich hin. »Du kannst so nicht leben. Lass uns zurück nach Britannien gehen. Zu Hause geht es dir besser!«

Mein Zuhause ist Avalon, dachte ich, *und ich kann dort nicht hingehen, wo ich zugeben müsste, dass Konstantius mich verlassen hat.* Doch obwohl die Beziehungen zu Karausius' Inselreich angespannt waren, herrschte zwischen Britannien und Rom kein Krieg. Noch segelten Schiffe über die Nordsee nach Londinium. Dort könnte eine wohlhabende Frau sicher in annehmbarer Anonymität leben.

Philipp arrangierte von Ganuenta aus eine Überfahrt, die für den ersten Sommertag festgelegt war. Als ich schließlich aus meinem Schlafgemach wieder aufgetaucht war, hatte ich als Erstes ihn und die anderen Sklaven freigelassen, die Konstantius mir übertragen hatte. Die meisten, die wir für unseren Haushalt in Colonia gekauft hatten, nahmen ihre Freilassung dankbar an, aber ich war überrascht, wie viele der älteren Mitglieder meines Haushalts beschlossen zu bleiben. So kam es, dass Philipp, Drusilla und Hrodlind, deren eigener Vater sie als Sklavin verkauft hatte, neben Decius, dem Jungen, der meinen Garten gepflegt hatte, und zwei Küchenmägden mit uns nach Londinium übersetzten.

An dem Tag, an dem wir ablegen sollten, suchte ich den alten Tempel der Nehalennia auf. Hrodlind folgte mir und trug Hylas in einem Korb, denn er konnte nicht mehr so weit laufen, jaulte aber jämmerlich, sobald er von mir getrennt war.

Vielleicht waren die Steine von mehr Flechten bedeckt und die Ziegel des Daches verblasst, doch sonst schien alles unverändert. Und als ich drinnen vor der Göttin stand, starrte SIE mit gewohnter Gelassenheit an mir vorbei. Nur ich hatte mich verändert.

Wo war die junge Frau geblieben, die ihre Opfergaben auf diesem Altar niedergelegt hatte, deren britannischer Akzent noch die lateinische Aussprache färbte und die mit erwartungsvollem Blick auf das neue Land schaute? Nach zweiundzwanzig Jahren war meine Aussprache weniger melodiös, wenn auch geschliffener, und jetzt würde ich Britannien mit den Augen einer Fremden betrachten.

Und was diesen Tempel betraf: Wie hätte er mich beeindrucken sollen, nachdem ich die großen Schreine des Imperiums gesehen hatte? Wie hätte die Göttin zu mir sprechen sollen, nachdem ich meine Seele verloren hatte?

Ich hatte jedoch eine Girlande aus Frühlingsblumen für sie mitgebracht. Nachdem ich sie niedergelegt hatte, neigte ich das Haupt, und der Frieden an diesem Ort sickerte trotz meines Elends langsam in meine Seele.

Der Tempel war ruhig, aber nicht ganz geräuschlos. Irgendwo im Dachgesims nisteten Spatzen, deren Gezwitscher ein tiefes Murmeln begleitete, das ich schließlich als das Geräusch der Quelle identifizierte. Mit einem Mal war es nicht mehr nötig, zum Wasser hinabzusteigen, denn das Geräusch war ringsum, eine überwältigende Präsenz, die mir sagte, dass die Göttin in ihren Tempel gekommen war und ich auf heiligem Boden stand.

»Wo warst du?«, flüsterte ich, und Tränen brannten mir unter den geschlossenen Augenlidern. »Warum hast du mich verlassen?«

Ich wartete, und kurz darauf erhielt ich eine Antwort. Die Göttin war hier wie von Anbeginn, im fließenden Wasser ebenso wie auf den Straßen der Welt für alle, die bereit waren, innezuhalten und mit ihrer Seele zu lauschen. Hylas streckte den Kopf über den Korbrand und schaute wie gebannt auf eine Stelle neben der Statue, wie er sonst nur mich anschaute, wenn ich von einer Reise zurückkehrte. Die Stelle lag wohl direkt über der verborgenen Quelle.

Ich drehte mich um und hob die Hände zum Gruß. »Elen von den Wegen, höre meinen Schwur. Ich bin keine Gemahlin mehr, und man hat mich aus Avalon verstoßen, aber ich will deine Priesterin sein, wenn du mir zeigst, was ich tun soll …«
Ich schloss die Augen, und vielleicht wählte die untergehende Sonne gerade diesen Augenblick, um durch die hohen Fenster zu scheinen, oder eine der Tempeldienerinnen hatte eine Lampe in den Raum gestellt, denn plötzlich spürte ich strahlendes Licht. Obwohl ich die Augen geschlossen hielt, drang dieser Schein in die Dunkelheit, die meinen Geist umhüllt hatte, als Konstantius mich verließ, und ich wusste, dass ich weiterleben würde.

Londinium war die größte Stadt Britanniens, größer als Sirmium oder Treveri, wenn auch nicht ganz so groß wie Rom. Ich erwarb ein elegantes Haus im nordöstlichen Teil der Stadt an der Hauptstraße, die stadtauswärts nach Camulodunum führte. Es hatte einem Seidenkaufmann gehört, dessen Handel durch Karausius' Kriege unterbrochen worden war, und in diesem Teil der Stadt gab es noch genug offenes Gelände für Gemüsegärten und Weiden, sodass es beinahe wie auf dem Lande war.
Ich richtete mich in dem ruhigen Leben einer Witwe ein, für die mich die meisten Nachbarn hielten. Ich machte mir nicht die Mühe, diesen Irrtum richtig zu stellen, besuchte aber regelmäßig die Bäder, das Theater und die Märkte. Wie ein Legionär, der im Kampf ein Körperglied verloren hat, lernte ich dies zu überspielen und mich zeitweise sogar wie gewohnt an Dingen zu erfreuen, ohne sogleich daran zu denken, was ich nie wieder haben würde.
Von Zeit zu Zeit erreichten uns Neuigkeiten aus Rom. Konstantius hatte in den Iden des Mai Flavia Maximiana Theodora zur Frau genommen, in einem Monat also, der einer Ehe angeblich Unglück brachte. Ich musste mir eingestehen, dass

ich hoffte, diese Überlieferung würde sich als wahr erweisen. Doch falls Konstantius noch um mich trauerte, hielt es ihn gleichwohl nicht von seinen ehelichen Pflichten ab, denn am Ende des Jahres erfuhren wir, dass Theodora ihm einen Sohn geschenkt hatte, den sie Dalmatius nannten.

Theodora war nicht nur jünger als ich, sondern sie schien zu den Frauen zu gehören, die schwanger wurden, sobald ihr Gemahl auch nur seinen Gürtel an den Bettpfosten hängte, denn nach Dalmatius brachte sie rasch hintereinander noch einen Sohn, Julius Konstantius, und zwei Töchter, Konstantia und Anastasia, zur Welt. Ich habe Theodora nie gesehen, deshalb weiß ich nicht, ob sie schön war, wie die Lobredner es zwangsläufig behaupten mussten.

Von Gerüchten innerhalb des Heeres war ich abgeschnitten, aber ich bekam das Gerede auf dem Markt mit, dem zufolge die politische Lage unruhig wurde. Nachdem er mit Theodora ein Kind gezeugt hatte, war Konstantius wieder zum Heer zurückgekehrt und setzte seine neu gewonnene Autorität als Cäsar dazu ein, Gesoriacum zu überfallen, den Hafen, den Karausius als seinen Ausgangspunkt im Norden Galliens unterhalten hatte. Die Hafenfestung war uneinnehmbar, doch mit dem Bau einer Mole zum Hafen war Konstantius imstande, den Ort von der Versorgung auf dem Wasserweg abzuschneiden, und kurz nach der Sommersonnenwende kapitulierte die Garnison.

Als Nächstes griff er an der Rhenusmündung die Franken an, die mit Karausius verbündet waren. Der Handel litt bereits, und jetzt begannen die Menschen zum ersten Mal gegen ihren selbst ernannten Herrscher zu murren. Es hieß, seine Gemahlin Teleri, die auf Avalon ausgebildet worden war, sei zu ihrem Vater zurückgekehrt, dem Fürsten von Durnovarien. Hatte sie ihren römischen Gemahl geliebt, fragte ich mich, oder war die Heirat eine politische Vereinbarung gewesen, sodass sie froh war, davon befreit zu sein? Wenn das stimmte, war die

Verbindung dann vom Fürsten von Durnovarien oder von der Hohepriesterin von Avalon arrangiert worden? Teleri war vielleicht die einzige Frau in Britannien, die mich verstehen konnte. Ich hätte gern mit ihr gesprochen.

Dann, kurz vor dem Fest, mit dem die Ernte beginnt, liefen Männer schreiend durch die Straßen und meldeten, Karausius sei tot, und Allectus, sein Finanzminister, habe den Thron in Anspruch genommen, wobei er die fränkischen Hilfstruppen seines früheren Herrn reichlich belohnt habe, damit sie ihn unterstützten. Als verkündet wurde, er werde Teleri ehelichen, schüttelte ich den Kopf. Allectus mochte sich zwar Kaiser nennen, doch er beabsichtigte offenbar, ein Großkönig nach alter Art zu werden, indem er die Königin und mit ihr das Land heiratete.

Ich stand in der Zuschauermenge und beobachtete, wie sie zu ihrem Hochzeitsfest zogen. Allectus winkte mit fieberhafter Fröhlichkeit, obwohl in der Art, wie er seine Zügel hielt, etwas Angespanntes lag. Als die Kutsche, in der Teleri mit ihrem Vater saß, vorüberfuhr, sah ich flüchtig ein bleiches Gesicht unter einem dunklen Haarschopf. Sie sah eher aus wie eine Frau auf dem Wege zu ihrer Hinrichtung, nicht zum Hochzeitsbett. Bestimmt würde Konstantius den Anmaßungen des Allectus bald ein Ende setzen. Doch ein Jahr und noch ein weiteres vergingen ohne Bedrohung aus Rom. Allectus ließ hastig geprägte Münzen ausgeben und senkte die Steuern. Ich hätte ihm gleich sagen können, dass die kurzfristig erlangte Beliebtheit sich als schlechter Tausch für unterbliebene Reparaturen an Befestigungsanlagen erweisen könnte, wenn die Pikten angriffen oder Rom beschloss, seine verloren gegangene Provinz wieder einzufordern.

Doch ich hatte Wert darauf gelegt, dass niemand erfuhr, wer ich wirklich war. Konstantin schrieb regelmäßig Briefe, die fröhlichen Optimismus verbreiteten, aber wenig persönliche Meinung enthielten, als fürchte er, jemand aus dem kaiserli-

chen Haushalt läse seine Korrespondenz. Ich bezweifelte, dass meine Briefe überwacht wurden. Es war schließlich nicht unüblich, einen Sohn zu haben, der im Ausland diente. Meine Verbindung zu Konstantin war nicht die Gefahr.
Von Konstantius hatte ich nichts gehört, seitdem er mich verlassen hatte, doch manchmal sah ich ihn in meinen Träumen, und ich glaubte nicht, dass er mich vergessen hatte. Ich hätte eine wertvolle Geisel abgegeben, wenn Allectus erfahren hätte, wer in seiner Hauptstadt lebte.
Im dritten Jahr meines Aufenthaltes in Britannien hatte ich zu Beginn des Herbstes eine Reihe von Träumen. In den ersten sah ich einen Drachen, der aus den Wogen stieg und sich an den weißen Klippen von Dubris entlangschlängelte, um das Ufer zu bewachen. Ein Fuchs kam und scharwenzelte um ihn herum, bis der Drache ihm keine Aufmerksamkeit mehr schenkte. Dann sprang der Fuchs zu und biss dem Drachen in den Hals, und das große Tier verendete. Jetzt wurde der Fuchs groß, legte sich einen Purpur an, setzte sich einen Goldreif auf den Kopf und fuhr auf einem goldenen Triumphwagen durch das Land.
Dieser Traum war nicht schwer zu deuten, obwohl ich mich fragte, warum die Götter mir Bilder von Ereignissen schickten, die schon längst eingetreten waren. Dennoch dachte ich, dass vielleicht eine Veränderung bevorstand, und schickte Philipp noch öfter als sonst zum Forum, um Neuigkeiten einzuholen.
Der nächste Traum war noch eindringlicher. Ich sah zwei Adlerscharen über das Meer kommen. Die erste Gruppe wurde vom Wind zurückgetrieben, doch die zweite nutzte Nebel und Wolken, um in aller Heimlichkeit in das Land einzudringen. Ein Schwarm Raben erhob sich, um sie zu schlagen, und ich sah, dass sie den Fuchs schützten, doch die Adler überwältigten sie und töteten den Fuchs. Die Raben zogen sich schreiend nach Londinium zurück. Dann tauchte der erste

Adlerschwarm erneut auf und stieß gerade rechtzeitig herab, um die Raben ein für alle Mal zu besiegen. Danach erhob sich ein Löwe unter ihnen, und die Menschen kamen aus der Stadt heraus, um ihm zuzujubeln.

Als ich wach wurde, peitschte ein Sturm über die Dächer. Schlechtes Wetter für Seeleute, dachte ich verschlafen. Plötzlich fuhr ich mit einem Ruck auf in der Überzeugung, dass Konstantius dem Sturm dort draußen ausgesetzt war. Doch ihm würde nichts zustoßen, wenn mein Traum wahr würde. Londinium war eher in Gefahr, wenn die fränkischen Truppen, die ich als Raben gesehen hatte, eine Niederlage erlitten und die Stadt auf ihrem Rückzug verwüsteten.

Ich trug Drusilla auf, genug Nahrungsmittel einzulagern, um uns für mehrere Tage zu verpflegen. Gegen Abend erfuhren wir, dass das römische Heer tatsächlich im Anmarsch war. Manche behaupteten, die Legionen würden Portus Adurni angreifen, wo Allectus' Flotte sie erwartete, während andere die Meinung vertraten, sie würden nach Rutupiae kommen und Richtung Londinium marschieren. Wenn ich indes richtig geträumt hatte, teilte Konstantius seine Truppen auf und griff an beiden Stellen an. In jener Nacht schlief ich schlecht und wartete darauf, was der Morgen uns bringen würde.

Tags darauf brodelte es in der Stadt vor Gerüchten. Der Sturm habe die Römer zurückgetrieben, hieß es von einigen, während andere von einem Vormarsch nördlich von Clausentum und von Kämpfen bei Calleva berichteten. Es war bereits dunkel, als Philipp vom Forum heimkehrte mit dem Gerücht, Allectus sei tot, und seine fränkischen Barbaren, welche die meisten Opfer zu beklagen hatten, zögen sich nach Londinium zurück, um die Stadt für die erlittenen Verluste büßen zu lassen.

Philipp wollte unbedingt die Flucht ergreifen, hatte er die Plünderung einer Stadt doch als Kind erlebt, doch bisher war alles, was ich geträumt hatte, in Erfüllung gegangen, und ich vertraute darauf, dass Konstantius rechtzeitig einträfe. Ich hatte noch nicht entschieden, was ich in diesem Fall tun würde. Konnte ich der Versuchung widerstehen, ihn noch einmal zu sehen, und wenn ja, was sollte dann aus meiner hart erkämpften Gelassenheit werden? An jenem Abend ging ich wie gewohnt zu Bett, auch, um meinen Haushalt zu beruhigen, und zu meiner Überraschung träumte ich noch einmal.

Der Fuchs lag tot auf dem Schlachtfeld. Aus seiner Flanke erhob sich ein schwarzer Schwan, der verzweifelt durch den Sturm flog, sowohl von Adlern als auch von Raben verfolgt. Als er sich schließlich neben dem Palast des Statthalters niederließ, bedrohte ihn der Löwe. Doch aus einer Seitenstraße tauchte ein Windhund auf, der den Löwen in Schach hielt, bis der Schwan die Kraft hatte, zu entkommen.

Als ich wach wurde, drang das erste Morgenlicht durch die Bettvorhänge. Draußen vernahm ich Rufe, aber wenn unmittelbare Gefahr drohte, hätte mich doch jemand geweckt. Ich lag still und dachte über die Einzelheiten meines Traums nach, bis ich mir sicher war, dass ich mich daran erinnern würde.

Als ich schließlich aufstand, war mein Haushalt in der Küche versammelt.

»Oh, Herrin«, rief Drusilla, »vor der Stadt hat es eine Schlacht gegeben! Asclepiodotus, der Prätorianerpräfekt, hat Allectus bei Calleva besiegt, und die Flotte unseres Herrn kommt von Tanatus herauf, um uns vor den fränkischen Barabaren zu retten!«

Er ist hier, dachte ich, *oder er kommt bald*. Mein Herz schlug schneller, und die Wand, die mich vor meinen Erinnerungen geschützt hatte, bröckelte. Wenn wir uns begegneten, würde er mich noch schön finden? Ich war jetzt über vierzig, mein Körper war mit der Zeit kräftiger geworden, und im Haar zeigten sich die ersten Silbersträhnen.

»Es heißt, bis zum Nachmittag werde seine Legion in die Stadt eindringen«, sagte Philipp. »Die Garnison, die Allectus hier

zurückgelassen hat, ist bereits geflohen, seine Minister und Beamten und der Rest seines Haushalts rennen hektisch umher und suchen ihre Habseligkeiten zusammen, damit sie verschwunden sind, noch ehe Konstantius eintrifft.« Er lachte.
Aber in meinem Traum war der Schwan nicht in der Lage gewesen zu fliehen. Ich aß meinen Haferbrei zu Ende und stellte die Schüssel ab.
»Philipp, in einer Stunde hätte ich gern den Wagen. Du und Decius, ihr sollt nebenhergehen. Bringt eure Stöcke mit, damit die Menge nicht auf dumme Gedanken kommt.«
Er sah mich verwundert an, doch er hatte gelernt, Befehle in diesem Ton nicht in Frage zu stellen. Kurz vor Mittag bogen wir aus unserem Tor auf die Straße. Der Karren war für einen Transport auf dem Lande eher geeignet, aber der Aufbau hatte Ledervorhänge, die man schließen konnte. Durch einen Spalt sah ich, dass sich die Menschen in Festtagslaune auf den Straßen drängten. Einige errichteten bereits einen Bogen aus Laub über der Hauptstraße, die auf das Forum führte, und schmückten ihn mit Blüten.
Nervös zupfte ich mein Gewand zurecht. Ich hatte es vor vielen Jahren gekauft, weil es beinahe das Blau von Avalon hatte, und das war zugleich auch der Grund, warum ich es selten getragen hatte. Meine dünne Wollpalla aus noch dunklerem Blau überschattete mein Gesicht wie ein Schleier. Philipp hatte nicht gewagt, mich auszufragen. Wenn wir mit leeren Händen wieder nach Hause zurückkehrten, würde er mich für verrückt halten, obwohl er meinen Geisteszustand noch mehr anzweifeln könnte, wenn wir Erfolg hätten.
Niemand bewachte die Tore zum Palast. Ich ließ meinen Wagenlenker an einer Seitentür halten, an die ich mich aus der Zeit erinnerte, als ich Konstantius auf einer Besuchsreise nach Britannien begleitet hatte. Ich stieg ab und schlüpfte hinein. Die Flure trugen alle Anzeichen eines überhasteten Aufbruchs. Rasch begab ich mich zu der Zimmerflucht, die für ge-

wöhnlich vom Statthalter bewohnt wurde und von der ich annahm, dass Allectus sie für sich in Anspruch genommen hatte. Und dort fand ich meinen schwarzen Schwan. Sie saß halb angezogen allein in dem großen Bett und starrte mich an.

Wie erwartet, war sie sehr schön, hatte weiße Haut und schwarze Locken, die ihr auf die Schultern fielen. Aber sie war nicht so jung, wie sie auf den ersten Blick wirkte, denn die Furchen in den Mundwinkeln zeugten von Verbitterung, und unter den dunklen Augen lagen tiefe Schatten.

»Teleri …«

Es dauerte lange, bis sie reagierte, als wäre ihr Geist auf Reisen gewesen. Doch sie nahm mich in Augenschein, als sie das blaue Gewand sah.

»Wer bist du?«

»Eine Freundin – du musst mit mir kommen, Teleri. Such zusammen, was du mitnehmen willst.«

»Die Diener haben meine Juwelen mitgenommen«, flüsterte sie, »aber sie gehörten nicht mir, sondern ihm. Ich habe nichts … ich bin nichts, so allein auf mich gestellt.«

»Dann komm, wie du bist, aber schnell. Der Cäsar wird dir kein Leid antun, aber ich glaube nicht, dass du seine Siegestrophäe sein willst.«

»Warum sollte ich dir vertrauen? Alle anderen haben mich verraten, sogar Avalon.«

Ich war froh, als ich sah, dass sie sich einen gewissen Selbsterhaltungstrieb bewahrt hatte, doch es blieb keine Zeit, unschlüssig zu zögern. Von fern hörte ich ein Geräusch wie die Meeresbrandung, und ich wusste, dass die Menschen von Londinium in Hochrufe ausbrachen. Ich zog meine Palla zurück, sodass sie den verblassten Halbmond auf meiner Stirn sah.

»Weil auch ich einst eine Priesterin war. Im Namen der Großen All-Mutter flehe ich dich an, mitzukommen.«

Es dauerte lange, bis wir die Blicke voneinander lösten. Ich weiß nicht, was sie in meinen Augen las, doch als ich eine

Hand ausstreckte und mich zum Gehen wandte, legte Teleri sich ein Bettlaken um und folgte mir.
Wir kamen gerade rechtzeitig. Als mein Wagen knarrend durch das Tor fuhr und in die Seitenstraße einbog, vernahm ich vom Forum her den Klang von Militärfanfaren und das rhythmische Klappern genagelter Sandalen. Ich krallte mich so fest in den Holzsitz des Karrens, bis die Knöchel weiß hervortraten. Die Menschen riefen etwas, und während wir unseren Weg fortsetzten, wurden die Worte immer deutlicher:
»Redditor Lucis, redditor lucis!«
Erneuerer des Lichts …
Meine geschlossenen Augen vermochten die Helligkeit nicht auszuschließen, die in mein Bewusstsein drang. Konstantius nahte, seine Gegenwart war wie ein Strahlen in meiner Seele. Spürte er, dass ich in der Nähe war, oder reichten die Pflichten seines Amtes und der Tumult um ihn herum aus, ihn abzulenken?
Während die Bewohner Londiniums ihren Retter lautstark willkommen hießen, rannen mir stille Tränen über die Wangen.

13. KAPITEL

A. D. 296-305

In den Wochen, die Konstantius in Britannien verbrachte, blieb ich meinem Gelübde treu und unternahm keinen Versuch, ihn zu sehen, doch meine Selbstdisziplin forderte ihren Tribut. Meine Monatsblutungen, die nie regelmäßig gewesen waren, hatten beinahe aufgehört; nun kamen zu meinem Elend auch noch verschiedene andere Symptome hinzu, angefangen von Herzklopfen bis hin zu Hitzewellen, die mich durchnässten, als weinte mein ganzer Körper.

Inzwischen bejubelte die Stadt die Nachricht, dass Theodora Konstantius ein weiteres Kind geschenkt hatte. Ich wusste, dass er nach unserer Trennung am Boden zerstört war, aber mit der Zeit hatte er wohl die Vorteile einer Gemahlin königlichen Geblüts, noch dazu einer jungen und fruchtbaren, zu schätzen gelernt. Die Klugheit, die mich bisher davon abgehalten hatte, ihm unter die Augen zu treten, wich der Verzweiflung.

Die weisen Ratschläge, die ich Teleri hatte mit auf den Weg geben wollen, blieben unausgesprochen. Ihr zuliebe hatte ich ihn nicht einmal flüchtig zu Gesicht bekommen, was mir ansonsten vergönnt gewesen wäre, obwohl ich selbst das zum damaligen Zeitpunkt für unklug gehalten hatte. Konstantin schrieb mir, er werde mit Diokletian nach Ägypten gehen, um einen gewissen Domitius zu bekämpfen, der dort einen Aufstand angezettelt hatte, und so kam zu meinen anderen Sorgen auch noch die Angst um seine Sicherheit.

Dann verließ Konstantius Britannien, und ich erfuhr, was Verzweiflung wirklich hieß. Ich lag hinter verschlossenen Vorhängen in meinem Schlafgemach und weigerte mich aufzustehen und mich anzukleiden, und weder Drusillas köstliche Rezepte noch Hrodlinds Bitten und Betteln konnten mich dazu bewegen, etwas zu essen. Fast eine Woche lag ich danieder und duldete niemanden in meiner Nähe außer Hylas, der jetzt so alt geworden war, dass er seine Tage dösend vor der Kohlenpfanne verbrachte, obwohl er es sich im Haus nicht nehmen ließ, mir von Raum zu Raum zu folgen. Ich freute mich über meine zunehmende Schwäche, denn obwohl ich Konstantius versprochen hatte, mir nicht das Leben zu nehmen, erschien mir dieses sanfte Abgleiten ins Vergessen als eine willkommene Unterbrechung meiner Leiden.

Sobald die Schwäche die Fesseln meiner Seele löste, hatte ich eine Vision.

Mir schien, als wanderte ich durch eine neblige Landschaft, ähnlich des Grenzgebiets zu Avalon. Ich war gekommen, der Göttin gegenüberzutreten, um den Schritt in den nächsten Lebensabschnitt zu tun, den Übergang von der Mutter zur Greisin. Bisher hatte ich nie über das Dasein der Mutter hinaussehen können, die das zentrale Antlitz der Göttin sein muss, und die Frauen zu IHRER Seite, die Nymphe und die Greisin, nur IHRE Gehilfinnen.

Doch was ich jetzt durchmachte, war die letzte Geburt, die letzte Prüfung meiner Kraft und meines Mutes. Jetzt, da ich vor meinem Übergang aus der Mutterschaft stand, war ich gezwungen, die Tragödie aller Mütter dieser Welt zu sehen. Selbst Jesus hatte den Christen zufolge eine Mutter gehabt; immer wieder sah ich ihn in ihren Armen liegen, und als das Leben ihn verließ und besiegte, rief auch er nach ihr. Ich sagte mir: *ganz wie ein Mann; er ging hinaus und starb tapfer und überließ es den Frauen, seine Arbeit danach wieder zusammenzufügen.* Angst um meinen Sohn überkam mich, und ich weinte bittere Tränen. *»Muss eine Mutter ihre Kinder ziehen lassen, nur damit sie gekreuzigt werden?«*

Ich fragte, was jenseits noch kommen sollte. Immer wieder

wurde mir nur das Gefühl zuteil, eine Galionsfigur zu sein, die über das Meer ins Unbekannte vorstößt.
Dann war mir, als begriffe ich die eigentliche Tragödie der Frau. Ich hatte meine Mutter verloren, noch ehe ich sie überhaupt kennen lernen konnte, und wurde allein gelassen, verloren, verzweifelt, nach Trost schreiend. Es war eine Situation, in der wir Frauen uns ein Leben lang immer wieder befinden. Wir sind gezwungen, Männern Kraft zu verleihen, Kinder auszutragen und zu ernähren. Außenstehende hielten mich für stark, aber ich war ein Kind, das im Dunkeln nach Trost schrie, und meine Mutter war fortgegangen und nie wieder für mich da.
Dann das Salz in der Wunde. Noch ehe ich alt genug war, auf eigenen Füßen zu stehen, ehe ich Zeit oder Kraft gefunden hatte, zu erfahren, wer ich war, wurde eine kleinere Hand in die meine gedrückt, und eine Stimme sagte: »Hier. Das ist deine kleine Kusine. Gib auf sie Acht.«
Das ist die Konfrontation mit dem Leben, das erste Mal, da uns bewusst wird, eigentlich sollten wir lauthals »Nein!« sagen und dieses kleine Geschöpf niederschlagen und so lange traktieren, bis es tot und kalt da läge, ohne etwas zu fordern, sollten fortlaufen in die Freiheit, uns aller Fesseln entledigen und rufen: »Mutter, warte, es gibt nur mich!«
Sonst müssen wir die andere Wahl treffen, und, der eigenen Mutter beraubt, selbst Mutter werden und das Kind aufheben, wenn es fällt, ihm Tränen trocknen, es in den Schlaf wiegen und im Dunkeln in die Arme schließen, weil es ebenso sehr des Trostes bedarf wie man selber, und man ist ja auch die Stärkere und kann abgeben …
Jetzt, da die klaren Bilder im Nebel verschwanden, erkannte ich, das ich genau das getan hatte, zuerst für Becca und Dierna, später für eine ganze Reihe von Dienerinnen und Soldatenfrauen und für jüngere Offiziere aus der Truppe meines Gemahls. Und für Teleri, auch wenn ich sie letztlich im Stich gelassen hatte.

Auf einmal merkte ich, dass jemand bei mir im Zimmer war. Ich hatte strikte Anweisungen gegeben, dass man mich nicht stören sollte, aber ich war jetzt sogar zu schwach, wütend zu werden. Ich schlug die Augen auf.
Teleri saß an meinem Bett, ein wenig zusammengesunken, als säße sie schon geraume Zeit dort. Auf ihrem Schoß hielt sie eine Schüssel Haferbrei. Er dampfte noch, und der Duft weckte Erinnerungen an die Halle der Priesterinnen an einem frostigen Morgen, wenn wir uns alle versammelt hatten, um die einzige Mahlzeit des Tages rund um das Feuer in unserer Mitte einzunehmen. Dieser Geruch hatte mich aus meiner Vision zurückgeholt, der Duft nach Haferbrei mit Honig und getrockneten Äpfeln, wie man ihn in Avalon zubereitete.
»Deine Diener haben nicht gewagt, dich zu stören«, sagte sie leise, »aber ich will den Sünden, die ich bereits auf mich geladen habe, nicht noch die eine hinzufügen, dich sterben zu lassen, solange ich etwas tun kann.«
Ich wollte mich an die trübe Sicherheit der Verzweiflung klammern, doch mein Magen knurrte. Offensichtlich hatte mein Körper beschlossen, weiterzuleben, und es hatte keinen Sinn, sich zu widersetzen. Seufzend streckte ich meine Hand nach der Schüssel aus.
»Wenn du wieder gesund bist«, sagte Teleri, »verlasse ich dich. Ich gehe zurück nach Avalon. Ich hätte nie von dort weggehen sollen, und wenn Dierna mich verstößt, werde ich im Nebel zwischen den Welten wandern, bis der Tod mich holt.«
So war es mir ergangen, dachte ich finster, ohne auch nur in das Sommerland zu reisen, doch mir schien, ich hatte das Recht verloren, Kritik zu üben.
»Komm mit, Helena. Ich kenne deine Geschichte nicht, aber es ist klar, dass du eine Priesterin von Avalon bist.«
Ich schluckte einen Löffel voll Hafergrütze und überlegte. Hatte man mich schon vergessen? Ganeda mochte wohl so verbittert gewesen sein, dass sie meinen Namen aus der Liste

der Priesterinnen hatte streichen lassen. Aber vielleicht gab es eine einfachere Erklärung.

»Als ich auf der Heiligen Insel lebte, hieß ich Eilan«, sagte ich bedächtig und sah, wie sich Teleris Augen weiteten.

»Du bist diejenige, die mit einem römischen Offizier fortgelaufen ist! Seit der Zeit, als die erste Eilan Hohepriesterin in Vernemeton war, hat es nicht mehr einen solchen Skandal gegeben. Aber Dierna sagte, du seist lieb zu ihr gewesen, als sie noch klein war, und hat immer gut von dir gesprochen. Ist dein Römer denn tot? Deine Diener sagen nichts über ihn.«

»Nicht tot, nur für mich«, sagte ich mit verkniffenem Mund. »Es ist Konstantius Chlorus, der Vater meines Sohnes Konstantin.«

Teleri traten Tränen in die Augen. »Ich war mit Karausius verheiratet, der ein guter Mann war, obwohl ich ihn nie lieben konnte, und mit Allectus, den ich liebte, obwohl er weder für Britannien noch für mich gut war.«

»War das Diernas Wille?« Am Ende sah es so aus, als habe Ganeda ihre Enkelin gut erzogen.

»Sie wollte den Verteidiger Britanniens an Avalon binden.«

Ich nickte, und mir war klar, dass dies dieselbe Hoffnung war, die mich ursprünglich auf die Suche nach Konstantius gebracht hatte.

»Dierna ist eine große Priesterin, auch wenn die Sache für mich schlimm ausging«, sagte Teleri ernst. »Ich bin mir sicher, sie würde dich gern wieder aufnehmen …«

Und dann versuchen, mich zu benutzen, alles zugunsten von Avalon, dachte ich verbittert. Es hatte einmal eine Zeit gegeben, als ich ebenso gut wie sie den Titel der Herrin von Avalon hätte beanspruchen können, aber ich war zu lange fort gewesen, und obwohl Konstantius mich verlassen hatte, brauchte sein Sohn, dessen Brief auch jetzt auf dem Tisch neben meinem Bett lag, meinen Rat dringender als die Priesterinnen von Avalon.

»Dierna, und ihr allein, kannst du sagen, dass ich noch lebe und dass ich ihr alle meine guten Wünsche schicke. Aber ich glaube, dass die Göttin für mich noch etwas bereithält, was ich auf der Welt ausrichten kann.«

Eine Woche darauf, als ich zum Frühstück kam, sagte man mir, Teleri sei fort. Sie hatte den Rest des Geldes, das ich ihr für neue Kleidung gegeben hatte, dagelassen, und alles, was ich jetzt noch für sie tun konnte, war, den Segen der Herrin für ihre Reise zu erbitten.

In Londinium war der Frühling eingekehrt. Die Tamesis trat nach starken Regenfällen über die Ufer, neue Blätter sprossen aus jedem Zweig und hießen die zurückkehrenden Vögel willkommen. Das Leben kehrte in meine Glieder zurück, und plötzlich hatte ich das Bedürfnis, ins Freie gehen zu müssen, über die Weiden und am Fluss entlangzulaufen, der die Stadt teilte. Ein anderer Weg führte mich am Forum vorbei zu den Bädern oder noch weiter zum Isis-Tempel, der in der Nähe der westlichen Stadttore stand. Tag für Tag wurde ich kräftiger, und das Bedürfnis, zu Hause Trübsal zu blasen und über meinem Schicksal zu brüten, ließ nach. Mir fehlte das Trappeln von Tatzen hinter mir. Sobald meine Genesung eingesetzt hatte, war Hylas gestorben, als habe er gespürt, dass er seine Pflicht nun getan habe. Für einen Hund hatte er lange gelebt, doch ich konnte mich nicht überwinden, einen anderen zu mir zu holen. Ein Steinmetz hatte seine Werkstatt zwischen dem Isis-Tempel und dem Heiligtum der Diana, und mir kam die Idee, ihn mit der Herstellung eines Reliefs zu beauftragen, auf dem die *matronae* dargestellt waren, die drei Ahnenmütter, die im gesamten Imperium verehrt wurden. Doch mir schwebte ein anderes Relief vor als allgemein üblich, und so bat ich den Steinmetz, zusätzlich zu den drei üblichen Gestalten – zwei mit Obstkörben und die dritte mit Kind – noch eine vierte Mutter zu meißeln, die einen Hund auf dem Schoß hatte.

Vielleicht waren die Mütter mir dankbar, denn innerhalb eines Monats lernte ich drei Menschen kennen, die mein Leben in den Jahren, die ich noch in Londinium verbrachte, nachhaltig verändern sollten.
Den Ersten traf ich gleich nach meinen Verhandlungen mit dem Steinmetz. Ich war auf der Suche nach einem Stand, an dem ich mir Brot und Wurst kaufen konnte, ehe ich wieder nach Hause ging. Doch als ich um die Ecke bog, stolperte ich beinahe über etwas Haariges, und als ich näher hinschaute, sah ich mich von Katzen umgeben. Mir war nicht klar, ob das ein Omen sein sollte. Es müssen zwei Dutzend in allen Größen und Farben gewesen sein, die ungeduldig vor einem ziemlich heruntergekommenen Gebäude warteten, das sich an die Rückseite des Isis-Tempels lehnte.
Ich vernahm leise Worte in einer fremden Sprache, drehte mich um und erblickte eine kleine, rundliche Frau, die mehrere Tuniken und eine Palla mit leuchtend grellen Farben trug und an einer Krücke ging. Ihr dunkles Haar war teilweise von purpurroten Wickeln bedeckt. Sie hatte einen Korb bei sich, der selbst auf die Entfernung stark nach Fisch roch.
Sie schaute auf und sah mich. »Oh, tut mir Leid«, sagte sie auf Latein. »Sie werden sehr aufdringlich, diese gefräßigen Katzen, aber ich bin die Einzige, die ihnen etwas gibt.«
Als sie den Korb öffnete und Fischköpfe herauszog, sah ich ihre dunklen, mit Kohle geschminkten Augen. Ihre Haut war von einem warmen Schimmer, der wohl kaum von der britannischen Sonne herrührte. Um den Hals trug sie einen Anhänger in Form einer Katze in ägyptischem Stil.
»Bist du eine Priesterin?«, fragte ich.
»Ich bin Katiya, und ich diene der Göttin …« Sie wollte gerade als Zeichen der Ehrerbietung eine Hand an die Stirn führen, als sie merkte, dass sie ein Stück Fisch darin hielt. Sie lachte auf und warf es einem dicken rostroten Kater zu, der etwas abseits wartete.

»Im Osten schauen wir auf Bastet, die Katzengöttin«, sagte sie leise mit melodischer Stimme. »Im Osten suchen wir nach der Seele von Isis, der Lichtträgerin, der Mondmutter, der gütigen Beschützerin. Wir richten unsere Gebete an den Schrein der Bubastis. Aber in Londinium bin ich die Einzige, die es macht«, fügte sie hinzu und schüttelte den Kopf. »In Ägypten wissen alle Menschen, dass die Katze der Göttin heilig ist, aber Kaufleute bringen Katzen mit nach Britannien und setzen sie aus, und niemand kümmert sich darum. Nur die Priesterinnen der Isis dulden mich hier, weil sie wissen, dass Bastet und Isis Schwestern sind. Ich tue, was ich kann.«

»Meine Göttin bevorzugt Hunde«, sagte ich, »aber ich vermute, Bastet ist auch ihre Schwester. Nimmst du eine Opfergabe an?«

»Im Namen meiner Göttin«, antwortete sie und zog aus ihren faltenreichen Gewändern einen Beutel, der etwas weniger nach Fisch stank als der Korb. Ich warf ein paar Münzen hinein. »Ich füttere meine Kleinen, und ich singe Lieder. Komm zu mir, wenn du traurig bist, edle Herrin, und ich muntere dich auf.«

»Das glaube ich dir aufs Wort!«, antwortete ich und musste unwillkürlich lachen. Nach unserer ersten Begegnung besuchte ich Katiya, solange ich in Londinium lebte, ungefähr jede Woche und brachte ihr meine Opfergabe. Um die Waage im Gleichgewicht zu halten, opferte ich jedoch auch im Tempel der Diana, die Hunde liebte, für die streunenden Hunde der Stadt. Hin und wieder nahm ich einen solchen Findling mit nach Hause, doch obwohl ich mich über das Trappeln von Hundepfoten im Haus freute, entstand zu keinem eine Bindung, wie ich sie zu Hylas und Eldri hatte.

Die zweite Begegnung geschah eines Tages, als mir der Name »Korinthius« auf einem Zeichen über einer Tür auffiel. Ich blieb stehen, denn mir fiel der alte Grieche ein, der mein Lehrer ge-

wesen war, als ich noch klein war. Aus dem Innern des Hauses vernahm ich junge Stimmen, die griechische Verben konjugierten. Korinthius hatte mir gesagt, er wolle eine Schule gründen. Ich bat Philipp, der mich begleitete, anzuklopfen und sich zu erkundigen. Kurz darauf trank ich Wein mit einem jungen Mann, der mir erzählte, er sei der Sohn meines alten Lehrers, der geheiratet habe, als er nach Londinium gekommen sei. Er habe einen Sohn gezeugt, der seine Schule einmal erben könnte.
»O ja, Herrin, mein Vater hat oft von dir gesprochen«, sagte Korinthius der Jüngere. Beim Lächeln entblößte er schiefe Zähne. »Er hat immer gesagt, du seist heller gewesen als alle Jungen, die er je unterrichtet hat, besonders wenn ich meine Lektionen nicht so gut konnte.«
Ich musste lächeln. »Er war ein guter Lehrer. Ich wünschte, ich wäre länger von ihm unterrichtet worden, aber ich hatte Glück, dass mein Vater überhaupt der Meinung war, ein Mädchen sollte etwas lernen.« Ich sagte ihm nicht, dass meinem Unterricht bei dem alten Griechen eine noch intensivere Ausbildung auf Avalon gefolgt war.
»Ja, das stimmt.« Korinthius nickte. »Es tut mir manchmal wirklich Leid, wenn ich meine Jungen mit ihren Schwestern sehe, dass ich die Mädchen nicht auch unterrichten kann. Ich glaube, die Eltern wären zum Teil damit einverstanden, aber offenbar geben sie ihre Töchter nicht gern zu einem männlichen Lehrer, und natürlich gibt es hier nicht so viele gebildete Frauen wie in Rom oder Alexandria ...« Er goss noch etwas Wein ein.
»Weißt du«, sagte ich schließlich, »ich habe mir immer eine Tochter gewünscht, der ich einiges von meinem Wissen weitergeben könnte. Du könntest den Müttern dieser Jungen, die Schwestern haben, doch vorschlagen, bei mir vorzusprechen. Mein Gemahl hat mir genug für den Lebensunterhalt hinterlassen, aber ich fühle mich ein wenig einsam, und ich würde mich über einen ... Freundeskreis ... freuen.«

»Du wirst wie Sappho auf den Weiden von Lesbos sein«, rief Korinthius begeistert, »Geliebte der Götter!«
»Vielleicht nicht ganz so wie Sappho«, erwiderte ich lächelnd, denn als wir in Drepanum lebten, hatte ich einige ihrer Gedichte gelesen, die mein Lehrer mir nie gezeigt hatte. »Aber sage den Frauen, dass wir es versuchen wollen.«
Korinthius hielt Wort, und als das Relief mit den *matronae* fertig und in einem Schrein eingebaut war, kam jeweils zu Neumond und zu Vollmond eine Gruppe Mütter und Töchter zu mir, und wenn das, was ich ihnen beibrachte, Avalon mehr verdankte als Athen, so war das allein unsere Sache. Doch nicht einmal jenen Schwestern im Geiste, den ersten, die ich hatte, seitdem ich von Avalon fortgegangen war, gestand ich, wessen Gemahlin ich gewesen war.
Die dritte wichtige Begegnung hatte ich in den Bädern während der Stunden, in der sie nur für Frauen zugänglich waren, wo man im Laufe der Zeit jede Einwohnerin der Stadt traf. Durch wabernde Dampfwolken sehen alle rätselhaft aus, doch mir kam die Stimme, die so lauthals über den Weizenpreis klagte, bekannt vor, ebenso das längliche, dunkle Gesicht.
»Vitellia, bist du das?«, fragte ich, als sie schließlich Luft holte. Durch den Dampf sah ich, dass der goldene Fisch noch immer an der Kette um ihren Hals hing.
»Herr im Himmel, das ist Helena! Als ich von – der Hochzeit – erfuhr, habe ich mich gefragt ...«
»Schsch!« Ich hob eine Hand. »Ich spreche hier nicht darüber. Ich bin gut versorgt, und die Leute halten mich für eine reiche Witwe mit einem Sohn, der im Ausland dient.«
»Nun, dann wollen wir gemeinsam Witwen sein! Komm, lass uns etwas essen, und du erzählst mir alles, was passiert ist, nachdem dein Sohn zur Welt kam!«
Wir trockneten uns ab, zogen uns an und gingen durch das Marmorportal hinaus. Als wir an der Statue der Venus vorbeigingen, warf Vitellia einen nervösen Blick darauf, doch da gab

es nichts, womit die Verachtung begründet gewesen wäre, mit der sie vorübereilte, nur eine Blumengirlande, die jemand um den Sockel gewunden hatte.
»Ich bin sicher, dass die Leute das nicht machen würden, wenn sie wüssten, wie schwierig es für uns ist«, murmelte sie, als wir in die Straße einbogen. »Ich weiß ja, dass du nicht dem wahren Glauben anhängst, aber zu der Zeit, als unsere Männer gemeinsam ihren Dienst versahen, haben alle Offiziere den höchsten Gott verehrt, deshalb kannst du es vielleicht verstehen. Weißt du, wir dürfen keine Götzen anbeten, und doch sind wir umzingelt von Götzenbildern und Opfergaben.«
Sie zeigte die Straße hinunter, und ich sah, wie schon Hunderte Male zuvor, ohne darüber nachzudenken, dass wir von Göttern umgeben waren. Aus einem Springbrunnen erhob sich ein Bildnis Neptuns, Nymphen und Faune grinsten vom Kragstein eines Hauses herab, und die Kreuzung war vom Schrein einer örtlichen Gottheit markiert, der man kürzlich einen Teller voll Essen und einen Strauß Blumen geopfert hatte. Mir fiel ein, dass mich die reichhaltige Zurschaustellung zu Anfang verblüfft hatte, als ich aus Avalon kam, wo wir wussten, dass die ganze Erde heilig war, aber nicht einsahen, diesen Standpunkt mit derart vielen Verzierungen hervorzuheben. Nach mehr als zwanzig Jahren hatte ich mich jedoch daran gewöhnt.
»Aber niemand zwingt uns, sie zu verehren«, sagte ich langsam – denn es war Jahre her, seitdem ein Kaiser das durchzusetzen versucht hatte.
»Selbst wenn man sie berührt, sie nur ansieht, ist es eine Schande«, stöhnte Vitellia. »Nur in der Kirche, die wir im Wald vor den Stadtmauern errichtet haben, können wir uns wirklich frei fühlen.«
Ich hob eine Augenbraue. An Beltane war ich über die in den Norden führende Straße vor die Stadt gegangen, als mir die Felder in Londinium selbst zu eng wurden. Jetzt fiel mir das

Gebäude wieder ein, ein bescheidener Bau aus Flechtwerk und Lehm mit einem schlichten Kreuz über der Tür. Aber im Wald ringsum hatte sich die Macht der Geister an jenem Tag wie Summen bemerkbar gemacht, und eingedrückte Stellen im Gras wiesen darauf hin, dass junge Paare den Herrn und die Herrin am Abend zuvor auf ihre Weise geehrt hatten. Wie konnten die Christen glauben, sie könnten den alten Göttern entgehen, wenn sie aus der Stadt hinauszögen?

Doch es war nicht meine Aufgabe, ihnen die Augen über Sachverhalte zu öffnen, die sie einfach nicht sehen wollten. Vitellia redete noch immer:

»Und eins unserer älteren Mitglieder hat am Kai ein Gebäude gestiftet, das wir zu einer Zufluchtstätte für die Armen gemacht haben. Unser Herr hat uns aufgetragen, uns der Witwen und Waisen anzunehmen, und das tun wir, ohne zu fragen, welchem Glauben sie angehören, solange sie in unseren vier Wänden nicht den Namen von Dämonen in den Mund nehmen.«

»Das scheint mir eine wertvolle Arbeit zu sein«, sagte ich. Bestimmt war es mehr als alles, was von der Obrigkeit zu erwarten war.

»Wir können immer Helfer gebrauchen, um die Kranken zu pflegen und das Essen auszuteilen«, sagte Vitellia. »Ich erinnere mich, dass es in Dalmatien damals hieß, du würdest dich mit Kräutern auskennen.«

Ich unterdrückte ein Lächeln. Der Unterricht bereitete mir Freude, füllte mich aber nicht aus. Es mochte interessant sein, dachte ich, eine Weile mit diesen Christen zusammenzuarbeiten.

So war es auch. In den darauf folgenden sieben Jahren lebte ich glücklich und zufrieden und machte mich nützlicher als zu der Zeit, da meine einzigen Pflichten darin bestanden hatten, Konstantius den Haushalt zu führen und das Bett mit ihm zu teilen.

Im dritten Jahr des neuen Jahrhunderts trafen Ende Februar die Nachrichten ein, die alles verändern sollten. Auf dem Rückweg von meinem allwöchentlichen Besuch bei der Bastet-Priesterin vernahm ich vom Markt her Geschrei. Als ich die Richtung einschlagen wollte, hielt mich Philipp zurück, der mich an jenem Tag begleitete.

»Falls es dort einen Aufruhr gibt, Herrin, bin ich vielleicht nicht imstande, dich zu schützen. Bleib hier …« Beim Anblick des Mithräums, vor dem wir standen, verzog er das Gesicht. »Hier bist du sicher, und ich sehe derweil nach, was es mit diesem Tumult auf sich hat.«

Lächelnd schaute ich ihm nach, wie er die Straße hinunterging, und dachte daran, wie schmächtig er damals war, als er in unseren Haushalt eintrat. Er war noch immer von schmaler Statur, aber er war kräftiger geworden. Ich versuchte mich zu erinnern, ob diese Veränderung eingetreten war, nachdem er Christ wurde oder mit seiner Freilassung durch Konstantius begann. Ich hielt Ersteres für wahrscheinlicher, da es seinen Geist befreit hatte, noch ehe sein rechtlicher Status verändert wurde. Vielleicht hatte er sich aus diesem Grund auch entschlossen, bei mir zu bleiben, als er seine Freiheit erhielt.

Es dauerte lange, bis er zurückkam. Ich setzte mich auf eine Bank vor dem Mithräum und betrachtete das Relief, auf dem der Gott den Stier erschlägt. Ich fragte mich, ob Konstantius hier war, als er sich in Britannien aufhielt. Er bekleidete einen höheren Rang im Kult, denn ich erinnerte mich daran, dass er des Öfteren für zusätzliche Weihen abwesend war, aber natürlich hatte der Gottesdienst an Mithras keinen Platz für Frauen, und er durfte mir nicht sagen, was vor sich ging. Dennoch war mir, als ich dort saß, als stünde ich unter seinem Schutz. Ich war froh, dass mich der Gedanke an ihn nicht mehr so schmerzte wie zuvor.

Dann vernahm ich rasche Schritte und erblickte Philipp, dessen Gesicht vor Schreck und Angst kreidebleich war.

»Was ist geschehen?« Ich erhob mich und ging ihm entgegen.
»Ein neuer Erlass! Diokletian, der Herr möge ihn verfluchen, hat wieder angefangen, die Christen zu verfolgen!«
Besorgt runzelte ich die Stirn und beeilte mich, mitzukommen, während Philipp erneut die Straße hinunterlief, denn das Raunen der Menge klang inzwischen bedrohlich. Ich hatte Gerüchte über Unruhen gehört, als es vor einigen Jahren hieß, die Anwesenheit von Christen störe das Ritual des Kaisers. Ein paar Offiziere im Heer waren hingerichtet worden, weil sie sich weigerten, an den Opfern teilzunehmen, andere wurden ausgestoßen, aber schwerwiegendere Folgen hatte es nicht gehabt. Obwohl man die Christen für sonderbar hielt, kamen sie fast überall gut mit ihren Nachbarn aus.
Wie konnte Diokletian nur so dumm sein? Ich hatte lange genug mit Christen zu tun gehabt und wusste, dass sie sich vor dem Martyrium nicht fürchteten, sondern es im Gegenteil als leichten Weg ansahen, all ihre Sünden zu tilgen und die Gunst ihres finsteren Gottes zu erlangen. Das Blut der Märtyrer, so sagten sie, sei lebensnotwendig für die Kirche. Wenn man sie also tötete, stärkte man nur ihren Glauben an die eigene Wichtigkeit und förderte den Kult.
»Was besagt die Verordnung denn?«, fragte ich, als ich Philipp einholte.
»Das Christentum wird für ungesetzlich erklärt. Alle Kopien der Schriften sind abzuliefern und zu verbrennen, alle Kirchen zu erobern und niederzubrennen.« Er spie die Worte förmlich aus.
»Aber was ist mit den Menschen?«
»Vorläufig werden nur Priester und Bischöfe erwähnt. Sie sollen in Anwesenheit eines Beamten Opfer bringen, sonst wandern sie in den Kerker. Ich muss dich nach Hause bringen, Herrin – die Garnison rückt aus, und auf den Straßen ist es dann nicht mehr sicher.«
»Und was ist mit dir?«, fragte ich atemlos.

»Mit deinem Einverständnis werde ich zur Kirche hinaus gehen und meine Hilfe anbieten. Vielleicht können wir etwas retten, wenn wir noch rechtzeitig kommen.«
»Du bist ein freier Mann, Philipp«, sagte ich, »und ich erlaube mir nicht, dir in dein Gewissen hineinzureden. Aber ich bitte dich im Namen deines Gottes, gib Acht!«
»Du auch!« Er bemühte sich um ein Lächeln, als wir uns meiner Haustür näherten. »Lass niemanden aus dem Haus. Obwohl du noch immer Dämonen anbetest, der Höchste Gott liebt dich!«
»Danke! Ich glaube schon!« Ich sah ihm nach, wie er davoneilte. Über einen Segen sollte man sich gleichwohl freuen, ungeachtet der Richtung, aus der er kam. Kopfschüttelnd ging ich ins Haus.
Einen Tag und eine Nacht lang trampelte die Abteilung Soldaten aus dem befestigten Kastell durch die Straßen und suchte nach christlichen Anführern und kirchlichem Eigentum. Als es vorüber war, saß der Bischof von Vitellias Kirche in Haft, und die kleine Kirche im Wald an der nördlichen Ausfallstraße war bis auf die Grundmauern niedergebrannt. Die heiligen Schriften waren zwar in einem Versteck in Sicherheit gebracht worden, ein ganzer Stapel Kirchenbücher wurde jedoch den Behörden zur Vernichtung gegeben.

Die Rauchwolken trug der Wind davon, doch der zugleich körperliche und metaphorische Gestank hielt sich länger. Fast zwanzig Jahre lang hatte Diokletian weise geherrscht, doch bei dem Versuch, unsere Gesellschaft zusammenzuhalten, spaltete er sie nachhaltig. Wie ich vorausgesehen hatte, wurden die Christen aufgrund der Verfolgung nur noch hartnäckiger, und es gab deren mehr, als die meisten von uns geahnt hatten.
Seinerzeit trafen sich die Christen insgeheim in ihren Häusern. Philipp erzählte mir, Briefe aus dem östlichen Teil des Imperiums berichteten von Inhaftierungen und Hinrichtun-

gen. Zu meiner Erleichterung führte Konstantius das neue Gesetz in jenen Teilen des Imperiums, die unter seiner Herrschaft standen, jedoch nur dem Buchstaben nach durch. Nachdem sich die erste Aufregung gelegt hatte, zeigte sich die Bevölkerung im Allgemeinen wenig begeistert darüber, die Nachbarn zu verfolgen. Was diese christlichen Nachbarn von uns halten mochten, danach wurde nicht gefragt.

Dennoch erschien es mir in Zeiten wie diesen richtig, den jungen Mädchen, die ich unterrichtete, etwas Naheliegenderes als Homer und Vergil beizubringen. Daher lenkte ich unser Gespräch von Zeit zu Zeit auf die Themen, über die das Volk seinerzeit zerstritten war.

»Es ist wichtig«, sagte ich eines Morgens, »dass eine gebildete Person nicht nur versteht, woran sie glaubt, sondern warum sie es glaubt. Deshalb frage ich euch, wer ist der Höchste Gott?«

Die Mädchen schauten sich lange verdutzt an, als wären sie nicht ganz sicher, ob ich meine Frage wirklich so meinte, noch weniger, ob ich sie an sie herangetragen hatte. Schließlich hob Lucretia, deren Familie Wolle exportierte, die Hand.

»Jupiter ist der König unter den Göttern, deshalb hat der Kaiser das Bild auf seine Münzen prägen lassen.«

»Aber die Christen sagen, dass alle Gottheiten außer dem Gott der Juden Dämonen sind«, warf Tertia, die Tochter des Schuhmachers, ein.

»Das stimmt allerdings, und deshalb frage ich euch, wie viele Götter gibt es?«

Das löste eine Diskussion aus, bei der alle durcheinander redeten, bis ich mit einem Handzeichen Schweigen gebot. »Ihr habt alle Recht, geht man von unserer Denkweise aus. Jedes Land und jeder Bezirk hat seine Gottheiten, und im Imperium war es üblich, alle anzubeten. Aber überlegt einmal, unsere größten Philosophen und Dichter sprechen von einer höchsten Gottheit. Manche nennen diese Macht ›Natur‹, andere ›Äther‹, wieder andere ›der Höchste Gott‹. Der Dichter Maro sagt:

»Merke eins, dass Himmel, Erde und das Meer,
des Mondes bleiches Rund, der Sterne Heer,
genähret sind von einer Seel',
von einem Geist, des Himmelslicht,
in keinem Wesen je erlischt,
der Alles lenket ohne Fehl.«

»Aber was ist mit der Göttin?«, fragte die kleine Portia und zeigte auf den Altar in der Ecke des sonnigen Zimmers, das wir als Klassenraum benutzten. Dort brannte immer eine Lampe vor dem Relief der *matronae*. Wenn niemand bei mir war, tätschelte ich zuweilen den Kopf des Hundes auf dem Schoß der vierten Mutter und spürte seine Wärme und Weichheit, als wäre Hylas zu mir zurückgekehrt.

Ich lächelte, denn ich hatte gehofft, dass eine Schülerin diesen Standpunkt zur Sprache brächte.

»Gewiss ist es sinnvoller, die Höchste Macht als weiblich zu betrachten, wenn man überhaupt eine Gottheit einem Geschlecht zuordnen muss, denn die Frau schenkt das Leben. Selbst Jesus, von dem die Christen behaupten, er sei der Sohn Gottes oder sogar Gott selbst gewesen, musste von Maria geboren werden, ehe er Menschengestalt annahm.«

»Ja, natürlich!«, antwortete Portia. »Daher kommen auch die Helden und Halbgötter – Herkules und Aeneas und die anderen alle.«

»Aber die Christen sagen, dass ihr Jesus der Einzige war«, stellte Lucretia fest. Die anderen Mädchen dachten kopfschüttelnd über diesen Mangel an Logik nach.

»Um auf die ursprüngliche Frage zurückzukommen«, sagte ich, als die Diskussion stockte. »Pythagoras behauptet, die Höchste Macht sei ›eine Seele, die hin und her wandelt und in allen Bereichen des Universums verstreut wird, über die gesamte Natur, aus der alle Lebewesen entstanden sind und aus der sie ihre Lebenskraft beziehen‹. Das ähnelt den Lehren, die ich bei den Druiden gelernt habe, nur dass wir, wie gesagt, diese Macht eher als weiblich betrachten, wenn wir ihr überhaupt ein Geschlecht geben. Gesetzt den Fall, dass es sich so verhält«, fuhr ich fort und zeigte noch einmal auf die *matronae*, »warum fühlen wir uns dann genötigt, Bildnisse von einem Begriff herzustellen, der eigentlich nicht abgebildet werden kann, und ihn in Götter und Göttinnen aufzuteilen, denen wir Geschichten und Namen zuordnen? Selbst die Christen machen es so – sie behaupten, ihr Jesus sei der Höchste Gott, und trotzdem sind die Geschichten, die sie über ihn erzählen, genau wie unsere Heldengeschichten!«

Ein langes Schweigen trat ein. Eigentlich war es ungerecht, diesen Mädchen eine Frage zu stellen, deren Lösung sich Theologen und Philosophen entzogen hatten. Aber vielleicht würden sie es leichter verstehen, gerade weil sie Frauen waren.

»Ihr habt zu Hause doch Puppen, oder?«, fügte ich hinzu. »Aber ihr wisst, dass es keine echten Kinder sind. Warum liebt ihr sie?«

»Weil …«, begann Lucretia zögernd nach einer weiteren Pause, »ich mich daran festhalten kann. Ich tue so, als wären sie die Kinder, die ich haben werde, wenn ich groß bin. Es ist so schwer, etwas zu lieben, das weder ein Gesicht noch einen Namen hat.«

»Ich glaube, das ist eine sehr gute Antwort, was meint ihr?«, fragte ich und schaute in die Runde. »Mit unserem Verstand können wie den Höchsten Gott begreifen, aber solange wir in einem menschlichen Körper stecken und in dieser reichen, mannigfaltigen Welt leben, brauchen wir Bildnisse, die wir sehen und anfassen und lieben können. Und jedes einzelne zeigt uns einen Teil dieser Höchsten Macht, und alle Teile zusammen geben uns eine vage Vorstellung vom Ganzen. Die Men-

schen, die darauf beharren, dass es nur den Einen Gott gibt, haben also Recht, aber auch jene, die den vielen huldigen, nur auf unterschiedliche Weise.«
Sie nickten, doch in einigen Augen sah ich Unverständnis. Andere schauten in den Garten hinaus, als fänden sie mehr Wahrheit im Spiel des Lichts auf den Blättern. Dennoch hoffte ich, dass einiges von dem, was ich ihnen gesagt hatte, in ihren Köpfen bliebe. Lachend entließ ich sie und schickte sie zum Spielen hinaus.

Diokletians Edikt blieb in Britannien noch zwei weitere Jahre in Kraft. In dem Jahr nach dem Edikt, als jedermann auf Befehl Opfer darzubringen hatte, wurde ein Soldat namens Albanus in Verulamium zum Tode verurteilt. Eines Tages fand ich eine weinende Vitellia vor, denn sie hatte erfahren, dass ihr vierzehnjähriger Neffe Pancratus in Rom umgebracht worden war. In Londinium indessen gab es keine Hinrichtungen, obwohl der Bischof im Gefängnis gesessen hatte und unter Aufsicht stand.
Die Christen trafen sich auch weiterhin in ihren Häusern, und als selbst das zu gefährlich wurde, erlaubte ich ihnen, Gottesdienste bei mir abzuhalten. Besser gesagt, in meinem Atrium, da die Innenräume mit den Bildnissen und Altären, wenn auch verhüllt, noch zu schändlich waren, um die heiligen Gegenstände ihres Glaubens davor auszustellen. Sie ließen mich jedoch bereitwillig an ihren Gottesdiensten teilhaben, soweit sie Uneingeweihten offen standen.
Der Seilmacher Nathaniel, der mit anderen um die Inhaftierung herumgekommen war, weil er nur ein Diakon der Kirche war, hielt eine Predigt vor seiner Gemeinde. Die Männer saßen auf einer Seite des Gartens, die Frauen auf der anderen, die Köpfe bedeckt und die Augen fromm niedergeschlagen.
»O Gott, die Heiden haben Dein Erbe angetreten«, hob er an und fuhr mit dem Finger an einer Zeile entlang.

Vitellia saß in der ersten Reihe, hielt die Augen geschlossen und bewegte lautlos die Lippen. Warum durfte sie nicht predigen, fragte ich mich, denn offensichtlich kannte sie die heiligen Schriften ebenso gut wie er?
»Sie haben Deinen heiligen Tempel entweiht; sie haben Jerusalem in Asche gelegt. Sie haben die Leichen Deiner Diener den Vögeln zum Fraße vorgeworfen …«
Während er fortfuhr, dachte ich über die Angemessenheit der Worte nach, die von einem der alten jüdischen Könige niedergeschrieben worden waren.
»Wir sind zum Gespött unserer Nachbarn geworden, erniedrigt und verhöhnt von unseren Nächsten …«
Offenbar hatten alle, die dem Gott der Juden dienten, stets Schwierigkeiten gehabt, mit ihren Nachbarn auszukommen. War das so, weil sie Unrecht hatten oder weil sie, wie sie glaubten, ihrer Zeit voraus waren? Ich hatte vorgeschlagen, da die Christen nicht an unsere Götter glaubten, könnte es nicht schaden, pro forma ein Opfer zu bringen, aber Vitellia war entsetzt. Da wurde mir klar, dass die Christen in Wirklichkeit an Götter glaubten und sie für böse hielten. Ich verstand ihre Argumentation nicht, aber ich musste ihre Rechtschaffenheit bewundern.
»… lass Dein Mitleid geschwind über uns kommen, denn wir liegen danieder. Hilf uns, o Gott unserer Rettung, zum Ruhme deines Namens …«
Seit ein paar Minuten hatte ich fernes Raunen vernommen. Als Nathaniel innehielt, wurde es lauter – das Geräusch vieler Schritte und viele Stimmen. Auch die Christen hörten es.
Leise begann eine Frau zu singen …

»Von Jesus Christus lasst uns singen,
von Märtyrern, was sie vollbringen.
Und aller Zunge soll bekennen,
Jesus sei der Herr zu nennen …«

Ich begegnete Philipps Blick und nickte. Er stand auf und ging durch das Haus zur Tür.
Dann vernahmen wir lautes Klopfen, und selbst Nathaniel verstummte. Einige Frauen weinten, andere indessen saßen aufrecht da mit brennendem Blick, als hofften sie, sich als Märtyrer erweisen zu können. Und sie fuhren fort zu singen.

»Tapfer gegen die Fährnis der Zeit,
im Glauben gegen Qualen gefeit,
bracht' ihnen der Tod Frieden und Ruh
Und ewiges Leben für die Sel'gen dazu …«

Ich erhob mich. »Habt keine Angst. Ich gehe zu ihnen hinaus.«
Als ich an die Tür kam, hatte Philipp sie bereits geöffnet und stellte sich der Menge entgegen. Ich schritt an ihm vorbei, und als der erste Mann den Mund aufmachte, um etwas zu sagen, brachte ich ihn mit einem Blick zum Schweigen.
»Ich bin Julia Coelia Helena. Zwanzig Jahre lang war ich die Gemahlin von Konstantius, der jetzt euer Cäsar ist, die Mutter seines erstgeborenen Sohnes. Und ich verspreche euch, seinen Zorn werdet ihr zu spüren bekommen, wenn ihr es wagt, in mein Haus einzudringen!«
Die Christen hinter mir sangen noch immer …

»Erlöser, künde uns von deiner Lieb',
und ew'gen Frieden du uns gib,
lass auch die treuen Diener dein
durch deine Gnade glücklich sein …«

»O Herrin!« Der Anführer schüttelte lachend den Kopf. Jetzt fiel mir auf, dass viele in der Menge Girlanden auf dem Kopf trugen oder Weinschläuche bei sich hatten, und mir dämmerte, dass den feurigen Seelen, die hinter mir sangen, die Hoffnung auf ein Martyrium zunichte gemacht wurde.

»Das war nie unsere Absicht gewesen! Im Namen Jupiters und Apollons, wir sind nicht auf Morden, sondern auf Feiern aus! Hast du die Nachricht nicht gehört? Diokletian und Maximian haben abgedankt, und dein Konstantius ist jetzt Augustus!«

14. KAPITEL

A. D. 305-306

Im Traum ging ich mit Konstantius am Ufer eines Flusses entlang. Ich wusste nicht, ob es der Rhenus oder die Tamesis war, denn der Himmel war eine trübe, konturlose Masse. Es spielte auch keine Rolle, da mein Geliebter bei mir war. Seine Gesichtszüge waren überschattet, doch mein Körper kannte den festen Griff seiner Hand. Es war überraschend schön, ihn nach so vielen Jahren, in denen ich sogar meine Erinnerungen verdrängt hatte, wieder in meiner Nähe zu haben.

»Wohin gehen wir?«, fragte ich.

»Ich will mich von dir verabschieden, bevor ich abreise …«

»Nicht schon wieder!« Ich blieb stehen und versuchte, ihn festzuhalten, doch er strebte weiter und zog mich mit. »Bitte, verlass mich nicht noch einmal!«

»Diesmal«, sagte er, »kann ich erst dann wieder bei dir sein, wenn ich dich verlasse.«

»Wird es dunkel?«, fragte ich mit Tränen in den Augen.

»Nein, Geliebte, sieh – der Morgen zieht herauf!«

Ich blinzelte, denn sein Gesicht strahlte noch stärker, als die Sonne über dem Horizont aufging. Dann war er Licht durch und durch und entglitt mir, als ich die Arme ausbreitete, um die Morgenröte zu begrüßen …

Grelles Licht drang durch meine Augenlider, und an der Tür wurde laut geklopft. Mühsam befreite ich mich aus den durchwühlten Bettlaken und rieb mir die Augen, damit die Wirklichkeit meines Schlafgemachs mit seinen Wald- und Quellnymphen auf den Fresken das verhangene Leuchten meines Traums verdrängte. Gefahr konnte es nicht sein – obwohl Vitellia noch immer bei mir wohnte. Wir hatten einen neuen Flügel ans Haus bauen lassen, in dem niemand je Götter angebetet hatte. Unter dem neuen Augustus Konstantius wurden Christen nicht einmal mehr zum Schein verfolgt. Frühlingslicht fiel durch die Fenster. Ich würde ohnehin keinen Schlaf mehr finden, und es war an der Zeit, den Tag anzugehen.

Während ich mein Schlafgewand auszog und mich an die Waschschüssel stellte, hörte ich von unten Stimmen. An meinen Schläfen zeigten sich die ersten silbergrauen Haare, doch ich ging noch überallhin zu Fuß, statt Wagen oder Sänfte zu nehmen, und mein Körper war fest. Hrodlind erschien in der Tür, und als sie sah, dass ich aufgestanden war, legte sie hastig ein frisches Hemd und eine meiner feineren Tuniken zurecht, die aus safranfarbener Seide gefertigt und am Saum mit Schafgarben bestickt war.

Angesichts meiner Verwunderung grinste sie. »Du hast Besuch, Herrin. Heute willst du etwas hermachen!«

Ich überlegte, ob ich sie zwingen sollte, mir den Besucher zu nennen, aber offenbar war es keine Katastrophe. Wortlos streckte ich die Arme aus, damit sie das Gewand mit Spangen befestigen konnte, und unterdrückte beim Anblick ihrer enttäuschten Miene ein Lächeln. Sie hatte nicht erwartet, dass ich mich so schnell fügen würde.

Auf dem Weg zum Speisezimmer zog ich mir eine Palla aus leichter, cremefarbener Wolle gegen die morgendliche Frische um die Schultern. Das Haus duftete nach der verlockenden Nusscreme, die Drusilla stets an Feiertagen hergestellt hatte, als Konstantin noch klein war. Bei diesem Gedanken blieb ich wie angewurzelt stehen, denn ich hatte begriffen, wer mich entgegen aller Hoffnungen und Erwartungen besuchte.

Das Herz schlug mir bis zum Hals, und ich holte tief Luft, dankbar für den Duft, den Schlüssel zur Erinnerung, der mich vorgewarnt hatte. Konstantin konnte keine schlechten Nachrichten bringen, dachte ich, sonst wären die Diener nicht so fröhlich gewesen. Ich wartete noch eine Weile und sammelte meinen Mut, diesem Sohn gegenüberzutreten, den ich nicht mehr gesehen hatte, seitdem er mir im Alter von achtzehn Jahren einen Besuch abgestattet hatte. Er hatte mir natürlich geschrieben, aber er war dabei stets auf der Hut gewesen, als befürchtete er, seine Briefe würden abgefangen. Ich wusste nicht mehr, wo er stand, und ich fragte mich, ob die seither vergangenen dreizehn Jahre ihn stärker verändert hatten als mich.

Dann zupfte ich meine Palla zurecht und betrat das Speisezimmer.

Ein fremder Offizier hatte sich so ans Fenster gesetzt, dass sich die Morgensonne auf seinem eng anliegenden Brustpanzer aus Bronze fing. Wenigstens hatte er die Höflichkeit besessen, den Helm abzusetzen. Das helle Haar, ziemlich lang getragen und leicht gelockt, fiel mir auf, und plötzlich sah ich in dem Fremden meinen Sohn Konstantin vor mir. Er hatte das Fenster geöffnet und beobachtete die badenden Vögel in der Wasserschale, die ich im Atrium eigens für sie aufgestellt hatte. Er hatte nicht gehört, dass ich hereingekommen war.

Einen Augenblick lang war es mir vergönnt, mich an seinem Anblick zu weiden. Eine rot eingefasste, langärmelige Tunika aus weißer Wolle schaute unter der Rüstung hervor, darunter wiederum trug er eine abgenutzte Reithose aus braunem Wildleder. Seine gesamte Kleidung, wiewohl von bester Qualität, erweckte eher den Anschein, schon lange in Gebrauch zu sein. Vielleicht hatte Konstantin nicht prahlen wollen, war jedoch in seiner Rüstung zu mir gekommen, weil er nichts Unaufdringlicheres anzuziehen hatte. Aber ich musste ihm seinen Stolz lassen.

»Uniform steht dir, mein Sohn«, sagte ich leise.

Hastig drehte er sich um und sprang auf. Überraschung verwandelte sich alsbald in Freude, die sein Gesicht erleuchtete, als wäre die Sonne im Zimmer aufgegangen. Im nächsten Augenblick wurde ich in einer harten Umarmung zerdrückt. Dann hielt er mich von sich ab, damit er mir ins Gesicht sehen konnte, und umarmte mich von neuem.

»Ich hoffe nur, dass der Brustpanzer von innen bequemer ist.« Ich lächelte kläglich, als er mich losließ, und rieb mir die Stellen, in die sich die Kanten der Rüstung gebohrt hatten.

»Man gewöhnt sich daran«, sagte er zerstreut und hielt meine Hand noch immer fest. Ich errötete unter seinem durchdringenden Blick. »Oh, Mutter, weißt du, wie oft ich von diesem Tag geträumt habe? Und du hast dich überhaupt nicht verändert!«

Das stimmte nicht, dachte ich und lächelte ihn an. War das Bild, das er sich von mir machte, so stark, dass er nicht imstande war, zu erkennen, wie ich wirklich aussah, oder lag es daran, dass ich mich hauptsächlich innerlich verändert hatte?

»Setz dich und lass Drusilla das Frühstück auftragen, das sie für dich zubereitet hat«, sagte ich schließlich. »Was führt dich hierher, und wie lange kannst du bleiben?«

»Nur einen Tag«, beantwortete er die letzte Frage, während er Platz nahm. Der Stuhl knarrte unter seinem Gewicht, denn er war so groß und breit geworden wie mein Vater, alles an ihm war ein wenig größer und stabiler als bei anderen Männern. Mit Genugtuung stellte ich fest, dass er zu Recht das Kind der Prophezeiung war.

»Vater hat mir die besondere Erlaubnis erteilt, hier an Land zu gehen statt in Eburacum, aber morgen muss ich aufbrechen, um mich meiner Legion im Norden anzuschließen. Die Pikten werden mir zuliebe nicht warten.«

Mein Herz begann wie wild zu schlagen. Konstantius war in Britannien! Ich hätte es mir denken können. Nach ein paar friedlichen Jahren versuchten die wilden Stämme im Norden erneut, die Grenze zu durchbrechen, und an einigen Stellen

hatten sie die Truppen überwältigt, die am Grenzwall stationiert waren. Es oblag dem Herrscher des westlichen Imperiums, Britannien zu verteidigen.
Ich schüttelte den Kopf und versuchte den plötzlichen, verräterischen Wunsch zu unterdrücken, Konstantius wäre mit seinem Sohn nach Londinium gekommen.
»Aber wie kommt es, dass du überhaupt hier bist? Ich dachte, du dientest unter Galerius im Osten ...«
Konstantin schoss das Blut ins Gesicht, doch er hatte offenbar gelernt, sein Temperament zu zügeln. Hätte er das nicht, dann hätte er zweifelsohne nicht so lange überlebt, um hier in meinem Speisezimmer sitzen zu können.
»Das habe ich auch«, sagte er finster. »Ich war auf dem schrecklichen Marsch durch die Wüste im Osten von Carrhae dabei, die vor zweihundert Jahren Crassus und zehn Legionen vernichtet hat. Von meinen Männern ist nicht einmal der zehnte Teil heimgekehrt. Ich war überrascht, dass Galerius selbst Diokletians Zorn überlebte, als wir in Antiochia ankamen – wusstest du, dass er eine Meile hinter Diokletians Triumphwagen herlaufen musste?«
Ich schüttelte den Kopf. Ich war froh, nicht gewusst zu haben, dass mein Sohn an diesem katastrophalen Feldzug teilgenommen hatte.
»Du hast mir nichts darüber geschrieben.«
Konstantin hob eine Augenbraue, eine Angewohnheit, die er von mir hatte.
»Meine liebe Mutter, mein Vater ist ein ehrenhafter Mann, und zwischen ihm und Maximian hat immer Vertrauen geherrscht. Im östlichen Teil des Imperiums liegen die Dinge ganz anders. Selbst als ich noch in Diokletians Haushalt diente, hat einer seiner Freigelassenen unsere Post gelesen, und Galerius hatte noch weniger Grund, mir zu trauen.«
Ich seufzte bei der Erkenntnis, dass meine Briefe an ihn, wahrscheinlich als Reaktion auf die Zurückhaltung, die er in seinen

Briefen übte, im Laufe der Jahre immer oberflächlicher geworden waren, mit dem Ergebnis, dass keiner von uns den anderen richtig kannte.

Drusilla brachte den Haferbrei, und Konstantin erhob sich, um sie zu umarmen. Tränen schimmerten in ihren Augen, als er sie losließ.

»Hast du ihn auch auf seinem zweiten Feldzug begleitet?«, fragte ich, als er ein wenig gegessen hatte.

»Damals diente ich in seiner Leibwache. Ich muss sagen, dass Galerius aus seinen Fehlern lernt. Der Kaiser hatte ihm ein Heer aus illyrischen Veteranen und gotischen Hilfstruppen zur Verfügung gestellt, und wir nahmen die nördliche Route durch das armenische Gebirge, deren Bewohner uns freundlich gesinnt waren. Ich gebe auch zu, dass der Mann Mut hat – er hat mit nur zwei Wachen bei Nacht das Lager des Feindes ausgekundschaftet und den Angriff angeführt, als wir sie überrannten. Das war ein ruhmreicher Tag für alle. Narses wurde in die Flucht geschlagen, und der Vertrag, den wir am Ende abschlossen, garantiert uns für mindestens eine Generation Sicherheit an der östlichen Grenze.«

»Galerius muss viel von dir halten, wenn er dich seiner Leibwache zugeordnet hat.« Ich legte meinen Löffel ab.

Konstantin grinste. »Oh, ich kann kämpfen. Ich will dir nichts von den Situationen erzählen, denen ich nur mit knapper Not entkam – sie würden dich nur ängstigen –, aber ich weiß, die Götter haben mich beschützt, denn ich habe mir bei beiden Feldzügen kaum einen Kratzer zugezogen. Dennoch glaube ich, dass Galerius mich in seiner Nähe wünschte, damit er mich im Auge behalten konnte. Er glaubt, er wird Vater überleben und dann der Höchste sein, und ich stelle eine Bedrohung für seine Pläne dar.« Ruckartig verfinsterte sich seine Miene. »Wie viel haben sie über die Abdankung bis in die Provinzen durchdringen lassen, Mutter?«

Ich schaute ihn verwundert an. »Nur, dass sie stattgefunden

hat und dass zwei Männer, von denen ich noch nie etwas gehört hatte, zu Cäsaren ernannt wurden.«
»Galerius hat das entschieden«, sagte Konstantin mit unbewegtem Gesicht. »Ich weiß nicht, wie er Diokletian unter Druck gesetzt hat – vielleicht hat er mit Bürgerkrieg gedroht. Weißt du, dass die Münze in Alexandria tatsächlich ein Geldstück mit meinem Namen geprägt hatte? Ich war bereit, Maximian zu bitten, ein Datum für meine Heirat mit seiner Tochter Fausta festzulegen, mit der ich verlobt wurde, als Vater Cäsar wurde, und die endlich das heiratsfähige Alter erreicht hat. Alle waren sicher, die Wahl würde auf Maximians Sohn Maxentius und auf mich fallen.
Da standen wir nun auf dem verdammten Hügel und warteten unter der Jupitersäule, und Diokletian kam mühsam auf die Beine und klagte über seine körperliche Schwäche und wie sehr er nach seiner Arbeit der Ruhe bedürfe, und deshalb würden mein Vater und Galerius den Titel Augustus erhalten, und ihnen zur Seite wolle er Maximus Daia und Severus als Cäsaren stellen! Die Leute tuschelten untereinander und fragten sich, ob ich meinen Namen geändert hätte, bis Galerius mich beiseite schob und Daia, den Sohn seiner Schwester, nach vorn zog!«
»Manche haben behauptet, du und Maxentius wären übergangen worden, weil ihr die Söhne von Kaisern seid, um eine Erbmonarchie zu verhindern«, sagte ich sanft.
Konstantin verkniff sich einen Fluch. »Ich könnte dir ein Dutzend Männer nennen, die diese Ehre mehr verdient hätten! Männer, denen ich mit Stolz gedient hätte. Severus ist Galerius' bester Freund, und weder er noch Daia haben jemals mehr als eine Abteilung kommandiert. Galerius will keine Gleichgestellten, sondern Lakaien, und Diokletian will nur Ruhe und Frieden, damit er auch weiterhin glauben kann, er habe das Imperium gerettet!«, sagte er aufgebracht. »Galerius war ein guter Diener, aber, bei den Göttern, er wird ein

schlechter Herr sein. Er schikaniert die Christen in seinen Gebieten auch dann noch, wenn klar ist, dass die Verfolgung misslungen ist.«

Ich holte tief Luft. »Mich wundert, dass er dich hat gehen lassen.«

Konstantin begann zu lachen. »Das hat er! Vater hatte ihm geschrieben und unter dem Vorwand, es gehe ihm schlecht, um meine Anwesenheit gebeten. Galerius ließ sich Zeit mit der Antwort, und es ist erstaunlich, wie sehr ich danach zu Unfällen neigte. Meine Patrouillen wurden überfallen, die Treiber, die einen Eber festhalten sollten, den wir gejagt hatten, ließen ihn aus unerfindlichen Gründen laufen, Straßenräuber überfielen mich vor einer Taverne. Es wurde so schlimm, dass ich einen Sklaven kaufte, der mein Essen vorkostete.«

Ich biss mir auf die Lippen. Es war sinnlos zu fragen, warum er mir nichts über die Gefahr geschrieben hatte, in der er schwebte – der Brief hätte mich nie erreicht. Aber ich hatte jeden Morgen um seine Sicherheit gebetet, wenn ich mein tägliches Opfer darbrachte.

»Schließlich erteilte Galerius mir die Erlaubnis«, fuhr Konstantin fort. »Das war eines Tages gegen Abend, und er ging offenbar davon aus, dass ich am nächsten Morgen aufbräche. Doch es war schon so weit, dass ich mich fragen musste, ob ich die Nacht noch überleben würde. Ich hatte einen Freund in der Schreibstube, der den Erlaubnisschein für die Postpferde ausstellte, und ich gab mein Bestes, nicht nur schneller zu sein als die Verfolger, sondern auch als die Kunde von mir, besonders, als ich durch Länder kam, die Severus besetzt hielt.« Er grinste schlau, dann widmete er sich seinem Frühstück.

Ich lehnte mich mit einem langen Seufzer zurück und dachte über seine Geschichte nach, während ich abwartete, dass mein Herz ruhiger wurde.

»So bist du zu deinem Vater gekommen«, sagte ich dann. »War es eine List, als er schrieb, er wolle dich in seiner Nähe haben, weil er krank sei?«
Konstantin runzelte die Stirn. »Nun ja, ich weiß nicht. Er hat es behauptet, aber er gerät auch leicht außer Atem und sieht schlecht aus. Das ist der zweite Grund, warum ich darauf bestand, dich aufzusuchen. Er will sich von den Ärzten nicht untersuchen lassen, und ich dachte, dass du vielleicht …«
Ich schüttelte den Kopf. »Mein Sohn, das Recht gebührt einer anderen Frau. Es würde nicht nur uns beiden Schmerzen bereiten, wenn ich jetzt zu deinem Vater ginge.«
Die Miene meines Sohnes verfinsterte sich noch mehr, und ich merkte, dass es ihm missfiel, wenn er nicht seinen Willen bekam, obwohl oder gerade weil er so lange die Rolle eines loyalen Untergebenen hatte spielen müssen. Doch eine Mutter hatte gewisse Vorteile. Ich hielt seinem Blick stand, und am Ende schaute er zur Seite.
Danach entspannte sich die Atmosphäre, und als wir mit dem Frühstück fertig waren, zeigte ich ihm mein Haus und stellte ihn Vitellia vor. Anschließend machten wir Arm in Arm einen Rundgang durch die Stadt. Konstantin bestritt die Unterhaltung, und ich freute mich, diesen wundervollen jungen Mann neu zu entdecken, den die Götter mir als Sohn geschenkt hatten. Als wir für Drusillas köstliches Abendessen zurückkehrten, wurde es bereits dunkel. Diesmal wartete Konstantin bis zum nächsten Morgen, ehe er wieder aufbrach.

In jenem Sommer verfolgte ich die militärischen Meldungen wieder mit größerer Aufmerksamkeit, wie ich es seit meiner Zeit als Gefährtin eines Soldaten in Dalmatien nicht mehr gewohnt war, und die Garnison im Lager, die von Konstantin sehr beeindruckt war, versorgte mich mit Nachrichten. Asclepiodotus, der Präfekt, der Konstantius im Feldzug gegen Allectus so brav gedient hatte, war wieder stellvertretender Be-

fehlshaber seines Heeres. Als wir in Sirmium stationiert waren, war er ein ernster junger Offizier gewesen.
Der Mann, der mein Gemahl gewesen war, hatte schon immer zu Ergebenheit Anlass gegeben. Immerhin war ich ihm aus Avalon gefolgt. Und Konstantin bewunderte seinen Vater nach wie vor. Hätte Galerius Konstantin zum Cäsaren ernannt, hätte mein Sohn ihn unterstützt, wie er seinen Vater unterstützte. Auf diese Weise hatte sich der Augustus im Osten zwei wichtige Feinde gemacht.
Die Truppen, die Konstantius aus Germanien hergeführt hatte, waren in Eburacum an Land gegangen und hatten sich mit ausgesuchten Abteilungen aus den Garnisonen am Grenzwall zusammengeschlossen. Als es Sommer wurde, drangen sie durch das Gebiet der Votadiner nach Norden vor und verfolgten einen sich immer weiter zurückziehenden Feind vorbei an der Bodotria bis in die Nähe des Mons Graupius, wo Agricola ihre Vorfahren vor über zwei Jahrhunderten besiegt hatte. Dort, so hieß es in dem Bericht, habe der Kaiser einen großen Sieg errungen.
Diese Nachricht wurde auf dem Forum verkündet und an den Toren des Statthalterpalasts ausgehängt. Die Bastet-Priesterin, der ich Konstantin auch vorgestellt hatte, beglückwünschte mich. Ich bedankte mich, hatte aber trotz des allgemeinen Jubels ein ungutes Gefühl und suchte weiterhin den Tempel der Isis auf, um zu opfern.
Die Göttin im Schrein war in römischem Stil gearbeitet, trug eine Weizenkrone und Blumen unter einem Halbmond und war in fließende Gewänder gekleidet. Der Lärm der Händler vor dem Tempel verstummte, als ich Weihrauch auf die glühenden Kohlen der Feuerstelle vor dem Altar warf.
»Göttin«, flüsterte ich, »um deines Sohnes Horus willen, des mächtigen Kämpfers, der Flügelsonne, wache über mein Kind und führe es sicher nach Hause.« Ich wartete einen Augenblick und betrachtete das Spiel des Feuerscheins auf den mar-

mornen Gesichtszügen der Statue. Dann warf ich noch eine zweite Hand voll auf die Kohlen. »Und wache auch über den Kaiser, so wie du über den Pharao gewacht hast.«
Jeder Bürger konnte zugunsten seines Kaisers ein Opfer darbringen, und auch ich hatte nicht mehr das Recht, für ihn als meinen Gemahl zu bitten. Was hätte es mir auch genutzt, hieß es doch, dass Isis' Treue nur deshalb berühmt wurde, weil Osiris bereits tot war. Ich ging nach Hause, doch mir war nicht wohl. Die Berichte blieben jedoch weiterhin positiv. *Ich werde alt*, sagte ich mir. *Es besteht kein Grund zur Sorge …*
Ende Juni erhielt ich einen Brief von Konstantin.
»Mein Vater ist auf dem Rückweg von Alba zusammengebrochen. Er ist wieder auf den Beinen, und wir haben Eburacum erreicht, aber er scheint oft Schmerzen zu haben. Die Ärzte sagen wenig, und ich habe Angst um ihn. Bitte, komm. Er fragt nach dir …«

Konstantin hatte einen Befehl zur Bereitstellung von Postpferden geschickt. Ich reiste im Wagen, wechselte an jedem offiziellen Gästehaus die Pferde und brauchte etwas über eine Woche, um in den Norden von Eburacum zu gelangen. Ein fünfundfünfzigjähriger Körper war für eine solche Reise nicht mehr geeignet. Als ich im Lager ankam, war ich vom ständigen Schwanken und Ruckeln des Wagens voller Prellungen und völlig erschöpft. Das Gerücht über die Krankheit des Kaisers hatte sich im Land verbreitet, und ich blickte in viele besorgte Gesichter, doch man versicherte mir bei jedem Aufenthalt, Konstantius lebe noch. Diese Hoffnung hielt mich während der Reise aufrecht.
Mein Kummer über unsere Trennung hatte ein wenig nachgelassen, solange ich wusste, dass Konstantius noch unter den Lebenden weilte. Dennoch hatte ich auf meiner Reise stets das Bild der um ihren Gemahl trauernden Isis vor Augen. Selbst die Götter verloren die, die sie liebten, warum sollte ich mich also für gefeit halten?

Die Nachricht über mein Kommen war mir vorausgeeilt. Konstantin trat hinter dem Schanzwerk hervor, als wir durch das Tor fuhren, und half mir beim Aussteigen. Ich hielt mich kurz an ihm fest, um Kraft zu sammeln.

»Wie geht es ihm?«, fragte ich, als ich wieder auf festen Beinen stand.

»Tag für Tag besteht er darauf, sich anzuziehen und versucht, ein wenig zu arbeiten. Aber er wird schnell müde. Ich habe ihm gesagt, dass du kommst, und mir scheint, als hätte er mich stündlich gefragt, wo du wohl gerade seist.« Er brachte ein Lächeln zustande. »Aber wir haben ihn überredet, sich hinzulegen, und er schläft jetzt.«

Er begleitete mich in das Gebäude und zeigte mir das Zimmer, das sie für mich vorgesehen hatten, und das Sklavenmädchen, das mir aufwarten sollte. Nachdem ich mich gewaschen und umgezogen hatte, wartete Konstantin bereits im angrenzenden Raum, in dem ein Tisch mit Wein und Honigkuchen gedeckt war.

»Und wie geht es dir?«, fragte ich, denn ich hatte die dunklen Ringe unter seinen Augen bemerkt. Körperlich mochte ich erschöpfter sein, aber er litt ebenfalls.

»Es ist merkwürdig. Wenn ich in die Schlacht ziehe, fürchte ich mich nicht. Aber das hier ist ein Feind, dem ich mich nicht entgegenstellen kann, und ich habe Angst.«

Stimmt, dachte ich traurig, *selbst die Kraft eines jungen Mannes, der nicht glaubt, dass er sterben könnte, ist gegen manche Feinde machtlos*.

»Ich weiß noch«, sagte er und wich meinem Blick aus, »aus meiner Kindheit, dass du … eigenartige Dinge tun kannst. Du musst ihm helfen, Mutter, sonst sind wir verloren.«

»Hast du mich als deine Mutter oder als Priesterin gerufen?«

Er schaute auf, und im ersten Moment dachte ich, er käme zu mir gekrochen und legte den Kopf an meine Brust, wie er es als Kind immer gemacht hatte.

»Ich brauche meine Mutter, aber mein Vater braucht die Priesterin.«
»Dann will ich dir als Priesterin antworten. Ich werde tun, was ich kann, Kon, aber du musst verstehen, dass unser Leben einem natürlichen Rhythmus unterliegt, den nicht einmal die Götter leugnen können.«
»Dann sind es böse Götter!«, murmelte Konstantin.
»Mein Herz setzt sich ebenso gegen diese Erkenntnis zur Wehr wie das deine, aber es kann sein, dass ich ihm nur dabei helfen kann, loszulassen.«
Der Stuhl scharrte laut über den Boden, als er aufstand und meine Hand ergriff. »Komm …« Er half mir auf die Beine, wartete kaum, bis ich mir die Palla um die Schultern gelegt hatte, und zog mich aus dem Zimmer.
»Gerade hat er sich bewegt«, sagte der diensthabende Arzt, als wir an der Tür auftauchten. »Ich glaube, er wacht gleich auf.«
Der Kaiser lag auf seinem Bett, den Oberkörper an Kissen gelehnt. Ich blieb stehen, krampfhaft um Fassung ringend. Konstantin hatte Recht. Die Gemahlin und Mutter würde sich in Tränen auflösen, wenn sie ihren Geliebten so still dort liegen sähe. Jetzt war die Priesterin gefordert.
Ich trat an das Bett, hielt die ausgestreckten Hände über Konstantius' Körper und erweiterte mein Bewusstsein, um den Energiefluss zu spüren. Über Kopf und Stirn strömte die Lebenskraft noch kräftig, aber die Aura über seiner Brust flackerte schwach, und weiter unten war sie gleichmäßig, aber nicht deutlich. Ich beugte mich über ihn, um seinem Atem zu lauschen, und hörte das durch Sekretstau bedingte Röcheln.
»Hat er Fieber?« Ich glaubte es nicht, denn seine Haut war nicht gerötet, sondern ungewöhnlich bleich; dennoch hatte ich gehofft, es sei Lungenfieber, denn das konnte ich bekämpfen. Der Arzt schüttelte den Kopf, und ich seufzte. »Dann ist es das Herz?«

»Ich habe ihm einen Fingerhuttrank zubereitet, falls er Schmerzen haben sollte«, sagte der Arzt.
»Das ist gut, aber vielleicht können wir etwas für seine Stärkung tun. Hast du einen zuverlässigen Mann, von dem du folgende Kräuter besorgen lassen kannst?« Als er nickte, diktierte ich meine Liste: Herzgespann und Hagedorn, Nessel und Knoblauch. Konstantins finstere Miene hellte sich auf.
Dann regte sich der Mann auf dem Bett und stöhnte. Ich kniete neben ihm nieder und rieb ihm die kalten Hände.
Noch mit geschlossenen Augen lächelte Konstantius. »Ah, die Göttin kommt wieder ...«
»Die Göttin war immer bei dir, aber jetzt bin auch ich hier.« Ich bemühte mich, meiner Stimme einen ruhigen Klang zu verleihen. »Was hast du mit dir gemacht, um in diesen Zustand zu geraten? Ist es nicht Sache eines Augustus, in seinem Palast zu sitzen und das Kämpfen jüngeren Männern zu überlassen?«
»Ich habe nicht einmal die Augen aufgeschlagen, und schon schimpft sie mit mir!«, sagte er, aber in Wahrheit glaube ich, er war sich noch nicht sicher, ob ich tatsächlich da war.
»Vielleicht nimmt das der Sache den Stachel.« Ich beugte mich über ihn, um ihm einen Kuss auf die Lippen zu drücken, und als ich mich löste, schaute er zu mir auf.
»Du hast mir gefehlt«, sagte er nur und las die Antwort in meinen Augen.

In der darauf folgenden Woche verabreichte ich Konstantius meine Heilmittel, aber obwohl Konstantin lauthals von seiner Genesung sprach, wurde mir allmählich klar, dass Konstantius seine restliche Kraft nur darauf verwendet hatte, auszuharren, bis ich bei ihm war. Konstantin und ich wechselten uns an seinem Bett ab, hielten seine Hand, wenn er schlief, oder sprachen über die Jahre, in denen wir getrennt waren.

Eines Tages, als ich ihn badete, fiel mir eine bläuliche Narbe an seinem Oberschenkel auf, und ich fragte, wann er sich so leichtsinnig in Gefahr begeben hatte.
»Ach, das war in Gallien vor drei Sommern, und ich versichere dir, ich habe mich nicht absichtlich solcher Gefahr ausgesetzt.«
Drei Jahre, dachte ich, und die Narbe war noch immer rot und entzündet. Sie war weder schnell noch gut verheilt, ein Zeichen, dass sein Kreislauf auch damals schon Probleme gemacht hatte. Ich hätte ihm Heilmittel zur Stärkung des Herzens verabreichen können, wenn ich es gewusst hätte. Womöglich hätte es aber keine Rolle gespielt. Theodora war nicht meine Rivalin. Konstantius hatte sein Herz an das Imperium verloren, noch bevor er es mir schenkte.

Der Juli zog ins Land, und selbst in Eburacum war es warm. Wir öffneten die Fenster, um frische Luft hereinzulassen, und deckten den Kranken mit einer leichten Wolldecke zu. Das Zirpen der Grillen vermischte sich mit seinem röchelnden Atem.
Eines Nachmittags, als ich allein mit ihm im Zimmer war, wachte Konstantius aus einem kurzen Schlaf auf und rief mich beim Namen.
»Ich bin hier, Geliebter.« Ich nahm seine Hand.
»Helena ... ich spüre, dass dies ein Kampf ist, den ich nicht gewinnen werde. Die Sonne scheint hell, aber ihre Kraft lässt nach, ebenso wie die meine. Ich habe getan, was ich auf dieser Welt tun sollte, aber ich habe Angst um das Imperium, das Galerius und seinen willfährigen Cäsaren auf Gedeih und Verderb ausgeliefert ist.«
»Ohne Zweifel hat Augustus dasselbe gedacht, aber Rom steht noch«, sagte ich. »Seine Sicherheit hängt letzten Endes von den Göttern ab, nicht von dir.«
»Vermutlich hast du Recht – wenn ein Kaiser göttliche Ehren

empfängt, fällt es zuweilen schwer, das eine vom anderen zu trennen. Aber die Götter sterben nicht. Sag mir, Herrin, kann dieser Körper genesen?«

Ich schaute ihn einen Augenblick lang an und blinzelte, um meine Tränen zu unterdrücken. Sein Blick war klar und direkt, und wir hatten uns immer die Wahrheit gesagt. Ich konnte sie ihm jetzt nicht vorenthalten.

»Es ist lange her, seit ich die Kunst des Heilens erlernt habe«, sagte ich schließlich. »Aber du schläfst Tag für Tag länger. Die Lebenskraft in deinem Körper lässt nach. Wenn das so weitergeht, wirst du vielleicht noch eine Woche bei uns bleiben, länger nicht.«

Ich war überrascht, als seine Miene sich aufhellte. »Das ist mehr, als ich von meinen Ärzten herausbekommen habe. Ein guter General braucht für einen geordneten Rückzug ebenso genaue Informationen wie für die Planung eines Sieges.«

So hätte ich es nicht betrachtet und musste trotz der Tränen lächeln.

»Konstantin hat dich gebeten, mich zu heilen, aber jetzt bitte ich dich um etwas noch Schwierigeres, meine geliebte Priesterin. Ich habe in meinem Leben zu lange den Versuch unternommen, auf Schlachtfeldern zu überleben, und es ist schwer, loszulassen. Jetzt musst du mir sagen, wie man stirbt.«

»Das kann ich nur, wenn ich ganz zur Priesterin werde, dann wird die Frau, die dich liebt, nicht hier sein.«

Er nickte. »Ich verstehe. Als ich Konstantin in die Schlacht führte, war es der Kaiser, nicht der Vater, der ihm befahl, sich in Gefahr zu begeben. Aber wir haben ein wenig Zeit. Sei heute meine geliebte Helena, und wir schwelgen in unseren Erinnerungen.«

Ich drückte seine Hand. »Ich weiß noch, als ich dich zum ersten Mal sah, in einer Vision, die über mich kam, als ich erst dreizehn war. Du hast gestrahlt wie die Sonne, und das ist noch immer so.«

»Selbst jetzt, da mein Haar dünner geworden ist und meine Kraft mich verlassen hat?«, spottete er.
»Eine Wintersonne, zugegeben, aber du erhellst die Welt für mich noch genauso«, versicherte ich ihm.
»Das erste Mal, als ich dich sah, hast du ausgesehen wie ein nasses Kätzchen«, sagte er, und ich musste lachen.
Den ganzen Tag über redeten wir und ließen unsere Begegnungen im sanften Licht der Erinnerung noch einmal aufleben. Eine Zeit lang saß Konstantin bei uns, aber ihm war klar, dass es hier um etwas ging, an dem er nur am Rande teilhatte. Er ging hinaus, um sich auszuruhen, bis seine Wache am Krankenlager begann. Als ich an jenem Abend in mein Schlafgemach ging, weinte ich lange, denn ich wusste, dass dies unser Abschied gewesen war.
Am nächsten Morgen kam ich im blauen Gewand und mit der spürbaren Majestät einer Priesterin zu Konstantius. Als er die Augen aufschlug, bemerkte er den Unterschied sofort. Andere reagierten verständnislos auf die Veränderung, außer Konstantin, der mich mit dem panischen Entsetzen eines Kindes anstarrte, das die vertraute Mutter verloren hat, die es zu kennen glaubte.
Du bist jetzt erwachsen, versuchte ich ihm mit vielsagendem Blick mitzuteilen. *Du musst lernen, deine Eltern als Reisegefährten auf der Straße des Lebens zu sehen.* Doch es war nicht verwunderlich, dass er uns noch immer mit den Augen eines Kindes sah, da er im Alter von dreizehn Jahren von uns getrennt worden war.
»Herrin, ich grüße dich«, sagte Konstantius leise. »Was kannst du mich über die Mysterien lehren?«
»Alle Menschen, die von einer Frau geboren werden, erreichen eines Tages das Ende ihres Lebens«, murmelte ich, »und diese Zeit ist jetzt für dich gekommen. Von Seele zu Seele musst du zuhören und darfst dich nicht ablenken lassen. Dein Körper hat dir gute Dienste geleistet und hat sich dabei ver-

braucht. Du musst jetzt bereit sein, ihn loszulassen, ihn zu verlassen, dich aus dem Bereich des Greifbaren zu erheben, das dem Wechsel und Verfall unterliegt, dorthin, wo alles Licht ist und die ewige Natur aller Dinge sichtbar wird …«

Viele Jahre war es her, seit ich diese Worte gelernt hatte. Ausgesprochen hatte ich sie nur einmal, als die anderen Novizinnen und ich uns dabei abwechselten, sie einer alten, sterbenden Priesterin vorzulesen; jetzt aber wurden sie von der Notwendigkeit ins Gedächtnis gerufen, vollständig und vollkommen.

Den ganzen Tag hindurch wiederholte ich die Anweisungen und erklärte, der Körper sei zu einer Last geworden, die zu schwer zu tragen sei, und alle Empfindungen hörten schließlich auf. Wenn das geschehe, müsse die Seele bereit sein, sich durch die Schädeldecke hinaus aufzuschwingen und ihre Vereinigung mit der Quelle allen Seins zu suchen. Weltliche Sorgen und die Zuneigung zu allen, die man geliebt habe, würden sich verschwören, die Seele wieder zurückzuziehen, aber es sei notwendig, fest zu dem Entschluß zu stehen, das alles hinter sich zu lassen.

»Du wirst durch einen langen, dunklen Tunnel kommen, so wie einst, als du dich aus dem Dunkel des Mutterleibs zwängtest. Es ist die Reise deiner Geburt im Geiste, und am Ende wirst du nicht ins Tageslicht, sondern in jenes Strahlen eintauchen, welches die wahre Quelle der Sonne ist …«

Konstantius war eingeschlafen, doch ich redete weiter, denn ich wusste, dass ein Teil seiner Seele noch zuhörte. Mir schien, dass die Götter ihm einen sanften Tod bescheren wollten und dass er aus einer dieser Schlafperioden nicht mehr aufwachen würde, dass die Seele sich aus dem Körper erheben und das Fleisch, der leitenden Seele beraubt, auch aufgäbe.

Inzwischen war allen klar geworden, dass der Kaiser im Sterben lag. Man sagte mir, der Lärm auf dem Marktplatz in der Stadt sei gedämpft und auf jedem Altar brenne Weihrauch.

Die Menschen von Eburacum hatten Konstantius stets als einen der Ihren betrachtet: Er hatte sie vor den Pikten gerettet, und sie waren ihm dankbar. Im Kastell standen die Soldaten um den Amtssitz des Statthalters herum Wache; und Crocus und seine älteren Krieger hatten sich im Flur vor dem Gemach des Kaisers versammelt und warteten mit der unbegreiflichen Geduld treuer Jagdhunde.

In der Nacht wachte Konstantius auf und konnte noch mit Konstantin reden. Ich war erschöpft zu Bett gegangen, doch in der stillen Stunde vor dem Morgengrauen kam ein Soldat, um mich zu holen. Ich spritzte mir Wasser ins Gesicht und bemühte mich um innere Fassung, doch in Wahrheit war ich nicht überrascht. Ich hatte Konstantius die Erlaubnis erteilt, von uns zu gehen, und ihn angeleitet, auf welche Weise. Es gab für ihn keinen Grund mehr, zu verweilen.

»Er schwankt zwischen Bewusstsein und Ohnmacht«, flüsterte mir der Arzt zu, als ich zur Tür kam. »Und das Atmen fällt ihm schwer.«

»Da kommt Mutter«, sagte Konstantin ein wenig verzweifelt, als ich mich auf dem niedrigen Hocker neben dem Bett niederließ. Konstantius bekam schlecht Luft, sein Atem stockte einen Augenblick lang, dann atmete er aus.

»Legt ihm noch mehr Kissen in den Rücken«, sagte ich und schraubte das Fläschchen Rosenöl auf, das ich an einer Kette um den Hals trug. Ich sah, wie seine Nasenflügel bebten, der nächste Atemzug fiel ihm leichter. Dann schlug er die Augen auf, und sein Mund zuckte, als wollte er lächeln.

Fürs Erste genügte es ihm, einfach nur zu atmen. Dann sammelte er seine Kraft und richtete seinen Blick auf Konstantin. »Denk daran …«, flüsterte er. »Kümmere dich … um deine Mutter … und deine Brüder … und Schwestern …« Mit unverwandtem Blick holte er noch einmal Luft. »Bete zum Höchsten Gott … das Imperium zu erhalten.«

Seine Augen fielen zu, aber er war offenbar noch bei Bewusst-

sein. Er kämpfte. Die Fenster waren geschlossen, da spürte ich eine Veränderung in der Luft. Ich bedeutete einem Arzt, sie zu öffnen.
Sobald die Fensterläden aufgeklappt wurden, fiel fahles Licht in den Raum, das von Minute zu Minute heller wurde. Die Sonne ging auf; Tränenspuren glitzerten auf den Wangen tapferer Männer. Konstantius' Gesicht wurde allmählich immer strahlender. Ich beugte mich vor und legte seine Hände auf der Brust zusammen.
»Die Welt um dich herum verblasst ...«, flüsterte ich, »es wird Zeit, zum Licht zu gehen ...«
Er richtete den Blick auf mich, doch war ich mir nicht sicher, worauf er schaute, denn in diesem Augenblick nahmen seine Gesichtszüge einen Ausdruck erstaunter Freude an. »Göttin ...« Das Wort schwebte kaum vernehmbar im Raum. Dann weiteten sich seine blicklosen Augen, der Körper rang um einen letzten Atemzug und scheiterte, dann lag er still.

In den acht Tagen, die zwischen Konstantius' Tod und seiner Einäscherung lagen, hatte Konstantin sein Zimmer nicht verlassen, nur wenig gegessen und mit niemandem geredet. Für mich waren diese Tage wie ein Albtraum, und die Erinnerungen, die mir im Wachzustand kamen, waren schlimmer als meine Träume. Doch als der achte Tag zu Ende ging, legte ich die weiße Trauerkleidung an und ging hinaus, um der Leiche meines Gemahls zum Scheiterhaufen zu folgen. Dort wartete Konstantin bereits, gewaschen, rasiert und in schneeweißer Toga, und obwohl tiefe Schatten unter den Augen lagen, war deutlich, dass er seine Selbstbeherrschung wieder gefunden hatte.
Wenn ich heute an diesen Abend denke, kommen mir eine ganze Reihe von Bildern in den Sinn – Fackeln, die im Wind flackerten und vor der zunehmenden Dunkelheit blass wirkten, der weiße Marmor des neu errichteten Grabmals, das

schwach in ihrem Schein schimmerte. Für Konstantius kam kein Begräbnis an der Straße vor der Stadt in Frage – der Magistrat von Eburacum hatte Anspruch auf ihn erhoben; wenn Konstantius sie lebend schon nicht mehr zu beschützen vermochte, so könnten die Ehren, die einem Grabmal auf dem Forum zuteil wurden, seine schwebende Seele vielleicht überreden, ihren Segen zu spenden.

Ein anderes Bild taucht vor mir auf – Konstantius' Leiche, eingehüllt in Purpur und gekrönt mit dem Goldreif, liegt auf einem hoch aufgeschichteten Scheiterhaufen aus guter britannischer Eiche, übersät mit Kräutern. Ich erinnere mich an Fackelschein auf den finsteren Mienen von Asclepiodotus und Crocus, die uns begleitet hatten, und an das Glitzern ihrer Rüstungen. Und an Konstantins Schweigen, als wäre er aus demselben Marmor gemeißelt wie das Grabmal.

Ich höre ein Geräusch, ein Aufheulen geht durch das Volk, als Konstantin eine Fackel zwischen die Holzscheite steckt. Die Soldaten, die eine ganze Seite des Platzes eingenommen haben, raunen, doch ihre Disziplin siegt, und als der Rauch gen Himmel steigt und die stille Gestalt des Kaisers verhüllt, wird es wieder ruhig, bis auf das Schluchzen der Frauen. Die Szene habe ich schon einmal gesehen, in der Vision, als ich in den Kreis der Frauen aufgenommen wurde, da aber hatte ich mich im kaiserlichen Purpur gesehen, und das war nie der Fall, wie also kann das hier wahr sein?

Der Scheiterhaufen fiel bis auf glühende Kohlen zusammen, als die ersten Sterne am samtenen Leichentuch des Himmels auftauchten. Asclepiodotus mahnt Konstantin mit tiefer Stimme, er müsse jetzt zum Volk sprechen. Schlafwandlerisch dreht Konstantin sich um, seine Augen brennen. Er hebt die Arme, und es wird ganz still.

»Meine Brüder und Schwestern, Waffenbrüder und Geschwisterkinder des Imperiums. Mein Vater und euer Vater ist tot, und seine Seele steigt zum Himmel auf. Wir sind verwaist und

haben keinen Beschützer mehr. Wer wird über uns wachen?«
Frauenstimmen heulen auf und werden sogleich von einem tiefen Schrei aus Männerkehlen überlagert.
»Konstantin! Konstantin wird uns beschützen! Konstantinus, Imperator!«
Konstantin hebt die Arme erneut, um der Menge Schweigen zu gebieten, doch die Rufe werden nur noch lauter, und nun wogen die Soldaten in Reihen nach vorn, Crocus in vorderster Front, einer von ihnen trägt ein Purpurgewand, und Asclepiodotus packt mich am Arm und zieht mich fort.
Ich weiß nicht mehr, wie wir wieder in den Amtssitz des Statthalters gelangt sind. Doch in jener Nacht schien mir, als hallte vom Himmel der Schrei wider …
»Konstantin soll Kaiser werden!«

Teil III

DER WEG ZUR WEISHEIT

15. KAPITEL
A. D. 307-12

In all den Jahren, in denen ich als Konstantius' Gemahlin das Imperium bereiste, war ich nie in Italien gewesen. Rom hatte ich noch nicht gesehen, doch es hieß, Maximians neue Stadt Mediolanum in der norditalienischen Ebene sei beinahe ebenso prächtig. Das wollte ich gern glauben, nachdem die Straßen vom Frühjahrsregen reingewaschen und jeder Triumphbogen mit Blumengirlanden geschmückt war, während die Herren und Meister des Imperiums versuchten, durch die Vermählung von Maximians junger Tochter Fausta mit meinem Sohn Konstantin eine neue Verbindung zu schmieden.

Sie waren in dem Jahr verlobt worden, als Konstantius zum Cäsaren ernannt wurde. Damals war Fausta noch ein Kind, und in den langen Jahren, in denen Konstantin zunächst Diokletian, dann Galerius als Unterpfand diente, hätte es niemanden überrascht, wenn alle, einschließlich Konstantin, die potenzielle Beziehung vergessen hätten. Nur mir wurde immer deutlicher, dass Konstantin niemals etwas vergaß, das er als sein eigen in Anspruch genommen hatte. Ich hoffte, dieser Eigennutz würde ihn zur Zuneigung bewegen, und die Tatsache, dass Fausta in dem Bewusstsein aufgewachsen war, seine zukünftige Frau zu werden, würde sie zur Achtung anhalten, obwohl es anmaßend war, große Kameradschaft zu erwarten, wenn man eine Vierzehnjährige mit einem Fünfunddreißigjährigen vermählte.

Die vergangenen neun Monate waren in der Tat verwirrend gewesen. Obwohl die Truppen, angeführt von Crocus, Konstantin als Augustus ausgerufen hatten, war es ihm diplomatischer erschienen, nicht mehr als den Rang eines Cäsaren zu beanspruchen, als er Galerius davon in Kenntnis setzte, dass er einen neuen Herrscher an seiner Seite hatte. Maxentius, Maximians Sohn, hatte inzwischen beschlossen, seinem Beispiel zu folgen, und Maximian war aus seinem Ruhestand wieder aufgetaucht, um ihn zu unterstützen. Sie nannten sich jetzt alle Augustus.

Ich hätte mich damit begnügt, im Palast zu warten, doch Konstantin bestand darauf, dass seine ganze Familie an der Prozession teilnehmen sollte, einschließlich der Halbgeschwister, der Kinder Theodoras, die wir aus Treveri mitgebracht hatten. So sah ich Mediolanum also von der hohen Warte eines vergoldeten, mit Girlanden geschmückten Triumphwagens aus. Er war von rosa Seide überschattet, die farblich zwar nicht zu meiner purpurnen Palla passte, doch ich vertraute darauf, dass sie wenigstens meiner Gesichtsfarbe schmeichelte.

Dem Jubel nach zu schließen hatten Maximian und Konstantin, die nebeneinander herritten, den Triumphbogen passiert, der auf den Hauptplatz führte. Hinter mir verkündete aufbrausender Jubel die Ankunft der Braut in einem Streitwagen, der von vier schneeweißen Ponys gezogen wurde. Man hatte ihnen Flügel aufgebunden, sodass sie einem Pegasus in Kleinformat ähnelten. Das Gesicht der Braut war hinter der feuerroten Seide ihres Schleiers verborgen.

Ich wusste noch immer nicht, ob Crocus' Ausrufung Konstantin unverhofft getroffen oder ob er es geplant hatte. Rückblickend war es unvermeidlich, dass Konstantius' ältester Sohn die Herrschaft über das Imperium für sich reklamierte. Hätte er das nicht getan, hätte Galerius vermutlich einen Präventivschlag gegen ihn geführt. Warum sollte ich im Übrigen meinem Sohn vorwerfen, dass er sich genommen hatte, wozu er gezeugt und geboren war?

Konstantin hatte weise und entschlossen gehandelt, als er sich in Treveri niederließ, der Hauptstadt seines Vaters. Soweit be-

kannt war, bezog sich sein Ehrgeiz nur darauf, über die Gebiete seines Vaters zu herrschen, und jetzt huldigten ihm alle.
Es gab Tage, an denen mir alles wie ein Traum erschien. Mit Konstantius hätte ich das alles genießen können, doch mir fiel es schwer, daran zu glauben, dass ich hierher gehörte, zu einem Sohn, den ich liebte, aber kaum kannte. Dennoch hatte ich mein Haus in Londinium vermietet und meinen gesamten Haushalt nach Treveri verlegt, wo sich Drusilla meiner Küchen und Vitellia der übrigen Verwaltung annahmen, als wären sie dazu geboren, in Palästen zu leben. Meine Schülerinnen, Katiya und meine anderen Freunde in Londinium fehlten mir, aber Konstantins Begeisterung war ansteckend. Konstantius hatte seine Pflicht erfüllt, Konstantin hingegen *genoss* seine Machtstellung.
Als wir schließlich vor dem Palast ankamen, dröhnte mir der Kopf vor Lärm, und ich nahm erleichtert auf einer Unterlage Platz, die sich nicht bewegte. Konstantin musterte die Marmorverkleidungen in der Halle, als überlegte er, ob er sie für seine neue Basilika kopieren sollte. Ein prachtvoller Anblick – rosa und grau polierte Tafeln, die an den unteren Wandpartien und auf dem Boden in Mustern angeordnet waren. Wenn das Gebäude selbst auch beeindruckend war, so wurde bei näherem Hinsehen deutlich, dass man es ziemlich hastig für den Gebrauch wieder hergerichtet hatte. Die langen, hübsch mit Brokat verhüllten Tische waren aus schlichtem Holz, und an den Fenstern hingen keine Vorhänge, obwohl Vorrichtungen dafür angebracht waren.
Die vornehm gekleideten Gäste, die an diesen Tischen saßen, schienen es nicht zu bemerken. Crocus war darunter mit zwei älteren Offizieren und einem rundlichen kleinen Mann, Ossius, dem Bischof von Corduba. Obwohl die Hochzeit eine traditionelle römische Angelegenheit gewesen war, hatte Konstantin den Bischof um seinen Segen gebeten, was ohne Zweifel die ortsansässigen Christen hoch erfreut hatte.

Nachdem die Opfer dargebracht und die Omen gelesen waren, nachdem auch der Ehevertrag unterzeichnet war, ließen wir uns zu einem denkwürdigen Festmahl nieder. Der kleinen Braut, die ihren Babyspeck noch nicht abgelegt hatte, stieg unschickliche Röte ins Gesicht – vor Aufregung, so hoffte ich, nicht infolge des Weins. Fausta hatte feines, rötliches Haar, das ihre Mägde zu stark gekraust hatten, und graue Augen. Wenn sie heranreifte, würde sie vielleicht hübsch werden, vorläufig aber erinnerte sie mit ihren Wangen voller Süßigkeiten noch an ein helläugiges Eichhörnchen.
Während einer Pause im Unterhaltungsprogramm, als die Gäste aufgestanden waren, bahnte Konstantin sich einen Weg durch das Gedränge und trat an meine Liege.
»Mein Lieber«, ich schaute zu ihm auf, »du stellst sogar deine Braut in den Schatten!« Es gab wohl keine Frau, die mit einem so herausragenden Sohn gesegnet war. Dieser Tag, so schien mir, rechtfertigte all meine Leiden.
Konstantin grinste. Seine cremefarbene Tunika aus orientalischer Seide war mit Gold eingefasst, was sein glänzendes Haar noch betonte. »Sie sieht ganz gut aus, wenn sie nicht wie eine Färse beim Dorffest mit Schmuck behangen ist. Aber es stimmt, dass sie noch sehr jung ist. Willst du meinem Haushalt vorstehen, bis Fausta alt genug dafür ist, Mutter?«
Ich tat so, als müsste ich darüber nachdenken, aber da er wusste, dass ich nicht nein sagen konnte, nahm er meine Hand und küsste sie, als ich lächelte.
»Ich hätte da eine Bitte an dich, die mir noch mehr am Herzen liegt«, er hielt inne, als suchte er nach Worten. »Im Osten des Imperiums hatte ich eine … Verbindung … mit einer Frau namens Minervina. Vor zwei Jahren hat sie mir einen Sohn geboren.«
Ich hob eine Augenbraue, und mir wurde klar, warum er das Thema nicht gern ansprach, denn von seinem Standpunkt aus klang Minervinas Geschichte ähnlich wie meine.

»Was hast du mit ihr gemacht, jetzt, da du eine rechtmäßige Braut hast?«, fragte ich scharf. Verräterische Röte stieg ihm ins Gesicht.
»Vor einem Jahr starb sie an einem Fieber«, erwiderte er, um Würde bemüht. »Mir blieb nichts anderes übrig, als den Jungen bei seinem Onkel zu lassen, als ich vor Galerius floh, doch jetzt habe ich nach ihm geschickt. Er heißt Crispus, Mutter. Willst du mir den Gefallen tun und dich seiner annehmen?«
»Pater familias«, neckte ich ihn. »Du nimmst alle deine Verwandten unter deine Fittiche. Hat es dir derart missfallen, dass ich dir keine Geschwister schenken konnte?«
Im ersten Augenblick wirkte er verwirrt, dann schenkte er mir das strahlende Lächeln, das ich aus seiner Kindheit noch so gut kannte. Ein Enkel! Ich war überrascht, wie aufregend ich diesen Gedanken fand.
»Nichts für ungut«, sagte ich, »bring mir deinen Kleinen. Wenn er mich so anlächelt wie du, werde ich ihn sicher mögen.«

»Avia! Avia! Guck mal – Boreas springt für mich!«
Ich drehte mich um, als der blonde Junge den Zweig in die Höhe hielt. Der Windhundwelpe setzte darüber, und die zweite aus dem Wurf, Favonia, vollführte Luftsprünge und bellte. Konstantin hatte mir die beiden Hunde vor kurzem geschickt.
»Sie sind noch jung, mein Kleiner – bring sie nicht zu sehr außer Rand und Band«, warnte ich meinen Enkel, obwohl es in Wahrheit ebenso der Natur eines Welpen wie der eines kleinen Jungen entsprach, keine Minute stillzusitzen.
Crispus betrachtete die Welt mit neugierigen Augen und bezauberte jeden. Konstantin redete nie über die Mutter des Jungen, aber es war deutlich, dass sie das Kind lange genug erzogen hatte, um ihm die Sicherheit zu geben, geliebt zu werden.

Selbst Fausta, obwohl sie vom Alter her eher seine Schwester hätte sein können, spielte mit ihm wie mit einer Puppe und gelobte, ihn als Sohn adoptieren zu wollen.
In den drei Jahren, seit Crispus nach Treveri gekommen war, hatte ich mich an den Ruf »Avia!«, Großmutter, gewöhnt. Nachdem Konstantin die Herrschaft übernommen hatte, glaubte ich zuweilen, drei Leben gelebt zu haben, wobei das dritte das glücklichste war.
In meinem ersten Leben war ich eine junge Frau auf Avalon gewesen und hatte mich bemüht, Ganedas Feindseligkeit auszuweichen und eigene Kraft zu entwickeln. Das zweite hatte mir die Freude der Erfüllung und den Schmerz der Leidenschaft einer reifen Frau beschert. Selbst in den Jahren, als wir getrennt waren, hatte ich mich gleich einer Blume, die sich immer zur Sonne hinwendet, über meine Beziehung zu Konstantius definiert. Jetzt aber hatte mein Körper eine neues Gleichgewicht gefunden, da er nicht mehr der Gnade des Mondes ausgeliefert war, und ich hatte eine neue Existenz als Mutter des Kaisers begonnen, eine Identität, mit der ich am wenigsten gerechnet hätte.
Crispus, seines Spiels überdrüssig, kam zu mir, kletterte auf meinen Schoß, und die Hunde ließen sich hechelnd neben uns fallen. Ich nahm eine kandierte Feige von dem bemalten Teller auf der Bank neben mir, steckte sie dem Jungen in den Mund und drückte ihn an mich.
Zum ersten Mal in meinem Leben musste ich nicht sparen, und für die in einem kaiserlichen Haushalt anstehenden Arbeiten hatte ich reichlich Diener. Ich hatte viel freie Zeit, die ich meistens mit Crispus verbrachte, der alle Vorzüge seines Vaters besaß, und, wie mir schien, noch liebenswürdiger war, obwohl das eher der Voreingenommenheit einer Großmutter zuzuschreiben war, die es sich leisten kann, ihre Enkel rückhaltloser zu lieben, weil deren Erfolg oder Misserfolg nicht direkt auf sie zurückfällt.

»Erzähl mir eine Geschichte über Vater, als er noch klein war!«, murmelte Crispus mit vollem Mund.

»Tja …«, ich dachte einen Augenblick lang nach, »als er in deinem Alter war, aß er Feigen genauso gern wie du. Damals lebten wir in Naissus, und wir hatten einen Nachbarn, der sehr stolz auf den Feigenbaum in seinem Garten war. Wir hatten aber auch einen Hund, Hylas, der Obst mochte und sogar auf Bäume kletterte, um an es heranzukommen. Konstantin fertigte also einen Maulkorb für Hylas an, und eines Morgens in aller Frühe hob er ihn über die Gartenmauer, ließ ihn in Nachbars Garten fallen und forderte ihn auf, den Feigenbaum hinaufzuklettern und die reifen Früchte anzustoßen, damit sie herunterfielen. Dann schlich er mit einem Korb in den Garten, sammelte sie auf und brachte sie in das Spielhaus, das er in unserem Garten gebaut hatte. Dort aß er sie auf.«

»Alle?«, fragte Crispus. »Hat er dem Hund denn keine gegeben?«

»O doch; er hat Hylas auch noch Feigen ums Maul geschmiert, und als der Nachbar seinen Verlust entdeckte, zu uns kam, mit der Faust drohte und forderte, wir sollten unseren Sohn bestrafen, zeigte Konstantin auf den Hund und schwor bei Apollon, dass Hylas der Übeltäter gewesen sei, was natürlich auch stimmte. Als der Mann ihm nicht glaubte, bestand er darauf, zum Feigenbaum zu gehen und Hylas noch einmal hinaufklettern zu lassen. Diesmal war er natürlich ohne Maulkorb, und es gelang ihm, eine der Feigen zu erwischen, die er zuvor nicht hatte packen können.«

»Was hat der Nachbar gesagt?«

»Zuerst wollte er, dass wir den Hund töten, aber er hat sich dann mit dem Versprechen zufrieden gegeben, dass wir das Tier nie wieder in seinen Garten lassen würden. Auch wir schworen bei Apollon und bezahlten dem Mann die Feigen in Silber. Dann ist er nach Hause gegangen.«

»Da bin ich aber froh, dass der Hund heil geblieben ist«, sagte Crispus. »Aber hat Pater keinen Ärger bekommen?«
»O ja, denn du musst wissen, Hylas war darauf abgerichtet, nicht auf die Mauer zu klettern. Konstantin dachte, er sei sehr klug gewesen, bis wir ihm den Unterschied zwischen wahr und ehrlich erklärten und ihn zwangen, unserem Gärtner so lange beim Umgraben der Blumenbeete zu helfen, bis er den Preis, den wir gezahlt hatten, abgearbeitet hatte.«
Die Augen des Kindes wurden immer größer, als ihm die Erkenntnis kam, dass sein Vater einmal alles andere als vollkommen war. In den vergangenen Jahren hatte Konstantin einen ausgeprägten Sinn für Größe entwickelt, und Crispus würde es nicht schaden, wenn er sah, dass sein Vater auch menschliche Züge besaß.
Was mir Sorgen bereitete, waren die ständigen politischen Unruhen, während Konstantin mit seinen Konkurrenten um die Macht stritt. Ich hatte keinen Zweifel daran, dass er schließlich triumphieren würde, denn war er nicht das Kind der Prophezeiung? Dennoch wartete ich voller Unruhe auf die Briefe von meinem Sohn. Konstantin, der in seiner Mutter die engste Vertraute gefunden hatte, schrieb mir oft.
Als Crispus von meinem Schoß sprang, um noch ein wenig mit den Hunden zu spielen, nahm ich den letzten Brief hervor, den Konstantin mir aus der Nähe von Massilia geschickt hatte. Nach der Hochzeit hatte Maximian mit seinem Sohn Maxentius gestritten und war eine Zeit lang bei uns untergeschlüpft. Galerius, dem es nicht gelungen war, die Lage mit Gewalt zu korrigieren, hatte einen weiteren Vertrag abgeschlossen und anstelle von Severus, den Maxentius hatte hinrichten lassen, einen Mann namens Licinius eingesetzt.
Jetzt hatte Maximian, der meiner Meinung nach erste Anzeichen von Senilität zeigte, den Staatsschatz an sich genommen und sich in Massilia verschanzt, nachdem er zunächst einen Brief an Fausta geschrieben hatte, in dem er verkündete, er

werde bald wieder der einzige Herrscher des Weströmischen Reiches sein.
Konstantin inspizierte damals gerade die Truppen am Rhenus, und Fausta, die ihn anbetete, hatte ihm umgehend geschrieben und ihn über die Vorgänge in Kenntnis gesetzt. Inzwischen kämpfte Konstantin wahrscheinlich gegen seinen Schwiegervater. Seit diesem Brief, den Konstantin im Apollontempel in Grannum verfasst hatte, wo er drei Tage zuvor übernachtet hatte, hatten wir kein Wort mehr gehört.
»Grannum lag am Weg, und deshalb nahm ich die Gelegenheit wahr, dort im Heiligtum zu übernachten. Und Apollon hat mir einen Traum geschickt. Er kam persönlich zu mir in Begleitung von Victoria und bot mir vier Lorbeerkränze an. Mag sein, dass du dieses Vorzeichen besser deuten kannst als ich, aber ich glaube, dass jeder Kranz eine Zeitspanne von mehreren Jahren darstellt, in denen ich herrschen werde. Die Allmächtige Sonne hat unsere Familie schon immer begünstigt, und daher nehme ich Apollons Schutz in Anspruch. Wenn Apollon mir im bevorstehenden Konflikt zum Sieg verhilft, werde ich auf die nächste Münze, die ich in seinem Namen herausgebe, die Inschrift ›soli invicto commiti‹ prägen lassen. Bete für mich, Mutter, dass mein Traum wahr wird und ich tatsächlich den Sieg erringe …«
Ein Geräusch, ähnlich dem fernen Rauschen von Bäumen im Sturm, ließ mich aufhorchen, doch es war windstill – das Geräusch kam aus der Stadt. Die zum Palast gehörenden Gärten waren weitläufig. Wenn ich Lärm von der Straße jenseits unserer Tore hörte, wo sich der neue Gerichtshof über den Bäumen erhob, musste es sehr laut sein. Ein ungutes Gefühl beschlich mich, als ich aufstand, doch ich legte Konstantins Brief sorgfältig zusammen und schob ihn in den Ausschnitt meines Gewandes, das sich über dem Taillenbund aufbauschte.
Crispus und die Hunde jagten noch durch den Garten. Wenn es gute Nachrichten waren, konnte ich es abwarten, waren sie schlecht, hatte es keine Eile mit der Betrübnis.

Doch kein staubbedeckter Militärbote, sondern Fausta kam wie von Furien gejagt aus dem Palast gerannt. Mein Magen verkrampfte sich noch mehr, als ich ihr verzerrtes Gesicht und die tränenüberströmten Wangen sah.

»Mater! Mater! Er hat sich umgebracht, und es ist meine Schuld!«

Sogleich ließ mein Schreck nach. Mein Sohn glaubte zu sehr an seine Bestimmung, als dass er sich das Leben genommen hätte, was auch geschehen mochte. Ich nahm das Mädchen in den Arm und hielt es fest, bis sein Schluchzen nachließ.

»Wer, Fausta? Was ist passiert?«

»Mein Vater ...«, jammerte sie. »Sie haben ihn in Massilia gefangen genommen, und jetzt ist er tot, und alles nur, weil ich Konstantin mitgeteilt habe, was er mir geschrieben hatte!«

»Du warst deinem Gemahl gegenüber verpflichtet, und das weißt du auch«, murmelte ich und strich ihr übers Haar. »Konstantin hätte es ohnehin bald herausbekommen, und am Ende wäre es auf dasselbe hinausgelaufen.« Der Selbstmord kam sehr gelegen, dachte ich bei mir, und fragte mich, ob man nachgeholfen hatte, damit Maximian sein Verbrechen sühnte. Allmählich entspannte Fausta sich ein wenig.

»Trauere um deinen Vater, Fausta, denn er war zu seiner Zeit ein großer Mann, und er hätte nicht gern so lange gelebt, bis er alt und schwach war. Trage weiß für ihn, aber sorge dafür, dass deine Augen nicht rot und geschwollen sind vom Weinen, wenn Konstantin nach Hause zurückkehrt.«

Sie nickte. Konstantin wollte, dass alle um ihn herum glücklich waren. Manchmal fragte ich mich, ob dieser Wunsch nach einer vollkommenen Familie durch die Unsicherheiten in seiner Kindheit bedingt war oder ob er es einfach für notwendig hielt, wenn er seine Rolle als Kaiser richtig ausüben wollte.

Wenn Konstantin zu Hause war, hatte er es sich zur Gewohnheit werden lassen, jeden Abend eine Stunde bei mir zu sitzen.

Manchmal sprachen wir über die Familie, dann wieder über das Imperium. Vermutlich war ich die einzige Ratgeberin, der er absolutes Vertrauen schenken konnte, doch selbst mir offenbarte er seine Gedanken nicht vollständig. Zuweilen bedauerte ich den Verlust des offenherzigen Jungen, der er war, ehe er an den Hof Diokletians ging, doch ich wusste, dass Unschuld niemals die Gefahren und Intrigen in der Umgebung eines Kaisers überlebt hätte.

Zwischen meinem Schlafgemach und den Gärten hatte ich ein kleines Wohnzimmer, dessen Türen man in der heißen Sommerzeit öffnen konnte. Im Winter und in der kühlen Herbstzeit sorgte ein Kamin nach britannischem Vorbild für wohlige Wärme. Jetzt, da der Sommer zur Neige ging, saß ich mit meiner Spindel am Feuer. Die Arbeit war nicht mehr so notwendig wie in Avalon, doch ich konnte mich dabei gut konzentrieren, und sie beruhigte.

»Wie gelingt es dir nur, den Faden so fein und gleichmäßig zu spinnen, Mutter? Ich kann dir noch so lange zusehen, doch wenn ich es versuche, reißt immer die Wolle in meinen ungeschickten Händen!« Konstantin hatte die langen Beine zum Kamin hin ausgestreckt und die tief liegenden Augen halb geschlossen, während er die Drehung der Spindel beobachtete.

»Dann ist es ja gut, dass du nicht als Mädchen geboren wurdest«, antwortete ich und hielt die Spindel mit dem Fuß an, während ich noch mehr Wolle aus dem Rocken abließ und die Spannung wieder anglich. Eine heftige Drehung setzte sie wieder in Gang.

»O ja«, lachte er. »Aber die Schicksalsgöttinnen, die meinen Weg von der Wiege aus festgelegt haben, hätten sich in einer so wesentlichen Angelegenheit nicht geirrt. Ich wurde zum Kaiser geboren.«

Ich hob eine Augenbraue. Seine Sicherheit störte mich ein wenig, doch konnte ich kaum in Zweifel ziehen, woran ich selber glaubte.

»Und eine Dynastie zu begründen? Crispus wächst zu einem feinen Kerl heran, aber ein Sohn ist noch keine Familie. Fausta ist jetzt neunzehn und reif, dass du dich zu ihr legen kannst. Sie wird etwas anstellen, wenn du ihr keine Kinder schenkst.«
»Hat sie sich beklagt?« Er lachte. »Du hast natürlich Recht, aber ich werde erst dann weitere Kinder zeugen, wenn ich mit Sicherheit so oft zu Hause bin, dass ich mich um ihre Erziehung kümmern kann. Galerius' Tod hat das Machtgleichgewicht verschoben. Ich habe allen Grund anzunehmen, dass Maximian Daia sich mit Maxentius verbündet hat. Ich habe mich mit Licinius in Verbindung gesetzt, der ebenfalls Anspruch auf den Osten erhebt, und ihm die Hand meiner Schwester Konstantia angeboten.«
Er warf mir einen flüchtigen Blick zu, als fragte er sich, wie ich die Erwähnung seiner Halbschwester aufnähme, doch ich hatte mich längst mit der Tatsache abgefunden, dass Konstantius seinen Sohn Konstantin gebeten hatte, für die Kinder von Theodora zu sorgen. Sie mochte zwar von besserem Stand sein als ich, aber der Kaiser war mein Sohn.
»So, die Fäden sind also gespannt …«
»Maxentius hat meine Statuen entstellt. Er sagt, es sei eine Antwort darauf, wie ich die Bildnisse seines Vaters Maximian behandelt habe, aber Maximian starb als Aufrührer, wohingegen ich Maxentius' Bruderkaiser sein soll. Ich werde gegen ihn angehen müssen, und zwar bald, ehe der Schnee die Alpen unpassierbar macht. Diese Ausrede ist besser als gar keine.«
»Wenn die Gerüchte stimmen, die mir zu Ohren gekommen sind, wird der Senat auf deiner Seite stehen. Maxentius hat sich bei zu vielen Frauen und Töchtern der Patrizier Freiheiten herausgenommen und zu viele Steuern erhoben. Aber sind deine Streitkräfte groß genug, um sich mit den Männern messen zu können, die er der Prätorianergarde hinzugefügt hat, und mit den Truppen, die er aus Afrika mitgebracht hat?«

»Was die Qualität betrifft ...«, hier grinste er breit. »Von der Quantität her, nein. Aber ich bin der bessere General. Die Überzahl spielt keine Rolle, wenn sie nicht gut geführt ist.«

»Mögen alle Götter dir ihren Segen spenden«, sagte ich stirnrunzelnd.

Seine Miene wurde ernst. »Wenn ich wüsste, welcher Gott mir den Sieg garantieren könnte, würde ich ihm einen Tempel versprechen – ich würde ihn an die erste Stelle der anzubetenden Götter des Imperiums setzen. Ich muss Maxentius bekämpfen, und es muss jetzt geschehen, aber du hast Recht, das Ergebnis hängt von der Gunst des Himmels ab. Bete für mich, Mutter – die Götter hören auf dich!«

»Ich schließe dich immer in meine Gedanken und meine Gebete ein«, antwortete ich, als das Schweigen zu lange anzudauern drohte. Ich liebte Konstantin. Er war der Mittelpunkt meines Lebens. Aber es gab Zeiten, da er anscheinend mehr brauchte, als ich ihm zu geben verstand.

Am nächsten Tag war er abgereist, vermutlich um seine treuen Truppen am Rhenus zu sammeln. Dies war nicht angekündigt worden, wahrscheinlich um seinen Feind nicht zu warnen. Später sollte ich erfahren, dass Maxentius, der eine Truppenbewegung Konstantins vorausahnte, die Verteidigung des Nordens Ruricius Pompeianus überlassen hatte und selbst in Rom geblieben war, falls Licinius rechtzeitig mit den Persern fertig würde, um ihn anzugreifen. Damals konnte ich selbst mit den wenigen Nachrichten, die wir bekamen, nichts anfangen, denn Crispus hatte sich bei den Kindern des Gärtners mit einer Kinderkrankheit angesteckt, und während er sich rasch erholte, steckte ich mich bei ihm an, da ich ihn gepflegt hatte. Zuerst bekam ich roten Hautausschlag, dann brach Fieber aus, und es wütete wie Feuer in meinen Knochen. Wenn es diese Krankheit auch bei uns in Britannien gab, dann hatten meine Kindheit und Jugend in Avalon mich davor geschützt. Und

wie so oft, wenn ein Erwachsener sich eine Kinderkrankheit einfängt, trat sie bei mir viel schlimmer zutage als bei Crispus. Gegen Ende Oktober schwankte ich zwischen Stumpfsinn und Delirium. In wachen Momenten hörte ich Städtenamen: Segusio, Taurinorum, Mediolanum und später Verona, Brixia, Aquileia, Mutina. Danach erst sollte ich erfahren, dass es die Städte waren, die Konstantin erobert hatte. Nachdem er seinen Soldaten in der ersten Stadt das Plündern untersagt hatte, war ihm die rasche Kapitulation der nächsten schon sicher. Ich focht indessen meine eigene Schlacht aus, und während die Tage dahinzogen, spürte ich, dass ich sie verlor.
Die Ereignisse um mich herum zogen wie ein böser Traum vorüber. In dem Zwischenstadium, in dem ich mich befand, weder in der Welt der Menschen noch in der Geistwelt, spürte ich, dass die Jahreszeit auf Samhain zudriftete, den Zeitpunkt, an dem für die Britannier das alte Jahr endet und das neue heranreift. Da gibt es einen Moment, in dem sich eine Pforte zwischen den Welten öffnet und die Toten zurückkehren.
Ein guter Zeitpunkt, um zu sterben, dachte ich in meinem Dämmerzustand. Ich bedauerte nur, dass ich keine Möglichkeit hatte, Abschied von Konstantin zu nehmen. Mir war, als ginge nicht mein Leben, sondern eine Ära zu Ende, obwohl ich erst viele Jahre später die wahre Bedeutung jener Zeit um Samhain begriff.
Eines Tages stieg das Fieber wieder an, und mein Geist, befreit von einem schwachen Körper, wandelte zwischen den Welten. Ich sah das Land unter mir ausgebreitet, und die Liebe trug mich ostwärts, wo mein Sohn seinem Feind gegenübertreten würde. Ich erblickte eine große Stadt an einem Fluss. Es musste Rom sein. Doch Maxentius' Truppen hatten den Tiber ein Stück weiter stromaufwärts überquert und formierten sich gegenüber der kleineren Streitmacht Konstantins in Schlachtordnung. Der Winter brach früh an, und in der frostigen Luft schien die Sonne förmlich zu zerspringen; ihre Strahlen bra-

chen sich über dem Horizont, sodass sie ein Lichtkreuz bildeten.
Konstantins Truppen forderten den Feind heraus, seine gallische Reiterei wich der schwerer bewaffneten italienischen aus und überwältigte die Numider. Ich sah Konstantin in seiner goldenen Rüstung, und seine Leibwache, die das griechische XR als Glückszeichen auf ihre Schilder gemalt hatte.
Maxentius' Prätorianer starben auf der Stelle, die übrigen gaben auf und flohen. Unter dem plötzlichen Gewicht brach die Brücke und ließ Männer wie Pferde gleichermaßen in die reißenden grauen Fluten stürzen. Die Angreifer schwärmten aus, setzten die Brücke instand, und als die Sonne unterging, marschierten sie in Rom ein.
Als ein Schatten über das Land zog, versank auch ich im Dunkel. Die Krankheit nahm ihren natürlichen Verlauf, aber ich war entsetzlich geschwächt. Ich aß und trank, wenn man mich dazu aufrichtete, doch meistens schlief ich. Manchmal vernahm ich im Halbschlaf Unterhaltungen.
»Es wird nicht besser«, ertönte die Stimme des griechischen Arztes. »Der Kaiser muss informiert werden.«
»Wir können nicht wagen, ihn abzulenken. Wenn Konstantin eine Niederlage erleidet, ist unser Leben keinen Denar mehr wert. Maxentius wird uns so behandeln, wie Maximian die Frau und die Tochter von Galerius.« Das war Vitellia. Sie klang, als hätte sie geweint. Ich wollte ihr sagen, Konstantin habe gesiegt, doch mein Körper gehorchte mir nicht.
»Selbst wenn wir jetzt eine Botschaft schicken, könnte mein Herr nicht rechtzeitig hier eintreffen«, sagte Fausta. Sie war Maxentius' Schwester und hoffte vielleicht, davonzukommen, falls er den Sieg davontrug und ihr nicht die Schuld für den Tod ihres Vaters gab. Die früheren Kaiser hatten nicht gezögert, die eigene Verwandtschaft umzubringen. Warum sollte ich wieder ins Leben zurückkehren wollen, in eine Welt, in der solche Dinge möglich waren?

Am nächsten Morgen aber war ein Bote gekommen und bestätigte meine Vision. Im allgemeinen Freudentaumel schlüpfte Crispus in mein Zimmer, und als er mich umarmte, vor Freude über die Neuigkeiten lachte und zugleich weinte, da ich so dünn und blass war, spürte ich, wie ein Kraftstoß von seinem jungen, starken Körper auf meinen übersprang. Da wusste ich, dass die Götter mich an diesem Samhain am Ende doch noch nicht zu sich nähmen.

Nach den Saturnalien kehrte Konstantin nach Treveri zurück. Bis dahin war ich wieder zu Kräften gekommen, und nur vorübergehende Kurzatmigkeit erinnerte mich daran, wie sehr ich um Atem gerungen hatte, meine Haare aber, die bisher nur ein paar graue Strähnen aufwiesen, waren im Verlauf meiner Krankheit weiß geworden. Ich vertraute darauf, dass ihn diese Veränderung von allen anderen ablenken würde, denn ich hatte allen untersagt, ihm zu erzählen, wie nahe ich dem Tode gewesen war.

Ich beschloss, ihn in meinem Wohnzimmer zu empfangen, in dem das von den rot gestrichenen Wänden reflektierte Licht mir ein gesünderes Aussehen verlieh. Trotzdem war ich froh, dass ich saß, als er zu mir kam, denn die Aura der Macht, die er ausstrahlte, war wie ein Hitzeschwall, der von einer Feuersbrunst ausgeht.

»Heil dir, Sol Invictus! Du bist jetzt tatsächlich die Sonne in all ihrer Pracht!«

Ich hob eine Hand zum Gruß, oder vielleicht auch, um ihn abzuwehren, denn in jenem Augenblick war er ein Riese, der alles andere im Raum zu Zwergen werden ließ. Als ich später die Statue sah, die er in Rom in Auftrag gegeben hatte, deren Kopf allein die Größe eines ausgewachsenen Mannes hatte, erkannte ich, dass der Bildhauer ebenso wie ich etwas Übermenschliches empfunden haben musste.

Konstantin lächelte, neigte sich zu mir herab, um mir einen

Kuss zu geben, und begann dann, im Raum auf und ab zu schreiten, als ließe ihn die Macht, die ihn erfüllte, nicht stillsitzen. Zu meiner äußeren Erscheinung gab er keinen Kommentar ab; vielleicht war er noch zu sehr in seinen Visionen gefangen, um die Außenwelt überhaupt wahrzunehmen.

»O Mutter, ich wünschte, du wärst dabei gewesen, denn an dem Tag war der Gott des Lichts ganz gewiss bei mir!« Er ging noch einmal durch den Raum und kam dann wieder zu mir.

»Ich habe gehört, es hat viele Zeichen und Wunder gegeben. Was ist geschehen, Konstantin? Was hast du gesehen?«

»O ja, jetzt behaupten alle, mein Sieg sei vorhergesagt worden, aber seinerzeit sagten die Propheten auf beiden Seiten voraus, dass ihre Partei gewinnen würde. Die sibyllinischen Bücher wahrsagten, dass am Tag der Schlacht ein Feind Roms umkäme, und natürlich behauptete Maxentius, dass ich es sein müsse, und die Astrologen munkelten dunkel von einer Konjunktion von Mars, Saturn, Jupiter und Venus im Steinbock. Aber ich bin das Kind der Prophezeiung, und ich wusste mir sogar meine Feinde zu Dienern zu machen!«

Ich schaute verwundert zu ihm auf. Konstantin war schon immer selbstbewusst gewesen, doch jetzt sprach er mit der Inbrunst eines Priesters in Trance.

»Maxentius hatte sich zum Tyrannen entwickelt, und Rom musste mich einfach als Befreier sehen. Er war auf der Milvischen Brücke, als sie einstürzte, und das Gewicht seiner Rüstung zog ihn in den Schlamm, sodass er ertrank. Was die Sterne betrifft, in der Nacht vor der Schlacht träumte ich, eine leuchtende Gestalt zeigte mir eine Papyrusrolle mit den griechischen Buchstaben, welche die Schreiber verwenden, um einen guten Textabschnitt zu kennzeichnen, und sie sagte mir, das sei das Zeichen, mit dem ich siegen sollte. Als ich aufwachte, erteilte ich den Befehl, das Chi und Ro an einer Militärstandarte anzubringen, und ließ meine Leibwache das Zeichen auf ihre Schilde malen. Dann ging die Sonne auf und teilte sich in ein

Lichtkreuz, und ich wusste, der Sieg gehörte mir. Sopater glaubt, dass ich Apollon gesehen habe, doch Bischof Ossius versichert mir, Christus habe mir meine Vision gesandt.«

»Und was glaubst du?«, fragte ich ihn.

»Der jüdische Jesus, den wir gekreuzigt haben, ist ein Gott für Sklaven«, sagte Konstantin. »Doch der große Vater, den die Christen verehren, der König und Schöpfer der Welt, ist derselbe wie der Gott der Philosophen, und er ist würdig, Schutzpatron eines Kaisers zu sein. Ich glaube nicht, dass es eine Rolle spielt, welchen Namen die Menschen IHM geben, solange sie erkennen, dass ein Gott im Himmel und ein Kaiser auf Erden der Größte ist.«

»Der Senat hat dich zwar als den ältesten Augustus bestätigt«, bemerkte ich vorsichtig, »aber im Osten herrscht immer noch Licinius, der in Bälde dein Schwager wird ...«

»Stimmt«, sagte Konstantin stirnrunzelnd. »Ich weiß nicht, wie der Gott die Dinge regeln wird, aber in meinem Herzen weiß ich, dass das, was ich gesagt habe, wahr ist. Es ist meine Bestimmung.«

»Ich glaube dir«, sagte ich leise, denn in jenem Augenblick, als die letzten Strahlen der untergehenden Wintersonne ihn in goldenes Licht tauchten, hatte er in der Tat etwas Göttliches an sich. Und nach den inneren Unruhen der letzten Jahre wäre eine einzelne starke Hand an den Zügeln des Imperiums gewiss wünschenswert.

Die Prophezeiungen von Avalon hatten ein Kind angekündigt, das die Welt verändern würde, und von Jahr zu Jahr wurde deutlicher, dass es sich dabei um Konstantin handelte. Ich hatte zu Recht rebelliert. Doch ich fragte mich zugleich, warum mich noch immer ein leichtes Ungemach beschlich, selbst als ich mich mit meinem Sohn über den Sieg freute.

Das darauf folgende Frühjahr war eins der schönsten, an die ich mich erinnern kann. Es war, als feierte die ganze Welt Konstantins Sieg. Ein segensreicher Wechsel von Sonne und Regen ließ die Blumen sprießen, und die Wintersaat brachte eine reichliche Ernte hervor.

Ich war im Garten und sprach mit dem Mann, der sich um die Rosen kümmerte, als Vitellia aus dem Palast stürzte, eine Papyrusrolle an sich gedrückt, die Wangen tränenüberströmt.

»Was ist passiert?«, rief ich, doch als sie näher kam, sah ich, dass ihre Augen vor Freude strahlten.

»Er hat uns Sicherheit gegeben!«, verkündete sie. »Dein Sohn, der Herr segne ihn, hat uns beschützt!«

»Wovon redest du?« Ich nahm ihr die Papyrusrolle aus der Hand.

»Das kommt aus Mediolanum – die Kaiser haben sich auf eine einheitliche Politik hinsichtlich der Religion festgelegt …«

Ich entrollte das Schriftstück und überflog die Worte, die sich auf ein früheres Toleranzedikt bezogen, das Galerius erlassen hatte, und ergänzend hinzufügten:

»… niemandem sei die Freiheit genommen, entweder der Religion der Christen oder einem beliebigen anderen Kult zu folgen, den er nach seinem eigenen freien Willen für sich angenommen hat, auf dass die höchste Gottheit, der wir freien Gehorsam leisten, uns in allen Dingen ihre erwünschte Gunst und ihr Wohlwollen gewähre.«

Mit den folgenden Paragraphen wurde den Christen das Eigentum und die Freiheit wieder zugesprochen, die ihnen während der Verfolgung aberkannt worden war. Jedem Kult wurde gleichermaßen die ungehinderte Religionsfreiheit zugestanden. Kein Wunder, wenn Vitellia weinte, dachte ich. Der Schatten, der über ihr und der Kirche geschwebt hatte, war entfernt worden, und die Christen konnten nun vielleicht wieder auftauchen und neben den Anhängern der traditionellen Religionen ins gesegnete Licht eines neuen Tages treten.

In all den Jahren, die ich unter den Römern lebte, hatte ich eine

solche Anerkennung der Wahrheit, die jenseits aller Kulte oder Glaubensbekenntnisse lag, nicht erlebt. Die Götter der Römer schienen um die Gunst ihrer Anhänger zu buhlen wie die Beamten bei den Wahlen oder die Philosophen, die andere Schulen als Irrtum abkanzelten, oder wie die Christen, die einfach konstatierten, dass alle anderen Religionen falsch waren.
Diese Anerkennung einer Macht, in deren Licht alle Glaubensrichtungen als gleichwertig dastanden, erinnerte mich an die Lehren, die mir als Kind auf Avalon beigebracht wurden, und bei diesem Gedanken stiegen auch mir Tränen der Dankbarkeit in die Augen.

16. KAPITEL

A. D. 316

Am Strand von Baiae zu sitzen war geradeso, als befände man sich im Herzen der Sonne. Das Licht wurde mit blendender Helligkeit vom weißen Sand einer Bucht reflektiert, deren Wasser in klarem Azurblau glitzerte, eine Nuance dunkler nur als das Blau des Himmels. Für ein Kind aus dem Norden war dieses Licht überwältigend, das jedes Dunkel ausleuchtete, nicht nur im Körper, sondern auch in der Seele. Auf der Terrasse zwischen Meer und Süßwasserbecken liegend, spürte ich, wie die Hitze den Schüttelfrost versengte, der sich im römischen Winter in meinen Knochen festgesetzt hatte.

Außerdem hatte ich das Gefühl, dass sich auch die Ängste der vergangenen Jahre in Wohlgefallen auflösten. Es gab zwar noch immer Menschen, die meinen Sohn anfeindeten, doch er hatte sich als hervorragender General erwiesen, und ich zweifelte nicht mehr daran, dass er eines Tages die höchste Stelle im Imperium einnehmen würde.

Der kaiserliche Haushalt hatte sich für einige Jahre in Rom niedergelassen. Die große Stadt, im Winter von frostiger Kälte geplagt, war jedoch im Sommer ebenso schlimm, wenn sich eine feuchte, stickige Hitze über die sieben Hügel legte. Fausta, die im neunten Monat ihrer ersten Schwangerschaft war, hatte sich beklagt, sie ersticke bei der Hitze. Deshalb hatte ich den kaiserlichen Haushalt in den Palast verlegt, den Kaiser Severus fünf Jahre zuvor an der Bucht von Puteoli im Golf von Neapel hatte errichten lassen.

Fausta lag neben mir auf einer Liege im Schatten eines Sonnensegels. Zwei Sklaven fächelten ihr kühle Luft zu. Ich hatte

einen Hut aufgesetzt, der meine Augen überschattete. Ich empfand die Hitze überall in Italien gleich stark, doch an der Küste war die Luft von einer Reinheit, die ebenso belebte wie überwältigte; daher verbrachte ich die meiste Zeit in der Sonne und lauschte dem Säuseln der glitzernden Wellen am Ufer. Hin und wieder schallte Lachen aus dem Schwimmbecken herüber, wo Crispus mit den Söhnen römischer Patrizier spielte, die mitgekommen waren, um ihm Gesellschaft zu leisten. Wenn ich mich umdrehte, konnte ich ihre geschmeidigen jungen Körper im goldenen Sonnenlicht aufblitzen sehen. Crispus war jetzt vierzehn, stämmig wie sein Vater, und hatte eine Stimme, die größtenteils schon männlich klang. Als mein Sohn fünfzehn wurde, war er bereits seit zwei Jahren am Hof Diokletians gewesen. Jedes Jahr, das Crispus noch bei mir blieb, war ein Segen, als würden die Jahre, in denen Konstantin für mich verloren war, nachgeholt.
Von Konstantin selbst sah ich nur wenig. Maxentius' Niederlage hatte ihn zum uneingeschränkten Herrscher des Westens gemacht. Licinius war jetzt sein Schwager, doch der Pakt, den die beiden Kaiser geschlossen hatten, hielt nicht lange. Innerhalb von zwei Jahren setzte eine Reihe von Konflikten ein, die ein ganzes Jahrzehnt anhalten sollten. Dennoch fühlte sich mein Sohn jetzt so sicher, dass er mit Fausta schlief. Mit dreiundzwanzig war sie schließlich schwanger geworden. Sie schwor, es würde ihrer Zuneigung zu Crispus keinen Abbruch tun, und tatsächlich hatte sie ihn als ihr gemeinsames Kind mit Konstantin adoptiert. Dennoch kam ich nicht umhin, mich zu fragen, ob ihre Haltung sich ändern würde, wenn sie erst ein eigenes Kind hätte.
Der Lärm aus dem Schwimmbecken nahm zu, als die Kinder aus dem Wasser stiegen. Boreas und Favonia, die im Schatten meiner Liege schliefen, hoben sofort wachsam die Köpfe. Ihre buschigen Schwänze schlugen sacht auf die Fliesen. Sklaven eilten mit Handtüchern herbei, um die Jungen abzutrocknen,

während andere Tabletts mit Obst und kleinen Pasteten heraustrugen. Dazu wurde Minzwasser gereicht, mit Eis gekühlt, das eigens aus den Alpen herbeigeschafft und in einem tiefen Keller in Stroh verpackt gelagert wurde. Drusilla hätte angesichts einer solchen Verschwendung verächtlich geschnaubt, doch sie war in dem Jahr nach Konstantins großem Sieg gestorben. Bei all dem Luxus, in dem wir schwelgten, fehlten mir ihre einfachen Gerichte.

Lachend führte Crispus die anderen auf die Terrasse, und ich richtete mich auf. Als ich sah, wie die Hunde ihm um die Füße scharwenzelten, musste ich lächeln. Je älter er wurde, umso mehr ähnelte er seinem Großvater Konstantius – mit dem einen Unterschied, dass Crispus den Teint seiner Mutter geerbt hatte, während mein hellhäutiger Geliebter sich bei jedem Sonnenstrahl die Haut verbrannt hatte. Die Sonne, die Crispus' Haar ausbleichte, verlieh seiner Haut einen noch intensiveren Goldton. Bis auf das Handtuch, das er sich über eine Schulter gelegt hatte, war er nackt wie eine griechische Statue, und mit dem Spiel der Muskeln wirkte er schön wie ein junger Gott. *Aber er ist doch nur ein Junge,* sagte ich mir und kreuzte verstohlen meine Finger zum Zeichen gegen das Übel, da mich die irrationale Angst befiel, eine der Gottheiten könnte meine Gedanken hören und sich darüber ärgern.

Ich bin schon zu lange bei den Römern, dachte ich, denn die Götter meines Volkes neigten weder zur Lust auf Sterbliche noch zu Eifersucht. Trotzdem näherte sich Crispus dem Alter, das in diesen südlichen Ländern als Gipfel der Herrlichkeit galt. Fausta beobachtete ihn ebenso wohlwollend wie ich, und ich musste plötzlich ein Schaudern unterdrücken.

»*Avia! Avia!* Gaius sagt, der See auf der anderen Seite des Berges sei die Stelle, an der Aeneas in die Unterwelt hinabstieg. Komm, wir machen einen Ausflug und sehen es uns an. Wir können etwas zu essen mitnehmen, am Ufer rasten und Texte aus der Aeneis lesen. Das ist lehrreich.«

»Wer soll sie lesen?«, fragte Fausta lachend. »Nicht Lactantius!« Sie versuchte sich aufzurichten, doch die Schwellung ihres Leibes hinderte sie daran, und sie streckte eine Hand aus, damit ihre Magd ihr half.
Ich lächelte. Der berühmte Rhetoriker war im Alter ein eifernder Christ geworden. Konstantin hatte ihn vor kurzem geschickt, damit er Crispus unterrichtete. Der Kaiser hatte deutlich gemacht, Christus sei nun sein Schutzgott, und wer an seinem Hof aufsteigen wollte, hatte feststellen müssen, dass es opportun war, Christ zu werden. Bisher hatte Konstantin nicht darauf bestanden, dass seine Familie sich formal zum Christentum bekannte, obwohl man von uns erwartete, an den Teilen der Gottesdienste teilzunehmen, die Ungeweihten offen standen. Vitellia fehlte mir. Sie war nach Londinium zurückgekehrt, um dort ihrem Neffen zu Ehren die Kirche wieder aufzubauen.
»Sei dir da nicht so sicher!«, erwiderte Crispus. »Lactantius ist ein großer Verehrer von Vergil und sagt, er sei einer der tugendhaften Heiden, die das Erscheinen unseres Herrn vorausgesagt haben.«
»Dann wird er vermutlich nichts gegen den Ausflug einzuwenden haben«, schaltete ich mich ein. »Sehr schön. Dann wollen wir uns vornehmen, morgen in aller Frühe aufzubrechen, damit wir noch vor der Mittagshitze dort eintreffen.«

Ich war dann doch überrascht, als Lactantius nicht nur keine Einwände erhob, sondern sich uns sogar anschließen wollte, eine Papyrusrolle der Aeneis fest in der Hand. Fausta blieb im Palast, um zu ruhen, doch der alte Mann und ich ließen uns in Sänften tragen, während die Jungen auf kleinen, flinken Eseln aus dem nahe gelegenen Dorf über den gewundenen Pfad ritten. Ein Karren mit allem, was zu einer Mahlzeit im Freien gehört, bildete die Nachhut.

Sogar im Norden Italiens hatte ich Ausblicke gefunden, die mich an meine Heimat erinnerten, doch hier war ich in einem anderen Land, wo die erhitzte Luft nach Wermut roch und nach den Blumen duftete, die auf der fruchtbaren Vulkanerde in verschwenderischer Fülle gediehen. Als wir auf dem Gipfel des Berges über Baiae anlangten, ließ ich anhalten, um den Trägern und Tieren eine Rast zu gönnen. Ich warf einen Blick über das strahlend blaue Wasser in der Bucht vor Neapolis zum vollkommenen Kegel des Vesuvius. An diesem Tag stieg kein Rauch aus seinem Gipfel auf, obwohl die Hänge des Vulcanusforums, eine halbe Tagesreise entfernt, Dämpfe verschiedenster übler Geruchsarten ausstießen. Diese Stelle trug den Namen »Feuerfelder«, und ich spürte die Erdfeuer unter der Oberfläche, eine ständige Mahnung, dass nichts ewig ist, selbst nicht der feste Grund unter unseren Füßen.

Dann stiegen wir den holprigen Pfad zum runden blauen Spiegel unter uns hinab. Die weißen Säulen der Heilbäder, die von den ersten Kaisern am Ufer errichtet worden waren, leuchteten in der Sommersonne, doch wir hielten in einem schattigen Hain im Windschutz eines Hügels an, und die Sklaven begannen, unser Mahl auszubreiten. Die Jungen liefen bereits zum See, um das Wasser zu probieren, und forderten sich gegenseitig heraus, hineinzutauchen.

»Bist du sicher, dass dies wirklich der Avernus-See ist?«, fragte Crispus, als Lactantius und ich uns auf Rohrstühlen niederließen. »Sieh doch nur, Vögel fliegen unversehrt darüber hinweg, und obwohl das Wasser ein bisschen schal schmeckt, hat es uns nicht geschadet.«

»Vergil muss gewusst haben, dass es gut war«, sagte einer der anderen Jungen. »Es heißt, Julius Caesar habe diese Bäder auch besucht.«

»Nun, vielleicht waren die Dinge anders, als Rom gegründet wurde«, sagte ich lächelnd. »Schließlich war das vor mehr als achthundert Jahren. Und bedenkt, jetzt ist Sommer. Im Winter sieht es hier bei aufziehendem Sturm bestimmt bedrohlicher aus.«

»Aber wo ist die ›Höhle mit dem breiten Eingang‹, von der Vergil uns erzählt?«, fragte Crispus.

»Vielleicht gab es einst einen Spalt, der sich inzwischen geschlossen hat«, antwortete Lactantius, »denn es heißt, dies sei ein Land der Veränderungen.« Er streckte einen Arm aus und nahm die Haltung eines Redners an. Selbst bei dieser Hitze trug er ein langes Gewand, und mit seinem weißen Bart, der ihm über die Brust reichte, sah er aus wie ein Weiser, als er die Schriftrolle öffnete und zu deklamieren begann:

»Da war eine Höhle mit weiter Öffnung, tief und riesig und gezackt, geschützt von einem schattigen See und dunklen Hainen; ein solcher Dampf stieg auf von diesen schwarzen Mäulern zum Himmelsgewölbe; kein Vogel konnte unversehrt darüber hinwegfliegen …«

»Und als die Erde zu schwanken begann, war es etwa ein Erdbeben und nicht die nahende Hekate?«, fragte Crispus.

Lactantius nickte lächelnd. »Derart böse Geister sind nichts als Träume und Wahnvorstellungen, die durch die Ängste der Menschen zu Dämonen werden. Wenn die Erde sich bewegt, geschieht es nach dem Willen unseres Herrn und Gottes, der sie erschaffen hat, aber Aeneas, der in einer Zeit lebte, als das Licht Christi noch lange nicht auf die Welt gekommen war, musste geführt werden, um Rom zu gründen.«

»Aber Vergil selbst war Heide«, wagte ich einzuwenden.

»Ja«, antwortete Lactantius, »doch von solch edlem Gemüt, dass das Licht Gottes ihn erreichen konnte, so wie es vielen unserer Poeten erging, den höchsten Genies. Seneca, Maro und Cicero, unsere römischen Dichter, sowie Plato, Aristoteles und Thales und viele andere Griechen – sie alle streifen zuweilen die Wahrheit, und nur die Bräuche ihrer Zeit, die darauf bestanden, es gebe mehr als einen Gott, hat sie veranlasst, weiterhin die falschen Götter zu ehren.«

»Wenn es hier einen Erdspalt gegeben hat, dann hat er sich vielleicht geschlossen, als Christus geboren wurde«, sagte Gaius, dessen Vater einer der wenigen Senatoren war, die rückhaltlos zum neuen Glauben konvertiert waren.
»Das mag in der Tat so sein«, sagte Lactantius anerkennend.
Inzwischen war das Mahl zubereitet, und die Jungen, die in einem Alter waren, in dem eine Mahlzeit immer willkommen ist, fielen mit gewohntem Appetit darüber her. Zusätzlich zu dem üblichen harten Brot, den Oliven und dem Käse hatten die Köche noch einen Topf Meeresfrüchte mitgenommen, eine Spezialität aus Baiae, bestehend aus verschiedenen Schalentieren, gekocht mit Seerosen und Gewürzen. Ich nahm den Eintopf misstrauisch in Augenschein, doch die Köche hatten ihn in Schnee aus dem Keller gepackt, und er schien in Ordnung zu sein.
»Was für ein Tempel ist das, dessen Kuppel ich über den Bäumen da drüben sehe?« Ich zeigte auf den Hügel hinter uns.
»Das ist der Apollontempel, der den Berg Cumae krönt«, antwortete einer der Sklaven.
»Cumae!«, rief Lactantius und schaute interessiert nach oben.
»Aber natürlich, das muss es sein, denn die Sibylle stellte Aeneas das Orakel in ihrer Grotte und führte ihn dann zum See hinab, damit er in die Unterwelt steigen konnte.«
»Gibt es dort noch immer eine Seherin?«, fragte ich und dachte daran, wie Heron die Ankunft von Konstantius vorausgesagt hatte. Ich fragte mich mit einem Rest professioneller Neugier, wie das Orakel hier wohl durchgeführt wurde.
»O nein«, erwiderte Lactantius. »Kennst du die Geschichte nicht? Zur Zeit des letzten Königs von Rom, Tarquinius Priscus, brachte ihm die siebente Seherin von Cumae neun Bücher mit Orakelsprüchen. Er hielt die Frau für verrückt und weigerte sich, ihr den Preis dafür zu zahlen. Daraufhin verbrannte sie drei Bücher, dann noch einmal drei, und schließlich kaufte der König die letzten drei zu dem Preis, den sie

ursprünglich für alle gefordert hatte. Danach wurden die Sprüche anderer Sibyllen aus allen Städten Italiens und Griechenlands, besonders jener aus Eretria, gesammelt, und die Führer von Rom haben sich bis zum heutigen Tage danach gerichtet.«

»Demnach gibt es keine Seherin mehr am Schrein von Cumae?«

»Nein, Herrin«, erwiderte der Sklave. »Nur die Priesterin, die den Apollontempel pflegt. Aber die Grotte, in der die Seherin ihre Orakel sprach, gibt es noch.«

»Ich würde sie mir gern ansehen«, sagte ich, »wenn die Träger fertig sind mit dem Essen.« Cunoarda, das kleine albanische Mädchen, das meine Magd geworden war, nachdem ich Hrodlind freigelassen hatte, ging ans Ufer, wo die Sklaven aßen, und kam mit den acht starken Germanen zurück, die Konstantin mir geschenkt hatte. Ihr rotes Haar erinnerte mich an Dierna, die kleine Kusine, die ich vor so langer Zeit in mein Herz geschlossen hatte.

»Es dürfte ungefährlich sein«, sagte Lactantius mit ernster Miene. »Es geht kein Wind, und der Dämon Apollon wird ruhig sein. Vielleicht wird der Geist der Seherin, welche die Einheit Gottes verkündete, zu dir sprechen. Ich bleibe hier und passe auf die Jungen auf.«

Ich verzichtete darauf, verwundert eine Augenbraue zu heben. Nach so vielen Jahren war der Halbmond von Avalon auf meiner Stirn nahezu verblasst, und ich hatte nicht das Bedürfnis, dem alten Mann zu erklären, warum ich die Stimme des Dämons von Cumae nicht fürchtete, ob es nun die eines Geistes oder eines Gottes war. Lactantius hatte mich nie nach meinem Glauben gefragt, doch er wusste, dass ich keine Anhängerin seiner Kirche war, und Crispus hatte mir gestanden, dass sein Lehrer sich um mein Seelenheil sorgte.

Ich habe nie etwas gegen Gebete gehabt, solange sie mir Gutes wünschten, ganz gleich welchem Gott sie galten und wer sie vorbrachte, und Lactantius war eine freundliche Seele, noch dazu eine gebildete. Wenn mein Enkel schon von einem Christen unterrichtet werden musste, dann konnte er von Glück sagen, den alten Mann als Lehrer zu haben.

Nach einer Stunde gelangten wir an ein unbewachsenes Kliff aus goldenem Sandstein, in das ein schattiger Tunnel führte, der Eingang zur Grotte von Cumae.

»Sag ihnen nicht, wer ich bin«, riet ich Cunoarda, als sie mir aus der Sänfte half. »Sag dem Türhüter, ich sei Julia, eine Witwe aus Gallien, und wolle etwas spenden, wenn sie mir die Grotte der Seherin zeigten.«

Ich setzte mich auf die Bank unter einer Eiche, froh, eine Höhe erreicht zu haben, in der wir eine Brise vom Meer mitbekamen. Das Sonnenlicht spielte auf dem rotbraunen Zopf der jungen Frau, die auf das Tor zuging. Als sie zurückkam, lächelte sie.

»Sie haben nach der Apollonpriesterin persönlich geschickt, die dich führen soll. Ich glaube, es kommen nicht mehr so viele Besucher zum Schrein.«

Kurz darauf tauchte eine Frau mittleren Alters in einer weißen Tunika aus dem Tunnel auf. Als sie näher kam, sah ich, dass ihr Gewand fadenscheinig wurde, doch es war makellos sauber.

»Ehrwürdige, ich möchte dem Gott dieses goldene Armband im Namen meines Gemahls opfern, der IHN verehrte, aber mein eigentliches Interesse gilt der Grotte der Seherin. Kannst du mich dorthin führen?« Ich hatte keinen Geldbeutel bei mir, doch mein schweres, breites Armband war so wertvoll, dass es die Frau eine Zeit lang ernähren dürfte.

»Gewiss, Herrin. Komm mit.« Die Priesterin wandte sich um und trat in den kühlen Schatten des Tunnels. Ich folgte ihr, Cunoarda auf den Fersen. Als wir ins Helle kamen, schlug sie ihren dünnen Schleier zurück, und ich tat es ihr gleich.

Vor mir lag ein mit ausgewaschenem Sandstein gepflasterter

Hof. Auf einer Säulenplatte stand eine Statue der Seherin mit erhobenen Armen und wehendem Haar.
»Als Aeneas hierher kam, rief er das Orakel an. Die Seherin stand dort vor den Toren, wo die Macht des Gottes plötzlich über sie kam«, sagte die Priesterin. Sie zeigte auf eine eigenartig geformte Tür, die in den Berg führte, ein verlängertes Dreieck, dem jemand die Spitze abgebrochen hatte.
»Sie wirkte größer«, fuhr die Priesterin fort, »und ihre Stimme dröhnte. Es liegt in der Natur des Menschen, sich zu widersetzen, wenn eine solche Macht Besitz ergreifen will – es heißt, die Seherin sei wie ein ängstliches Pferd hin und her gelaufen, bis der Gott sie überwältigte. Dann, so heißt es, sei die Macht wie ein großer Wind durch die Grotte gefegt, alle Tore seien aufgeflogen und hätten ihre Worte den wartenden Männern zugetragen.«
»Hundert Tore, so steht es doch bei Vergil, nicht wahr?«, fragte ich.
»Es sind nicht ganz so viele, aber es gibt überall Öffnungen«, antwortete die Frau lächelnd. »Komm, dann kannst du es sehen.«
Sie hob den Riegel, hielt einen Holzspan an die Lampe, die am Eingang brannte, und zündete damit eine Fackel an. Sie zog die Tür auf. Jetzt sah ich, dass es keine natürliche Grotte war, sondern ein Durchgang, den man in das Gestein geschlagen hatte. Rechter Hand befanden sich eine Reihe von Nischen, die auf den Berghang hinausgingen. Durch ihre verschlossenen Öffnungen drang ein wenig Licht.
Zur Linken floss Wasser durch eine lange Rinne. Als wir weitergingen, glitzerte das flackernde Licht der Fackel auf dem Wasser, und eigenartige Schatten tanzten über den staubigen Boden. Nach der Helligkeit und der Hitze draußen erschien die Luft hier drinnen feucht und kühl. Es war sehr still.
Apollon mochte zwar nicht anwesend sein, dachte ich, doch ich spürte eine andere Art von Macht, die im schweigenden

Gestein wartete. War es wirklich Apollon, der einst durch das Orakel hier gesprochen hatte, fragte ich mich, oder hatte Vergil, als er sein Werk fünfhundert Jahre nach dem Weggang der letzten Seherin von Cumae geschrieben hatte, einfach angenommen, sie habe dem Gott gedient, der die meisten anderen Orakel im Mittelmeerraum übernommen hatte? Ich versuchte mit einem lange Zeit ungenutzten Sinn zu spüren, ob die Kraft, die einst hier gehaust hatte, noch genug Klarheit behalten hatte, um zu antworten.

Zwischen zwei Atemzügen merkte ich, wie mein Bewusstsein auf vertraute Weise eintauchte und sich verschob, womit sich der Trancezustand ankündigte. Cunoarda packte mich am Ellbogen, als ich taumelte, doch ich schüttelte den Kopf und deutete auf die dunkle Nische am Ende des Tunnels.

»Ja, da soll die Sehrein gesessen haben, wenn sie ihre Antworten gab«, sagte die Priesterin. »Wir wissen nicht, worauf sie saß, aber wir haben dort immer einen dreibeinigen Schemel stehen, so wie man ihn in Delphi hat.«

Ich trat vor und hatte das Gefühl, dass meine Füße kaum den Boden berührten, doch der dreibeinige Schemel am Ende des Durchgangs schien von innen heraus zu leuchten. *Jahrhundertealter Glaube hat ihn geheiligt*, dachte ich.

»Ich will mich dort hinsetzen«, sagte ich mit einer Stimme, die mir selbst fremd klang. Ich zog das Armband vom anderen Handgelenk und bot es der Priesterin an. Im ersten Moment war sie verblüfft und schaute nervös auf den Schemel, doch das hier war nicht der Tempel ihres Gottes, den sie gegen jedes nur mögliche Sakrileg hätte verteidigen müssen. Es war deutlich, dass sie die Macht nicht spürte, die mich schwindelig machte.

Zitternd sank ich auf den dreibeinigen Hocker, mein Schleier rutschte herunter, und ich saß barhäuptig da. Diese Haltung weckte längst verdrängte Erinnerungen; das Zittern verwandelte sich in heftige Zuckungen, als mein Körper versuchte, sich dem Zustrom der Macht anzugleichen.

»Herrin, ist dir nicht wohl?«, rief Cunoarda und streckte die Arme nach mir aus, doch die Priesterin hielt sie davon ab, und mit dem Teil meines Verstandes, der noch mir gehörte, bemerkte ich erleichtert, dass die Frau, obwohl sie keine Seherin war, genug Übung hatte, um zu erkennen, was mit mir geschah.
»Berühre sie nicht«, warnte sie. »Das ist alles höchst ungewöhnlich. Sie hätte mir sagen sollen, dass sie die Gabe besitzt, dann hätte ich Vorsichtsmaßnahmen treffen können, aber dazu ist es jetzt zu spät.«
Plötzlich schoss mir ein Gedanke durch den Kopf, den ich jedoch rasch wieder verdrängte: Mir selbst war ja nicht bewusst, dass die Fähigkeit zur Trance, die mir vor so langer Zeit beigebracht worden war, an dieser Stelle so schnell erwachen würde.
»*Tochter, willst du mich nun hereinlassen?*«, fragte eine innere Stimme, und mit einem langen Seufzer ließ ich mich in die leuchtende Dunkelheit wie in die liebevolle Umarmung einer Mutter fallen.
Vage wurde ich mir bewusst, dass mein Körper sich aufgerichtet, dass mein Haar sich aus den Spangen gelöst hatte. Meine Arme breiteten sich aus, die Finger spannten sich, als entdeckte eine Wesenheit aufs Neue, wie es ist, aus Fleisch und Blut zu sein. Es tat mir nur Leid, dass ich ihr nur diesen Körper zu bieten hatte, der nun schon siebenundsechzig Jahre standgehalten hatte.
»Wer bist du?«, flüsterte die Priesterin.
»Ich bin die Sibylle ...«, meine Lippen formten die Antwort. »Ich bin immer die Sibylle. In Eretria habe ich gesprochen und in Phrygien, in Samos und Libyen und vielen anderen heiligen Orten im Lande der Menschen. Aber es ist so lange her, seitdem mir jemand in diesem Schrein eine Stimme verliehen hat.«
»Sprichst du mit Apollons Stimme?«, fragte die Priesterin misstrauisch.
»Geh in deinen Tempel, der auf der Höhe steht, und öffne die

Tore für den Wind und die Sonne, und er wird zu dir sprechen. Aber meine Macht kommt aus den Tiefen und der Dunkelheit der Erde und aus den ewig sprudelnden Wassern der heiligen Quelle. Ich bin die Stimme des Schicksals. Willst du ein Orakel hören?«

Ein seltsam berührtes Schweigen folgte, dann lachte die Sibylle.

»Weib, du hast den Göttern ein Leben lang gedient. Warum bist du so überrascht, dass eine Macht zu dir spricht? Ja – ich lese im Geist dieser alten Frau, die mich trägt, dass sich viele Dinge verändert haben. Rom gibt es noch, aber im Volk gibt es einige, die sich von ihren alten Göttern abgewendet haben.«

»Daran sind die Christen schuld!«, rief die Priesterin. »Sie sagen, dass es nur einen Gott gibt …«

Ich spürte, dass sich mein Bewusstsein erneut verschob, wie es noch tiefer drang und sich ausdehnte, als die Wesenheit, die mich überschattet hatte, selbst von einem Strahlen überwältigt wurde, das jegliches sterbliche Bewusstsein auslöschte.

»Die Göttliche Quelle ist in der Tat eine einzelne Gottheit von überragender Macht, die den Himmel und die Sonne und die Sterne und den Mond erschaffen hat, die fruchtbare Erde und die Wellen der Meere. Das ist der Eine, der allein war und ewig sein wird.«

»Soll das heißen, dass die Christen Recht haben?« Die Stimme der Priesterin wurde schrill vor Entsetzen. »Und dass ihr Gott der Einzige ist?«

»Kein Sterblicher kann die höchste Gottheit fassen, es sei denn, im äußersten Taumel der Verzückung. Du, der du im Fleische lebst, siehst mit den Augen der Welt nur eine Sache vor dir, und deshalb siehst du Gott in vielen Gestalten, so wie Bilder von den mannigfaltigen Facetten eines Juwels auf unterschiedliche Weise reflektiert werden. Jeder Facette habt ihr eine Gestalt und einen Namen gegeben – Apollon oder Ammon, Kybele oder Hekate, die einst in diesem Schrein das Orakel gesprochen hat. Jahwe der Juden wacht nur über ein Volk, und dieser Jesus segnet alle, die ihn anrufen. Sie wollen den Einen fassen, doch ihre menschlichen Beschränkungen erlauben ihnen nur, ein einzelnes Gesicht zu sehen, das sie das Ganze nennen. Verstehst du?«

In jenem Augenblick begriff ich, was die Sibylle aus mir sprach, und ich betete, dass ich diese Worte behalten könnte.

»Dann irren sie sich!«, rief die Priesterin.

»Sie tun gut daran, Christus zu dienen, wenn sie seinen Lehren wahrhaft folgen, so wie du gut daran tust, dem strahlenden Apoll zu dienen. Sie irren sich nur in ihrer Annahme, es gäbe keine Wahrheit außer der, die sie sehen. Aber ich werde dir etwas sagen – ihre Vorstellung ist mächtig, und ich sehe eine Zeit voraus, in welcher der Tempel deines Apollons zu einer Ruine zerfallen ist, seine Verehrung ebenso vergessen wie die der Göttin, die hier angebetet wurde, ehe er kam.

Klagt, o ihr hohen Götter, und trauert, ihr Bewohner des Olymp, denn es kommt die Zeit, da eure Altäre abgerissen und eure Tempel unter dem Kreuz daniederliegen werden.«

Die Vision weitete sich zu einem Mosaik von Bildern aus, als ich sah, wie das Kreuz über würdige, prächtige Gebäude erhoben wurde oder auf den Umhängen von Männern prangte, die Kranke pflegten oder mit blutigen Schwertern übereinander herfielen. Die Eingebung setzte sich fort, während die Sibylle Worte aussprach, die ich nicht mehr vernahm, und die Priesterin ihr weinend zu Füßen kauerte.

Schließlich ließen die Bilder nach, und ich erkannte, dass die Sibylle ihren Blick auf Cunoarda gerichtet hatte.

»Und du, mein Kind – willst du denn nichts fragen?«

Cunoarda schaute scheu zur Seite und richtete dann einen Blick voller Hoffnung auf. Sie war wie umgewandelt. »Wie lange werde ich Sklavin bleiben?«

»Wenn deine Herrin frei ist, dann wirst auch du freigelassen, und ein fernes Land wird euch beiden Zuflucht gewähren. Doch bevor das eintritt, hat sie viel Kummer zu erleiden und muss eine große Reise antreten.«

»Hab Dank«, flüsterte das Mädchen. Sie neigte den Kopf, doch ich sah, dass Tränen auf ihren Wangen schimmerten.

»Es gäbe noch vieles zu sagen, doch dieser Körper ermüdet. Es bereitet mir Kummer, denn ich sage euch, es werden viele Jahrhunderte vergehen, ehe die Nächste kommt, die mir erlaubt, durch sie zu sprechen.«

Mein Kopf sank nach vorn, und einen Moment lang war ich zwei Wesen in einem Körper: das unsterbliche Orakel und eine alte Frau, die große Schmerzen litt. Ich versuchte, mich an das Bewusstsein der Sibylle zu klammern, doch es war wie der Versuch, den Strom der Ebbe aufzuhalten. Dann war die lebendige Präsenz, die mich eingenommen hatte, verschwunden, und ich brach in Cunoardas Armen zusammen.

Als wir schließlich in den Palast in Baiae zurückkehrten, war ich meiner Sinne wieder mächtig, obwohl mein Körper, der über alle Maßen durch die Macht, die ihn ausgefüllt hatte, strapaziert worden war, sich schlaff wie ein leerer Weinschlauch anfühlte. Sobald ich wieder sprechen konnte, warnte ich Cunoarda, nichts von dem zu erzählen, was geschehen war, sich das Gesagte aber ins Gedächtnis zu rufen und niederzuschreiben, denn die Einzelheiten verblassten bereits in meiner Erinnerung gleich einem Traum, der mit Tagesanbruch verschwindet. Gegenüber den Freien des Palasts hat sie mir gehorcht. Rückblickend glaube ich jedoch, dass sie meinen germanischen Sänftenträgern etwas erzählt haben muss, denn sie behandelten mich seitdem mit einer Ehrfurcht, die weit über die Pflicht hinausging, und ich hörte immer wieder, wie sie »*Haliruna*« flüsterten, sobald ich vorbeiging.

Crispus und die anderen sorgten sich um mich, doch sie hielten meinen Zusammenbruch nur für die Schwäche einer alten Frau, die sich zu viel zugemutet hatte, und entschuldigten sich dafür, dass sie mich an einem so heißen Tag zu einem solchen Ausflug überredet hatten. Aber ich versicherte ihnen, das Risiko freiwillig auf mich genommen zu haben. Sie wussten nicht, wie groß es wirklich gewesen war, ich aber schwelgte trotz der körperlichen Schmerzen in dem Wissen, dass mir die Fähigkeit, die Andere Welt zu streifen, die Freude meiner Jugend, am Ende nicht abhanden gekommen war.

Bei Einbruch der Dunkelheit schritten wir durch die Palasttore, doch im Innern waren unzählige Lichter angezündet worden.

»Was hat das zu bedeuten?«, fragte ich und hielt den Vorhang der Sänfte zurück. »Ist der Kaiser gekommen? Feiern wir ein Fest, das ich vergessen habe?«

»Oh, Herrin!«, rief der Eunuch, unser Verwalter. »Nicht der Kaiser, aber vielleicht ein Cäsar – bei unserer Herrin Fausta haben heute Nachmittag die Wehen eingesetzt! Sie hat nach dir gerufen. Ich bitte dich, geh zu ihr.«

Seufzend lehnte ich mich zurück und wünschte, es wäre nicht gerade jetzt eingetreten, da ich so erschöpft war.

»Ich bin ihr keine große Hilfe, bis ich mich gewaschen und etwas gegessen habe. Das ist ihr erstes Kind. Also haben wir noch Zeit.«

Als ich ins Geburtszimmer kam, war Fausta allein und wimmerte bei jeder Wehe.

»Warum hast du deine Diener fortgeschickt, mein Kind? Sie wollen dir nur helfen.«

»Sie haben so einen Wirbel gemacht, dass ich es nicht ertragen konnte! Oh, Avia, es tut so weh! Werde ich sterben?«

»Du bist jung und gesund, Fausta«, sagte ich aufmunternd und nahm ihre Hand. »Ich weiß, dass es nicht angenehm ist, aber es dauert eine Weile, bis sich dein Leib weit genug geöffnet hat, um das Kind auszustoßen.« Ich hatte nur ein Kind ge-

boren, doch in späteren Jahren hatte ich häufig geholfen, wenn Frauen von Offizieren aus Konstantius' Kommando in den Wehen lagen, und diese Erfahrung ergänzte das, was ich über die Kunst einer Geburtshelferin in Avalon gelernt hatte.
Ich schaute zur Tür und sah die Hebamme dort herumlungern. Ich winkte sie herein.
»Sie macht gute Fortschritte«, sagte die Frau vorsichtig. Ich fragte mich, was Fausta ihr zuvor gesagt hatte.
Bei der nächsten Wehe krallten sich Faustas Finger schmerzhaft in meine Hand. Ihr braunes Haar war dunkel vor Schweiß und ihr Gesicht fleckig vom Weinen. *Umso besser*, dachte ich, *dass ihr Gemahl sie jetzt nicht so sieht.*
»Sprich mit mir, Avia«, bat sie, als sie wieder reden konnte. »Ein Gedicht oder ein Witz oder eine Geschichte über Konstantin, als er noch klein war, alles, was mich vom Schmerz ablenkt.«
»Na schön ...« Ich tätschelte ihre Hand. »Hat er dir nicht erzählt, wie er seine ersten Lorbeeren gewann? Es war, als Probus Kaiser war und wir in Naissus wohnten.«
Sie schüttelte den Kopf. »Er erzählt mir manchmal, was er in Zukunft zu tun gedenkt, aber er hat nie über seine Kindheit gesprochen.«
»Dann muss ich das wohl tun, damit du deinen Kindern die Geschichten weitererzählen kannst.« Ich wartete, bis die nächste Wehe über sie hinweggerollt war, doch ich glaube, meine Anwesenheit hatte ihr die Anspannung ein wenig genommen, und ihre Kontraktionen waren nicht mehr so schwer zu ertragen.
»Konstantin hatte sein siebentes Jahr gerade hinter sich, obwohl er immer groß für sein Alter war und älter aussah, und Kaiser Probus hatte einen Preis für die Wettläufe am Apollon-Fest ausgesetzt.« Ich fuhr mit tieferer Stimme fort, die ich im Rhythmus der Kontraktionen, die Faustas Leib eindrückten, hob und senkte.

»Konstantin begann zu üben und lief jeden Morgen mit Hylas, der damals unser Hund war. Ich hatte das Frühstück fertig, wenn sie keuchend vom Lauf zurückkehrten.«
Fausta entspannte sich allmählich und ging auf meinen Rhythmus ein, um schließlich zu ihrem eigenen zu finden, bis sie sogar bei dem Wort »keuchen« etwas schneller atmete.
»Das erste Rennen gewann er leicht, denn unter den Jungen in seinem Alter war er groß und stark. Im darauf folgenden Jahr aber kam er in eine höhere Riege, und obgleich er so groß wie viele andere war, besaßen diese doch mehr Kraft und Erfahrung. Er schloss mit beachtlichem Erfolg ab, doch er war nicht der Sieger, und du weißt, mein Sohn verliert nicht gern.«
»Was hat er gemacht?«
»Ich weiß noch, dass er sehr still wurde und diesen verschlossenen Ausdruck annahm, den wir alle so gut an ihm kennen. Und er trainierte – morgens und abends, das ganze Frühjahr hindurch. Mein Sohn war immer schon ein Träumer, aber ein praktischer, der alle Anstrengung unternimmt, um seinen Traum in die Tat umzusetzen. Als der Sommer kam, war er wieder Sieger.«
Fausta stöhnte laut und verzog das Gesicht, denn ihr Wettkampf ging noch weiter. »Und im nächsten Jahr?«
»Im Jahr darauf wurden wir nach Sirmium versetzt, und im Sommer wurde der Kaiser ermordet, noch ehe die Wettkämpfe abgehalten wurden.«
»Erzähl mir noch mehr über Konstantin«, bat Fausta rasch. »Welche Spiele hat er gern gespielt?«
Nachdenklich zog ich die Stirn in Falten. Es heißt, das Kind sei der Vater des Mannes. Mir kam auf einmal der Gedanke, dass ich nicht Diokletian dafür verantwortlich machen sollte, was aus meinem Sohn geworden war – Anzeichen für seinen künftigen Charakter hatte es in seiner Kindheit schon gegeben, wenn man Augen hatte, zu sehen.

»Er versammelte gern die Kinder der anderen Offiziere um sich und spielte mit ihnen Triumphzug über die Straße. Ich weiß noch, dass er einmal versuchte, zwei Katzen aus dem Stall abzurichten, dass sie einen Karren zogen. Da hat er einmal einen Misserfolg gehabt und musste stattdessen den Hund nehmen. Ich glaube, er hat sich nie damit abgefunden, dass man nicht immer Übereinstimmung erzielen kann.«
Und das war sicher ein Zug, den er noch immer hatte. Dabei war er jetzt Kaiser und hatte die Macht, seinen Willen durchzusetzen, konnte aber nicht verstehen, warum die zerstrittenen christlichen Fraktionen, denen er seine Gunst gewährt hatte, noch immer an ihren Feindseligkeiten festhielten. Die Donatisten in Afrika und die Anhänger des ägyptischen Arius wurden von den Orthodoxen energischer verleumdet als die Heiden, und es wurde ihnen mit gleicher Münze heimgezahlt.
»Mein Gemahl ist tapfer, standhaft und zuverlässig«, sagte Fausta, »und sein Sohn wird genau wie er.«
»Bist du dir so sicher, dass es ein Junge wird?« Ich lächelte, doch in Wirklichkeit hatte ich nicht das Recht, sie zu necken, war ich meiner selbst doch so sicher gewesen, das prophezeite Kind zur Welt zu bringen. Ich hörte, dass Fensterläden geöffnet wurden, und als ich mich umdrehte, sah ich das erste Morgengrauen.

Als der neue Tag heraufzog, kamen Faustas Wehen in immer kürzeren Abständen, und aus ihrem Wimmern wurden Schreie. Die Hebamme versuchte ihr Mut zuzusprechen und sagte, es werde nun nicht mehr lange dauern, doch Fausta hatte den Punkt erreicht, an dem Gebärende nach ihren Müttern rufen und ihre Männer verfluchen.
»Sag der Frau, sie soll mich nicht anlügen!«, keuchte Fausta. »Ich sterbe, ich weiß es. Bald werde ich bei meinem Vater und meinem Bruder im Reich der Schatten sein, und ich werde ihnen sagen, Konstantin habe mich geschickt!« Sie stöhnte, als

ihr Bauch sich erneut zusammenzog. »Aber du bleibst bei mir, Avia, ja?«
»Ich bleibe bei dir, mein Liebes.« Ich beugte mich vor, um ihr die strähnigen Haare aus der Stirn zu streichen. »Und ich freue mich mit dir, wenn dein Kind auf die Welt kommt. Vergiss nicht, die Schmerzen, die du leidest, sind Teil der Arbeit der Großen Mutter – nicht Schmerz, sondern Macht.«
Fausta schloss erschöpft die Augen, doch ich fuhr fort, ihr über das Haar zu streichen. Nie war ich so nahe daran, sie zu lieben, wie in dieser Stunde. Ich spürte die mächtigen Kräfte, die in ihr wirkten, und wandte mein Inneres der Göttin zu, um IHRE Harmonie zu suchen.
Schon zog sich Faustas Körper wieder zusammen, doch diesmal schlug sie überrascht die Augen auf.
»Avia, ich will pressen – stimmt etwas nicht?«
Die Hebamme lächelte, und ich tätschelte Faustas Hand. »Das bedeutet, dass alles in Ordnung ist«, sagte ich. »Das Kind ist fast bereit, zu kommen. Wir setzen dich auf den Geburtsstuhl, und wenn du den Drang verspürst, zu pressen, dann tu es ...«
Im nächsten Augenblick kam die Macht der Mutter erneut gleich einer Woge über sie. Als sie nachließ, hoben wir Fausta auf den niedrigen Stuhl, und die Hebamme kniete sich zwischen ihre Knie, während ich Fausta stützte. Meine Erschöpfung war wie weggeblasen durch das Entzücken über das Wunder, dessen wir teilhaftig wurden.
»Holt warmes Wasser«, fuhr ich die herumstehenden Mägde an, »und sorgt dafür, dass die Wickeltücher bereitliegen. Es ist gleich so weit.«
Knurrend wand Fausta sich unter meinen Händen. Jetzt, da es ums Ganze ging, hatte sie aufgehört zu jammern und bewies den Mut der Soldatenfamilie, aus der sie stammte. Sie presste einmal, zweimal, dreimal und sank dann mit einem Seufzer zurück, als das strampelnde Kind, blutverschmiert und schon

laut protestierend, in die wartenden Hände der Hebamme glitt.
Ich hielt Fausta noch in den Armen, als die anderen Frauen geschäftig um sie herumliefen, die Nabelschnur durchtrennten und ihr bei der Nachgeburt halfen, während die Mägde das Kind wuschen und wickelten. Dann wurde die frisch gebackene Mutter in ein sauberes Bett getragen, und ich konnte endlich aufstehen, vor Erschöpfung zitternd.
»Wo ist es?«, rief Fausta. »Ich will mein Kind sehen!«
»Hier«, antwortete die Hebamme. »Der schönste Junge, den ich je gesehen habe.« Sie reichte mir das gewickelte Kind, das noch immer schrie.
Mein Enkel, dachte ich und schaute in das verzerrte Gesicht. Alle Neugeborenen gleichen ihren Großvätern, doch ich entdeckte keinen Zug von Konstantius. Zornesrot unter einem dunklen Haarschopf glich das Kind in meinen Armen seinem anderen Großvater, Maximian.
Vorsichtig legte ich das Kind in die Arme seiner Mutter.
»Ein Sohn?«, fragte sie, »und gesund?«
Die Hebamme nickte. »Er ist in jeder Hinsicht vollkommen.«
Seufzend entspannte sich Fausta, und das Kind beruhigte sich, obwohl sein Gesicht noch immer in finstere Falten gelegt war.
»Mein Konstantinus …« Sie küsste ihr Kind auf den Kopf und drückte es an sich, »der erste rechtmäßige Sohn des Kaisers.«
»Die Gültigkeit meiner Beziehung zum Vater des Kaisers wird von so manchem in Frage gestellt«, sagte ich nüchtern. »Ich würde dir raten, diesen Ausdruck Konstantin gegenüber nicht zu benutzen, sonst meint er noch, du zögest seine Legitimation in Zweifel. Jedenfalls war es bei den Römern üblich, dass der bestqualifizierte Mann den Purpur erben sollte, und der war nicht einmal unbedingt verwandt, noch weniger der rechtmäßige Sohn.« *Sicher wird Crispus mit dem Vorteil der Reife und seiner angeborenen Intelligenz gewählt, wenn die Zeit gekommen ist*, dachte ich.

Fausta, ganz in Gedanken versunken über das Wunder, das sie vollbracht hatte, waren meine Worte wahrscheinlich nicht einmal bewusst. Ich aber erinnerte mich an Geschichten, die ich über Familienfehden unter den Persern gehört hatte, wenn ein neuer Großkönig auf den Thron kam, und spürte einen Anflug von Angst.

17. KAPITEL

A. D. 321-324

»Herrin, hier ist ein Brief von Crispus …« Cunoarda blieb in der Tür zu meinem Wohnzimmer stehen.

»Schließ bitte die Tür und zeig her.«

Das Kohlebecken gab sich die größte Mühe, gegen die nasskalte Februarwitterung in Rom anzukommen, und ich stellte meine Füße auf Boreas' Flanke. Er war der Sohn des ersten Hundes, dem ich diesen Namen gegeben hatte. Doch selbst nach den Renovierungen, die ich angeordnet hatte, als Konstantin mir das *Domus Sessorianum* schenkte, zog es in dem Gebäude noch. Ich hatte alles darangesetzt, um daraus ein Zuhause zu machen, und die relative Schlichtheit der Vorstadtvilla, die dieser Palast einst war, wiederherzustellen versucht, doch die Architekten waren mit den neuartigen Begriffen konstantinischer Pracht infiziert, und nur in diesem Raum, an dessen Wänden britannische Webereien hingen und gestreifte britannische Läufer den kalten Mosaikboden bedeckten, war mir so warm, dass ich die anfallartigen Attacken von Kurzatmigkeit, die mich im Winter plagten, in Schach zu halten vermochte.

»Herrin, was machst du?«, fragte Cunoarda, als sie mir die in einer Schatulle steckende Papyrusrolle reichte.

»Ich spinne …« Ich errötete ein wenig, als ich die lose Wolle um den Rocken wickelte und diesen mitsamt der Spindel ablegte, wohl wissend, dass dies ein eigenartiges Verhalten für die Mutter des Kaisers war. »Als ich noch klein war, legte ich die Spindel kaum aus der Hand. Ich wollte nur sehen, ob ich noch weiß, wie es geht.«

»Auch ich habe in meiner Kindheit in Alba gesponnen«, sagte Cunoarda mit weicher Stimme.
»Dann wollen wir dir auch eine Spindel besorgen, und du kannst dich zu mir ans Feuer setzen«, erwiderte ich. »Doch zunächst lass uns sehen, was mein Enkel mitzuteilen hat.«
Das Schriftstück hatte Crispus persönlich in seiner sauberen Handschrift verfasst. Er war jetzt neunzehn, trug den Titel eines Cäsaren und hatte seit zwei Jahren als Gesandter Konstantins seinen Sitz in Treveri. Hin und wieder wurde er zu Feldzügen an die germanische Grenze abberufen. Erst im Sommer zuvor hatten seine Streitkräfte noch einen wichtigen Sieg gegen die Alemannen errungen. Crispus fehlte mir, denn Fausta lebte mit ihren Kindern bei ihrer Mutter in Mediolanum, und ich sah sie nur selten. Obwohl sie spät begonnen hatte, war sie außergewöhnlich fruchtbar. Ein zweiter Sohn, Konstantius, wurde ein Jahr nach Konstantinus geboren, und ein dritter, den sie Konstans nannten, war gerade in diesem Jahr zur Welt gekommen.
»Avia Nobilissima«, begann er. *»Ich kann dir von großem Glück künden. Ich werde mit einem bezaubernden Mädchen verheiratet, der Tochter des höchsten Beamten von Treveri. Sie heißt auch Helena! Ist das nicht ein glücklicher Zufall? Ich nenne sie Lena. Im vergangenen Winter habe ich mich in sie verliebt, aber ich wusste nicht, ob wir heiraten durften. Jetzt hat mein Vater seine Erlaubnis erteilt, und wir werden im nächsten Monat unser Fest abhalten, bevor ich wieder aufbreche, um mich meiner Legion am Rhenus anzuschließen. Ich hoffe, du kannst zur Hochzeitsfeier zu uns kommen, aber wenn das nicht möglich ist, bitte ich um deinen Segen.*
Möge der höchste Gott dir Gesundheit schenken, liebste Avia. Dein dich liebender Crispus.«
»Meinen Segen soll er haben, und der Teufel soll ihn holen, sich so eilig zu vermählen! Er muss doch wissen, dass die Straßen und Meere in dieser Jahreszeit für mich unpassierbar sind!«, rief ich.

»Nun ja, man kann die Eile schon verstehen, wenn er in den Krieg zieht. Ohne Zweifel wird er seine Braut in Colonia oder Argentoratum unterbringen, wenn er bei den Truppen ist«, sagte Cunoarda und hob die Spindel auf, die ich in meiner Erregung vom Schemel geworfen hatte.
»Wie kann sich mein kleiner Crispus nur vermählen!« Ich schüttelte den Kopf. »Mir scheint, als habe er noch gestern auf meinem Schoß gesessen!«
»Vielleicht macht er dich bald zur Urgroßmutter«, sagte Cunoarda lächelnd.
Ich seufzte. Ich hatte Schwierigkeiten, mir Crispus als Vater vorzustellen, doch in dieser Jahreszeit, in der alle Plagen der Sümpfe rings um die Stadt sich in meinen Knochen festzusetzen schienen, konnte ich gut glauben, dass ich alt genug für Urenkel war. Der Winter war hart gewesen, und ich hatte gehört, dass in den ärmeren Vierteln von Rom erneut die Pest ausgebrochen war.
»Ich werde ihnen meinen Palast in Treveri zum Geschenk machen«, sagte ich, »und mein Schlafgemach für die neue Braut neu herrichten lassen. Und ich werde ihr meine lange Perlenkette schicken. Sie wird auf ihrer jungen Haut besser aussehen als bei mir.«
»O Herrin, so darfst du nicht reden. Weißt du nicht, dass viele sagen, die Götter hätten dir eine Verlängerung deiner Jugend beschert?«
Erstaunt zog ich eine Augenbraue hoch. »Cunoarda, ich hätte nicht gedacht, dass du eine Schmeichlerin bist! Hole mir einen Spiegel – vielleicht hat sich ein Wunder ereignet, seitdem ich zuletzt hineingeschaut habe!«
Sie errötete leicht und brachte mir die runde polierte Silberscheibe, deren Griff in der Gestalt der drei ineinander verschlungenen Grazien geformt war. Ich drehte mein Gesicht ins Licht und hielt den Spiegel hoch. Das Antlitz, das mir daraus entgegensah, war von silbernem Haar umrahmt, in zwei glat-

ten Strängen zu einem Knoten zusammengebunden, der von einem gewebten Band gehalten wurde. Die Haut, die sich einst so geschmeidig über meine kräftigen Knochen gespannt hatte, war schlaff geworden, die Augen lagen in tiefen, dunklen Höhlen unter den Augenbrauen.

»Was ich sehe, meine Liebe, ist das Gesicht einer gesunden Zweiundsiebzigjährigen. Wenn es nicht ganz dem einer alten Hexe entspricht, dann liegt es daran, dass ich darauf achte, was ich esse, und in Bewegung bleibe. Aber die Tatsache, dass ich in einem Palast lebe, ist noch lange keine Entschuldigung für mich, die Realitäten des Lebens zu übersehen«, sagte ich knapp. »Und jetzt nimm das Ding weg. Bald bricht die Stunde an, in der ich meine Audienz abhalte. Wie viele Menschen warten im Empfangsraum?«

»Nicht so viele wie sonst, aber einer von ihnen ist Sylvester, der Erzbischof des Erzbistums Rom.«

»Na gut, dann wird es wohl Zeit, dass ich meine Spinnerei beiseite lege und wieder zur Nobilissima Femina werde, auch wenn ich nur eine alte bin. Ich werde die Tunika aus waldgrüner Seide anlegen und darüber den meergrünen Mantel.«

»Ja, Herrin, dazu die Ohrringe und die Kette aus Emaille und Perlen?«

Ich nickte, griff nach meinem Stock und erhob mich stöhnend, als läge die Last aus Brokat und Juwelen bereits auf mir.

Seit meinem Einzug in den Sessorianum-Palast hatte ich es mir angewöhnt, kurz vor dem Mittagsmahl Bittsteller zu empfangen. Ich war immer wieder erstaunt, wie viele Menschen quer durch die Stadt zu meinem Haus kamen. Es duckte sich in den südöstlichen Winkel der Mauern, die Kaiser Aurelian hatte errichten lassen, um die Vorstädte Roms zu schützen.

Heute war die Halle trotz des schlechten Wetters voll. Durch den aromatischen Duft der Kräuter, die auf dem Kohlebecken lagen, drang mir der Geruch von nasser Wolle in die Nase, und ich lächelte, denn es erinnerte mich wieder an Britannien. Begleitet von Cunoarda und meinen beiden Windhunden, die neben mir hertrotteten, stieg ich auf das Podest, nahm auf dem geschnitzten Stuhl Platz und warf einen Blick über die Menge.

Ich sah Julius Maximilianus, der den Wiederaufbau der Bäder auf dem Gelände des Palasts beaufsichtigte. Ich hatte die Absicht, sie der Öffentlichkeit zur Verfügung zu stellen, wenn sie erst einmal fertig gestellt waren, da eine Einrichtung in dieser Größe kaum erforderlich war, eine einzelne alte Frau sauber zu halten.

Maximilianus war zweifellos hier, um über den Fortschritt der Bäder zu berichten, der sich aufgrund des winterlichen Regens und Krankheit unter den Arbeitern verzögert hatte. Einige andere waren meine Klienten und nur aus Höflichkeit gekommen. Doch was machte der christliche Patriarch der Stadt hier?

Sylvester wartete mit erstaunlicher Geduld, ein drahtiger kleiner Mann mit einem Kranz schütteren rötlichen Haars um seine Tonsur, gekleidet in schlichter weißer Tunika und Mantel. Das einzige Rangabzeichen, das er an sich trug, war das große, aus Gold gefertigte Kreuz auf seiner Brust. Der junge Priester indes, der ihn begleitet hatte, nestelte nervös an seinen Sachen und murrte über die Verzögerung.

Falls andere unzufrieden mit der Geschwindigkeit waren, mit der ich ihre Bitten abfertigte, so wagten sie es nicht zu äußern, und als eine Stunde vergangen war, blieb nur noch Sylvester übrig.

»Ehrwürdiger Bischof, ich bin sicher, dass nur eine dringende Angelegenheit dich an einem solchen Tag zu mir führt. Doch ich bin eine alte Frau und nicht gewohnt zu fasten. Wenn du also die Muße hättest, mir dein Anliegen vorzutragen, während du mir beim Essen Gesellschaft leistest?«

Seine Augen blitzten belustigt auf, doch seine Zustimmung

fiel ebenso würdig aus wie meine Frage. Bischof Ossius war einer der zuverlässigsten Berater Konstantins geworden, doch ich hatte mich nie für ihn erwärmen können. Sylvester schien anders zu sein. Ich stellte fest, dass ich neugierig war, mehr über diesen Priester zu erfahren, den Erben des Apostels Petrus und Patriarch des Erzbistums Rom.

Nachdem Cunoarda den jüngeren Priester in die Küche geschickt hatte, um dort zu essen, wurden Sylvester und ich ins Triklinium geleitet. Er warf einen Blick auf die Marmorverkleidungen an den Wänden und die Gemälde darüber und wurde ein wenig verlegen, obwohl die Bilder unschuldige Nymphen und Schäfer aus der Romanze von Daphne und Chloe darstellten.

»Ich muss mich für die Pracht und die Kälte entschuldigen«, sagte ich und wies ihm die Liege auf der anderen Seite des Kohlebeckens zu. In dem großen Raum wirkten wir beide wie zwei Erbsen in einer riesigen Schüssel. »Ich nehme meine Mahlzeiten nie hier ein, wenn ich allein bin, doch mein Haushalt wäre gekränkt, wenn ich sie bäte, uns in meinem kleinen Wohnzimmer aufzudecken.«

»Wir alle sind unseren Dienern ausgeliefert«, antwortete Sylvester. »Meine Haushälterin schikaniert mich gnadenlos.«

»Wenn du etwas nicht essen darfst, musst du es mich wissen lassen«, sagte ich ein wenig nervös, doch er lächelte.

»Heute ist kein Fastentag, und der heilige Petrus selbst hat immerhin einmal gesagt, nicht das, was ein Mann in seinen Mund einführt, beschmutzt ihn, sondern was er daraus hervorbringt.«

»Sehr richtig«, stimmte ich ihm zu, flüsterte aber trotzdem Cunoarda zu, den Koch anzuweisen, etwas Schlichtes zuzubereiten.

Ich weiß nicht, ob es mein Befehl oder der Respekt vor dem Patriarchen war, der ihn nötigte, doch kurz darauf wurde uns Gerstenbrühe, ein Linsengericht und Bärenklau mit Eiern,

Brot und Käse aufgetischt. Der Bischof aß mit Appetit, und ich fragte mich, ob das seine erste Mahlzeit an diesem Tag war.
»Nun«, sagte ich, als wir den ersten Hunger gestillt hatten und heißen Würzwein tranken, »was kann ich für dich tun?«
»Bist du so sicher, dass ich als Bittsteller gekommen bin?«
»Du bist zu beschäftigt, um persönlich von so weit herzukommen, wenn auch ein Bote oder Gesandter gereicht hätte.«
»Das stimmt«, sagte Sylvester seufzend. »Die Not ist groß, sonst wäre ich nicht zu dir gekommen. Du hast vielleicht gehört, dass in der Stadt eine Krankheit ausgebrochen ist, doch du weißt wahrscheinlich nicht, wie schlimm es inzwischen ist. Es handelt sich nicht um ein Fieber, das uns jeden Sommer heimsucht, sondern um etwas Neues, bei dem das Opfer Blut spuckt oder am eigenen Schleim erstickt. Manche behaupten, es sei der Vorläufer des Jüngsten Tages und haben sich in ihr Bett gelegt, um auf unseren Herrn zu warten, der da kommen soll, doch ich glaube, es ist nur eine weitere Prüfung, der wir unterzogen werden.«
»Das klingt schrecklich«, sagte ich. »Was kann ich tun?«
»Für die Kranken nicht viel. Ich habe die Laterankathedrale als Krankenhaus geöffnet, und wir pflegen die Patienten nach bestem Vermögen. Aber es sind so viele krank oder tot, dass in Teilen der Stadt Elend herrscht. Ich habe bereits meine Schatztruhe geleert. Wir brauchen die Genehmigung, Korn aus den Speichern der Stadt zu verteilen und andere Dinge für die Armen von den Kaufleuten zu requirieren.«
»Und die Konsuln wollen sie nicht erteilen?«
Er nickte. »Ich dachte, die Mutter des Kaisers könne sie vielleicht beredter überzeugen als ich.«
»Ich will es versuchen«, sagte ich nachdenklich. »Ich werde sie morgen besuchen und mich in goldenes Tuch kleiden. Vielleicht kommen mir noch andere hilfreiche Ideen, wenn ich dein Krankenhaus erst gesehen habe.«
Der Mann war vermutlich selten erstaunt über die Grillen der

menschlichen Natur, sei es im Guten oder im Bösen. Doch es freute mich zu sehen, dass meine Antwort ihn überrascht hatte.

Mein Weg zum Tempel des Saturn, wo ich die Konsuln treffen sollte, führte mich durch das Zentrum Roms, und mir schien, dass das Herz der Stadt tatsächlich nicht so überfüllt war, wie ich es in Erinnerung hatte. An manche Türen hatte man Knoblauch, Amulette oder noch Schlimmeres gehängt in dem verzweifelten Versuch, den Geist einer Krankheit abzuwehren. Gleich hinter dem Flavianischen Amphitheater teilte ich die Vorhänge meiner Sänfte und wies die Träger an, am Triumphbogen anzuhalten, den Konstantin dort an der uralten Strecke der Triumphzüge zwischen dem Mons Caelius und dem Mons Palatinus hatte errichten lassen. Es hatte mich nicht überrascht, als ich erfuhr, dass dies der größte Triumphbogen in Rom sei. Wiewohl seine Größe Bewunderung auslöste, so hatte seine Verzierung doch für beträchtliche Belustigung gesorgt, denn nur das obere Fries bezog sich tatsächlich auf Konstantin bei seiner Siegesfeier über Maxentius. Die anderen Platten, Reliefs und Medaillons waren von Monumenten früherer Kaiser wie Hadrian, Trajan und Marc Aurel geplündert worden. Der Architekt hatte diesen Diebstahl damit begründet, dass er Konstantin als die Summe und Erfüllung des kaiserlichen Genies bezeichnete, doch als ich das Monument prüfend betrachtete, musste ich zugeben, dass die Ausführung von Konstantins Fries im Vergleich zu den anderen Reliefs sichtbar zu wünschen übrig ließ.
Du warst zu eilig, mein Sohn, dachte ich bei mir. *Du hast es nicht nötig, den Ruhm anderer Männer zu stehlen.*

Wie Sylvester erwartet hatte, war das Wort der Kaisermutter ein Befehl, den kein Beamter Roms zu missachten wagte. Auf dem Rückweg zum Palast zog ich einen Schleier an, um mich

vor Ansteckung zu schützen, und befahl meinen Trägern, einen Umweg zu machen, damit ich mir das Krankenhaus ansehen konnte.
Konstantin verbrachte nicht viel Zeit in Rom, doch er war bei der Schenkung von Kirchen großzügig gewesen. Statt Besitz von den größtenteils noch heidnischen Patriziern zu konfiszieren, hatte er die meisten auf kaiserlichem Gelände außerhalb der alten Stadtmauern bauen lassen. Im Jahr seiner Vermählung mit Fausta hatte er den kaiserlichen Lateranpalast, in dem sie geboren war, dem Patriarchen von Rom geschenkt. Nachdem er die Baracken von Maxentius' Reiterei hatte niederreißen lassen, hatte er seine erste Kathedrale neben dem Palast errichtet.
Mir fiel der kleine Junge ein, der in unserem Garten so gern Festungen gebaut hatte, und ich erkannte, dass das Christentum für Konstantin unter anderem deshalb so reizvoll war, weil er die Möglichkeit erhielt, etwas Neues zu bauen.
Etwas Neues, und das in großem Stil. Beim Betreten der Kathedrale fielen mir sogleich die riesigen Säulen auf, die das Schiff trugen, und die grünen Marmorpfeiler in den niedrigeren Arkaden der Seitenschiffe. Durch die hohen Fenster über der Apsis strömte Licht herein, das auf dem Silberfiligran des Lettners und auf den Statuen des Auferstandenen glitzerte, und über allem wachte Jesus als Lehrer, flankiert von Engeln. Doch als meine Augen sich an das Dämmerlicht gewöhnt hatten, vergaß ich alle Pracht. Im Hauptschiff selbst und in den Seitenschiffen hinter den Säulen zu beiden Seiten standen Pritschen dicht an dicht. Sie waren restlos mit Kranken belegt, die größtenteils entweder krächzten, an Erstickungsanfällen litten oder unheimlich still waren. Manche hatten eine Familie, die sich um sie kümmerte, doch für die meisten waren Priester und alte Frauen der christlichen Gemeinde da, die zwischen ihnen umhergingen und allen, die trinken wollten, Wasser gaben und den Sterbenden Trost spendeten. Beißender Gestank

nach Blut und menschlichen Exkrementen drang mir in die Nase.
Sylvester hatte mich zweifelnd angeschaut, als ich davon sprach, Hilfe leisten zu wollen. Jetzt sah ich, dass Hilfe nicht zu haben war, ehe diese Krankheit ihren Verlauf genommen hatte, und kein Wunder zu erwarten war außer der Tatsache, dass überhaupt jemand bereit war, diese Menschen zu pflegen. Gewiss waren nicht alle unter ihnen Christen. Für Sylvester zählte nur, dass es Menschen in Not waren. Nun wurde mir klar, warum dieser neue Glaube trotz aller Lücken und Ungereimtheiten seiner Theologie so stark geworden war.
Ich blieb nicht lange. Der Patriarch, der mich bei meinem Eintreffen begrüßt hatte, erwartete es auch nicht und wandte sich bereits wieder seiner Arbeit zu, als ich die Kathedrale verließ. Auf der kurzen Strecke an den Stadtmauern entlang zum kaiserlichen Palast schwieg ich, und ich zog mich früh zurück, doch das Einschlafen wollte mir nicht gelingen.
Wie die meisten Gebildeten Roms hatte ich die schlichte Inbrunst des Christentums belächelt. Doch diese Menschen bewiesen mehr Mitleid und mehr Mut als ich, die ich auf Avalon erzogen wurde. Ich schämte mich. Auch heute noch weiß ich nicht, ob es aus Scham oder Stolz geschah, dass ich mir am nächsten Morgen bei einer der Sklavinnen in der Küche ein Kopftuch und eine Tunika borgte und Cunoarda anwies, allen zu sagen, ich ruhte mich aus. Dann brach ich zur Kathedrale auf. Kaum war ich jedoch um die Ecke gebogen, als ich hinter mir Schritte vernahm. Es war Cunoarda.
Sie setzte eine störrische Miene auf, als ich ihr befahl, wieder nach Hause zu gehen.
»Herrin, ich muss gehorchen, aber wenn du mich zurückschickst, verspreche ich, allen zu erzählen, wohin du gegangen bist! Bitte – ich habe dein Gesicht gesehen, als du vom Besuch der Kathedrale zurückgekehrt bist. Ich kann dich nicht allein in dieses Entsetzen gehen lassen!«

Ich runzelte die Stirn, doch ich hatte schon längst gelernt, mich der eigenartigen Tyrannei zu beugen, der Diener alle unterwerfen, die sie angeblich besitzen, und gesunder Menschenverstand sagte mir, es könnte klug sein, eine junge, kräftige Frau zur Seite zu haben.
Ich dachte, wenn wir Sylvester aus dem Weg gingen, müsste ich nicht befürchten, erkannt zu werden, denn ich hatte einen Schleier getragen, als ich tags zuvor hier war. Letzten Endes fragte niemand nach unseren Namen – sie alle waren fieberhaft beschäftigt und dankbar für jede helfende Hand. Und so kam es, dass ich, die zehn Jahre lang die mächtigste Frau im Imperium war, so schwer arbeitete wie zuletzt als Mädchen auf Avalon. Ich schleppte Wasser und versuchte, die Patienten sauber zu halten. Cunoarda schuftete an meiner Seite.
Ich war erstaunt, wie schnell man sich nicht nur an den Geruch, sondern auch an das entsetzliche Bild gewöhnen konnte. Blut und Fäkalien konnte man entfernen, das war alles. Doch im erschöpften Zustand reagieren selbst die besten Menschen gereizt, und mir wurde schnell klar, dass nicht alle Christen Heilige waren, obwohl sie selbstlos sein mochten und bei der Pflege der Kranken ihr Leben riskierten, wenn ihnen schon von offizieller Seite kein Martyrium mehr drohte.
Ich wusch sanft einem alten Mann die Brust ab, der sich gerade die Lunge aus dem Leib gehustet hatte, als ich hinter mir einen Aufschrei vernahm. Der Mann mit dem Wassereimer war offenbar gerade von einer Frau angestoßen worden, die einen Stapel sauberer Tücher auf den Armen trug. Das Wasser war dabei zum Teil verschüttet worden.
»Pass doch auf, wo du hintrittst! Das hätte uns gerade noch gefehlt, dass jemand darauf ausrutscht und sich den Knöchel bricht!« Seiner Fistelstimme war die körperliche Schwäche anzumerken, doch die Frau sah nicht viel besser aus.
»Ausgerechnet du musst mir einen Vorwurf machen! Alle Welt

weiß, dass du während der Verfolgungen Weihrauch vor den Teufeln verbrannt hast, den Göttern der Heiden.«
»Und habe ich nicht für diese Sünde gebüßt?« Er deutete auf die Leidenden ringsum. »Habe ich nicht Tag für Tag hier mein Leben aufs Spiel gesetzt? Wenn unser Herrgott mich strafen will, dann wäre es ein Leichtes, mich niederzustrecken. Du aber warst so unbedeutend, dass sie es nicht der Mühe wert fanden, dich zu verfolgen. Gib Acht, sonst wirst du noch wegen der Sünde des Stolzes verdammt!«
»Ihr solltet euch schämen, euch im Angesicht der Sterbenden zu streiten!«, sagte ich mit der Stimme, die fünfzig Jahre lang einen Haushalt regiert hatte. »Du, gib mir ein sauberes Tuch und du etwas Wasser, womit ich es anfeuchten kann, damit dieser arme Kerl die kurze Zeit, die er noch zu leben hat, wenigstens in Sauberkeit verbringt!« Doch schon wölbte sich der Körper des Kranken in einem letzten zuckenden Versuch, zu atmen, dann lag er still da. Ich fuhr zusammen, als meine steifen Muskeln beim Aufstehen protestierten, und bedeutete den Männern, die die Leichen hinaustrugen, ihn fortzuschaffen.

Die ersten Tage waren entsetzlich gewesen, und ich legte mir aus Selbstschutz einen psychischen Schild gegen die Leidenden zu. Tagsüber arbeitete ich, ohne nachzudenken, und abends schlich ich nach Hause, um die Ansteckung in meinen Bädern abzuwaschen und traumlos bis zum nächsten Morgen zu schlafen. Vielleicht schenkte ich meinen eigenen Schmerzen so wenig Aufmerksamkeit, weil meine Gedanken ausschließlich um die Bedürfnisse anderer kreisten.
Allmählich merkten wir, dass nicht alle Patienten starben. Einige wenige, die genug Wasser trinken konnten, waren in der Lage, ihr Sekret so feucht zu halten, dass sie es ausspucken konnten, statt daran zu ersticken. Schließlich erholten sie sich, obwohl sie so schwach waren, dass eine weitere Ansteckung sie wahrscheinlich dahinraffen würde. Verbissen verdoppel-

ten wir unsere Anstrengungen, doch die Priester, die an unserer Seite arbeiteten, hatten noch immer alle Hände voll damit zu tun, die Letzte Ölung zu spenden, wenn wir scheiterten. Manchmal sah ich Sylvester in fleckigem Gewand und mit Holzkreuz statt eines goldenen neben den anderen schuften, doch es gelang mir, ihm aus dem Weg zu gehen. Ich glaube sogar, er hätte mich selbst dann nicht erkannt, wenn ich direkt vor ihm gestanden hätte. Die Wahrnehmung der meisten Menschen beschränkt sich auf das, was sie sehen wollen.

Erst gegen Ende der zweiten Woche schien die Epidemie schließlich nachzulassen. Da geschah etwas, das mich aus der Fassung brachte. Man hatte ein junges Mädchen hereingebracht – eine syrische Sklavin namens Martha, die ihren Herrn und ihre Herrin bis zu deren Tod gepflegt und sich selbst angesteckt hatte. Nun war niemand mehr da, der ihr helfen konnte. Sie war Christin, und obwohl sie wusste, was sie erwartete, war ich noch nie jemandem begegnet, der es mit solch heiterer Gelassenheit trug.

»Unser Herr hat viel größere Schmerzen gelitten, um uns zu erlösen«, flüsterte sie, als sie dazu in der Lage war. »Ich opfere ihm dieses Martyrium.«

Ich hatte geglaubt, meine Emotionen abgelegt zu haben, doch als ich die Hoffnung sah, die in ihren Augen aufglomm, erwachte in mir eine hartnäckige Entschlossenheit.

»Das Taufwasser mag zwar deine Seele gerettet haben«, murmelte ich verbissen, »doch das, was in diesem Becher ist, wird deinen Körper retten. Sei ein braves Mädchen und trink – ich werde dich nicht sterben lassen!«

Ich zwängte Wasser in Martha hinein, bis ihr Urin wieder klar war, doch ich spürte, wie ihr Herz unter meiner Hand zu flattern begann, und ich wusste, dass ich den Kampf verlieren würde. Um ihren wahren Zustand zu prüfen, musste ich meinen Selbstschutz aufgeben. Mit Hilfe der Bindung zwischen Pflegerin und Patientin streifte ich die reine Inbrunst ihrer Seele.

Ihre Lebenskraft flackerte wie eine blakende Kerzenflamme. Es heißt, dass die Vergangenheit für die Alten lebhafter ist als die Gegenwart, und in jenem Augenblick hielt ich kein syrisches Sklavenmädchen in den Armen, sondern meine geliebte Aelia, die starb, als ich weit entfernt von ihr war. Ich schloss die Augen, und in mir erhoben sich Kräfte, von denen ich angenommen hatte, sie vergessen zu haben, da ich sie lange nicht gebraucht hatte.

Ich holte tief Luft, und als ich ausatmete, schöpfte ich aus meinem tiefsten Innern Lebenskraft, die ich in sie hineinprojizierte. *Herrin!*, betete ich, *gewähre deinem Kind das Leben!* Das wiederholte ich unablässig, als bliese ich den Odem des Lebens in ihre Lunge, aber was von meinem Astralkörper in ihren strömte, war etwas weniger Greifbares und Mächtigeres.

Sogleich atmete sie wieder leichter. Einen Moment lang hielt ich inne aus Furcht, sie verließe mich. Dann schlug ich die Augen auf und schaute verwundert auf Martha hinab, die mit ruhigen, klaren Atemzügen tief und fest schlief.

Ich richtete mich auf, und das Herz schlug mir nach der Anstrengung bis zum Hals. Da erst merkte ich, dass wir nicht allein waren.

Cunoarda stand mit weit aufgerissenen Augen neben mir, mir gegenüber indes kniete Sylvester mit dem jungen Priester, der ihn offensichtlich herbeigerufen hatte, als er sah, dass er die Letzte Ölung schließlich doch nicht spenden musste.

»Wer seid Ihr?«, hauchte er und griff an sein hölzernes Kreuz. Unsere Blicke trafen sich, und ich sah, wie die schlichte Ehrfurcht blankem Erstaunen wich, als er mich erkannte. »Herrin, was machst du hier?«

Ich dachte kurz nach und überlegte mir einen Grund, den er verstehen würde. »Ich führe die Arbeit des Allerhöchsten aus«, antwortete ich und entschied, er brauchte nicht zu wissen, ob ich diese Macht nun Göttin oder Gott nannte.

»Der Herr sei gepriesen, das machst du in der Tat!«, sagte er warmherzig.
»Sprich nicht über das, was hier geschieht!«, bat ich ihn. Das Zeremoniell, das mich als Mutter des Kaisers umgab, war auch ohne zusätzliche übernatürliche Hoffnungen oder Befürchtungen schon einengend genug.
Der Eifer in seinen Augen kühlte ab, als auch ihm die politischen Folgen bewusst wurden. »Ich verstehe, aber Herrin, du darfst nicht hier bleiben! Versprich mir, nach Hause zu gehen und dort zu bleiben. Ich könnte deinem Sohn nicht unter die Augen treten, wenn dir etwas zustoßen sollte.«
»Glaubst du nicht, dass Gott mich beschützen wird?«, fragte ich ein wenig verbittert, denn ich erkannte, dass mir diese Zeit fehlen würde, in der ich wirklich gebraucht wurde und nützlich war, jetzt, da sie zu Ende war. »Schon gut. Ich folge deinem Rat. Aber wenn die Kleine hier gesund ist, bring sie zu mir. Wenn ihr Herr Erben hatte, will ich ihnen den Preis für sie bezahlen und sie in meinem Haushalt aufnehmen.«
Ich taumelte, als ich aufstand, denn ich hatte mehr Kraft verbraucht, als mir bewusst war, und Sylvester stützte mich. Die Lampen waren angezündet worden, und ich wusste, es war Zeit zu gehen.
»Hab Dank. Wenn du mich bitte zur Tür begleiten wolltest, dann kann Cunoarda mir nach Hause helfen. Du weißt, ich wohne nicht weit von hier.«
»Ich werde Gott heute Abend in meinen Gebeten preisen«, sagte Sylvester leise, als wir zur Tür hinausgingen, »denn Er hat mir ein Wunder gezeigt.«
Ich seufzte, da er vermutlich nicht Marthas Genesung meinte. Doch die alte Tätowierung auf meiner Stirn pochte, und ich hatte das Gefühl, als hätte auch ich das Wunder erlebt, zu erfahren, dass ich nach all den Jahren noch immer eine Priesterin war.

»Der Patriarch lobt dich in den höchsten Tönen«, sagte Konstantin. Es war Hochsommer, und die letzten Pestfälle waren einige Monate zuvor gestorben oder genesen, doch Sylvester und ich hatten unsere gemeinsame Arbeit zugunsten der Armen in der Stadt fortgesetzt, und ich glaubte, dass mein Sohn sich darauf bezog.
»Aber du hättest deine Gesundheit nicht aufs Spiel setzen dürfen«, fuhr er fort. »Hätte ich davon gewusst, dann hätte ich es verboten. Du weißt gar nicht, wie wichtig du bist.«
Eine alte Frau wichtig?, wunderte ich mich. Dann wurde mir klar, dass es die Mutter des Kaisers war, um die es ging, nicht die wirkliche Helena. Er sah nicht mich, sondern eine Ikone mit meinem Namen. Es war nur natürlich, dass ein Kind an seine Mutter nur in Bezug auf sich selber dachte, aber es war ein Zeichen von Erwachsensein, wenn man in der Lage war, seine Eltern wie Menschen zu sehen, die ihr eigenes Leben lebten. Seinerzeit begann ich sogar Ganeda zu verstehen, obwohl ich ihr noch nicht verziehen hatte. Ich schluckte eine Entgegnung hinunter, die ihn vielleicht geärgert hätte, und dachte, ich sollte lieber dankbar sein, dass Sylvester nicht mehr verraten hatte.
Konstantin war auf einem Feldzug an der Grenze zu Dakien gewesen, und im hellen Morgenlicht sah man ihm das Alter von nahezu fünfzig Jahren deutlich an. Mein Sohn war in mittleren Jahren stämmiger geworden, als strebte er danach, den heroischen Dimensionen seiner Statue zu ähneln, die für seine Kathedrale gemeißelt wurde. Doch sein helles Haar war noch immer dicht und kräftig, wenn es auch zu einem Farbton zwischen Flachsblond und Silber verblasste.
»Die Not war groß«, antwortete ich. »Es blieb mir nichts anderes übrig, als nach bestem Vermögen zu helfen.«
»Du hättest dich anders entscheiden können«, berichtigte er mich. »Wie viele Patrizier dieser Stadt haben mit dir bei den Kranken geschuftet?«

Ich überlegte kurz und schlug ein paar Namen vor.
»Die sind schon Christen und brauchten nur ein Beispiel«, erwiderte er. »Unter den Heiden findest du ein solches Selbstopfer nicht. Verstehst du jetzt, warum ich den christlichen Gott bevorzuge?«
Ich nickte, denn für die Römer stimmte das, doch wir hatten in Avalon versucht, allen zu helfen, die zu uns kamen.
»Es ist lange her, seit wir Gelegenheit hatten, miteinander zu reden, Mutter, und ich habe dir vieles zu sagen«, fuhr Konstantin fort. »Von Jahr zu Jahr wird deutlicher, dass die alten Überlieferungen ohne Wirkung sind. Es ist der eine Wahre Gott, dessen Willen wir gehorchen müssen, wenn wir das Imperium erhalten wollen, und die Familie des Kaisers ist ein Beispiel für alle. Deshalb habe ich Crispus erlaubt, sich schon so früh zu vermählen.«
»Du musst sehr stolz auf ihn sein«, antwortete ich und dachte an die Siege über die Germanen im Jahr zuvor. In Crispus sah ich den wiedergeborenen Konstantin, noch ruhmreicher sogar, ohne das Misstrauen, das mein Sohn bei Diokletian gelernt hatte.
»Ja. Ich ernenne ihn und den kleinen Konstantinus in diesem Jahr zu Konsuln.«
»Das wird Licinius nicht gefallen«, stellte ich fest. »Im vergangenen Jahr hast du dich und Konstantius ernannt, ohne Licinius oder seinen Sohn zu erwähnen. Und wenn du auch weiterhin die meiste Zeit in Sedicia verbringst, so nahe an seiner Grenze, wird er denken, du habest die Absicht, ihn anzugreifen.«
Konstantin zuckte mit den Schultern. »Hast du wirklich geglaubt, wir könnten das Imperium ewig teilen? Wenn die Christen in Armenien mich rufen, werde ich ihnen helfen, und wenn die Westgoten Thrakien angreifen, werde ich sie zurückschlagen. Licinius wird zweifellos etwas dagegen haben, und es wird noch einen Krieg geben.«

»Ich hoffe, du kannst ihn noch ein oder zwei Jahre verschieben, bis Crispus genug Erfahrung hat, um ein wirklich guter Befehlshaber zu sein«, erwiderte ich.
»Ja, der Junge entwickelt sich gut …«
Seine Antwort kam mir eine Spur zu zögerlich, und da fiel mir das längst vergessene Ritual der Hirschjagd ein, die das kleine Volk in den Marschen bei Avalon zuweilen durchführte, wenn es notwendig war. Mir schien, dass ich das ferne Echo ihres Rufes vernahm: *»Was wird aus dem Hirschkönig, wenn der Junghirsch erwachsen ist?«*
Aber wir waren hier in Rom, sagte ich mir, und Konstantin war ein zivilisierter Mensch. Schaudernd schob ich die Erinnerung wieder in die Dunkelheit zurück, aus der sie aufgetaucht war.
»… aber er ist noch jung«, fuhr Konstantin fort, »und unterliegt der Fleischeslust, die Männer in sündige Liebschaften treibt.«
Ich unterdrückte ein Lächeln. »Nicht alle so genannten Liebschaften sind ungesetzlich, sonst wäre er nie zur Welt gekommen. Im Übrigen hätten dann auch dein Vater und ich in Sünde gelebt.«
»Nein!«, rief Konstantin. »Du warst die eigentliche Gemahlin meines Vaters. Das hat er mir gesagt!«
Ich seufzte und sah, dass es zwecklos war, wollte ich ihm erklären, dass unsere Ehe eher in der geistigen Welt denn vor dem römischen Gesetz gültig war. Mir fiel ein, dass Konstantin stets hartnäckig an seiner Version der Realität festgehalten hatte.
»Die Tage der heidnischen Unmoral sind vorbei! Bald wird das Christentum der einzige Glaube sein, und die kaiserliche Familie muss ein Beispiel geben. Ich baue eine Kathedrale zu Ehren der Märtyrer Marcellinus und Petrus an der Straße, die an dein Palastgelände anschließt. Du wirst ihre Patronin.«
»Konstantin! Nicht einmal der Kaiser kann über das Gewissen eines anderen Menschen bestimmen, wie Diokletian und Ga-

lerius zu ihrem Nachteil erfahren mussten. Willst du dein eigenes Edikt verleugnen, das allen Toleranz zubilligte?«

»Oh, ich werde die Heiden nicht verfolgen …« Er machte eine wegwerfende Handbewegung. »Wenn sie die Pracht der Kirche sehen, werden sie um Einlass betteln! Aber wenn Gott meine Herrschaft segnen soll, dann muss meine Familie nur IHM dienen.«

»Stimmt …«, meine Stimme wurde leiser. »Und wann hast du dich taufen lassen? Ich wäre gern dabei gewesen …«

Er wurde plötzlich still, und ich fragte mich, ob der Schauder, den ich gerade empfunden hatte, ein Anflug von Angst gewesen war. Er war Kaiser, und von Kaisern wusste man, dass sie in der Vergangenheit nahe Verwandte hatten hinrichten lassen, selbst ihre Mütter. Doch schon lächelte er wieder, und ich schalt mich ob solcher Gedankengänge. Vor mir stand Konstantin, mein Kind, das ich zu dem Zweck geboren hatte, die Welt zu verändern. Das war tatsächlich eingetreten, selbst wenn die Art der Veränderungen weit von allem entfernt war, was wir uns auf Avalon vorgestellt hätten.

»Die Taufe ist ein sehr heiliger Ritus«, sagte er mit ebenso leiser Stimme. »So heilig, dass sie nur einmal durchgeführt werden kann, um alle Sünden reinzuwaschen und die Seele auf das Paradies vorzubereiten. Doch ich bin Kaiser und muss in einer sehr unvollkommenen und sündigen Welt herrschen …«

Und du gehst davon aus, dass du vielleicht noch Sünden begehen wirst, dachte ich sarkastisch, sprach den Gedanken jedoch nicht laut aus.

»Ich lebe in derselben Welt«, sagte ich stattdessen. »Bevor du diese Bindung nicht selbst eingehst, kannst du sie nicht von mir verlangen. Aber ich will deine neue Kirche unter meinen Schutz nehmen und mich als Neuling in dieser Religion unterweisen lassen.«

Angeregt durch Marthas Eifer hatte Cunoarda bereits damit begonnen. Ich hatte beide Frauen freigelassen, als ich Martha

in meinen Haushalt aufnahm, denn ich konnte das albanische Mädchen nicht als Sklavin behandeln, nachdem wir gemeinsam wie Priesterinnen im Krankenhaus gearbeitet hatten.
»Dann bist du eine Christin!«, rief Konstantin aus.
»Nenn mich, wie du willst«, sagte ich müde. »Die Wahrheit ändert sich nicht.« Ich verschwieg ihm, dass nicht sein Beispiel mich inspiriert hatte, sondern der schlichte Glaube einer syrischen Sklavin.
»Ehre sei Christus, in dessen Namen wir alle gerettet werden!« Konstantins tief liegende Augen strahlten vor Überzeugung. Ich zog mich zurück und versuchte mich daran zu erinnern, wo ich einen solchen Blick schon einmal gesehen hatte. Erst am Abend, als ich zu Bett gehen wollte, fiel es mir ein. In dieser Stimmung war Konstantin das Ebenbild von Ganeda gewesen, die stets mit selbstgerechter Sicherheit Vorschriften gemacht hatte.

18. KAPITEL

A. D. 325-326

»Im Namen Christi, warum können sie nicht zustimmen?«, rief Konstantin aufgebracht. »Ich habe dieses Konzil einberufen, damit die Bischöfe ihre Differenzen beilegen.«

»Ja, Augustus«, sagte Bischof Ossius und lief rot an, »aber diese Angelegenheiten sind ebenso heikel wie wichtig. Eine einzige Silbe kann den Unterschied zwischen Rettung und Verdammnis ausmachen. Wir müssen sorgsam vorgehen.«

Bischof Eusebius aus Cäsarea, der ihn begleitete, um über die Erwägungen zu berichten, runzelte die Stirn. Die Heiden im Raum waren verwirrt, und mein alter Lehrer Sopater, der ein bekannter Rhetoriklehrer geworden war und Konstantins Hofstaat angehörte, unterdrückte ein Lächeln. Die zweitausend Bischöfe, die Anfang Mai zum Konzil nach Nicäa gekommen waren, disputierten über die Natur der Beziehung Gottes zu seinem Sohn.

Meine Hüftknochen schmerzten, und ich versuchte, die Haltung auf meinem Elfenbeinstuhl unauffällig zu verändern. Als ich den Audienzsaal des Kaisers im Palast zu Nicomedia zum ersten Mal gesehen hatte, war ich von seiner Pracht überwältigt gewesen. Doch das war vor über fünfzig Jahren. Nun, da ich mich an Konstantins Ideen über einen dem Kaiser angemessenen Staat gewöhnt hatte, wirkte Aurelians Thronraum klassisch und schlicht. Allein der Schmuck der Menschen zeugte vom Geschmack des konstantinischen Zeitalters.

Während Aurelian der lebhafte Purpur seiner Toga als Kaiser ausgewiesen und er sich mit einem einfachen kurulischen Stuhl begnügt hatte, stand Konstantins vergoldeter Thron auf einem Podium, und seine mit kostbaren Juwelen verzierten Gewänder aus Gold über dem Purpur stellten diesen noch in den Schatten. Und während Aurelian allein den Vorsitz gehabt hatte, war Konstantin flankiert von seinen beiden Kaiserinnen, denn er hatte sowohl mir als auch Fausta im Jahr zuvor den Titel Augusta verliehen, als er Licinius endgültig besiegt hatte.

Ich saß zur Rechten des Kaisers, strahlend in Amethysten und silbernem Stoff; zu seiner Linken glitzerte Fausta in Smaragdgrün und Bronze. Gefangen in den schweren Gewändern, wirkten wir wie die Ebenbilder von Jupiter, Juno und Minerva im Tempel zu Rom, obwohl ich es Konstantin gegenüber wohlweislich nicht erwähnte.

»Begreifen sie denn nicht, dass die Einheit der Kirche wichtig für die Einheit des Imperiums ist?«, rief er.

Es half nicht, darauf hinzuweisen, dass das Imperium mehr als zwei Jahrhunderte Blütezeit erlebt hatte, in denen mannigfache Kulte und Religionen toleriert worden waren. Die Bischöfe, die zum Konzil gekommen waren, repräsentierten die Menschen, die sich lieber erschlagen ließen, als eine Hand voll Weihrauch auf ein Altarfeuer zu werfen. Ich fragte mich zuweilen, ob sie sich inzwischen so sehr an Verfolgung gewöhnt hatten, dass sie sich jetzt, da sie zu den Lieblingen des Kaisers gehörten, gegenseitig angreifen mussten.

Auch nach ein paar Jahren christlicher Unterweisung fand ich es ebenso schwer wie Konstantin, die feinen Unterscheidungen zu verstehen, um die sich die Bischöfe stritten. Wichtig sollte sein, was Jesus gesagt hatte, und nicht, ob er ein Gott oder ein Mensch war.

»In der Tat«, widersprach Ossius schwitzend, »aber wenn das Imperium nicht auf Wahrheit gegründet ist, wird es stürzen. Wenn Sohn und Vater nicht ein und derselbe, nämlich Gott sind, dann sind wir nicht besser als die Polytheisten.«

»Wir sind nicht besser als Dummköpfe, wenn wir die Logik

leugnen!«, rief Eusebius, und eine leichte Röte belebte seine intellektuellen, gelassenen Gesichtszüge. Die hohe Stirn ging in seine Tonsur über, und er trug den langen Bart eines Philosophen. »Wenn der Vater den Sohn gezeugt hat, dann muss es eine Zeit gegeben haben, in welcher der Sohn nicht existiert hat.«
»Aber sie waren wesensgleich!«, erwiderte Ossius. »*homoousios*«, fügte er den griechischen Ausdruck hinzu, »Licht vom Lichte, wahrer Gott von wahrem Gotte!«
»Können wir nicht sagen *homoiousios*? Oder wesensähnlich?«, schlug Eusebius in seiner Verzweiflung vor. Er war bekannt für seine Schriften über die Geschichte der Kirche, ein Gelehrter, der besorgt um jede Bedeutungsnuance war.
Konstantin schüttelte den Kopf. »*Consubstantialis* – von gleichem Wesen, das hat uns in Rom gereicht. Sollen die Menschen es doch auslegen, wie sie wollen. Dann können wir uns Dingen widmen, die eher in unserer Macht liegen. Diese hochtrabenden Worte lenken uns von der Wirklichkeit ab, und wir werden nicht besser als die Philosophen, die über eine Sache nachgrübeln, ohne sie überhaupt zu betrachten. Wenn die Bischöfe, die Hirten des Volkes, sich gegenseitig angreifen, wird auch das Volk kämpfen«, fuhr er fort. »Ihr hättet diese Fragen gar nicht erst erheben sollen, und wenn doch, dann hätten sie unbeantwortet bleiben sollen! Das ist philosophischer Leichtsinn! Mit den Persern an unseren östlichen Grenzen und den Germanen im Norden habe ich auch ohne diese Streitigkeiten Sorgen genug. Ich bitte euch – schenkt mir wieder friedliche Nächte, damit ich im reinen Licht des Geistes leben und meine Kraft dem Schutz des Imperiums widmen kann!«
Bei seinen Worten waren die beiden Bischöfe etwas blass geworden.
»*Consubstantialis?*«, fragte Eusebius matt. »Nun, vielleicht können wir sie davon überzeugen, sich darauf zu einigen. Herr, ich werde meinen Brüdern dein Wort übermitteln.«

»Nein, ich komme selbst«, antwortete der Kaiser. »Vielleicht verstehen sie es, wenn ich mich persönlich dafür einsetze.«
Die Bischöfe verneigten sich in Demut, sodass sie mit der Stirn beinahe den Marmorboden berührten, und entfernten sich, rückwärts gehend. Konstantin lächelte, als hätte er sie überzeugt. Vermutlich stimmte das auch, denn obwohl er ihnen auf dem Gebiet der Logik nicht das Wasser reichen konnte, so war er ihnen gleichwohl an Macht überlegen.
Wenigstens erwartete mein Sohn nicht von mir, dass ich mich vor ihm verbeugte. Ich verlagerte mein Gewicht auf die andere Hüfte und betete zum Sohn Gottes, wie immer Seine Beziehung zum Vater auch sein mochte, die kaiserliche Audienz möge nicht zu lange dauern.

Der Palast in Nicomedia war nirgends anheimelnd, doch wenigstens das rote Speisezimmer war so klein, dass unsere Stimmen nicht widerhallten, wenn ein Dutzend Personen dort versammelt waren. Fausta lehnte sich auf eine mit hellrotem Brokat gepolsterte Liege, die sich mit ihrer purpurnen Tunika biss. Keine der beiden Farben passte zu ihrer Hauttönung, aber vielleicht war die Röte in ihrem Gesicht eine Folge des Weins. Nach drei Söhnen hatte sie Konstantin noch zwei Töchter geschenkt, Konstantina und ein neues Kind, das sie nach mir genannt hatten. Faustas Figur hatte gelitten, und im Palast ging das Gerücht um, sie teile nicht mehr das Bett mit dem Kaiser. Andererseits schlief Konstantin auch mit keiner anderen, aber ob dies eine Folge seiner Moral oder seiner Unfähigkeit war, wollte niemand mutmaßen.
Mir fiel auf, dass ich im Alter zynisch wurde. Ich gab dem Diener ein Zeichen, mir auch etwas Wein zu bringen. Seinerzeit fand ich es beschwerlich, mich auf eine Liege zu legen und wieder aufzustehen. Das war mir die Sache nicht wert, und deshalb hatte ich mir einen bequem gepolsterten Stuhl aufstellen lassen. Wir erhoben uns, als der Kaiser eintrat.

Seine Liege ächzte ein wenig, als er sich darauf ausstreckte, doch sein Körperumfang bestand noch immer mehr aus Muskeln als aus Fett. Rasch stellten die Diener Tische vor uns auf und brachten das Essen herbei.

»Glaubst du, die Bischöfe können sich über den Wortlaut des Credos einigen?«, fragte ich. Neuerdings hatte ich keinen großen Appetit, und ein paar Happen von den Tintenfischkroketten in Liquamen hatten mir gereicht.

»Sie müssen sich einig werden. Ich muss das klarstellen«, antwortete Konstantin.

»Wenn sie wissen, was gut für sie ist, werden sie sich fügen!«, kicherte Fausta. Ein ungemütliches Schweigen trat ein, da alle sofort an Licinius und seinen kleinen Sohn dachten, die erst wenige Wochen zuvor hingerichtet worden waren, obwohl Konstantin seiner Halbschwester (die mit Licinius vermählt war) versprochen hatte, sie zu verschonen.

»Ich meinte natürlich, was für ihre Seele gut ist«, fügte Fausta hinzu. Jemand unterdrückte ein verächtliches Lachen, denn die Kaiserin war im Gegensatz zum Rest der Familie noch immer bekennende Heidin. Konstantin runzelte die Stirn, doch er kaute gleichmäßig auf dem Stück gefüllter Eberschulter weiter, das man ihm gerade vorgesetzt hatte.

»Gibt es etwas Neues über die Westgoten?«, fragte Sopater und versuchte damit, das Thema zu wechseln. Er hatte keinen großen Erfolg, denn der Verdacht, dass Licinius sich mit den Barbaren verständigt hatte, war einer der Gründe für Licinius' Hinrichtung gewesen. Konstantin hatte sie zwei Jahre zuvor in Thrakien besiegt und war zu diesem Zweck in Licinius' Territorium eingedrungen. Damit hatte er den letzten Bürgerkrieg heraufbeschworen.

»Wenn sie Ärger machen, kannst du Crispus schicken, um mit ihnen fertig zu werden!« Fausta lachte ein wenig zu laut. »Nennt man ihn nicht ›*Invictus*‹, den Unbesiegbaren?«

Ein Schauer lief mir über den Rücken. Während des Krieges

gegen Licinius war Crispus die Verantwortung über die Flotte in der Ägäis übertragen worden. Als er den gegnerischen Admiral besiegte, hatte er es Konstantin ermöglicht, Byzantium zu erobern. Erst im Jahr zuvor hatte der Kaiser ein Medaillon herausgebracht, auf dem Crispus und der kleine Konstantinus gemeinsam abgebildet waren, doch seither war Crispus von Treveri zum Grenzdienst nach Dakien versetzt worden. Der alte Crocus war längst gestorben, doch sein Stamm entsandte noch immer junge Krieger, die dem Cäsaren als Leibwache dienten. Vielleicht hatte Fausta das gemeint, aber ihr Lachen gefiel mir trotzdem nicht.

»Diese Bischöfe machen sich zu viele Gedanken über Wörter«, sagte Konstantin und schob seinen Teller von sich. Ich fragte mich, ob er Faustas Worte wirklich nicht gehört hatte oder ob er es nur vorgab. »Sie haben vergessen, dass man glauben muss. Worte entzweien, aber die Symbole der Religion sprechen die Seele an.«

»Wie meinst du das?«, fragte Ossius.

»Die Heiden haben Schreine, in denen sie die Schätze verehren, die sie für Geschenke der Götter halten. Wenn wir das Volk von diesem Irrglauben abbringen wollen, müssen wir ihm etwas bieten, das an seine Stelle treten kann. Wie können echte Gläubige in Reinheit wandeln, wenn jede Grotte und Kreuzung einem heidnischen Gott gewidmet ist?«

»Was sollen sie denn stattdessen anbeten?«, fragte Fausta.

»Die Orte, an denen unser Gott sich den Menschen gezeigt hat. Warum haben wir keine Kirche zu Ehren des leeren Grabes Christi?«

»Weiß man denn überhaupt, wo es sich befindet?«, fragte ich.

»Genau das ist das Problem!«, rief der Kaiser. »Ich habe vor, eine Expedition auszusenden, um die Stätte auszugraben. Weißt du, was jetzt auf Golgatha steht?«, fragte er empört. »Ein Tempel der Hure Aphrodite!«

»Gräuel!«, entrüstete sich Ossius.
Der Ort der Hinrichtung an sich war ein Gräuel, und ich fragte mich, welche Ironie des Schicksals ihn in einen Tempel der Liebesgöttin verwandelt haben mochte.
»Aber sicher«, murmelte Fausta. »Wir alle wissen, dass *sie* jetzt keine Macht mehr hat …«

Im August schloss das Konzil von Nicäa mit einem neuen Credo, das alle, selbst Arius, zu unterzeichnen bereit waren. Damit respektierten sie zwar nicht den Willen Gottes, vielmehr die Wünsche des Kaisers. Euphorisch in seiner Überzeugung, dass die streitenden Christen unter seiner Anleitung zur Einheit gekommen waren, zog Konstantin zu Beginn des nächsten Jahres mit seinem Hofstaat nach Rom um und beging dort das zwanzigste Jahr seiner Herrschaft.
Unser Einzug in die Stadt war zwar kein Triumphzug im herkömmlichen Sinn, aber allemal triumphal. Alle Fenster waren weiß behängt und jeder Triumphbogen mit Girlanden aus Frühlingsblumen geschmückt. Langsam folgten wir der alten Strecke über die Via Triumphalis, zwischen dem Mons Palatinus mit seinen Pinien und dem Circus Maximus zum Mons Caelis, wo wir zum Flavianischen Amphitheater und dem Triumphbogen umschwenkten, den Konstantin zwanzig Jahre zuvor hatte errichten lassen. Dort hielt die Prozession an, damit eine Abordnung junger Männer und Frauen eine Lobrede und ein Lied vortragen konnte.
Hinter der Prozession aus Senatoren und einer Gruppe Flötenspieler kamen mehrere Kohorten Elitetruppen aus verschiedenen Teilen des Imperiums. Fausta thronte mit ihren jüngeren Kindern auf einem niedrigen Karren, der das Imperium darstellen sollte. Er war mit einem Banner umwunden, das ihr Gesundheit wünschte und die Hoffnung der Republik zum Ausdruck brachte – der Spruch, der auf der Münze gestanden hatte, auf der sie im Jahr zuvor abgebildet war. Ihr ältester

Sohn Konstantinus, inzwischen zehn Jahre alt, folgte auf einem weißen Pony.
Als Nächstes kam ein Festwagen, der die Schlacht am Hellespont darstellte. Dort hatte die von Crispus angeführte Flotte die zahlenmäßig überlegene Streitmacht des Licinius vernichtet. Die Modellschiffe auf einem silbrigen Meer waren sehr beeindruckend. Crispus selbst folgte dem Wagen, strahlend wie Apollon in voller Rüstung auf einer nervösen iberischen Stute, die bei jeder neuen Welle des Jubels tänzelte und den Kopf herumwarf.
Mein Festwagen wirkte eher wie ein Schrein mit Säulen und vergoldetem Ziergiebel, denn ich hatte auf Schatten bestanden, ehe ich die Teilnahme an der Prozession zusagte. Die Inschrift lautete »Securitas Respublicae«.
Je länger der Vormittag sich hinzog, umso weniger war mir zumute, als wäre ich die Sicherheit des Staates, denn das Rucken des Karrens brachte mir trotz der tiefen Kissen, mit denen mein Thron ausgepolstert war, jeden einzelnen Knochen schmerzhaft zu Bewusstsein. Wenigstens das Wetter war um diese Jahreszeit noch kühl genug, sodass ich in meinen steifen Gewändern nicht erstickte, doch mir schien, eine bemalte Statue hätte es auch getan.
In einem traditionellen Triumphzug wären hinter den Festwagen die für das Opfer mit Girlanden geschmückten Tiere gelaufen, doch Konstantin hatte den heidnischen Brauch durch zwei Reihen weiß gekleideter, Hymnen singender und Palmwedel schwenkender junger Männer und Frauen ersetzt. Mit ihnen kam der ältere christliche Klerus der Stadt in festlichen Gewändern, angeführt vom Patriarchen Sylvester. Die kaiserliche Leibwache, die sie eskortierte, trug das Labarum, den vergoldeten Schaft mit Querstange und Fahnentuch, das religiöses Banner und Militärstandarte zugleich war. Die Schaftspitze zierte ein juwelenbesetzter Kranz mit dem Christusmonogramm »Chi« und »Ro« in der Mitte. Konstantin hatte das

Labarum in den Jahren nach seinem Sieg an der Milvischen Brücke eingeführt.
Inzwischen war der erste Teil der Prozession bedächtig den Heiligen Weg entlanggezogen, vorbei an der Kathedrale, die Maxentius angefangen und Konstantin vollendet hatte, und den alten Schreinen, die sich am Fuße des Mons Palatinus drängten, und wand sich in Serpentinen den Hügel hinauf, der vom Jupitertempel gekrönt war. Um das unaufhörliche Ruckeln und Schwanken besser ertragen zu können, zog ich mich in eine Art Trance zurück, in der mir zumute war, als käme nicht ich voran, sondern als zöge der verblassende Ruhm des alten Rom an meinen Augen vorüber.
Noch auf dem Rückweg zum Palast auf dem Palatin, in dem das Fest vorbereitet war, vernahm ich hinter mir eine anschwellende Woge von Lärm, als der Kaiser, strahlend wie der Sonnengott in goldenen Gewändern, auf einem Triumphwagen vorfuhr, der von zwei schneeweißen Pferden gezogen wurde.
»Konstantinus!«, schrien sie. *»Io Konstantine!«*
Zwanzig Jahre, dachte ich wie betäubt, zwanzig Jahre ist es her, seit Konstantius gestorben ist. O mein Geliebter, schau herab von den gesegneten Geistern und freue dich an dem Triumph unseres Sohnes!

Der Sommer kam in jenem Jahr früh und brachte eine Menge Gerüchte mit sich, die wie das Korn aus dem Boden schossen. Ich hatte es abgelehnt, Konstantin auf seinem Triumphzug durch das restliche Imperium zu begleiten, und er hatte mich als seine Gesandte in Rom gelassen, ausgestattet mit dem Verfügungsrecht über den Staatsschatz. Doch auch in meinem Palast erfuhr ich, dass die Leute voraussagten, der Kaiser werde, nachdem er zwanzig Jahre regiert hatte, Diokletians Beispiel folgen und zugunsten seines ruhmreichen ältesten Sohnes abdanken.

Andere indes verneinten dies mit dem Hinweis darauf, wie streng Crispus an die Seite seines Vaters gekettet sei, während die Herrschaft über Gallien an den jungen Konstantinus überging. Ceionius Rufius Albinus, ein junger Patrizier, war festgenommen worden, weil er ein Mädchen verführt hatte, und Crispus wurde als sein Freund ebenfalls missbilligend betrachtet.
Das konnte ich kaum glauben, denn ich wusste, dass mein Enkel seine Frau noch immer liebte. Sie hatte ihm einen Sohn geschenkt, der gestorben war, und dann ein kleines Mädchen. Es wurde noch mehr gemunkelt, was noch beunruhigender war. Crispus' Vorgehen sollte zu erfolgreich sein, zu gut. Ich kam nicht umhin, mich daran zu erinnern, dass die Volksmenge am Tag des Triumphzugs Crispus ebenso laut bejubelt hatte wie Konstantin.
Daher war es für mich weniger überraschend, als vielmehr vergleichbar mit dem Schreck, der eine kranke Frau ergreift, wenn sie das Urteil des Arztes vernimmt, als ich hörte, dass Crispus festgenommen und nach Pola in Illyrien am östlichen Ufer des Adriatischen Meeres geschickt worden war.
Der Befehl zur Gefangennahme des Jungen war aus Sirmium ergangen, doch Konstantin konnte rasch den Standort wechseln, wenn er dazu aufgelegt war, und niemand war sicher, wo er sich gerade aufhielt. Meine spontane Reaktion war, einen leidenschaftlichen Brief an den Kaiser zu schreiben, in dem ich ihn anflehte, seinen Entschluss zu überdenken. Das Schreiben vertraute ich einem zuverlässigen Boten an.
Bestimmt wird Konstantin seinen Sohn nur kurzfristig unter Aufsicht halten, dachte ich. Aber warum sollte der Junge überhaupt im Gefängnis sitzen? Crispus war immerhin sein leibliches Kind, doch unwillkürlich fiel mir ein, dass seine Schwester Konstantina den Kaiser gebeten hatte, das Leben ihres Mannes und ihres Sohnes zu verschonen. Er hatte ihnen Sicherheit versprochen – und sie trotzdem hinrichten lassen. Ein ungutes

Gefühl beschlich mich, als ich die Möglichkeit in Erwägung zog, mein Brief könnte den Kaiser nicht erreichen, oder, noch schlimmer, er nähme ihn sich nicht zu Herzen.
Wenn ich schon nicht wusste, wo Konstantin war, so wusste ich zumindest, wo man Crispus gefangen hielt, und ich besaß die kaiserliche Verfügungsgewalt, die Konstantin mir übergeben hatte, als er Rom verließ. Meine Knochen schmerzten schon bei dem Gedanken an eine Reise, doch als die Sonne am nächsten Morgen aufging, saß ich in einer schnellen Kutsche, begleitet von einer Reitereskorte aus germanischen Wachen, die hinter mir herklapperten, und Cunoarda an meiner Seite, und war auf dem Weg in den Norden.
In der sommerlichen Hitze war es eine schreckliche Reise, denn die kürzeste Strecke führte uns über den Flaminischen Weg entlang des Rückgrats von Italien. Wir wechselten an jeder Poststation die Pferde, und als wir nach einer Woche in Ancona an der Adria anlangten, war ich halb tot. Der Anblick des kaiserlichen Siegels und ein paar Goldstücke machten mir ein schnelles Liburnerschiff zu Diensten. Nach einem Tag und einer Nacht und einem weiteren Tag auf See kam die zerklüftete Küste der Halbinsel Istrien in Sicht.

Ich werde mir Zugang zu meinem Enkel verschaffen und der Sache auf den Grund gehen, sagte ich mir, als die Sänfte, die wir im Hafen gemietet hatten, die Straße entlangschwankte. *Wenn Crispus etwas getan hat, das der Kaiser falsch ausgelegt hat …* Ich unterbrach den Gedankengang. Die ganze Woche hatte ich mir vorgestellt, was Konstantin wohl bewog, zu glauben, sein Sohn betrüge ihn. Weitere Mutmaßungen waren jetzt zwecklos.
Pola war eine typische Provinzstadt mit rechtwinklig gezogenem Straßennetz, einem Amphitheater und Bädern am Rande, mit Tempeln, Läden und Wohnhäusern im Zentrum. Wir kamen durch das Tor auf das Forum und bahnten uns einen Weg zum Gerichtshof. Als ich auf den befehlshabenden Offi-

zier meiner Wache wartete, der mir einen Zuständigen suchen sollte, merkte ich, dass die Menschen, die ich durch die Vorhänge der Sänfte sah, nicht gewöhnliches Volk war, das sich hier auf dem Markt versammelte.
Männer, die meisten in der Toga eines Landbesitzers aus der Provinz, standen mit ernsten Gesichtern in Gruppen zusammen, als hätten sie diskutiert. Eine Spannung, die nicht dem plötzlichen Auftauchen einer Truppe Legionäre zuzuschreiben war, hing in der Luft.
Ich werde keine Angst zulassen, sagte ich mir, *oder voreilige Schlüsse ziehen. Ich bin so weit gekommen, jetzt kann ich auch noch ein wenig länger warten.*
Kurz darauf erschien mein Offizier mit einem schwitzenden Beamten im Schlepptau. *Es liegt an der Hitze*, dachte ich, doch unter dem Schweiß war das Gesicht des Mannes vor Angst kreidebleich. Ich hatte das Perlendiadem aufgesetzt, mit dem ich stets auf Münzen dargestellt wurde. Ich zog die Vorhänge beiseite, damit er es sah.
»Ich bin Flavia Helena Augusta, und ich habe die Verfügungsgewalt des Kaisers. Ich wünsche meinen Enkel zu sehen – wie ich gehört habe, ist er hier.«
»Ja, Augusta, aber …«, krächzte er.
»Bring mich zu ihm.« Ich schwang die Beine über den Sänftenrand und wollte aussteigen.
In seinem Gesicht arbeitete es. »Ja, Augusta …«
In Begleitung von Cunoarda und meinem Offizier folgte ich dem Beamten in den Schatten der Basilika. Ich weiß noch, wie laut mein Stock auf den Fliesen klang, als wir die große Halle in der Mitte durchquerten, um zu den Schreibstuben dahinter zu gelangen. In solchen Augenblicken hält sich der Geist an kleinen Dingen fest.
Vor einem der Räume stand eine Wache, doch die Tür war geöffnet. Der Beamte trat zur Seite, um mich einzulassen.
Es war eine Schreibstube gewesen, die man in ein Gefängnis

umgewandelt hatte, indem man den Schreibtisch durch ein Feldbett ersetzt hatte. Dort lag Crispus. Es bedurfte mehr als bloßer Willensanstrengung, weiterzugehen, während ich mit eigenartiger Teilnahmslosigkeit bemerkte, dass seine goldene Haut bereits fahl geworden und die Wangen eingefallen waren. So gesehen war die zarte Struktur seines Gesichts noch schöner.

Er musste schon seit einigen Stunden tot sein.

War das der Wind, den ich in der Dämmerung spürte, oder streifte deine Seele vorbei, mein Liebling?, fragte ich mich dumpf. *Konntest du nicht so lange bleiben, um mir Lebewohl zu sagen?*

Allmählich wurde mir bewusst, dass der Beamte mit mir redete.

»Der Befehl kam vom Kaiser, aus Sirmium. Der junge Caesar sollte vom Magistrat des Verrats überführt werden. Für Beweise war gesorgt. Der Kaiser … hat nicht festgelegt, wie die Strafe ausfallen sollte, doch wir hatten Angst, ihm eine Waffe zu überlassen, kannten wir doch seine Taten in der Schlacht. Er bat um den Tod, der Sokrates gewährt worden war. Ein christlicher Priester hat ihm die Letzte Ölung gespendet, ehe er starb …«

Ich weiß nicht, was der Mann auf meinem Gesicht sah, doch er trat erschrocken zurück. Ich wollte wie eine Mänade wüten, wollte die Männer, die meinen Crispus verurteilt hatten, erschlagen lassen. Aber sie traf keine Schuld.

»Was sollen wir jetzt tun, Augusta? Es gab keine weiteren Befehle …«

»Gibt es einen Bildhauer in der Stadt? Er soll sein Wachs mitbringen und die Totenmaske anfertigen. Derweil lasst einen Scheiterhaufen aufschichten.«

Ich hätte die Leiche am liebsten mitgenommen, um sie Konstantin vor die Füße zu werfen, doch zu dieser Jahreszeit war es unmöglich. Entsetzen lähmte noch immer die meisten meiner Empfindungen, doch ein paar Gedanken kamen mir in

den Sinn. Ich würde Crispus' Bildnis seinem Vater vorhalten und Rache üben an Konstantin selbst oder jenen, die ihn dazu getrieben hatten, sein eigenes Kind zu vernichten.
Nachdem der Beamte hinausgegangen war, um meinen Bitten nachzukommen, schickte ich alle hinaus, denn ich wollte mit meinem Toten allein sein. Der glühende Funke des Kummers loderte schließlich in brausenden Flammen auf.
Im Stillen wütete ich gegen meine Absage an die Macht. Ich hatte Gott angerufen, doch jetzt begriff ich das große Geheimnis, dass nämlich jenseits meiner eigenen Stärke nichts existierte. Wie konnte ich an einen Gott glauben, der zuließ, dass Konstantin so etwas tat? Mir schien, die Menschen hatten ihren männlichen Gott erfunden, damit er sie im Dunkeln tröstete, wenn die Mutter nicht da war, um ihnen die Hand zu halten.
In Avalon war ich dazu erzogen worden, das Göttliche mit einem anderen Antlitz zu sehen. Ich dachte an das Sprichwort »Gott konnte nicht überall zugleich sein, deshalb erfand er Mütter«, und mir schien eher, dass es andersherum lauten müsste: »Mutter hatte nicht genug Brüste für alle, deshalb hat der Mensch genug Gottheiten erfunden, damit jedermann eine Mutter hätte, die ihn niemals wegen eines anderen verlassen würde …«
Dennoch hielten die Christen daran fest, dass ihre schreckliche Gottheit die Einzige war. Sylvester hatte die Liebe Christi gepredigt, doch ich war eine Frau, und ich wusste, dass die einzige Macht und der einzige Gott die Kraft ist, die zur Stelle ist, wenn wir klein und hilflos sind, und um diese Unterstützung flehte ich jetzt.
Hekabe fiel mir ein, die den Untergang Trojas beweinte. Sie war vom Alter gebeugt, sah ihre Töchter vergewaltigt, eingesperrt, eine nach der anderen in alle Winde verstreut, vernichtet, sie war dem Wahnsinn nah, der Kinder beraubt … Doch selbst Hekabe hatte nicht den Kummer erdulden müssen, dass ein geliebtes Enkelkind vom eigenen Vater erschlagen wurde,

der ihr eigener geliebter Sohn war. Das war meine Strafe dafür, meine Götter verleugnet zu haben.

Als ich Konstantin schließlich in Treveri einholte, waren zwei Monate vergangen, und der Herbst begann die Blätter in Bronze- und Goldtönen zu färben. Die Stadt war größer geworden, seitdem ich sie zuletzt gesehen hatte. Konstantins große Kathedrale war fertig gestellt, ebenso die Bäder. Als wir unter dem hohen Torbogen hindurchfuhren und in die Hauptzufahrt zum Palast einbogen, bemerkte ich die Veränderungen mit wachsamer Neugier.

Unsere Karawane war inzwischen um einen Karren für das Gepäck, in dem Cunoarda fuhr, und eine zweite Gruppe Träger für die Sänfte erweitert, denn eine andere Form des Transports konnte ich nicht mehr ertragen. Die Sänfte nahm nur eine Person auf, doch ich war nicht allein, denn Crispus' Totenmaske und die Urne mit seiner Asche begleiteten mich.

Während der langen Reise hatten Crispus und ich viele Unterhaltungen geführt. Die Träger hatten den anderen erzählt, dass sie mich hinter den Vorhängen murmeln hörten. Ich sah, wie Cunoarda nach Anzeichen von Wahnsinn suchte, wenn sie mir in die Augen schaute. Doch sie vermochten die andere Stimme nicht zu hören, die antwortete, wenn Crispus mir über seine Liebe zu seiner Helena und der kleinen Tochter erzählte, die ihnen geblieben war, über seinen Stolz auf die Siege, und über die Hoffnungen, die er für eine Zukunft gehegt hatte, die es nun nicht mehr geben würde.

Wie gut, dachte ich, als die Palasttore sich öffneten, dass meine Reise lang genug gedauert hatte, um meine Wut abkühlen zu lassen. Jetzt stand mein Entschluss felsenfest. Niemand war mehr sicher, wenn Konstantin seinen eigenen Sohn umbringen konnte, und obwohl das Leben einer alten Frau nur geringen Wert besaß, wollte ich doch so lange leben, bis der Gerechtigkeit Genüge getan wäre.

Ich überhörte das Raunen der Diener, als sie mich in meinen alten Zimmern unterbrachten, und übersah die neugierigen Blicke auf das Bündel, das ich in den Armen hielt. Die gesamte Dienerschaft hier war neu. Drusilla war vor langer Zeit gestorben, Vitellia hatte sich nach Londinium zurückgezogen, und die meisten, die Crispus und seiner Helena gedient hatten, waren ebenfalls verkauft worden. Konstantin und Fausta weilten noch im Sommerpalast im Norden der Stadt. Ich fragte mich, wie lange es wohl dauern mochte, bis er den Mut fand, mich aufzusuchen.

Am nächsten Morgen befahl ich meinen Sänftenträgern, mich zu den Eltern der jungen Helena zu bringen, bei denen sie gelebt hatte, als Crispus beim Kaiser weilte. Lena war schön, wie mein Enkel mir gesagt hatte – helle Haut und dunkles, glattes Haar. Doch ihre weiße Haut war beinahe durchsichtig, und als ich sie umarmte, spürte ich die feinen Knochen, als werde sie von ihrem Kummer aufgezehrt.

In ihrem ganzen Leben hat sie noch nie Widerwärtigkeiten erfahren, dachte ich, als ich sie losließ. *Jetzt weiß sie nicht, wie sie es überstehen soll.* Dann brachte die Kinderfrau die kleine Crispa herein. Sie war anderthalb und strahlend wie ein Sonnenschein. Ich setzte mich, damit ich meine Urenkelin umarmen konnte. *Welche Zukunft erwartet dieses Kind?*, fragte ich mich, als ich den süßen Dufte ihrer Haare einatmete.

»Mein Crispus war kein Verräter«, murmelte Lena, als das Kind sich aus meiner Umarmung löste und zu ihr lief. »Das, was sie ihm nachsagen, hätte er niemals getan. Er liebte den Kaiser.«

»Ich weiß, und ich schwöre dir, dass ich das Andenken an ihn in Ehren halten werde«, antwortete ich ihr. Die Crispus gewidmeten Inschriften wurden bereits gelöscht, seine Statuen entstellt in dem Versuch, die Vergangenheit durch *damnatio memoriae* (Verurteilung der Erinnerung) neu zu schreiben. »Du musst mir derweil schreiben und mir erzählen, wie es

dir ergeht. Sei tapfer und gib deinem Kind zuliebe auf dich Acht.«
Tränen traten ihr in die Augen. »Ich will es versuchen ...«

An jenem Abend traf der Hofstaat ein. Ich wartete auf eine Nachricht von Konstantin, doch am Morgen kam an seiner statt Bischof Ossius zu mir.
»Er wartet auf dich.« Der Bischof warf mir einen kurzen Blick zu und schaute rasch zur Seite. »Ich weiß, was du sagen willst. Ich selbst habe versucht, dem Kaiser ob dieser ... Gräueltat Vorhaltungen zu machen. Doch anscheinend hört er nicht auf mich. Ich glaube, es läßt ihm keine Ruhe, doch er will sich nicht damit auseinander setzen. Komm, vielleicht erreichen ihn die Worte einer Mutter, wenn meine es schon nicht vermögen.«
»Wenn nicht«, sagte ich leise und nahm das in Seide gewickelte Bündel an mich, das ich von so weit her mitgebracht hatte, »dann habe ich hier etwas, dem es vielleicht gelingt.«
Wir gingen über einen Flur, den entsetzte Gerüchte geleert hatten. Sie taten gut daran, dachte ich, als ich hinter Bischof Ossius herhinkte. Meine schwarzen Gewänder raschelten wie das Flüstern der Nemesis über die Fliesen. Wenn Götter streiten, müssen Sterbliche in Deckung gehen, damit sie nicht ein verirrter Blitzstrahl ebenfalls vernichtet.
Konstantin saß in dem kleinen Speiseraum, dessen ockerfarbene Wände mit Szenen aus der Aeneis bemalt waren. Das Licht, das durch die Tür zum Garten hereinfiel, lag wie eine Schranke über dem Mosaikfußboden, doch der Kaiser saß im Schatten. Auf dem kleinen Intarsientisch stand ein Krug, und Konstantin hielt einen Weinbecher in der Hand. Ich blieb an der Tür stehen.
»Augustus ...«, sagte der Bischof leise.
»Bist du gekommen, um mir erneut zuzusetzen, Ossius?«, fragte Konstantin müde, ohne aufzuschauen. »Du sprichst

von den Gesetzen des Himmels, aber ich bin für das Imperium verantwortlich. Du hast kein Recht, mir Vorwürfe zu machen ...«

Ossius wollte schon entgegnen, dass er für die Seele des Kaisers verantwortlich sei, doch meine Handbewegung ließ ihn schweigen.

»Er vielleicht nicht, aber hier ist jemand, der es kann!« Ich zog das Tuch ab, trat einen Schritt vor und hielt Crispus' Totenmaske ins Licht.

»Mein Sohn!« Konstantin wich zurück, die Hände schützend erhoben. Der Tisch kippte, Krug und Becher fielen zu Boden. Verschütteter Wein breitete sich einer Blutlache gleich auf den Bodenfliesen aus.

Konstantins Blick glitt von der Maske zum Wein, schließlich zu mir. Sein Gesicht war teigig, und unter seinen Augen lagen dunkle Ränder, als wäre er krank gewesen.

»Ich musste es tun! Ich hatte keine andere Wahl!«, schrie er. »Gott hat mich aufgerufen, den Sohn, den ich liebte, zu opfern, so wie Abraham, aber ER hat mir keinen Ersatz, kein Lamm geboten. Deshalb muss Crispus schuldig gewesen sein! So grausam wäre Gott doch nicht gewesen!«

Sein Kopf kippte vor und zurück, die Augen traten ihm aus den Höhlen, als sähe er mich überhaupt nicht. Plötzlich fragte ich mich, ob er mich jemals gesehen hatte oder nur ein Idealbild, das er »Mutter« nannte und mit der Person, die ich wirklich war, nicht mehr gemein hatte als ein Heiligenbild an der Wand.

»Hat Gott dir eine Vision gesandt, oder war es ein Sterblicher, der dich überredet hat, Konstantin? Was glaubst du denn, was Crispus getan hat?« Wusste er überhaupt, wer da mit ihm sprach, oder gab meine Stimme die Anschuldigungen seiner Seele wieder?

»Er wollte, dass ich abdankte, und als ich nicht einwilligte, wollte er gegen mich rebellieren – er hatte ein Orakel konsultiert! Er wollte Fausta zu seiner Frau machen, um seine Herrschaft zu legitimieren. Ein neuer Bürgerkrieg hätte das Imperium vernichtet. Crispus hat mit Sündern verkehrt. Er war ein Ehebrecher, und Gott hätte uns alle verflucht. Ein Gott, ein Kaiser – wir müssen einig sein, verstehst du das nicht?«

Fausta! Vielleicht war es Konstantin nicht bewusst, aber für mich gewann ein Bild an Klarheit.

»Hat Fausta dir das erzählt?«, fragte ich mit leiser Stimme. »Hat sie dir handfeste Beweise dafür geliefert – hat sie dir überhaupt Beweise geliefert? Hast du erlaubt, dass Crispus sich verteidigte – hast du ihm Fragen gestellt, oder hast du Angst gehabt, Gottes Urteil in seinen Augen zu lesen?«

Konstantin zuckte bei jeder Frage zusammen, doch er schüttelte noch immer ablehnend den Kopf.

»Du irrst dich! Du hasst sie, weil sie die Halbschwester von Theodora ist, die dir meinen Vater genommen hat! Aber Fausta war vor allem immer mir treu ergeben – sie hat mir gesagt, dass ihr Vater Pläne gegen mich schmiedete, sie hat mich gegen ihren eigenen Bruder unterstützt …«

»Sie hat um der Macht willen ihr eigen Blut verraten – glaubst du, sie würde zögern, dein Blut zu opfern?«, fuhr ich ihn an. »Sie hat das für ihre eigenen Söhne getan, nicht für dich, denn sie will später von ihnen die Autorität bekommen, die du mir gegeben hast!«

»Was deine Mutter sagt, ist schlüssig, Herr«, sagte Ossius leise. »Meine Nachforschungen haben keinen Beweis für Verrat ergeben.«

»Bist auch du ein Verräter?« An der Schläfe des Kaisers trat eine Ader hervor, als er sich umwandte. »Ich musste die Thronfolge sichern«, sagte er. »Crispus war nur ein Halbbruder. Es hätte Krieg zwischen ihm und Konstantinus gegeben … Fausta hat immer wieder darauf hingewiesen, und ich sah doch, wie die Menschen ihn liebten …«

»Hast du geglaubt, sie würde dich um ihres Sohnes willen mit einem Pilzgericht vergiften, wie Agrippina Kaiser Claudius vergiftet hat?«

»Sie hat gesagt, Crispus habe versucht, mit ihr zu schlafen!«, schrie er.

»Du bist nicht Abraham – du bist Theseus, und ein Dummkopf!«, tobte ich und schüttelte die Maske vor seinem Gesicht, bis er sich duckte. »Selbst wenn er es versucht hätte, was ich nicht eine Sekunde glaube, was für eine Sünde ist misslungene Verführung im Vergleich zu dem Mord an deinem eigenen Kind? Vielleicht kann der christliche Gott dir vergeben – ER hat seinen eigenen Sohn sterben lassen! Keine heidnische Gottheit könnte ein solches Verbrechen verzeihen!«

Konstantin sank auf die Knie, und es war, als stürzte ein großer Baum um. »Gott hat mich verlassen …«, flüsterte er.

»Gott wird dir verzeihen.« Bischof Ossius warf mir einen vorwurfsvollen Blick zu, ging an mir vorbei und legte dem Kaiser eine Hand auf den Kopf. »Aber du musst bereuen und Wiedergutmachung geloben.«

»Wenn Fausta dich zu dieser Tat angestiftet hat, musst du sie bestrafen«, sagte ich in gleichem Ton. »Sonst wird Crispus dich ewig heimsuchen, ebenso wie ich!«

»Gott, hast du mich verlassen?«, flüsterte Konstantin. »Vater, vergib mir meine schwerste Sünde …«

»Geh jetzt«, flüsterte der Bischof mir zu und zeigte auf die Tür. »Ich werde mich jetzt seiner annehmen.«

Ich nickte, denn ich zitterte vor Schmerz und hatte nicht den Wunsch, zuzusehen, wie der Meister der römischen Welt vor seinem Gott am Boden kroch.

Den restlichen Tag verbrachte ich in einem verdunkelten Zimmer und verweigerte die Nahrungsaufnahme. Cunoarda hielt mich für krank, aber wenn es stimmte, dann war es eine Krankheit der Seele. Ich wartete, obwohl ich nicht wusste, worauf, bis ich am späten Nachmittag die Rufe vernahm.

Ich hatte mich bereits aufgerichtet, als Cunoarda in mein Schlafgemach eilte.
»Herrin! Kaiserin Fausta ist tot!«
»Wie ist es passiert?«, fuhr ich sie an. »Hat man sie hingerichtet?« Ich hatte Faustas Bestrafung verlangt, doch ich hatte nicht erwartet, dass Konstantin das eine Verbrechen durch ein anderes wieder gutmachen würde, das kaum weniger schrecklich war.
»Das weiß offenbar niemand«, erwiderte Cunoarda. »Sie war in den neuen Bädern, und Wachen haben sie geholt, um sie zum Kaiser zu bringen, doch noch ehe sie Fausta festnehmen konnten, hörten sie Schreie. Jemand hatte eine Schleuse geöffnet, um das kochend heiße Wasser einzulassen, und Fausta wurde in ihrem Bad verbrüht, sodass sie starb! Sie bringen die Leiche jetzt zurück. Sie muss furchtbar aussehen.« Ihre Stimme bebte vor unterdrückter Schadenfreude.
»Crispus, du bist gerächt!« Ich fiel auf das Bett zurück und fragte mich, warum dieses Wissen mein Elend nur verschlimmerte.
Aus meinem Sohn war ein Ungeheuer geworden, und er war seinen Ängsten auf Gedeih und Verderb ausgeliefert. Doch war ich besser, die ihn bedrängt hatte, ein ähnliches Verbrechen zu begehen?
Natürlich gab es Untersuchungen, doch niemand erfuhr, wie der Unfall inszeniert worden war. Obwohl der Kaiser sie strafen wollte, bin ich mir nicht sicher, ob die Art und Weise, wie Fausta ums Leben kam, von Konstantin angeordnet worden war. Crispus war in dieser Stadt sehr beliebt gewesen, wo er so lange regiert hatte, und es mag sein, dass ein Diener in den Bädern, nachdem er von der Verurteilung der Kaiserin erfahren hatte, die Gelegenheit ergriff, ihr einen Vorgeschmack der Hölle zu vermitteln, die sie allemal verdient hatte.

19. KAPITEL
A. D. 327-328

»Ich finde, du solltest mit ihm reden«, sagte Bischof Sylvester. »Ich halte den Kaiser für ernsthaft bußfertig, aber seelisch leidet er noch. Es heißt, er habe einen Bildhauer damit beauftragt, ein goldenes Bildnis seines Sohnes anzufertigen, das er in einer Art Andachtsraum aufgestellt hat. Er steht klagend davor. Vielleicht könntest du ihm Erleichterung verschaffen ...«

Ich sah ihn verwundert an. Mit Sicherheit war ich die Letzte, die Konstantin jetzt Trost gewähren würde.

»Ich weiß, dass du noch immer trauerst, und vielleicht gibst du dem Kaiser die Schuld für das, was geschehen ist, doch wenn Christus seinen Mördern vergeben konnte, als Er am Kreuz hing, sollten wir dann nicht zu Geringerem imstande sein?«

Es wäre mir leichter gefallen, dachte ich verbittert, wenn mein Sohn sich gegen mich versündigt hätte. Die acht Monate, die nach Faustas Tod vergangen waren, hatte ich in Rom verbracht, doch hatte ich weder in der neuen Kapelle, die in einem meiner Palasträume eingerichtet worden war, noch in der Kirche der heiligen Marcellinus und Petrus einen christlichen Gottesdienst besucht. Auch einen Tempel der alten Religion hatte ich nicht aufgesucht. Man hatte mich der Göttin und Gottes zugleich beraubt. Überhaupt war ich seit meiner Rückkehr kaum vor die Tür gegangen.

Es heißt, die Alten verbringen viel Zeit in ihrer Vergangenheit, als lebten sie ihr Leben noch einmal zurück bis an den Anfang. Gewiss erinnerte ich mich lieber an die Zeiten, in denen Konstantius und ich jung waren, und immer häufiger träumte ich nachts von Avalon. Ich wusste, dass meine Diener meinen nahen Tod befürchteten, und das aus gutem Grund, denn ich war nun siebenundsiebzig, und das Leben hatte seinen Reiz für mich verloren.

Ich vermutete außerdem, dass Martha, das Mädchen aus Syrien, während meiner Abwesenheit mehr über die Art und Weise ihrer Heilung erzählt hatte, als mir lieb war. Wenn ich nach draußen ging, verneigten sich die Menschen noch tiefer vor mir, als es meinem Rang gebührte, und oft lagen Blumenopfer vor meinen Palasttoren.

Unterdessen hatte Konstantin seinen Gefühlen Luft gemacht und zum ersten Mal heidnische Religionen direkt angegriffen. Er ließ die Propheten von Apollon in Didyma und Antiochia töten und zerstörte den Asclepius-Schrein in Aigai. Seinen größten Zorn indes richtete er gegen die so genannte Unmoral. Er erließ strengere Gesetze gegen Verführung, auch wenn sie auf freiwilliger Basis stattfand, und die Tempel, in denen Priesterinnen der Aphrodite dienten, wurden abgerissen.

Sylvester räusperte sich, und ich merkte, dass er noch wartete.

»Der Kaiser ist im Audienzsaal, Augusta. Es ist nicht gut, wenn Mutter und Sohn sich entfremden. Wenn dir nicht danach ist, aufzustehen, kann er dann zu dir kommen?«

Ich habe keinen Sohn, dachte ich verbittert, doch ich nickte. Konstantin war immer noch der Kaiser.

Cunoarda richtete die Falten meines Wollmantels, sodass es vorteilhafter aussah. Der Frühling war in Rom eingezogen, doch mir war noch kalt. Neuerdings verbrachte ich die meiste Zeit in dem kleinen Gemach mit den britannischen Wandbehängen – Konstantin war noch nie hier gewesen. Die Hunde, die meine innere Spannung spürten, standen auf, als er den Raum betrat. Ich hieß sie mit einer Geste wieder zu meinen Füßen Platz nehmen.

»Bist du nicht glücklich mit deinem Palast, Mutter?«, fragte Konstantin und schaute sich um. »Du hast doch gewiss einen Raum, der dir … angemessener wäre …«

Bischof Sylvester, dessen Privatgemächer noch weniger luxuriös ausgestattet waren, zuckte zusammen, verhielt sich aber ruhig.

»Der Raum ist bequem und leicht warm zu halten. Du musst einer alten Frau schon ihre Grillen lassen, Herr«, erwiderte ich.

»Aber du bist doch gesund …« Er schaute mich mit plötzlicher Besorgnis an. »Du kannst reisen.«

Ich runzelte die Stirn. »Wohin willst du mich schicken?« Sollte ich ins Exil gehen?

Konstantin richtete sich auf, und seine Miene erhellte sich. »Ins Gelobte Land, Mutter, nach Palästina!«

Verwirrt blickte ich zu ihm auf. Ich wusste, dass Jesus in Palästina gelebt hatte, doch immerhin hatte sein eigenes Land ihn abgelehnt. Seinerzeit war es eine unserer ärmsten Provinzen. Antiochia und Alexandria waren die großen christlichen Zentren des Imperiums.

»Unser Herr ist einst auf diesem Boden gewandelt! Jeder Stein, den er berührt hat, ist heilig. Doch außer in Caesarea gibt es in der gesamten Provinz nur ein paar Hauskirchen. Die Stätten, an denen ER Wunder gewirkt hat und wo sich die Pilger nur so drängen sollten, haben kein Heiligtum!« Konstantin lief vor Eifer rot an.

»Das ist bedauerlich, aber ich verstehe nicht …«

»Ich werde sie bauen! Die Arbeiten an der Heiligen Grabstätte schreiten voran. Bischof Macarius hat mir bereits Teile des wahren Kreuzes geschickt – ich werde dir eines für deine Kapelle hier schenken. Die Stätten zu verschönern, an denen Gott sich zu erkennen gab, soll für mich Buße und Opfer sein. Gewiss wird er mir meine große Sünde vergeben!«

Ein Opfer, dachte ich zynisch, aber kaum eine Buße, höchstens für diejenigen, deren Steuern sein ehrgeiziges Bauvorhaben finanzieren würden. Ich nickte und fragte mich noch immer, warum es meines Segens bedurfte.

»Ich will es jetzt sofort tun, doch die Westgoten sind unruhig, und mit den Persern werden wir uns in Bälde beschäftigen müssen. Ich habe keine Zeit, Palästina zu besuchen, du aber könntest als meine Repräsentantin gehen. Du weißt, wo die heiligen Stätten zu finden sind und wie man sie segnet«, er holte Luft und fügte einfältig hinzu: »Du kannst dem Osten zeigen, dass die Familie des Kaisers noch stark ist!«

»Für eine Frau in meinem Alter wird das eine beschwerliche Reise«, sagte ich und versuchte, meine Verwunderung zu verbergen.

»Eusebius von Cäsarea wird sich um dich kümmern. Palästina ist ein Land, in dem Milch und Honig fließen, und die Sonne ist warm ...«, sagte Konstantin einschmeichelnd. Sein Blick war voller Träume.

»Ich werde darüber nachdenken ...« Dem konnte er nichts entgegensetzen.

»Ich muss jetzt gehen, doch Bischof Sylvester ist noch hier. Er wird dir alles erklären.« Konstantin wollte mich umarmen. Sein heiteres Lächeln ließ ein wenig nach, als er meinem Blick begegnete. Er begnügte sich damit, nur meine ausgestreckte Hand zu küssen.

»Du bist noch immer verärgert«, stellte Sylvester fest, nachdem der Kaiser gegangen war, »und du hast allen Grund dazu. Trotzdem bitte ich dich, diese Reise anzutreten.«

»Warum?«, krächzte ich. »Welches Interesse könnte ich daran haben, die heiligen Stätten einer Religion aufzusuchen, deren Beschützer verantwortlich ist für Taten, wie Konstantin sie begangen hat?«

»Unser Herr hat getrauert, so wie du trauerst, als ER sah, was die Menschen SEINEM Sohn angetan hatten, doch ER hat die Menschheit nicht vernichtet. Wenn du bedenkst, wie weit wir Christen von der Vollkommenheit entfernt sind, spricht es dann nicht für unsere Religion, dass sie überhaupt überlebt hat? Geh nach Palästina, Helena, nicht für den Kaiser, sondern dir zuliebe. In der Wüste spricht Gott deutlich. Wenn diese ganze Tragödie einen Sinn hat, dann wirst du ihn dort vielleicht verstehen.«

Ich gab ihm eine nichtssagende Antwort, und schon ließ er mich allein. Ich war entschlossen abzuwarten, bis Konstantin Rom verlassen hatte, dann wollte ich ihm meine Absage zukommen lassen, doch in jener Nacht träumte ich, ich stünde in einem verdorrten Land aus goldenem Sand und weißen Steinen an einem blauen Meer. Es war eine Gegend von schrecklicher Schönheit, ein Ort der Macht. Während ich diese ausgebleichte Landschaft betrachtete, wusste ich bereits, dass ich sie schon einmal gesehen hatte.

Erst als ich in Schweiß gebadet erwachte, wurde mir bewusst, dass ich sie nicht aus diesem Leben kannte, sondern aus der Eingebung, die mir bei meiner Weihe zur Frau in Avalon zuteil geworden war. Da begriff ich, dass mir vielleicht noch etwas zu tun bestimmt war und dass diese Reise ins Gelobte Land dazugehörte.

Nachdem Konstantin seinen Willen durchgesetzt hatte, scheute er keine Ausgaben für meine Reise nach Cäsarea, den Hafen, den der berüchtigte Herodes zweihundert Jahre zuvor angelegt hatte. Mitte August ging ich mit Cunoarda und Martha an Bord eines Schiffes. Die beiden hatten geschworen, mich nicht zu verlassen, obwohl ich sie längst freigelassen hatte. Gemächlich umschifften wir die Spitze Italiens, kamen an den Küsten Griechenlands vorbei nach Kreta, wo wir frische Nahrungsmittel aufnahmen, um dann direkt Kurs auf die asiatische Küste zu nehmen.

Als wir Cäsarea anliefen, ging die Sonne hinter uns unter und tauchte den flachen, bebauten Küstenstreifen, der so reich an Obsthainen und Weinbergen war, und das ansteigende Gelände dahinter in goldenes Licht. Auf einer Bergspitze über dem kleinen Hafen ragte die Festung auf, dahinter lag die Stadt, umgeben von einer Stadtmauer. Zwischen den Bäumen im Süden tauchten jedoch noch weitere weiß getünchte Häuser auf, und beim Näherkommen erkannte ich das geschmeidige Halbrund des Amphitheaters, dessen aufsteigende Sitzreihen zum Meer hinblickten.

Der zweite jüdische Aufstand hatte Hierosolyma in Schutt und Asche gelegt. Nun war Cäsarea die Hauptstadt von Palästina. Hier hatte der Prokurator seinen Palast, und hier hatte auch Eusebius, der höchste Bischof der Provinz, seine Kirche und seinen Sitz. Ich konnte verstehen, warum es den Römern gefiel – das Klima und die Atmosphäre erinnerten mich stark an die Gegend um Baiae.

Am dritten Tag nach meiner Ankunft, nachdem ich ausreichend geruht hatte, brachten mich meine Sänftenträger vom Palast des Prokurators zu Eusebius, der mich in seinem kleinen Haus in den Olivenhainen über der Stadt zum Essen eingeladen hatte. Der Sommer ging zur Neige, und unsere Liegen standen auf einer Terrasse, von der wir den Sonnenuntergang sahen und auf die Erleichterung warteten, die der plötzliche Temperatursturz am Ende des Tages mit sich brachte.

»Es ist ein schönes Land«, sagte ich und trank einen Schluck einheimischen Wein.

»Der Küstenstreifen ist fruchtbar, wenn man ihn pflegt«, antwortete Eusebius, »und ein Teil des Jordantals, sowie die Gegend um den See Tiberias in Galiläa. Das Landesinnere ist trocken. Dort kann man Vieh weiden lassen. Im Süden ist Wüste, die nur für Skorpione geeignet ist.«

Hier in seinem Haus wirkte er entspannter, doch er war noch immer der dürre, hohlwangige Intellektuelle, den ich in Nicomedia kennen gelernt hatte. Es hieß, die Bibliothek, die er hier angelegt habe, sei besser, vor allem in Bezug auf die Kirche, als alles, was in Rom existierte, und er hatte sich als Apologet und Historiker einen Namen gemacht. Er war vermutlich zehn Jahre jünger als ich.

»Meine Herrin ist Hitze nicht gewohnt«, sagte Cunoarda. »Ich hoffe, sie wird nicht so lange in der Wildnis verbringen müssen.«
Eusebius räusperte sich. »Augusta, darf ich offen sein?« Mit einer einladenden Geste erteilte ich ihm die Erlaubnis und hob fragend eine Augenbraue. Er fuhr fort: »Wenn ich es hätte entscheiden können, dann hättest du die Reise gar nicht antreten müssen. Die Stätten zu identifizieren, die mit unserem Herrn in Verbindung gebracht werden, kann dem Glauben nützlich sein, doch wenn wir Pilgerstätten aus ihnen machen, als wären sie an sich heilig, begehen wir denselben Irrtum wie die Heiden und die Juden. Moses' Religion gründete sich auf die Heilige Stadt, doch selbst der Name Hierosolyma ist verloren gegangen. Ohne den Tempel muss ihre Religion sterben. In Aelia Capitolina leben heute keine Juden mehr.«
Verwundert zog ich eine Augenbraue in die Höhe. In jeder größeren Stadt des Imperiums gab es Juden. Diejenigen, die ich in Londinium kennen gelernt hatte, lebten offenbar im Wohlstand. Hadrian mochte Judäa zwar neu erfunden und in Palästina umgewandelt haben, doch hatten die Juden ihre Religion allem Anschein nach auch neu erfunden. Diese Gedanken behielt ich wohlweislich für mich.
»Aber es gibt Christen …«, äußerte ich stattdessen leise. Sylvester hatte es sich nicht nehmen lassen, mich über die Rivalität zwischen Eusebius und Bischof Macarius in Aelia Capitolina zu unterrichten.
Er zuckte mit den Schultern. »Eine kleine Gemeinde. Und die Lage einiger Stätten, die mit der Menschwerdung Christi in Verbindung gebracht werden, ist bekannt. Da der Kaiser es befohlen hat, werde ich mich glücklich schätzen, dich dorthin zu begleiten.«
»Wir alle müssen dem Kaiser gehorchen«, stimmte ich ihm verbindlich zu.

Zwei Tage später brachen wir auf, folgten der Via Maris über die Sharon-Küstenebene in leichten Etappen nach Süden. Ich hatte eine Sänfte mit zwei Gruppen ausgebildeter Träger, während Cunoarda, Martha und Eusebius auf Maultieren ritten. Durch die hauchzarten Vorhänge sah ich das Sonnenlicht auf den Helmen meiner Eskorte blitzen. Die Männer sollten mich und die Truhen voller Münzen bewachen, mit denen ich im Namen des Kaisers den Bau von Kirchen finanzieren sollte an den Stätten, die ich für würdig befand. Hinter mir hallte der rhythmische Marschtritt der Nachhut.

In Rom war ich dem Tode nahe gewesen, und als ich zu dieser Reise aufbrach, die der Kaiser mir aufgezwungen hatte, hoffte ich, die Anstrengungen würden mich von meinen Schmerzen erlösen. Und so geschah es auch, doch anders, als ich gedacht hatte. Statt zu sterben, sog ich mit jedem Atemzug in dieser warmen, salzhaltigen Luft das Leben in mich ein. War Palästina wirklich ein Heiliges Land, oder lag es nur daran, dass ich endlich wieder auf den Pfad meiner Bestimmung zurückkehrte?

Die Straße führte durch offenen Mischwald aus Schirmbäumen, Eichen und Haselnussbäumen. Von Tag zu Tag wurden die Berge zu unserer Linken höher und zerklüfteter, bedeckt mit grau-grünem Gebüsch und letzten Resten goldenen Grases. Eine leichte Brise vom Meer milderte die Hitze. Im Landesinnern fand man Gerstenfelder und Lehmhütten, in den Gärten wurden Granatäpfel, Feigen und Wein angebaut.

Nachts schlief ich auf einem gut gepolsterten Faltbett in einem Zelt aus gelber Seide. Warme Decken schützten mich vor der feuchten Kälte, wenn die Nacht die Feuchtigkeit in der Luft freisetzte. Martha oder Cunoarda lag auf einem Feldbett vor der Tür. In diesem Land, das ihrer Heimat so nah war, blühte Martha wie eine Blume auf. Cunoardas helle Haut jedoch verbrannte, und sie pellte sich, ohne zu klagen. Je mehr Zeit ich in der Gesellschaft des Bischofs verbrachte, umso deutlicher wurde mir, dass Eusebius ein komplizierter Mann war. Er hatte die Verfolgungen überstanden und weder seinen Ruf noch sein Leben eingebüßt, und es war ihm gelungen, im Kirchenstreit um Arius nicht zu den Verlierern zu zählen. Nun stand er vor einer noch größeren Herausforderung.

Die Christen im Westen hatten beinahe zwanzig Jahre gebraucht, bis sie gelernt hatten, wie sie sich Konstantins Begeisterung zunutze machen konnten; im Osten hatte Licinius ihnen zwar bereits Toleranz zugesagt, aber erst in den vergangenen zwei Jahren erfuhren sie, dass Versuchung auch durch Privilegien entstehen konnte. Eusebius' Theologie eines Königreichs Christi auf Erden muss für eine streitbare, von heidnischer Ikonographie umzingelte städtische Gemeinde äußerst geeignet gewesen sein. Nach allem, was man hörte, hatten die Römer alles darangesetzt, Palästina seiner gesamten spirituellen Bedeutung zu berauben. Doch Konstantin hatte deutlich gemacht, dass er die Absicht verfolgte, das Gelobte Land wiederauferstehen zu lassen und die Mythologie älterer Glaubensrichtungen durch die neue zu ersetzen, so wie er davon sprach, ein neues Rom anstelle der alten Hauptstadt mit ihrem historischen Gewicht zu gründen. Der Gedanke war von epischer Größe, die ich selbst in meinem derzeitigen Stadium der Ernüchterung bewundern musste. Ob es wirklich christlich war, weiß ich nicht. Doch Eusebius musste sich damit abfinden, wenn er überleben wollte.

Hinter Joppa bog unsere Straße ins Landesinnere ab und folgte einem Flussbett bergan, das zu dieser Jahreszeit nur ein Rinnsal führte. Die Luft hier war trockener, obwohl die Einheimischen lachten, als ich es erwähnte. Es war nichts im Vergleich zu dem Gebiet jenseits des Jordan. Der Fluss mündete in einen See, der noch salziger als das Meer war. Zum Glück ließen wir die feuchte Hitze der Küstenebene hinter uns und kamen schneller voran.

Ein sonniger Tag folgte dem anderen, und die Strecke wand

sich durch die Berge, bis wir eines Morgens um einen Berghang kamen und auf der Höhe auf der anderen Talseite Aelia Capitolina erblickten, das einst Hierosolyma hieß.
Die Stadtmauern waren aus dem hiesigen Gestein, cremefarben und golden mit rostigen Spuren, als wäre das gesamte Blut, das an diesem Ort vergossen wurde, in den Boden gesickert. An den Hängen unterhalb der Stadt klebten Hütten, und man konnte noch Überreste von Straßen erkennen, die darauf hinwiesen, dass hier einst viel mehr Häuser gestanden hatten. Die Ziegeldächer einiger wichtiger römischer Gebäude ragten über die Stadtmauer hinaus. Das war die Stadt, die Hadrian nach dem letzten jüdischen Aufstand vor zweihundert Jahren gebaut hatte. Die Stadt Davids war es eindeutig nicht mehr. *Wie würde sie sich verändern, wenn aus ihr die Stadt Konstantins würde?*, fragte ich mich.
Dann hoben die Träger meine Sänfte, ich ließ die Vorhänge fallen, und die letzte Etappe unserer Reise begann.

Seinerzeit war Aelia Capitolina eine militärische Stadt und beherbergte die zehnte Legion, die hier als Wachposten gegen feindliche Übergriffe aus dem Osten oder einheimische Aufstände stationiert war. Ihr Befehlshaber wohnte im Kastell; das Haus des Bischofs Macarius war ein bescheidenes Gebäude und bot keinen Raum für Besucher. Es lag außerhalb der Stadtmauern auf dem Berg Sion. Dennoch hatte einer der wenigen wohlhabenden Kaufleute in der Stadt bereitwillig sein Haus für die Mutter des Kaisers geräumt. Er selbst war bereits in seine andere Residenz in Alexandria umgezogen, sodass ich keine Schuldgefühle hegen musste, ihn seines Hauses beraubt zu haben.
Am nächsten Morgen kam der Bischof höchstpersönlich, um mich zur Heiligen Grabstätte zu geleiten. Mir schien, dass er Eusebius mit einer Spur frommen Triumphs begrüßte, als hätte er bereits den Primat von Palästina in der Hand. Doch Ma-

carius wurde gebrechlich, während Eusebius ein kampferprobter Veteran der Kirchenpolitik war. Welche Relikte hier auch gefunden würden, ich glaubte nicht, dass er sich so leicht entmachten ließe.

»Es hat vielleicht nicht den Anschein, als wären wir viel weiter gediehen«, sagte Bischof Macarius bedauernd, »doch die Stätte sieht bereits ganz anders aus als noch vor wenigen Monaten. Der schauderhafte Tempel der Venus ist fort, und wir kommen mit der Entfernung des Gerölls gut voran, mit dem sie den heiligen Boden bedeckt hatten.«

Geröll war es in der Tat, dachte ich, während ich mich umschaute. Ein paar Marmorsäulen, die ein sparsamer Architekt zur Wiederverwertung an anderer Stelle aufgehoben hatte, waren an einem Ende des Forums aufgestapelt, das mit Seilen und anderem Gerät übersät war. Aus der Höhle dahinter tauchten Arbeiter auf wie unzählige Ameisen, gebeugt unter Körben voll Erde und Stein. Sie warfen ihre Last auf einen immer höher anwachsenden Haufen. Frauen, deren Kleider derart von Staub verkrustet waren, dass sie selbst wie Geschöpfe der Erde wirkten, pickten hier und da etwas aus dem Geröll.

»Nachts wird die untersuchte Erde auf Wagen ins Tal gebracht und auf die Felder verteilt, um diese zu vergrößern«, erklärte Macarius. »Größere Steine werden zum Bauen aufgehoben, die kleinen werden zur Reparatur der Straßen verwendet, wenn im Winter die Regenzeit einsetzt. Manchmal werden auch andere Gegenstände gefunden – Gefäße aus Ton oder Glas, ein Schmuckstück oder Münzen. Hauptsächlich suchen wir nach den Münzen.«

»Um damit den Arbeitsaufwand zu decken?«

Macarius schüttelte den Kopf. »Nicht ganz. Die Arbeiter dürfen behalten, was sie finden, sonst würden sie versuchen, etwas zu unterschlagen, und uns würde am Ende ein Relikt unseres Herrn entgehen. Solange die Münzen, die wir finden, nach Tiberius herausgegeben wurden, wissen wir, dass wir noch tiefer graben müssen.«

Ich nickte belustigt und ein wenig überrascht darüber, dass ein alter Mann so praktisch dachte.

»In den Evangelien«, fuhr er fort, »heißt es, dass Soldaten am Fuße des Kreuzes nach der Kleidung Jesu Christi gesucht haben. Können wir nicht hoffen, dass sie, als die Erde bebte und der Himmel sich verdunkelte, etwas von dem, was sie fanden, dort fallen ließen?«

In diesem Augenblick hielt eine der Frauen einen kleinen Gegenstand in die Höhe. Der Bischof humpelte zu ihr, um ihn sich anzusehen.

»Dieses Geschwätz über Reliquien ist reiner Aberglaube, obwohl seine Idee, die Münzen zu datieren, für ein gesundes historisches Empfinden zeugt«, meinte Eusebius, der neben mir stand. »Hier sollte uns das leere Grab, das Zeichen für die Wiederauferstehung, viel mehr interessieren.«

Gemeinsam näherten wir uns der Ausgrabung. »Zur Zeit der Menschwerdung«, fuhr er fort, »lag diese Stelle direkt vor den Stadtmauern. Die neue Mauer, die von Herodes Agrippa gebaut wurde, schließt das Grab mit ein, und als Hadrian die Stadt neu gründete, errichtete er das Forum hier auf der Kreuzung.«

Man konnte davon ausgehen, dass Eusebius sich an die Fakten hielt. Ich betrachtete die aufgewühlte Erde unter mir. Auf einer Seite ragte ein Stück Fels heraus. Dennoch hatte Macarius' schlichter Eifer etwas Einnehmendes.

»Ich habe gehört, dass der Kaiser den Tempel der Aphrodite dort mit Absicht errichten ließ, um die Christen zu ärgern.«

Eusebius zuckte mit den Schultern. »Mag sein, obwohl er nicht zu den großen Verfolgern gehörte. Eigentlich haben die Juden seinen Zorn verdient. Ich vermute, dass Hadrian den Tempel hier baute, weil es bequem war, und die Stätte wurde zugeschüttet, um sie höher zu legen.«

Ich verstand, was er meinte. Die Stadt stand auf einem Plateau, das an drei Seiten von Schluchten umgeben war. Selbst auf der Höhe gab es Unebenheiten. Die frühere Stadtmauer hatte dort aufgehört, wo sich ein Steinbruch tief in den Boden gefressen hatte, dahinter erhob sich das Gelände zu einem Berg. Auch am Rande des Forums sah ich den Beginn eines tieferen Grabens. Der Gedanke an die Ereignisse, die an diesem Ort geschehen waren, sollten mich bewegen, doch der verworrenen Szene, die nun vor mir lag, konnte ich keine Bedeutung abgewinnen.

Eusebius runzelte die Stirn. »Solange noch ausgegraben wird, ist hier nicht viel zu sehen. Vielleicht solltest du dir ein paar andere Stätten anschauen – Galiläa, oder Bethlehem, das nur eine halbe Tagesreise weiter südlich liegt.«

»Um am Anfang anzufangen?« Ich nickte. Für manche, wie für den Bischof, war die Eleganz seiner Theologie allein schon Beweis für seine Religion. Doch ich kam aus einer Gegend, in der Macht durch die Erde strömt und sich in heiligen Teichen sammelt. Wenn Gott hier in Palästina Mensch geworden war, würde das Land selbst auf irgendeine Art Zeugnis über dieses Wunder ablegen.

Es war die Zeit der Weinlese, und auf dem Land pflückten die Menschen die reifen Früchte in den kleinen Weinbergen, die wie Flicken auf den Hängen verstreut lagen. Über den Weg vor uns trotteten geduldige Maultiere, fast nicht zu sehen unter den großen Körben voller Trauben. Auf unserer Reise nach Aelia Capitolina war ich vom Kontakt zu den Menschen ausgeschlossen, doch nun vergaß selbst der Befehlshaber der Eskorte sein Misstrauen, als sich lachende Mädchen vor ihm aufbauten und ihm kühle Becher mit frisch gepresstem Traubensaft anboten.

Der Ort Bethlehem hatte sich seit der Zeit Jesu Christi kaum verändert. An einem Berghang verstreut standen ein paar Lehmhäuser mit flachen Dächern zwischen Schotterhaufen und Gebüsch.

»Siehst du, dass einige Gebäude gleichsam aus dem Berghang herausgebaut sind?«, fragte Eusebius. »Dahinter befinden sich Höhlen, die als Stall und Lagerraum benutzt werden, weil sie kühl sind. Dort wird auch das Öl aus den Oliven gepresst.«
»Willst du damit sagen, Jesus kam in einer Höhle zur Welt?«
»In einer Höhle, die als Stall verwendet wurde. Da ist sie, direkt über uns. Diese Stätte ist schon lange bekannt. Die Tonkrippe steht noch immer dort.«
Er klang nicht sehr enthusiastisch, doch ich hatte mittlerweile erkannt, dass Eusebius nicht die Stätte an sich wichtig war, sondern vielmehr ihr Wert als historischer Beweis für die Menschwerdung Gottes. Was ihm an Begeisterung fehlte, wurde durch die Dorfbewohner mehr als aufgewogen. Sie drängten sich um uns und erboten sich, uns die heilige Höhle zu zeigen.
Zu meiner Überraschung war der Weg teilweise durch einen Zedernhain versperrt.
»Das ist der Hain von Tammuz«, sagte das kleine Mädchen, das mich an die Hand genommen hatte. »Um den trauern die Heiden zur selben Zeit im Frühling, wenn wir um Jesus weinen.«
Verwundert nahm ich diese schlichte Billigung zur Kenntnis, allerdings hatte Eusebius mich gewarnt, dass Christen auf dem Lande nicht viel besser seien als Heiden. Mir persönlich erschien das gar nicht so schlecht, wenn sie dadurch in Freundschaft nebeneinander leben könnten.
Nach der Helligkeit des Nachmittags draußen war es in der Höhle sehr dunkel, doch flackerte immerhin eine Öllampe, und als meine Augen sich angepasst hatten, erblickte ich ganz hinten die Krippe, wo die Wände sich schlossen. Ein Blumenstrauß lag darin. Es war sehr still.
Eusebius war zum Gebet auf die Knie gesunken. Martha kniete neben ihm, doch ich blieb stehen, die Augen geschlossen

und die Füße fest auf dem Boden verankert. Die Anspannung, die sich auf mich gelegt hatte, seit ich den Befehl zu dieser Reise erhalten hatte, begann sich zu lösen. Neben dem Geruch nach altem Weihrauch, Lampenöl und Ziegen nahm ich das klare Aroma von feuchtem Stein in mich auf. *Stein ist ewig*, dachte ich, trat zur Seite und legte meine Hand auf die kühle Oberfläche. *In Steinen liegen Erinnerungen.*

Ich versetzte mich in den Fels und suchte nach Eindrücken aus der Vergangenheit. Eine Zeit lang drangen nur die elementaren Bedürfnisse der Tiere auf mich ein, die einst hier untergebracht waren. Dann spürte ich einen Augenblick lang den Schmerz einer Frau, die unendliche Erleichterung der Geburt und das Aufwallen der Verzückung, sobald sie das Kind in den Armen hält. *Wer immer Jesus auch war, ich kann glauben, dass er hier geboren wurde*, dachte ich.

Als ich die Augen wieder aufschlug, starrten Martha und das kleine Mädchen nicht auf die Krippe, sondern auf mich. Sie hatten die Augen vor Staunen weit aufgerissen.

»Ich habe Durst«, sagte ich kurz angebunden. »Gibt es hier Wasser?«

»Ein Brunnen – zwischen den Bäumen«, flüsterte das Mädchen.

Es war schon spät am Nachmittag, und das goldene Licht fiel schräg durch den Hain. An einem Baum, dessen Zweige über den kleinen Teich hinausragten, hingen Stoffstreifen und Bänder.

»So wird es auch in dem Land gemacht, aus dem ich komme.« Ich legte die Hand an den rauhen Stamm, schloss die Augen und folgte mit dem Bewusstsein dem Leben des Baumes bis zu seinen Wurzeln, dann wieder hinauf zu den Blättern, die durch die Sonne das Leben in sich aufnahmen.

Dann spürte ich einen Moment lang nicht den Baum, sondern den Körper einer Frau, die Füße im Boden verankert und die Arme zum Himmel emporgestreckt. Das Bild verwandelte

sich in einen Baumstamm, in den das Ebenbild der Göttin geschnitzt war. Mit Blumen bekränzte Frauen wirbelten um ihn herum. »Aschera …«, sangen sie, »Aschera …«
Das waren die Ascherim, die von den Propheten in den Tempelhöfen umgebracht wurden!, begriff ich voller Erstaunen. *Letztere versuchten, die Göttin zu zerstören. Sie wurde noch vor Tammuz in diesem heiligen Hain verehrt!*
Als die Vision nachließ, merkte ich, dass das Mädchen noch immer mit mir redete …
»Bäume stehen für die Mutter, die Jungfrau, die das Kind der Prophezeiung zur Welt bringt. In Mamre, nicht weit von hier, gibt es eine alte Terebinthe, unter der Abraham von seinen Nachfahren geträumt hat. Die Familie des Königs David ist ein Baum, und Jesus ist ganz oben … Ich hoffe, diese Bäume werden nicht gefällt.«
»Wenn ich den Befehl erteile, hier eine Kirche zu errichten, werde ich die Architekten bitten, sie zu retten«, erwiderte ich. Eusebius hätte den gemischten Glauben des Mädchens zweifellos missbilligt, aber er passte zu dem Augenblick. Auch die rauschenden Bäume waren auf ihre Weise Zeugen dessen, dass hier die Mutter verehrt worden war.

Es dunkelte bereits, als wir wieder aufbrachen. Die Dorfbewohner hatten uns gebeten, über Nacht zu bleiben und an ihrer Feier teilzunehmen, doch ich fand eine Reise, an deren Ende mein Bett auf mich wartete, weniger strapaziös als eine Nacht auf einer klumpigen Matratze voller Flöhe. Beim Abstieg über den letzten Berghang hörte ich etwas quieken, woraufhin das Pferd eines Soldaten plötzlich scheute.
Neben den lauten Flüchen des Zenturios bei dem Versuch, das verschreckte Tier zu beruhigen, vernahm ich leises Wimmern.
»Halt«, rief ich. »Da draußen ist etwas.«
»Ein wildes Tier«, sagte der Kommandant und lockerte seinen Speer. »Aber nach dem Geräusch zu urteilen ist es nicht so

groß, dass es uns etwas anhaben könnte.« Er winkte einem Soldaten, ihm mit der Fackel zu folgen.
»Hört sich an wie ein Hund …« Ich sah dem flackernden Licht am Straßenrand nach.
»Du hattest Recht, Herrin!«, rief der Kommandant. »Einer dieser wilden Hunde, die durch die Berge streunen. Sein Bein ist gebrochen. Ich werde ihn von seinem Elend erlösen.«
»Nein, tut ihm nichts!«, schrie ich. »Einer deiner Männer soll ihn in einen Mantel hüllen, damit er nicht beißen kann, und wir nehmen ihn mit in die Stadt.«
»Augusta, du kannst aus einem wilden Hund kein Schoßtier machen!«, mahnte Eusebius.
»Willst du der Kaiserinmutter etwa sagen, was sie tun kann und was nicht?«, fragte Cunoarda mit drohendem Unterton.
Ich achtete nicht auf sie und widmete meine Aufmerksamkeit dem strampelnden roten Wollbündel, aus dem ein goldener, kurzhaariger Kopf mit wilden dunklen Augen auftauchte. Ich redete dem Tier gut zu, bis es sich beruhigte. Erst dann gab ich den Befehl, die Reise fortzusetzen.
In jener Nacht träumte ich, ich wäre wieder ein Mädchen auf Avalon. Ich beugte mich über die Blutquelle, die einer Spalte am Berghang entspringt, um zu trinken. Im Traum ähnelte die Stelle der Höhle in Bethlehem, und jetzt merkte ich auch, dass die Öffnung dieselbe Form wie die Pforte eines weiblichen Leibes hatte.
In meinem Traum weinte ich um alles, was ich verloren hatte, bis eine Stimme mir zuflüsterte: *»Du bist das Kind der Erde und des Sternenhimmels. Vergiss den Boden nicht, dem du entsprungen bist …«* Diese Worte waren mir ein Trost.
Mein Findelkind war eine noch junge Hündin. Ich nannte sie Leviyah, was auf Hebräisch »Löwin« heißt. Sie biss zwei Soldaten, bevor der Pferdedoktor der Legion ihr das Bein schienen konnte. Nachdem ich sie jedoch in einen kleinen dunklen Raum gebracht hatte, wurde sie ruhiger. Vielleicht hielt sie es

für eine Hütte. Danach ließ sie sich von niemandem außer mir etwas zu fressen oder Wasser bringen. Nach und nach verwandelte sich die Panik der Hündin in Billigung, aus Billigung wurde Zutrauen, bis sie mir aus der Hand fraß.
Anderen gegenüber blieb Leviyah scheu, folgte mir aber von nun an auf den Fersen, versteckte sich unter meinen Röcken, wenn zuviel Unruhe herrschte, und sprang mit gefletschten Zähnen vor, wenn sie das Gefühl hatte, ich sei bedroht. Sie machte einige aus meinem Gefolge nervös, doch wozu war ich Kaiserin, wenn ich mir nicht meine Grillen erlauben konnte?

Ein paar Wochen danach unternahmen wir einen Ausflug auf den Ölberg, der sich im Osten der Stadt erhob. Mit fortschreitendem Alter wachte ich frühmorgens auf, brauchte aber häufig am Nachmittag ein Nickerchen. Eusebius schlug vor, ich solle frühzeitig aufstehen, um die Sonne über der Stadt aufgehen zu sehen, und ich war einverstanden. Als ich indes in die kühle Dunkelheit der Stunde kurz vor der Morgendämmerung hinaustrat, fragte ich mich, warum ich zugestimmt hatte. In meiner Sänfte aber war ich gut eingemummt, und Leviyah an meiner Seite wärmte mir einen Schenkel. Wir zogen durch die stillen Straßen, dann ins Kidron-Tal hinab und über die holprigen Hänge bergauf, vorbei am Garten von Gethsemane, in dem Jesus mit seiner Sterblichkeit haderte und verraten wurde.
Als wir den Gipfel erreichten, verblassten gerade die Sterne. Die vor uns liegende verschwommene Masse der Stadt nahm Formen und Bedeutung an, als wäre dies der Morgen der Schöpfung und wir Zeugen der Entstehung der Welt. Hierosolyma war vom Charakter her ähnlich wie Rom und bestimmte sich hauptsächlich durch die heiligen Hügel. Ich erblickte den Berg Moria, auf dem die Juden ihren Tempel errichtet hatten. Direkt außerhalb der Stadtmauer im Süden tauchte der Berg Sion aus dem Dunst auf. Immer mehr Ge-

bäude wurden sichtbar, wirkten aber vor dem grauen Himmel noch leblos.
Dann durchdrang die Luft plötzlich ein Strahlen, und vor mir erstreckte sich mein Schatten, als wollte er nach der leuchtenden Stadt jenseits des Abgrunds aus Schatten greifen, der unter uns lag. Bauten, die eben noch aus leblosem Lehm, Mörtel und Stein bestanden hatten, glänzten plötzlich in zahllosen Goldschattierungen.
»Hier hat unser Herr gestanden«, flüsterte Eusebius mir ungewöhnlich gerührt zu. »ER hat seine Schüler in der Höhle unter unseren Füßen gelehrt, und ER hat prophezeit, in Hierosolyma werde kein Stein auf dem anderen bleiben. Und Titus hat SEINE Worte erfüllt.«
Dennoch steht die Stadt noch immer vor uns, dachte ich. Mit Schaudern registrierte ich, wie sich mein Bewusstsein verlagerte und ich nach innen blickte, sodass sich meine Sichtweise veränderte. Noch immer sah ich Hierosolyma vor mir, doch nun war es eine Reihe von Schichten, und die Konturen veränderten sich unablässig, während das Wesentliche erhalten blieb. Worte hallten durch meinen wachen Geist.
»Die Römer waren nicht die Ersten, die diese Stadt vernichteten, und die Juden werden auch nicht die Letzten sein, die sie verlieren. Sie ist schon oft gefallen, und sie wird in Blut und Feuer untergehen und in sauberem Stein immer wieder neu aufgebaut werden, während ein Eroberer nach dem anderen über dieses Land zieht. Die Nachfolger Christi werden sie zu ihrem geheiligten Zentrum machen, doch Menschen eines noch nicht geborenen Glaubens werden sie beherrschen, bis die Kinder Abrahams zurückkehren und wieder Anspruch darauf erheben.
Immer wieder wird Blut über diese Steine fließen, bis nicht nur die drei Glauben Jahwes, sondern alle Kulte, deren Altäre abgerissen wurden, hier wieder beten werden. Denn ich sage euch, dass Hierosolyma ein Ort der Macht ist, und nicht Menschen haben ihn dazu gemacht, sondern vielmehr jene, die von der Kraft berührt wurden,

die sich aus den Tiefen seines Felsens erhebt und die Vereinigung mit dem Himmel sucht …«

Blinzelnd kam ich wieder zu mir. Die gespenstischen Umrisse der vergangenen und zukünftigen Städte verblassten, und die Stadt des Hier und Jetzt enthüllte sich überdeutlich im grellen Tageslicht. Dennoch war mir bewusst, dass die anderen Hierosolymas noch immer vorhanden waren als Teil der Heiligen Stadt, die immer bestehen würde.

»Herrin, ist dir nicht gut?«, flüsterte Cunoarda. Ich hatte mich an sie gelehnt, ohne es zu merken. Eusebius war noch in den Anblick vertieft, und ich stellte erleichtert fest, dass ich nicht laut gesprochen hatte.

»Ich war vorübergehend abgelenkt«, erwiderte ich und richtete mich auf.

Eusebius deutete auf die Bergkuppe, auf der blanker Fels zwischen Olivenbäumen herausragte. »Von dort ist Christus gen Himmel gefahren. Seit jenem Tag haben Christen an dieser Stelle gebetet.«

Ich verneigte mich in Ehrfurcht, wusste aber zugleich, wenn ich die Architekten anwiese, eine Kirche zu bauen, würde sie nicht den Gipfel krönen, sondern sich über der Erdhöhle erheben, in der Jesus seine Jünger in die tiefsten Mysterien einweihte.

In jener Nacht ging ich im Traum einen Berg hinauf. Zunächst glaubte ich, mit einer Gruppe christlicher Pilger auf den Ölberg zu steigen, doch es war ein kleinerer Hügel, und als es heller wurde, sah ich, dass es sich um den Tor handelte. Unter mir erblickte ich die wie Bienenkörbe wirkenden Hütten und die runde Kirche, die Joseph von Arimathia errichtet hatte. Es war demnach das Inis Witrin der Mönche, nicht Avalon. Doch während des Aufstiegs veränderte sich meine Sichtweise, und ich wusste, dass ich beide zugleich sah. Mein Blick wurde noch schärfer, bis ich die Kristallstruktur der Höhlen unter der Oberfläche des Tor sehen konnte.

Mit dem Dezember hielt der Winter in den Bergen von Judäa Einzug und brachte heftige Stürme und anhaltende feuchte Kälte mit sich, die bis in die Knochen drang. Stürme auf dem Mittelmeer ließen eine Rückfahrt nach Rom nicht ratsam erscheinen, die Arbeit an der Grabstätte war nahezu unmöglich, und als ich einen bellenden Husten bekam, der meine üblichen winterlichen Atembeschwerden noch verschlimmerte, schlug Bischof Eusebius vor, ich sollte nach Jericho gehen, wo es wärmer war, während er bliebe, um die Ausgrabung zu beaufsichtigen.
Auf dem Weg nach Jericho veränderte sich die Landschaft. Die Bäume, die in der Gegend von Hierosolyma auf den Bergen standen, wichen Sträuchern, die schließlich in den steinigen Bergen gänzlich zu verschwinden schienen. Bei dem gemächlichen Tempo, das meine schmerzenden Gelenke erforderten, dauerte es drei Tage, bis wir die palmengesäumte Oase erreichten, deren Lehmhütten sich unter den uralten Erdwall duckten. Der Palast des Herodes war verfallen, doch auch hier war ein einheimischer Kaufmann gern bereit, sein Haus einer Kaiserin zur Verfügung zu stellen.
Schließlich ging es mir wieder so gut, dass ich mir die Umgebung ansehen und Leviyah etwas Auslauf verschaffen konnte. Im Vergleich zu den großen Strömen Europas war der Jordan ein eher bescheidener Fluss, selbst dann noch, wenn er infolge des Winterregens anschwoll, doch die grünen Ufer waren ein erfreulicher Anblick. Als wir uns weiter fortwagten, folgten wir dem Fluss bis zum Ufer des Toten Meeres.
Im Westen hingen die Wolken über den Bergen und durchnässten ohne Zweifel noch immer Hierosolyma, hier aber war der Himmel strahlend blau. Zu dieser Jahreszeit gedieh in den Bergeinschnitten ein wenig Vegetation. Allerdings schien es unmöglich, dass Menschen hier leben konnten, bis unser Führer auf einen Reisigunterstand deutete oder auf ein Loch in den steilen Hängen, in dem einer der sogenannten Perfecti

den weltlichen Versuchungen entsagte. Wir schlugen unser Lager unterhalb der Ruinen eines Palasts auf, der den Namen Sekakah trug. In früheren Zeiten hatte darin eine Gemeinschaft jüdischer Heiliger gelebt.

In diesem kahlen Land fand ich zu einem eigenartigen Frieden. Ein Bote wurde zurückgeschickt, um die Versorgung zu holen, die wir für einen längeren Aufenthalt brauchten, und wir ließen uns nieder. Ich badete in dem salzigen Wasser, das warm wie Blut und so mineralhaltig war, dass ich an der Oberfläche wie ein Kind im Mutterleib schwamm. Ich unternahm ausgiebige Spaziergänge am sonnendurchwärmten Ufer, bei denen Leviyah neben mir hertollte.

Auf einem dieser Spaziergänge am helllichten Tag, als die Felsen – vom Wasser ausgespült und zu phantastischen Pilzgestalten geformt – weiß in der Sonne leuchteten, traf ich den alten Mann. Auch er war, ebenso wie ich, herausgekommen, um den Mittag zu grüßen, und stand mit hoch erhobenen Armen am Ufer.

Überraschenderweise verhielt sich Leviyah still, bis der Mann seine Anbetung beendet hatte. Als sie auf ihn zu tänzelte, drehte er sich lächelnd zu ihr um. Ich hielt mich indessen zurück, bis er eine einladende Geste machte. Das Leben in diesem öden Land hatte ihn bis auf die Knochen abmagern lassen. Seine Haut war so ledrig, dass es mir unmöglich war, sein Alter zu schätzen, nur sein graues Haar und der Bart ließen gewisse Schlüsse zu. Außer einem Stück Ziegenfell um seine knochigen Hüften war er nackt.

»Ich dachte, du gehörtest zu jenen, die nicht mit einer Frau reden dürfen«, sagte ich, als wir uns wieder dem Meer zugewandt hatten. Das bleifarbene Wasser schimmerte wie Silber im Sonnenlicht. Ich musste die Augen zusammenkneifen und versuchte das Gefühl zu unterdrücken, diesen Augenblick schon einmal erlebt zu haben.

»Was ist schon männlich oder weiblich, wenn wir als Geister

vor Gott stehen? In der Wüste werden wahre Gegensätze offenbar – Licht gegen Dunkelheit, Hitze bekämpft Kälte«, antwortete er. »Es ist leichter, die Wahrheit zu erkennen. Die Menschen kommen hierher, um als Einsiedler zu leben, weil sie keine Hoffnung mehr haben, dass das Blut des Martyriums ihre Sünden abwäscht. Aber sie sind nicht die Ersten, die in dieser Wildnis Erleuchtung suchen. Die Menschen in Sekakah lebten ein Leben der Reinheit in ihren Höhlen, und unser Herr selbst hat vierzig Tage und vierzig Nächte nicht weit von hier gehungert und wurde vom Teufel versucht.«

»Und du, gehörst du zu jenen, die Weisheit suchen?«, fragte ich und beobachtete Leviyah, die zwischen den Steinen und Zweigen am Ufer herumschnüffelte.

»Noch vor Seiner Zeit hat es hier immer eine kleine Gemeinde gegeben, die bestimmte Lehren weitergegeben hat, welche die etablierten Religionen vergessen hatten. In der Vergangenheit haben Verfolgungen die Traditionen oft zerbrochen. Und jetzt fürchte ich, dass bestimmte Aspekte der uralten Weisheit unannehmbar werden für eine Kirche, die mit Wohlstand und Macht zu leben lernt.«

»Warum sagst du mir das?«, fragte ich und richtete meinen Blick schließlich auf sein Gesicht. Plötzlich wusste ich, dass ich ihn schon einmal gesehen hatte. »Ich bin die Mutter des Kaisers.«

»Selbst in diesem Leben ist das nicht alles, was du bist.« Er streckte die Hand aus und berührte den Punkt, an dem einst der Halbmond von Avalon meine Stirn gesegnet hatte. Woher wusste er es? Meine Stirn war tief zerfurcht, meine Haut von der Sonne gebräunt; die alte Tätowierung war nicht mehr als eine leichte Verfärbung.

»Dadurch erkenne ich in dir die Schwester in einer Tradition, die der meinen verwandt ist, eine Geweihte der Mysterien.«

Ich schaute ihn verwundert an. Hin und wieder hatte ich Priester südländischer Götter getroffen, die erkannten, dass hinter all ihren Kulten eine größere Wahrheit lag, doch ich hatte nie erwartet, einen Christen so reden zu hören.

»Und da ist noch etwas. Ich hatte eine Vision«, sagte er. »Eine Zeit lang hat der heilige Joseph – der, in dessen Grab Christus gelegt wurde – unter uns gelebt, bevor er über das Meer davonsegelte. Er erschien mir in meiner Vision und erzählte mir, dass du kommen würdest. Wenn ich dich träfe, sollte ich dir diese Worte sagen:

›*Folge der untergehenden Sonne an den Beginn deiner Reise, und du sollst durch den Morgennebel von einer Welt zur anderen übergehen …*‹

Hat das eine Bedeutung für dich?«

Jetzt erinnerte ich mich – zweimal hatte ich das geträumt. Ich nickte und weinte, obwohl die warme Luft mir die Tränen trocknete, ehe sie herabfallen konnten.

20. KAPITEL

A. D. 327-328

Kurz vor dem Fest der Wiederauferstehung reisten wir wieder in die Heilige Stadt. An den unteren Berghängen verfärbte sich das lebhafte Grün des Frühlings bereits in sommerliches Gold, doch die Höhen um Hierosolyma erstrahlten im Glanz neuer Blätter, und die Wiesen hatten sich mit roten Butterblumen geschmückt, mit kleinen rosaroten Orchideen, haarigem Flachs und einer Menge anderer Blüten. Es hatte den Anschein, als ob jeder ziehende Vogel in diesem Teil der Welt über Palästina hinwegflöge, und die Luft hallte von ihren Schreien wider.

»Freuet euch! Erfreut euch am Frühling!«, zwitscherten sie. »Kore kehrt zurück aus dem Hades, und der Sohn Gottes erhebt sich aus dem Grab!«

Die dichten Zistrosensträucher an den Hängen in der Umgebung der Stadt waren mit schneeweißen Blüten überzogen, ebenso wie das dornige Reisig des Wüstendorns. Innerhalb der Stadttore wurde man plötzlich versteckter Gärten gewahr, wenn das Trällern eines Vogels oder Blütenduft über eine Mauer zog.

Bischof Macarius' rundes Gesicht leuchtete wie die Blumen. In den beiden vergangenen Monaten waren seine Grabungssklaven ein gutes Stück vorangekommen. Sie hatten einen harten Felsbrocken freigelegt, bei dem es sich eindeutig um die Stätte der Kreuzigung handelte. Dann hatten sie den Hügel darunter ausgegraben, in dessen Hänge viele Gräber eingelassen waren. Doch gerade dieser Erfolg stellte sie vor ein neues Problem, denn keine einzige Öffnung enthielt noch eine Lei-

che, wie sollten sie also sagen, von welchem Grab der Engel den Stein fortgerollt hatte?
Mit einer Hand auf meinen Stock gestützt, mit der anderen auf den Arm eines jungen Priesters, damit er mich auffangen könnte, überquerte ich den Graben und suchte mir einen Weg über das unebene Gelände. Ein Philosoph hätte die gegenwärtige Situation als Möglichkeit zur Überprüfung der Hypothese begrüßt, dass große Ereignisse einen Ort durchaus heiligen, denn diese Stätte war bisher trotz ihrer historischen Bedeutung nicht zugänglich gewesen. In Bethlehem und auf dem Ölberg hatte die fromme Hingabe aus zwei Jahrhunderten ihre Eindrücke hinterlassen, und ich konnte nicht ganz sicher sein, ob die Bilder, die ich empfing, von den Ereignissen herrührten, die dort stattgefunden hatten, oder von der Sehnsucht der Pilger, die daran geglaubt hatten. Für Eusebius genügte die schlichte Identifikation der Stätte, um seinen Glauben zu stärken, Macarius und Konstantin hingegen wollten einen Ort der Macht.
Ich blieb stehen und drehte mich nach links, um den Felsbrocken zu untersuchen.
»Wir halten dies für die Stelle, die man Golgatha nannte, weil der Fels wie ein Schädel aussah. Der Stein hier ist rissiger als die anderen, und ich vermute, dass er deshalb nicht ausgegraben wurde.« Macarius deutete auf die unebene Oberfläche.
Ich legte eine Hand auf den Stein. Nach einer geraumen Weile zog ich sie ruckartig zurück, vor dem Widerhall der Qualen schaudernd. »Das hier war eine Hinrichtungsstätte – die Steine selbst schreien noch vor Schmerz«, flüsterte ich, obwohl ich nicht sicher sagen konnte, wessen Schreie es gewesen waren.
Hinter mir vernahm ich ehrfürchtiges Raunen und seufzte, wusste ich doch, die Geschichte würde noch vor Anbruch der Dunkelheit in der Stadt die Runde machen.
»Sei getrost, edle Dame!«, sagte der junge Priester, als er sah, wie ergriffen ich war. »Sieh, das leere Grab!«

Es gab tatsächlich zwei leere Kammern im Berghang, die noch in gutem Zustand waren, und ein paar andere, die vielleicht einmal Gräber waren, bevor das Gestein zerbröckelte. Offenbar hatte weder Eusebius noch Macarius sich auf ein bestimmtes Grab festlegen wollen, weil sie fürchteten, der andere würde widersprechen. Ich, die ich den Kaiser repräsentierte, sollte entscheiden.

Für alle, die mit der Fähigkeit ausgestattet sind, solche Dinge zu spüren, bergen Orte die Erinnerungen an große Taten, die dort einmal geschehen sind. Doch dieses Grab war im Gegensatz zu den anderen deshalb wichtig, weil die Leiche Jesu Christi nicht darin geblieben war.

»Lasst uns zu Gott beten, dass er uns leite …«, sagte ich zu ihnen. »Begeht den Gottesdienst für die geheiligten Tage hier an dieser Stelle, und vielleicht wird ER uns SEINEN Willen kundtun.«

Palmsonntag war bereits vorbei, und die Stadt war voller Besucher. Spannung lag in der Luft, während sich die Kirche, triumphierend in der Gunst des Kaisers, in die traditionellen Feierlichkeiten stürzte. Ich ließ mich von den Gezeiten der Hingabe tragen. Am Vorabend des Karfreitag ging ich noch einmal zur Grabstätte und hoffte auf eine Eingabe.

Die Gräber waren mir keine Hilfe, doch auf dem Rückweg fiel mir im Graben ein grüner Schößling auf. Ein Arbeiter grub ihn für mich aus. Ich nahm ihn mit in mein Gemach, wo Cunoarda, an meine Exzentrik gewöhnt, einen Topf für mich auftrieb, in den ich ihn pflanzen konnte. Ich saß auf meiner Fensterbank neben dem kleinen Tonbild der drei Göttinnen, das von den Arbeitern ausgegraben worden war.

Die Luft über Hierosolyma schien sich mit den Empfindungen am Karfreitag zu verdunkeln, und die Menschen, die am Fuß von Golgatha zusammengekommen waren, klagten, so wie sie einst um Tammuz geweint hatten, der auch im Frühling

gestorben war. Den ganzen Tag verbrachte ich im Bett und fastete. In diesem halb wachen Zustand, der infolge des Entzugs auftreten kann, schlugen viele Gedanken in meiner Vorstellung Wurzeln und trieben Blüten. Während ich um die Grabkammern wandelte, fielen mir die anderen Gräber ein, die ich gesehen hatte. Mir schien, dass alle drei irdene Leiber waren. Aus der ersten Höhle wurde Christus in die sterbliche Welt hineingeboren, die zweite stellte die Geburt der Weisheit dar, aus der dritten wurde er in die Unsterblichkeit geboren. Seine Jünger verleugneten die Göttin, doch SIE war hier, in der Gestalt der Maria – Jungfrau, Mutter und trauernde Greisin, ebenso in den weiblichen Nischen der Erde selbst, welche die Toten in sich aufnimmt, sodass mit dem Frühling wieder neues Leben sprießen kann.
Da kam mir der Gedanke, dass Eusebius, dessen Religion auf dem Verstand beruhte, nicht begriff, dass man sich, wenn nur eine Gottheit anzubeten war, auf verschiedene Art an sie wenden musste, als Mann und Gott und Mutter, als reiner Geist und in den körperlichen Ikonen, die Zeugnis abgeben von der göttlichen Präsenz, die sich in der Welt offenbart hat. Selbst Aberglaube konnte den Glauben fördern. In dieser Hinsicht hatte Konstantin für sein Volk gesprochen – seine Seele war noch heidnisch genug, um zu wissen, dass äußere, sichtbare Zeichen notwendig waren, damit weltliche Menschen zu innerer, unsichtbarer Gnade fanden.
Als es dunkel wurde, fiel ich in einen unruhigen Schlaf, in dem eine Reihe von Träumen an mir vorbeizog. Im ersten hatte ich den Eindruck, ich sei wach, denn ich war noch in meinem Gemach, doch das Sonnenlicht fiel auf meine Topfpflanze, und ich wusste, dass es Tag war. Dennoch war die Pflanze gewachsen und hatte sich in verschiedene Zweige geteilt, an der sowohl grüne Blätter als auch Dornen sprossen. Noch während ich hinschaute, brachte sie sternenförmige weiße Blüten hervor. Da wurde mir klar, dass es der Dornbusch war,

von dem die Mönche auf Inis Witrin sagten, er sei aus dem Stab entsprungen, den Joseph von Arimathia in den Boden gesteckt habe.

Nach dieser Erkenntnis glitt ich im Traum nach Golgatha, so wie es zur Zeit Titus' ausgesehen hatte. Ich stand in einer Menschenmenge vor dem Felsbuckel. Drei Kreuze waren dort aufgerichtet, und am mittleren sprossen plötzlich Blätter und Zweige und sternenförmige weiße Blüten. Es war kein totes Holz, sondern ein lebender Baum, den wir verehrten, Erneuerung statt Opfer.

Und wieder veränderte sich das Bild. Es war Abend, und die Stadt bebte unter einem bedrohlichen Himmel. Zwei Männer trugen eine primitive Bahre von Golgatha herab, weinende Frauen folgten ihnen. Sie trugen den zerbrochenen Leib eines Mannes. Als sie sich der Bergseite näherten, an der die Gräber lagen, bedeutete ihnen ein Soldat, sie sollten sich beeilen. Da legten sie die Leiche in eine der dunklen Öffnungen und betteten sie auf den festen Lehmboden. Ein großer Stein lehnte am Berg; die behauenen Ränder schimmerten weiß. Stöhnend gelang es den beiden Männern, ihn vor die Öffnung zu rollen. Dann ging der jüngere Mann zu den Frauen zurück und versuchte sie zu trösten. Der Ältere aber hielt einen Moment lang inne. Er sah, dass der Römer die anderen beobachtete, und zog heimlich mit dem Finger das Zeichen eines Geweihten der höchsten Mysterien auf den Stein. Er war besser gekleidet als die anderen – ein Mann mittleren Alters mit leicht ergrautem Bart. Als er sich umdrehte, erhellten die letzten Sonnenstrahlen sein Gesicht. Mit der Sicherheit der Träumenden erkannte ich in ihm nicht nur den Einsiedler, dem ich am Toten Meer begegnet war, sondern auch den alten Mönch, mit dem ich vor so langer Zeit auf Inis Witrin gesprochen hatte.

Am Morgen trug man mich zur Teilnahme an den Feierlichkeiten zur Wiederauferstehung in einer Sänfte hinaus, denn ich war zu schwach, um zu Fuß zu gehen. Es war ein schöner, klarer Tag, und über dem Raunen der Menge erhob sich der triumphale Chor der Vögel. Der tiefe Gesang der Priester ließ mich schaudern. Gold und Juwelen auf den Roben der Priester blitzten in der Sonne auf, und der Dunst des Weihrauchs vom Altar, den sie vor den Gräbern aufgestellt hatten, hing in blauen Schwaden in der ruhigen Luft.

Hier ist Macht, dachte ich, als die Messe zu ihrem Höhepunkt kam. *Es mag nicht die einzige Wahrheit der Welt sein, aber die Geschichte, die sie erzählen, stimmt*. Ich spürte, wie wieder Leben in meine Glieder einkehrte, und als der Bischof die Hände erhob, um uns zu entlassen, stieg ich aus der Sänfte. In der Morgensonne waren die offenen Gräber deutlich hinter dem Altar zu sehen. Vor einer Graböffnung lag der Teil eines großen Steines.

Wenn es tatsächlich so gewesen war, wie es in den Evangelien beschrieben wurde, dann hätten die Ereignisse einen Eindruck der Macht in dem Grab hinterlassen, einer so großen Macht, dass ich Angst hatte, den Stein auch nur zu berühren. Doch vielleicht könnte ich das Zeichen auf dem Stein suchen, denn ich war eine Geweihte derselben Mysterien.

Ich trat auf den Stein zu, und mir war nicht einmal bewusst, dass die Menschen still geworden waren und mich beobachteten, denn ich starrte unverwandt in die dunkle Öffnung hinter dem Stein.

Auf dem felsigen Untergrund lagen weiße Blütenblätter vom heiligen Dornbusch verstreut.

Ich blieb das ganze Frühjahr hindurch bis in den Sommer hinein in Hierosolyma und verhandelte mit den Architekten, die Konstantin geschickt hatte, um Kirchen auf den von mir entdeckten heiligen Stätten zu errichten. Von meinem Fenster aus konnte ich die Grundmauern der Kirche der Heiligen Grabstätte sehen, deren langgestrecktes Schiff nach Osten zeigte, wie es in Konstantins Kirchen üblich war. Wenn man die Türen

öffnete, erstrahlte der Hochaltar im Licht der aufgehenden Sonne. Den Fels von Golgatha hatte man so behauen, dass er in den Kirchhof auf der südlichen Seite passte, und der Berghang hinter dem Grab war so weit abgetragen worden, dass ein Rundbau darüber entstehen konnte.
Man hatte mich dazu erzogen zu glauben, dass sich die ewigen Mächte nicht in Tempeln von Menschenhand einschließen lassen, dass heilige Räume zu verehren, nicht zu besitzen seien. Doch wenn dieser vergoldete Bau, vom Boden bis zur Decke mit Mosaiken verziert, die Pilger eher mit der Pracht der Kirche als mit dem Wunder der Auferstehung beeindrucken würde, dann stand das in der Tradition des Mittelmeerraums. Ich sah eine Zeit voraus, in der die heidnischen Schreine, welche die Landschaft geheiligt und bei den Christen Anstoß erregt hatten, von christlichen Ikonen ersetzt wurden. Ich fragte mich, ob es dann noch Heiden gäbe, die sich über diese Veränderung erregten.

Eines Abends kam Eusebius strahlend zum Essen. Der Kaiser, so sagte er mir, habe beschlossen, mir zu Ehren die Stadt Drepanum als Helenopolis neu zu gründen und dem Märtyrer Lucian dort eine Kirche zu bauen.
»Das ist ein Sieg für die Denkweise der Arianer«, sagte er mir bei Lamm und Gerste. »Denn Lucian war nicht nur der beste Schüler des Theologen Origen, sondern er persönlich hat Arius unterrichtet.«
»Ich dachte, er sei Priester in der Kirche in Antiochia gewesen, der eine neue Ausgabe der Schriften veröffentlicht hat …«
»Das stimmt, aber er wurde von Maximinus in Drepanum hingerichtet. Ihr müsst auf Eurem Rückweg dort Halt machen und der Stadt Euren Segen spenden.«
Das würde Konstantin ohne Zweifel gefallen, dachte ich unglücklich. Mein Sohn war dazu übergegangen, sich als den dreizehnten Apostel zu bezeichnen, womit er praktisch gese-

hen die Verehrung forderte, die früher den Göttern vorbehalten war. Die römischen Kaiser waren seit Jahrhunderten als Götter verehrt worden, doch in der Regel hatten sie bis zu ihrem Tod gewartet, bis sie sich vollends zu einer Gottheit erhoben. Konstantin machte sich allem Anschein nach die östliche Anschauung zu eigen, der zufolge Herrscher als lebende Verkörperungen eines Gottes betrachtet werden. Offenbar wagte niemand ihn daran zu erinnern, dass das Reich Christi nicht von dieser Welt war.

»Es wird Zeit, an die Abreise zu denken«, sagte ich laut. Die Worte des Einsiedlers hallten in mir nach, und Bilder von Avalon spukten durch meine Träume. Doch das privilegierte Leben, das ich derzeit führte, war auch ein Gefängnis – wie konnte ich ihm entkommen? Vorläufig würde es genügen, nach Rom zurückzukehren. Vielleicht wäre ich von dort aus imstande, klarer zu sehen, wo meine Zukunft lag.

Als ich Palästina wieder verließ, war ein ganzes Jahr vergangen. Den Umweg über Drepranum ersparte ich mir, denn ich wollte es lieber so in Erinnerung behalten, wie es war, als ich mit Konstantius dort lebte. Martha, deren Eifer nicht nachgelassen hatte, war in Palästina geblieben, um im Haushalt von Bischof Macarius zu dienen, doch meine treue Cunoarda war bei mir geblieben, ebenso wie mein kanaanitischer Hund. Außer dem kleinen Dornbusch brachten wir noch einige Truhen voller Andenken mit, Geschenke und Gegenstände, die ich schließlich doch hatte kaufen müssen – palästinische Kleider und Tonwaren, Stoffe aus Tyrus und Glas aus Askalon. Rom war mir fremd geworden, ein riesiges Labyrinth aus maroder Pracht, zu dem auch das *Domus Sessorianum* gehörte.

Konstantin weilte noch im Osten und überwachte den Abriss der alten Stadt Byzantium. Er wollte ein neues Rom erschaffen, das seinen Namen tragen würde. Der kleine Junge, der in unserem Garten Festungen angelegt hatte, konnte nun mit einer

ganzen Stadt spielen. Selbst die Bauprojekte des Kaisers Hadrian waren mit solchem Ehrgeiz nicht zu vergleichen. *Wenn Konstantin mit Konstantinopel fertig ist, wird er dann Gott zwingen, ihn die Welt neu erschaffen zu lassen?*, fragte ich mich.
Kurz nach meiner Rückkehr ging ich in die Kirche der Heiligen Marcellinus und Petrus, um am Gottesdienst teilzunehmen und ein goldenes Gefäß zu spenden, das mir der Prokurator in Palästina geschenkt hatte. In einem der Innenhöfe stand ein Sarkophag aus weißem Marmor, verziert mit Reiterreliefs. Konstantin habe ihn in Auftrag gegeben, sagte mir der Priester, doch nun plane der Kaiser ein großes Mausoleum in Konstantinopel, und niemand habe gesagt, was mit dem Ding geschehen solle.
Ich unterdrückte ein Schmunzeln und versicherte ihm, man werde bestimmt eine Verwendung dafür finden. Ich forderte ihn auf, mit seinem Bericht über die Wohltätigkeit der Kirche fortzufahren. Ich hatte daran gedacht, mich auf diesem Gebiet auch weiterhin zu betätigen, doch es war deutlich, dass der Status einer Helena Augusta zu hoch war, als dass sie sich auf diese Weise die Hände schmutzig machen konnte. Zumindest vermutete ich, dass die Ehrerbietung, mit der man mir begegnete, an meiner Stellung lag. Seitdem ich aus dem Heiligen Land zurückgekehrt war, tauchten indes wieder Blumenopfer vor meiner Tür auf, und zuweilen verneigten sich Menschen vor mir derart unterwürfig, wie selbst der Kaiser es nicht verlangt hätte. Es war beunruhigend, und ich erkannte, dass ich mich entweder als Einsiedlerin zurückziehen oder verkleidet durch die Stadt gehen müsste.
Cunoarda war entsetzt, doch ich hatte mir in Palästina ein einfacheres Leben angewöhnt. Ich war nun beinahe achtzig Jahre alt, und ich sagte ihr, ich hätte mir durchaus das Recht verdient, zu tun und zu lassen, was ich wollte, soweit mein alternder Körper es zuließ. Allzu oft wurden die Alten in eine Ecke geschoben, auf ein Landgut geschickt, wo sie ihren

Nachfolgern nicht im Wege standen, oder gar auf die Straße gesetzt, wenn sie keine Kinder hatten, die sich, wenn auch widerstrebend, um sie kümmerten. Eine vergoldete Ikone zu werden, die man sicher in einer Nische an der Wand aufbewahrte und nur an Festtagen herausholte, war nur die bequemere Art, beiseite geschoben zu werden.
Schon einmal war ich beiseite geschoben worden, als Konstantius mich verließ, um Theodora zu heiraten, und ich hatte nicht vor, das noch einmal zuzulassen. Ich mochte zwar alt sein, aber machtlos war ich nicht.
Mir fiel ein, wie ich die Kranken während der Pestepidemie gepflegt hatte, und ich trug Cunoarda auf, in einen Laden zu gehen, der gebrauchte Kleidung verkaufte, und Sachen zu erstehen, die eine arme Witwe tragen würde. Sie kam mit zwei langärmeligen Gewändern zurück, das eine in verschossenem Braun, das andere blassblau, beide sauber geflickt, dazu feste Sandalen und ein paar gebleichte Leinenschleier. Die Priester in der Kirche von Marcellinus und Petrus hatten mich nur mit Schmuck und parfümiert gesehen, das Gesicht zur Hälfte von dem purpurnen Schleier verdeckt. Ich bezweifelte, dass sie mich mit dem weißen Leinen um die Stirn und in formlosem Gewand erkennen würden.
Das traf auch zu. Ich war nur eine unter vielen alten Frauen, die Essen an die Hungernden und Kleider und Medikamente an die Armen verteilten. Die Tätigkeit vertrieb meine Niedergeschlagenheit ein wenig, doch nach einem Jahr in Palästina empfand ich den Winter in Rom als rauh und kalt. Im Dezember wurde ich krank und ging monatelang nicht aus dem Haus.
Während ich in meinem Schlafgemach lag und abwechselnd vor Kälte zitterte und im Fieber brannte, wurde mir klar, dass mein Leben zu Ende ging. Das war das letzte Gleichnis des Alters, uralt, machtlos, unnütz. Ich schrie nach Kraft und Gottes Hilfe und kam gleich einer Geweihten, welche die Tiefen

der Mysterien ergründet, schließlich in einem leeren Schrein zur Ruhe. Hier wurde mir das Geheimnis anvertraut – es gibt keinen Gott und keine Göttin, nur die Macht der Mutter im Menschen selbst, die ihm alle Kraft gibt, und sei es noch so wenig.

Da erkannte ich, dass ich meinen eigenen Folterer geboren hatte, der sich an mir nährte und mich zerstörte. Jetzt, am Ende des Lebens musste ich mich dem ebenso schmerzhaften Prozess unterziehen, mein Selbst zu gebären, ganz allein. Ich musste die Macht über mein Kind aufgeben, mich von ihm lösen und unbeteiligt zusehen, wie er seine Welt baute. Warum überraschte mich das? Hatte ich nicht schon immer gewusst, dass ich nach eigenem Willen handelte – als ich Avalon mit Konstantius verließ und Verantwortung für mein Kind übernahm? Als ich das tat, wurde ich zur Göttin mit derselben rücksichtslosen Macht.

Jetzt hatte ich meinem Kind entsagt, und der Enkel, den ich geliebt hatte, war mir genommen worden. Nun war es jüngeren Frauen gegeben, Kinder auszutragen und sich um sie zu kümmern. Ich konnte Weisheit und Rat weitergeben, doch es war nicht mehr an mir, mich mit weltlichen Angelegenheiten abzugeben, es sei denn, um den Jüngeren meine Erfahrungen zu vermitteln.

Mir blieb nichts außer meinem hohen Alter, meiner nachlassenden Kraft und am Ende dem Tod. Doch allmählich wurde mir bewusst, dass sich mir damit auch eine Möglichkeit öffnete. Als Mutter musste ich mich zugunsten anderer in den Hintergrund stellen. Nun war ich wieder frei, einzig und allein ich selbst, und konnte nur für mich leben. Die Zeugungsfähigkeit hatte der Gestaltungsmöglichkeit Platz gemacht.

Als ich schließlich kräftig genug war, um aufzustehen und herumzulaufen, war der Frühling wieder eingekehrt. Der kleine Dornbusch, den ich direkt vor der Kapelle in meinem Palast

eingepflanzt hatte, war angegangen und setzte nun starke grüne Triebe an, die mit weißen Blüten verziert waren. Wenn ich ihn anschaute, sah ich nicht meine wohlgepflegten Gärten, sondern Nebel über dem Wasser und den sanften grünen Hang des heiligen Tor.
Ich ließ einen Beamten kommen, und mit seiner und Cunoardas Hilfe begann ich, meinen letzten Willen auszuarbeiten. Jede Einzelheit musste bedacht werden, angefangen von der Freilassung jener Mitglieder meines Haushalts, die noch Sklaven waren, bis hin zur Verteilung der Gegenstände, die ich aus Palästina mitgebracht hatte. Ein Männergewand, von dem mir der Kaufmann versichert hatte, Jesus Christus persönlich habe es getragen, sollte dem Bischof in Treveri geschickt werden; ein Satz Stirnreifen, der Heiligen Drei Könige würdig, der Kirche in Colonia. Bischof Sylvester hinterließ ich das *Domus Sessorianum* mit der Anweisung, dessen Reichtümer je nach Bedarf zu verwenden und auf den kleinen Dornbusch Acht zu geben.
Cunoarda zog ein langes Gesicht, doch ich empfand allein die Vorstellung, so vieles abzugeben, als Erleichterung. Wie viel freier würde ich mich fühlen, wenn ich einfach fortginge? Obwohl ich Cunoarda versicherte, es gehe mir besser, war es doch sehr wahrscheinlich, dass der Tod mich recht bald erlösen würde. Und wenn nicht, würde ich eines Tages vielleicht alles hinter mir lassen, was mich in Rom festhielt.
An die Kirche der Heiligen Marcellinus und Petrus schloss sich eine Küche und eine überdachte Fläche an, wo die Armen gespeist wurden. Dort gab es auch ein kleines Gebäude, das als einziges von den Schuppen übrig geblieben war, die früher hier gestanden hatten. Es diente der vorübergehenden Unterbringung der Kranken. Viel Zeit war vergangen, seitdem ich im Gebrauch von Kräutern und Heilmitteln unterwiesen wurde, doch ich wusste von diesen Dingen mehr als die Priester oder die meisten anderen Frauen, und sie waren froh über meine Hilfe, wenn ich kommen konnte.

Ich hatte ihnen gesagt, ich diente einer Familie, die vielerorts Anwesen besaß, und ich müsste oft mit ihnen verreisen, was mich davor bewahrte, einen zu engen Kontakt zu der Gemeinde zu bekommen. Dennoch war es gut, wieder unter normalen Menschen zu sein. In dem Frühling, der auf meine Rückkehr aus Palästina folgte, verbrachte ich drei Nachmittage in der Woche in der Kirche, während Cunoarda allen Bittstellern im Palast die Auskunft gab, ich müsse ruhen.
An einem jener Nachmittage brach die alte Frau aus Gallien beim Essen zusammen und wurde in den Schuppen getragen. Sie war vor ein paar Wochen zu uns gekommen. Sie hieß Drusa und war mit ihrem Sohn in die Stadt gezogen, doch er war gestorben und hatte sie allein zurückgelassen. Sie war mir besonders aufgefallen, weil die anderen Helferinnen meinten, sie sähe mir ähnlich. Vielleicht lag es am keltischen Knochenbau, der uns gemeinsam war. Sie wusste nicht, wie alt sie war, doch ich schätzte, sie war ein paar Jahre jünger als ich.
Drusa starb kurz vor Pfingsten, an dem Tag, an dem ein Bote eingetroffen war, um mir auszurichten, der Kaiser sei auf dem Weg nach Rom. Seitdem hatte ich Magenschmerzen vor Angst, denn ich wusste, dass es zu einer Auseinandersetzung kommen musste, doch der Tod der alten Frau verlieh meinen Ängsten eine neue Bedeutung, und in jenem Moment der Klarheit entwickelte sich in den Tiefen meiner Seele ein Plan.
»Drusa ist meine Schwester in Jesus Christus«, sagte ich dem Priester, »und ich will als ihre Verwandte für ihr Begräbnis sorgen. Heute Nachmittag schicke ich einen Wagen vorbei, der die Leiche abholt.«

Konstantin zog im Triumph in die Stadt ein. Ich nahm nicht daran teil, obwohl ich sogar in meinem Palast die Jubelrufe hörte. Seinem Zeitplan zufolge musste er in der Laterankathedrale einem Gottesdienst beiwohnen, am nächsten Tag eine Rede vor dem Senat halten, woran sich ohne Zweifel ein Ban-

kett anschließen würde. Erst am dritten Tag nach seiner Ankunft kam ein Bote, um mir mitzuteilen, das kaiserliche Gefolge sei auf dem Weg zu mir.
Bis dahin war mein Palast auch hergerichtet, den Kaiser in seiner Pracht zu beherbergen, jede Oberfläche war poliert und glänzte. Konstantin sollte keinen Grund mehr sehen, über die Umgebung seiner Mutter die Nase zu rümpfen. Ich empfing ihn in einem der Privatgemächer, vertraulicher als der Audienzsaal, aber nicht weniger prächtig, seit ich dort die purpurnen Webwaren aus Tyrus und die bunten Teppiche aus Palästina aufgehängt hatte.
Es passt gut zu ihm, dachte ich, als ich aufstand, um ihn willkommen zu heißen. Er kam von einem offiziellen Empfang und trug noch die purpurne, mit Blumenmustern bestickte Toga. Ich hatte die Robe einer Kaiserinmutter angelegt und das Haar mit dem Perlendiadem geschmückt.
Drei kleinere, ähnlich gekleidete Gestalten folgten ihm. Im ersten Augenblick hielt ich sie für Zwerge, die den Kaiser noch größer erscheinen lassen sollten. Beim zweiten Hinsehen erkannte ich, dass es Jungen waren, alle drei mit dunklen Haaren und einer Haut, die nicht genug Sonne bekam. Sie schenkten den Schönheiten des Raums herablassende Blicke und ließen sich auf die großen Kissen neben dem Tisch fallen, auf den ich ein Tablett mit Feigengebäck in Honig gestellt hatte, das Konstantin früher so liebte.
»Mutter, du siehst gut aus …«
Alt sehe ich aus, dachte ich, als der Kaiser meine Hände nahm und an seine Wange legte. Selbst wenn ich gewollt hätte, die höfische Kleidung erlaubte keine liebevollere Begrüßung.
»Ich habe dir meine Jungen mitgebracht – Konstantinus, Konstantius, Konstans, begrüßt eure Großmutter.«
Die Namen mochten ihren Erzeuger kundtun, doch vom Aussehen her waren es Faustas Söhne, die ich zuletzt gesehen hatte, als sie noch sehr klein waren. Der Älteste musste inzwi-

schen etwa elf Jahre alt sein, und die beiden anderen ein und drei Jahre jünger. Als sie zögernd von den Süßigkeiten abließen und sich erhoben, um sich zu verbeugen, fragte ich mich, was man ihnen wohl über den Tod ihrer Mutter gesagt hatte.
»Hast du Pferde?«, fragte Konstantinus. »Ich habe ein weißes Pony, auf dem ich in der Prozession geritten bin.«
Ich verdrängte die Erinnerung an das weiße Ross, auf dem Crispus bei unserem triumphalen Einzug in Rom geritten war. Wenigstens versuchte dieses Kind, höflich zu sein. Seine Brüder schlenderten bereits durch den Raum, zogen an den Vorhängen und nahmen die Alabastervasen und die zarten Bronzefiguren in die Hand.
»Ich bin zu alt für das Reiten, aber ich habe Hunde. Wenn du in meinen Garten gehen willst, kannst du mit ihnen spielen.«
Leviyah würde diesen Kindern mit der Vorsicht eines wilden Tieres ausweichen, doch meine anderen Hunde waren freundlich. Mit Mühe unterdrückte ich die Erinnerung daran, wie Crispus mit meinen Hunden zu spielen pflegte.
»Ja, geht doch ein bisschen nach draußen, ihr Jungen! Es ist ein schöner Tag!«
Die Jungen kannten offensichtlich den Unterschied zwischen väterlicher Nachsicht und kaiserlichem Befehl und widersprachen nicht, als der Diener, den ich herbeigerufen hatte, sie hinausführte, vor allem, als ich das Silbertablett mit den Süßigkeiten Konstantinus in die Hand drückte.
»Es sind feine Kerle«, sagte Konstantin voller Zuneigung, während er ihnen nachschaute.
Es sind ungezogene Bälger, dachte ich, aber sie waren sein Problem, nicht das meine, und er hatte sie verdient.
»Ich habe sie gern um mich«, fuhr er fort. »Weißt du, es gibt Menschen, die sie gegen mich benutzen würden, jung, wie sie sind.«
Ich nickte und setzte mich auf einen der geschnitzten Elfenbeinstühle, dessen abgerundete Lehne mit Szenen über Pene-

lope und Odysseus verziert war. Auf dem Gegenstück, das unter Konstantins Gewicht ächzte, waren Dido und Aeneas dargestellt.

Wie kommt es, dass ich einen so alten Sohn habe?, fragte ich mich. Seit unserem letzten Zusammentreffen waren seine Wangen ein wenig eingefallen, und sein Gesicht zeigte tiefe Furchen, die Ärger und Misstrauen ebenso eingegraben hatten wie die Last der Macht. Anscheinend hatte er sich von der Tragödie um Crispus und Fausta erholt, aber nicht ohne Narben davongetragen zu haben.

»Deine Reise nach Palästina war ein großer Erfolg.« Konstantin goss sich einen Kelch voll Wein aus dem Krug, der neben den Süßigkeiten auf dem Tisch gestanden hatte. »Auch wenn sie sich sonst über nichts einig sind, so preisen Eusebius und Macarius doch gemeinsam deine Tugenden.«

Er verzog das Gesicht, als er sich an seinen Kampf erinnerte, die Bischöfe zu einer Einigung zu zwingen. Ich hatte gehört, dass der Kompromiss von Nicäa bereits abbröckelte. Früher hatten die Menschen ihren Göttern je nach ihrem Naturell gedient, und niemand hätte den Versuch für sinnvoll gehalten, alle zur selben Betrachtungsweise zu zwingen.

»Wie ich gehofft habe, beginnt das Bild der kaiserlichen Familie wieder hell zu leuchten. Jetzt hätte ich gern, wenn du eine Reise zu den Kirchen unternähmest, die der heilige Paulus in den Städten der griechischen Diaspora gegründet hat.«

»Nein.« Obwohl ich in den Worten Jesu Christi eine große Schönheit entdeckte, wurde mir immer stärker der Unterschied zwischen den Wahrheiten bewusst, die er lehrte, und der Kirche, die Paulus in seinem Namen eingerichtet hatte.

Konstantin redete noch immer. Ich räusperte mich. »Nein – ich werde keine Reisen mehr für dich unternehmen.«

»Aber warum? Bist du krank?« Der Kaiser riss die Augen auf, als ihm bewusst wurde, dass ich ihm eine Bitte abgeschlagen hatte.

»Es geht mir ganz gut zur Zeit, aber ich bin alt. Ich habe dir und dem Imperium gedient. In der Zeit, die mir noch bleibt, muss ich für mich selbst sorgen – für das wahre Ich, das so lange vernachlässigt wurde, während ich den Bedürfnissen anderer nachkam.«

»Willst du dich aus der Welt zurückziehen? Vielleicht einer Gemeinschaft heiliger Frauen beitreten, die für das Imperium beten ...«

Ich sah ihm an, dass er bereits Strategien ersann. Ich konnte ihm nicht einmal einen Vorwurf machen – diese Fähigkeit, aus allem einen politischen Nutzen zu ziehen, war vermutlich einer der Gründe, warum er als Kaiser so erfolgreich war. Doch in einer Welt, die voller Geschichten über junge Menschen war, die gegen ihre Eltern rebellierten, hatte ich nie überlegt, wie schwer es einem älteren Menschen fallen würde, sich von den Kindern zu befreien.

»Ich werde nicht in deine Gemeinschaft christlicher Vestalinnen gehen, Konstantin«, sagte ich schroff. »Aber ich werde fortgehen.«

»Das kann ich nicht zulassen ...« Konstantin schüttelte den Kopf. »Du bist hier zu nützlich für mich.«

»Nützlich!« Nun wurde ich doch noch wütend. »Wie nützlich werde ich sein, wenn ich anfange, Crispus' Tod als Mord zu bezeichnen, oder verkünde, wie enttäuscht ich vom Christentum bin und Opfer im Tempel der Juno Regina auf dem Kapitol bringe?«

»Das wirst du nicht tun! Ich kann dich hier einsperren ...« Konstantin war halb aufgestanden, und sein Gesicht war gefährlich gerötet.

»Glaubst du, ich hätte keine Vorkehrungen getroffen?«, fuhr ich ihn an. »Ich bin deine Mutter! Ich habe Briefe verteilt, die in einer Woche verschickt werden, wenn ich sie nicht persönlich zurückrufe!«

»Du wirst sie zurückrufen!«

»Oder du bringst mich um, wie du es mit Fausta gemacht hast? Ich bin alt, Konstantin, und der Tod schreckt mich nicht. Weder Drohungen noch Schmerz werden meinen Willen beugen!«
»Bist du noch Christin?« Das war kein Eigeninteresse, sondern eine tief sitzende, abergläubische Furcht.
Ich seufzte. Wie konnte ich es ihm begreiflich machen?
»Ich habe mich immer gefragt, warum ein Mensch, der nur eine Farbe sieht, als behindert gilt, er aber gelobt wird, wenn er nur eine Gottheit anerkennt. Ich glaube, Christus hatte die Macht Gottes, und ich verehre seine Lehren, aber ich weiß, dass auch die Göttin in ihren mannigfaltigen Gestalten ihre Kinder liebt. Versuche nicht, mich als Christin oder Heidin festzulegen, Konstantin.« Ich holte tief Luft und erinnerte mich an das Zeichen, das Joseph von Arimathia auf das Grab gezogen hatte. »Ich bin Dienerin des Lichts. Das soll dir genügen.«
Ein langes Schweigen trat ein, und am Ende senkte Konstantin den Blick.
»Mutter, ich verstehe dich nicht – was willst du?«
Selbst jetzt wollte ein Teil von mir ihn umarmen und trösten, wie ich es vor so vielen Jahren gemacht hatte, doch ich durfte nicht zulassen, dass dieser Teil mein Handeln bestimmte.
Ich atmete tief durch und antwortete freundlich: »Ich will meine Freiheit, Konstantin.«
Endlich begriff ich den Irrtum, der mir vor so langer Zeit unterlaufen war. Wir bringen unsere Kinder zur Welt, aber wir erschaffen sie nicht. In meinem Stolz hatte ich Konstantin für die Rechtfertigung meines Daseins gehalten und mir seine Sünden ebenso wie seine Leistungen zu eigen gemacht. Ich konnte für ihn beten, doch Konstantin war ein unsterblicher Geist. Obwohl er durch mich auf diese Welt gekommen war, durfte ich weder das Schicksal, das seine Taten verdient hatten, auf mich nehmen noch ihm das meine anlasten.
»Aber wie? Was sollen denn die Leute sagen?«

»Du kannst ihnen sagen, ich sei tot, denn für dich und für diese Welt werde ich tatsächlich gestorben sein.«
»Wie meinst du das? Was wirst du tun?«
»Ich werde die Welt, die du kennst, verlassen und an einen Ort gehen, wo du mich niemals findest. In der Kapelle meines Palastes liegt die Leiche einer armen Frau dieser Stadt. Du kannst sie in der Grabstätte der Kirche der Heiligen Marcellinus und Petrus beisetzen – eine alte Frau sieht aus wie die andere, und die Leute sehen, was sie sehen wollen. Erzähl ihnen, was du willst, Konstantin, beweine die Ikone der Helena, die du geschaffen hast, um deinen Ruhm zu mehren. Aber lass mich gehen!«
»Du bist meine Mutter«, begehrte er auf, und sein Blick glitt ins Leere ab. »Du kannst mich nicht im Stich lassen …«
»Deine Mutter ist tot.« Ich erhob mich. »Du sprichst mit einer Erinnerung.«
Er streckte die Hände aus, doch ich hatte einen Schleier des Schattens um mich gezogen, wie ich es vor langer Zeit in Avalon gelernt hatte, und seine Finger schlossen sich um Luft.
»Mutter!«, schrie er, und dann, leiser: »Meine Mutter ist tot, und ich bin allein!«
Trotz meiner Entschlossenheit traten mir Tränen in die Augen. Ich wandte mich ab, ein Schatten wich in den Schatten, und eilte aus dem Raum. Während ich durch den Korridor hinkte, hörte ich den Herrn des Imperiums um die Mutter weinen, die er nie wirklich gekannt hatte.

In dieser Nacht starb Flavia Helena Augusta.
Mit Hilfe von Cunoarda und der einen oder anderen Dienerin, die wusste, was wirklich mit Crispus und Fausta geschehen war, und uns helfen wollte, wurde Drusas Leiche in mein Bett gelegt und von dort sogleich zur Einbalsamierung gegeben, sobald sich die Kunde über den Tod der Mutter des Kaisers in Rom verbreitete.

Es war eigenartig, mein eigenes Ableben zu inszenieren, obwohl es die notwendige Voraussetzung für meine Wiederauferstehung war. Ich war erstaunt über die Woge der Trauer, die über die Stadt hinwegrollte, obwohl ich doch wusste, dass die Menschen nicht um mich klagten, sondern um ein Bildnis der Heiligen Helena, das zum größeren Teil von Konstantins Propagandisten erschaffen war. Vielleicht hatte ich in der Stadt ein paar gute Werke getan, doch in dieser Wundertäterin erkannte ich mich nicht wieder.

Die Luft um den Palast war schwer vom Duft der Blüten, die das Volk vor den Toren aufgehäuft hatte, welche bereits mit Zypressenzweigen zum Zeichen der Trauer behängt waren. In der Tat hieß es, in ganz Rom sei keine Blume mehr zu finden, so viele waren hier und an provisorischen Schreinen überall in der Stadt geopfert worden.

Bei all dem trauerte Konstantin am meisten. Er tauschte seinen Purpur gegen die weiße Trauerkleidung ein, und sein Gesicht war ausgezehrt vor Qual. Niemand hätte seinen Kummer anzweifeln können, und ich glaubte auch, dass er sich einredete, die verhüllte Leiche in der Kapelle sei wahrhaftig seine Mutter. Selbst wenn ich meine Meinung änderte, gäbe es nun keinen Weg mehr zurück. Ich hatte Konstantin zu sehr verletzt, und er würde dafür sorgen, dass ich bald wirklich tot wäre, sollte ich eine öffentliche Wiederauferstehung versuchen.

Bischof Sylvester sollte mein Testament vollstrecken, und Cunoarda sollte ihm bei der Verteilung meiner Güter helfen. Ich hatte sie großzügig versorgt, und wir hatten geplant, dass ich in Ostia auf sie warten würde. Doch dann ergriff mich das morbide Verlangen, meine eigenen Trauerfeierlichkeiten anzusehen, und ich versteckte mich in meiner bäuerlichen Verkleidung in den bescheidenen Räumen neben der Kirche der heiligen Marcellinus und Petrus, die ich als Teil meiner Maskierung gemietet hatte.

Am achten Tag nach meinem »Tod« hielt Bischof Sylvester meine Begräbnismesse. Die große Laterankathedrale war überfüllt, denn alle Persönlichkeiten der Stadt nahmen daran teil, ob sie Christen waren oder nicht. Die Ärmeren, zu denen auch ich gehörte, drängten sich am Eingang. Die großen Tore standen offen, und von drinnen hörte man das Echo der Gesänge. Hin und wieder zog eine Spur Weihrauchduft vorüber. Im Großen und Ganzen war ich jedoch erleichtert, nicht den Lobreden zuhören zu müssen.
Als es schließlich vorbei war, tauchte der Leichenzug auf, um die Totenbahre aus Zedernholz zum Sarkophag zu tragen, der nicht weit von uns vor der Kirche der Heiligen Marcellinus und Petrus wartete. Konstantin ging der Bahre voraus, barfuß. Seine Söhne begleiteten ihn. Ich sah Cunoarda zwischen den verschleierten Frauen, die hinter ihm hergingen. Die weinende Menge schloss sich ihnen an, und ich ließ mich mit ihnen treiben.
Ich hatte die christliche Haltung gegenüber Gebeinen nie richtig verstanden. Die heidnischen Römer verabscheuten Verschmutzung und legten Wert darauf, dass ihre Toten vor der Stadt begraben wurden. Die Straßen, die aus jeder römischen Stadt führten, waren von Grabstätten gesäumt. Die Gräber von Helden und Kaisern waren Mausoleen für sich, in denen die Opfer der Pilger sie auf ihrem Weg zur Gottheit voranbrachten. Selbst in Palästina verehrten die Menschen die Gräber der Patriarchen. Die Gräber der Großen verwurzelten das Volk in seinem Land.
Doch die christlichen Toten wurden in den Kirchen beigesetzt, mitten in den Städten. Jede christliche Kirche, die Anspruch auf Größe erhob, hatte bereits ihren Märtyrerschrein, in dem ein Heiliger lag, der sogleich Heiligkeit errungen hatte, nachdem er ermordet worden war. Mit dem Ende der Verfolgungen jedoch blieben die Märtyrer aus. Ich fragte mich, ob sie am Ende gezwungen wären, die Leichen auseinander zu nehmen,

um sie an verschiedene Orte zu tragen – einen Fingerknochen hier und einen Fuß anderswo, meilenweit entfernt? Bischof Macarius hatte Recht. Die Menschen lechzten nach einem körperlichen Beweis dafür, dass ihr Glaube in dieser Welt ebenso existierte wie im Himmel. Doch an irgendeinem Punkt würden sie lernen müssen, ohne solch greifbare Verbindungsstücke auszukommen. Ich unterdrückte ein hysterisches Kichern bei der Vorstellung, wie Gott versuchte, diese verstreuten Einzelteile einzusammeln, um die Leichen seiner Heiligen am Tag des Jüngsten Gerichts wieder zusammenzustellen.
Natürlich war das berühmteste aller Gräber leer, und ich hatte meine Zweifel hinsichtlich der Gräber einiger Apostel nach so vielen Jahren. Vielleicht sollte ich mir über die Tatsache, dass die Knochen in diesem Sarkophag nicht mir gehörten, keine allzu großen Sorgen machen. Wichtig war, dass die Menschen glaubten, meine Leiche läge dort. Und wenn ihre Gebete die arme Seele, deren Leiche mich vertrat, noch schneller gen Himmel beförderten, dann war das nicht mehr als recht und billig. Das schuldete ich der Frau, deren Tod mir meine Freiheit geschenkt hatte.

21. KAPITEL
A. D. 329

»Tot zu sein ist gar nicht so schlimm. Tatsächlich fühle ich mich mit jedem Tag lebendiger.« Ich lächelte Cunoarda aufmunternd zu.

Wir hatten überlegt, mich als ihre Mutter auszugeben, doch die Freigelassene der Kaiserin war vielen bekannt, und es schien klüger, zu behaupten, ich sei eine alte britannische Dienerin namens Eilan. Zu sehen, wie Cunoarda es zu vermeiden suchte, mir Befehle zu erteilen, wäre amüsant gewesen, hätte ich nicht gewusst, wie sehr es sie belastete. Sie war inzwischen dreißig und kein Mädchen mehr. Trotzdem wären ihr rotes Haar und die wohlgerundete Figur hübsch anzusehen gewesen, wenn sie nicht so ein verängstigtes Gesicht aufgesetzt hätte. Durch meinen letzten Willen besaß sie nun genügend Geld, um sich ein nettes kleines Anwesen irgendwo im Imperium zu kaufen. Auch einen Gemahl hätte sie sich zulegen können, wenn sie gewollt hätte. Ihre Treue beschämte mich Tag für Tag aufs Neue, je länger sie bei mir blieb.

Fast zwei Monate waren nun vergangen, seitdem wir in der grauen Morgendämmerung eines frühen Sommertages in Ostia an Bord eines Schiffes gegangen waren. In Massilia hatten wir einen bescheidenen Wagen gekauft und die lange Reise nach Britannien angetreten.

»Fühlst du dich wirklich kräftiger?«, fragte Cunoarda.

Ich nickte. Mir war nicht bewusst gewesen, wie stark die steifen Roben und die Zeremonien meiner alten Identität mich belastet hatten. Ohne sie fühlte ich mich körperlich und geistig leichter, und die Kurzatmigkeit, unter der ich in Rom gelit-

ten hatte, war beinahe vergangen. Tief sog ich die nach Heu duftende Luft ein, als könnte ich das Sonnenlicht trinken. *Bald,* dachte ich, *werde ich so leicht, dass ich entschwebe.*
Schweben wäre im Übrigen eine bequemere Art der Fortbewegung gewesen. Die Strecke, die wir gewählt hatten, führte uns durch das Rhodanus von Arelate nach Lugdunum, von dort ging es durch die Felder und Hügel Galliens. Leider hing der Zustand der Straße in jedem Abschnitt von der Fürsorge der dafür zuständigen Verwaltung ab. Ein Jahr zuvor noch hätte ich mich geweigert, ohne gut gepolsterte Sänfte und eine Truppe leichtfüßiger Nubier als Träger zu reisen, doch ich ertrug das Holpern des Wagens überraschend gut.
Hätte ich gewusst, wie sehr ich meine Freiheit genießen würde, dann hätte ich schon vor Jahren die Flucht ergriffen, dachte ich. Doch vor Jahren, ermahnte ich mich bitter, hatte ich noch gehofft, das Imperium durch meinen Sohn retten zu können.
Nun erkannte ich die Hügel um Treveri wieder. Hier einen Halt einzulegen war riskant, doch ich bezweifelte, dass jemand zweimal hinschauen würde angesichts einer alten Frau mit sonnengebräuntem Gesicht unter dem breiten Hut und eingehüllt in ein geflicktes Schultertuch.
Sobald wir die alte Brücke über die Mosella überquerten und uns durch die Stadt schlängelten, fielen mir Veränderungen auf. Der Palast, den ich Crispus geschenkt hatte, war teilweise zerstört und wurde als Doppelkathedrale wieder aufgebaut. Inzwischen lagen die Königinnenfresken, die seine Ehegemächer verziert hatten, wahrscheinlich zerkleinert unter dem neuen Boden.
Die Frau, die das Wirtshaus führte, in dem wir Zimmer mieteten, sprudelte nur so über vor Klatsch. Von ihr erfuhren wir, dass die Bäder, in denen Fausta gestorben war, jetzt dem Bischof gehörten. Den großen Kampfübungsraum hatte man ebenfalls zu einer Kirche umgebaut und die übrigen Gebäude abgerissen.

Niemand äußerte die Vermutung laut, aber offensichtlich dachte jedermann, Konstantin versuche, sich genug Gebete zu erkaufen, um die Erinnerung an seine Verbrechen reinzuwaschen. Geläutert aber wurde eher die Erinnerung an Crispus. Die Menschen von Treveri hatten ihren jungen Befehlshaber geliebt und waren verärgert darüber, dass die Statuen und Inschriften, die ihn einst gerühmt hatten, nicht wieder aufgestellt wurden.
Es war viele Monate her, seit ich etwas von seiner Frau Helena gehört hatte.

»Denke daran, dass du mir das Reden überlässt, solange wir die Situation nicht genau kennen.« Cunoarda warf einen nervösen Blick hinter sich. Außer einem Sklaven, der die Pferdeäpfel vor der Haustür seines Herrn aufkehrte, war die Straße leer. Es bestand immer die Möglichkeit, dass jemand im Dienst des Kaisers Cunoarda verfolgen ließ, doch hatten wir während unserer langen Reise nichts dergleichen bemerkt.
Ich zog den Schleier vor, um mein Gesicht zu verbergen. »Ich verstehe.«
Das Haus von Lenas Eltern befand sich in einer stillen Straße außerhalb von Treveri, rechts und links gesäumt von gepflegten Häusern. Die Fassade war allerdings länger nicht geweißelt worden, und neben der Tür war der Putz an einer Stelle abgebröckelt. Es dauerte lange, bis man auf unser Klopfen reagierte. Dann öffnete ein Mädchen die Tür, das die Haare mit einem Lappen hochgebunden hatte, als hätte es gerade geputzt.
Cunoarda und ich tauschten Blicke. Das letzte Mal, als wir hier waren, hatte uns ein Türsteher hereingebeten. Aus dem Innern des Hauses hörte ich jedoch fröhliches Kinderlachen.
»Ist dein Herr oder deine Herrin zu Hause?«
»Caecilia Justa liegt im Bett. Sie war krank.«
»Oder die edle Helena – ist sie da?«

Das Mädchen betrachtete uns mit plötzlich aufsteigendem Argwohn, und nickte dann, nachdem sie offensichtlich zu der Erkenntnis gekommen war, dass Cunoarda ein ehrliches Gesicht hatte. »Sie ist mit dem Kind im Atrium.«

Beim Durchqueren der Eingangshalle fiel mein Blick auf den Altar für die Laren der Vorfahren, vor dem eine Öllampe brannte, was mir zeigte, dass die Familie, wie so viele Angehörige der alten Aristokratie, an der überlieferten Religion festhielt. Obwohl man offenbar schwere Zeiten durchgestanden hatte, versuchte der Haushalt, einen anständigen Standard beizubehalten. Die abgenutzten Bodenfliesen im Atrium waren sauber, die Pflanzen in den irdenen Töpfen waren gewässert und beschnitten.

Auf der anderen Seite des Springbrunnens spielte ein kleines Mädchen, dessen helles Haar jedes Mal golden aufleuchtete, sobald es ins Sonnenlicht hüpfte. Sie musste etwa vier Jahre alt sein. *Das ist ein echtes Kind aus Konstantius' Stamm*, dachte ich. Wie würde seine Zukunft aussehen, wenn Faustas dunkelhaarige Nachkommen an die Macht kamen?

Ich wollte sie in die Arme schließen, doch ich blieb hinter meinem Schleier verborgen. *Ich bin tot*, sagte ich mir, *ich habe jetzt kein Recht an ihr*.

Als wir eintraten, drehte sich die Frau, die dem Kind beim Spiel zugesehen hatte, zu uns um und begrüßte uns. Crispus' Gemahlin war noch schmaler als das letzte Mal, da ich sie gesehen hatte, doch sie war noch immer schön. Ihr trauriger Blick fiel auf Cunoarda.

»Ich erinnere mich an dich. Du warst mit der Kaiserin hier.«

Cunoarda nickte unangenehm berührt. »Meine Herrin hat mich beauftragt, gewisse Vollmachten zu erteilen, die sie in ihrem Testament nicht öffentlich bekannt geben wollte. Ich habe eine Zahlungsanweisung für einen Bankier hier in Treveri mitgebracht, damit das kleine Mädchen versorgt ist.«

Lena traten Tränen in die Augen. »Gesegnet sei ihr Andenken!

Crispus ist gerächt, doch die Frau hat gewonnen. Jedermann weiß, dass wir in Ungnade gefallen sind, und wir sind geächtet. Mein Vater ist im Herbst letzten Jahres gestorben, und wir mussten lernen, uns mühsam durchzuschlagen.«
»Dann freut es mich, dass ich dir die Vollmacht der Kaiserin bringen kann«, sagte Cunoarda. Wir setzten uns auf die andere Bank, und die Dienerin brachte ein Tablett mit eingelegten Früchten und einem Krug Gerstenwasser, das an einem so warmen Tag sehr willkommen war. Obwohl Lena dünn war, schien sie weniger zerbrechlich, als hätten die Feindseligkeiten eine Kraft in ihr geweckt, die sie zuvor nie benötigt hatte.
»Ich wünschte, Geld wäre meine einzige Sorge«, sagte Lena. »Nach dem Tod meines Vaters hat mein Onkel über meine Mutter zu bestimmen. Er ist bereit, sie bei sich aufzunehmen, aber Crispa und ich sind eine Verpflichtung, die selbst ein Vermächtnis nicht aufheben kann. Ich fürchte, es wird mich nur noch attraktiver für einen der Bauern machen, denen er mich angeboten hat. Es ist mir gleichgültig, was mit mir geschieht«, fügte sie verbittert hinzu, »aber was ist mit meiner Kleinen, wenn sie nur vor der Wahl steht, als Arbeitstier eines Bauern in Sicherheit zu leben oder zu sterben, wenn sie versucht, ihr Erbe in Rom zu einzufordern?«
Ich hielt es nicht länger aus. Cunoarda schnappte nach Luft, als ich mich vorbeugte und meinen Schleier zurückwarf. »Sie hat noch ein anderes Erbe.«
Lena riss die Augen auf, und im ersten Moment dachte ich, sie würde ohnmächtig.
»Aber du bist in Rom gestorben …«
»Ich bin für Rom gestorben«, verbesserte ich sie. »Wenn ich mich dir jetzt offenbare, lege ich mein Leben in deine Hände. Hör zu, Lena, du und Crispa seid alles, was mir von meinem Enkel geblieben ist, den ich von Herzen geliebt habe. Ich gehe an einen Ort, an dem mir selbst der Kaiser nicht folgen wird. Hast du den Mut, mit mir zu gehen?«

Ich spürte Cunoardas missbilligende Blicke auf mir. Sie hatte nie wirklich daran geglaubt, dass wir entkommen könnten, und hielt unsere Chancen ohne Zweifel für noch geringer, wenn wir uns mit dieser zerbrechlichen Frau und einem Kind belasteten.
Leichte Röte stieg in Lenas Wangen und verschwand wieder, sodass sie am Ende blasser war als zuvor. »Ich habe mich immer gefragt, warum Crispus mich heiraten wollte«, flüsterte sie. »Er war so ruhmreich und tapfer, und ich hatte immer Angst. Aber ich sehe, dass der Zeitpunkt gekommen ist, an dem ich mich würdig erweisen kann. Ich werde mit dir gehen, Herrin, ob zu den Hesperiden oder in den Hades!«
»Unsere Reise führt uns zu den Hesperiden, Liebes«, sagte ich leise, »auf die Apfelinsel Avalon …«
Crispa, die die Erregung ihrer Mutter spürte, hüpfte herbei und stellte sich neben Lenas Knie. Ihr Blick wanderte von unseren Gesichtern auf die kandierten Feigen auf dem Tisch und wieder zurück.
»Crispa«, sagte ich leise. »Erinnerst du dich an mich?«
Sie zog die Stirn kraus, und einen Moment lang sah ich eine uralte Seele, die mich aus ihren blauen Augen anschaute.
»Du bist meine Mutter«, lispelte sie. Lena und Cunoarda tauschten besorgte Blicke, doch ich streckte die Hand aus und ergriff die warme kleine Hand des Mädchens.
»Ja, das war ich, aber in diesem Leben bin ich deine zweite Avia, deine Urgroßmutter, meine Kleine«, sagte ich. »Möchtest du mit mir auf eine Reise gehen?«

Als wir auf Ganuenta ankamen, waren neue Silberfäden in Cunoardas Haaren aufgetaucht. Doch falls die Agenten des Kaisers uns beobachteten, dann hatten sie keinen Befehl, uns zu behelligen. Als wir den Rhenus bei Mogontiacum erreichten, verkauften wir Pferd und Wagen und gingen an Bord eines Lastkahns für Holztransporte. Es war eine angenehme Art zu reisen, und die spektakuläre Schluchten des Flusses nördlich der Stadt ließen selbst Cunoarda staunen. Die größte Gefahr bestand darin, dass Crispa, die mit der Geschmeidigkeit eines Affen auf dem Lastkahn herumkletterte, über Bord fallen könnte.

Der Rhenus trug uns rasch vorbei an den Außenposten, die Rom zur Bewachung der Grenzen eingerichtet hatte. Als wir uns an Colonia vorübertreiben ließen, blickte ich auf die Mauer, auf der Konstantius mir gesagt hatte, dass wir uns trennen müssten, und ich merkte, dass die alte Wunde in meinem Herzen endlich verheilt war. Neuerdings musste ich nur die Augen schließen, um sein Bild heraufzubeschwören, und ich erlebte unsere glücklichen Zeiten aufs Neue.

Zuweilen, wenn ich so dasaß, hörte ich Lena ihrer Tochter zuflüstern, sie solle leise sein, denn alte Menschen schliefen oft und dürften nicht gestört werden. Neuerdings war es jedoch nicht Schlaf, der mich überkam, sondern es waren Wachträume, die man Erinnerungen nennt. Crispus kuschelte sich in meine Arme, warm und goldgelockt und so wirklich wie die kleine Tochter, die ich vor mir sah, wenn ich die Augen aufschlug. Wenn ich in meiner Koje auf dem Lastkahn lag, streckte sich Konstantius neben mir aus und erzählte mir, was er in den Jahren unserer Trennung gemacht hatte. Selbst Konstantin kam hin und wieder in Gestalt des Jungen zu mir, der er war, ehe er sich an dieser Krankheit ansteckte, die sich Imperium nennt. Je länger unsere Reise andauerte, umso öfter suchten mich die Bewohner Avalons auf.

Ich lernte rasch, diese Geisterscheinungen nicht zu erwähnen. Schlimmstenfalls glaubten meine Begleiterinnen, mein Verstand drifte ab, und bestenfalls bereitete es ihnen Unbehagen. Zum Glück wurde Lena mit jeder Meile, die wir uns von Treveri entfernten, kräftiger und gesünder, und sie verbündete sich mit Cunoarda. Wer sich Cunoardas offen gezeigter Tüchtigkeit widersetzte, war in der Regel umso mehr mit Lenas

aristokratischen Manieren zu beeindrucken, und ich fand, dass ich ihnen die Organisation unserer Reise überlassen konnte.
Warum hatte mir niemand gesagt, dass das Alter neben Schmerzen auch Geschenke bereithielt? Als Kind hatte ich mich immer gewundert, warum die alten Priesterinnen so zufrieden aussahen, wenn sie in der Sonne dösten. Sie wussten es, dachte ich lächelnd. Zuweilen, wenn ich auf der Schwelle zwischen Schlaf und Wachträumen schwebte, kamen mir Menschen und Szenen in den Sinn, die ich aus einem anderen Leben kannte. Die kleine Crispa war die Einzige, mit der ich reden konnte, wenn diese Erinnerungen aus weit zurückliegenden Zeiten schwer auf mir lasteten, denn die ganz Jungen sind gerade erst über diese Schwelle gekommen, welche die Alten im Begriff sind zu überschreiten, und manchmal erinnerte sie sich an das Leben, das wir schon einmal miteinander geführt hatten.
Dann ging der Augenblick vorüber, und sie schoss davon, Leviyah auf den Fersen, um sich über die Reling zu beugen und zu beobachten, wie das grüne Wasser vorüberströmte. Dann war ich verlassen, aber nicht allein.
In Ganuenta hatte ich Nehalennias Schrein besuchen wollen, doch es hieß, eine Flut habe ihn ein paar Jahre zuvor zerstört, und der Untergrund sei jetzt, da der Fluss seinen Lauf verändert habe, unsicher geworden. Mein erster Gedanke war, einen neuen Tempel zu stiften. Nachdem ich so viele christliche Kirchen unterstützt hatte, wäre dies sicher das Mindeste, was ich für die Göttin tun konnte, die mich so lange behütet hatte. Aber das hätte bestimmt unangenehme Fragen aufgeworfen, und die Gelder, die mir noch geblieben waren, benötigte ich zur Unterstützung der beiden Frauen, die ich jetzt als meine Töchter ausgab, und für das Kind.
Wenn Nehalennia in Vergessenheit geraten war, konnte ich allein ihr Andenken nicht wiederherstellen. Ich rief mir ins Ge-

dächtnis, dass die Göttin immer beständig war und sich doch immerzu veränderte. Wenn die Menschheit im langsamen Zyklus der Jahre erkannte, dass sie die Göttin wieder brauchte, würde Nehalennia gewiss wiederkehren. Doch in jener Nacht weinte ich in der Dunkelheit und trauerte um etwas Schönes und Kostbares, das aus der Welt verschwunden war.

Zur Erntezeit trafen wir in Britannien ein. Es duftete nach frischem Heu, und die Lieder der Schnitter hallten über die Felder, auf denen das Korn nickte. Die See war während der Überfahrt rauh gewesen, und selbst ich empfand das Ruckeln des Wagens als eine Erleichterung, nachdem wir drei Tage lang hin und her geworfen worden waren.
»Britannien wirkt so klein«, sagte Cunoarda beim Anblick der sich abwechselnden Wälder und Felder hinter den abgerundeten Schultern der Dünen.
»Das ist es wohl auch, wenn man die Strecke bedenkt, die wir zurückgelegt haben. Zweifellos wird uns Londinium klein vorkommen, verglichen mit Rom. Doch ich erkenne den Geruch des Heus und die Art, wie die Macht durch das Land strömt.«
»Dennoch ist dieses Land ganz anders als meine Heimat«, sagte sie seufzend. »Ich wurde beim Überfall einer gegnerischen Sippe mitgenommen; da war ich nicht viel älter als die kleine Crispa. Ich kann mich an Hänge erinnern, auf denen die lila Heide blühte, und an das Blöken der Schafe, wenn sie von den Bergen herabkamen. Aber ich kann das Gesicht meiner Mutter nicht sehen. Ich glaube, sie ist gestorben, als ich noch klein war.«
»Dann will ich deine Mutter sein, Cunoarda.«
»Oh, aber das gehörte doch nur zu unserer Tarnung, während wir unterwegs waren.« Sie lief bis zum Haaransatz rot an. »Du bist …«
Ich legte ihr einen Finger auf die Lippen. »Ich bin jetzt nur Eilan, und ich habe allen Grund zu der Erkenntnis, dass die

Kinder des Leibes nicht immer auch die Kinder des Herzens sind.« Während ich das vertraute, breite Gesicht betrachtete, war ich erstaunt, dass ich in all den Jahren, als ich geglaubt hatte, bar aller Liebe zu sein, den Schatz unter meinen Händen nicht bemerkt hatte.

»Ich habe mir nie vorgestellt … Ich habe nie gewagt …« Sie schüttelte den Kopf, schniefte und wischte sich die Augen am Ärmel ab. »O meine Herrin – meine Mutter! Du hast mir die Freiheit gegeben, aber ich war noch leer. Jetzt hast du mir eine Seele gegeben!«

Ich schloss sie in die Arme und hielt sie fest, bis ihr Schluchzen nachließ.

In meinem Testament hatte ich Cunoarda das Haus in Londinium vermacht, und sie hatte aus Treveri geschrieben, um dem Pächter mitzuteilen, dass sie dort leben wolle. Als wir eintrafen, stand das Gebäude leer – es war tatsächlich fast unmöbliert, und Cunoarda und Lena verbrachten einen geschäftigen Tag auf dem Markt, um Bettzeug und Küchengeräte zu kaufen.

Ich hatte mich darauf gefreut zu sehen, was in mehr als zwanzig Jahren aus der Stadt geworden war, doch an jenem Morgen fiel mir das Atmen schwer, und ich hielt es für das Beste, mit Crispa im Haus zu bleiben, die mir Gesellschaft leistete.

»Avia, wer sind die hübschen Damen?« Crispa zeigte auf das Relief der vier Matronae, das ich vor so langer Zeit in Auftrag gegeben hatte. Es gehörte zu den wenigen Verzierungen, die meine Abwesenheit überlebt hatten, vielleicht weil es in die Wand eingelassen war.

Ich holte vorsichtig Luft und drehte mich um. »Es sind die Mütter.«

»Sieh mal! Eine hat einen Hund!«

Bei dem Wort stand Leviyah auf und wedelte mit dem Schwanz.

»Nicht du, du Dumme!«, rief Crispa und langte hinauf, um die in Stein gemeißelte Flanke des Hundes auf dem Schoß der dritten Figur des Frieses zu streicheln. »Und eine hat ein Kind, und die anderen beiden haben Obst und einen Laib Brot. Sind das Göttinnen?«

»Sie sind die Göttin – aber SIE hat viele Gesichter, so viele wie es Mütter auf dieser Welt gibt, und wenn sie alt werden und ihren Körper verlassen, um in die Andere Welt überzugehen, wachen sie noch immer über ihre Kinder ...«

Ich hatte versucht, ruhig zu bleiben, doch Crispa war ein sensibles Kind, und sie kletterte auf meinen Schoß und schlang mir die Arme um den Hals.

»Avia, wirst du immer auf mich aufpassen?«

Als ich sie an mich drückte, spürte ich einen schmerzhaften Kloß in meiner Kehle, und ich wusste, er rührte nicht von der Kurzatmigkeit, sondern von unvergossenen Tränen.

In jener Nacht kam meine Krankheit an einen kritischen Punkt. Ich rang nach Luft, sah das Entsetzen auf den Gesichtern von Cunoarda und Lena, und konnte sie nicht trösten.

»Soll ich einen Priester holen lassen?«, fragte Cunoarda ängstlich.

Ich brachte ein bellendes Lachen zustande. »Wozu? Ich bin bereits beigesetzt! Du hast die Beerdigungsrede von Bischof Sylvester gehört!« Dann musste ich erneut husten.

Auf dem Höhepunkt meiner Anfälle hätte ich den Tod liebend gern angenommen und kämpfte nur noch weiter dagegen an, weil die beiden Frauen mich baten, sie nicht zu verlassen.

Kurz nach Mitternacht begann der nach Minze duftende Dampf, mit dem Cunoarda den Raum füllte, mir Erleichterung zu verschaffen, und ich konnte etwas Schwarzwurztee trinken. Endlich fiel ich in einen Zustand zwischen Schlafen und Wachen, angelehnt an Lenas Brust.

Während der Krise hatte ich gegen meine Schwäche angekämpft, da ich noch nicht bereit war, in die Nacht zu gehen. Jetzt erkannte ich, dass uns das, was wir in der Kindheit verlieren, im hohen Alter zurückgegeben wird. Statt im Dunkeln nach der Mutter zu rufen, die uns verlassen hat, noch ehe wir auf eigenen Beinen stehen konnten, sind wir jetzt, nachdem Kinder und Kindeskinder kamen und gingen, wirklich frei. In den dunkleren Augenblicken fühlen wir uns einsam, schwach und alt. Am Ende aber wird uns die Mutter wieder geschenkt, und wir werden wiedergeboren, kehren in die Kindheit zurück und liegen vertrauensvoll an der Brust unserer Töchter …

Alles wird uns genommen, selbst Gott; wir geben uns dem Tode hin. Dann kehrt die Göttin zu uns zurück. Nachdem wir selbst zur Göttin, zur Mutter, wurden, haben wir die Göttin in unseren Töchtern, unseren Schwestern erschaffen. Wir wenden uns IHR zu und wissen, dass wir in IHREN Armen und an IHRER Brust sterben, selbst wenn wir in Unwissenheit sterben müssen.

Aber ich starb nicht. Als ich im hellen Licht des Morgens in Lenas Armen wach wurde, holte ich tief Luft und freute mich, da die lebensspendende Luft meine Lungen füllte. Trotzdem war ich hoffnungslos schwach, und mein Herz raste. Zum ersten Mal sah ich die Möglichkeit vor mir, dass mich mein Körper im Stich lassen könnte, noch ehe ich mein Ziel erreichte.

Ich erinnerte mich an Zeiten während meiner Krankheit, als der Tod eine willkommene Erleichterung gewesen wäre. Dann wiederum hatte ich mir die Lehren von Avalon ins Gedächtnis gerufen und meiner panischen Angst entgegengewirkt. Ich hatte Grund, anzunehmen, dass der Tod nur der Übergang von einer Existenzform in die nächste bedeutete, doch ich hatte mich stets vor dem Augenblick selbst gefürchtet. Nun indes merkte ich, dass ich nicht um mich bangte, sondern um alle, die ich hinterlassen würde.

»Du bist ja wach!«, rief Lena, als ich mich rührte. »Und es geht dir besser, den Göttern sei Dank!«
»Vorläufig, aber wenn ich mich nicht erhole, muss ich dir sagen, wie du nach Avalon kommst.«
Lena wurde rot vor Verlegenheit. »Heißt das, den Ort gibt es wirklich? Ich dachte, du hieltest es wie die Dichter, um mir die Sicherheit zu beschreiben, die uns in Britannien erwartete.«
Ich öffnete den Mund, um ihren Irrtum richtig zu stellen, schloss ihn aber wieder, denn ich erkannte, wie tief das Tabu verwurzelt war, Außenstehenden von der heiligen Insel zu erzählen.
»Es gibt den Ort, obwohl er nur schwer zu erreichen ist. Er liegt in dem Land, das Sommerland genannt wird. Ein Tal erstreckt sich dort zwischen zwei Bergketten, so tief liegend, dass es überflutet ist, wenn die Flüsse Hochwasser führen oder Winterstürme die Flut ins Land drängen und jede kleinste Erhebung zu einer Insel wird. Und darunter ist eine, gekrönt von einem Felsturm, die Inis Witrin heißt.
Wenn du dort hinkommst, gehe nicht zu den Mönchen, die ihre kleine Kirche am Fuß des Tor haben, sondern bleib im Dorf der Fischer, die in den Marschen leben, und sag ihnen, dass du Eilans Enkelin bist und nach Avalon gebracht werden willst.«
Sie sah mich zweifelnd an, und ich seufzte, denn in Wirklichkeit konnte ich mich nicht einmal dafür verbürgen, dass mir nach so vielen Jahren der Zutritt gestattet wäre. Und tat ich recht daran, Lena dorthin zu bringen? Diese lebhafte junge Frau, deren Wangen glühten, trotz der dunklen Ringe, die eine durchwachte Nacht unter ihre Augen geworfen hatte, war ganz anders als das zerbrechliche, furchtsame Mädchen, dem ich vor knapp zwei Monaten geholfen hatte, aus Treveri zu entkommen.
»Die heilige Insel ist eine Zuflucht, wohin kein König oder Kaiser folgen kann. Aber es wird nicht von dir erwartet, dort-

hin zu gehen. Wenn du und Crispa einen neuen Namen annehmt, halte ich es für wahrscheinlich, dass ihr hier in Londinium in absoluter Sicherheit leben könnt.«
Ihre geschwungenen Augenbrauen zogen sich zusammen. »Willst du nicht, dass wir mitkommen?«
»Lena, verstehst du nicht, wie sehr ich dich inzwischen liebe? Deshalb liegt die Entscheidung bei dir. Ich weiß nur, dass ich dorthin gehen muss, dass ich es zumindest versuche.«

Ich erholte mich nur langsam, und erst im Oktober war ich kräftig genug, um die Reise antreten zu können. Der Wagen, in dem wir aus Dubris gekommen waren, wurde mit einer weichen Matratze ausstaffiert und mit Vorräten beladen. Ehe ich Londinium verließ, gab es jedoch noch eine letzte Aufgabe für mich.
Ich hatte erlebt, wie rasch sich unter Konstantins Gunst das Christentum als Religion in Europa ausbreitete. Ich sah eine Zeit voraus, in der christliche Schreine und Symbole die der alten Religion vollständig verdrängt und Britannien in ein christliches Land verwandelt hätten. In der Zeit, die noch kommen sollte, würden nur noch wenige verstehen, dass es möglich ist, sowohl die Göttin als auch den Gott anzubeten.
Der Gedanke schmerzte mich, dass mein Relief der Mütter eines Tages von Menschen verlacht würde, die es nicht mehr als heilig betrachteten. Deshalb ließ ich Arbeiter rufen, die es von der Wand entfernten und auf einen Karren luden. In der Nacht, als die Männer nach Hause gegangen waren, zogen Lena und Cunoarda ihn an den Fluss, der hinter meinem Anwesen durch die Felder floss, und kippten das Relief hinein. Verborgen in den Tiefen des Flusses, würden die Mütter die Stadt segnen, durch die er strömte.

»Erzähl mir, wie es war, als du ein kleines Mädchen auf Avalon warst …« Crispa hatte sich ausbedungen, eine Zeit lang bei

Cunoarda und mir im Innern des Wagens zu fahren, obwohl ich wusste, dass sie über kurz oder lang wieder bei Lena sitzen wollte, die den Wagen lenkte.
»Ich hatte einen weißen Hund, Eldri ...«
»Wie Leviyah?« Crispa zog den Vorhang zurück und zeigte auf den Hund, der neben uns hertrottete, den Kopf hoch erhoben, um alle Gerüche dieses neuen Landes aufzunehmen.
»Kleiner, mit lockigem Fell. Ein Junge vom Dorf am See hat ihn mir geschenkt und gesagt, es sei ein Feenhund. Ich glaubte ihm, denn der Hund hat mich einmal in ein Land geführt, das noch weiter von dieser Welt entfernt ist als Avalon, und mich sicher wieder zurückgebracht.«
Cunoardas Mundwinkel zuckten, und mir wurde klar, dass sie meinte, ich erzählte dem Kind ein Märchen. Ich fand es befremdlich, dass sie, die in Alba geboren war, größere Schwierigkeiten hatte, an Avalon zu glauben, als Lena, das Kind einer gründlich romanisierten gallischen Aristokratie. Doch vielleicht brauchte Cunoarda noch die Mauern, die sie zum Schutz vor dem Schmerz über ihren Verlust errichtet hatte, und hatte nicht den Mut. Ich wusste, sie hatte im Christentum viel Trost gefunden, und als wir in Londinium waren, besuchte sie die Messen in der Kirche des Heiligen Pankraz, die ich vor langer Zeit gestiftet hatte.
»Hattest du noch andere Mädchen zum Spielen dort?«
»Ich habe im Haus der Jungfrauen gelebt«, antwortete ich und dachte mit plötzlicher, überwältigender Klarheit an das Raunen der Mädchen im Dunkeln. »Ich hatte eine kleine Kusine, die Dierna hieß und so rotes Haar hatte wie Cunoarda. Ich glaube, Dierna ist heute die Herrin von Avalon.«
Mit einem Anflug von Angst wurde mir klar, dass ich es nicht wusste. Ich hatte von Ganedas Beisetzung geträumt – hätte ich dann nicht gespürt, wenn Dierna, die ich so geliebt hatte, auch gestorben wäre?

Wenn sie fort war, gäbe es vielleicht niemanden mehr auf Avalon, der sich meiner erinnerte.

Hinter Lindinis bogen wir nach Norden ab auf die Straße nach Aquae Sulis. Es war Ende Oktober, die Zeit um Samhain, wenn die Geister der Toten zurückkehren. *Wie passend für meine Heimkehr*, dachte ich. Die Landschaft wurde jetzt sehr vertraut. Ich selbst erschien mir unwirklich, als wäre ich tatsächlich und nicht nur zum Schein gestorben und würde nun mit den anderen Geistern beschworen, die zu dieser Jahreszeit umherwandelten.

Zwei Tage lang hatte es geregnet, und eine silbrige Wasserschicht lag über dem Tiefland, doch ich bestand darauf, weiterzufahren, denn ich erinnerte mich daran, dass die Marschen Reisenden nur wenig Unterkünfte zu bieten hatten. Umso überraschter waren wir, als wir ein kleines Wirtshaus an der Weggabelung fanden, wo der Pfad nach Inis Witrin von der Straße nach Sulis abzweigte.

»O ja, wir sind seit nahezu zwanzig Jahren hier«, sagte die rundliche Frau, die uns das Essen vorsetzte. »Seitdem der gute Kaiser den Christen Schutz gewährt hat. Mein Vater hat das Haus gebaut, um den Reisenden zu Diensten zu sein, die auf ihrer Pilgerfahrt zu den Mönchen auf dem Tor sind.«

Ich blinzelte verblüfft, denn zu meiner Zeit waren die Mönche auf Inis Witrin eine winzige Gemeinde gewesen, die sich nur dann in Sicherheit wiegen konnten, wenn die Machthaber sie geflissentlich übersahen. Doch nun hielten die Christen die Macht inne, und es blieb abzuwarten, ob sie diese weiser zu nutzen wussten als ihre Vorgänger.

Am Morgen brachen wir wieder auf und mussten uns abstützen, als der Wagen über die Holzbohlen auf dem Damm holperte. Bei Sonnenuntergang sahen wir die Spitze des Tor vor dem goldenen Himmel, umgeben von einem Lichtkranz.

»Es gibt ihn wirklich«, hauchte Lena.

Ich lächelte, denn in diesem Augenblick war selbst die Insel, die in der sterblichen Welt liegt, in strahlenden Glanz getaucht, und doch war unser eigentliches Ziel noch wunderbarer.
Ich sah den Rauch aus den Küchenschornsteinen des Klosters, als wir uns der Insel näherten. Von hier aus mussten wir zu Fuß gehen, denn das Dorf am See konnte man nicht mit einem Wagen erreichen. Die Sonne war beinahe untergegangen, und Cunoarda und Lena wurden zunehmend nervös, doch jetzt, da wir hier waren, verlieh die Vorfreude meinen Gliedern neue Kraft. Der Pfad zumindest sah noch genauso aus – ich bezweifle, dass er sich im Laufe von tausend Jahren verändert hat. Ich stützte mich auf Cunuoardas Arm, täuschte eine Sicherheit vor, die ich eigentlich nicht empfand, und setzte meinen Fuß auf den Pfad.

»Nein, Ehrenwerte – ihr geht zurück zu den Häusern der rasierten Köpfe.« Der Häuptling des Dorfes berührte seine Stirn, um eine Tonsur anzudeuten. »Hier ist kein Platz für euch.«
Die kleinen dunklen Menschen des Dorfes flüsterten hinter ihm und beäugten uns nervös. An diesem Abend war der Hügel, auf dem sich die runden Hütten drängten, von Fackeln erleuchtet, deren rote, flackernde Flammen so aussahen, als wären sie von der untergehenden Sonne entzündet worden. Wären wir etwas später gekommen, hätten sie uns für Geister gehalten und uns den Zutritt gänzlich verwehrt.
Das war ein Problem, mit dem ich nicht gerechnet hatte. Ich schaute den Mann stirnrunzelnd an. Ich hätte den Halbmond auf meiner Stirn mit Waid erneuern sollen, dachte ich, wie die älteren Priesterinnen es an Festtagen zu tun pflegten. Wie konnte ich ihn überreden, die Kunde von meiner Ankunft nach Avalon zu schicken?
»Erinnert sich dein Volk an eine Tochter des Sonnenvolks, die

vor langer Zeit hierher gebracht wurde, um als Priesterin ausgebildet zu werden? Ein Junge namens Otter hat ihr einen Feenhund geschenkt. Lebt der Junge noch?«

Ein Raunen entstand in der Menge, und eine Frau, die so alt wirkte wie ich, schob sich nach vorn. »Otter ist mein Vater – er hat die Geschichte immer erzählt. Eine Prinzessin vom großen Volk, hat er gesagt.« Sie schaute mich staunend an.

»Ich war das kleine Mädchen, und ich wurde auf der heiligen Insel Priesterin. Aber das ist lange her. Wollt ihr der Herrin von Avalon Kunde senden, dass Eilan zurückgekehrt ist?«

»Wenn du eine Priesterin bist, kannst du die Nebel rufen und hingehen.« Der Häuptling wirkte noch immer argwöhnisch.

»Ich bin lange nicht da gewesen und darf nicht ohne Erlaubnis der Herrin zurückkehren«, antwortete ich ihm und erinnerte mich daran, wie Ganeda meine Bindung an die heilige Insel durchtrennt hatte, als sie mich verbannte. »Ihr werdet reich belohnt, bitte!«

Er lachte verächtlich. »Wir dienen Avalon nicht für Gold. Ich rufe die Herrin, aber heute Abend halten sie Zeremonien ab. Sie kann nicht vor morgen kommen.«

In meinen Träumen kam Ganeda zu mir, zusammen mit Cigfolla und Wren und den anderen Priesterinnen – und Aelia, die ich geliebt hatte. Ich wusste, es musste ein Traum sein, denn Ganeda lächelte und hatte den Arm um die Hüfte einer anderen Frau mit dunklem Haar gelegt, die ich als Rian, meine Mutter, erkannte, ohne zu wissen, woran. Sie trugen das Blau der Priesterinnen und waren wie für ein Fest mit Girlanden geschmückt, und sie streckten mir zur Begrüßung die Arme entgegen. Da wurde mir klar, dass mein Glaube mich von Avalon verbannt hatte, nicht Ganedas Worte.

Lachend ging ich auf sie zu. Doch als ich Aelias Hand gerade berühren wollte, rief mich jemand beim Namen. Verärgert streckte ich die Hand nach dem Traumbild aus, doch erneut erreichte mich der Ruf mit einer Stimme, die ich nicht überhören konnte.

Ich schlug die Augen auf. Licht strömte durch die offene Tür des Rundhauses, in dem wir geschlafen hatten. Es glänzte auf Crispas hellem Haar und auf Leviyahs goldenem Fell, hob die Konturen von Lena und Cunoarda hervor, die mir halfen, mich aufzurichten, und fiel auf das blaue Gewand der Frau, die vor mir stand.

Ich weiß nicht, warum ich erwartet hatte, Dierna sei noch ein junges Mädchen. Der Körper der Frau, die mich gerufen hatte, war mit der Zeit stämmiger geworden, und ihr flammendes Haar hatte jetzt die Farbe der untergehenden Sonne auf Schnee. Doch ich, die ich so viele Kaiser kennen gelernt hatte, war niemandem mit einer derartigen Aura von Autorität begegnet. Neben ihr wirkten der Mann und die Frau, die ihr aufwarteten, zerbrechlich. Wusste Dierna noch, wie ich sie geliebt und beschützt hatte, oder war sie, ähnlich wie mein Sohn, von den Versuchungen der Macht verändert worden?

»Eilan …« Ihre Stimme zitterte, und plötzlich schaute mir aus ihren Augen die kleine Kusine entgegen, wie ich sie gekannt hatte.

Ich gab Cunoarda ein Zeichen, mir aufzuhelfen, und zuckte zusammen, als sich die steifen Muskeln bemerkbar machten. Dierna umarmte mich wie eine Priesterin die andere, dann wurde ihr Blick ernst. »Ich werde diesen Namen verwenden, aber ich weiß, wer du in der Welt dort draußen warst. Du bist an Rang und Macht gewöhnt, und du bist die Erbin der älteren Linie von Avalon. Bist du gekommen, die Herrschaft hier einzufordern?«

Ich schaute sie verwundert an. Dann fiel mir ein, dass sie von Ganeda unterrichtet worden war. Hatte die alte Frau ihr beigebracht, sich davor zu fürchten, dass ich eines Tages zurückkehren würde, um sie herauszufordern?

»Es ist wahr, dass ich Macht besessen habe und all den Ruhm, den die Welt gewähren kann«, antwortete ich steif. »Genau aus diesem Grund brauche ich sie nicht mehr. Jetzt genügt es mir, wenn ich Frieden finden kann und Sicherheit für die, die ich liebe.«

»Kommt«, Dierna zeigte zur offenen Tür. »Kommt mit mir.«

Wir folgten ihr in einen nebligen Herbstmorgen hinaus, der die Marschen verschleierte, als befänden wir uns bereits zwischen den Welten.

»Verzeih, aber es war meine Pflicht, dich zu fragen«, sagte Dierna, als wir uns auf den Pfad um den Rand der Erhebung begaben, die das Dorf vor den Fluten bewahrte.

Ich war noch nicht ganz sicher auf den Beinen, und Lena nahm meinen Arm.

»Ich habe die Erfüllung der Prophezeiung und ihre Täuschungen erlebt. Durch das Kind, das ich geboren habe, hat sich die Welt tatsächlich verändert, und wenn mir auch die Ergebnisse nicht gefallen, so kann ich doch nur meinen eigenen Stolz dafür verantwortlich machen.«

»Urteile nicht so streng über dich«, erwiderte Dierna. »Auch ich habe versucht, das Schicksal Britanniens zu gestalten, und ich sage dir, obwohl unsere Entscheidungen den Lauf der Welt beeinflussen mögen, ist es letztlich die Göttin, die über unsere eigentliche Bestimmung entscheidet.«

Es sind nicht nur Christen, die hin und wieder der Absolution bedürfen, dachte ich und unterdrückte die aufsteigenden Tränen mit einem Blinzeln.

Eine Zeit lang schritten wir schweigend weiter. Die Morgensonne vertrieb den Nebel. Silberne Wellen glitzerten, als ein Reiher im Schilf umherstakste. Dahinter erblickte ich den grünen Hang des Tor und die Hütten der Mönche, die sich um Josephs runde Kirche drängten.

Mit einer Geste rief Dierna ihre Begleiter herbei. »Erinnerst du dich an Haggaia?« Der silberhaarige Druide schenkte mir ein Lächeln, und ich erkannte in seinem Gesicht den Widerhall des

lachenden Jungen, der vor so langer Zeit so gerne Ball mit Eldri gespielt hatte. »Und das ist Teleri, die ich ausgebildet habe.«
Als deine Nachfolgerin, dachte ich und lächelte der dunkelhaarigen Frau neben ihr zu.
»Teleri kenne ich und danke der Göttin, dass sie ihr sicher den Weg hierher gezeigt hat.« Dann fuhr ich fort:
»Ich habe zwei Frauen mitgebracht, die meine Töchter geworden sind, und meine Urenkelin.«
»Und sie wollen auch mit nach Avalon übersetzen?«
Lenas Augen strahlten. »Es ist wie ein Traum, der wahr geworden ist! Wenn ihr uns aufnehmt, wollen meine Tochter und ich gern kommen.«
Dierna betrachtete Crispa mit wehmütigem Blick. »Meine Kinder sind gestorben«, sagte sie. »Es wird schön sein, wieder ein Kind von unserem Blut auf Avalon auszubilden.«
Doch ich hatte mich bereits Cunoarda zugewandt, und das Herz wurde mir schwer, als ich auf ihren Wangen silberne Tränenspuren erblickte. »Was ist mit dir?«
»Du wirst mir bis ans Ende meiner Tage fehlen, Herrin, aber ich kann nicht mitgehen«, flüsterte sie. »Ich muss lernen, die Freiheit zu gebrauchen, die du mir gegeben hast. Und mein Herz folgt Christus, nicht deiner Göttin, und das kann ich auf deiner Insel nicht tun.«
»Du hast meinen Segen.« Ich küsste sie auf die Stirn. Es hätte keinen Sinn, ihr zu sagen, dass es einen Ort jenseits aller Unterscheidungen gab, an dem die Wahrheit eins war. Sie gehörte noch zu dieser Welt.
»Das wäre dann erledigt«, sagt Dierna forsch. »Die Barke wartet. Wir werden auf der heiligen Insel frühstücken.«
»Nicht ganz …« Ich zeigte über das Wasser. »Dass du mich anerkennst, bedeutet viel, aber Ganeda hat mich verstoßen. Ich muss beweisen – mir, wenn nicht dir –, dass ich noch immer eine Priesterin bin. Lass mich die Nebel rufen und meinen Weg nach Avalon allein zurückfinden.«

Die Barke gleitet im Rhythmus der Ruderschläge voran, während wir vom Ufer ablegen. Ich sehe, wie sich das silbrige Wasser vor dem Bug teilt. Dierna sitzt neben mir und versucht, ihre Zweifel zu verbergen, und Cunoarda sieht uns vom Dorf aus zu in der Hoffnung, dass ich scheitere und mit ihr nach Londinium zurückkehre. Vielleicht tun sie recht daran, zu zweifeln, und mein Versprechen ist nicht mehr als ein letzter Akt des Stolzes.

Doch seitdem ich meine Entscheidung traf, habe ich im Stillen die Worte der Macht wiederholt. Wenn ich sie falsch behalten habe, werden alle die dumme Alte bemitleiden, die dachte, sie sei noch eine Priesterin, doch wenn es mir gelingt …

Es ist das Geschenk des Alters, sich an die Ereignisse von vor fünfzig Jahren deutlicher zu erinnern als an das, was am Tag zuvor geschah. Plötzlich sind der zeitliche Ablauf und die Entfernungen dieser Reise klar. Das Herz schlägt mir bis zum Hals, und als der pulsende Energiefluss um uns herum zum Höhepunkt kommt, kann ich kaum atmen. Crispa stützt mich, als ich aufstehe, die Schultergelenke ächzen, da ich die Arme erhebe.

Ich ringe nach Luft, und dann strömt plötzlich Macht durch mich hindurch. Worte kommen mir von den Lippen, und jetzt ist es leicht, so leicht, die Nebel herabzurufen und durch den kühlen, dunklen Raum zwischen den Welten zu gleiten. Ich höre, dass die anderen mir erschrocken etwas zurufen, doch ich kann nicht zulassen, dass sie mich jetzt ablenken, denn die silbernen Schleier ringsum werden dünner und fegen im Funkenschwarm eines leuchtenden Regenbogens hinweg …

Überall ist Licht, Licht ringsum, Licht, das alle Worte übertrifft, die ich habe, um das Sehen zu beschreiben, bis ich sie wie von innen her glühend erblicke – die Ufer von Avalon …

PERSONEN DER HANDLUNG

* = historische Gestalt
( ) = vor Beginn der Geschichte gestorben

*Aurelian – Kaiser, 270-275
Aelia – eine junge Priesterin, die mit Helena ausgebildet wurde
*Allectus – Finanzminister unter Karausius, dem späteren Herrscher über Britannien, 293-296
Arganax – Höchster Druide in Helenas Jugendzeit
*Asclepiodotus – Konstantius' Prätorianerpräfekt
Atticus – Konstantins Griechischlehrer
Becca – jüngste Tochter Sians und Enkelin Ganedas
*Carus – Kaiser, 282-282
*Carinus – älterer Sohn von Carus, Kaiser, 283-284
Ceridachos – Höchster Druide, als Dierna Hohepriesterin wird
Cigfolla – eine Priesterin von Avalon
*Claudius (II) Gothicus – Kaiser, 268-270, Konstantius' Großonkel
Julius Coelius – (König Coel) Prinz von Camulodunum, Vater von Helena
Corinthius der Ältere – Helenas Lehrer
Corinthius der Jüngere – Leiter einer Schule in Londinium
*Crispus – Konstantins unehelicher Sohn mit Minervina
Cunoarda – Helenas Sklavin aus Alba
*Dalmatius – Sohn von Konstantius und Theodora
Dierna – Helenas Kusine zweiten Grades, die spätere Herrin von Avalon

*Diokletian – Augustus der Ältere, Kaiser 284-305
Drusilla – Köchin in Helenas und Konstantius' Haushalt
*Bischof Eusebius von Cäsarea – Erzbischof von Palästina, verfasste wichtige Werke über Kirchengeschichte und später eine Biographie Konstantins
*Fausta – Tochter von Maximian, Frau von Konstantin und Mutter seiner ehelichen Kinder
Flavius Pollio – Verwandter Konstantius'
*Galerius – Cäsar, 293-305, Augustus, 305-311
*Gallienus – Kaiser, 253-268
Ganeda – Helenas Tante, Herrin von Avalon
Gwenna – eine Jungfrau, die in Avalon ausgebildet wird
Haggaia – Höchster Druide, als Helena nach Avalon zurückkehrt
*Julia Coelia Helena, später Flavia Helena Augusta – (Eilan), Tochter von Prinz Coelius, Gemahlin Konstantius', Mutter von Konstantin und Priesterin von Avalon
*Helena die Jüngere (›Lena‹) – eine Patrizierin aus Treveri, Gemahlin des Crispus
Heron – eine Jungfrau, die in Avalon ausgebildet wird
Hrodlind – Helenas germanische Dienstmagd
(*Joseph von Arimathia – Gründer der christlichen Gemeinde auf dem Tor; hat Jesus vom Kreuz genommen und in sein eigenes Grab gelegt)
*Karausius – selbst ernannter Kaiser von Britannien, 287-293
*Julius Konstantius – zweiter Sohn von Konstantius und Theodora
Katiya – eine Priesterin der ägyptischen Göttin Bastet in Rom
*Konstantia (I.) – Tochter von Konstantius und Theodora, verheiratet mit Licinius
*Konstantia (II.) – Tochter von Konstantin und Fausta
*Konstans – dritter Sohn von Konstantin und Fausta
*Konstantin [Flavius Valerius Constantinus] – Sohn von Helena, römischer Kaiser, 306-337

*Konstantin (II.) – ältester Sohn von Konstantin und Fausta
*Konstantius Chlorus [Flavius Konstantius] – Gemahl Helenas, Cäsar und später Augustus, 293-306
*Konstantius (II.) – zweiter Sohn von Konstantin und Fausta
*Lacantius – Rhetoriker und christlicher Apologet, Lehrer von Crispus
*Licinius – Cäsar, ernannt von Galerius, um Severus zu ersetzen, später Augustus im Osten, 313-324
*Lucius Viducius – Händler für Töpferware zwischen Gallien und Eburacum
*Macarius – Bischof von Jerusalem
Marcia – Hebamme, die Konstantin zur Welt bringt
Martha – eine syrische Sklavin, von Helena geheilt
*Maximian – Augustus des Westens, 285-305
*Maximinus Daia – Cäsar, von Galerius ernannt
*Maxentius – Sohn von Maximian, Augustus in Italien und Nordafrika, 306-312
*Minervina – Konstantins syrische Konkubine, Mutter von Crispus
*Numerian – jüngerer Sohn von Carus, Kaiser, 283-284
Philipp – Konstantins Diener
*Postumus – rebellischer Kaiser des Westens, 259-268
*Probus – Kaiser, 276-282
*Quintillus – Bruder des Kaisers Claudius II., Konstantins Großonkel
(Rian – Hohepriesterin von Avalon, Helenas Mutter)
Roud – eine Jungfrau, die auf Avalon ausgebildet wird
*Severus – Cäsar, von Galerius ernannt, in Ravenna auf Befehl Maximians ermordet
Sian – Tochter von Ganeda, Mutter von Dierna und Becca
Suona – eine junge Priesterin von Avalon
Teleri – Gemahlin des Karausius, dann des Allectus, später Hohepriesterin von Avalon
*Tetricus & Marius – rebellische Mitkaiser des Westens 271

Tulia – eine Jungfrau, die in Avalon ausgebildet wird
*Victorina Augusta – Mutter von Victorinus und eigentliche Herrscherin
*Victorinus – rebellischer Kaiser im Westen, 268-270
Vitellia – eine Christin, die in Londinium lebt
Wren – Jungfrau, die in Avalon ausgebildet wird

Helenas Hunde: Eldri, Hylas, Favonius und Boreas, Leviyah

ORTE DER HANDLUNG

BRITANNIEN

Aquae Sulis – Bath
Alba – Südschottland
Avalon – Glastonbury
Calleva – Silchester
Camulodunum – Colchester
Cantium – Kent
Clausentum – Southampton
Corinium – Cirencester
Dubris – Dover
Eburacum – York
Inis Witrin – Glastonbury
Isurium Brigantum – Aldborough, Yorkshire
Lindinis – Ilchester
Lindum – Lincoln
Londinium – London
Rutupiae – Richborough
Sabrina – der Severn
Tamesis – die Themse
Tanatus – Isle of Thanet
Trinovante – Essex

DAS RÖMISCHE REICH IM WESTEN

Arelate – Arles
Argentoratum – Straßburg
Augusta Treverorum (Treveri) – Trier
Baiae – Baia
Belgica Prima – nordöstliches Frankreich
Belgica Secunda – die Niederlande und Belgien
Borbetomagus – Worms
Colonia Agrippinensis – Köln
Cumaea – Cumae
Gallia – Frankreich
Ganuenta – früher eine Insel in der Scheldemündung
Gesoriacum – Boulogne
Lugdunum – Lyon
Mediolanum – Mailand
Mogontiacum – Mainz
Mosella – die Mosel
Nicer – der Neckar
Noricum – Österreich
Rhenus – der Rhein
Rhodanus – die Rhône
Rothomagus – Rouen
Scaldis – die Schelde
Suevia – Schwaben
Treveri (Augusta Treverorum) – Trier
Ulpia Traiana – Xanten
Vindobona – Wien

DAS RÖMISCHE REICH IM OSTEN

Aelia Capitolina – Jerusalem
Aquincum – Budapest
Asia – westliches Kleinasien
Byzantium (später Konstantinopel) – Istanbul
Cäsarea – Hafenstadt südlich von Haifa, Israel
Chalcedon – Kadikoy
Dacia – Rumänien
Danuvius – die Donau
Drepanum (Helenopolis) – Hersek
Heracleia Pontica – Eregli
Hierosolyma – Jerusalem
Illyricum – Jugoslawien
Ktesiphon – heute: Ruinenstätte 40 km südöstl. von Bagdad
Navissus – die Nišava
Naissus – Niš
Nicäa – Iznik
Nicomedia – Izmit
Pannonia – Ungarn
Savus – die Save
Seleucia – Tall Umar
Singidunum – Belgrad
Sirmium – Mitrowitz
Thracia – südliches Bulgarien

Marion Zimmer Bradley

Die Wälder von Albion
Roman
Aus dem Amerikanischen von Manfred Ohl und Hans Sartorius
Band 12748

Die Herrin von Avalon
Roman
Aus dem Amerikanischen von Manfred Ohl und Hans Sartorius
Band 14222

Die Nebel von Avalon
Roman
Aus dem Amerikanischen von Manfred Ohl und Hans Sartorius
Band 8222

Die Feuer von Troia
Roman
Aus dem Amerikanischen von Manfred Ohl und Hans Sartorius
Band 10287

Luchsmond
Erzählungen
Aus dem Amerikanischen von V. C. Harksen und Lore Straßl
Band 11444

Lythande
Erzählungen
Aus dem Amerikanischen von V. C. Harksen und Lore Straßl
Band 10943

Der Zauber von Tschardain
Roman
Aus dem Amerikanischen von Verena C. Harksen. Gebunden
Band 14290

Fischer Taschenbuch Verlag

Marion Zimmer Bradley (Hg.)
Magische Geschichten

Deutsche Erstausgaben

Wolfsschwester
Magische
Geschichten II
Band 2718

Traumschwester
Magische
Geschichten IV
Band 2744

Drachenschwester
Magische
Geschichten VII
Band 13313

Lichtschwester
Magische
Geschichten VIII
Band 13314

Feuerschwester
Magische
Geschichten IX
Band 13315

Sternenschwester
Magische
Geschichten X
Band 13316

Feenschwester
Magische
Geschichten XI
Band 13317

Sturmschwester
Magische
Geschichten XII
Band 13318

Sonnenschwester
Magische
Geschichten XIII
Band 14533

Silberschwester
Magische
Geschichten XIV
Band 14534

Schlangenschwester
Magische
Geschichten XV
Band 14535

Fischer Taschenbuch Verlag

Anna Lee Waldo

Ring der Steine

Roman.
640 Seiten. Gebunden.
Deutsche Erstausgabe

Als Brenda, Lieblingsmätresse des walisischen Fürsten Owain, ihren Sohn Madoc zur Welt bringt, wird ihr geweissagt, dass er eines Tages der Anführer der walisischen Druiden werden und sie alle in die Neue Welt führen wird. Aber am folgenden Tag muss sie mit ihrem Sohn fliehen, weil eine zweite Prophezeiung den Tod des Kindes heraufbeschwört …

Eine atemberaubende Saga über die legendäre Entdeckung Amerikas, lange bevor Kolumbus in die neue Welt segelte.

»Die wahre Nachfolgerin von Marion Zimmer Bradley«
Berkeley Gazette

Krüger Verlag

Der Westen des römischen Reichs

Arelate	Arles
Argentoratum	Straßburg
Baiae	Baia
Borbetomagus	Worms
Colonia Agrippinensis	Köln
Cumaea	Cumae
Gallia	Frankreich
Ganuenta	Einstige Insel in der Scheldemünd.
Gesoriacum	Boulogne
Lugdunum	Lyon
Lutetia	Paris
Mediolanum	Mailand
Mogontiacum	Mainz
Rothomagus	Rouen
Treveri (Augusta Treverorum)	Trier
Ulpia Traiana	Xanten
Vindobona	Wien
Nicäa	Iznik
Nicomedia	Izmit

Mosella	*die Mosel*
Nicer	*der Neckar*
Navissus	*die Nišava*
Rhodenus	*die Rhône*
Savus	*die Savene*